Lust auf ein Morgen

Caeia March

Lust auf ein Morgen

Die andere Familiensaga

Aus dem Englischen
von Cornelia E. Kähler

Orlanda Frauenverlag

Originaltitel: The Hide and Seek Files
The Women's Press Limited, London

Die Deutsche Bibliothek - CIP-Einheitsaufnahme
March, Caeia:
Lust auf ein Morgen : die andere Familiensaga / Caeia March.
Aus dem Engl. von Cornelia E. Kähler. -
Berlin : Orlanda-Frauenverlag, 1991
ISBN 3-922166-76-8

1. Auflage 1991

Großgörschenstraße 40, 1000 Berlin 62

Lektorat: Andrea Krug
Titelfotografie: Manfred Allié, Euskirchen
Gestaltung: Dagmar Schadenberg
Texterfassung durch die Übersetzerin
Konvertierung, Umbruch und Belichtung: Satzinform, Berlin 36
Druck: Fuldaer Verlagsanstalt

Danksagung

Dieser Roman wurde im Juni 1984 begonnen und vier Jahre später abgeschlossen. Ich danke den MitarbeiterInnen der Fawcett Library, der Feminist Library und der Goldsmiths' College Library, wo ich für die ersten Teile des Buches recherchierte.

Ich danke all den Frauen, die mir sagten, sie hätten meinen ersten Roman, *Three Ply Yarn*, gerne gelesen, und denen, die mir geschrieben haben – Eure Ermutigung hat mir beim Schreiben dieses Romans Selbstvertrauen gegeben.

Dank allen Frauen in den Gruppen, die ich geleitet habe– Euer Engagement für Euer Schreiben und füreinander sowie Euer Humor waren eine Inspiration für mich.

Dank dem Lesbenarchiv, das es Lesben ermöglicht, zu forschen und unser heutiges Leben zu dokumentieren, so daß die Lesbengeschichte in der Zukunft nicht so verborgen sein wird wie in der Vergangenheit.

Dank an Margaret Marshment, freiberufliche Lektorin, für ihr unterstützendes Feedback, ihre Ideen und ihre gründliche Lektoratsarbeit; und an Jen Green von The Women's Press, die eine der besten Lektorinnen ist, mit denen ich mir eine Zusammenarbeit nur hätte wünschen können.

Dank an Pat Angove, Sandra den Hertog und Elizabeth Carola, die das Manuskript getippt haben.

Dank an Sandra Anlin, Nancy Diuguid, Annette McQuillan und Nola Parke, die die ersten Entwürfe gelesen und kommentiert haben; Judith für ihre konstruktive Kritik und Freundschaft; Penny Holland für vierzehn Jahre enger Freundschaft und dafür, daß sie mich und meine beiden Söhne oft mit Geschichtenerzählen unterhalten hat; Hania Dolan und Keri Wood für die Freude des gemeinsamen Schreibens und Tanzengehens; an meine beiden Söhne für die laute Musik, das Leben und Zeitgefühl junger Leute in den Achtzigern.

Schließlich möchte ich meiner Geliebten Keri Wood danken, die mit mir geredet, zugehört und mit Ideen gespielt hat, die Neufassungen fotokopiert und einen Wildblumengarten angelegt hat.

Erstes Buch

1. Kapitel

Über ihr der Himmel, schwarz, schwarzglänzend und spiegelnd wie ihre neuen schwarzen Lieblingsstiefel. Sterne wie blitzende silberne Stiefelknöpfe.

Sie hieß Moss. Es war das Jahr 1920: Sie war sechzehn, eigensinnig und entschlossen. Moss auf der Straße.

Kein Bereuen. Sechs Schritte waren es zurück zur Haustür. Sechs Schritte zuviel. Sie würde nicht wieder hineingehen. Also nickte sie kurz mit dem Kopf, wie es ihre Art war, fühlte in ihrer rechten tiefen Rocktasche nach den vier Ein-Pfund-Noten, fast die gesamten Familienersparnisse, mehr als die meisten Familien in Darlington besaßen, klopfte auf die alte Segeltuchtasche mit den neuen Stiefeln darin und ging los.

Ohne sich umzuschauen nickte sie nochmals und zuckte die Achseln wie um ein stummes Lebewohl zu sagen und die Bindung an ihre jüngeren Brüder und Schwestern abzuschütteln.

Über ihr Kassiopeia. Sie kannte all die Namen, hatte sie von ihrem jüngeren Bruder Ronnie gelernt. Er hätte nicht gezwungen werden dürfen, unter Tage zu arbeiten. Er haßte es, drinnen zu sein, eine Zukunft unter der Erde zu haben. Wie er sich dagegen gewehrt hatte! Aber ihr Vater wollte nicht nachgeben.

Die Straße stieg von der Zechensiedlung aus an, und Moss machte sich mit gleichmäßigen Schritten landeinwärts in Richtung der Hügel auf den Weg. Sie wanderte gerne. Sie rechnete mit zehn Meilen am Tag. Das wäre nicht zu anstrengend. Es würde ihr genug Zeit lassen, sich Scheunen zum Schlafen und Flüsse zum Waschen zu suchen. Sie konnte sich nicht erlauben, verwahrlost auszusehen. Sie hoffte, das Juniwetter würde sich halten und das Geld reichen. Seit Kriegsende waren die Preise in die Höhe gestiegen wie die Falken. Sie würde nur Brot, Käse und Äpfel kaufen. Zumindest gab es auf dem Lande immer reichlich Wasser zum Trinken. Ein Laib Brot kostete einen Shilling und wurde immer noch teurer.

Über der wildromantischen Nacht lag die Stille des Ackerlandes. Durch das Schweigen der Nacht aber surrten die vertrauten Fördereimer, um so lauter jetzt, da sie nicht mehr zu den Alltagsgeräuschen gehörten.

Moss war nicht unwissend, nur ungebildet. Sie wußte das. Sie wäre auf der Volksschule geblieben und Lehrerin geworden, wenn sie gekonnt hätte. Aber als Zweitälteste nach Daisy hatte sie nach ihrem zwölften Geburtstag als Dienstmagd nach The Hall auf dem Mount Pleasant gehen müssen. Die Hände rot aufgequollen vom Waschen, den Rücken kaputt vom Tragen der Kohlen- und Wassereimer, zehnmal am Tag hoch zum Haus der tausend Stufen. Das war der Name, den Daisy dem Haus gegeben hatte. Es gab Momente, in denen Daisy bitter in ihrer Wortwahl wurde.

In ihrer linken tiefen Rocktasche hatte Moss die Landkarte, die sie sich unter dem Vorwand, die Regale in der Bibliothek abstauben zu müssen, von The Hall 'ausgeliehen' hatte. So wußte sie, wohin sie ging. Hatte es erfolgreich geplant. Scheitern bedeutete Rückkehr, wo es doch praktisch keinen Ort gab, an den sie zurückkehren konnte. Wieder zuckte sie die Achseln. Sie hatte nicht vor zu scheitern.

Es war die beste Zeit des Sommers. Ronnie würde sagen, der Himmel sei in feine Seide gehüllt, 'so wie du sie nie tragen wirst, Mossie'. Schwarze Seide dort oben, mit Diamanten übersät. So etwas hatte sie noch nie gesehen. Ihre Ladyschaft in The Hall bevorzugte zartes Lavendel. Bestellte ihre Kleider in London und dachte sich nichts dabei, fünfzehn Guineen für ein spitzenbesetztes Cocktailkleid zu bezahlen. Aber wehe dem Mädchen, das ein Häubchen oder eine Schürze ruiniert hatte und nur zwei Shilling besaß, um sie zu ersetzen.

Echte Seide. Moss schauderte. Wer hatte ihr noch erzählt, daß sie die Seidenraupen kochten, bevor sie die Seide aus ihnen herauszogen?

Aber es hatte Nächte wie Seide gegeben, unter den Rhododendronbüschen. Mit Florence. Genug, um sich zu erinnern. Erlebten alle Mädchen so etwas? Kein Bereuen. Damals hatte sie an Liebe auf den ersten Blick geglaubt. Obwohl die erste Begegnung mit Florence nicht sehr romantisch gewesen war. Sie hatten nämlich 23 Pfund Kartoffeln für eines der Banketts Ihrer Ladyschaft geschält. Allein. Daisy hatte die Kamine versorgt. Fünfzehn Kamine. Es war bitterkalt gewesen im letzten Februar. Die Hände der Mägde waren unter dem fließenden kalten Wasser in der Spülküche fast erfroren.

So kam es, daß Florence von der Kartoffel abrutschte und sich in den Daumen schnitt. Aber sie hatte weitergeschält. Es war keine Zeit zu unterbrechen. Moss allein hätte es niemals rechtzeitig geschafft. Also wuschen sie einfach das Blut ab, halb kichernd und in der Hoffnung, es würde die ganze Bagage vergiften.

»Alle mit einem Schlag hinüber«, lachte Florence. Sie ließ sich gern Florence nennen. Sagte, sie fühle sich dadurch älter. Alle außer Moss nannten sie Flo.

Solche Nächte hatten sie im April gehabt. Genug, um sich zu erinnern. Kein Bereuen.

Einfach Pech, daß sie von Seiner Lordschaft dort gefunden wurden. Bei einem Mitternachtsspaziergang mit seinem Bruder und dem reinrassigen Airedale. Blödes Vieh. Hatte schwanzwedelnd in den Rhododendren herumgeschnüffelt.

Dann war plötzlich alles Sanfte vorbei.

Da wurden sie und Florence von den beiden Männern auseinandergerissen, um ihnen eine Lektion zu erteilen, die sie niemals vergessen würden. Und während der langen Minuten, die es dauerte, während die Männer sie bestiegen, als wären sie Kühe auf der Weide, hatte der verdammte Hund dagelegen und immer noch geschnüffelt und mit seinem Schwanz auf den Boden geklopft, wamm, wamm. Die ganze Zeit über hatten die Männer sie beschimpft, mit Wörtern, die Moss noch nie gehört hatte, niemals vergessen und niemals wiederholen würde. Wörter, von denen die beiden Männer sagten, sie seien noch zu gut für Mädchen, die so etwas täten, miteinander.

Härte war das Wort, das Moss im Gedächtnis blieb.

Die Härte des Bodens, der ihr vorher gar nicht hart erschienen war, die Härte der Männerkörper, die ihren jungen Körper aufrissen, so daß sie glaubte, ihre Hüften würden bersten, die Härte ihrer Worte, ihres Hasses. Die Härte, diese harte Lektion zu lernen.

Nun marschierte sie daher, und ihre alten Stiefel waren weich, vertraut. Sie kämpfte gegen die bösen Erinnerungen und gegen die neuen Ängste, überfallen zu werden, bestohlen zu werden, keine Arbeit zu bekommen, keine Unterkunft zu finden.

Daheim würde Daisy jetzt noch schlafen, leicht schnarchend, in dem Bett, das sie mit der fünfjährigen Janey teilten. Letzten Endes war Daisy der Grund für Moss' Entscheidung, fortzugehen.

»Gott ist mein Zeuge, ich hab' mein Bestes getan. Hab' Wache gehalten, während du draußen rumgeschäkert hast. Ich möchte ihn umbringen, deinen jungen Mann, und das würde ich auch, wenn ich wüßte, wo er hin ist. Ich hätte nie gedacht, daß du uns so im Stich lassen würdest, Moss. Ich wußte, du warst poussieren. Aber du warst nicht nur poussieren, nicht? Du hast deinen Liebsten etwas wissen lassen, was kein Mann wissen sollte, nicht bevor er dich geheiratet hat. Wie ich für dich gelogen habe, Mossie, und wie hast du's mir gedankt? Sag mir das!«

Moss konnte nicht. Denn hätte sie es gesagt, hätte Daisy ihr nicht geglaubt. Und außerdem konnte sie niemals verraten, was sie für Florence empfunden oder was sie mit Florence getan hatte. Es würde verboten werden, wenn es herauskam. Das hatte Moss nicht in der Volksschule gelernt. Das war etwas, das sie und Florence einfach wußten.

Florence würde ihr Geheimnis nicht verraten.

Florence war dorthin gegangen, wo es keine Schläge und keine Lektionen mehr gab.

Florence war vor ihrem Vater, ihren Brüdern davongelaufen. Sie hatte ihre Taschen mit Kohle beschwert und war in den reißenden Fluß gegangen.

Ihre Leiche wurde vier Tage später am Wehr angeschwemmt.

Moss hatte hysterische Anfälle bekommen. Sie hatte sich auf das Bett geworfen, fast ohnmächtig von dem Schock über so viele Tränen. Wenn Moss' Vater ein Schlägertyp gewesen wäre, hätte er vielleicht etwas von der Wahrheit aus ihr herausgeprügelt. Davon hätte niemand etwas gehabt. Aber die Familie hielt Moss' Tränen fälschlicherweise für ein Zeichen der Scham über ihre verlorene Jungfräulichkeit und Trauer über den Tod ihrer 'besten Freundin'. Sie brachten diese Freundschaft niemals mit der Wahrheit in Verbindung, weil sie niemals etwas von der Wahrheit ahnten. In ihrer Vorstellung war sie poussieren gewesen und hatte sie hintergangen, und nun war sie schwanger. Das reichte beinahe aus, um die hysterischen Anfälle zu erklären. Der unerwartete Selbstmord ihrer Freundin hatte Moss offenbar noch tiefer ins Elend gestürzt. Kein Wunder, daß sie einiges davon herausschluchzen mußte.

In Moss' Familie hatten die beiden ältesten Töchter meist gar keine Zeit zum Weinen. Entweder waren sie in The Hall bei der Arbeit oder sie waren zu Hause bei der Arbeit. Es mußte schon etwas Außergewöhnliches geschehen, bevor irgendeine, die älter war als Janey, sich Zeit für ein paar Tränen nahm. Lachen kam vor, und heftige Wutanfälle auch. Bei Wut rannten sie gewöhnlich zum Kohlenschuppen hinaus, knallten die Tür zu, um die anderen draußen zu halten, und schlugen mit der Schaufel gegen die Wand, bis sie sich beruhigt hatten oder die anderen das Getöse leid waren. Moss' Mutter reagierte gewöhnlich so, daß sie sich auf dem Klo einschloß, aber selbst dann nahm sie immer das jüngste Baby mit hinein und saß dort grübelnd mit ihm auf dem Schoß oder an der Brust. Falls *sie* jemals hysterisch wurde, so merkte das niemand.

Moss dachte an ihre Mutter, als die Sterne wanderten und die Nacht kalt wurde. Sie beschleunigte ihre Schritte, um sich warm zu halten, um sich selbst die Kraft zu geben, sich der Erinnerung an ihre Mutter zu stellen.

Schwangere Bräute waren weder in Moss' Dorf noch in ihrer Familie etwas Neues. Ihre Mutter war mit Daisy schwanger gewesen, als sie ihren Vater heiratete.

Der Skandal war also nicht, daß Moss schwanger war, zumindest für niemanden außer Daisy, die gute Gründe für ihre Empörung hatte, wie Moss wohl wußte. Nein, der Skandal war, daß Moss sich weigerte, den Vater anzugeben, und der Familie nicht half, ihre Wut an den Eltern des Kerls auszulassen und ihn zu zwingen, sie zu heiraten. Das war das bekannte Muster. Die Art, wie die Dinge in Ordnung gebracht werden konnten und sollten. Moss vereitelte das.

Ihre Mutter weinte und sagte, sie könne bleiben. Ihr Vater tobte und nannte sie eine dumme läufige junge Hündin und eine selbstsüchtige wilde Hummel, sagte aber, sie solle besser bleiben.

Daisy sagte das nicht. Sie setzte die einzige Macht ein, die sie wohl jemals haben würde. Ihr Zorn über die Ungerechtigkeit ihres eigenen Lebens kochte über, so wie die Erde manchmal Feuer spuckte und sich gegen die Männer und Frauen auflehnte, die auf sie angewiesen waren. Dann brach die aufgestaute Ungeduld die Erde auf und warf in der unkontrollierten Explosion Wagen und Stempel um, verletzte und verstümmelte Menschen und Ponies. Moss' Großvater und zwei Onkel waren bei einem solchen Ausbruch der Erde umgekommen. Und sie kriegte Daisys Ausbruch ab.

»Ich hab' für dich gelogen. Ich bin jeden Sonntag zur Kirche gegangen und habe Gott gesagt, es tut mir leid, daß ich für dich gelogen habe. All die Abende, wenn ich gesagt habe, du müßtest noch arbeiten. Du konntest nicht widerstehen, nicht? Es ist ein Sakrament, Mossie. Aber du konntest ja hingehen und es dir holen, wann du wolltest, nicht? Ich hab' dich gebraucht, Mossie. Wie kann *ich* jetzt heiraten und *mir* ein Zuhause schaffen? Selbst Kinder haben? Ich dachte, du und ich würden die anderen gemeinsam aufziehen. Was wird jetzt aus meinem eigenen Leben? Martha ist erst zehn, sie ist zu klein, um mitzuarbeiten. Ich bleibe nicht hier, nur um dein Balg aufzuziehen. Ich will dein Balg nicht im Haus haben. Entweder du gehst oder ich.«

Moss stand da wie stellvertretend für Ihre schweigende Ladyschaft, herausgeputzt in ihrem neuesten, gerade eben aus London eingetroffenen dreißig Pfund teuren Pelz, während Daisy Moss all die Beleidigungen ins Gesicht schleuderte, die sie Ihrer Ladyschaft vor den Busen knallen wollte und nicht konnte.

Moss hatte vor, hauptsächlich bei Nacht zu wandern. Bei Tag war es wärmer zum Schlafen. Sie fürchtete sich weniger vor dem Alleinsein in der Nacht, wenn sie wach war. Auf der Straße würde sie wohl keine unerwünschten Leute treffen.

Sie wanderte stetig in Richtung Richmond. Die Straßen waren ruhig. Eine Eule schrie. Sie kam an einer Weide mit Kühen vorüber, kunterbunt daliegende, unförmige Haufen, die in ihrem tiefen Tierschlaf atmeten. Sie hatte einen Zwölfstundentag in The Hall hinter sich. Sie beneidete die Kühe. Obwohl sie ihr ganzes Leben lang leergemolken werden, ihre Kälber verlieren und als Schuhleder an eines Menschen Fuß enden würden, nach dem Tode nochmals zu Tode getreten. Moss kannte Frauen, die zu Tode getreten worden waren. Sie hoffte, sie selbst würde einem neuen Leben entgegengehen.

Unten in der Hecke hatte es irgend etwas sehr eilig. Sie bemühte sich, keine Angst zu empfinden – schließlich versuchte es nur zu überleben, und es war kleiner als sie.

Der Mond begann zu sinken. Eine lange sichelförmige Bahn. Mit der Zeit und der Gesellschaft, die sie hatte, fühlte sie sich jetzt schon einsam. Damit hatte sie nicht gerechnet. Hatte sich die meilenweite Reise als Abenteuer vorgestellt. Hatte sich nach Zeit für sich selbst gesehnt. Nun hatte sie sie. Vielleicht würde sie mehr davon haben, als ihr lieb war.

Sie blieb stehen.

Sie befand sich mitten auf einer Straße, einer von mehreren, die gemächlich ansteigend in Richtung Richmond und Dales führten. In den Dales gab es keine Arbeit. Sie würde sie umgehen – Swale, Ure, Nid, Wharfe, Wensley. Ihr Ziel war das Kohlerevier südlich von Leeds. Kohle war ihr schließlich vertraut. Kohle hieß Geld. Wo es Geld gab, gab es auch Läden und größere Häuser für Direktoren, Ärzte und Tierärzte, und manche wollten Dienstboten.

Sie stand ganz still und versuchte, ruhig zu atmen, so gleichmäßig wie die Kühe eine halbe Meile zurück in Richtung Darlington.

Plötzlich hatte Moss große Angst. Der erste Tatendrang, das Fortgehen, die Zielbewußtheit waren nur vorübergehend gewesen. Hatten nicht einmal bis zur ersten Morgendämmerung angehalten. Der Mond sank, aber hinter ihr im Osten wurde es noch nicht hell. Sie hatte keine Ahnung, wo sie die Scheune finden sollte, in der sie hatte schlafen wollen, oder wo sie etwas zu essen kaufen sollte. Die Angst und Erleichterung darüber, daß sie mutig genug gewesen war, den Abschied zu schaffen, hinterließ nun eine Müdigkeit, die sie bis in die Fingerspitzen spürte. Jeder einzelne Körperteil war ein kleiner Schmerz, und alle waren miteinander verbunden. Es war gar nicht romantisch.

Es schien nicht einmal mutig, klug oder abenteuerlich. Es schien einfach nur lange zu dauern.

Und es würde noch länger dauern, wenn sie hier auf der stillen, abgeschiedenen Straße stehenblieb, wo selbst ihr eigener Atem überlaut schien. Sie stellte sich vor, sie könnte die Bäume wachsen hören, was sie vielleicht nachts auch taten. Sie wußte es nicht. Aber der Gedanke amüsierte sie, und trotz allem mußte sie grinsen. Das verjagte die Angst. Zähl bis drei und geh weiter, sagte sie sich.

Das tat sie. Und im Weitergehen erinnerte sie sich an ein Spiel, das sie mit Janey gespielt hatte. Wenn Moss einen freien Tag hatte, stellten sie sich draußen auf die Straße, und Janey rief eins – und warf die Arme nach vorne, zwei – und warf sie zurück, dann drei – und warf sie nach vorne, so daß Moss sie fassen und sie im Kreis herumwirbeln konnte, bis Janey quiekte: »Laß mich runter, laß mich runter, laß mich runter, Mossie, bitte«, aber sie hatte gar keine Angst, und Moss setzte sie mit Schwung wieder auf dem sicheren Boden ab. Es war nicht oft Zeit für Spiele. Die Spiele, für die sie dennoch Zeit gehabt hatten, kamen ihr wieder in den Sinn, und die Erinnerung ließ Moss heiße Tränen über das Gesicht laufen, wo sie nach und nach von der Nacht aufgesogen wurden.

Sie schaute zu den Sternen hinauf, suchte sich zwei davon aus und beschloß, so lange weiterzugehen, bis der Mond von einem zum anderen gewandert wäre. Sie betrachtete das als Zeitvertreib.

Es funktionierte. Die Straßen waren dunkelgrün; die Kälte biß Linien in ihre Haut wie feine Zähne. Daher begann sie, in Gedanken Kirchenlieder zu summen und zu sehen, wie viele sie schaffte, bevor der Mond den zweiten Stern erreichte.

Sie setzte einen Fuß vor den anderen und entdeckte, daß sie beim Gehen unwillkürlich mit dem Rhythmus in ihrem Kopf den gleichen Takt hielt. Trotz Daisys und Gottes Zorn war Moss froh, daß sie zur Kirche gegangen war, um diese Lieder zu lernen. Sie halfen ihr, einen Fuß vor den anderen zu setzen.

Der reiche Mann im Schloß, der arme Mann am Tor: Gott macht sie hoch und niedrig und weist ihnen ihren Stand.

Sie ignorierte den Text, den sie oft lächerlich gefunden hatte. Arme Leute hatten keine Tore. Sie benutzten sie als Feuerholz, wenn die Zeiten schlecht waren. Und nur reiche Leute fanden alles wunderbar und schön. Aber das hinderte die armen Leute nicht daran, um das Schöne zu wissen.

Moss und Florence hatten das Schöne miteinander erfahren. Moss dachte sich jetzt im Alter von sechzehn Jahren, selbst wenn das Leben ihr niemals wieder so etwas bringen würde, so hatte sie es doch erlebt, und niemand konnte es ihr mehr nehmen.

Sie merkte, daß sie aufgehört hatte zu singen, und als sie den Himmel anschaute, sah sie, daß der Mond fast angekommen war. Also war es Zeit, sich eine Schlafgelegenheit zu suchen. Sie würde sich den Luxus von acht Stunden gönnen. Sie hatte niemals acht Stunden Schlaf gehabt. Das war mehr, als die Nächte je hergegeben hatten. Tagsüber schlafen war etwas für die Reichen oder die Toten, und jetzt ausnahmsweise auch für sie, die lebendig war und nach vorne schaute.

Sie bemerkte, daß sich hinter ihr ein schwacher, schmuddeliger Streifen Helligkeit zeigte. Gut. Die Karte verzeichnete bis zum nächsten Dorf mehrere Bauernhöfe, und alles, was sie tun konnte, war, sich einen abseits gelegenen auszusuchen, sich hinzulegen (aus dem Blickfeld, so daß niemand sie fand, falls sie das Pech hatte, daß Landarbeiter in die Nähe kamen) und dem heftigen Verlangen nachzugeben, die Augen zu schließen und sich forttragen zu lassen.

Sie ging weiter. Prüfte anhand der Karte zwei Wegweiser, was jetzt, wo der schmuddelige Lichtstreifen breiter wurde, gerade eben möglich war.

Die Vögel begannen zu singen. Ronnie kannte alle ihre Namen.

Sie weckten den Hahn. Faules Biest, dachte Moss. Wieder ein Grinsen, schmuddelig wie der Himmel. Sie war übermüdet. Aber wenn sie grinsen konnte, würde sie gewinnen. Sie tat es. Tat es. Sie wollte krähen wie der Hahn. Wie er ihre Wiedergeburt herausschreien. Ihre Wiedergeburt aus dem Alten, die daraus entstand, daß sie gegen den eigenen Willen noch einmal ein neues Leben anfing.

Hähne bedeuteten Bauernhöfe. Sie ging auf das Geräusch zu. Die Scheune lag viel zu nahe an den anderen Gebäuden. Moss war zu müde, um sich deswegen zu sorgen. Sie kletterte über das hohe Gatter, das zu dem Feld hinter dem Heuschober führte, und mied alle Stellen, an denen es Wachhunde geben konnte. Sie hatte ein für allemal genug von Hunden.

Der Heuschober war halb leer. Wenn Leute kämen, würden sie in den vorderen Teil kommen, dachte Moss und zog in der hintersten Ecke zwei Ballen zur Seite. Dort, wo die Sonne jeden Moment aufgehen würde, glühte der Himmel in Sahne- und Butterfarben. Moss hockte sich ein Stück von ihrem vorbereiteten Bett entfernt hin, erleichterte sich, deckte die Stelle mit etwas losem Stroh zu und wischte sich mit den am wenigsten kratzigen Büscheln ab. Sie hätte gerne etwas getrunken und sich gewaschen, aber das konnte warten. Zuerst schlafen.

Sie überprüfte nochmals, ob die Ballen sie wirklich verdeckten und ob keiner auf sie kippen und sie ersticken konnte. Auf Haywards Farm war vor drei Jahren Hannah Swaith auf diese Weise umgekommen. Sie war erst neun gewesen. Moss schauderte. Sie konnte auftauchende Bilder dieser Art nicht gebrauchen und die aufgehende Sonne auch nicht. Also drängte sie die Erinnerungen, die sie steuern konnte, zurück und ignorierte die Sonne, die sie nicht steuern konnte. Sie stieg aus ihrem langen Rock, den sie säuberlich gefaltet neben sich legte, und nahm ihre neuen Stiefel aus der Tasche, um sie als Kissen zu benutzen, und dann schloß sie die Augen.

Barbara Imogen Farley war acht Jahre alt, als Moss 1904 geboren wurde. Biff war ein Versehen. Ein Kind der Liebe, hervorgegangen aus der Affäre ihrer Mutter mit einem jungen Mann, den sie über die Gewerkschaftsarbeit kennengelernt hatte. Ihre Mutter war Spinnereiarbeiterin und stammte aus Lancashire, wohnte damals jedoch in Manchester. Sie war Witwe. Biffs Schwestern Sara und Lucy waren um die Zwanzig und unverheiratet. Sie arbeiteten ebenfalls in der Baumwollspinnerei, in der ihre Mutter schon seit langem als Klöpplerin beschäftigt war.

Als Biff dreizehn war, im Jahre 1909, fingen ihre Mutter und ihre Schwestern an, die anderen Frauen in der Spinnerei gewerkschaftlich zu organisieren, und damit begann Biffs eigentliche Erziehung. In der Schule, wo sie das Mustersticken haßte und den Globus, der über ihren Köpfen hing und das britische Empire zeigte, nicht berühren durfte, hatte sie fast nichts gelernt. Noch Jahre später betrachtete Biff das Empire aus dem Blickwinkel der Benachteiligten, was, wie sie sagte, daher kam, daß sie früher jeden Tag von unten, von der Antarktis aus zu ihm aufschauen mußte. Soweit Biff sich erinnerte, wurde der Globus niemals auf die Augenhöhe der Kinder herabgelassen, und sie war sich absolut sicher, daß sie sich daran erinnert *hätte.*

Biff hatte drei Mütter. Sie betrachtete das als Vorteil, wegen der vielen Zärtlichkeiten und weil sie keinen Vater hatte. Von dem Tag an, an dem sie andere Menschen wahrnehmen konnte, spielte sich ihr Leben ausschließlich unter Frauen ab. Nachteile waren schwer zu entdecken und hingen nur damit zusammen, daß sie all diese Erwachsenen über sich hatte, manchmal so weit über sich wie den Globus im Klassenzimmer.

Alles, was wissenswert war, lernte Biff zu Hause. Sie erfuhr, daß Bosse mächtig und gewöhnlich Männer sind. Ihre Schwestern sagten, sie brauchten keine Männer. Ihre Mutter brauchte sie hin und wieder, daher Biffs Existenz. Als Biff älter wurde, fiel ihr auf, daß ihre Mutter von Zeit zu Zeit einen jungen Liebhaber hatte; für ihre Schwestern war das jedoch der einzige Nachteil an dieser außergewöhnlichen, lauten, ungestümen und liebenswerten Frau, die sie zur Mutter hatten. Von alledem sollte Biff noch gar nichts wissen. In sehr jungen Jahren erlangte sie jedoch einige Fertigkeit in der Kunst des Lauschens. Das war ihre Art, einen Zoll an einem glatten, schmierigen Globus hochzuklettern.

Als Biff dreizehn wurde, bestand die sozialpolitische Frauenvereinigung schon drei Jahre, und ihre Schwestern waren als Mitglieder der Arbeiterklasse aktiv. Ihre Freundinnen in Manchester, darunter viele bekannte Aktivistinnen wie die Kennedy-Schwestern, kamen an vielen Abenden in der Woche und an den Wochenenden ins Haus und redeten bis spät in die Nacht hinein über die bevorstehenden Kämpfe. Für eine junge Frau war Biff außerordentlich hochgewachsen, mit einem wachen, intelligenten Gesicht. Sie hatte eine stolze Haltung und ging, ohne die Schultern hängen zu lassen, so daß den Leuten ihre Größe auffiel. Ihr dichtes hellbraunes Haar war auf schlichte Art zurückgesteckt. Sie hatte graue Augen, die beim Reden aufleuchteten, und große Hände und Füße. Auf ihre Weise war Biff schön, und bei den Mädchen aus der Spinnerei war sie sehr beliebt; dagegen schien sie für das andere Geschlecht keinerlei Interesse zu bekunden. Sie beteiligte sich nie an dem Klatsch, den die anderen Mädchen so liebten – wer mit wem poussierte, wer verlobt war, wem ein Mißgeschick passiert war und wer heiraten mußte. Es gab noch andere wie sie in der Spinnerei, und oft war sie mitten in einer Menschentraube zu finden, in der die Nachrichten und Ansichten über das diskutiert wurden, was in Manchester und dem Rest der Welt geschah.

Biff war schlank, flachbrüstig und athletisch. Schon in sehr jungen Jahren war sie gerne Fahrrad gefahren; sie hatte ihre Röcke gerafft und sich die Fahrräder der Jungen aus dem Ort ausgeliehen, wann immer sie konnte. Als junge Frau kaufte sie sich Knickerbocker und ein eigenes Fahrrad und war überall in der Umgebung der Spinnerei anzutreffen, radfahrend wie ein Junge.

Biffs Schwestern Sara und Lucy waren keine typischen Spinnerinnen, denn sie zeigten kein Interesse an den jungen Männern. Aber sie waren auf der Arbeit wohlbekannt, und sie hatten über viele Jahre das Vertrauen der anderen Spinnerinnen gewonnen, einfach weil sie schon so lange dort arbeiteten. Vertrauen braucht nichts als Zeit, pflegten sie zu sagen.

Nicht immer verstand Biff die Wendungen, die die Gespräche nahmen. Manchmal war sie zu müde zum Lauschen, und ein- oder zweimal hatten ihre Schwestern sie als kleines Häuflein vor der Stubentür gefunden, wo sie beim Horchen eingeschlafen war. Dann hatten sie sie – eine unter die Schultern und eine unter die Knie gefaßt – nach oben ins Bett getragen. Sie hatten ihr die Stiefel und die Schürze und das Kleid ausgezogen und sie zwischen die Laken geschoben, noch ehe sie dazu kam, schläfrig zu protestieren.

»Warum laßt ihr sie nicht dabeisein?« fragten die Besucherinnen. »Drinnen kann sie weniger anrichten. Sonst platzt sie noch vor Neugier.«

Biff liebte besonders Aggie, die besonders Sara liebte. Aggie ließ Biff bei den Versammlungen am Küchentisch immer auf ihren Knien sitzen und bei den Gesprächen vorne in der Stube auf einem Sitzpolster zu ihren Füßen. Wenn Aggie hinausging, um in der riesigen Kanne, die sie für die 'Versammlungen' benutzten, Tee zu bereiten, folgte Biff ihr und flüsterte: »Darf ich bitte das Tablett tragen, Aggie?« Später erinnerte sich Biff, daß Aggie immer genickt und gezwinkert hatte. Biff verliebte sich in das Zwinkern und probierte es vor dem Spiegel im Schlafzimmer, aber sie konnte beim besten Willen nicht die eine Augenbraue hochziehen und die andere unten halten und den Kopf drehen und das alles gleichzeitig. Monatelang hatte sie einen steifen Hals vom Üben, aber es blieb Aggies Zwinkern, nicht Biffs.

Größere Treffen, die ihre Schwestern manchmal 'Planungsversammlungen' nannten, fanden in größeren Häusern statt, die größeren Leuten gehörten.

Sie schienen in jeder Hinsicht größer zu sein. Biff fragte sich, ob es vielleicht an der teuren Kleidung und den schweren Pelzkragen lag; vielleicht war es auch das aufgetürmte Haar, das in riesigen Schnecken um ihre Köpfe lag.

Lucy und Sara gingen gerne mit der Mode, und manchmal steckten sie ihre Haare auch auf, aber nicht jeden Tag, denn dafür war wegen der vielen Stunden, die sie in der Spinnerei arbeiten mußten, nicht genug Zeit.

Lucy schlief bei Biff im Bett. Sara schlief bei Mama. Aber gelegentlich blieb Mama anderswo, wieder bei einem jungen Mann, und manchmal ging Sara zu Aggie hinüber. Von Zeit zu Zeit kam Aggie und blieb über Nacht bei Sara.

Damals, erinnerte sich Biff später amüsiert, war es durchaus üblich, daß Arbeitermädchen nach einer Versammlung über Nacht bei einer anderen blieben. Niemand dachte sich etwas dabei. Es war sehr, sehr ungewöhnlich für ein Arbeitermädchen, zum Schlafen jemals ein ganzes Bett für sich allein zu haben.

In dem Einfamilienhaus in der Victoria Street, wo Biff wohnte, schliefen manchmal auch zwei oder drei junge Frauen auf dem Stubenboden, wenn wieder mal eine Planungsversammlung spät zu Ende gegangen war.

Lucy war die jüngere von Biffs älteren Schwestern, ein Jahr nach Sara geboren. Von Lucy lernte Biff, jedes Wochenende in die öffentliche Bibliothek zu gehen, um die Zeitungen zu lesen. Und es war Lucy, die Biff sagte, bevor nicht alle Spinnerinnen lesen und schreiben könnten, hätten sie keine Chance, Anführerinnen der Kampagnen für das Frauenstimmrecht zu werden.

»Worte sind das Entscheidende in diesem Kampf, liebe Biff. Merk dir meine Worte. Du kommst nicht weit mit der Marx-Lektüre, wenn du glaubst, Philosophie würde mit 'F' geschrieben«, sagte sie lachend. Sie schrieb Philosophie nieder, so daß Biff es buchstabieren konnte, und gewann Biff dafür, sich mit Philosophie zu befassen, indem sie ihr erlaubte, an den Versammlungen teilzunehmen, wenn sie ihre Hausaufgaben gemacht hatte.

Lucy liebte Worte und wäre sehr gerne zum College gegangen wie Christabel Pankhurst, aber sie empfand keinerlei Verbitterung gegenüber Christabel, ebensowenig wie gegenüber den anderen Pankhursts.

»Im Klassenkampf kannst du dir Verbitterung nicht leisten, liebe

Biff«, sagte sie und schaute Biff mit ihren klaren mandelförmigen Augen an, die aussahen wie grüne Blätter im Sommer.

Eines Tages, als Lucy sie ins Bett brachte, legte Biff ihre Arme um sie und flüsterte ihr ins Ohr: »Möchtest du gerne jemand Besonderes haben, Lucy, wie Aggie?« Die grünen Augen wurden feucht, wie Blätter mit Regentropfen darauf. »Was ist los, Lucy? Warum weinst du?«

»Ich weine nicht«, sagte Lucy, und Biff wußte, daß sie log. »Ich habe genug besondere Menschen. Es geht mir gut. Schlaf jetzt. Es ist schon viel zu spät.«

»Zu spät für dich, Lucy?«

»Nein, zu spät für eine Dreizehnjährige, die ins Bett gehört.«

Dann küßte Lucy Biff und machte das Licht aus, und Biff schlief ein mit der Frage, ob sie ihre älteren Schwestern wohl jemals verstehen würde.

Am nächsten Tag machte sich Biff an Sara heran und fragte sie, warum Lucy nicht jemand wie Aggie hatte, die über Nacht blieb.

Sara schaute nachdenklich auf die Schnitte hinunter, die sie mit Butter bestrich, und einige verlegene Momente lang fragte sich Biff, ob Sara mit dem Brotmesser ausrutschen würde. Sie schien in einer anderen Welt zu sein, stand gedankenverloren da. Dann legte sie das Messer hin und trug den Stapel Schnitten und die Teekanne zum Küchentisch. Nur sie beide waren im Haus. Biff saß still wie eine echte Katze, die nicht einmal mit den Schnurrbarthaaren zuckte, und beobachtete Sara.

Sara entschloß sich.

»Biff, wenn du jemals Lucy erzählst, was ich dir jetzt sagen werde, bist du nicht mehr meine Freundin. Hast du mich verstanden?«

Die Augen der Katze wurden riesig.

Sie nickte kaum merklich. Sara sah es.

Sara sagte, Biff sei nun alt genug zu verstehen, daß es für sie und Aggie in Ordnung war, einander zu lieben. Sie fragte Biff, ob sie das *wirklich* verstanden habe. Biff, immer noch Katze, zuckte mit den Schnurrbarthaaren, was ja bedeutete. Katzen können nicht sprechen, aber sie begreifen alles.

Aber dann erklärte Sara, daß es draußen, in der Spinnerei und auch in den vornehmen Häusern, eine Menge Männer und viele Frauen gebe, die das für Sünde hielten.

»Weißt du das schon, Biff?«

Biff nickte.

Lucy sei sehr unglücklich, fuhr Sara fort, und erzählte Biff dann, wie Lucys Freundin mit einem Stipendium auf ein College für Damen gegangen war und dort einen Verehrer kennengelernt hatte, und nächsten Monat, hieß es, würde sie heim nach Manchester kommen, um ihn zu heiraten. Danach würden sie fortgehen und in London leben, und sie würden reich und erfolgreich sein. Die nächsten Wochen würden für Lucy sehr hart werden, denn die Hochzeit würde in allen Zeitungen angekündigt werden, da die Familie sehr bekannt war.

»Unsere Lucy ist sehr unglücklich, Biffy. Deshalb müssen wir lieb sein und sollten sie nicht darauf ansprechen.«

»Ja«, sagte die Katze. »Kann ich jetzt meine Milch haben?«

Von 1910 bis 1913 verschwor sich Biff insgeheim der Sache des Frauenstimmrechts. Sie lauschte begierig den Berichten ihrer Schwestern über Straßenversammlungen, durfte manchmal hingehen, um sie mitzuerleben, und lief zusammen mit anderen jungen Mädchen am Rande der Menge mit, hörte zu, achtete auf die Zwischenrufe und bewunderte die Art, wie die Rednerinnen damit umgingen. Zuerst stellten sie eine unerfahrene Sprecherin hin, um die Aufmerksamkeit der Menge auf sich zu lenken, und wenn diese dann unter dem Hohn und Spott allmählich nervös wurde, traten die geschulten Frauen auf, die wie Biffs Schwestern wußten, wie sie ihre Argumente anbringen konnten, ohne die Leute zu langweilen oder zur Gewalttätigkeit zu reizen.

Biff war bei den Treffen zu Hause gelegentlich dabei und fing an, zu den Versammlungen in den Sälen der Stadt zu gehen. Sie sprach mit ihrer Mutter über die Spinnereigewerkschaften und deren weibliche Mitglieder. Frauen, die sich zusammenschlossen und an Stärke gewannen. Es war eine aufregende Zeit.

1912 wurde Biffs Mutter festgenommen und inhaftiert. Sie war erwischt worden, als sie bei einem der Besuche der Frauen in London einen Ziegelstein in eine Schaufensterscheibe warf.

Inzwischen war Biff Spinnereiarbeiterin geworden. Ihre tägliche Aufgabe war es, unter Anleitung einer Klöpplerin die gerissenen Fäden an den Klöppeln auszubessern.

Dieses Jahr war vom ersten bis zum letzten Tag ausgefüllt. In eben den Monaten, in denen Biffs Mutter im Gefängnis saß und das Essen verweigerte, begegnete Biff Emily, die auch gerade in der Spinnerei angefangen hatte. Sie war nicht berühmt wie die anderen Emilys. Sie würde auch keine Märtyrerin werden. Emily war aus der Gegend, normal und ungewöhnlich. Sie war lustig und traurig, unscheinbar und schön, albern und vernünftig. Sie liebte Biff ebenfalls, und zwar in dem ständigen Bewußtsein, daß sie, die jüngsten Suffragetten, lernen müßten, die Führung zu übernehmen, wenn die anderen inhaftiert, krank oder erschöpft wären.

Biffs Mutter wurde zwangsernährt. Im April 1912 begingen die Ärzte einen Kunstfehler. Sie schoben den Schlauch mit der warmen Flüs-

sigkeit aus Versehen in ihre Lunge. Sie wurde mit Lungenentzündung entlassen und sollte zu Hause gepflegt werden. Sie hatte noch drei Monate ihrer Freiheitsstrafe zu verbüßen. Im Mai galt sie als soweit erholt, daß sie zurückgehen und den Rest der Strafe absitzen mußte.
Sie starb am 10. Juni 1913, elf Monate nach ihrer Entlassung aus dem Gefängnis. Niemand konnte beweisen, daß die Ärzte sie umgebracht hatten. Seit dieser Zeit haßte Biff Ärzte.

Tagsüber gingen Emily und Biff in die Spinnerei. Nachts und an allen freien Tagen gossen sie Säure in Briefkästen, bereiteten den Transport entflohener Gefangener in sichere Häuser vor, schrieben Traktate und Manifeste, lasen Zeitungen und Filosofie (Biff weigerte sich, das Wort jemals mit 'Ph' zu schreiben – und wie sie feststellte, war es ein Wort, das sie beim Schreiben gar nicht benutzte); und sie lasen Geschichte und Wirtschaftskunde und stritten und diskutierten und schliefen miteinander.

Sie nannten sich die Bühnenarbeiterinnen. Diejenigen hinter der Kulisse, die durch ihre Arbeit das Spiel ermöglichten. Sie liebten einander mit einer Leidenschaft, die aus dem Wissen um Filosofie erwuchs, und sie scherzten und tobten und arbeiteten.

Als all die Kampagnen eskalierten und weitere Schaufenster eingeworfen wurden, noch mehr Säure in Briefkästen gegossen wurde und noch mehr Briefkästen in Brand gesetzt wurden, spalteten sich die Kampagnen in verschiedene Gruppen je nach der Form der Gewalt, ihrem Ziel und ihrem Ausmaß.

In der Spinnerei redeten und redeten Emily und Biff, drehten die Fragen hin und her und stellten sie auf den Kopf. Sie wußten, sie waren wichtig für die Kampagne, weil die tiefen Klassengegensätze das Vertrauen zwischen den Spinnereiarbeiterinnen und den gebildeten Frauen gefährdete, die Geld oder Zeit oder beides hatten.

Emily und Biff hielten ihre Leidenschaft neun Monate lang am Leben, und dann, als die Leidenschaft sich in Freundschaft verwandelte, versuchten sie achtsam zu sein und einander weiter zu lieben.

Biff konnte Emily nicht so viel Zeit widmen, wie Emily brauchte. Es gab jeden Abend Versammlungen und fast täglich den ganzen Tag lang Arbeit. Es war schwer genug, Zeit zu finden, um miteinander allein zu sein, außer wenn sie in den Wald auf den Hügeln gingen, aus denen früher einmal das Wasser für die Spinnerei abgeleitet worden war.

»Ich will nicht, daß es einfach so vergeht«, hatte Emily geschluchzt. Aber es war bereits vergangen, und bei dem Tempo der Stimmrechtskampagne war es schon zu spät, umzukehren und in einer geruhsameren Welt neu anzufangen.

»Du weißt, daß ich dich liebe«, weinte Biff, und die Tränen waren echte Tränen, vermischt mit der Trauer über die politischen Verhältnisse und der Trauer über ihre Mutter, der Trauer aller politisch tätigen Frauen, für die die Zeit ein Feind ist. Ihre Zeit war keine Frauenzeit. Sie gehörte Männern. Damals wurde sie, wie auch Emily erkannte, von den Männern bemessen, die den Frauen die Bürgerrechte verweigerten und die Luft über Manchester mit dem Rauch der Spinnereien verpesteten und die Frauenkörper zerstörten und das medizinische Wissenschaft nannten.

Das Geschenk, das Emily und Biff sich bewahrten, war kostbar. Es war das Geschenk der Loyalität, sorgsam ins Alltagsleben eingepackt, so daß sie es irgendwie schafften, sich weiterhin bei der Arbeit zu sehen und Seite an Seite für das Frauenstimmrecht zu kämpfen.

Während des ganzen Jahres 1913 blieben sie einander gegenüber loyal, durch die Intensität der beiden Jahre seit ihrer ersten Begegnung in der Spinnerei gealtert, als seien sie schon in den Zwanzigern.

Es war ihnen nicht der Luxus vergönnt, gemächlich mit Ferien und Ponies, Theaterbesuchen, Dinner- und Tanzparties aufzuwachsen. Aber als die Männer den Ersten Weltkrieg erklärten, waren Biff und Emily mit ihren achtzehn Jahren ausgewachsene Politikerinnen, geschult und erfahren.

Im Jahre 1913 wurden die Suffragetten übel behandelt, wenn sie von der Polizei erwischt wurden. Den Frauen wurden die Haare ausgerissen und die Nasen gebrochen, sie wurden in Beine und Brüste getreten und mit Schlagstöcken malträtiert, und oft kamen sie von der Polizeiwache zurück wie Soldaten vom Schlachtfeld.

Lucy und Sara sammelten Aufzeichnungen von den Fällen der Arbeiterinnen, die ihnen im Vertrauen erzählt worden waren, niedergeschrieben von Aggie, manchmal in Stenographie, die sie auf der Abendschule gelernt hatte. Die schriftlichen Aufzeichnungen wurden archiviert und in den Kellern und auf den Dachböden der weniger bekannten Häuser in Manchester versteckt.

Im November 1913 wurde Biffs Haus durchsucht. Verhaftungen gab es nicht, da keine belastenden Beweise gefunden wurden.

Am 11. Dezember wurde Biff zusammen mit Lucy erwischt, als sie Säure in einen Briefkasten gossen.

Auf der Polizeiwache drohte man Biff mit Vergewaltigung, falls sie sich nicht kooperativ zeigte und Namen und Adressen verriete. Sie zeigte sich nicht kooperativ. Sie wurde schwer mißhandelt, aber nicht vergewaltigt. Zusammen mit Lucy wurde sie bis zur Gerichtsverhandlung auf freien Fuß gesetzt.

Am 13. Dezember wurde Sara unter dem Vorwurf, mit Biff und Lucy konspiriert zu haben, zur Polizeiwache gebracht. Sie wurde gezwungen, achtzehn Stunden lang zu stehen. Als sie ohnmächtig zusammenbrach, wurde sie wiederbelebt und erneut auf die Beine gestellt. Später entließ man sie bis zur Gerichtsverhandlung, die für Neujahr angesetzt war.

Am 29. Dezember fanden Leute aus Manchester spät in der Nacht auf dem Heimweg von einem Fest die Leichen zweier Frauen, die anscheinend aus einem Auto auf den Bürgersteig geworfen worden waren. Sie wurden als Sara und Lucy identifiziert.

Der Coroner erkannte auf Tod durch Unfall. Es hatte keine Zeugen gegeben.

Emily fürchtete, Biff könne als nächste dran sein. Eines Abends nach der Arbeit lud sie Biff zu sich nach Hause ein.

In Emilys Haus zündeten sie das Feuer an und machten Tee. Die Sessel neben dem Kamin waren voller gefalteter Wäsche, die Arbeit von Emilys Mutter, daher setzten sie sich nebeneinander auf den Kaminvorleger.

»Ich habe Angst um dich, Biff«, sagte Emily. »Wenn du mit Lucy und Sara auf dem Fest gewesen wärst, hätten sie dich auch umgebracht. Sie werden dich kriegen, weißt du. Sie beobachten dich. Sie sind hinter dir her. Du bist nicht mehr sicher.«

»Ich weiß. Ich kann nachts nicht mehr schlafen. Ich liege wach und überlege, was ich tun soll.«

»Die Mädchen auf der Arbeit und ich, wir haben über dich gesprochen …«

»Über mich?«

»Wir können dir kein Geld geben, Biff, aber wir sind nicht arm an Ideen.«

»Ach ja?« Behutsam legte Biff mit der Feuerzange kleine Stückchen Kohle auf das Feuer.

»Wenn du und deine Schwestern nicht gewesen wären, gäbe es keine Gewerkschaft in dieser Spinnerei. Die Mädchen verdanken dir eine Menge, alle denken so. Du brauchst nicht den Kopf zu schütteln. Jetzt hör mir mal zu! Ich sag' dir, was wir uns ausgedacht haben.«

Sie saßen ruhig da und redeten, beugten sich zu Emilys Kamin vor, schlangen die Arme um die Knie und konzentrierten sich auf jede Einzelheit.

Emily sagte: »Du bist doch so groß wie ein Bursche, nicht?« Biff schluckte. »Und du hast große Hände und Füße.« Emily redete eilig weiter, bevor Biff sich zu sehr aufregen konnte. »Versteh mich nicht falsch, ich finde, du bist schön und in allem eine Frau, du weißt schon, was ich meine, aber es gibt eine Möglichkeit für dich, die eine kleinere Frau wie ich nicht hätte. Was wir dachten, ist – es wäre so leicht, Hosen und Schuhe zu besorgen, die Mädchen würden alle ihre Brüder fragen; und Aggies Schwester, sie ist Friseuse, sie würde dir die Haare abschneiden, und du könntest so tun, als wärst du ein Bursche.«

»Hör auf! Ich als Junge? Nie im Leben wollte ich ein Junge sein. Obwohl, Jungenschuhe mag ich schon ...« überlegte Biff.

»Na ja, es war immer ein Problem, Mädchenschuhe für dich zu bekommen, nicht? Und die anderen sagten, du trägst doch sowieso schon Knickerbocker zum Radfahren.«

Biff zitterte, als sie ihr Kinn auf die Knie legte und ins Feuer schaute. Es flammte und zischte. Wie die Zungen feuerspeiender Drachen, dachte Biff, als kleine blaue Flammen an der Kante eines Kohlebrockens entlangzüngelten. Mich zu verkleiden ist eine Sache, dachte sie, aber was fange ich anschließend an? Das Feuer knisterte, und sie wußte die Antwort. Es war ein einsames Wissen.

Als ob sie ihre Gedanken lesen könnte, sagte Emily sanft: »Denk darüber nach, Biff. Niemand außer der Familie und den Freundinnen kennt deinen Spitznamen. Für die Polizei bist du Barbara. Du könntest deinen Namen in irgend etwas Passendes ändern, und dann«, Emily streckte ihre Hand nach Biffs Hand aus und hielt sie, als sie fortfuhr, »mußt du Manchester verlassen. Du bist hier nicht sicher. Es war schon so schlimm für uns, deine Mutter zu verlieren und dann deine Schwestern. Denk daran, was sie deiner Mutter angetan haben. Es würde uns und die Kampagne ruinieren, wenn sie dich auch kriegen würden.« Emily bemühte sich sehr, ihre Stimme ruhig zu halten. Sie zitterte und kämpfte dagegen an, um die Beherrschung zurückzugewinnen. »Du weißt doch, daß sie immer gemeiner werden, nicht? Du würdest auf einer Gefängnispritsche liegen«, sie schluckte, und ihre Augen waren feucht geworden, »Schläuche und Fesseln und Folterer ... deshalb mußt du gehen. Um unseretwillen ebenso wie um deinetwillen. Die Mädchen sind alle ausgelaugt, die Moral ist schlecht. Es würde uns soviel Auftrieb geben, wenn wir wüßten, wir haben dich hier herausgekriegt, dir geholfen zu entkommen. Wir haben schon so lange nichts mehr geschafft, was uns neuen Mut geben kann. Die Mädchen und ich, wir wollen das für dich tun. Es ist doch unsere Aufgabe, Leben zu retten und zu versuchen, die Lebensbedingungen zu verbessern. Darum geht es doch – nicht darum, zuzulassen, daß sie uns eine nach der anderen umbringen.«

Emily ließ Biffs Hand los, griff in ihre Rocktasche, zog ein Stück weiches Baumwolltuch heraus und putzte sich die Nase. Biff nahm die Nadeln aus ihrem Haar und ließ es herabfallen. Sie schüttelte ein paarmal den Kopf und spürte das Gewicht des Haares. Wenn sie tat, worum Emily sie bat, würde das bald nur noch Erinnerung sein. Solange ihre Verkleidung dauerte, würde sie die Haare ganz kurzgeschnitten tragen. Sie legte die Hand an die Kehle und versuchte sich vorzustellen, wie sich Schlips und Kragen anfühlen würden, Tag für Tag. Sie wandte sich zu Emily und sah, daß ihr Gesicht im Feuerschein naß von Tränen war.

»Erklär mir bitte noch den Rest.«

»Du könntest mit dem Rad über die Pennines fahren, in irgendeinem Ort oder einer Stadt auf der anderen Seite Arbeit finden. Als Bursche. Allerdings ungelernte Arbeit – in den Spinnereien nehmen sie keine Burschen. Es hat also wenig Zweck, es in Bradford oder Leeds zu versuchen. Versuch es weiter südlich. Wenn du als Mädchen gingest, wärst du natürlich in Gefahr. Aber Burschen auf Wanderschaft gibt es immer. Wir haben ein Fahrrad für dich. Deins könnte erkannt werden. Es ist nur ein altes Ding, aber es wurde repariert. Es wird für eine Weile genügen. Und das Schwierigste von allem ist: Du darfst dich nicht mit uns in Verbindung setzen. Du würdest uns sonst in Gefahr bringen. Die Polizei hat viel zu tun, was bedeutet ihnen schon eine einzelne junge Suffragette? Sie werden eine Weile hier suchen. Wir werden herumerzählen, daß du nach London gegangen bist.«

»Du hast dir soviel Mühe gemacht. Ihr alle. Dazu ist mehr als eine nötig. Kleidung, Fahrrad, Pläne, Gerüchte ausstreuen. Ich mach' es. Und ich werde dich niemals vergessen.«

»Ich liebe dich, Biff. Es bricht mir das Herz, mir vorzustellen, du würdest gefoltert.«

»Ich liebe dich auch.«

»Am besten bleibst du heute nacht hier. Gott weiß, wie du glücklich werden kannst, wenn du fort gehst, aber zumindest bleibst du am Leben.«

»Und du, wirst du glücklich werden? Ich wünsche es dir. Auf welche Weise auch immer.«

»Im Moment ist leben genug. Das Glück kann noch etwas warten.«

Zu Neujahr 1915, nachdem sie ein Jahr auf der Suche nach einem sicheren Ort gewesen war, an dem sie sich niederlassen konnte, kam Barbara Imogen Farley als Bursche verkleidet in den Bergarbeiterort Herton und stellte sich vor als Bernard Ian Ferguson, genannt Biff.

2. Kapitel

Als Moss erwachte, stand die Sonne hoch, und die Schatten waren kurz. Sie lag hellwach und machte ihre Ohren mit den Geräuschen des Bauernhofes vertraut. Irgendwo konnte sie Schweine hören und

Hühner. Von weit entfernt kam Maschinenlärm, aber sie konnte nicht ausmachen, was es war. Stimmen waren nicht zu hören.

Nach einigen Minuten lugte sie vorsichtig über die Mauer aus Strohballen und schaute sich um. Alles war grün, und da waren zwei gehäufelte Felder mit Blättern. Kartoffeln.

Niemand war in der Nähe der Scheune. Sie war sicher, daß niemand sie sehen konnte und daß sie rasch durch das Gatter zur Straße zurückgehen und so tun könnte, als hätte sie einen normalen Landspaziergang gemacht.

So weit, so gut. Sie pinkelte und zog ihren Rock an. Dann löste sie ihre Haare und fischte die Haarbürste aus ihrem rechten neuen Stiefel. Im linken Stiefel hatte sie ein Handtuch und einen Zweig frischer Minze. Sie mußte sich waschen und die Zähne putzen. Sie aß etwas Minze, so hatte sie einen besseren Geschmack im Mund.

Sie bürstete sich die Haare und achtete darauf, die Nadeln nicht im Heu zu verlieren. Dann steckte sie das Haar schnell auf, wie sie es gewöhnt war, wenn sie pünktlich um 6 Uhr nach The Hall eilte.

Es war ein trockener, warmer Tag. »Bleib bitte noch so lange, bis ich dort bin, wo ich hinwill«, bat sie die Sonne. Sie wußte nicht, warum, aber sie hatte Hoffnung.

Dann schaute sie erneut prüfend aus ihrem Ausguck und verließ den Heuschober. Haarbürste und Minze wieder in ihren neuen Stiefeln und diese sicher in ihrer Tasche verstaut, die sie flott über die Schulter warf, schlenderte Moss über das Feld zum Gatter. Sie kletterte hinauf und sprang auf der anderen Seite hinunter.

Sie hatte gut geschlafen und fühlte sich stark. Der Wind war warm und roch nach Geißblatt. Was für ein Tag. Das Leben war schön, wirklich schön.

Sie verließ die Straße und betrat den Hof durch das Tor. Die Hunde schlugen an. Ein kleines Mädchen tauchte auf und schrie etwas zu ihnen hinüber, dann rief sie Moss zu: »Hallo, wer bist du denn?«

Moss lächelte und sagte hallo, nannte dem Mädchen ihren Namen und sagte, sie wolle mit ihrer Mutter sprechen.

Eine magere Frau erschien an der Tür.

»Hallo«, lächelte Moss. »Ich will meine Tante in Richmond besuchen. Ob Sie vielleicht Brot zu verkaufen haben? Ich möchte ihr ein schönes Geschenk mitbringen. Sie sagt immer, sie hat zuviel zu tun, um selbst welches zu backen, Gott segne sie.«

Die Frau fragte Moss, ob sie zu Fuß sei. Moss plapperte weiter und sagte, sie sei gerade die Straße entlanggekommen, sie täte das oft an ihrem freien Tag. »Sie ist es gewohnt, daß ich komme. Ich wandere gerne, und ich mag meine Tante sehr. Ich vermisse sie so sehr, seit sie von uns weggezogen ist.«

»Ach du je«, kam die Antwort. »Ja, ich vermisse meine Schwester auch, weißt du. Sie ist gleich nach dem Krieg nach York gezogen, ohne sie ist es nicht mehr dasselbe. Willst du etwas zu trinken, meine Liebe? Du siehst recht durstig aus.«

»Wenn es keine Umstände macht«, sagte Moss.

»Aber gewiß nicht. Dauert keine Minute. Setz dich hier vorne auf die Stufen, sie sind schön warm, es war so wunderbares Wetter diesen Monat, nicht?«

Das Kind stand da mit den Fingern im Mund und beobachtete Moss und ihre Mutter, die ins Haus verschwand und mit einem Glas Milch und einem frischen Laib Brot zurückkam.

Moss dankte ihr und bemühte sich, langsam zu trinken, obwohl sie ausgedörrt war. Die Hunde hatten sich beruhigt. Der Gestank der Schweine war fürchterlich und überlagerte den Geißblattgeruch. Das Brot war in ein altes dünnes weißes Tuch gewickelt.

»Was kostet das, bitte?« fragte Moss, aber die Frau schüttelte den Kopf und sagte, sie hätte reichlich, und sie würde sich freuen, wenn Moss es ihrer Tante mitbrächte.

Das unerwartete Geschenk beunruhigte und erfreute Moss. Die Leute im Norden waren für ihre Großzügigkeit bekannt, aber Moss war keine Bettlerin und wollte aus Stolz bezahlen, was sie schuldig war. Doch sie wußte, sie würde ebenso handeln, wenn sie reichlich hätte. Die Zeiten waren für alle werktätigen Menschen nicht leicht, und diese Frau sah mager und müde aus. Also schaute Moss ihr in die Augen und lächelte, und das Lächeln, das zurückkam, war echt.

Moss zeigte auf das Brot, das sie jetzt in der Hand hielt. »Das ist sehr freundlich von Ihnen. Ich weiß nicht, was ich sagen soll, außer danke.«

»Paß auf dich auf und überleg dir, welchen Weg du nimmst. Ich würde ja sagen, nimm die Abkürzung nach Richmond über die Felder, aber heute ist der Bulle draußen, also gehst du besser den weiten Weg außen herum.«

»Danke. Vielen, vielen Dank.«

Moss grinste das Kind an, das sie nur anstarrte, ohne zu lächeln. Moss fragte sich, ob es hier wirklich reichlich Brot gab.

Nach der Karte, auf die Moss schaute, als sie wieder auf der Straße und aus dem Blickfeld des Hauses war, waren es vier Meilen bis Richmond. Also würde sie im Laufe des Nachmittags ankommen, und das gab ihr genug Zeit, um Käse und Äpfel zu kaufen und die Stadt vor dem Dunkelwerden wieder zu verlassen.

Sie war froh, die Schweine hinter sich zu lassen. Komisch, daß der Wind letzte Nacht den Gestank nicht herübergetragen hatte. Moss war froh, daß ihr die Geschichte mit der Tante eingefallen war. Sie marschierte dahin und kaute einen Kanten, den sie von dem Brot abgerissen hatte. In Richmond würde es einen öffentlichen Brunnen geben, wo sie ihren Durst löschen konnte, der sich durch das Brot noch verstärkte.

Mit dem Trinken aus den Flüssen auf dem Lande mußtest du vorsichtig sein. Du konntest nie wissen, ob nicht flußaufwärts ein totes Schaf oder so etwas darin lag. Ihrer Karte nach müßte die Straße etwa zwei Meilen vor Richmond den Swale überqueren. Wenn sie dort eine Weile Halt machte und flußabwärts ging, würde sie eine Stelle finden können, die geschützt genug war, um sich rasch zu waschen.

Tatsächlich kam der Fluß schneller, als Moss erwartete, und sie merkte, daß es vielleicht falsch war, nur nachts zu wandern.

Jetzt, beim Wandern am Nachmittag, konnte sie sich an der Landschaft freuen und leichter etwas zu essen und einen Platz zum Waschen finden. Sie mußte unbedingt weiterhin sauber aussehen. Nur so würde die Tante, immer im nächsten Ort, glaubhaft erscheinen. Wenn sie dagegen keine Waschgelegenheit fände oder wenn sie zu schnell wanderte und zerzaust und verschwitzt aussähe, würde sie bald einer arbeitslosen Vagabundin gleichen. Das wollte Moss um jeden Preis vermeiden.

Also wusch sie sich und steckte in Ruhe ihr Haar auf, um ganz sicher zu gehen, und dann setzte sie gemächlichen Schrittes ihren Weg nach Richmond fort.

Allen, die eine Tante in Richmond haben, muß es gutgehen, dachte Moss und fragte sich, ob es an diesem reichen Ort überhaupt arme Leute gäbe. Wenn es welche gab, dann waren sie gut versteckt und aus dem Blickfeld der Wohlhabenden, denen es gefiel, wenn ihre Stadt aussah wie das Tor zu den nördlichen Dales. Die großen Bauernhöfe der Gegend waren von Generation zu Generation vererbt worden, und in den Läden fanden sich die entsprechenden Kunden.

Als Moss ihren Käse und ihre Äpfel kaufte, sah sie offenbar aus wie jemandes Dienstmädchen; als irgendeinem Dienstmädchen stellte man ihr nicht zu viele Fragen. Außerdem bezahlte sie mit einer Ein-Pfund-Note, und das allein zeigte dem Ladeninhaber, daß sie keine Bettlerin, Bedürftige oder sonstwie unerwünschte Person in dieser überaus zivilisierten Gemeinde war.

Sie fand auch ein Eisenwarengeschäft und kaufte einen kleinen Zinnbecher. Sie wagte nicht, sich eine Zahnbürste zu leisten, obwohl es jetzt, nach Kriegsende, wieder welche zu kaufen gab. Zu Hause hatten sie sich alle dieselbe geteilt. Sie waren froh gewesen, überhaupt eine zu haben.

In der Nähe des Brunnens war niemand, also trank sie aus ihrem Becher.

Sie verließ Richmond, als die Kirchturmuhr vier schlug.

Morgen um diese Zeit wollte sie schon den halben Weg nach Ripon geschafft haben. Also wanderte sie auf der Straße nach Süden, in Richtung Bedale, in den Abend hinein.

Sie war auf dem Lande aufgewachsen, und sie wollte auf dem Lande leben. Ihr Zuhause in der Nähe von Darlington lag landschaftlich sehr schön, und sie schätzte das, selbst wenn sie zu müde war, um sich daran zu freuen. Es war jederzeit möglich, daß ihr freier Tag klar und sonnig sein würde, so daß es selbst im Winter einiges zu sehen und zu entdecken gab. Also gebrauchte sie jetzt auf dem Weg ihre Augen, die ihr zeigen konnten, wie dieses Land im nächsten Monat, in der nächsten Jahreszeit aussehen würde.

Als auf der Straße nach Bedale die Sonne langsam auf die Dales zu ihrer Rechten herabsank, sah sie grüne, feste Brombeeren, die gerade an den Büschen herauskamen, wo die weißen Blüten ausgeblüht waren. Sie sah Spiersträucher und Storchschnabel. Aber der Storchschnabel erinnerte sie zu sehr an den Rittersporn, der die südliche Mauer von The Hall hinter den Rhododendren gesäumt hatte. Sie schauderte und merkte, daß ihr die Farbe Blau wegen dieser Erinnerungen jetzt verleidet war. Dann sah sie Hundsrosen, und das Wort 'Hund' klang schrecklich.

Sie seufzte und ging schneller, bis sie an den Hundsrosen vorbei war. Sie waren nicht schuld daran, aber es würde lange dauern, bis die Erinnerung verblaßte. Länger als die wilden Rosen blühten. Sie würde sie von nun an 'Wildrosen' nennen.

Wie so viele Straßen in Nord-Yorkshire war auch diese meilenweit mit Steinmauern gesäumt. Viele Stunden Arbeit mußten darauf verwendet worden sein. Manche mußten ausgebessert werden, wo Wind und Regen sie hatten bröckeln lassen. In all den Kriegsjahren hatte niemand an diesen Mauern arbeiten können. Heutzutage hatte niemand Arbeit. Was für ein Chaos.

Moss wußte, daß es nicht einfach sein würde, Arbeit zu finden, obwohl die reichen Leute immer noch Dienstboten einstellten. Seit dem Waffenstillstand hatte sich eine Menge verändert. Viele Frauen hatten ihre Anstellungen für die Soldaten räumen müssen, die ihre Arbeitsplätze zurückverlangten.

Der Himmel rötete sich. Abendrot ist Schäfers Freude. In ihrem Heimatdorf hatte es viel über Bauernhöfe und Bauern zu lernen gegeben, weil um die Zeche herum wunderbares fruchtbares Ackerland lag. Land, auf dem zu arbeiten Ronnie sich sehnte. Er sagte, er wollte etwas in die Erde pflanzen und keine Tunnel darunter graben. Aber ihr Dad war eisern geblieben, denn unter Tage hatte Ronnie eine größere Chance, seinen Lebensunterhalt zu verdienen, als über Tage.

Ronnie besaß kein Land, also hatte er keine Wahl. Aber das hinderte ihn ebensowenig wie seine liebste, nächste Schwester Moss daran, das Land schön zu finden. Gemeinsam hatten sie entdeckt, wo scharlachroter Pimpernell und wilde Anemonen zu finden waren.

Sobald sie einen sicheren Arbeitsplatz hatte, würde Moss an Ronnie schreiben. Eines Tages, so hoffte sie, würde sie ihn wiedersehen. Wenn ihr Baby ein Junge würde, wollte sie ihn Ronnie nennen. Moss wünschte sich, an einem Ort zu leben, der genauso war wie ihr altes Zuhause.

Nord-Yorkshire war wild, wie Moss es erwartet hatte. Der älteste Sohn des Vetters ihres Vaters war Prediger geworden und wanderte von Dorf zu Dorf und von Ort zu Ort. Wenn er vorbeikam, brachte er Nachrichten aus der Welt draußen mit; dann nahm er Moss immer auf die Knie und erzählte ihr von den Dales und den Städten südlich der Dales, in West Riding. Er haßte die Städte. In einer Stadt zu leben, sagte er, sei für arme Leute ein langsamer Tod. Die Zechensiedlungen bedeuteten Staub und Plackerei und Kampf und manchmal Tod. Aber aus der offenen Tür konntest du hinter dem Pütt immer noch den Wald sehen.

»In diesem Haus kannst du die Tür die ganze Nacht unverriegelt lassen, Moss, aber in einer Stadt könntest du das nicht.«

Südlich von Bedale fand Moss eine Scheune und schlief wieder von kurz vor dem Morgengrauen bis zum frühen Nachmittag.

Von Bedale aus führte die Route nach Ripon, und von dort aus würde sie sich nach Osten wenden, um nicht durch Leeds zu müssen. Sie würde Vetter Dons Warnungen beherzigen. Sie hatte Angst vor den Leuten, die sie in der Stadt treffen könnte. Angst vor den Männern, die von 'unsittlichen Einkünften' lebten, und sogar vor den Frauen, die nur mit dieser Art Lebensunterhalt über die Runden kamen. Moss hatte viel mehr Ängste, als sie anfangs gewußt hatte, und sie fühlte sich um Jahre älter, so als ob jeder Tag auf der Wanderung ihren Erfahrungen und ihren Gefühlen fünf Jahre hinzufügte.

Außerdem machte sie sich Sorgen, daß ihre alten Stiefel zu abgenutzt waren, um die ganze Reise über zu halten. Sie war es nicht gewöhnt, ohne Stiefel zu gehen, und daher wagte sie nicht, es zu versuchen, um sich keine Blasen zu holen; dann würde sie gar nicht mehr weiterlaufen können. Ihre neuen Stiefel mußten am Ende der Reise gepflegt aussehen, damit sie Arbeit finden konnte.

Auf der Straße nach Ripon sah Moss die Gesichter der Armen. Eine Familie war auf der Wanderschaft. Vater, Mutter mit einem Baby auf dem Arm und zwei etwa fünfjährige Jungen, in Janeys Alter. Moss wußte von der Arbeitslosigkeit. Der Mann war einer von einer halben Million, oder war es eine dreiviertel Million, die amtlich registriert waren. Die Regierung war stolz darauf, sagten alle Zeitungen, daß die Arbeitslosigkeit in diesem Sommer etwas zurückgegangen war. Moss nickte, als die Familie an ihr vorüberging. Sie hatte keine Lust, mit ihnen ins Gespräch zu kommen. Ihre Gesichter hatten scharfe Linien von der Nase bis zu den Mundwinkeln. Das waren verräterische Zeichen. Ihr Vater sagte, du kannst die Verzweiflung in den Augen der Leute sehen. Es schien Moss, daß die untere Gesichtshälfte armer Leute noch mehr enthüllte. Vielleicht war dieser Vater ein heimgekehrter Soldat, heimgekehrt in das Land der Helden. Vielleicht war das neue Baby passiert, nachdem er heimgekehrt war, und vielleicht waren deshalb die anderen in Janeys Alter. Wenn Moss Zeitungsreporterin gewesen wäre, hätte sie ein Foto von ihnen gemacht und einen Artikel geschrieben. Sie fragte sich, ob die Zeitungsreporter jemals erfahren hatten, wie es war, arm zu sein.

Vetter Don hatte von den schrecklichen Slums in Leeds und Bradford erzählt. Manche Leute lebten praktisch in Kellern und hatten nie Sonne in ihren Wohnungen. Ihre Betten waren klamm, wenn die Kanalisation den heftigen Regen nicht mehr bewältigen konnte. Es gab keine Schornsteine und keine Kamine in den Kellern, so daß die Familien im Winter fast erfroren. Und Vetter Don hatte finster dreingeblickt und gesagt, selbst das sei nicht so schlimm wie Liverpool – und natürlich London.

Moss hatte überhaupt nicht den Wunsch, nach London zu gehen. Sie war im Norden des Landes geboren und aufgewachsen, und obwohl ihre Familie von seiten ihrer Großmutter auch indisches Blut hatte, betrachtete Moss sich selbst als Nordländerin und beabsichtigte, im Norden zu bleiben. Aber nicht in einer der Städte, die die Hölle auf Erden waren, wenn sie es umgehen konnte. Sie fühlte in ihre tiefe Tasche. Da waren vier halbe Kronen und drei Ein-Pfund-Noten und ein paar Kupferstücke. Die Karte steckte immer noch sicher in der anderen Tasche. Sie war auf dem Weg, und im Gegensatz zu ihrer Familie, deren Gesichter ihr nicht aus dem Sinn gingen, war sie nicht verzweifelt und mittellos. Wenn sie erst Arbeit und Unterkunft hatte, würde sie sparen und sparen, ganz gleich wie schwer es war, und die vier Pfund nach Hause schicken. Sie hatte in dem Bierkrug auf dem Kaminsims einen dementsprechenden Brief hinterlassen. Sie hoffte, sie würden ihr glauben.

Zwei Tage später erreichte sie Wharfedale. Also würde sie ihre fünfte Nacht in Linton-in-Craven verbringen. Sie war die Scheunen leid, das Wandern leid, das Alleinsein leid. Sie hatte die Hälfte des Weges geschafft. Sie überlegte, ob sie im Gasthof anfragen sollte, doch sie wagte nicht, das Risiko einzugehen, daß man ihr Fragen stellen und sie vielleicht sogar ins Pfarrhaus und dann zur Polizei schicken würde. Sie wollte ihr Geld nicht für ein Bett und heißes Wasser verschwenden, obwohl sie sehr gerne ein richtiges Kissen gehabt hätte.

So stand sie auf dem kleinen Dorfanger, die Kirchturmuhr zeigte drei, und sie dachte an zu Hause und an Florence und Daisy und an alles Vergangene und Zukünftige, und es überwältigte sie. In diesem Moment erlebte sie ihr erstes Wunder. Wunder war ihr und Daisys Wort für etwas noch viel Besseres als Glück. Moss hegte den Verdacht, daß Daisy tatsächlich an Wunder *glaubte.* Moss nicht. Aber das Wort war hängengeblieben, und die nächsten paar Augenblicke ließen sie fast Daisys Glauben teilen. Jedenfalls den an Wunder.

Ein Auto hielt auf dem Anger, und heraus kletterten lachend zwei Frauen. Sie waren aus der Oberschicht – dem Auto, ihrer Kleidung und ihrer Sprechweise nach. Aber. Normalerweise gab es für Moss kein Aber, wenn es um die Oberschicht ging.

Sie holten eine Karte hervor und breiteten sie auf der Motorhaube aus, steckten die Köpfe zusammen, diskutierten und suchten nach einer Route, als Moss von ihrem Steinsitz aufstand und auf sie zuging.

»Entschuldigen Sie bitte«, sagte Moss höflich, »ich bin schon später dran als erwartet« – sie sprach in ihrer besten Ausdrucksweise –, »und ich bin auf dem Weg zu meiner Tante. Wäre es Ihnen wohl möglich, mich ein Stück mitzunehmen?«

Vor lauter Verwirrung über ihr eigenes Handeln, ihre Forschheit und den reinen Bluff konnte Moss sich später nicht erinnern, was die Frauen gesagt oder wie sie es gesagt hatten.

Sie ließen sie auf dem Rücksitz Platz nehmen, wo der Wind ihr fast den Kopf abriß, und setzten sie später, nach dreißig Meilen, südlich von Pontefract ab. Für die nächsten zehn Jahre würde dies Moss' einzige Fahrt in einem Auto bleiben. Sie genoß es in vollen Zügen, schaute auf die vorbeiflitzenden grünen Felder und Dörfer. Es war sonderbar, das Land nicht spüren zu können, während sie sich sozusagen darauf bewegte.

Die beiden Frauen lachten und redeten miteinander, sagten aber nicht viel zu Moss, die ohnehin nicht hätte antworten können, weil der Wind ihr die Worte aus dem Mund gerissen und in die Flüsse versenkt hätte.

Die gesamten dreißig Meilen verbrachte Moss in einem Taumel höchster Aufregung, die sie zu verbergen suchte. Die Frauen machten Urlaub. Sie lebten in London, aber Moss war nicht dumm, und es war klar, daß sie nicht aus den Slums kamen, und wenn sie in Schwierigkeiten gerieten, konnten sie ihnen einfach davonfahren. Wahrscheinlich gingen sie in den gleichen Läden einkaufen wie Ihre Ladyschaft daheim in The Hall.

Moss fröstelte. Die Frauen liehen ihr eine warme Decke, die sie sich um die Schultern legen konnte. Das waren keine überheblichen Frauen. Sie waren freundlich und aufmerksam. Für Moss aber kamen sie aus einem anderen Leben, aus einer anderen Welt, und würden auch wieder dorthin zurückkehren. Sie wußte nicht, wie es war, Urlaub zu haben. Zeit, für die nicht in der einen oder anderen Form bezahlt werden mußte. Halbkronenstücke, bei denen nicht jede Stunde nachgefühlt werden mußte, um sicherzugehen, daß sie noch da waren. Stiefel, die Teil 'der Garderobe' waren, wie Ihre Ladyschaft sie gehabt hatte.

Auf dem Rücksitz des Autos hatte Moss einen komischen Tagtraum. Komisch, weil er neu und weil er merkwürdig war. Vielleicht war er auch zum Lachen komisch, aber das war nicht die Bedeutung von 'komisch', die ihrem Gefühl während des Traumes entsprach.

Florence war am Leben und reich und hatte ein neues Auto. Florence konnte es fahren, und sie hatte lederne Autohandschuhe, so daß ihre Finger nicht taub vor Kälte wurden. Florence lud Moss ein, von Darlington wegzufahren und Urlaub zu machen. Florence hatte ein Haus in Südengland gefunden und würde dort wohnen und wollte, daß Moss mitkam, und sie würden Moss' Baby gemeinsam aufziehen.

Auf der Straße südlich von Pontefract hielten die beiden Frauen an, setzten Moss genau dort ab, wo sie es wollte, und winkten zum Abschied.

Eine von ihnen wünschte ihr eine gute Reise zu ihrer Tante. Die andere aber, die mit den klaren ehrlichen Augen und den Autohandschuhen, schüttelte Moss die Hand und sagte: »Viel Glück, Moss. Una und ich werden an dich denken«, und dann fuhren sie davon.

So kam es, daß Moss in der fünften Nacht ihrer Reise in einer Scheune in der Nähe von Pontefract schlief.

Eine der Auswirkungen des 'Wunders' war, daß Moss plötzlich ohne die stetigen, allmählichen Veränderungen, mit denen sie gerechnet hatte, in eine neue Landschaft versetzt worden war.

Diese Landschaft war grün und mit Bauernhöfen übersät, aber nicht wild, so sehr sich Moss dies auch vorzustellen versuchte. Die Moore hatten sich in Gärten verwandelt, als wären die kleinen Felder mit Knicks aneinandergenäht, und das ergab eine Wirkung wie ein Kilt in Grün- und Brauntönen mit schwarzen Quasten, den Schlackehalden. Zwischen Pontefract und Sheffield gab es keine Steinmauern wie nördlich von Ripon.

Die Dörfer waren schmutzig, einige jedenfalls, und falls der Wind aus der falschen Richtung kam, stanken sie furchtbar, wenn die Koksöfen in Betrieb waren. Das war der Eindruck, den Moss von der

Strecke zwischen Pontefract und Conisborough gewann, die sie in weiteren zwei Tagen durchwanderte. Sie näherte sich ihrem Ziel. Ihr Geld würde mehr als ausreichen, doch was hätte sie nicht für ein sonntägliches Abendessen mit der guten Soße ihrer Mutter gegeben! Sie versuchte, nicht daran zu denken, ihre Gedanken in dieselbe Richtung zu lenken wie ihre Füße.

Durch das Wandern fühlte sie sich fit, obwohl sie der Scheunen wirklich überdrüssig war. Sie konnte einen der Orte zwischen Conisborough und Sheffield wählen und hatte genug Geld übrig. Sie war froh, daß sie nicht schwach geworden und zuviel zu essen oder warme Getränke davon gekauft hatte.

Moss war drei Meilen von dem Dorf Herton und etwa fünfzehn Meilen von Sheffield entfernt, als ein Fremder neben ihr auftauchte. Bisher war sie nicht belästigt worden, und im ersten Moment traf es sie unvorbereitet. Sie hatte auf der Straße seit Pontefract vier Familien und etwa zwanzig verschiedene Einzelpersonen gezählt, alle, so schien es, auf der Suche nach Arbeit und Unterkunft. Offensichtlich waren die Zeiten hier im Kohlerevier von Süd-Yorkshire schlecht. Aber die reichen Frauen auf Urlaub waren nicht die einzigen reichen Leute in England, und selbst in diesem Teil des Landes gab es Besitzer von Schlössern und anderen vornehmen Häusern, die immer noch Dienstmädchen wollten, obwohl sie sich keine Mansarden voller Dienstboten mehr leisteten. Selbst die Reichen sparten, natürlich auf ihre Weise.

Die Person an ihrer Seite belästigte Moss jedoch nicht. Sie war groß und dünn wie eine Bohnenstange, hübsch und sauber rasiert. An Arbeit gewöhnt, wie Moss an den Händen erkennen konnte. Also kein heruntergekommener Soldat?

»Ich heiße Biff. Schon lange gewandert?«

»Hundert Meilen. Mein Name ist Moss.«

»Das ist 'ne gewaltige Strecke, Moss.«

Moss nickte. Biff fragte nicht weiter. Moss sagte nichts weiter. Wie es aussah, war Biff für Konversation nicht zu haben.

»Sind schwere Zeiten«, bemerkte Biff dann und schaute von der Seite zu Moss hinunter. »Vor fünf Jahren, im Krieg, war ich auch fremd in Herton. Sind schwere Zeiten«, wiederholte Biff, »für die, die sie durchgemacht haben, heißt das.«

Moss fiel keine Antwort ein, also schwieg sie. Sie fühlte sich wohl. Es gab Butterblumen in diesen Hecken und Weißdorn und viele Sorten Gräser. Keine Fußwege. Kein Verkehr. Moss' linker Knöchel scheuerte, ein dumpfes rohes Scheuern, das sich die halbe Wade hochzog. Im Stiefel hatte sich ein Stück von der Naht gelöst, und der Viertelzoll, der lose war, lag an der Innenseite. Sie sah drei Kohlweißlinge, die ersten in diesem Sommer. Ihr fiel auf, daß sie auf dem Weg gar keine Schmetterlinge bemerkt hatte. Es mußten wohl welche dagewesen sein, aber vielleicht war sie in Gedanken versunken gewesen und hatte sie übersehen. Moss mochte den gleichmäßigen, leichten Schritt der Person neben ihr und die Pausen zwischen Biffs Bemerkungen.

Außerdem hatte sie den Eindruck, daß Biff nichts sagte, wenn es nichts zu sagen gab. Also dachte Moss, sie sollte besser keine voreiligen Schlüsse über den großen Fremden ziehen, der neben ihr herging.

Während sie neben Moss herging, bemerkte Biff die Hecken, die Farben, Grün, Braun, Gelb und Purpur, und die Blüten an den Weißdornbüschen.

»Ich hab' Glück gehabt in Herton«, sagte Biff langsam. »Bin, wie ich schon sagte, vor fünf Jahren hierher gekommen; dachte mir, der Lebensmittelhändler kennt alle Leute. Bin 'reingegangen und hab' gefragt, ob jemand ein Zimmer zu vermieten hätte. Dachte nicht im Traum daran, daß *die* mir eins anbieten würden. Sie brauchten die Miete, es war ja Krieg. Das Geschäft lief nicht so gut. Franks Vater war krank. Frank war der erste Mensch, den ich in Herton traf. Einziger Sohn. Er und seine Mutter versuchten, das Geschäft zu halten.«

»Wieso bist du nicht eingezogen worden?«

»Bin ich«, log Biff gewandt. Dieselbe alte Lüge. »Ich wurde verwundet.« Biff sagte nicht, wann. Und falls Moss daran zweifelte, so sagte sie es nicht.

»Oh, das tut mir leid. Ich bin manchmal zu neugierig. War ich immer schon.«

Biff zuckte die Achseln, um zu zeigen, daß sie nicht beleidigt sei, und fragte sich, ob sie jemals die Freiheit haben würde, nicht zu lügen. Etwas an Moss zog Biff an. Vielleicht die Form von Moss' Schultern; der Mut, nicht zurückzuschauen, nicht umzukehren. Biff überlegte, was Moss zurückgelassen haben oder wohin sie gehen mochte.

»Franks Vater ist jetzt tot. Seine Mutter ist letzte Woche gestorben. Deshalb bin ich wandern gegangen. Um einen klaren Kopf zu kriegen. Sie war wie eine Mutter zu mir. Du könntest es einen Trauermarsch nennen.«

Moss schwieg und schämte sich ihrer Neugier, ihrer Aufdringlichkeit. Sie spürte, wie einsam sie sich fühlte, nachdem sie an eine große Familie gewöhnt gewesen war. »Kakophonien«, würde ihr Vater sagen. Er hatte solche Wörter von seinem Großvater gelernt. Moss' Urgroßvater.

Moss dachte in diesem Moment nicht weiter über das indische Erbe nach, obwohl die ganze Familie davon wußte und stolz darauf war. Sie fragte sich, ob es wohl irgendwann einmal möglich wäre, Biff näher kennenzulernen. Dann könnte sie Biff die Geschichte erzählen, in allen Einzelheiten.

Sie grinste. Normalerweise brachte das die Leute aus der Fassung. Du mußtest dich wappnen, wenn du auf eine Herkunft stolz warst, die niemand sonst achtete. Sehr wahrscheinlich würden die Leute dich vor den Kopf stoßen, bevor sie überhaupt zugehört hatten.

Als Moss an die Kakophonien dachte, hörte sie Daisys Stimme: »Um Himmels willen, Moss, mach die Tür zu, wir wohnen doch nicht im Stall.« Und ihre Mutter schrie ebenfalls: »Nein, Moss, du läßt die verdammte Tür offen, *offen*, hab' ich gesagt, sonst kann ich nicht sehen, was Janey anstellt; Daisy, du läßt unsere Moss in Ruhe, *in Ruhe*, hörst du! Ronnie, komm sofort zurück, *sofort*, und füll den Kohleneimer auf!« Und so weiter und so weiter. Immer von neuem wie die Fördereimer, auf und ab, auf und ab.

Moss' Nacken und Brust verspannten sich. Sie hatte das Gefühl, als schnüre die Segeltuchtasche ihr den Hals zu und laste ziegelsteinschwer auf ihrer Brust. Sie fragte sich, ob sie sich selbst jemals erlauben würde, um sie alle zu weinen. Sie wußte, was ein Trauermarsch war. Zu spät, jetzt umzukehren.

Biff konnte sehen, daß Moss reichlich Kummer durchlitten hatte, und ein einziges Mal wollte Biff in die Zukunft schauen können, um sich des Lebens zu vergewissern wie des Todes. Biff wollte sicher sein, daß auf die Verzweiflung die Hoffnung folgte, so gewiß wie jeder Tag mit einem Morgen begann, auch wenn die Nächte einsam gewesen waren.

Wenn Biff ihren Trauermarsch nicht unternommen und Moss nicht getroffen hätte, dann hätte Frank über kurz oder lang wegen einer Haushälterin annonciert. Eine neue Frau für die Arbeit, die seine Mutter getan hatte, eine neue Frau mit ihren eigenen Hoffnungen und Ängsten, die kommen und im Hause des Lebensmittelhändlers leben sollte.

Aber, wie Biff gerade herausgefunden hatte, der Tod brachte die Gefühle stets deutlicher zum Vorschein. Biff hatte das früher schon durch den Tod ihrer Mutter und den Mord an Lucy und Sara erfahren. Zwei Morde, von denen bei der Leichenschau nicht die Rede gewesen war.

Es war Biff nicht neu, daß die Intensität der Hoffnungen und Ängste nach dem Tod eines uns nahestehenden Menschen einen ungewöhnlichen Höhepunkt erreicht. Aber um sich davon zu erholen, mußte die Intensität wieder nachlassen; wenn nicht, führte sie zum Wahnsinn, und so erlebte Biff auf ihrem Marsch eine Wiederholung des Trauerprozesses. Er war nicht weniger intensiv, nur weil er eine

Wiederholung war. Er war ihr vertraut, und Biff wußte, daß er mit der Zeit vergehen würde, aber sie begegnete Moss auf dem Höhepunkt der besonders bewußten Phase.

Bei dieser zufälligen Begegnung in diesem besonderen emotionalen Zustand sah Biff in Moss nicht nur eine gutaussehende Frau mit schwarzen Augen und fast schwarzem Haar auf einer Landstraße, sondern auch eine Chance, eine Gelegenheit, die nicht vertan werden durfte.

Etwa anderthalb Meilen vor Herton fragte Biff deshalb: »Du brauchst also ein Zimmer, Moss?«

»Wieso?« Vorsicht! War das ein Antrag? Wer war dieser Fremde überhaupt?

»Franks Hinterzimmer ist jetzt frei, das ist alles. Wir brauchen eine Haushälterin.«

Biff und Moss erreichten Herton von Osten aus, auf der East Lane, die zwischen Ryelands Hof zur Linken und Hennets Hof zur Rechten hindurchführte. Die East Lane endete auf dem Dorfplatz, und von dort senkte sich das Land vor ihnen ab.

Im neunzehnten Jahrhundert wäre dies noch ein englisches Bauerndorf gewesen, mit dem Schloß, in dem der Gutsherr lebte, und der Kirche St. Stephen, dem Pub und den Hütten der Landarbeiter. Was aber jetzt vor Moss lag, war der Dorfplatz eines blühenden Bergarbeiterdorfes, in dem dieser neue Freund, ihr erster seit ihrem Aufbruch, sich niedergelassen hatte.

Ryelands Hof hatte ursprünglich dem Gutsherrn gehört, erklärte Biff, als sie auf der Anhöhe an der Südseite des Dorfplatzes standen. »Interessiert dich das, Moss? Ich will dich nicht langweilen.«

»Oh, du langweilst mich nicht, Biff. Ich wäre gerne auf der Schule geblieben und Lehrerin geworden. Meine Mutter war Lehrerin, aber sie mußte es aufgeben, als sie sich in meinen Vater verliebte. Mutter hat uns viel Geschichte gelehrt. Vielleicht kann ich dir irgendwann einmal davon erzählen. Nein, du langweilst mich nicht. Bitte erzähl weiter.«

»Ja, gut. Ich liebe Geschichte, und na ja, ich werde sonst nicht oft gebeten, von der Vergangenheit zu erzählen.« Biff lachte. Es war das erste Mal, daß Biff lachte, seitdem Franks Mutter gestorben war. »Also, hinter diesen Bäumen da«, Biff zeigte nach links, »da ist das alte Herrenhaus. Es gibt jetzt aber keinen Gutsherrn mehr, und der Tierarzt hat es gekauft, und er hat einen eigenen Golfplatz. Die Straße hinten an der Ecke, die schräge, das ist die Church Lane, du siehst ja, warum sie so heißt.« Moss grinste und nickte. »Sie geht steil abwärts, deshalb ist sie keine Busstraße. Dann biegt sie um den Dorfteich und führt hinter der Zeche herum. Dieser Teil ist dreckig, aber wenn du etwa eine Meile weitergehst, kommt eine wunderschöne Landschaft, und dann kannst du stundenlang ohne Unterbrechung wandern.«

Zu ihrer Rechten unten auf der Nordseite des Platzes konnte Moss die St. Stephen-Kirche sehen, die, wie Biff sagte, aus normannischer Zeit stammte, als das ganze Dorf ein Landgut mit einem Lord war (Moss schauderte bei dem Gedanken an The Hall) und alle Felder in Streifen aufgeteilt waren und jeder den Zehnten abgeben mußte. Biff war ein wandelndes Geschichtsbuch. Moss war fasziniert.

Sie wandten sich nach rechts, hinunter über den Platz, rechts an St. Stephen vorbei und bogen in die High Street ein, die etwa eine halbe Meile abwärts führte. Sie gingen ein paar hundert Meter an einzelnen kleinen Läden vorbei, einem winzigen Postamt, einem Stoffgeschäft, drei Süßwarenläden, einem Herrenschneider und einem Woll- und Babyladen und kamen an eine Straße, die nach rechts abbog. Moss schaute die Straße hinunter und konnte einige neue Reihenhäuser erkennen, die vor dem Krieg angefangen, aber nicht fertiggebaut worden waren, und dahinter lag das offene Feld.

Dann erweiterte sich die High Street zum Marktplatz.

»Freitags«, sagte Biff, »kannst du hier Gott und die Welt treffen. Dies ist nämlich der Marktort für alle kleineren Dörfer im ganzen Umkreis. Wir haben 150 Stände, alle voller Waren. Von Stiefelknöpfen bis zur Teekanne kannst du alles bekommen.«

Auf der anderen Seite des Marktplatzes stand ein zweistöckiges viktorianisches Gebäude, das wie eine Bibliothek aussah.

»Das ist mein Lieblingsort in Herton«, sagte Biff und lachte wieder. »Komm und sieh ihn dir an, dann gehen wir die paar Meter weiter zu Franks Laden. Oh, entschuldige. Bist du erschöpft, Moss? Vielleicht willst du lieber gleich zu Frank?«

»Ich bin müde. Aber ich möchte lieber erst deinen Lesesaal sehen. Könnte ich danach wohl eine Tasse Tee bekommen, Biff? Ich habe Durst.«

Also warfen sie nur einen kurzen Blick in die Bibliothek, aber Moss konnte durchaus sehen, warum jemand wie Biff so gerne dort war.

Der Lesesaal war ein heller, rechteckiger Raum an der Seite der eigentlichen Bibliothek. In der Mitte stand ein etwa drei Meter langer und zwei Meter breiter Tisch mit tragbaren Ständern für Zeitschriften. An den Wänden befanden sich weitere schräge Ständer, etwa in Hüfthöhe für Männer, etwas höher für Frauen, und ein paar alte Leute standen hier und lasen die Tageszeitungen. Die Ständer waren direkt unter den Fenstern angebracht, die bis zur Decke hinaufreichten.

Sie standen beisammen und schauten zur Decke hoch, die sich von allen vier Wänden aus zu einem Mittelpunkt wölbte und vollständig aus grünem Glas bestand.

»Wer immer diese Decke entworfen hat war ein Genie, nicht, Moss?« flüsterte Biff.

Moss nickte und lächelte Biff an. Sie war froh, daß sie diesen Saal gesehen hatte. Er bedeutete Biff viel. Moss spürte, daß Biff es brauchte, ein bißchen Hoffnung verbreiten zu können. Zumindest kam es Moss so vor, als sie schweigend nickte. Es hätte dumm ausgesehen, Biff das zu sagen, denn Moss müßte jemanden doch erst kennenlernen, bevor sie diese Art von Gedanken austauschte. Außerdem würde es so lange dauern, es Biff zuzuflüstern, und lauter als im Flüsterton zu sprechen, schien in diesem Raum nicht angebracht. Moss konnte sich jedoch vorstellen, daß dieser Saal im Winter, wenn es draußen fror, richtig gemütlich war, und ihr fiel auf, daß es außer Tageszeitungen auch eine gute Auswahl an Zeitschriften gab. Das einzige Problem war, die Zeit dafür zu finden.

Drei Leute begrüßten die große Gestalt, und eine alte Frau holte einen Apfel hervor und drückte ihn Biff in die Hand.

Danach hielten sie sich nicht länger auf, sondern verließen rasch die Bibliothek und gingen über die Straße zu Franks Laden, der etwa zwei Gehminuten entfernt lag. Kein Wunder, daß Biff oft hierher kam.

»Biffs Freunde sind auch meine Freunde«, sagte Frank und streckte über die Ladentheke hinweg seine Hand aus, als Biff erklärte, daß sie sich auf der East Lane begegnet seien und Moss ein Zimmer für ein paar Nächte brauche und Arbeit suche.

Biffs Loyalität gegenüber Frank beeindruckte Moss tief. Da gab es nicht die Erwartung, Biff hätte das Recht, Moss einzustellen, bevor Biff nicht unter vier Augen mit Frank gesprochen hatte.

Frank Smith war so langweilig wie sein Name und ohne jedes Selbstwertgefühl, stellte Moss fest, noch bevor der erste Abend vorüber war. Er war ein guter, freundlicher, ehrlicher Mann, der hart arbeitete. Ein Schatten dessen, was er hätte sein können, wenn er nur Herton, seine Eltern, seinen Laden verlassen und sich die Welt angesehen hätte. Er war sechsundvierzig.

Moss' vorherrschendes Gefühl für Frank war Mitleid. Sie kam aus einer lauten Familie, wo jeder nach Anerkennung drängte, jede der eigenen Persönlichkeit gewiß war, mit Warzen und allem. (Ronnie hatte tatsächlich Warzen. Es war richtig schwer, sie wieder loszuwerden.) Von innen wie von außen eine imponierende Familie.

Moss hätte ihre Eltern als das Salz der Erde beschreiben können. Frank Smith dagegen würde sie als Lehm beschreiben. Solide, ließ sich etwas draus machen, aber ohne die Würze von Salz.

Die Chance, hier zu arbeiten, und die Tatsache, daß sie so leicht und unerwartet ein Zimmer für einige Nächte gefunden hatte, ließen

Moss die Phantasien nur so im Kopf herumwirbeln. Aber sie war zu realistisch, um zu erwarten, daß das Leben ihr ein Glück ohne irgendeinen Preis bescheren würde. In ihrer Familie war das nie so gewesen. Wahrscheinlich würde es auch nie so sein.

Also nahm sie das Zimmer, voraussichtlich für ein paar Nächte, für einen Shilling die Nacht, Verpflegung nicht eingeschlossen, und wartete. Sie brauchte nicht lange zu warten.

Frank war mit dem Laden verheiratet. An den Tagen, an denen geschlossen war, langweilte er sich zu Tode. Jeden Morgen war er wegen der Lieferwagen um 6.40 Uhr auf, ließ die Markisen herunter, stellte das Schild GEÖFFNET und die Zigarettenwerbung nach draußen, und anschließend stapelte er, sortierte und füllte auf. Die Alltagsroutine und der Laden, der ihm diese Routine vorgab, waren Franks ganzes Leben.

Er vermißte die Gegenwart seiner Mutter. Er sah sich als einen Mann, der eine Frau um sich brauchte, die ihn bemutterte. Dieses Gefühl beunruhigte Frank nicht. Frank machte sich nicht viel Gedanken um Menschen, denn er hatte festgestellt, wenn er nur wartete, kamen Menschen in sein Leben und blieben – wie Biff.

Frank vermißte die Arbeit seiner Mutter. Er mochte es, wenn seine Hemden, alle sieben, ordentlich auf dem Bügel in seinem Kleiderschrank hingen; wenn seine Unterhosen in der Schublade aufgestapelt lagen, exakt Kante auf Kante, wenn seine Socken paarweise gefaltet waren, die rechte Seite nach außen; wenn seine Bettwäsche gebleicht, gebügelt und gelüftet war. Er hatte gerne am Montag seine Arbeitskittel fertig, die knielangen aus Khaki mit den vier Knöpfen vorne und den tiefen Taschen, alle drei, auf Kleiderbügeln in die Diele hinter dem Laden gehängt.

Ohne seine Mutter, die er geliebt und gut behandelt hatte, war all das nicht möglich. Und wenn das nicht möglich war, würde er in seinem Laden nicht so auftreten können, wie er es gewohnt war, wie er es erwartete, wie er es wollte, wie es seinem Geschäft nützte.

Zwei Tage lang dachte Frank über Biffs Idee nach, daß Moss in dem kleinen Hinterzimmer bleiben und als Gegenleistung dafür das Haus in Ordnung halten könnte. Biffs Loyalität wurde ihm zum x-ten Mal bewußt, die unbezahlte Arbeit seiner Mutter zum ersten Mal. Er hatte seine Mutter immer geschätzt. Er hatte gesehen, daß sie hart arbeitete, wie sie alle – die vielen Stunden, der Grundsatz, alles tipptopp in Ordnung zu halten. Aber Frank hatte nie zuvor über einen Preis für die Arbeit seiner Mutter nachgedacht, bis Biff ihm Moss als potentielle Haushälterin vorgestellt hatte. Frank schlug einen Monat Probezeit vor, um zu sehen, wie sie alle miteinander zurechtkämen.

3. Kapitel

Das sonntägliche Mittagessen in Herton war das Festmahl der Woche. Zuerst Yorkshire-Pudding, mit reichlich Soße. Dann Fleisch und drei Gemüse.

Moss trug das Mittagessen auf und wappnete sich für den entscheidenden Augenblick. Es war September 1920, sie war fast im fünften Monat. Tagelang Höllenqualen, während sie sich darauf vorbereitete, hinausgeworfen zu werden, weiter zu müssen. Heimatlos, mittellos. Fern von den zwei Freunden. Würden sie immer noch ihre Freunde sein, wenn sie es wüßten? Sie saßen am Tisch, der ausgezogen und so gedeckt war, wie Franks Mutter ihn gedeckt hätte, mit Servietten und allem. Eine Frau mit Grundsätzen.

Moss war entschlossen, nicht zu weinen. Sie hatte nur einmal beim Sonntagsessen geweint. Zu Hause in Darlington.

Nun also riß sie sich zusammen, damit ihr nicht die Tränen in die Soße fielen und den Yorkshire-Pudding ruinierten.

Am Stocken ihrer Stimme erkannten sie, daß Moss ihnen jetzt sagen würde, was sie bereits wußten.

»Ihr seid gut zu mir gewesen, ihr beide. Ich muß euch etwas, äh ... sagen. Ich ... äh ... ich bin fast im fünften Monat. Es tut mir leid. Ich hätte es euch gleich sagen sollen. Ich ... äh ... ich hätte es nicht soweit kommen lassen sollen. Es tut mir wirklich leid, daß ich es euch nicht erzählt habe, um unser aller willen.«

Frank legte Messer und Gabel hin. Er lehnte sich ein wenig zurück. »Willst du mich heiraten, Mossie?«

Biff wurde grauweiß und starrte Moss an.

Moss verschluckte sich an ihrem Pudding. Biff sah aus, als sollte sich die Erde auftun und sie alle verschlingen.

»Was hast du gesagt?« fragte Moss und versuchte gleichzeitig zu schlucken und zu sprechen.

»Ihr habt es beide gehört.« Frank schaute von einem zum anderen. »Ich will, daß du hierbleibst, Moss. Bei uns. Ich will, daß du mich heiratest.«

»Entschuldigt mich.« Moss floh. Schnappte sich ihren Mantel vom Haken an der Hintertür, gegen die Septemberkühle, und rannte. Über die High Street auf den Dorfplatz, hinaus auf die East Lane, den Weg, auf dem sie in den Ort gekommen war. Draußen auf der Landstraße lief sie dahin und ließ den Wind an ihren Haarnadeln zerren. Sie hatte immer noch schulterlanges Haar, wenn es gelöst war. Sie hatte nie daran gedacht, Frank zu heiraten. Es war eine vernünftige Antwort, ein anständiger Vorschlag, von einem freundlichen Mann. Mrs.

Frank Smith, die Frau des Lebensmittelhändlers. Es ergab einen Sinn und doch wieder nicht. Frank zu heiraten würde ihr Heim und Herd sichern, einen Platz in dieser Stadt, etwas zu essen für das Baby und für sie. Heiraten ohne Liebe. Wenn Mitleid und Vertrautheit die einzigen Gefühle waren. Das dem wilden Mädchen in ihr anzutun, das in Heuschobern geschlafen und bis spät in die Nacht am Küchenkamin mit Biff geredet hatte, lange nachdem Frank zu Bett gegangen war, über die Regierung, die Arbeitslosigkeit, die Wohnungssituation, über Politik und Geschichte.

Dann fragte sie sich, ob Biff bleiben würde. Was hatte Biff an sich, was sie faszinierte? Die Drehung des Kopfes, das Lachen, das sie in diesem ungewöhnlichen Haushalt allmählich miteinander verband? Dann erkannte sie, daß sie Gefühle hegte, die sie zuvor nicht benannt hatte. Daß sie spürte, es sollte Biff sein, der sie fragte, nicht Frank. Keinerlei Andeutung oder Geste von Biff hatte Moss einen Hinweis auf Biffs tiefere Gefühle gegeben. Biff arbeitete, lachte, war freundlich. Fuhr jeden Tag auf dem mit Kisten beladenen Lieferfahrrad hinaus, die Hügel von Herton hinauf und hinunter.

Moss verlangsamte ihren Schritt, fand ihren Sitzplatz an der Hecke, wo ein Feld an die alten Eichen stieß, und war voller Bitterkeit.

Frank aß langsam seinen Yorkshire-Pudding. Biff hatte nichts gesagt. Die Stille hätte das Fleisch in papierdünne Scheiben schneiden können. Moss' kaltes Essen war erstarrt.

Frank fand, was er gesagt hatte, sei keine weltbewegende Überraschung gewesen. Moss mußte bereits wissen, daß er sich zunehmend auf sie verließ. Sie war eine gute Köchin, eine fähige Haushälterin. Er mochte ihr Lachen. Es war angenehm, sie im Hause zu haben. Heirat war das einzige, was er anbieten konnte. Er war angetan von der Vorstellung, Kinder zu haben, und hatte vermutet, daß Moss ihr Zuhause überhaupt nicht verlassen hätte, wenn sie nicht in anderen Umständen gewesen wäre. Sie würde Vernunft annehmen. Sie hatte keine große Wahl. Er würde ihr noch einmal die Heirat anbieten, wenn sie zurückkam. Er war überrascht, daß sie hinausgelaufen war, aber selbst seine Mutter hatte das ab und zu getan. Die besten Frauen der Welt, die beständigsten, mußten ab und zu explodieren. Er selbst empfand dieses Bedürfnis nicht, aber bei Frauen rechnete er ohnehin damit, daß sie alles in allem viel gefühlsbetonter waren.

Biff aß schweigend. Bekümmert. Moss die Heirat anzutragen, war unmöglich. Eines Tages würde Biff die Lüge nicht mehr nötig haben. Zu gehen, wenn Frank das verlangte, würde bedeuten, sich von diesen beiden Menschen zu trennen, die Biff brauchte, auf die sie sich stützte. Die Liebe zu Moss verzehrte Biff. Nachts wachzuliegen, an Moss zu denken, zu wissen, welche Liebe es geben könnte, wenn nur. Wenn nur. Solch ein kleiner massiver Brocken, Moss zu lieben, Moss zu heiraten, Kinder mit Moss aufzuziehen. Natürlich war Moss schwanger. Biff hatte es immer vermutet. Es machte Moss eher noch liebenswerter, keinesfalls weniger. 'So verwundbar, wie ich bin', dachte Biff. 'Es dreht sich alles um Verwundbarkeit und Verstecken. Sich diesen Schutz erhalten, um den nächsten Tag zu bestehen.'

Zu bleiben, wenn Moss Frank heiratete, würde bedeuten, mit noch mehr Lügen zu leben. Biff, in der Verkleidung gefangen. Moss, im Bett mit Frank gefangen, vorher und nachher daliegend, ohne zu wissen, was Leidenschaft sein konnte.

Biff aß schweigend, mit einem Schmerz in Herz und Schoß. Ein Schmerz, der sich nur besänftigen, lindern, in eine Wildgans im Fluge verwandeln ließ, wenn Moss die Leidenschaft erwiderte. Keine Andeutung von Moss hatte Biff irgendeine Hoffnung gemacht, und ohnehin hatte Biff vor Jahren, nach der Flucht aus Manchester in der Verkleidung, gelernt, ohne diese Art von Hoffnung zu leben.

Biff aß soviel sie konnte, aber von dem Essen wurde ihr übel. Biffs Teller stand für all die Male, die Moss seit ihrer Ankunft vor acht Wochen für sie drei gekocht hatte; er rief ihr schweigend zu, daß sie eine große Veränderung erleben würden. Biff empfand Franks Gefühlsarmut als ein großes Loch, in das Essen hineingekippt wurde. Wie satt oder hungrig Frank auch war, diese Armut würde immer gleich groß sein.

In den fünf Jahren, bis Moss kam, hatte Biff auf Franks Gefühlsarmut mit einer Gelassenheit reagiert, die fast an Erleichterung grenzte. Niemand wußte oder fragte, warum oder wie Biff nach Herton gekommen war. Franks nichtvorhandene Neugier war ein Teil von Biffs Schutz, zusammen mit Franks ausgesprochener Zurückhaltung, die Franks Eltern, als sie noch lebten, ebenso gezeigt hatten. Franks Mutter nahm es sehr genau mit den Grundsätzen. (Für sich nannte Biff sie Regeln.) Aber sie war auch sehr warmherzig und lachte viel. Sie war das Herz des Hauses und, nachdem Franks Vater krank geworden und gestorben war, auch das Oberhaupt. Daher wußte Biff in dem tiefen Schweigen dieses schicksalhaften Sonntagsessens, daß Frank Moss' einmalige Lebendigkeit nur unter der Bedingung hinnahm, daß sie den Haushalt so tadellos führte, wie seine Mutter es getan hatte.

Für Biff war Frank wie ein älterer Bruder gewesen, ein ungewöhnlich gutmütiger, dem das Schikanieren nicht lag. Biff wurde nun klar, wie wenig Frank jemanden zu schikanieren brauchte, da er ja alles bekam, was er wollte, wenn er darum bat. Er hatte sich nicht einmal die Mühe gemacht, sich nach einer Frau umzuschauen. Er hatte Moss durch seinen Freund gefunden, ohne einen Finger zu rühren.

Als Biff sich bemühte, den Teller leer zu essen, wurde der verborgene Schmerz immer stärker, bis Biff die Spannung nicht mehr aushielt.

»Ich gehe raus. Rauf in die Hügel. Das ist ja ein ziemlicher Schock. Brauche Zeit zum Nachdenken.«

Frank wirkte überrascht. »Mit dem Fahrrad, Biff?« war alles, was er sagte. »Ja. Bin nach dem Dunkelwerden zurück, Frank. Gibt nichts zu tun für den Laden, oder?«

»Nicht vor morgen früh. Paß auf dich auf, Biff. Seh ich dich dann später?«

»Klar, Frank. Seh dich später. Bis dann.«

Frank hörte, wie Biff die Hintertür schloß und seinen 'Ganzen Stolz' mit Scheppern aus dem Schuppen holte. Frank hatte eine Vision von seiner Mutter, die Biffs neues Rennrad so genannt hatte. Die Stimme seiner Mutter schien ganz deutlich im Raum zu stehen. Das überraschte Frank. Er hatte nie an solche Dinge geglaubt.

Das Tor zum Hinterhof wurde auf- und dann wieder zugeriegelt, nachdem die Räder des Ganzen Stolzes zügig hindurchgetickt waren, und Frank hörte, wie Biff sich mit dem Rad in den Durchgang an der Seite von Küche und Laden zur High Street wandte.

Frank seufzte über die Störung der üblichen Routine. Gewöhnlich spielte er sonntags nachmittags mit Biff Karten, manchmal dekorierte er ein wenig, und ab und zu gingen sie, nachdem Moss abgewaschen hatte, alle drei auf der East Lane hinaus in den Wald zu einem langen Spaziergang. Frank fand, daß er in einem guten Ort geboren und aufgewachsen war. Ein geschäftiges Dorf, fast eine Kleinstadt, reichlich Arbeit, wegen der guten, ergiebigen Kohleflöze. Hertoner Schwarzkohle war in der ganzen Gegend berühmt, sogar bis nach Barnsley, wo sie als Barnsley-Schwarzkohle bekannt war. Nur dreißig Meilen mit dem Fahrrad hinauf in die Pennines. Das war eigentlich Biffs Spezialität, besonders seit das alte Fahrrad nicht mehr zu reparieren gewesen war und Biff für den Ganzen Stolz gespart hatte, aber auch Frank fuhr hin und wieder ganz gerne und hielt deshalb das alte Fahrrad seines Vaters gut in Schuß. Ein- oder zweimal hatte Biff Moss vorgeschlagen, sie solle sich Hosen besorgen und es ausprobieren. Sie lachte ihr helles, hohes Lachen. Wie Glocken. Frank hoffte, sie würde bald nach Hause kommen, und angesichts des eingetrockneten Essens auf Moss' Teller und der unappetitlichen Reste auf Biffs Teller seufzte er wieder und begann den Tisch abzuräumen. Den Abwasch machte er nicht. Das war Frauenarbeit. Aber er kratzte die Teller leer, und als er die Abfälle anschaute, fragte er sich, ob er nicht vielleicht einen Hund anschaffen sollte, irgendwann einmal.

Wenn uns jemand aus der Luft beobachtete, würden wir wie Termiten aussehen, die hastig den Rückzug aus einem Ameisenhaufen antreten, dachte Biff, als sie die High Street hinaufradelte und rechts auf den Dorfplatz abbog, an der Kirche vorbei und im Freilauf nach Westen die Church Lane hinunter, schnell wie der Wind.

Es war ein schöner Septembertag, aber Biff war nicht in der Stimmung, sich an den Beeren der Rotdornbüsche oder den Dahlien in den verstreut liegenden Gärten der Bergarbeiter unten an der Church Lane nahe der Zeche zu freuen. Die meisten Bergarbeiterfamilien wohnten im Zecheneinzugsgebiet und in den Dörfern um Herton, nach Norden zu. Die Nordseite bekam den Wind und die Gerüche der Schlackenhalden und Koksöfen ab. Niemand von den Reichen lebte auf dieser Seite. Sehr selten verliebte sich die Tochter eines Reichen vielleicht einmal in den Sohn eines Kumpels. Gelegentlich gab es eine Mußheirat. Dann zog sie nach Norden, in das Zechengebiet oder noch weiter, und änderte mit dem Ort auch ihren Lebensstil vollkommen.

Biffs Gedanken drehten sich im Kreise wie die Räder. Die Bergtour begann, als die Zeche hinter ihr lag. Keine gleichmäßig ansteigende Fahrt. Der Hügel war wellig, mit langgezogenen, langsamen Steigungen, an denen Biffs Wadenmuskeln schmerzten, passend zu dem anderen Schmerz in ihr; steile, scharfe Gefällstrecken, trügerisch und gefährlich. Biff konzentrierte sich sehr, in dem Bewußtsein, daß es an den Steigungen auf das Atmen ankam und auf den Gefällstrecken die Straßenfläche entscheidend war. Die kleinste Unebenheit konnte das Vorderrad ausbrechen lassen und Biff mit dem Kopf voran über die Lenkstange katapultieren, mindestens einer Gehirnerschütterung entgegen.

Die Konzentration war wichtig. Sie ließ keinen Raum mehr für Ängste, Hoffnungen oder verworrene Gefühle. Es war die Konzentration des Athleten, des Grubenarbeiters, der Künstlerin und der Suffragette. Sie brachte das Wesentliche zum Vorschein, und Biff wußte, daß die dreißig Meilen dieser Strecke bis zum Derwent Valley Herz und Entschlußkraft stärken würden.

Biff lehnte den Ganzen Stolz gegen einen Felsvorsprung und blickte über die steinige, wilde Moorlandschaft.

Vor der Nachmittagssonne und dem Wind geschützt, streckte Biff sich im Schatten zu einer Ruhepause aus, dankbar für die Entspannung nach dieser Anstrengung.

Es wurde Zeit, die Rolle zu überdenken, die sie als in Männerkleidern verborgene Frau in Herton spielte.

Moss hatte ihre Familie durch das Schwangerwerden verloren, Biff ihre durch die politischen Verhältnisse.

Im Schatten liegend, konnte Biff sich nicht vor den Erinnerungen verstecken; sie überließ sich ihren Tränen und sehnte sich danach, die Erinnerungen mit Moss zuzudecken.

Im Waldgebiet südlich der East Lane beobachtete Moss zwei Grashüpfer, die sich auf einem Grasbüschel paarten. Zumindest wäre das Leben als Grashüpfer einfacher. Leben, sich paaren, die Brut aufziehen, sterben.

Sie hatte keine Ahnung, wie hoch die Lebenserwartung weiblicher Grashüpfer war.

Sie hatte Entscheidungen für sich zu treffen. Frank zu heiraten bedeutete, mit ihm ins Bett zu gehen. Daran dachte sie mit Abscheu; sie war zwar nicht prüde, aber sie sehnte sich nach Leidenschaft und nach Frauen, und sie wollte nicht noch mehr Babys.

Florences ältere Schwester, die verheiratet war, hatte sie nicht in Unwissenheit aufwachsen lassen. Sie hatte Florence gesagt, wie sie in Essig getränkte Schwämmchen benutzen konnte, um Babys zu verhüten, und sie erzählte von Gerüchten über Gummikappen. Reiche Leute hatten sie schon vor 1900, berichtete Florences Schwester. »Aber ich habe noch nicht herausgekriegt, wie unsereins darankommen kann, selbst wenn wir das Geld hätten, was wir nicht haben.«

Moss begriff, daß ihre Möglichkeiten, was Geburtenkontrolle anbetraf, begrenzt waren, und ihr wurde bewußt, daß sie Frank nur allzu ernst nahm, wenn sie sich bereits über all dies Gedanken machte. Einige Minuten lang, während die Grashüpfer immer noch aneinanderhingen, stellte sie sich Franks nackten Körper auf sich im Bett vor, wenn sie heirateten, und Franks Gleichgültigkeit in bezug auf Liebe.

Er würde verläßlich sein, freundlich zu dem Kind. Den Kindern. Moss korrigierte sich. Sie würde ihm ein eigenes Kind schenken müssen, vielleicht zwei. Darauf hatte er ein Recht. Das machte drei. Wie konnte sie drei Kinder empfangen, austragen und stillen, von denen eines aus einer Vergewaltigung entstanden war und die anderen aus Langeweile?

In dieser Stadt hätte die Frau des Lebensmittelhändlers eine gesicherte Position. Der Laden lag nur wenige Schritte vom Markt entfernt. Die Leute schauten herein, hielten ein Schwätzchen, verweilten ein wenig. Freitags, am Markttag, kamen sie, um einander zu sehen und sich zu amüsieren. Es wurde viel gelacht.

Wenn Biff blieb (wenn Biff nur bleiben würde!), könnte das Leben erträglich gestaltet werden. Nicht lange, und sie hätte neue Freunde. Schon jetzt begrüßten einige Frauen aus dem Ort Moss mit Namen, nachdem es sich herumgesprochen hatte, daß bei Smiths eine Haushälterin wohnte. Aus purer Neugier ließen sich die Kundinnen etwas einfallen, was ihnen ausgegangen war.

Alle würden die Daten nachrechnen; sie würden wissen, daß es nicht Franks Kind war. Sie würde sehr bald danach ein zweites brauchen, um ihm wieder zu Ansehen zu verhelfen. Die Leute in Herton waren nicht viel anders als die daheim, dachte Moss. Sie würden hocherfreut Skandal schreien, froh, daß es nicht sie erwischt hatte, und dann würde sich die Neuigkeit erschöpfen, und sie würden sich beruhigen.

Diese Gedanken taten Moss' Gemütsverfassung überhaupt nicht gut. Sie wollte eine Versöhnung mit Daisy und mit ihrer Mutter, die wußte, wie man mit Skandalen fertigwurde. Die Wut über Moss' Baby hätte überwunden werden können, das wußten sie alle, wenn die Familie sich hätte leisten können, es zu ernähren. Ihre Familie wegen Geld zu verlieren erregte Moss' Zorn mehr als Daisys Groll oder der Schock ihrer Mutter. Es war, als hätte Daisy gesagt: »Wenn jemand hier ein uneheliches Kind bekommt, dann *ich* und nicht du, Moss. *Ich* bin dran, verdammt noch mal; wann geht in diesem Hause jemals irgend etwas nach *meiner* Nase!« Aber Daisys Gör, wenn sie jemals eins hätte, könnten sie sich genausowenig leisten wie meins, dachte Moss traurig. Sie vermißte Daisy, im Bett an sie gekuschelt, und Janey auf der anderen Seite.

Der Gedanke, jede Nacht an Franks Körper und nicht an Daisys zu schlafen, entsetzte sie. Daisy war so weich gewesen, so zärtlich. Sie verdrängte diese Gedanken. Sie standen erwachsenen Frauen nicht an. Erwachsene Frauen suchten Zärtlichkeit in der Ehe, nicht wahr? Flüchtig sah sie sich an Biff gekuschelt. Es wäre schön, Biff gerade unter dem Ohr zu küssen. Die Faszination für Biff führte zu nichts. Moss zwang sich, den Gedanken an Biff zur Seite zu schieben.

Wenn sie Frank heiratete, dann konnte sie die drei Kinder auch gleich haben. Auf diese Weise konnte sie zumindest die Sorge um Geburtenkontrolle aufschieben. Sie mußte mehr über die Gummidinger herausfinden. Sie hatte das Gefühl, sie könnte Biff fragen, selbst nach so privaten Dingen. Biff war nicht prüde und wußte, was in der Welt vorging.

Moss war neidisch, daß Frank von all diesen Sorgen befreit war. Er würde über die Gummidinger nicht mehr wissen als über die Namen der Sterne am Himmel. Er würde den Himmel auch nie als eine schwarze seidene Kuppel sehen.

»Also werde ich ihn heiraten?« fragte oder vielmehr sagte sie sich und nickte dem einen Grashüpfer zu, der sich auf dem Grasbüschel ausruhte. »Ich würde meinen, danach mußt du dich verdammt lange ausruhen. Was für eine Leistung! Du armes kleines Ding.« Sie lachte rauh, stand auf und schüttelte ihren Rock aus. »Auf Wiedersehen, Moss Stratton; hallo, Mrs. Smith.«

Moss' Heirat mit Frank war eine bescheidene Angelegenheit in der düsteren Stille der Methodistenkapelle.

Biff trug einen neuen Anzug, dunkelgrau wie Holzkohle. Wenn die Nähte vor Frustration hätten platzen können, hätten sie es aus Mitgefühl mit Biff getan. Aber sie blieben fest umeinander genäht, hielten das gebügelte Tuch an seinem Platz; Biffs Sonntagsstaat, ein weicher Anzug als Panzer zwischen Biff und der Frau, die ruhig durch die kleine Kapelle schritt, die Hand auf Biffs Arm, um dem Bräutigam übergeben zu werden. Nicht mir, dachte Biff und konnte den Gedanken niemandem anvertrauen. Biff hoffte, daß der Schmerz und die Trauer sich auf ihrem Gesicht als Härte zeigen und sie bei dieser öffentlichen Vorführung ihrer Person in Verkleidung sozusagen männlicher aussehen lassen würden. Sie hätte sich keine Sorgen zu machen brauchen. Die einzigen Leute in der Kapelle waren ein paar von Franks ältesten Kundinnen, die zuletzt zum Begräbnis seiner Mutter gekommen waren, und ein paar Kinder, die sich in den hinteren Teil des einfachen Gebäudes geschlichen hatten, um zu gaffen.

Die Gesellschaft in dem an die Kapelle angrenzenden Methodistensaal war größer. Viele weitere Kundinnen und Kunden waren eingeladen, die Ehefrauen, Ehemänner und älteren Kinder. Es gab Schnittchen und Kuchen, Bier und Biskuitdessert; Frank war kein wohlhabender Mann, und der Festschmaus wurde als das Großzügigste gewürdigt, was ihm unter den Umständen möglich war. Schließlich wußten bis dahin alle in Herton, daß Moss Stratton außer ihrem Kind und ihrer Arbeitskraft nichts in diese Verbindung einbrachte. Moss war eher ruhig als schön. Nicht gerade die strahlende Braut, aber wegen ihres Lachens und ihrer Arbeitswilligkeit in Herton mit einiger Zuneigung bedacht. Die Pharisäertruppe würde es ohnehin immer geben. Jede Bergarbeiterstadt hatte ihre unentwegten Moralapostel. Die Säulen der Church of England. Sollten sie nur über diese Hochzeit in der Kapelle tuscheln, wenn sie wollten; die Gesellschaft, die sich an diesem Samstag im Saal versammelt hatte, ging mit dem zufriedenen Gefühl, daß Frank immer ein guter Mann gewesen war und es als seine Pflicht ansah, sein Bestes für diese junge, leichtfertige Haushälterin zu tun. So wie er sich gebettet hatte, würde er zweifellos bequem liegen.

Biff stand abseits von der kleinen Versammlung, trank ihr Bier und wechselte gelegentlich ein paar Scherzworte mit den Burschen ihres Alters, die sie hin und wieder unten im Colliers' Arms traf. Sie konnte nicht anders als darüber nachsinnen, was die Zukunft in bezug auf Liebe, Wärme und Leidenschaft für sie bereithielte. Ihr Anzug kratzte, ihre Beine fühlten sich wie abgestorben an, ihre Brust wog mehr als ein Sack Kartoffeln. Sie wünschte sich ihre Schwestern, Lucy und Sara, mit ihrem Haß auf Männer und Kapellen herbei. Sie wußten, was Sache war. Sie wünschte sich ihr Lachen, ihre Analysen, ihren klaren Blick auf diesen Schlamassel. Sie wollte sie sagen hören: »Halt noch eine Weile durch, Biff. Er wird seine Quittung bekommen, du wirst sehen.« Statt dessen war sie allein, ein wenig abseits von den Feierlichkeiten, die doch nicht richtig feierlich waren.

Jahre später, in der Rückschau auf diese Entscheidung, wunderte sich Moss, wie sie sich bloß zu der Annahme hatte verleiten lassen können, es würde gutgehen. Von der ersten Nacht an, die sie mit Frank im Bett verbrachte, wußte sie, daß dies die Katastrophe war, die sie am meisten gefürchtet hatte. Mit einer aus der Verzweiflung geborenen Grobheit kamen ihr die Worte in den Sinn: 'Rein damit – raus damit – ausschütteln – abwischen.' Das war alles, was Frank jemals unter Lust verstehen würde, seiner oder ihrer.

Biff, die zwei Türen weiter zu schlafen versuchte, horchte angstvoll auf quietschende Bettfedern, und daß sie keine hörte, machte sie hellwach, und das Kissen wurde durchtränkt von Feuchtigkeit, als sie still darüber weinte, daß zwei Frauenleben so vergeudet wurden.

Als Mann konnte Biff in Herton abends nach Ladenschluß spazierengehen. Während Moss ein Bad nahm oder mit Frank redete, machte Biff einen Spaziergang aufs Land hinaus, ohne Eile oder Angst davor, wem sie auf dem Weg begegnen könnte. Das wäre ihr nicht möglich gewesen, wenn sie Frauenkleider getragen, als Frau gelebt hätte. Obwohl Herton kein Ort für Gewaltkriminalität war, wie sie aus den Städten berichtet wurde, gab es doch Mädchen und Frauen, die einiges über die Begierden der Männer nach dem Dunkelwerden erzählen – oder verschweigen – konnten. Das machte Biff wütend. Es widerte sie an, als Teil einer Männerwelt zu gelten, in der Frauen mißbraucht wurden; einer Männerwelt, in der die Männer Rechte und die Frauen Pflichten hatten. Aber dieselbe Welt schützte sie und gab ihr die Freiheit der Straße bei Tag und bei Nacht.

Biffs Lieblingsbeinkleider waren ihre Cordsamthosen mit den tiefen Taschen. Sie hatte sich angewöhnt, mit den Händen in den Hosentaschen zu stehen, das Jackett nicht zugeknöpft, so daß ihr Wollpullover zu sehen war. Sie trug ein Tagebuch in der einen Tasche, ein sauberes Taschentuch in der anderen und ihr Portemonnaie in der Innentasche ihres Jacketts. Dann gab es immer noch Taschen für Kleingeld und Notizbuch und den Bleistift für die Notizen, die sie sich jedesmal machte, wenn sie auf einen Sprung in die Bibliothek huschte.

Biff hatte ein unstillbares Bedürfnis nach Politik. Sie durchstöberte jeden Tag die Zeitungen im Lesesaal nach Nachrichten über die Kampagnen der Frauen und las soviel wie möglich von den internationalen Nachrichten, über die Wirtschaftsmaßnahmen im eigenen Lande, den Wiederaufbau in Deutschland und auch die Buchrezensionen im *Manchester Guardian.*

Oft fühlte sie sich durch ihre Verkleidung ihrer Freiheit beraubt. Sie konnte keinen Ortsverein der Women's Labour League ins Leben rufen, weil sie keine Frau war. Sie wagte nicht, die Tarnung abzulegen, die sie stetig und sorgfältig zu ihrem Schutz aufgebaut hatte. So war sie abwechselnd rastlos und ruhig, auf neue Weise unzufrieden mit der Langeweile des tagein, tagaus immer gleichen Einerleis im Geschäft.

Moss wurde müde. Der Tag begann mit dem Stillen des Babys um halb sechs, zu früh, um den Tag zu beginnen, zu spät, um noch einmal einzuschlafen, bevor Frank um halb sieben aufwachte. Sie leistete ihm beim Frühstück immer Gesellschaft; danach ging er hinüber zum Laden, wo er ab sieben Uhr sortierte, auspackte und aufräumte, bereit zum Öffnen um viertel vor acht.

Bei Kriegsende hatten örtliche Ladenbesitzer wie Frank trotz der Proteste der Abstinenzlerliga die Konzession zum Verkauf von Bier, Wein und Spirituosen erhalten. Moss war immer erstaunt, wie einfach es für Frank war, seine Moralvorstellungen in eine Schublade zu packen und diese fest zu verschließen, wenn seine Überzeugungen mit seinem Gewinnstreben in Konflikt gerieten. Mit der Ehe war es dasselbe. Klatsch ließ Frank kalt, weil die Leute das, was er zu verkaufen hatte, brauchten und niemand liefern konnte wie er. Also tat er, was er sich vorgenommen hatte, und was die Öffentlichkeit und den Umsatz anging, so behielt er recht. Mit der Konzession zum Alkoholverkauf war es dasselbe. Die strengen Abstinenzler von der Kapelle konnten sich beschweren und ihn beschimpfen, wie sie wollten – wenn Frank sich etwas Geschäftliches vorgenommen hatte, war er nicht umzustimmen. Also beantragte er die Konzession, und siehe da, die Sterne aus dem Morgenland blieben über dem Laden stehen, und die Umsätze schnellten in die Höhe, Abstinenzlerdamen hin oder her.

Moss konnte sehen, daß das für Biff und Frank mehr und oft schwerere Arbeit bedeutete, da sie die Kisten heben und stapeln und in den Keller hinunter und wieder herauf hieven mußten. Aber Moss stellte bissig fest, daß Frank jedesmal beim Klingeln der Ladenkasse ein Dankgebet direkt zum Herrn im Himmel sandte.

Frank interessierte sich in keiner Weise für Sadie, und Moss wußte, warum. Franks alleinige Sorge würde dem nächsten Baby gelten, das sie empfing, als Sadie vier Monate alt war.

Das war die Zeit, in der Biff begann, Frank wegen der notwendigen Veränderungen im Haushalt in den Ohren zu liegen.

Es fing an mit der einfachen Frage des Geschirrspülens nach dem Abendessen. Gewöhnlich aßen Frank und Biff abends abwechselnd, während der jeweils andere im Laden blieb. Biff sah, daß Moss mit dem Haus, dem Essen für die Männer und dem Stillen des Babys einen Achtzehn-Stunden-Tag hatte. Aber während Biff und Frank sich zum Mittag- und Abendessen *hinsetzten*, fand Moss kaum Zeit dafür, denn sie bereitete das Essen zu, servierte und räumte ab, brachte den Pudding herein und räumte auch diesen wieder ab. Das war Frauenarbeit, an der Biff, als Frau, sich beteiligen wollte. Als Franks Botenjunge und rechte Hand konnte sie diese Grenze ohne die vollständige Umorganisation der Haushaltsführung nicht überschreiten.

Bevor Sadie geboren wurde, war alles in Ordnung gewesen, aber jetzt, wo Moss Sadie zu versorgen hatte und schon wieder schwanger war, fürchtete Biff um Moss' Gesundheit. Sie war dünn, bleich und verhärmt, ihre schwarzen Augen hatten den Glanz verloren, und eine gelbliche Blässe überzog ihr Gesicht. Biff hatte sich oft über Moss' schwarze Augen und ihr glattes, üppiges schwarzes Haar gewundert. Sie hatte Moss nicht nach ihrer Herkunft zu fragen gewagt. Moss' Aussehen erinnerte Biff an drei indische Schwestern, die sie in Manchester gekannt hatte. Moss sagte, sie stamme aus dem Bergarbeitervolk von Darlington, also fragte Biff nicht weiter, wunderte sich aber manchmal dennoch.

Bei ihren Freundinnen in der Suffragettenbewegung hatte Biff Gleichheit weder gemocht noch gewollt. Sie hatte bei den Kennedys auf Anzeichen für Unterschiede, vor allem Klassenunterschiede, geachtet, aber die Gräben zwischen Annie und Jessie auf der einen Seite und Biffs Schwestern auf der anderen waren tiefer geworden, und Biff als die jüngere Schwester, eine kleine unbedeutende Zuschauerin, hatte nicht die Fragen stellen können, die sie wollte. Manchmal lag das daran, daß sie keine Worte dafür hatte. Die Fragen lagen unformuliert und unbeantwortet weit hinten in ihrem Kopf. Es war eine körperliche Empfindung, so als ob der Teil ihres Gehirns direkt oberhalb der Wirbelsäule eine Stelle zum Fragenformulieren sei, aber die Fragen kamen niemals richtig heraus. Jessie Kennedy war dann mit Emmeline Pankhurst auf Reisen gegangen, nach Rußland, wegen der Mission für Serbien, und dann als freie Schriftstellerin nach Amerika.

Heute arbeitete Jessie beim Roten Kreuz in Paris, und sie hatten sich ganz aus den Augen verloren. Jessie hatte Biff altersmäßig und der Herkunft nach am nächsten gestanden. Biff wußte nicht einmal, ob Jessie Frauen so liebte, wie sie selbst Moss liebte und begehrte. Vielleicht würde Jessie das nie tun. Sexualität zog sich durch alle Suffragettendiskussionen, aber die Gespräche wurden nie aufgeschrieben. Biff wußte nicht, wie sie mit all ihren Fragen weiterkommen konnte.

Natürlich hatte sie in der Bibliothek von Herton die Hefte von *Women's Dreadnought* verfolgt. Darin zumindest hatten ihre Schwestern aus der Arbeiterklasse eine Stimme. Und dennoch – immer war da das Wort dennoch. Bei der Spaltung war es auch um die Frage gegangen, ob sie mit Männern zusammen oder unabhängig von Männern arbeiten wollten. Die East End Women's Federation arbeitete manchmal mit Männern zusammen, womit Biff und ihre Schwestern nicht einverstanden gewesen waren. Nun steckte sie also in einem Lebensmittelgeschäft in Herton fest, in hoffnungsloser Liebe zu einer Frau, deren Leben sich um Abwaschen, Bettwäsche waschen, Babysachen waschen, Hemden waschen, waschen und waschen drehte. Frühstück, Mittagessen, Abendessen machen, abwaschen, kochen, waschen, abwaschen. Biff hatte manchmal das Gefühl, sie wären alle im Irrenhaus. Es konnten nur Irre sein – oder Männer –, die das Leben von Frauen so organisierten. Es mußte etwas geschehen. Moss hatte ihre Wahl getroffen. Was für eine Wahl? Wieder und wieder ließ Biff im Geiste die Ereignisse an jenem Sonntag an sich vorüberziehen, als Moss ihre Schwangerschaft offenbart hatte, als Biff die Chance gehabt hatte, offen über die Liebe, Sehnsucht und Leidenschaft zu sprechen, über die eine Frau nicht sprechen durfte. Sie hatte es nicht getan, und jetzt lebte sie tagtäglich mit den Konsequenzen.

An einem Dienstagnachmittag, als es sehr ruhig im Laden war, forderte Biff Frank heraus.

Frank stand auf halber Höhe der Leiter und ordnete Packungen mit Farley's Zwieback auf einem der oberen Regalbretter. Um sie der Kundschaft herunterzuholen, benutzte er einen Stock mit einer achtzig Zentimeter langen stumpfen Zange daran, die schon seine Mutter und sein Vater gebraucht hatten. Aber um die Packungen ins Regal zu stellen, waren zwei Personen nötig. Also stand Frank ausnahmsweise auf der Leiter und Biff unten, um ihm die Zwiebackpackungen anzureichen.

»Frank, kann ich mit dir reden?«

»Was ist los, Biff? Irgendwelche Probleme?«

»Es ist wegen Moss. Ich mach' mir Sorgen um sie.«

»Mir hat sie nichts gesagt. Was ist los?«

»Das ist es ja. Sie muß uns beide und Sadie versorgen, sie arbeitet hart und sagt nicht viel, aber sie ist völlig erschöpft von der Hausarbeit.«

»Mmh, das ist sie«, sagte Frank unerwartet. »Aber wir arbeiten alle viele Stunden, Biff. Besonders seit wir die Konzession haben.«

»Ich fürchte, sie verliert dein Baby, wenn sie so weitermacht.«

Biff wußte, daß das Frank treffen würde. Auf seine Weise liebte er Moss, und sie war ihm wichtig. Das Problem war nur, dachte Biff, daß Frank im Herzen ein echter Viktorianer war.

Frank stieg von der Leiter. Er lehnte sich an die Theke und starrte Biff an. Dann fragte er, ob die Hebamme etwas gesagt hätte. Biff schüttelte den Kopf.

»Ich würde ihr abends gerne ein bißchen helfen, Frank. Sie ist schon seit halb sechs zugange, wenn Sadie aufwacht. Sie arbeitet eigentlich länger als wir. Ich würde abends, wenn ich Feierabend habe, gerne den Tisch abräumen und abwaschen.«

»Sie ist als Haushälterin hergekommen«, sagte Frank.

»Weiß ich. Und sie ist auch schwanger hergekommen. Dagegen sag' ich ja gar nichts, Frank. Ich meine nur, daß ich ihr jetzt, wo sie dieses zweite bekommt, etwas helfen möchte. Ich habe nicht so ein Problem mit der Frauenarbeit wie du. Die Zeiten ändern sich, Frank. Du mußt mit der Zeit gehen.«

»Dies ist mein Haus und mein Laden«, bellte Frank. »Und du bist hier, um in diesem Laden zu arbeiten, nicht um das Kindermädchen für meine Frau zu spielen.«

»Ich spiele für niemanden Kindermädchen. Aber ich warne dich, Frank. Wenn du nicht darauf achtest, wieviel Moss arbeitet, wirst du kein eigenes Kind haben, denn sie wird es verlieren, und du wirst sie verlieren. Hast du gesehen, wie dünn sie neuerdings ist? Keine Spinnereiarbeiterin arbeitet so viele Stunden wie deine Frau. Von halb sechs Uhr morgens bis halb zwölf abends. Komm schon, Frank. Nimm doch Vernunft an!«

»Du bist ein guter Arbeiter, Biff. Ich hab' dir das mehr als einmal gesagt. Moss wußte, was es heißt, einen Lebensmittelhändler zu heiraten. Wenn du deine Zeit damit verschwenden willst, den Gehilfen für die Hausfrau zu spielen, will ich dir nicht im Wege stehen. Aber erwarte kein Mitgefühl von mir. Sie arbeitet nicht mehr als die anderen Ehefrauen in dieser Stadt auch.«

»Weiß ich. Schade, daß nicht die ganze Stadt von den Zeppelinen zerstört wurde, wenn du mich fragst.«

»Ich frag' dich aber nicht. Wenn es dir nichts ausmacht, räum du jetzt diese Packungen zu Ende ein, während ich beim Kaffee anfange.« Er schaute auf seine Uhr. »Moss müßte jeden Moment mit dem Tee kommen.«

»Ich muß aufs Klo«, schnaubte Biff und verließ den Laden.

Sie kochte vor Enttäuschung.

Es stimmte, was Frank sagte. Die Ehefrauen von Herton hatten immer einen Fünfundzwanzig-Stunden-Tag. Kein Wunder, daß Biffs

Schwestern erklärt hatten, sie würden niemals heiraten. 'Oh, wie sehr wünschte ich mir, Moss mit mir zu nehmen – fort aus Franks Bett und aus seinem Haus und Laden – und nie wiederzukommen.' Frank hatte an den Abenden ohne Alkoholverkauf frei, und Biff ebenfalls. Beide hatten sonntags frei. Moss nicht. Ihre Schicht war nie zu Ende, und die Arbeitsbelastung würde noch größer werden, wenn Franks Kind erst geboren wäre.

Moss brachte den Tee in den Laden. Sie hatte Sadie im rechten Arm, rittlings auf der Hüfte. Mit der linken Hand trug sie das Tablett mit den Teebechern.

»Hier ist dein Tee. Wo ist Biff?«

»Rausgerannt. Er macht sich Sorgen um deine Gesundheit. Du hast mir gesagt, es ginge dir gut.«

»Ich bin müde, das ist alles.« Moss zuckte die Achseln. »Sadie schläft noch keine neun Stunden. Das weißt du ja.«

Frank schaute ihr auf den Bauch. »Biff meint, du wirst dieses Baby verlieren.«

»Ich blute ein bißchen, Frank. Ich hab' Biff das eines Abends erzählt, als du schon zu Bett gegangen warst. Biff macht sich Sorgen. Ich nehme an, er dachte, du auch.«

»Er will das Abräumen nach dem Abendessen übernehmen.«

»Das ist nett. Dafür wäre ich ihm dankbar.«

»Dafür wird Biff nicht bezahlt. Du weißt, was ich über Frauenarbeit denke. Abwaschen ist keine Arbeit für einen Mann.«

»Die Zeiten ändern sich, Frank.«

»Ich halte nichts von diesen neumodischen Ideen, Moss. Das weißt du. Meine Mutter würde sich im Grabe umdrehen, Gott segne sie.«

»Ich bezweifle nicht, daß sie ein wenig Hilfe auch zu schätzen gewußt hätte. Hast du daran mal gedacht?«

»Sie war stolz darauf, eine Frau zu sein, Moss. Stolz.«

»Meinst du, ich nicht?«

»Ich verstehe dich nicht, Moss. Du hast dich verändert.«

»Nein, Frank. Hab' ich nicht. Du hast mich nur vorher nicht gekannt. Das ist alles. Trink aus, solange der Tee noch heiß ist.«

Moss rauschte hinaus, gerade als Biff zur Tür hereinkam. Sie tauschten einen Blick, aber Frank sah es nicht. Er beugte sich schon wieder zu einer Kiste mit Senfpulverbüchsen hinunter.

Frank ging jeden Abend um halb elf zu Bett. Moss nicht, denn Sadie schien um viertel nach zehn so hungrig wie nie zu sein.

Moss versuchte, Sadie zu überzeugen, daß sie mit einer Mahlzeit um neun Uhr abends bis morgens halb sechs oder sogar sechs Uhr auskommen würde. Sie versuchte, Sadie schreien zu lassen, aber

Frank war dagegen; er sagte, er brauche seinen Schlaf, wenn er den Alkoholverkauf beibehalten wolle.

Moss saß dann im Sessel in der Küche, döste über dem nuckelnden Baby fast ein, und Biff saß bei ihr.

»Geh doch zu Bett, Biff. Es geht mir gut, wirklich.«

»Ich wünschte, ich könnte sie für dich stillen, Moss.«

Sie lachten beide. Biffs Brüste schmerzten. Sie fragte sich, wie andere verkleidete Frauen damit zurechtkämen, sich als Männer auszugeben. Sie hatte gehört, daß manche sich die Brüste einbanden. Vielleicht mußten sie es, wenn sie große Brüste hatten, aber das mußte weh tun. Sie war froh, daß sie einen flachen Busen hatte. Es vereinfachte diesen Aspekt. Sonst war nichts einfach. Ihre Monatsbinden wickelte sie in Zeitungen und versteckte sie in der Satteltasche, um sie dann auf die Müllhalde unten bei der Zeche zu werfen. Einige hatte sie sogar oben im Moor vergraben. Dem Himmel sei Dank für dieses Fahrrad. Viele der Spinnereien verkauften Tücher, unbrauchbare Reststücke aus Baumwollagern, falsch gefärbt oder mit Webfehlern. Im Spinnereibezirk Tücher zu bekommen war kein Problem. Sie fragte sich, wie die Frauen in anderen Orten und Städten zurechtkamen, wenn sie sie nicht waschen konnten wie Moss. Vielleicht benutzten sie Schwämme. Sie hatte das versucht, aber die auszuwaschen war nicht immer einfach. Mit den Tüchern ging es besser. Zumindest hatte sie keine starke Blutung. Das war immerhin etwas.

»Ich will dir bei der Hausarbeit helfen, Moss. Ich habe darüber nachgedacht. Ich sehe das nicht als Frauenarbeit. Ich kann es nicht ertragen, daß du dich so kaputtmachst, um mich zu bedienen. Frank ist da anders. Eine andere Generation vielleicht. Ich will nicht, äh, sagen, er ist ...«

»Das brauchst du nicht, Biff. Ich weiß, was du sagen willst. Ich weiß nicht, warum ich mich darauf eingelassen habe, Frank Smith zu heiraten. Ich hätte gehen sollen. Ich wollte deine Freundschaft nicht verlieren, Biff, aber du weißt nie so ganz, worauf du dich einläßt, bis du es getan hast, nicht wahr? Für Mütter hat der Tag nicht genug Stunden. Wir können uns keine Hilfe leisten. Gott weiß, ich will keine Dienstboten, irgendein armes Mädchen, das sich unter meiner Aufsicht abrackert. Das wäre nichts für mich, aber ich glaube, ich werde verrückt. Verrückt durch diesen Mangel an Schlaf. Ich sollte das nicht sagen, Biff. Es ist nicht anständig, nicht anständig Frank gegenüber. Ich weiß nicht, warum ich das sage. Ich nehme an, ich bin einfach so müde, daß ich schon gar nicht mehr an Anständigkeit denke. In sieben Monaten werde ich zwei Babys haben. Wo ist das Lachen geblieben, Biff? Du und ich, wir haben immer hier gesessen und über Politik geredet, die Welt in Ordnung gebracht. Den *Daily Mirror* habe ich seit Wochen nicht zu Gesicht bekommen, ich weiß nicht, was in der Welt geschieht, es kümmert mich schon fast nicht mehr.«

Moss weinte nicht. Die Tränen waren, wie Franks Phantasie, in einer Schublade eingeschlossen. Jemand hatte den Schlüssel weggeworfen. Sie hatte das Gefühl, sie würde niemals wieder Zeit zum Weinen haben, und überhaupt war sie zu müde. Selbst Weinen kostete Kraft. Sie schaute zu Biff auf, und mit einer aus der Verzweiflung geborenen Direktheit sagte sie Worte, die zu hören Biff niemals erwartet hatte.

»Ich liebe dich, Biff. Irgend etwas ist merkwürdig an all dem. Ich weiß nicht, was zum Teufel mit mir geschieht. Ich habe ein Kind. Ich will Liebe und Leidenschaft. Die kann ich nicht haben. Das ist zu hart, ich werde all das niemals wieder sagen können, wenn ich es nicht alles auf einen Schlag sage. Ich habe ein Kind, und ein anderes ist unterwegs. Ich bin völlig erschöpft und zermürbt, und ich bin siebzehn. Und ich liebe dich, Biff, wie ich niemals wieder erwartet hatte, jemanden zu lieben. Und ich verstehe es nicht, und ich weiß nicht, was ich damit anfangen soll.«

Moss schaute über den kahlen Kopf ihrer Tochter auf den Menschen Biff, der ihr gegenübersaß. Sie fand keine anderen Worte, um die merkwürdigen chemischen Vorgänge zu erklären, die gleichzeitig wirkten und nicht wirkten. Keine Vorbilder, die ihr beim Ausbruch aus diesem Irrenhaus helfen konnten, aber sie wußte, daß der Rest ihres Lebens aus mehr bestehen mußte als mit einem langweiligen Lebensmittelhändler ins Bett zu gehen und jedes Jahr ein Kind von ihm zu bekommen, bis sie im Kindbett starb, zu müde, das zehnte, elfte oder zwölfte auszutreiben. Sie hatte gedacht, zwischen Sadie und Franks erstem Kind würde eine angemessene Pause liegen. Aber die furchtbare Wahrheit war, daß sie nur einmal eine Blutung bekommen hatte und dann keine mehr. Bei dem Glück würde sie mit Kindern gefüllt werden, bis sie starb.

Biff sah den Abgrund vor sich. Das passierte manchmal oben in den Pennines. Sie kannte eine Stelle ein paar Meilen von Ingleton entfernt, wo du an einer freien, offenen Wiese entlanggingst, und dann fiel plötzlich der Boden vor dir in eine offene Schlucht ab. Da kam dann der Wunsch auf, sich nach vorn zu werfen, hinein in die offene Schlucht, im freien Fall wie der Fluß auf der gegenüberliegenden Seite, hinunter, hinunter in das Nichts am Fuße des Steilhangs. Das Wasser verschwand unter der Erde, und Menschen würden verschwinden, für immer verloren, weil sie so dumm waren, nicht zu wissen, wohin sie ihre Schritte lenkten.

Die Worte, die zu hören sie ersehnt hatte von der Frau, die sie am meisten liebte – sie hingen dort über dem gähnenden Abgrund.

Ihr erster Impuls war zu sprechen. Die Luft zwischen ihr und dieser neuen Liebe mit Worten zu füllen, einen Verteidigungswall zu bauen, den Moss niemals wieder übersteigen, durchbrechen, umgehen konnte. Über Freundschaft und Vertrauen zu sprechen. Die Ehe mit Frank. Verläßlichkeit und Unterstützung. Über die Umgestaltung des Haushalts zu sprechen, so daß sie alle sich an den Haushaltspflichten beteiligten, womit Frank ohnehin niemals einverstanden sein würde.

Biff wehrte sich gegen das Reden, so wie sie sich gegen die Verhaftung gewehrt hatte.

Die Stille endete, und statt dessen war das Schmatzen des Babys an Moss' rechter Brust zu hören, wo sie Sadie vor drei Minuten angelegt hatte. Ein Ort, an dem Biff gerne gewesen wäre.

Dann saß Biff neben dem Abgrund und nahm wahr, wie ihre Stimme das Sprechen übernahm, ihr Herz Risiken einging, als sei sie daran vollkommen unbeteiligt. Sie sah und hörte sich selbst zu und fragte sich erneut zum hundertsten Male, ob ihre Mutter den Terror der Schläuche und Fesseln im Frauengefängnis überlebt hatte, indem sie sich ebenso von sich selbst löste. Sie fragte sich, wie lange sie brauchen würde, um von dem Steilhang zurückzutreten, und was Moss mit ihr machen würde, wenn die ganze Geschichte heraus war, und die Schlucht zwischen ihnen wurde tiefer, als Biff sich gefährlich nahe an die Kante wagte.

Die Stimme, die ihr gehörte, sprach sehr ruhig, und Biff lauschte ihr, überrascht von ihrem Mut. Zwischendurch hörte Sadie auf zu nuckeln und schlief mit der Faust im Mund ein, die Wange immer noch an Moss' rechte Brust gelegt.

»Ich bin kein Mann, Moss. Ich bin es nie gewesen. Ich weiß nicht, ob es dir je in den Sinn gekommen ist, daß es deswegen so merkwürdig ist, mich zu lieben, weil ich eine Frau bin.«

Moss hatte den rechten Arm um Sadie gelegt. Sie hob die linke Hand an die Wange, schaute Biff die ganze Zeit ins Gesicht und dachte an Florence, nahm mit ihren schwarzen Augen die Worte auf, prüfte sie, prüfte sie nochmals, versuchte, in diesem neuen, unerwarteten, veränderten Wissen einen Sinn zu finden.

»Das ist nicht neu für mich, Moss. Ich kannte es durch meine Schwestern. Sie liebten beide andere Frauen. Ich bin einfach mit diesem Wissen aufgewachsen. Ich schlief mit ihnen im gleichen Bett, mit anderen Frauen, die ins Haus kamen, Spinnerinnen. Das war allgemein bekannt. Von klein auf habe ich erfahren, daß überall dort, wo es Schwestern gibt, Mädchen, die das Bett miteinander teilen, diese Art von Liebe möglich ist. Ich nehme an, daß viele Mädchen niemals weitergehen. Es geht eben vorbei. Sie heiraten. Vielleicht löschen sie es sogar aus, vergessen es. Aber ich bin Emily begegnet, in der Spinnerei. Zuerst standen uns jede Menge Möglichkeiten offen. Wir sind immer raus in die Wälder gegangen. Es hat sich verloren. Wir mußten eine Freundschaft daraus erwachsen lassen.

Es ist komisch, wie ich dir begegnet bin, Moss. Du sahst so mitgenommen aus. Versuchtest, stolz zu sein. Ich hatte Mitgefühl mit dir. Sonst fahre ich immer mit dem Fahrrad raus, aber ich hatte einen Platten, und an dem Tag wollte ich nicht die Zeit mit Flicken vertun. Also ging ich auf diesen Trauermarsch, und das Leben brachte dich daher. Seit der Zeit habe ich dich geliebt, Moss. Ich kann dir keinen Heiratsantrag machen. Ich kann dir keine Babys schenken. Aber ich will dich lieben, das Bett mit dir teilen. Ich kann dir Liebe und Leidenschaft geben. Aber ich glaube nicht, daß ich jemals das Risiko eingegangen wäre, dir all das zu erzählen, wenn du nicht zuerst etwas gesagt hättest.«

Jetzt weinte Moss. Als ob die Schublade eine geheime Feder hätte, die aufsprang und alle anderen Schlösser aufdrückte. Vielleicht war es das Unerwartete. Die plötzliche Erklärung, warum die Gefühle so merkwürdig gewesen waren. Vielleicht, dachte sie nachher, war es die Offenheit ihres Körpers durch das Baby, das so offensichtlich zufrieden dalag. Vielleicht der Schock über die Leere jeder Nacht mit Frank, dessen Nähe sie als Eindringen empfand. Sie konnte jahrelang weitere Vielleichts finden.

Sie schaute auf die verwundbare weiche Linie an Biffs Hals unter dem Ohr, und dann wollte sie jeden Zoll von Biffs Haut berühren, sich dieser neu entdeckten Frau vergewissern. Sie fragte sich, ob auch andere verheiratete Frauen diese Gefühle erlebten. Hatte es andere wie sie gegeben, die diese Art von Liebe neu entdeckten? Was war mit ihnen geschehen? Wo waren sie jetzt?

Biff hatte keine Ahnung, welche Reaktion von Moss zu erwarten war. Sie zögerte, immer noch bereit zu dem Doppelspiel, Ich und Nicht-Ich, Triumph und Freude oder Verlust und Trauer. Vermischt mit Hoffnung und einer ungewissen Zukunft. Diesen Ort verlassen zu müssen, wenn Moss wütend wurde. Wie bleiben, wenn Moss gleichgültig wurde? Es war einfach nicht möglich, im voraus zu wissen, wie Moss reagieren würde, außer daß Moss' Augen riesig waren und über Biffs ganzes Gesicht wanderten und naß von den Tränen waren, die herunterliefen. War das ein Zeichen der Verzweiflung oder der Hoffnung? Biff wartete und horchte, was Moss antworten würde. Moss sagte zwei Worte. Sie sagte: »Küß mich.«

Biff sprang in ihren Körper zurück und brannte.

Die Uhr auf dem Kaminsims schlug viertel nach elf. Biff beugte sich vor, und dabei rutschte der Sesselschoner von der Lehne ihres Sessels und knautschte sich hinter ihr zusammen. Es war ein sanfter Laut, und die Küsse waren ebenfalls sanfte Laute. Sadie nuckelte im Schlaf an ihrer Faust. Moss knöpfte Biffs Hemd auf und küßte ihre Brüste, als Biff sich herüberbeugte.

Moss gab kleine kehlige Lachlaute von sich, und sie fühlte den Kuß bis in die Knie, unter ihrem Rock, wo Sadie schlafend in ihrem Schoß zusammengerollt lag. Moss überkam eine Erinnerung, die offenbar seit ihrer frühen Kindheit halb vergraben gewesen war, wie sie aufs Feld hinausrannte und fühlte, daß jeder einzelne Knochen in ihr lebendig war, daß jeder Knochen verbunden mit den anderen Knochen einen langen Weg zurücklegen konnte. Ein Gefühl, das unter langen Röcken und Florences Grab verloren gewesen, jetzt aber zurückgekehrt war und bleiben würde.

Biff spürte, daß dies ein historischer Augenblick war. Ein Augenblick, den ihre Schwestern ihr gewünscht hätten, und ihre Mutter ebenso. Sie war sich dessen ganz sicher. Sie dachte an Emily und daran, wie sehr sie einander gewünscht hatten, glücklich zu werden. Sie neigte den Kopf und küßte Moss auf den Mund.

4. Kapitel

In Herton war es in den zwanziger Jahren unerhört, daß werdende Mütter die Babyausstattung, die sie brauchten, kauften. Moss bildete da keine Ausnahme. Statt dessen kauften die Frauen Schnittmuster, gewöhnlich Weldon's. Diese schnitten sie dann aus und nähten die Babykleidung selbst. Manchmal nähten sie mit der Hand, aber einige Frauen, wie Moss, waren so glücklich, von ihrer Mutter oder Schwiegermutter eine Nähmaschine vermacht bekommen zu haben. Moss hatte die Singer von Franks Mutter, eine Tretnähmaschine.

Moss spannte eine Schnur vom Nähmaschinenrad zur Kufe der Wiege, und so stahl sie sich hier und da zwischen den Hausarbeiten eine halbe Stunde, während Sadie schlief, um die Ausstattung für das neue Baby zu nähen.

Die Einzelheiten des Alltagslebens variierten von einem Tag zum anderen nur wenig. Dienstags und freitags radelten Frank und Biff mit den wöchentlichen und halbwöchentlichen Bestellungen durch Herton. Biff war der Liebling der alten Damen, die sich nicht vorstellen konnten, warum so ein netter junger Mann auf dem Heiratsmarkt des Ortes nicht ganz schnell weggeschnappt worden war. Die Freitagsauslieferung war besonders hilfreich für diejenigen, für die der Weg bis zum Markt zu weit war, um preiswerte Eier oder Seife zu holen.

Statt dessen verließen sie sich auf Biff, die die Route so ausgearbeitet hatte, daß alle mit der Zeiteinteilung zufrieden waren, und die um viertel nach elf bei Mrs. Dundy mit einer Tasse Tee und Brotpudding und um halb vier bei Mrs. Hines mit Tee und Kartoffelkuchen rechnen konnte.

Mrs. Dundy hatte zwei Söhne, beide auf der Zeche, die Zwillingsschwestern namens Grace und Mercy geheiratet hatten.

Da die beiden Dundy-Brüder zwei der besser bezahlten Arbeitsplätze im Kohleabbau besaßen, hatten die Dundy-Frauen einen entsprechend gesicherten Lebensstandard. Donnerstags nachmittags kamen Grace und Mercy vorbei, um Moss zu besuchen. Das war eine zweistündige Pause, der Höhepunkt ihrer Woche. Die freie Zeit hatte sie sich hart erkämpft. Frank war unter der Bedingung einverstanden gewesen, daß keinerlei Hausarbeit schlampig gemacht wurde oder liegenblieb. Dadurch verschoben sich die Zeiten, und mittwochs abends wurde es später, weil Moss noch das Bügeln erledigte, bevor sie zu Bett ging. Sie bewahrte die Bettwäsche in den obersten Schränken auf, die fast in Deckenhöhe waren und einen Teil des geschwärzten Rahmens bildeten, der ganz um den offenen Kamin und die Brot- und Fleischöfen herumgebaut war. Der Kamin nahm fast die gesamte Wohnzimmerwand ein. In der Küche, wo der Spülstein und der Kupferkessel für das heiße Wasser ihren Platz hatten, gab es keinen Kamin.

Viele Bergarbeiterfamilien hätten gern einen Kamin mit Lüftungsschränken darüber gehabt wie Moss. Sie schätzte ihn selbst, wenn die Bettwäsche so warm und flach herauskam, aber an den Tagen, an denen es schwarzen Ruß regnete, verfluchte sie ihn. Viele Bergarbeiterfrauen mußten das Wasser zum Waschen in Zinkeimern über dem Kaminfeuer heißmachen. Sie hatten einen Kamineinsatz, der über die Kohlen und wieder herauszuschwenken war. Den ganzen Tag summte der Kessel auf dem Einsatz hinter dem hüfthohen Kamingitter.

Daß die Donnerstagnachmittage Moss' einzige ausgehandelte Freizeit waren und sie und Grace und Mercy um drei Uhr mit Nähen, Reden und dem Beaufsichtigen von vier Kleinkindern beschäftigt waren, befreite Moss nicht davon, Tee und Scones in den Laden zu bringen. Biff hatte sich angeboten, die Mahlzeit zu holen, aber Frank wollte das nicht. Also gab Moss um des lieben Friedens willen nach und unterbrach die Nähstunde um viertel vor vier, um Frank seine Stärkung zu bringen. Den Besucherinnen schien das nicht ungewöhnlich. Sie waren es gewohnt, Anweisungen wie diese entgegenzunehmen. Sie sahen sich als die Seele ihres Haushalts, und dennoch hatten sie ihren Männern über jeden Penny und jeden Moment ihres Tagesablaufs Rechenschaft abzulegen, selbst wenn die Männer bei der Arbeit waren. Freitags abends bekamen sie ihr Wirtschaftsgeld. Aber keine von ihnen hatte eine Ahnung, wieviel genau ihre Männer verdienten.

Moss dagegen wußte genau, wie das Geschäft lief, denn Frank sagte, wenn er stürbe, sollte sie es übernehmen können. Was den Laden betraf, so wollte er keine unwissende Ehefrau haben. Moss hatte kein eigenes Geld und konnte sich nicht einmal ein Paar neue Schlüpfer kaufen, ohne Frank um Erlaubnis zu bitten. Aber sie wußte, wie hoch die Wocheneinnahmen waren, die Gemeinkosten und die Außenstände.

Es war Moss, die Grace und Mercy das Nähen auf der Nähmaschine beibrachte, und es waren die beiden Schwestern, durch die Moss dazu kam, donnerstags nachmittags in ihrer Küche Nähkurse abzuhalten.

Ein ständig wiederkehrendes Thema von großer Bedeutung war auch die Frage, was die Frauen in dieser Stadt an den Arbeitsbedingungen im Pütt ändern könnten. Es verging kein Monat ohne Unfall unter Tage. Die Frauen lebten in Hörweite der Zechensirene, und obwohl sie nur bei einer schweren Katastrophe heulte, schlief abends keine der Frauen ohne eine gewisse Dankbarkeit ein, daß die Sirene an diesem Tag nicht losgeheult hatte. Es war wie ein Leben am Fuße eines Vulkans, wie Grace Dundy es ausdrückte. Die Frauen waren sich ständig der Möglichkeit bewußt, daß sie Witwen und ihre Kinder vaterlos werden konnten.

Moss schämte sich manchmal für die Lüge, mit der sie in der Müttergruppe am Donnerstag lebte. Sie sehnte sich danach, offen über Frauenfreundschaften zu sprechen, aber sie hätte sich ebensogut danach sehnen können, daß Menschen auf dem Mond landeten oder der Milchstraße einen Besuch abstatteten.

Sie nahm das gehäkelte Deckchen, die Vase mit den Stoffblumen und die Samttischdecke von dem großen Wohnzimmertisch und deckte ein Wachstuch über das polierte Holz. Dann kamen die Muster und Scheren, Nadeln und Baumwolltücher hervor, und die Frauen schnitten zu, steckten ab, redeten, fältelten, rafften und rüschten, während die Wochen zu Monaten wurden und die Zeit der verschiedenen Niederkünfte näherrückte.

Miss Brookes, die das Woll- und Babygeschäft in der Stadt hatte, verkaufte Weldon's Schnittmuster, und der Freitagsmarkt lieferte Stoff und Borten.

Sie witzelten immer über Miss Brookes, taxierten ihr Alter und ihre verflossenen Affären. Aber seitdem Moss ihre Liebe mit Biff teilte und als Frau tiefes Verlangen nach Biffs Körper verspürte, sah sie allmählich auch anderswo Frauen wie sie. Mit anderswo war auch Miss Brookes gemeint.

Miss Brookes lebte mit einer anderen 'alten Jungfer' namens Miss Field zusammen, die die Vorschulklasse in Hertons Volksschule leitete. Miss Brookes und Miss Field trugen keine Korsetts. Sie hatten noch nie Korsetts getragen, behaupteten Grace und Mercy und meinten, für ihre Mutter seien die beiden alten Jungfern Respektspersonen und Zielscheiben des Spotts zugleich. Es war typisch für Herton, daß die beiden widersprüchlichen Sichtweisen nebeneinander bestanden. Die Leute in Herton hielten an diesen Widersprüchen fest wie Kiebitze, die über den Feldern umherfliegen und dich in die Irre führen, so daß du die wahren Verhältnisse nicht herausfinden kannst.

Die Frauen von Herton waren stolz auf ihre Fähigkeit, ihre Männer und Kinder zu versorgen; zu stopfen und zu flicken, zu entwerfen und zu nähen, zu stricken und das Haus blitzsauber zu halten, auch wenn der Schmutz über die Fensterbänke hereindrang und Bettwäsche und Windeln mit Ruß bestäubte.

Die Kohle war der Reichtum der Erde, der ihnen sonntags das Fleisch auf den Tisch brachte und den Rest der Woche das Brot. Aber die Frauen waren das Salz, das das Fleisch würzte, und die Hefe, die das Brot in den großen weißen Schüsseln neben dem Herd aufgehen ließ.

Donnerstags morgens backte Moss Kuchen, Scones, Brotpudding und Franks Lieblingskuchen, den wöchentlichen 'Wiedersehenskuchen'. Meistens waren Rosinen und Korinthen darin. An Festtagen enthielt er auch Zitronat und gehackte Kirschen und einen Schuß Sherry. In mageren Wochen waren nur Korinthen darin. Wenn sie es sich leisten konnte, würzte sie ihn mit Zimt. Aber wenn die Babys erkältet waren oder Biff eine Schniefnase hatte, die sich zu einer Erkältung auszuwachsen drohte, nahm Moss die Zimtstangen aus dem Einmachglas, zerrieb sie in heißem Wasser und ließ alle davon trinken. Das war ein Hausmittel, das sie von ihrer Mutter hatte, die es von ihrer Schwiegermutter hatte, die es zusammen mit anderen Rezepten aus Indien mitgebracht hatte.

Es war für Biff jetzt erklärlich, warum Moss so aussah, wie sie aussah. Der Groschen fiel, und endlich wußte sie, warum sie sich immer an die indischen Schwestern erinnert fühlte, die sie in Manchester gekannt hatte. Moss' Großmutter war Inderin und mit ihrem Bruder nach England gekommen. Sie wurden dann getrennt. Ihr Bruder kam aufs Internat nach Yorkshire, und Moss' Großmutter wurde bei einer wohlhabenden englischen Familie untergebracht, die dreißig Jahre in Indien gelebt hatte, bis sie in die Dales zurückkehrte und einen Gutshof übernahm.

»Weißt du, Biff, wenn wir glauben, wir seien allein, weil wir einander lieben, dann stell dir nur vor, wie es für meine Großmutter war. Sie war gebildet, aber hier behandelte man sie wie ein schönes Haustier. Die Leute, bei denen sie lebte, haben ihre Freunde eingeladen, nur damit die sie sehen konnten. Oder eher angaffen, sagte sie.«

»Wie kam es dann, daß sie deine Großmutter wurde?«

»Sie lief weg und schloß sich einem Wanderzirkus an. Seit ihrem fünften Lebensjahr war sie geritten. Sie war in Indien sehr wohlhabend gewesen. Oberschicht würden wir es wohl nennen. Jedenfalls wollte sie sich nicht mit irgendeinem englischen Snob verheiraten lassen, obwohl sie reichlich Anträge bekam. Selbst als alte Frau sah sie blendend aus. Die Geschichten, die sie erzählte! Nun, ob du's glaubst oder nicht, Biff, der Zirkus kam nach Durban und gab dort eine Vorstellung, mit Zelt und allem. Mein Großvater war gerade siebzehn, schon eine Weile im Pütt, und er sah sie und verliebte sich. Innerhalb von vier Monaten waren sie verheiratet. Seine Familie warf ihn hinaus, und sie zogen nach Darlington, da gab es reichlich Arbeit. Nach einiger Zeit gewöhnten sich die Leute an sie. Im Norden hat es immer fahrendes Volk gegeben.«

»Was war mit den Leuten in den Dales? War sie denen egal? Warum suchten sie nicht nach ihr?«

»Sie war oft vor den Sümpfen im Torfmoor gewarnt worden. Alle hatten ihr gesagt, sie solle beim Ausreiten oder Spazierengehen vorsichtig sein, besonders in der Dämmerung. Du weißt, wie die Schatten dir in der Dämmerung einen Streich spielen können. Also lieh sie sich eins der Pferde aus und ritt hinauf zu den Mooren. Sie ließ ihren Hut und ihren Umhang am Rande des Sumpfes liegen; bis man sie fand, würden sie dreckig und zerlumpt aussehen, und ihre Spuren würden verwischt sein. Es war stürmisches Wetter. Da oben werden die Äste manchmal wie Streichhölzer umhergewirbelt ...

Bald nach ihrem Weggang gab es einen furchtbaren Sturm. Sie war nicht dumm. Sie wußte, man würde nach ihr suchen. Aber beim Zirkus haben sie es immer schon gut verstanden, Leute zu verstecken. Jongleure und Clowns. Du kannst dir nicht vorstellen, was für ein Leben manche geführt haben. Entflohene Sträflinge, Verschuldete, Debütantinnen, Waisen ebenso wie die echten Zirkusfamilien, die, wie du weißt, schon seit Generationen bestehen. Großmutter hat uns Geschichten erzählt, die dir die Haare zu Berge stehen lassen würden.«

»In gewisser Weise bist du in ihre Fußstapfen getreten, Mossie. So wegzugehen.«

»Sie war nicht schwanger.«

Das war alles, was Moss Biff in jener Nacht erzählte. Die bittere Erfahrung, durch die Moss ihre Familie verloren hatte, stieg zuweilen auf wie verirrte Blasen in einem Faß Wein. Die Frauen von Herton machten manchmal ihren eigenen Holunderbeerwein. Wenn Biff großes Glück hatte, gab Mrs. Hines ihr ein Glas und einen Shrewsbury-Keks. Sie machte wunderbaren Holunderbeerwein. Sie erzählte

Biff, daß der Geistliche eine ganz besondere Vorliebe dafür hatte. Du konntest die Blasen aus der Hefe steigen und an der Oberfläche zerplatzen sehen. Dann dachte Biff immer an Moss und daran, wie sehr ihre Liebe die Hefe war, die es ihnen ermöglichte, sich über die Alltagsexistenz zu erheben. Manchmal fürchtete Biff, daß sie im Alter essigsauer werden könnte, während sie zuschaute, wie Frank Moss' beste Jugendjahre aussaugte.

Moss' zwei Kinder wurden im Abstand von fünfzehn Monaten geboren. Sie nannte ihren Sohn Ronnie.

Danach fing sie an, sich gegen weitere zu wehren und mit Grace und Mercy Dundy darüber zu reden, wie das zu bewerkstelligen sei. Alle drei waren sie mit ihrer Weisheit am Ende, auch wenn sie mehrmals erfolgreich eine Schwangerschaft verhindert hatten. Sie hatten es mit essiggetränkter Watte an einem dünnen Faden versucht. Sie hatten versucht einzuschlafen, bevor ihre Ehemänner hereinkamen. Sie hatten versucht, 'danach' sofort aufzustehen und sich auszuspülen. Im Frühling 1924 wurde Moss ihr drittes Kind mit zwei Flaschen Gin und einem heißen Bad in Graces Haus los. Grace ging mit Mercy zu Frank hinüber und sagte ihm, Moss sei in ihrem Hof gestürzt und blute jetzt furchtbar. Ob Frank wohl bitte, bitte schnell kommen könnte? Sie sagte, sie habe Moss etwas Brandy gegeben, um sie über die Runden zu bringen. Der Brandy diente natürlich in Wirklichkeit dazu, den Geruch des Gins zu überdecken. Frank fragte, wie es Moss ginge, hörte, sie schliefe jetzt im Bett bei Grace, und erwiderte, er würde den Laden zur gewohnten Zeit schließen und danach hinüberkommen. Mercy blieb da, um sich um Franks Kinder zu kümmern.

Biff zitterte vor Angst um Moss und vor Wut auf Franks Mangel an Mitgefühl. War Moss nicht schließlich seine Frau? Wie konnte ein Mann an seiner Alltagsroutine festhalten, wenn seine eigene Frau blutend in einem fremden Bett in einem fremden Haus lag?

Moss hatte Biff gewarnt, sollte sie irgendwann ein drittes Mal schwanger werden, würde sie das Kind loswerden. Nun verblutete sie in Graces Haus dessen Leben und wahrscheinlich auch ihr eigenes.

»Ich würde gerne gehen und nach ihr sehen«, sagte Biff und versuchte, mit fester Stimme zu sprechen.

Frank sah Biff an der Theke lehnen und beide Hände zu Fäusten ballen. Einen Moment lang fragte sich Frank, ob Biff auf ihn einschlagen würde. Frank hielt Biff normalerweise für einen sanften Burschen. Da stand er, jung, stark und athletisch, sauber rasiert und ordentlich gekleidet wie immer, aber in Rage, angespannt und zornig. Mit seinem stark ausgeprägten Kinn und den knochig hervortretenden Schultern erinnerte Biffs Körper Frank an eines der Rennpferde des alten Gutsherrn. Sein Vater hatte ihn damals mitgenommen, um sie auf der Parade beim Pfingstturnier zu sehen.

Normalerweise verwandte Frank nicht viel Zeit darauf, an seine Jugend zurückzudenken. Wozu sollte das gut sein? Er war ein gestandener, verheirateter Mann mit Familie.

Aber da stand sein junger Freund, die grauen Augen in funkelnden Stahl verwandelt, der in Franks Gedanken einschnitt, bis er sich in kleine Stücke zerteilt fühlte. Wirklich, dachte Frank, Biff geht entschieden zu weit. Das ist meine Frau, deretwegen er so in Zorn gerät. Er sollte sich zusammenreißen, sich beruhigen und mit seinem Tagewerk weitermachen. Er ist überhaupt manchmal viel zu gefühlsbetont. Und das geht nicht.

»Das ist kein Notfall. Sie hat eine Fehlgeburt, und das ist bei Frauen manchmal so, Biff. Meine eigene Mutter hatte eine, als ich fünfzehn war. Moss ist jung und stark. Sie ist nicht die erste Frau in Herton, die ein Baby verliert, und sie wird auch nicht die letzte sein. Die schließen nicht die Zeche wegen einer Bergarbeiterfrau, die in den Wehen liegt oder eine Fehlgeburt hat, und ich werde diesen Laden auch nicht schließen.«

»Ich muß sie sehen, auch wenn du es nicht mußt. Ich gehe zu ihr, Frank. Du kannst den Laden offenlassen, wenn du willst, und du kannst mich feuern. Aber ich werde Moss besuchen gehen. Sie muß uns bei sich haben. Sie muß.«

»Wenn du diesen Laden gegen meine Anordnung verläßt, während wir geöffnet haben, brichst du den Vertrag, den wir geschlossen haben.«

»Wenn du Moss im Stich läßt und sie stirbt, brichst du dein Ehegelöbnis. Hast du daran gedacht? Dein Gewissen ist deine Sache. Meins ist meine Sache.«

»Mein Gott, Biff, man könnte denken, es wäre dein Kind, nicht meins.«

»Es ist verdammt abscheulich, so etwas über deine Frau zu sagen. Sie ist dir gegenüber loyal, selbst wenn du nicht liebevoll zu ihr bist. Es wäre mir lieber, du würdest mich gleich feuern, wenn es so weit kommt. Sie könnte sterben. Sie wäre nicht die erste Frau in diesem Ort, die an Blutungen stirbt. Oder an zu vielen Geburten oder an Kindbettfieber. Mein Gott, Frank, ich weiß nicht, was dich am Leben erhält, aber ganz gewiß ist es nicht dein Herz. Und ich kann dir versichern, du undankbarer Mistkerl, dies ist *nicht* mein Kind gewesen. Ich wünschte bei Gott, es wäre so. Das wünschte ich.«

Biff stampfte ins Hinterzimmer, wo Mercy gerade Ronnie wiegte, der Koliken hatte und nicht schlafen konnte. Sadie war oben und schlief.

Biff, die verborgene Frau, schaute Mercy an, die sich nicht zu verbergen brauchte, und war neidisch darauf, daß sie als Frau leben durfte. Biff hatte ganz und gar nicht den Wunsch, die Ehefrau eines der Dundy-Brüder zu sein. Aber das Versteckspiel aufzugeben und in aller Offenheit Moss' enge Freundin und Gefährtin zu sein, ein Leben lang, das war der Traum der Träume.

»Ich gehe hinüber, um Moss zu sehen«, erklärte Biff aggressiv, energisch bis zur Schroffheit.

»Ich werde Frank Smith nie verstehen. Ich werde Männer nie verstehen«, seufzte Mercy, legte das Baby mit dem Gesicht nach unten über ihre Knie und massierte in kreisenden Bewegungen seinen Rücken, so wie Biff Moss gerne massiert hätte.

»Ich auch nicht«, sagte Biff und ließ eine überraschte Mercy zurück, die weiter das Baby streichelte.

Bis zu Moss' 'Fehlgeburt' hatte Frank Smith sich kaum Gedanken über die Beziehung zwischen Moss und Biff gemacht. Frank neigte nicht dazu, viel über andere Menschen nachzudenken. Er interessierte sich ganz und gar nicht für Politik und ließ sich nie von Biff in Gespräche über Arbeitslosigkeit, die wachsende Unruhe in der Arbeiterschaft und den Zulauf zur Labour-Partei hineinziehen. Frank stand über der Politik. Er brauchte keine Veränderungen und begrüßte sie auch nicht. Aber die Veränderungen, die mit seiner Frau vorgingen, konnte er nicht übersehen, und er fragte sich besorgt, woher sie kommen mochten. Der Gedanke, er selbst könnte etwas damit zu tun haben, kam Frank gar nicht in den Sinn.

Zuerst war er gerührt darüber, wie sich der jüngere Mann für seine Frau einsetzte. Frank mochte es nicht, von Biff offen kritisiert zu werden, hatte sich jedoch eingestehen müssen – jedenfalls solange Biff ihn nicht gerade mit Politik behelligte –, daß der Haushalt jetzt, wo Biff Moss hin und wieder aushalf, ganz reibungslos lief. Dann stürzte Moss in Grace Dundys Hinterhof, und zum erstenmal kamen Franks Zweifel ans Tageslicht. Zweifel, die schon lange bestanden hatten, wie er jetzt erkannte.

Er war gut geschult darin, zwei und zwei zusammenzuzählen und Dinge stimmig zu machen. Nun wandte er das Gelernte auf seine Frau und seinen Verkäufer an (der zugleich Botenjunge und Faktotum war).

Frank entschied, daß zwei und zwei vier ergaben.

Moss hatte sich ihm im Bett verweigert. Nicht daß er, Frank, viele Annäherungsversuche machte. Normalerweise war er nicht so schrecklich interessiert; eigentlich war es recht schwierig, dafür überhaupt viel Begeisterung aufzubringen. Aber das war es nun mal, was verheiratete Leute taten, vermutete er, wenn auch nicht allzu oft. Und natürlich taten sie es, wenn sie Kinder haben wollten.

Seit Ronnies Geburt war Moss abweisend gewesen. Sie sagte, sie sei müde oder habe ihre Tage, oder die Kinder seien wach und sie wolle nicht mittendrin aufstehen müssen und ihn damit verärgern. Moss hatte oft gesagt, es sei besser, es ganz zu lassen. Wenn sie also schwanger war, dann – falls eine Frau nicht einfach allzeit schwanger werden konnte, was Frank für höchst unwahrscheinlich hielt –, dann ... Frank Smith kam zu dem Schluß, daß zwei und zwei Biff ergaben.

Dann kamen Frank Zweifel, ob Moss in Grace Dundys Hinterhof wirklich gestürzt war.

Frank Smith hatte festgestellt, daß die Spirituosenvorräte nicht stimmten: Es fehlten ihm zwei Flaschen Gin sowie eine kleine Flasche Brandy.

Frank ging am späten Samstagabend nochmals alle seine Bücher durch. Er sagte Moss oder Biff nicht, was in ihm vorging. Er würde seine Gedanken selbst ordnen, genauso wie damals, als er beschlossen hatte, Moss zu heiraten. Er erkannte, daß er eigentlich nicht für Ehe und Familienleben geschaffen war. Mit Kindern mußte man spielen und reden. Im Leben eines Mannes war dafür einfach keine Zeit. Es war Frauensache, Kinder aufzuziehen, ganz gleich, was Biff darüber äußern mochte.

Er vermißte seine Mutter zum zigsten Male. Sie hatte kein Geschlechtsleben gebraucht wie seine Frau. Er hatte mehr Platz in seinem Bett gehabt und mehr Zeit in seinem Leben. Eine Mutter war für einen Mann so viel besser als eine Ehefrau. Vor allem besser als eine junge, schöne Ehefrau, die den Kunden den Kopf verdrehte (sie beteten Moss an, die sie zum Lachen brachte) und seinem Laufburschen ebenfalls. Vom geschäftlichen Standpunkt her war seine Frau nützlich. Die Leute kamen in den Laden, um sie zu sehen, und blieben und probierten neue Produkte, wie um ihr einen Gefallen zu tun. Es waren die Kleinen, die den Haushalt störten, und der Himmel wußte, wie viele es werden würden, wenn Moss ein Auge auf den jüngeren Mann geworfen hatte.

Frank Smith hatte immer gedacht, er würde jung sterben. Vor seinem fünfzigsten Lebensjahr. Er war froh gewesen, daß Moss seine Erbin sein würde. Sie konnte gut mit Geld umgehen, und auf seine Weise liebte er sie. Das Testament war gemacht. Er sah keinen Grund, es zu ändern. All diese Arbeit sollte eines Tages rechtmäßig an seinen Sohn übergehen, und natürlich würde er auch für Sadie sorgen. Sie war es gewesen, die Moss in sein Leben gebracht hatte, um die Familie fortzusetzen.

Frank Smith hatte keine Zeit, um verlorene Laufburschen zu trauern. In der Vergangenheit hatte es die Trauer um seine Mutter gegeben und davor um seinen Vater. Aber sie waren sein eigen Fleisch und Blut gewesen. Biff war ihm ein guter Freund, solange nur sie beide zusammengearbeitet hatten, aber nun war es an der Zeit, das zu überdenken. Er, Frank Smith, war ein verheirateter Mann von einigem Ansehen in der Stadt. Er hatte Charakterstärke gezeigt, indem er seine Haushälterin heiratete, als sie einen Ehemann brauchte, und jetzt, dachte er widerstrebend, sollte er die gleiche Stärke zeigen, indem er Biff aufforderte zu gehen.

Aber er brauchte noch Zeit, um darüber nachzudenken. Es würde bedeuten, eine ältere Haushälterin zu finden, die Moss' Arbeit erledigte und die Babys versorgte, so daß Moss mit ihm vorne im Laden sein konnte, wo sie die nötige Ausbildung erhalten würde und, fügte er hinzu, fast zu leise, um seine eigenen Gedanken zu vernehmen, wo ich ein Auge auf sie haben kann. Er beschloß, das Ganze langsam anzugehen. Zuerst würde er Weihnachten hinter sich bringen. Er ließ sich nicht gerne drängen.

5. Kapitel

Es war ein dunkler Dezemberabend kurz vor Weihnachten 1924, und Frank war mit einer starken Erkältung früh zu Bett gegangen. Beide Kinder schliefen, und der Laden war gerade eine halbe Stunde geschlossen, als es laut und nachdrücklich an der Hintertür klopfte.

Moss hatte soeben ihr Abendessen beendet; sie wischte sich den Mund mit dem Schürzenzipfel ab, strich mit einer unwillkürlichen Geste ihren Rock glatt und ging zur Tür, um zu öffnen. Ein schnelles Lächeln, als Albert, Graces älterer Bruder, und einige seiner Cousins ersten und zweiten Grades, manche kaum dem Jugendalter entwachsen, mit »Oh Come All Ye Faithful« loslegten.

»'n Abend, Mrs. Smith, wir sammeln für die Kinder.«

»Bekomme ich denn auch etwas für mein Geld? Der letzte Trupp, der hier vorbeikam, brachte gerade mal eine lahme Strophe zustande, und dann kam sofort 'Figgy Pudding' und 'Wie isses mit 'm Geld'.«

»Na dann los, Jungs, zeigen wir's ihr«, rief Albert. »Die Dame möchte ein schönes Ständchen.«

»Eine Arie aus dem *Messias* genügt«, lachte Moss, als sie alle mit »God Rest Ye Merry Gentlemen« in Fahrt kamen.

»Wir Ladies sind nicht angesprochen?« spöttelte Moss und rief über die Schulter ins Zimmer: »Komm und hör dir das mal an, Biff, einige schöne Hertoner Stimmen hier auf unserer Schwelle.« Zu Albert gewandt fügte sie hinzu: »Warte einen Moment, Albert, ich hole meine Börse. Ist ja für eine gute Sache.«

Biff erschien in der Tür und stimmte in »Figgy Pudding« ein.

»Komm und mach mit, Biff-Junge«, sagte Albert.

»Und dann ein nettes Bier oder zwei unten im Colliers' Arms, wenn wir fertig sind«, sagte Georgie, einer der jüngeren Cousins. »Komm, Biff, hast 'ne schöne Stimme, wenn ich mich vom letzten Jahr her recht erinnere. Singst einen wunderbaren Tenor, ehrlich.« Also verließ Biff unter den aufmunternden Rufen wie »Eh, komm, Biff, zeig, was du kannst!« und »Kannst nicht ablehnen, nich', wenn's für die Gören ist!« die Küche und schloß sich der singenden Schar an.

Die Gruppe zog durch die Stadt, die Seitenstraßen hinauf und hinunter, und Biff sang aus vollem Halse und hatte eine trockene Kehle, als sie eine Stunde vor Schankschluß alle zusammen im Colliers' Arms landeten.

Biff ging nur selten mit den Burschen und Männern in den Pub. Etwa dreimal im Jahr, einmal davon gewöhnlich zu Weihnachten, konnte sie es wie heute abend kaum umgehen, wollte sie nicht knauserig und ungesellig erscheinen, als Pantoffelheld und verschrobener Sonderling.

Sie gab eine Runde aus: für Georgie, der jetzt neunzehn und ein großer Zecher war, ein junger Bergmann, der gleich nach der Schulzeit unter Tage angefangen hatte; für Albert, der viel älter war als Grace und im nächsten Dorf lebte; und für einige der Cousins, die im Ort wohnten und ihr oberflächlich bekannt waren. Sie alle hatten Hertoner Namen. Da gab es Dundys und Jacksons, Fields und Gibbs. Biff kannte sie alle vom Sehen, einige auch mit Namen.

Sie setzte sich an die Bar und achtete darauf, daß sie wie ein richtiger männlicher Zecher mit entspannten Schultern und offenen Knien saß, einen Fuß um die Querstrebe des Barhockers geschlungen.

Sie ermahnte sich, nicht zuviel zu trinken, auf ihre Worte, ihre Gesten, ihre kleinen Gewohnheiten zu achten, aber nach einer Weile wurde ihr klar, daß sie sich keine Sorgen hätte zu machen brauchen. Sie waren alle so daran gewöhnt, daß sie ein Mann war und die Rolle eines Mannes in einem Bergarbeiterort spielte, daß alles, was sie tat, als Teil ihres Ichs, ihres männlichen Ichs galt.

Sie hörte zu, nickte und beobachtete. Die Witze fingen an. Einer der Cousins heiratete im neuen Jahr. Seine Verlobte war eine der attraktivsten Frauen der Stadt, Witwe und zehn Jahre älter als der junge Mann, dessen Name zu seinem Pech zufällig auch noch Henry war.

»Runter damit, Heinrich der Achte«, rief Albert aus der Mitte der

Gruppe und schüttete soviel hinunter wie er konnte. »Meine Runde. Und Biff-Junge, du mußt 'n doppelten Brandy für die Feiertage haben. Kannst nich' 'n ganzen Abend von Bier leben, weißte. Nich', wenn's 'ne Hochzeit zu feiern gibt.«

»Ja, runter damit, Biff«, sagte Georgie, der mehrere Jahre jünger war als Biff und genug gesunden Menschenverstand besaß, nicht Biff-Junge zu sagen wie Albert. In solchen Situationen wünschte sich Biff immer, älter auszusehen. Ihre achtundzwanzig Jahre waren ihr nicht anzusehen, und für einen jungen Mann wirkte sie milchgesichtig, was sie zum Liebling mehrerer alter Damen machte, denen sie ihre wöchentlichen Bestellungen bei Frank lieferte.

»Is' Monate her, daß ich dich in diesem Pub gesehen habe«, bemerkte Henry, »und ich weiß nicht, wie du den ganzen Abend aushältst, ohne auszulaufen. Mußt 'ne Blase wie 'n Kamel haben.«

»Hab' ich. Und diesmal kriegst du mich nicht an den Brandy.«

»Hört, hört«, meinte Albert, stieß Biff an und zwinkerte ihr heftig zu. »Du nimmst, was du kriegst, und bist dankbar, nich', Jungs? Wie unser Henry.«

Albert machte eine rhetorische Pause und genoß jede Minute. Seine schlagfertigen Bemerkungen waren stets von vielen Püffen und Gesten begleitet, und nie gab es so ein Publikum wie beim Weihnachtsliedersingen, heiser und mit der Absicht, die Kehle gut zu schmieren.

»Brandy für alle, Gloria, bitte, Süße. Mach Doppelte und stell sie alle neben das Bier, bist ein Schatz. Mann, schick biste in dem Kleid. Nich', Jungs? Eh, Gloria, wenn ich nicht ein verheirateter Mann wäre, würde ich dir 'nen Antrag machen.«

»Und welche Antwort würdest du dann wohl kriegen, Albert?«

»Gloria in Excelsis, ein Mann kann in Hoffnung leben. Hier, Henery, Hahnrei. Hier ist deiner. Und jetzt hier, Biff-Junge, kipp den runter. Der wärmt dir's Herz ...«

Biffs Protest ging unter, als Albert »Henery the Eighth« schmetterte und grölte und alle anderen einstimmten. Biff sang mit und hoffte, sie könnte es umgehen, den Brandy wirklich zu trinken.

Die Männertoilette war von der offenen Sorte ohne Kabine. Ihre Tür hatte kein Schloß. Ins Colliers' Arms kamen einige von den älteren Frauen, die dann in einem kleinen Raum für sich an der anderen Seite der Bar saßen. Die jungen Frauen kamen nie. Es gab keine Frauentoilette, und der größte Teil des Pubs war nur für Männer, das Trinken und Reden nur für Männer, Gloria ausgenommen, die abgehärtet war und deren Ehemann, der Wirt, früher Berufsboxer gewesen war. Also trat niemand Gloria zu nahe.

»Ich bin Heinrich der Achte, Heinrich der Achte bin ich, bin ich.

Ich krieg' die Witwe von nebenan, die war schon sieben Male dran. Und jeder war ein Henry, sie wollte keinen Willie (viel Gezwinker) oder Sam ...«

Albert schlug Biff herzlich auf den Rücken, und sie verschluckte sich an ihrem Bier, nachdem sie den doppelten Brandy verstohlen dorthin geschoben hatte, wo jemand anders ihn nehmen konnte, neben die anderen, die auf der Theke noch darauf warteten, getrunken zu werden.

»Komm, Biff-Junge, trink aus, runter damit. Henry is' dran mit 'ner Runde. Gibt noch reichlich Bier zu vernichten und 'n Dutzend Brandys. Die Nacht ist noch jung. Trinkt und seid fröhlich, Jungs, denn morgen sterben wir.«

Mit Albert im Nacken trank Biff ihr Bier aus und hob den Brandy, als ob sie ihn kippen wollte. Aber Albert durchschaute diese Taktik sofort und flachste sie an, zwang sie beinahe, das Glas zu leeren, und knallte es schwungvoll auf die Theke. Als nächster war Henry dran, ihr einen doppelten Brandy aufzudrängen. Sie kippte ihn runter, denn offensichtlich mußte sie ein ganzer Mann sein und austrinken, ohne sich zu sträuben oder halbherzig anzustellen. Nicht zu trinken war eine Beleidigung für Henry, dessen Hochzeit das Stadtgespräch abgab und dessen Abend dies eindeutig war, trotz Alberts bühnenreifer Auftritte.

Bald stand auf der Theke eine Reihe Gläser mit abwechselnd doppeltem Brandy und Bier, die von der Albert-Georgie-Henry-Bande bestellt worden waren. Und ihrem Anhang. Als die Männer sich durch die Drinks hindurcharbeiteten, merkte Biff, daß sie beim vierten Bier war, also wohl schon drei doppelte Brandys getrunken hatte und dringend zur Toilette mußte.

Henry sang sich jetzt mit zunehmender Lautstärke, heiser und falsch durch sein gesamtes Repertoire und hatte gerade die Zeilen aus »Ilkley Moor« erreicht: »Dann werden wir dich alle gefressen haben, dann werden wir dich alle gefressen haben«. Er stand nicht vorn an der Bar, also fischte er in seiner Tasche nach einem weiteren Geldschein und reichte ihn Georgie hinüber, der ihm den Gefallen tat und nochmals doppelte Brandys für alle bestellte.

Biff war ganz schwindlig von dem Rauch, der rotgestreiften Veloursstapete, den roten Lampenschirmen, die blutrote Flecken von Licht und Schatten warfen, dem Gedränge um die Dartscheibe und all dem wirbelnden Durcheinander von Gerede, Gelächter und Gegröle.

Der Rauch zog blutrot vorbei, als Biff ihren vierten doppelten Brandy trank und Feuer an ihren Armen entlang und in ihre Kniekehlen kriechen fühlte. Mit übereinandergeschlagenen Beinen rutschte sie unbehaglich auf dem Barhocker herum und wünschte, der Drang zur

Toilette würde vergehen. »O Mutter«, betete sie, »Mutter, bist du da oben? Lucy, Sara, seid ihr da? Helft mir, den Mund zu halten. Laßt mich bloß nicht mein Leben in Herton ruinieren. Beschützt mich und Moss.«

»Hier bitte. Hier. Eh, Jungs, dieser Bursche is' kein Trinker. Seht ihn an. In Topform wie das Korsett meiner Mutter nach vier Brandys.«

»Ich trinke lieber Bier«, sagte Biff schwach.

»Er trinkt lieber Bier«, wiederholte Albert und haute Biff wieder auf den Rücken, daß es ihr den Atem nahm.

»Wir alle trinken lieber Bier. Außer bei Hochzeiten. Wenn unser Henry und seine entzückende, entzückende Braut nicht wären, würden wir alle Bier saufen. Dem Himmel sei Dank für Henrys entzückende Braut. Lang lebe die schöne, die schö-hö-hö-ne Mary Swithinbottom.«

»Lang lebe Mary Swithinbottom.«

»Auf die entzückende Mary.«

»Auf den entzückenden Bottom.«

»Die lustigen Witwen von Herton.«

»Meine Güte, halt ihn«, sagte Albert, als Biff auf dem hohen Hocker schwankte. »Lehn ihn gegen die Theke. Hier, halt seinen Kopf, und ich helf ihm, dieses Bier zu kippen.«

Gemeinsam brachten sie Biff durch ihr nächstes Bier. Das leere Glas wurde auf die Bar gestellt.

»Was er braucht, is' noch 'n doppelter Brandy«, sagte Albert. »Noch zwei, und er is' drüber weg. Über'n Berg.« Er hielt Biff den Brandy an die Lippen und stützte ihr den Kopf, während sie ihn runterkippte.

»Dankealbert«, nuschelte Biff. »Dsss besser. Mein Kopf issen bissen komisch, 's alles.«

»Biff-Junge, solltest öfter hierher kommen, dann wärste in Übung. Du brauchst mehr zu trinken, das seh' ich.«

»Ja, für 'n Mann, der in Frank Smith' Spirituosenladen arbeitet, ist er der trockenste Kerl von Herton, unser Biff«, bemerkte Henry. »Isses nich' so, Georgie?«

»Laßt den Mann in Ruhe, ey«, sagte George. »Das mag ja für dich, Albert, und für dich, Henry, gut und schön sein, aber ich wohne gleich um die Ecke von meiner Tante Grace und meiner Tante Mercy. Ihr habt mir eine schöne Suppe eingebrockt, ey.« Georgie schaute Biff an, die zu diesem Zeitpunkt schon weggetreten war. »Und was ist mit Mrs. Smith? Sie wird schäumen vor Wut, garantiert. Habt ihr daran gedacht, ey?«

»Ja, guckt mal, in welchem Zustand er is'«, fügte einer der Cousins hinzu.

»Er is' nich' grade in Topform, würde ich sagen«, meinte Albert inmitten der schulterklopfenden und armknuffenden anderen Cousins. Aber Henry war von Georgies verspäteter Sorge um den Gehilfen des Lebensmittelhändlers nicht so leicht zum Schweigen zu bringen. »Ja, aber die Frau von seinem Chef ist nach meiner Mary die hübscheste Frau in dieser Stadt. Ich hätte nichts gegen ein trauliches Mitternachtsessen im Schein des Kaminfeuers. Ich habe sagen hören, sie hat heißes Blut. Sie stammt von den Zigeunern ab, die nach Pontefract 'rübergegangen sind, wißt ihr.«

»Nee, da war's nicht, es war Doncaster.«

»Kein Wunder, daß er dann nicht in den Pub geht, nich', Jungs«, bemerkte Albert und wartete mit seiner eigenen historischen Version auf: »Oh-oh, Old King Cole war 'ne lustige alte Seele, 'ne lustige alte Seele war er. Seine Frau war feurig, die Töchter keß, wie jeder glückliche Mann sehen konnte.« Er schaute Biff an, die mit geschlossenen Augen und hochrotem Gesicht an der Theke hing, und improvisierte: »Und ein sehr glücklicher Mann ist er.«

Die feuchtfröhliche Nacht schritt voran, nach der Schankzeit hinter verschlossenen Türen. Die Sperrstunde kam und ging. Biff bekam nichts davon mit.

Die Geräusche auf dem Weg, der von der Ladenfront um das Haus herum zum Hinterhof führte, signalisierten Moss, daß Biff nach Hause kam. Merkwürdig, daß sie Biffs Schritte gar nicht hören konnte. Moss horchte und war sich jetzt unsicher, ob es Biff war oder vielleicht – vielleicht Diebe. In den letzten Monaten hatte eine Serie von Einbrüchen die Stadt heimgesucht. Sie würde doch nicht etwa von einer Räuberbande überfallen? Die Hawsley-Brüder hatten ja vor Gericht gestanden. Einer von ihnen war wegen Raubes verurteilt worden.

Der Türklopfer hallte laut. Moss hörte Georgies Stimme.

»Mrs. Smith? Mrs. Smith, sind Sie wach?«

Mit dem Anblick, der sich Moss beim Öffnen der Tür bot, hatte sie nicht gerechnet. Vier Männer, einer angeschlagener als der andere, darunter Georgie, trugen eine dicke, große Karodecke. Es war wie eine Szene aus einem der Agentenfilme, die manchmal im Curzon in der High Street liefen. Moss liebte Agentenfilme.

»Da ham Se's, Missis«, begann Albert. »Fundsache. Ham wir im Pub gefunden. Gehört wohl hierher.« Sie ließen das schnarchende Bündel in der Decke auf den Boden plumpsen wie ein schlafendes Schwein von Ryelands Hof.

»Nun laßt ihn doch nicht einfach da liegen. Bringt ihn herein, um Gottes willen.«

Moss warf einen kurzen Blick auf die zusammengesunkene Gestalt.

Hosen hoch, Knöpfe zu. Trocken – hatte nicht in die Hose gemacht, brauchte sich nicht umzuziehen. Hemd immer noch zugeknöpft und Schlips etwas gelockert, gerade der oberste Knopf war geöffnet, zum Atmen. Dem Himmel sei Dank für kleine Gnaden. Die Viererbande stand herum wie eine Herde Schafe. Allesamt stanken fürchterlich nach Brandy.

»Wer von euch war das? Er trinkt doch nichts Hartes, nur Bier. Und er stinkt noch schlimmer als ihr. Der Brandy kommt ihm ja schon zu den Ohren heraus. Wer war das? Das hat er doch nicht von sich aus gemacht, oder?!«

Alle Augen richteten sich auf Albert; der wurde rot, murmelte etwas vor sich hin und trat verlegen von einem Bein aufs andere. Ein ungezogener Schuljunge, der erwischt worden ist, dachte Moss.

»Dafür mach' ich dich verantwortlich, Albert Gibbs. Du tust deiner Familie wirklich keinen Gefallen. Der Name eurer Familie wird stinken wie dieser Brandy, wenn du so weitermachst. Dafür mach' ich dich verantwortlich, darauf kannst du dich verlassen.« Sie wirkte winzig neben ihnen, aber wenn sie sprach, überragte sie sie alle. »Na los, ihr. Ich will wissen, was er gesagt hat. Was für Klatsch krieg' ich demnächst zu hören? Was hat er gesagt?«

»Er hat nix gesagt, Mrs. Smith«, sagte Georgie, der sich mittlerweile fragte, wie er jemals wieder seinen Tanten unter die Augen treten sollte, die beide eng mit Mrs. Smith befreundet und von dem Gehilfen des Lebensmittelhändlers sehr angetan waren. »Er hat nix gesagt. Konnte er nich' mehr. Fünf Doppelte, und er war hinüber, nich', Jungs?«

Moss ignorierte Georgie und wandte sich an seine beiden Cousins. »Und was steht ihr da herum wie bestellt und nicht abgeholt? Habt ihr die Sprache verloren? Ich will ganz genau wissen, was los war. Dieser Mann hier kann sich keinen Kater erlauben. Er muß um sechs wieder im Laden meines Mannes stehen. Punkt sechs. Verstanden? Unser Geschäft ist kein Wohltätigkeitsverein.«

»Ehrlich, Mrs. Smith. Unser Georgie hat schon gesagt, Sie würden böse werden. Mr. Ferguson, der hat nix gesagt. Er lief rot an, und weg war er. Wir ham's ja nich' bös gemeint.«

»Ach, könnt ihr also doch reden? Oder habt ihr euren Mund nur, um Brandy reinzukippen?«

»Henry heiratet doch, Mrs. Smith«, begann Georgie. Albert schwieg und schaute Moss an, die ihm in diesem Moment schöner erschien als jemals zuvor. Henry hatte recht gehabt. Aus Moss' Augen loderten wirklich schwarze Flammen. Albert widerstand der Versuchung, herauszuplatzen: 'Meine Güte, sind Sie schön, wenn Sie wütend sind!' Statt dessen kniff er lieber den Mund zu, damit er und die

Jungs nicht noch mehr Ärger bekamen. Schon oft hatte er geahnt, daß eigentlich die Frauen in dieser Stadt das Sagen hatten. Jetzt wußte er es.

»Ich weiß, daß Henry heiratet. Und wenn Frank und Biff und ich uns erholt haben, dann kommen wir auch alle zur Hochzeit. Zumindest habt ihr ihn heimgebracht, vielen Dank. Frohe Weihnachten euch allen.«

Wie ein Baum, der jetzt in Herton Wurzeln geschlagen hatte, stand sie da, fest und unbeugsam im Frost und Sturm des Winters. Sie wünschten ihr frohe Weihnachten und gingen.

Moss ließ Biff auf dem Boden liegen, holte ein Kissen und drei Decken von oben und schaute nach, ob ihr Mann und die Kinder weiterschliefen. Dann nahm sie Biff den Schlips ab, knöpfte ihr das Hemd etwas weiter auf, stopfte ihr das Kissen unter den Kopf und deckte sie zu. Biff hörte sich an wie ein Orang-Utan mit Bronchitis im letzten Stadium.

Moss schlich nochmals nach oben. Sie stand im Dunkeln auf dem kleinen Treppenabsatz und horchte nach den drei Schlafenden. Sie überlegte fieberhaft: Was Biff an Pubs so fürchtete, war, daß es dort keine Toilette gab, die sie zu benutzen wagte. Wenn ich sie die ganze Nacht unten liegenlasse, pinkelt sie vielleicht auf den Boden, und wenn das passiert, läßt sich ihre Identität nicht mehr verheimlichen. Im Dunkeln griff Moss in den Schrank auf dem Treppenabsatz und tastete nach der Bettpfanne, die sie für Franks Mutter benutzt hatte. »Du weißt nie, wann wir sie mal wieder brauchen«, hatte Frank gesagt und Moss daran gehindert, sie wegzuwerfen. Sie war unter den unbenutzten Kissen eingeklemmt. Moss zog daran. Die Schranktür knarrte. Sie hielt inne. Die Schlafenden rührten sich nicht. Mit einigen Schwierigkeiten bekam Moss im Dunkeln die Bettpfanne heraus, ohne mit dem kalten Metall gegen den Schrank zu stoßen.

Vorsichtig schlich sie die Treppe hinunter und vermied die eine knarrende Stufe.

Wieder zurück in der hellerleuchteten Küche, versperrte Moss die Tür mit einem Stuhl – für alle Fälle. Sie schob die Decken beiseite, zog Biff die Hosen und Unterhosen herunter. Unwillkürlich schaute sie über die Schulter zur Tür. Sie griff nach der Bettpfanne und erinnerte sich, daß sie Sadie vor dem Schlafengehen oft über den kalten Porzellan-Nachttopf gehalten hatte, als sie mit ihr übte, aufs Töpfchen zu gehen. Das schlafende Kind hatte sich mit kaum geöffneten Augen erleichtert und gleich weitergeschlafen. Es muß an dem Gefühl des kalten Topfes auf der bloßen Haut liegen, dachte Moss. Aber ich hätte nie gedacht, daß ich das einmal für dich tun würde, Liebes. Sie schob die Bettpfanne unter Biff. Es klappte wunderbar.

Als alles überstanden war und Biff wieder ordentlich angezogen und zugedeckt dalag, nahm Moss den Stuhl unter der Türklinke weg. Dann machte sie sich eine Kanne starken Tee und trank zwei Becher, beide glühendheiß. Aus der Flasche Brandy, die sie für Weihnachten aufgehoben hatten, goß sie sich einen Doppelten ein. Während sie ihn im Glas schwenkte und dann langsam trank, trocknete sie sich kopfschüttelnd die Tränen. Sie mußte lachen und weinen zugleich. »O Biff«, flüsterte sie der schnarchenden Gestalt auf dem Küchenboden zu, »ich liebe dich.«

6. Kapitel

Als der Frühling 1925 in den Sommer überging, hatte Biff einen Plan gemacht. Sie würde alles mit Moss besprechen und den Laden verlassen. Nun, da Frank zu der Erkenntnis gekommen war, daß Biff eine Art junger Zuchthengst war, nahm die Spannung zwischen Biff und Frank gefährlich zu.

Biff sehnte sich danach, Moss fortzubringen. Ein Zuhause zu schaffen und glücklich bis an ihr beider Ende zusammen zu sein. Es war unmöglich. Auf dem Arbeitsmarkt sah es noch schlimmer aus als schon seit vielen Jahren. Es ging das Gerücht um, daß die Gewerkschaften demnächst nicht mehr zu beschwichtigen sein würden, und wie sich dies langfristig auswirken würde, war nur zu vermuten.

Biffs Leidenschaft für Moss steigerte sich, und das physische Bedürfnis war überwältigend. Sie stahlen sich ihre Liebe hinter verschlossenen Türen, wann immer sie es wagten, zwischen elf Uhr abends und den frühen Morgenstunden, aber jede Chance war auch ein Risiko, und jetzt, da Frank zwei und zwei zusammengezählt hatte und auf dreieinhalb gekommen war, wurde es nahezu unmöglich. Die nächste Schwangerschaft konnte Moss umbringen, wenn sie sie abzubrechen versuchte, und es würde Biff das Herz zerreißen, wenn sie es nicht täte. Ein weiteres Kind von Frank wäre nicht zu ertragen.

Das Problem war, wie sie ihren Lebensunterhalt verdienen sollte, wo doch die Arbeit für Frank Smith alles war, was Biff kannte. Zumindest, sagte sie sich, hatte sie der Tatsache ins Auge gesehen, daß er ihr Chef war. Hatte aufgehört, sich in der Freundschaft und herzlichen Atmosphäre ihrer ersten paar Jahre mit Frank zu verkriechen. Damals waren sie gut füreinander gewesen. Sie bedauerte das Verlorene, aber es war Zeit, realistisch und hartgesotten zu sein, sich nicht mehr vor sich selbst zu verstecken und sich als eine Frau zu akzeptieren, die immer Frauen lieben, sich zu Frauen hingezogen fühlen und daher wahrscheinlich allein sein würde. Sie hatte sich vor der Polizei versteckt, aber das war nun nicht mehr nötig. In den Polizeiakten stand sie wahrscheinlich als vermißt, vermutlich tot. Sie suchten nicht ewig nach Ex-Suffragetten. Es war also an der Zeit, ihre bisherige Strategie ehrlich zu betrachten. Sie bedauerte nicht, sich versteckt zu haben. Es hatte ihr Zeit zum Atemholen gegeben, Zeit, einige Jahre lang erwachsen zu werden, an Jahren so erwachsen zu werden, wie sie an Erfahrungen schon war – an Erfahrungen, die sie gemacht hatte, noch bevor sie erwachsen genug war, um sie auszuhalten. Ja, sie hatte sich versteckt. Sie würde sich nicht länger verstecken. Sie würde diesen Ort verlassen und nach London gehen. Würde in einer Fabrik arbeiten und abends lernen. Würde eine Ausbildung als Radiotechnikerin machen wie Jessie Kennedy. Ihr Entschluß war gefaßt. Sie würde ihn mit Moss besprechen.

Biff wußte nicht, wie oder wann sie Moss dann wiedersehen würde. Sie hoffte, Moss würde Frank eines Tages verlassen. Aber dafür gab es keine Garantie. Hatte nicht ihre eigene Schwester Lucy eine Frau geliebt, die sie wegen eines Mannes verlassen hatte? Welche Garantie gab es, daß Moss zu ihr kommen würde?

Biff hatte genug von ihrer Rolle als Mann. Es würde sehr schwer für sie sein, wieder zu den Frauenkleidern zurückzukehren, aber die Zeiten änderten sich. Es gab die langen Kleider nicht mehr, die Wintertage und Regenwetter so unerhört schwierig gemacht hatten. Die Mode wurde kürzer, und zum Radfahren trugen Frauen heutzutage Kniebundhosen. Sie würde eine Frau in Frauenkleidern sein, dabei aber außergewöhnlich, zukunftweisend. Sie ließ ihren Phantasien freien Lauf.

Auch Moss traf einige Entscheidungen. Sie würde Biff bitten, sie von Herton fortzubringen. Wenn sie hier bliebe, würde sie an der nächsten Fehlgeburt sterben, und wenn sie bliebe und noch ein Kind bekäme, würde sie verrückt werden. Wenn sie bliebe, würde Biff gehen, und ein Leben ohne Biff wäre unerträglich. Das Horchen nach den Schritten auf dem Weg ums Haus; die lauten Tretgeräusche des alten Lieferfahrrads, wenn Biff heimkam, nachdem sie ihre Runde gemacht hatte; oder das Klirren des Ganzen Stolzes, wenn Biff sich zu den Hügeln aufmachte. Das war neuerdings, da Biff im Hause half, seltener geworden.

Moss hatte einiges mit ihrem Leben vor. Das konnte sie nicht zusammen mit Frank tun; sie war blind vor Verzweiflung gewesen, als sie ihn heiratete. Sie blieb gelassen, was das betraf. Ein völliger Irrtum. Eine der harten Lektionen des Lebens, gelernt in zu jungen Jahren, aber nicht zu spät. Sie würde diese Entscheidung rückgängig machen.

Sie war Moss, Enkelin von Varsha, und sie liebte eine Frau namens Biff. Sie hatte keine Ahnung, wer in ihrer Familie noch eine solche Liebe empfunden hatte. Von Biff wußte sie jedoch, daß das nichts Furchtbares oder auch nur Ungewöhnliches war. Es war nur einfach nichts offen Sichtbares, und daher kam es in den Zukunftsplänen der meisten jungen Mädchen nicht vor. Außerdem war es einfach das Beste. Aber. Bei diesem Lebensmittelhändler, den sie geheiratet hatte, zu bleiben, hieß, Biffs Gefühle ebenso zu verleugnen wie ihre eigenen. Biff war offensichtlich nahezu am Ende ihrer Kräfte. Sie hatten noch nicht miteinander geredet, aber Moss kannte Biff inzwischen gut genug, und wenn sie, Moss, das Thema nicht bald ansprach, würde Biff allein gehen. Biff würde gehen, ohne zu wissen, was Moss empfand. Biff würde sich allein und verraten fühlen. Biff würde sich für den Rest ihres Lebens fragen, ob das, was eine so mächtige Kraft zu sein schien, die sie aneinander band, für Moss nur eine vorübergehende Laune gewesen war. Dabei war es doch in Wirklichkeit das Brot, von dem Moss Tag für Tag lebte. Das Brot des Liebens.

Für ein paar Pence kannst du Brot kaufen und ein Stück Seife, um dir die Lügen vom Munde zu waschen. Aber du kannst nicht genug Kleister kaufen, um das gebrochene Vertrauen einer Liebenden wieder zu kitten, wenn ihre Geliebte bei einem Mann geblieben war, statt zu einem neuen Leben aufzubrechen. Du kannst Miete für ein Dach über dem Kopf zahlen, wenn du Arbeit findest; aber du kannst nicht sicher sein, die Liebe wiederzufinden, die du verstecken mußtest.

Wenn sie und Biff zusammen mit Sadie aufbrachen, würden sie so weit fortgehen, daß Frank sie nicht finden konnte. Sie würden anderswo ein neues Leben beginnen, gemeinsam.

Aber sie würden ohne Ronnie gehen müssen. Frank würde die Polizei auf sie hetzen, wenn sie seinen Sohn und Erben mitnähme. Er würde nichts unversucht lassen. Das war von Anfang an sein Hauptgrund gewesen, sie zu heiraten.

Ihr Baby zu verlassen, war ein verzweifelter Entschluß für eine Mutter. Sie liebte ihren Sohn, hatte ihm den Namen ihres Lieblingsbruders gegeben. Aber sie würde nicht davonkommen, wenn sie ihn seinem Vater wegnahm. Es würde die Hölle los sein. Ronnie in Herton zurückzulassen war der Preis, den sie würde bezahlen müssen. Der Mindestpreis, dachte Moss gequält, für die Freiheit von dem Lebensmittelhändler und seinem Zorn über diesen Verrat. Es war nachts um halb elf, als sie beschlossen, miteinander zu reden. Moss wollte Biff sagen, daß sie mit ihr fortgehen würde. Biff wollte Moss sagen, daß sie sich entschlossen hatte zu gehen.

Frank war schon zu Bett gegangen, als der Lärm die Stille des Wohnzimmers zerriß.

Die Zechensirene heulte.

Es war der Ton von Höllenfeuer und Schwefel. Der Ton der Hunde, die die Toten fressen. Der Ton von Flut, Feuer und Teufeln. Der Ton von Erdbeben; und von Fingern, angefressen von meterlangen Ratten, die im Herzen des Hades leben.

Für die Ehefrauen war es das Geräusch zerschmetternder Knochen und herausspritzender Gehirne. Für die Kinder war es der Lärm von hundert schreienden Vätern.

Er weckte den Lebensmittelhändler auf, und Frank sprang in die Kleider. Er kam gerade rechtzeitig aus dem Schlafzimmer heraus und die Treppe hinunter, um zu hören, wie Biff sich den Ganzen Stolz schnappte und in Richtung Zeche heftig in die Pedale trat. Der Händler folgte auf dem alten Fahrrad seines Vaters und kam fünf Minuten nach dem Laufburschen an.

Verstörung herrschte wie unter Menschen, die am Fuße eines Deiches leben, die im Schatten eines schlafenden Vulkans leben, die in den Polarzonen leben, wo das Eis brechen kann, oder in den Bergen, wo Lawinen sie bedrohen.

Kommandos und Schreie übertönten das Stöhnen unter der Kohle. Es war die Nacht, in der Stollen 3 überflutet wurde.

Alle gesunden Männer versammelten sich und warteten auf Anweisungen. Der Schacht war durch den Wasserdruck in Stollen 3 eingestürzt. Der Plan war, in Stollen 2 zu gelangen, wo einige der Männer eingeschlossen waren, die in Stollen 3 hatten einfahren wollen. Man vermutete, daß etwa zweiundzwanzig Männer in 2 eingeschlossen und siebenundfünfzig in 3 tot waren. Der Wasserpegel stieg ständig. Es war nur noch Luft für vierunddreißig Minuten übrig. Für eine Schätzung klang das sehr exakt. Es gab den Rettungsmannschaften etwas Hoffnung. Den erfahrenen Bergleuten wurden die Freiwilligen wie Frank und Biff zugeteilt, die auf Befehl schaufeln sollten. »Keine Alleingänge!« lautete die Anweisung. Ein Alleingang würde eine weitere Katastrophe in Stollen 2 heraufbeschwören, die ebenso furchtbar wäre wie die Tragödie in Stollen 3.

Als die Stollendecke über ihnen einstürzte, fiel Frank und schrie. Den Fuß unter einem Träger eingeklemmt, lag Biff neben Frank und dachte nach. 'Warum warten wir immer, bis es zu spät ist, um die Dinge zu sagen, die uns am wichtigsten sind?' Sie stellte sich Moss zu Hause vor und kam zu einem Entschluß. 'Wie konnte ich ans Weggehen auch nur denken? Was würde ich ohne Moss machen? Würde ich nicht lieber jeden Tag die Rolle als Mann bewältigen, nur um Moss weiterhin lieben zu können?'

Laut rief Biff: »Frank? Bist du in Ordnung?« Frank antwortete nicht. Biff konnte nicht erkennen, ob er bewußtlos oder tot war. Zu

Hause lief Moss hin und her und schäumte vor Frustration, daß sie eine röcketragende Mutter war und kein Mannsbild wie Biff. Sie wollte dort an Biffs Seite sein.

Bei dem Hertoner Grubenunglück von 1925 wurden Grace und Mercy Dundy Witwen und ihre Kinder vaterlos. Von den zweiundzwanzig Männern, die in Stollen 2 eingeschlossen waren und bei denen die Hoffnung auf Rettung bestanden hatte, wurden vierzehn lebend geborgen. Drei allerdings verloren einen Arm oder ein Bein, die ihnen zerschmettert worden waren.

Von den Rettungsmannschaften, die es beim zweiten Einsturz erwischt hatte, starben zwölf Männer, und drei erlitten schwere Rückenverletzungen. Frank Smith überlebte. Er war von den Achseln abwärts gelähmt. Sein Laufbursche, der seinen Namen mit Bernard Ian Ferguson angab, war unverletzt mit Ausnahme eines zerquetschten Knöchels, von dem ein lebenslanges Hinken zurückbleiben sollte.

Die überregionalen Tageszeitungen erklärten es zwei Tage lang zu einem Wunder. Für einige junge Journalisten war es ein Knüller, für andere eine erfreuliche Abwechslung.

Die Leute von Herton bezahlten ein Denkmal, das auf dem Marktplatz aufgestellt wurde. Es war unmöglich, in Herton in irgendeine Richtung zu gehen, ohne dieses Denkmal zu sehen. Für die Menschen, die in Sichtweite der Zeche lebten, war das Ereignis daher kein zweitägiges Wunder, sondern eine Dauertragödie. Jahre später sprachen zwei junge Sozialarbeiterinnen, neugierig und unbedarft in ihrem Wunsch, Geschichte zu enthüllen, mit den alten Leuten im Altersheim am Rande der Stadt, das in den progressiven Sechzigern gebaut worden war, als für Bereiche wie 'die Senioren' noch Geld vorhanden war.

Zu der Zeit wohnten Moss und Biff schon unten an der Church Lane. Sie hörten von dem Oral-History-Projekt, waren aber nicht daran beteiligt. Sie hofften, daß die Sozialarbeiterinnen es gut meinten. Nette junge Damen mit sicheren Arbeitsplätzen und Herzen voller Hoffnung. In dem kurzen Zeitraum von neun Monaten rauschten sie nach Herton hinein und wieder hinaus. Ebensolange wie ein Baby ausgetragen wird. Sie brachten einiges Unglück in die Welt. Wiederbelebte Erinnerungen, mit denen die alten Leute am besten fertigwurden, indem sie sich davor versteckten. Erinnerungen an die Alpträume der Kinder, die wissen, daß ihre Väter in einem Massengrab unter der Kohle und dem Wasser liegen, ganz durchweicht. Es gab Kinder, die über ein Jahr lang bei Licht schliefen. Witwen, die des Geldes wegen Untermieter aufnahmen und aus Freundlichkeit mit ihnen schliefen. Schwanger hinterbliebene Geliebte, die gerade noch rechtzeitig anständig verheiratet gewesen wären.

Also veröffentlichten die Sozialarbeiterinnen ihre Arbeit und wurden selbst zu einem zweitägigen Wunder. Und als sie gegangen waren, blieben die alten Leute mit ihren Erinnerungen zurück, bis der Träger herabstürzte und sie zerschmetterte.

Nach dem Unglück versank Frank zunächst in einen grämlichen Trübsinn und wies alle Bemühungen, ihm herauszuhelfen, verbittert zurück. Er wurde in seinem Rollstuhl in den Laden gefahren und saß dort und klagte. Wenn die Kundinnen und Kunden kamen und mit ihm redeten, erzählte er wieder und wieder die Ereignisse, die er wie eine auswendig gelernte Rede im Kopf hatte. Die Leute, die hereinschauten, um zu sehen, wie es ihm ginge, fingen an, zu Naylor am anderen Ende der Stadt zu gehen. Der Umsatz begann zu sinken.

Eines Abends, als der Laden leer war, sagte Moss: »Biff, wie wär's, wenn du heute das Abendessen machtest? Ich will mit Frank reden. Wir werden hier draußen im Laden bleiben. Ich werde gleich schließen.«

»Soll ich dir helfen?« fragte Biff und deutete auf die Sachen, die vom Bürgersteig hereingeholt werden mußten.

»Nein danke, das mache ich selbst.«

»Sie schafft es schon«, grunzte Frank aus seinem Stuhl. »Nicht daß ich heutzutage eine große Hilfe wäre.«

Biff ging in die Küche, und Moss brachte die Schilder herein, schloß und verriegelte die Ladentür. Dann zog sie den Kundenstuhl zu Frank hinüber und setzte sich ihm gegenüber. Sie griff nach seiner Hand und hielt sie. »Also, Frank, hörst du mir zu?«

»Natürlich. Zuhören ist alles, was mir zu tun bleibt, nicht?«

»Gut. Ich bin froh, daß du mir zuhörst, denn was ich dir zu sagen habe, ist nicht leicht. Du, Frank Smith, hast diesen Laden mit deinen Eltern aufgebaut. Er war ziemlich heruntergewirtschaftet, als ihr ihn übernommen habt, wenn ich recht in Erinnerung habe, was du mir erzählt hast. Stimmt's?« Frank schniefte. »Wir verlieren Kunden wegen deiner Verbitterung über deine Situation. Und ich habe ein paar Ideen dazu, die ich dir gerne erzählen möchte.« Sie drückte Franks Hand. »Mit deinem Kopf ist absolut alles in Ordnung, Frank Smith, und es gibt keinen Grund, warum du nicht einen größeren Anteil an der Führung dieses Geschäfts übernehmen solltest. Ich will nicht, daß du hier wie ein Pudding in der Ecke sitzt, versauerst und ganz unnütz für uns wirst. Warum? Weil ich mein ganzes Leben lang arbeiten mußte und Biff ebenfalls, und ich sehe nicht ein, warum du das nicht auch solltest. Wenn du glaubst, du kannst für den Rest deines Lebens immer griesgrämiger werden, dann wirst du dich umgucken, das mache ich nicht mit.

Ich habe also mit Biff vereinbart, daß ein neuer Laufbursche hier anfängt, einer von Graces jungen Cousins. Cousin um drei Ecken, sagte sie. Siehst du, da mußt du grinsen. Das ist eine Veränderung. Das erste Mal seit Wochen, daß du gelächelt hast.

Sein Name ist Stanley, und er wird seine Anweisungen von dir bekommen. Biff wird dir einen Tisch in genau der richtigen Höhe machen, und du kannst deine Arme darauf stützen, während du hier sitzt, und du kannst die Bestellungen aufnehmen und die Bücher für die Auslieferung führen. Am Ende der Woche gibst du sie uns, und wir stimmen sie mit den Hauptbestellungen ab. Aber du mußt arbeiten. Und ich will nichts darüber hören, wie es dir geht, was im Pütt geschehen ist, keinerlei Einzelheiten. Du bist in eine Sackgasse geraten, aber wir müssen ja nicht ebenso darin steckenbleiben.

Vielleicht klingt das hart, Frank, aber ich habe das Gefühl, daß allein die Arbeit dich aus dieser Depression herausbringen wird. Alles andere haben wir versucht, bis wir jetzt alle deinetwegen mit den Nerven am Ende sind. Was meinst du?«

»Kann nicht schaden, es zu versuchen, nehme ich an.«

»In Ordnung, dann fangen wir morgen damit an. Komm, bringen wir dich nach hinten zum Abendessen. Wie wär's vorher mit einer schönen Tasse Tee?«

Wenn der Tod sieben Jahre dauert, statt sieben Minuten oder sieben Stunden, gestaltet die Person, die stirbt, jede Minute des Lebens so angenehm wie möglich.

Frank hatte immer gewußt, daß er jung sterben würde. Er hatte nicht gewußt, daß es sieben Jahre dauern würde. Er wollte nicht so lange ausharren. Hätte es vorgezogen, wenn die Prognose der Ärzte genauer gewesen wäre: fünf Jahre, hatte man ihm gesagt. Aber weil er, Moss und Biff das wußten und weil er Seite an Seite mit Biff gearbeitet hatte, um Grace Dundys Mann auszugraben, der sieben Stunden später gestorben war, gab es ein Band von Tod und Leben, das die drei Menschen wie die Schenkel eines gleichseitigen Dreiecks zusammenhielt.

Frank wurde jeden Morgen in seinen Laden gerollt, den Moss und Biff führten. Er nahm die Bestellungen auf und machte die Buchführung. Moss und Biff bedienten hinter dem Ladentisch, und Stanley war wie geplant der Laufbursche.

Frank sagte, er würde gerne unten schlafen, allein. Schlaf bereitete ihm körperliche Schmerzen. Er wachte schweißgebadet auf, und die steifgewordenen Muskeln seines Rückens schmerzten unerträglich. Er sagte Biff, es sei ihm klar, daß der Jüngere gewonnen habe. Daß er einer Ehefrau nicht mehr geben könne, was sie brauche. Er bat Moss, sich von ihm scheiden zu lassen und Biff zu heiraten, für den Fall, daß Babys kommen würden.

»Es wird keine Babys mehr geben, das verspreche ich dir«, sagte Moss und blieb verheiratet.

Zu Biff sagte sie: »Ich werde ihm seine letzten Jahre angenehm und lebenswert machen, oder ich will selbst in der Hölle schmoren.«

Biff kritisierte Moss wegen der Vorstellung von der Hölle nicht. Das Grubenunglück hatte ihnen beiden den Groll über ihr Leben als Liebende, die ihre Liebe verbergen mußten, über ihr Leben als Frauen ohne Stimmrecht, über ihr Leben in der Arbeiterklasse genommen. Biff hatte ihre Träume verloren. Das Unglück war real. Sie hatte neben Frank gekniet, als der Stollenstempel ihm das Rückgrat zertrümmerte und ihr den Knöchel einklemmte. Der weißglühend brennende Schmerz in ihrem Bein machte sie empfindsam gegenüber Franks Schmerzen. Nach dieser gemeinsamen Erfahrung, die sie zusammen überlebt hatten, wünschte auch sie, daß sein Tod das Ende einer ruhigen Zeit, geborgen im Kreise seiner Familie, sein sollte.

Niemand brachte den dreien bei, wie sie es angehen sollten. Sie taten es einfach, weil die Alternative der Familienkrieg gewesen wäre.

Aber Franks Leiden wegen der schlechten Durchblutung seiner Füße und Beine unterhalb der Knie und die tägliche Gefahr des Wundbrandes, wenn er sich stieß oder klemmte, während sie ihm in sein Bett im Wohnzimmer hinein- und heraushalfen, all das bewirkte, daß sie sein Leben wertschätzten.

»Glaubst du, wir verstehen die Bedeutung des Lebens erst dann, wenn wir die Nähe zum Tod verstehen?« fragte Biff Moss eines Abends, als sie im Bett lagen.

»Da bin ich nicht sicher«, erwiderte Moss. »Aber ich weiß, daß es richtig war, Florence nicht in den Fluß zu folgen; und wenn Frank nicht mehr ist, werde ich zumindest wissen, daß ich mein Bestes getan habe. Manchmal, wenn er seine schwierigen Tage hat, bin ich der Verzweiflung nahe. Aber dann denke ich daran, wie allein und verbittert er hätte sein können, wenn du und ich gegangen wären. Und dann bin ich sicher, daß es so für uns alle besser war. Er war sehr gut zu mir, als ich ihn brauchte. Ich will nicht, daß er leidet. Jetzt tue ich für ihn, was ich kann. Er weiß, daß sein Laden weitergeführt wird, auch wenn er nur gepachtet ist. Das ist eine wirkliche Erleichterung für ihn. Und jetzt, wo er wieder arbeitet, zieht auch das Geschäft an.«

Von seinem Körper im Stich gelassen, mußte Frank Smith sich damit abfinden, daß andere Menschen ihn wuschen und anzogen, ihm die Windel wechselten und die Fußnägel schnitten. Es war ihm geradezu verboten, ein griesgrämiger alter Mann mit starrem Tagesablauf zu werden, um seine Unzulänglichkeit zu verbergen. Statt dessen mußte er auf die Bedürfnisse der Menschen um sich herum achten, besonders auf die seiner Kinder. Er mußte lernen zu geben.

In diesen Jahren hatte er nicht mehr für Politik übrig als vorher. Er konnte weder den Generalstreik verstehen noch die Art, wie er ausgefochten wurde, noch die Art, wie er verloren wurde. Aber die Kinder redeten ununterbrochen über die Welt um sie herum, wie sie sie begriffen, und er konnte sich nicht von ihren Gefühlen oder Ideen fernhalten.

»Dieser Mann wird am Ende seines Lebens größer sein als vorher, als er noch über seinen ganzen Körper verfügte«, erklärte Biff. Das stimmte. Am Ende der fünf Jahre war Frank beinahe in der Lage, die Bedeutung des Wortes Glück zu begreifen. In den zwei Jahren danach, die ihm noch blieben, war jeder Tag ein Geschenk. Er hatte seinen früheren Freund nicht verloren, den er als Biff kannte. Er bekam immer noch Zuwendung von seiner Frau. Er hatte alle seine Kundinnen und Kunden, die kamen und gingen, ihm Neuigkeiten und Leckereien brachten, von dem Klatsch ganz zu schweigen – davon gab es in Herton reichlich, aber er hatte sich nie zuvor darum gekümmert: es war einfach etwas, was die Leute taten, und er hatte versäumt, es als den Ton zu einem Kinofilm zu begreifen.

Am zufriedensten war er darüber, daß seine Frau glücklich war. Er glaubte, niemand außerhalb des Hauses wüßte, warum. Aber die Leute in Herton waren nicht dumm. Sie tratschten und setzten Gerüchte in die Welt, wie sie es immer schon getan hatten.

Moss und Biff behielten jede ihr eigenes Zimmer. Aber in vielen Nächten schliefen sie zusammen, und da sie beide um sechs Uhr aufstanden und arbeiteten, lange bevor die Kinder um halb acht in ihrem Schlafzimmer aufwachten, wurden sie nie überrascht und entdeckt. Aus Franks Sicht hatte Moss diskret dafür gesorgt, daß keine Babys kamen. Darum hatte er sie gebeten. Er lobte sich selbst für seine Entscheidungen und achtete Moss dafür, daß sie ihren Part der Abmachung einhielt. Das befriedigte seinen Händlersinn für einen ausgeglichenen Saldo.

Frank war sich auch mehr im klaren darüber, warum er über seinen Zustand nicht verbittert war. Dafür gab es siebenundsiebzig gute Gründe. Ihre Namen waren in das Steindenkmal auf dem Platz eingemeißelt.

Frank Smith starb im Juni 1932. Auf seinem Grabstein stand: »Hier liegt Frank Smith, der liebe verstorbene Ehemann von Moss. Er ruhe in Frieden.«

Zweites Buch

7. Kapitel

Es war im siebten Monat des Jahres 1953, des Jahres, in dem ihre Tochter Lindsey sieben wurde, als Sadie im siebten Monat schwanger war, und dieses würde ihr siebtes Kind sein. Von klein auf hatte sie gewußt, daß sieben eine magische Zahl ist. Natürlich war das der Grund, weswegen sie schließlich eine Wohnung bekommen hatten, diese phantastische Wohnung im fünften Stock in der Peabody-Siedlung in Covent Garden.

Die Betontreppen und die fünfzehn Treppenabsätze machten ihnen nichts aus, obwohl sie von unten bis oben mit all den Kindern und den Einkaufstaschen fünfunddreißig Minuten brauchten. Es machte ihnen nichts aus, denn davor hatten sie zwei Zimmer mit kleinen hohen Fenstern gehabt, dunkel und trübe und verdreckt, die sich nicht weit genug öffnen ließen, um sie zu putzen. Zwei Zimmer für sie acht, das beinahe fertige neue Baby nicht gerechnet, was dann neun ergeben würde.

Nun hatten sie ein Wohnzimmer mit Kochecke und drei Schlafzimmer. Es spielte keine Rolle, daß sie sich keine Vorhänge leisten konnten: Niemand konnte hereinsehen, und umgekehrt behinderte nichts den Blick über die Dächer und die alten Bäume und einen Teil des Marktplatzes.

Das kleinste Schlafzimmer maß etwa zwei mal zweieinhalb Meter, groß genug für Sadies und Sams Doppelmatratze auf dem Boden. Die Mädchen hatten ein Schlafzimmer, die Jungen ein anderes. Die Kinder waren klein und schliefen zu zweit in einem Bett; Estelle hatte ein Kinderbettchen.

Sadie war eine Seele, die sich nach einem Leben im Himmel sehnte. Sie hatte das Gefühl gehabt, sie würde an der Düsternis sterben, wenn sie noch einen Winter in der alten Wohnung verbringen müßte, wo sich die drei kleinsten Kinder Husten und das Baby, Estelle, Bronchitis zugezogen hatten.

Sadie mußte versuchen, die Älteren davor zu bewahren, bevor es auch sie erwischte – erst Müdigkeit, Schwäche, Niesen und Atembeschwerden, schließlich der Husten.

Sadie hatte kein weiteres Baby bekommen wollen. Sechs waren reichlich. Sam schuftete sich auf dem Markt kaputt; er mußte um vier Uhr morgens aufstehen und sich auf den Weg machen. Sie selbst kam erst um sechs Uhr morgens von ihrer Arbeit als Krankenpflegerin im Charing Cross Hospital zurück, das in der Gegend The Cross genannt wurde. Jetzt konnte sie in ein paar Minuten dorthin und zurück gehen. Es war so leicht, obwohl sie nun im siebten Monat schwerfälliger wurde. Ihre Schwangerschaften waren leicht, und die Geburten gingen schnell. Ein Schmerz im Rücken, und das war's. Außer bei Lindsey, der Erstgeborenen. Sadie hatte nicht gewußt, wie ein Baby geboren wird. Lindsey hatte es schwerer als die anderen gehabt und war dadurch ein ganz besonderes Kind. Aber sie war den anderen auch immer voraus gewesen, da sie die Erstgeborene war und zudem Widder, ein Feuerzeichen.

Sadie liebte alle ihre Kinder, aber Lindsey am meisten. Ein wunderbares, verständiges Mädchen, aber erschreckend dünn und nicht groß genug für ihr Alter. Die Jüngeren waren gut aufgehoben, da Lindsey von der Zeit, zu der ihr Vater aus dem Haus ging, bis zu der Zeit, wenn ihre Mutter, Sadie, zurückkehrte, auf sie aufpaßte.

Sadie schlich sich hinein:

»Bist du's, Mami?«

»Ja, ich bin's nur. Kuschel dich wieder ein, Liebes. Du kannst jetzt weiterschlafen.«

Zwei Stunden am frühen Morgen auf sich allein gestellt, mit sieben Jahren.

Sadie hatte Lindsey nicht diese Verantwortung aufbürden wollen. Keine der Frauen, die nachts im Krankenhaus arbeiteten, wollte ihre Kinder alleinlassen. Aber sie mußten, so wie die Löhne waren. Das Radio brachte ständig etwas über den Nachkriegsboom, über die größeren Annehmlichkeiten für die Leute, über die Ehefrauen, die zu Hause blieben. Aber Sam und Sadie wußten, daß sich das nicht auf Leute wie sie bezog. Leute wie sie arbeiteten und liebten und überlebten so gut sie konnten.

Was ihnen Tag und Nacht Sorgen machte, war nicht nur die Bronchitis von der Feuchtigkeit in der alten Wohnung, sondern auch der Keuchhusten, der in London epidemische Ausmaße annahm. Im Krankenhaus wurde auch über einen Anstieg der Tuberkuloseerkrankungen unter den armen Leuten geredet.

Sadie war siebzehn gewesen, als sie Herton verlassen hatte, um in London Arbeit zu suchen. Es gab reichlich Arbeitsangebote, und sie schrieb oft nach Hause über die Menschen, die sie traf, und die Stellen, in denen sie arbeitete. Die meisten ihrer Jobs waren schlecht bezahlt, Putzen in Hotels und Arbeiten in Krankenhäusern.

Während des Krieges war sie dageblieben und wohnte im YMCA, wo sie Freundinnen gefunden hatte. Sie zögerte, die geschäftige Stadt zu verlassen. Für Sadie hatte Herton im Vergleich zu London nichts zu bieten, selbst im Krieg nicht. Sie schrieb an Moss und Biff, dies sei das Beste, was sie hätte tun können. Dann hatte sie gegen Ende des Krieges bei einer Tanzveranstaltung Sam kennengelernt, und innerhalb weniger Monate war sie verheiratet und erwartete Lindsey. Sam arbeitete als Lastenträger auf dem Obstmarkt von Covent Garden.

Sadie schrieb an Moss, daß sie den Mann gefunden hätte, nach dem sie suchte. Vielleicht würden sie nie viel Geld haben, hatte sie gemeint, aber zumindest würden sie glücklich sein, und sie wollten beide mehrere Kinder.

Lindsey war nach Sam geraten. Praktisch und zuverlässig, ging sie vollkommen in der Familie und der liebevollen Fürsorge für die kleineren Kinder auf. Sie stolperten durchs Leben trotz des schleichenden Hustens, der durch ihre alten feuchten Zimmer und den Mangel an Sonne verursacht wurde. Ein vereinigtes Durcheinander von Individuen – so, wie Familien nach Sadies Auffassung sein sollten.

Sadie benannte ihre Söhne nach den Königen von England, ihre Töchter willkürlicher, aus dem Augenblick heraus: Lindsey, sieben; George, fünfeinhalb; Charlie, vier; Mary, drei; Jimmy, anderthalb; und das Baby, Estelle. »So weit, wie ich gehen konnte, ohne ihr den Namen einer der Sternenkonstellationen zu geben – das ginge ein bißchen zu weit.«

Alle hatten schwarze Haare und schwarze Augen wie sie selbst und ihre eigene Mutter. Sam nannte sie ‘mein schwarzäugiger Haufen’, und manchmal war in der Wohnung zu hören: »Kommt her, mein schwarzäugiger Haufen, hier ist euer Abendessen, haut rein!«

Es war die Jugend mit einem Vater wie Biff nach einem Vater wie Frank, die Sadie ihre entschiedene Meinung über die Art Mann vermittelte, den sie als Vater für ihre Kinder, als Ehemann für sich selbst wollte. Sam war wie seine ganze Familie von unscheinbarem Aussehen, abgesehen von seinem Lachen und seinen wilden blauen Augen. Himmelsaugen. Sie war oft in diesen Augen geflogen, und der Lohn für das Fliegen zeigte sich in jedem ihrer sechs wunderbaren Kinder. Sie wußte, keine Familie war mit dieser zu vergleichen. Sie waren, ohne den Schatten eines Zweifels, die besten Kinder der Welt.

»Wenn es in der Kondomfabrik nicht einige religiöse Fanatiker gäbe, die mit Nadeln in die Dinger stechen, um Gott zu gefallen«, sagte Sam, »hätten wir ein bißchen weniger Lohn und ein bißchen mehr Geld.«

Aber als die Kinder die Abzugskette in der Innentoilette im Badezimmer nicht erreichen konnten (vorher hatten sie kein richtiges Bad mit Installationen gehabt), war es Sam, der eine Verlängerungsschnur daran knüpfte und sie durch eine riesige Kartoffel fädelte, die er vom Markt mitgebracht hatte, so daß die Kinder nur an der Kartoffel zu ziehen brauchten. Das war eine solche Neuheit, daß Lindsey und Mary beide ihre Puppen hereinbrachten, damit sie es sehen konnten; und die Kinder kletterten den ganzen Morgen über auf die Toilette und wieder herunter, zogen an der Kette und hoben die Jüngsten hoch; und Jimmy mußte beide Hände benutzen, um die Kartoffel herunterzuziehen, bis Sadie vor Lachen schrie.

Von jedem Schlafzimmerfenster aus bot der Himmel andere Bilder. Türme und Kirchturmspitzen und Federwolken und Haufenwolken. Sadie lehrte ihre Kinder die Namen des Himmels. Alle außer Jimmy (und Estelle natürlich) durften einmal versuchen, das Wetter aus den Wolken vorherzusagen: wie hoch, welche Form, welche Farbe, wie dicht; und der Wind jagte und fegte Eiskristalle an den Rändern der Pferdemähnen in den Federwolken entlang.

Die Familie, die vor Sadie dort wohnte, hatte das auch gekannt. Den Himmel gekannt. Die Vögel auf den Dächern, in den Bäumen beobachtet.

»Ist es nicht komisch, Sam, daß wir nicht wissen, wer die gemalt hat?«

»Muß wohl 'n Anstreicher gewesen sein, 'n Dekorateur, denke ich, oder wie ist er sonst an die Farben gekommen?«

In keinem der Zimmer gab es Tapeten. Sadie und Sam konnten es sich nicht leisten, die Wohnung zu renovieren. Alle Wände waren mit gezeichneten und gemalten Vogelbildern bedeckt, und jeder bewegte sich etwas anders oder tat etwas anderes. Jedenfalls waren nicht zwei von ihnen identisch. Sie waren herumgegangen und hatten es überprüft. Vögel, die ihr Gefieder putzten, herabstoßende, aufsteigende, landende, schwebende Vögel, die Flügel ausgebreitet. Jemand kannte die Linien ganz genau. Jemand, der sie liebte. Jemand, der zeichnen konnte.

Die Lieblinge der Kinder waren die Papageien in der Toilette. Rot, blau, gelb, grün, ein Hauch von Dunkelblau, und sogar einer mit flauschigem violettem Gefieder. Pickende Papageien, neugierig äugende Papageien, glotzende Papageien, Papageien, die sich putzten.

»Gut, daß die Viecher nicht sprechen können«, sagte Sadie. »Mit sechs Kindern und neunzehn Papageien wäre die Wohnung ein einziges Tohuwabohu. Sie sind zwar geschäftig, außer dem einen, der mit dem Kopf unter dem Flügel schläft, aber zumindest sind sie still.«

Im Zimmer der Mädchen waren Spatzen, Amseln und Wellensittiche; im Zimmer der Jungen waren Stare und Schwalben, und in ihrem und Sams Zimmer eine Eule, ein Albatros und vier Pinguine, die in einer Gruppe stehend über ihre Zehen meditierten. »Gewerkschaftsversammlung«, sagte Sam.

»Besser als zuzugucken, wie sie Babys machen«, erwiderte Sadie.

Jimmy saß auf dem Boden im Wohnzimmer und kreischte. Lindsey rannte hinein, um zu sehen, was passiert war. Der Kleine lutschte an seinem großen Zeh und weinte laut.

»Komm, Jimmy, laß mich nachsehen. Was ist los? Was hast du gemacht?« Lindsey nahm Jimmys Fuß in die Hand und untersuchte ihn von nahem. Blut tropfte aus einem Riß von einem langen Splitter aus der blanken Bodendiele. Es war in dieser Woche das dritte Mal, daß sich ein Kind an den bloßen Dielen die Füße verletzte, also wußte Lindsey, was sie zu tun hatte. Sie suchte Sadies Wollbeutel und holte eine Stopfnadel heraus. Sie zündete die Gasflamme am Kocher an und führte die lange Nadel rasch hindurch. Jimmy weinte und lutschte wieder an seinem Zeh. Er saß mit dem Rücken zu Lindsey und sah die Nadel erst, als sie damit auf ihn zukam. Ich wünschte, Mami wäre zu Hause, dachte Lindsey.

»Komm her, ich hole ihn dir heraus. Wie Mami.«

Lindsey saß auf dem Boden und hielt Jimmy fest, der sich ihr zu entwinden versuchte. Er fing an zu schreien. Die Schreie lockten Mary und George an die Wohnzimmertür.

Ich wünschte, Mami wäre hier, dachte Lindsey wieder, aber sie wußte, daß Sadie noch eine ganze Zeitlang ausbleiben würde, weil sie mit Charlie und dem Baby zum Flohmarkt gegangen war, um ihnen ein paar neue Sachen zu kaufen. »Schhhh, Jimmy. Sitz doch *still*. Komm her und halt ihn fest«, rief Lindsey Mary zu. »Ich muß dieses Ding herausholen, oder es wird sich entzünden. Komm doch *her*, Mary, wir müssen es tun.«

»Will nicht«, sagte Mary, die in der Tür stand und entsetzt darüber war, daß Lindsey mit der langen Nadel in Jimmys Fuß stechen wollte. »Ich mag Nadeln nicht.«

»Komm jetzt sofort hier her«, befahl Lindsey, und Mary kam zögernd näher. »Jetzt setz dich hier hin und halte seine Hände aus dem Weg. Hör auf zu schreien, Jimmy, du machst es nur noch schwieriger.«

»Ich will einen Teppich«, sagte George laut von der Tür her. Er dachte, er brauchte nicht zu helfen, aber da irrte er sich.

»Komm her und nimm seinen anderen Fuß«, rief Lindsey. Er gehorchte, für den Fall, daß sie ihn sonst schlagen würde. Für so ein dünnes Mädchen hatte sie einen kräftigen Schlag, und immer wenn sie ihm eine Ohrfeige gab, brannte es. Er wollte keine Ohrfeige von Lindsey, also nahm er Jimmys anderen Fuß.

»Jetzt hol' ich den Splitter raus, Jimmy. Es tut mir leid, ich muß dir weh tun, aber wenn du strampelst, tut es noch mehr weh, also halt still. Halt ihn fest, Mary.«

»Nein, nein!« heulte Jim, aber Lindsey blieb eisern. Überall um den langen Holzsplitter herum sickerte Blut heraus, und das machte es noch schwerer zu sehen, was los war. Lindsey haßte es, ihm weh zu tun. Mary war blaß und versuchte, nicht zu zittern. George sagte: »Mir wird schlecht.«

»Dir wird nicht schlecht, du großes Baby, du hast den Splitter doch gar nicht.«

»Aber letztes Mal wohl. Ich will einen Teppich.«

»Ein Teppich ist was für reiche Leute, du Dummchen. Und wir sind keine reichen Leute. Also fang nicht immer wieder damit an. Und sag es nicht Mami, du regst sie nur auf. Sie hat kein Geld für einen Teppich.« Lindsey grub tiefer mit der Nadel. Jimmy krümmte sich und stieß einen hohen Schrei aus. Lindsey drehte die Nadel mit einem Ruck um. Der Splitter war heraus.

Lindsey nahm den schluchzenden Jimmy in den Arm. »Siehst du, alles in Ordnung. Es ist alles vorbei. Wir müssen dir die Socken anziehen. Oh, können wir ja gar nicht! Das habe ich vergessen. Sie sind immer noch naß. Du brauchst eben Schuhe.« Zu Mary gewandt sagte sie: »Hol mir den Lappen vom Waschbecken und die Seife, bitte.« Ich wünschte, wir hätten alle ein zweites Paar Socken, dachte sie.

Lindsey wusch Jimmys Zeh und trocknete ihn mit einem Handtuch ab. Sie fand die Bandage von letzter Woche, die George nicht mehr brauchte, und verband den wunden Zeh. Dann trug sie Jimmy ins Schlafzimmer und legte ihn ins Bett, wo er sich, immer noch schluchzend, zusammenrollte.

Lindsey ging zum Fenster und schaute auf die Straße hinunter. Sie konnte ihre Mutter nirgendwo sehen. Vielleicht gab es ja ein paar gute Sachen auf dem Flohmarkt. Ihre Mutter hatte gesagt: »Schade, daß die Leute keine Teppiche wegwerfen, das wäre zuviel erwartet. Aber es wäre schon sehr viel besser für die Kleinen, wenn wir ein paar schöne Stücke Linoleum fänden.« Lindsey seufzte. Sie sollte lieber die Kartoffeln fürs Abendessen schälen. Sie konnte Mary und George im Wohnzimmer husten hören.

Jimmy hatte aufgehört zu schluchzen und nuckelte am Daumen. »Na siehst du, Jimmy«, sagte sie. »Schlaf ein bißchen. Wenn du dann aufwachst, ist dein Zeh besser.«

Eines Tages, dachte Lindsey, werden wir in einer Wohnung mit Linoleumboden wohnen.

Es war Sadies freier Abend. Sie schlief fest, bis Sam um halb vier aufwachte. Er tastete nach ihr und umarmte sie.

»Wann hörst du auf?«

»Ich habe eine Woche Kündigungsfrist. Noch vierzehn Tage, dann sag ich es ihnen.«

»Kannst du noch so lange weitermachen?«

»Muß ich wohl. Werde eine Weile nicht wieder dorthin zurückgehen können. Lindsey kann nicht noch länger befreit werden. Der Mann vom Schulamt wird wieder vorbeikommen. Ich unterrichte sie zu Hause, so gut ich kann, aber das ist nicht genug. Sie muß zur Schule gehen.«

»Hast du schon an Moss und Biff geschrieben?«

»Nein, noch nicht. Ich kann mich kaum überwinden, auch nur daran zu denken. Du weißt, sie werden sie nehmen. Erst muß ich die Geburt hinter mich bringen und sicher sein, daß es dem neuen Baby gut geht. Man kann ja nie wissen, Sam. Die anderen sind wundervoll, aber es gibt auf der ganzen Welt keine Mutter, die sich nicht Sorgen macht und nachschaut, ob alles dran ist, weißt du. Mary auf der Arbeit meint, daß die Chemikalien im Krieg an vielem schuld sind. Nein, ich werde noch ein bißchen warten, bis ich schreibe.«

»Wie wirst du es ohne Lindsey aushalten, wenn sie weg ist?«

»O Gott, Sam, ich weiß es nicht. Ich weiß es einfach nicht. Ich liebe sie. Auf so eine ganz besondere Art. Sie war unser beider Anfang, der Beginn unseres gemeinsamen Lebens, weißt du noch?«

»Natürlich. Die anderen kamen früh genug hinterher. Es wird mir das Herz zerreißen, das Kind zu deiner Mutter zu schicken.«

»Nun, deine Mutter kann sie nicht nehmen, und irgend jemand muß diesem Kind das Leben retten. Ich weiß, ich sollte keine Lieblinge haben. Keine Mutter sollte das. Aber Lindsey ist meine Erstgeborene, und sie hat mir niemals auch nur einen Moment Kummer bereitet. Sie beklagt sich nie über all die Arbeit, und sie arbeitet viel, viel zu hart für ein kleines Mädchen ihres Alters. Wir können sie nicht so weitermachen lassen. Ich habe andere kleine Mädchen wie sie in The Cross gesehen, die alle zu Hause arbeiten, mit Dutzenden von Brüdern und Schwestern, genau wie unsere Lindsey es muß. Es bricht mir das Herz, wenn ich die kleinen verhutzelten Dinger sehe, vor der Zeit gealtert. Die Ältesten haben es immer am schwersten. Ich kann nicht zulassen, daß meine Lindsey weiter so ausgelaugt wird. Sie wird so erschöpft sein, daß sie keine Widerstandskraft mehr hat, überhaupt keine. Der Himmel weiß, wie sie bisher der Bronchitis entgangen ist.«

»Du könntest denken, es sei der Erste Weltkrieg gewesen und nicht der Zweite, bei den Bedingungen, unter denen die Leute heutzutage leben. Gott sei Dank haben wir diese Wohnung gekriegt.«

»Ja. Wir haben es geschafft, aus dieser schrecklichen Behausung herauszukommen. Und jetzt müssen wir unsere Kinder retten, bevor es zu spät ist.«

»Ich sagte dir ja, daß ich woanders schlafen werde, Sadie. Alles andere haben wir versucht. Die gefährlichen Tage, alles. Ich werde im Wohnzimmer schlafen. Wir können das nicht noch einmal durchmachen. Wir können uns nach diesem keins mehr leisten, können ja noch nicht einmal die kleiden, die wir haben.«

»Du schläfst nicht woanders, Sam. Das ist der Anfang vom Ende für verheiratete Leute. Wir sind knapp dran, natürlich, aber durch deine Vergünstigungen haben wir genug zu essen, Dank sei Gott für den Markt. Ich mache mir Sorgen wegen Jimmy, sein Zeh eitert. Ich werde ihn am Freitag wieder zum Arzt bringen. Sie sollen sich das noch mal ansehen.«

»Du tust alles, was du kannst. *Ich* bin es, der *nicht* alles tut, was er kann. Wenn wir noch mehr bekommen, werden die Leute sagen, ich liebte dich nicht, ein richtiger selbstsüchtiger Schweinehund, dieser Sam Abbotts.«

»Schhh. Laß sie doch reden, was sie wollen. Böse Zungen gibt es überall. Egal, was wir tun oder nicht tun. Ich weiß, was ich habe. Ich habe dich. Das, was ich will. Niemand könnte diese Kinder mehr lieben als du. Aber wir müssen dafür sorgen, daß die Bronchitis sich nicht verschlimmert, und wir müssen vor allem Lindsey retten, bevor sie sie bekommt. Wir können das nicht zulassen. Auf keinen Fall.«

»Nun, wenn mein Onkel und mein Bruder sich eingelebt haben, können sie uns unter die Arme greifen.«

»O nein, nicht das schon wieder, Sam. Nicht Australien. Ich habe meine Mutter seit sechs Jahren nicht gesehen, und das bei nur zweihundert Meilen. Wie soll ich denn von Australien nach Hause kommen?«

»Ich würde einen Job kriegen, einen guten Job, gute Aussichten. Fleisch. Wir könnten uns Fleisch leisten. Keine Bronchitis mehr. Das ist ein junges Land, immer noch. Jack sagt das. Er hat es mir in seinem Brief geschrieben. Du hast es gelesen. Du weißt es.«

»Nicht Australien, Sam. Wir müssen eine andere Lösung finden.«

8. Kapitel

Es war August 1954. Lindsey saß mit Grey im Zug und redete über ihre Großmutter und ihren Großvater und zeigte sie auf den inzwischen arg mitgenommenen Fotografien, die sie geschickt hatten. Die Räder des Zuges eilten mit einem stetigen, wohltuenden Rhythmus über die Schienen.

Zu Nanan fahren zu Nanan fahren zu Nanan fahren.

»Es wird dir dort gutgehen, Grey. Sie werden ganz lieb zu dir sein.«

Die riesige Plüschelefantendame antwortete nicht, aber Lindsey wußte, daß sie auf ihre Weise aufmerksam zuhörte. Lindsey nahm sich vor, bis Sheffield Midland zu kommen, ohne zu weinen. Es war dumm zu weinen, wo sie doch schon acht war, sagte sie sich. Und außerdem war es nur für eine Art verlängerter Ferien, und sie würde ein eigenes Schlafzimmer haben, wie eine Prinzessin. Außer daß sie es mit Grey teilen würde, aber das war etwas anderes.

Es war eine lange Zugfahrt gewesen, und sie würde bald ankommen. Sie ging mit Grey zur Toilette, kam zurück, vergewisserte sich, daß sie ihren Koffer griffbereit neben sich hatte, und stand erneut am Fenster, als die Schienen sich nun trafen und teilten, bereit für die Einfahrt in den Bahnhof.

Sie sah sie sofort.

»Guck mal, Grey, das ist meine Nanan, die in dem schönen grünen Mantel; und das ist mein Großvater. Er ist der Große mit den braunen Haaren. Wink mal.«

Mit ihrer freien Hand winkte Lindsey, und sie stellte fest, daß ihre Nanan nicht so alt aussah, wie sie erwartet hatte. Sie hatte schwarzes Haar, das in der Mitte gescheitelt und im Nacken zu einem weichen Knoten zusammengesteckt war, und sie lächelte und winkte zurück. Ihr Großvater trug ein Sportjackett und graue Hosen. Er sah nett aus, und er hatte ein bißchen Grau im Haar. Schließlich war er fast sechzig, und das war für Lindsey wirklich alt.

»Sieht meine Nanan nicht aus wie meine Mutter und ich, Grey? Oh, der Zug hält. Komm!«

Das kleine Mädchen mit der an die Fensterscheibe des einfahrenden Zuges gepreßten Nase war Moss' Tochter Sadie so ähnlich, daß es Sadie selbst hätte sein können.

Moss rannte los. Das Kind hatte sie gesehen und war für einen Moment verschwunden, griff wahrscheinlich nach ihrem Koffer, als der Zug mit einem letzten Pfiff und Ruck in Sheffield Midland ankam.

Biffs Hinken behinderte sie auf einmal, und sie stolperte fast und hielt für einen Augenblick inne, als sie sah, wie Moss ihre Enkelin begrüßte.

»Lindsey? Ich hätte dich überall erkannt, Liebes.«

»Bist du meine Nanan?«

»Das bin ich, Liebes. Ich bin deine Nanan. Du kannst mich Moss nennen, wenn du willst, oder Nanan. Das ist mir gleich, Liebes. Das ist Biff. Biff wird immer nur Biff genannt, in Ordnung?«

Sie war kein hübsches Kind, noch nicht einmal gutaussehend. Ihr Mund war ein wenig zu breit, ihr Kinn ein bißchen zu kantig und entschlossen, und als Biff näher hinsah, entdeckte sie, daß Lindseys Gesicht wie das der meisten Leute nicht ganz symmetrisch war. Ihr fast schwarzes Haar war ordentlich zu zwei dicken Zöpfen geflochten, und für ein Mädchen ihres Alters hatte sie große Hände, eckig und mit abgekauten Nägeln.

Aber wenn sie sprach, bewegte und veränderte sich ihr ganzes Gesicht, nie war es starr, es war wie tausend Gesichter in einem. Sie hatte die Art von lebendigem Ausdruck, den eine Schauspielerin oder eine Rednerin hätte gebrauchen können, was Biff an einige der Suffragetten auf den rohen Planken der hölzernen Wagen erinnerte, wie sie zu einer Menge sprachen und die Aufmerksamkeit jedes Mannes, jeder Frau und jedes Kindes fesselten. Lindsey Abbotts war ein Kind, das du lieben konntest, mit einem Gesicht, in das sich die Leute immer von neuem verlieben würden, unwiderstehlich zu ihm hingezogen.

»Hallo, Biff. Das warst du, der mir Grey geschickt hat, nicht? Ich liebe Grey. Ich habe den ganzen Weg hierher mit ihr gesprochen, damit sie keine Angst hatte.«

»Hat sie geweint?« fragte Moss, als Lindsey nach ihrer Hand griff und sie festhielt.

»Ein bißchen, Nanan. Ich habe ihr gesagt, sie muß bei euch zu Hause ganz brav sein, damit wir nicht weggeschickt werden. Ich bin acht. Ich habe nicht geweint. Grey hat geweint und geweint, also habe ich sie mir über die Schulter gelegt.«

»Und dann hat sie aufgehört.«

»O ja. Ich kann nämlich gut mit Babys umgehen. Ich habe ihr erzählt, daß wir in ganz lange Ferien zu euch kommen, und wenn Mami etwas Geld hat und Estelle und Jimmy und Mary aufgehört haben zu husten und Daddy eine bessere Arbeit hat, dann können wir wieder nach Hause fahren. Da hat sie aufgehört, und ich habe ihr Geschichten erzählt über das, was draußen passierte. Ich bin froh, daß du sie mir geschickt hast, na, eigentlich war es ja Biff, das weiß ich, und ich werde sie nie verlassen. Willst du sie in den Arm nehmen?«

Beide umarmten die große Plüschelefantin und sagten ihr, das hätte sie gut gemacht. Biff nahm den Koffer, und Lindsey hatte Grey unter dem freien Arm. Sie gingen in Richtung Bushaltestelle, und dabei fühlte Biff sich nach Darlington versetzt, in Moss' Familie, als Moss acht war. So hätte es sein können, hätte sie Moss in ihrer Kindheit gekannt.

In flüchtigen Augenblicken sah Lindsey genau wie Moss aus. Dann geschah irgend etwas, der Blick veränderte sich, und die Ähnlichkeit verschwand. Lindsey hatte helle Haut, Moss nicht, obwohl sie in Herton als Weiße durchgehen mochte. Das war etwas, über das Moss selten sprach, obwohl ihr in der ersten Zeit die Hertoner Gerüchte zu Ohren gekommen waren, daß die Haushälterin des Lebensmittelhändlers das hatte, was Herton schwarzes Blut nannte.

Manchmal drangen Hertons Vorurteile noch durch die Bodenbretter empor, wie der Gestank aus der Kanalisation, wenn sie in einem harten Winter brach.

»Wir dachten, Sie wären eine von diesen Tagedieben«, hatte Mrs. Johnson geradeheraus gesagt, und Mrs. Croysen, die mit ihr im Laden war, fügte hinzu: »Ja, wir haben diese Tagediebe aus der Stadt gejagt. Die mit den unerzogenen Kindern, die unseren Kleinen alle Tricks beibrachten, die Schule zu schwänzen.«

»Und wenn ich eine Zigeunerin wäre«, schnauzte Moss, »würde ich mich ganz sicher nicht dort niederlassen, wo ich nicht erwünscht bin, vielen Dank.«

»Hoppla. Du solltest auf sie aufpassen, Frank Smith. Sie bildet sich noch was ein auf ihre ...«

»Keine Haferflocken bis morgen, Mrs. Croysen, wenn die Lieferung kommt. Nun, Mrs. Johnson, wollen Sie immer noch das kleine Stück Käse, das ich für Sie zurückgelegt habe? Oder sind Sie nur zum Gaffen und Schwatzen in meinen Laden gekommen?«

»Nichts für ungut, Frank Smith. Wir haben es nicht böse gemeint. Sie sieht ja gut aus, nur ein bißchen anders, das ist alles. Es interessiert uns eben. Wenn sie nur hart arbeitet, darauf kommt es ja schließlich an in dieser Stadt, nicht?«

»Sie arbeitet hart.«

»Na, dann ist's ja gut. Guten Tag. Wegen der Haferflocken kommen wir dann morgen früh noch mal.«

»Wie's den Damen beliebt. Sie wissen, wo der Laden ist, und wir machen die besten Preise der Stadt. Morgen ab elf dann.«

Das war alles in Moss' Gegenwart gesagt worden, als könnte sie es nicht mit anhören. Das ging Biff wie eine Wochenschau der Erinnerung durch den Kopf, während sie vom Bahnhof zur Bushaltestelle gingen und mit dem Bus nach Herton fuhren. Nach Hause.

In Herton war Lindsey von aller Plackerei befreit. Sie brauchte nicht die Wäsche für die Familie zu machen: einweichen, ausspülen, stundenlang auswringen und den ganzen Haufen bügeln, wenn er trocken war. Auch brauchte sie weder die Holzfußböden zu schrubben noch die Babys zu füttern oder die Kleinkinder anzuziehen. Sie wurde selbst ein Kind. Mit einem Springseil und einem Fahrrad.

An den Sonntagnachmittagen radelten sie, wenn Biffs Bein keine Schwierigkeiten machte, gemeinsam die Church Lane hinunter, fort von der Zeche, das Tal entlang und die weit entfernten Hänge hinauf bis zum Ende des Feldweges, wo dieser auf eine alte Steinbrücke stieß, hinter der es zu steil zum Fahren war.

Da machten sie dann Rast, auf der Packpferdbrücke über einem Wasserfall, wo der Fluß unablässig herabstürzte, das Wasser wie ein ununterbrochener Strom aus einer Sanduhr floß, die niemals leer wurde.

An klaren Tagen, wenn der Himmel weit war und kein Wind ging, konnten sie hinter dem Rauschen und Donnern und Hochspritzen des herabfallenden Wassers das stetige Surren der Kabelzüge und Fördereimer vom anderen Ende des Tals hören. Manchmal aber trug der Wind die Geräusche aus der fernen Szenerie davon, so daß die Landschaft weit und breit still war und die um die Zeche gedrängten Häuser verlassen schienen, die Fördereimer noch angeschaltet, endlos auffahrend, umkippend, sich aufrichtend und wieder in eine Geisterstadt absinkend.

An diesen Tagen wurde die Brücke die einzige wirkliche Welt trotz ihrer melodischen Wasser und Zaubersprüche flüsternden Bäume. Trolle lagen unter der Brücke auf der Lauer, Äste knackten über ihren Köpfen, und der Ziegenbock Gruff kannte die Geheimpfade von der Packpferdbrücke zu den Versammlungen auf dem Hügel, zu denen die Bergleute nachts mit Laternen gewandert waren, um die ersten Gewerkschaften zu planen, und bei denen Frauen sich miteinander beraten hatten, um Botschaften über die Pennines zu den Pankhursts zu senden.

Biff saß auf der niedrigen Steinmauer oben an der Brücke, Lindsey auf den flachen Randsteinen neben ihr, an ihre Schulter gelehnt. Lindsey hörte die erste Geschichte, die nächste und die übernächste. Der Baldachin über ihren Köpfen streute grünes Sonnenlicht vom Himmel, und Biff verwandelte jedes Blatt an jedem Schößling in einen Satz, jeden Zweig in einen Absatz, jeden Baum in eine Figur, und die Geschichten wuchsen lange und langsam und in die Tiefe und in die Höhe. Sie kamen aus der gleichen Quelle wie Biffs Liebe zu Moss und ihr Liebemachen mit Moss. Als sie sie Lindsey erzählte, kamen Biff gelegentlich Bilder aus den Zeiten in den Sinn, als sie mit Moss über Wälder geflogen war, die noch grüner waren als diese Wälder, und sie sich danach sehnte, aus diesen greifbaren Glücksmomenten ein Kind zu machen, dieses Kind. Niemand außer Moss würde je diese Gedanken erfahren. Aber im Einklang mit dem Wechsel der Jahreszeiten und den Bedürfnissen eines heranwachsenden Kindes erzählte und erfand Biff Mythen und Legenden, Geschichte und Überlieferung von neuem, um Lindsey in Herton zu verwurzeln – dem Land, seinen Leuten, seiner Vergangenheit, Gegenwart und Zukunft.

In der Grundschule von Herton war Lindsey die Neue. Eine Außenseiterin. Als ihre Stimme den Neuheitswert verlor, baten die anderen sie nicht mehr, mit ihnen zu reden, und die Gruppen und Cliquen fanden sich wieder ohne sie zusammen. Wenn nicht ein anderes Mädchen gewesen wäre, Rita Jackson, hätte Lindsey ihre ersten Wochen allein verbracht.

Rita war fast das ganze erste Schuljahr über im Krankenhaus gewesen, daher mußte sie nun, obwohl sie ein Jahr älter war als Lindsey, die Zeit in deren Klasse aufholen.

»Ich hatte solche Angst vorm Zurückkommen. Keine beste Freundin mehr zu haben. Joan war meine beste Freundin, aber als ich auf die Isolierstation kam, wurde sie es leid. Niemand zu haben, mit der sie zusammensein konnte. Also wurde sie Lynnes beste Freundin. Ich hasse Lynn. Hochnäsige Ziege. Nur weil ihre Mutter Schulkrankenschwester in der Hauptschule ist. Was ist daran eigentlich so toll? Meine Mutti ist jedenfalls besser als ihre Mutti. Sie müssen dickes Brot essen. Uhhh. Die Sorte, weißt du, wo du endlos auf der Kruste herumkaust. Ich bin einmal bei ihnen gewesen. Uhhh. Ich mag die dünnen Scheiben am liebsten, du auch?«

»Ja«, log Lindsey, um mit Rita einer Meinung zu sein. »Und ich mag Ketchup auf dem Schinken, genau wie du.«

»Ich bin jetzt mehr für Daddys Soße. Habt ihr die auch?«

»O ja«, log Lindsey. »Die mag ich auch.«

Rita klebte an ihrer neuen Freundin wie der Kleister an den Weihnachtskalendern, die sie alle jedes Jahr für zu Hause basteln mußten. Rita war die mittlere der fünf Jackson-Kinder, die Tochter von Brenda Jackson, Grace Dundys Enkelin. Ihr ältester Bruder, Tommy, wandelte auf Freiersfüßen und arbeitete auf der Zeche. Eddie hatte gerade im Pütt angefangen und bemühte sich nach Kräften, auch eine Frau zu finden, aber ohne großen Erfolg. Rita erzählte Lindsey im Vertrauen, das käme von seinen Pickeln. Nach Rita kam Philip, fünf Jahre jünger, und dann Neil, der erst ein Jahr alt war.

»Weißt du was?«

»Nein, was denn?«

»Rita Jackson, hör sofort auf, hinter vorgehaltener Hand zu flüstern. Mach mit deiner Rechenaufgabe weiter. Du bist ohnehin schon weit genug zurück. Du schwatzt schneller, als dein Vater Kohle fördert. Kein Gerede mehr, oder es gibt Ärger.«

»Entschuldigung, Mrs. Lewis.«

»Was?« flüsterte Lindsey, als die Lehrerin auf der anderen Seite des Klassenzimmers war, einem Mädchen die langen Zöpfe vom Stuhl losband und Jimmy Hawsley zum hundertsten Male ausschimpfte.

»Im Krankenhaus habe ich im Radio diesen Popstar gehört. Er sagte, er mußte genau wie ich ein Jahr lang liegen, als er in meinem Alter war.«

»Erzähl weiter, alles in Ordnung, sie guckt nicht her. Sie schickt Jimmy Hawsley in die Ecke.«

»Er sagte, da hat er beschlossen, sich in der Welt einen Namen zu machen. Das will ich auch.«

»Wie kannst du ein Popstar werden, Rita? Du bist ja bloß ein Mädchen. Du hast nicht mal 'ne Gitarre.«

»Nein, kein Popstar. Was anderes. Ich weiß noch nicht genau. Aber ich mach's. Ich werde mir in der Welt einen Namen machen.«

»Ja, aber wie? Oh, paß auf, da kommt die Schreckschraube.«

Samstags arbeiteten sie. Sie machten die Auslieferungen für Biff und bekamen jede zwei Shilling dafür. Das war ein hoher Lohn, genug für Comics und Süßigkeiten und einen Kinobesuch.

»Mrs. Thompson hat uns Limonade und Ingwerbrotfiguren gegeben«, sagte Lindsey zu Moss. »Miss Field hat uns selbstgebackene Shrewsbury-Kekse geschenkt und der alte Mr. Schofield Fruchtdrops. Du erzählst es nicht weiter, oder?« Moss schüttelte den Kopf. »Seine Enkelin bringt sie ihm, weil sie denkt, er mag sie, und er mag sie doch gar nicht, also hebt er sie für uns auf.« Biff kam in die Küche und Lindsey wiederholte ihre Geschichte. »Hier, Biff, probier mal eins. Du verrätst es nicht, oder? Schwöre: Rot, rot, rot, wenn ich petze, bin ich tot!«

»Ich schwöre«, sagte Biff, verzog keine Miene und tat wie geheißen. Lindsey war zufrieden. »Gut. Willst du noch einen für nachher? Sind sie nicht toll? Kann ich jetzt mit dem Fahrrad raus?«

»Toll, ja. Sei vor dem Tee zurück, hörst du?«

Lindsey bekam unerwartete furchtbare Wutanfälle, die über den Himmel zucken konnten wie weißglühende Blitze, die die Wolken aufrissen, bis sie donnerten und die Erde unter ihren Füßen erzittern ließen. Sie liebte Tiere und haßte alle, die grausam zu ihnen waren. Manchmal stürzte sie mit den geballten Donnerwolken in sich von der Schule nach Hause. Sie knallte die Hintertür zu, lehnte sich dagegen und ließ die Schreie aus sich heraus. Moss und Biff vorne im Laden hörten sie, und eine eilte herbei, um herauszufinden, was diesmal der Auslöser gewesen war. Das war etwas, vor dem Sadie sie nicht gewarnt hatte.

»Ich bring' ihn um, wirklich. Ich sagte, ich würde es erzählen, und das mach' ich auch. Ich bring' ihn um, damit er das nicht noch mal tun kann.«

»He, he, was ist denn?«

»Jimmy Hawsley. Er hat drei Tage alte Küken in einer Kiste. Oben auf einem Baum, und er läßt sie verhungern. Ich bring' ihn um, den Mistkerl.«

»Hör auf, so zu schreien, Lindsey, und wasch dir das Gesicht. Ich will nicht, daß ganz Herton hört, wie du in meinem Laden herumschreist.«

»Ich bring' ihn um, ich bring' ihn um.«

»Ich sagte, geh und wasch dir dein Gesicht. Sofort. Geh schon.«

Lindsey hatte Biff noch nie in diesem Ton reden hören, und sie floh zum Waschbecken und hielt ihr Gesicht unter den Wasserhahn. Biff reichte ihr ein warmes Handtuch aus dem Schrank über dem Herd.

»Hier. Trockne dich ab. Nun setz dich und wag es nicht noch mal, in meinem Haus herumzuschreien. Ich dulde das nicht. Die ganze Welt wird denken, wir schlagen dich zu Brei. Hat schon mal jemand so einen Krach gehört? Nun erzähl mir, wo dieser Baum ist, diese Kiste.»

»Unten beim Marktplatz.« Schlucken. »Du weißt schon.« Lindsey schluchzte, nun etwas ruhiger. »Hinten in den großen Bäumen. Verschnürt und hochgezogen. Sie baumeln in der Luft. Drei. Er hat drei.«

»Kisten?«

»Nein, nicht Kisten, du Blödmann.«

»Was hab' ich da gehört? Willst du, daß ich Jimmy Hawsley den Kopf zurechtsetze, oder soll ich dich in dein Zimmer schicken?«

»Entschuldigung. Küken. Drei Küken vom Bauernhof. Er hat sie gestohlen, als er dort spielte.«

»Ach ja?« Biff hielt inne; sie hätte Lindsey gerne dafür geohrfeigt, daß sie sie einen Blödmann genannt hatte, zwang sich aber zur Zurückhaltung. Allmählich gewöhnte sie sich an diese Ausbrüche. Sie kamen nicht häufig, waren aber ganz unvorhersehbar. Lindseys Augen waren geschwollen, ihre Zähne zusammengebissen und ihr Herz zerrissen, weil die Küken sich nicht wehren konnten.

»Geh und hol dir ein Stück Gerstenzucker, und geh zur Toilette und putz dir die Nase, dann gehen wir raus und untersuchen die Sache.«

Lindsey liebte es, wenn Biff rausging, um die Sache zu untersuchen. Ihr Großvater hatte eine Ausstrahlung von so ruhiger, starker Autorität. Er würde Jimmy Hawsley den Kopf zurechtsetzen. Sie bereute jetzt, daß sie es gewagt hatte, ihren Großvater einen Blödmann zu nennen, und daß sie so herumgeschrien hatte. Aber sie fühlte sich besser. Jimmy Hawsley konnte sie nicht anschreien, weil er seine Bande dabei hatte, und sie waren zu viert. Also lief sie in die eine Richtung und Rita in die andere, und sie wußte, Rita zitterte auch. Wenn Joan, Ritas Freundin vor ihrem Krankenhausaufenthalt, bei ihnen gewesen wäre, da war Lindsey sich sicher, hätten sie alle drei zusammengehalten, wären der Bande entgegengetreten, und es wäre die Hölle losgewesen. Joan war größer als Jimmy Hawsley, zäh und sehr stark, und sie hatte schon zwei Jungen geküßt. Joan hätte sie alle zusammenstauchen können. Aber Joan ging nach der Schule arbeiten, ausliefern für

Naylors Laden am anderen Ende von Herton, und die Küken würden bis zum Abend tot sein, wenn sie nicht jemand herunterholte und ins Warme brachte.

Lindsey schluchzte und schniefte, versuchte aufzuhören. Rita war heimgegangen, um ihren Vater zu holen, falls er zu Hause war, und dann würden so viele Leute da sein, daß Jimmy Hawsley nachgeben müßte.

Die Burschen waren geflohen, bevor Biff und Lindsey eintrafen. Rita kam mit ihrem Vater, der Freischicht hatte, die Gasse hinter dem Marktplatz entlang. Er hielt einen riesigen Stock in der Hand und sah aus, als sei es ihm ernst. Rita hatte nicht geschrien oder geweint. Sie blieb immer ruhig, wenn derartige Dinge passierten, und Lindsey wünschte, sie könnte das auch. Aber wenn der Zorn in ihrem Bauch anfing, stieg er immer höher und drohte ihren Kopf zu sprengen, wenn sie nicht schrie. Also schrie sie gewöhnlich Zeter und Mordio, und manchmal hörte sie erst auf zu zittern, wenn sie geschlafen hatte.

»Da oben, sieh mal.«

»Ich sehe es, Arthur, aber ich komme, verdammt noch mal, nicht dran.«

»Kannst du hochklettern, Daddy?«

»Ja, ich glaube schon. Wie wär's, wenn ich auf deine Schultern steige, Biff?«

»In Ordnung.« Biff bückte sich und preßte beide Hände gegen den Baumstamm. Ihr hagerer Körper und ihre angespannten Muskeln machten sich für Alberts Gewicht bereit.

»Alles klar, Biff?«

»Halt fest, Biff, oder Ritas Daddy rutscht aus.«

Biff grinste. »Keine Sorge, Ritas Daddy schafft das schon, aber was ist mit meinen armen Schultern?«

»Sei vorsichtig, Daddy. Oh, er hat ihn, guck, Lindsey. Daddy, du hast es geschafft.«

Arthur hatte eine Hand an der Kiste. Mit der anderen Hand griff er nach dem nächsten Ast. Arthur hakte die Kiste aus und rief nach unten: »Rita, ich muß sie fallenlassen, Liebes, ich brauche meine andere Hand, um das Gleichgewicht zu halten. Kannst du sie auffangen?«

»He, warte«, rief Lindsey. Sie zog ihren Mantel aus, hielt ihn Rita hin, und sie formten ein Sprungtuch, wie sie es bei Ritas Großeltern im Fernsehen gesehen hatten.

Arthur ließ die Kiste, so vorsichtig er konnte fallen. Keuchend kroch er zurück; halb rutschte, halb sprang er von Biffs Schultern herunter. Biff war puterrot vor Anstrengung.

Rita öffnete die Kiste. Da lagen zwei steife Bälle aus gelbem Flaum und ein lebendiges Küken.

Lindsey platzte vor Kummer und Zorn. Biff hielt sie im Arm, und sie weinte, aber das Schreien war vorbei. Schnell und vorübergehend wie ein Gewitter brannten Lindseys Blitze meist aus und verausgabten sich.

Rita weinte nicht. Sie schniefte laut, aber nur ein paar Tränen zwängten sich hervor. Sie beneidete Lindsey, die so weinen konnte, genug um nach einer Sommerdürre den Ladybower-Stausee zu füllen.

»Danke, Arthur. Verdammte Bengel, nicht?«

»Der Apfel fällt nicht weit vom Stamm, Biff. Das war immer schon ein schlimmer Haufen, die Hawsleys.«

»Langeweile kennen wir nicht, was, Arthur?«

»Das kannst du wohl sagen, Biff. Ich war im Bett. Mein Mädchen hier kommt hereingerannt, als wäre der Teufel hinter ihr her, nicht, Rita? Na denn, Mädchen, ihr beide bringt dieses arme Ding besser in meinen Taubenschlag. Nicht daß ich viel Hoffnung hätte, aber ich habe im Laufe meines Lebens schon einige erschöpfte Tauben gerettet. Wie geht's denn deinen Schultern, Biff?«

»Der Yorkshire-Pudding deiner Brenda macht sich bemerkbar, würde ich sagen.«

»Ja, sie ist eine verdammt gute Köchin, soviel ist sicher. Hab' dich schon seit ein paar Wochen nicht mehr im Colliers' Arms gesehen, Biff. Wie wär's mit einem Glas nach Ladenschluß?«

»Kannst du gerne machen, Arthur. Ich geh' jetzt besser in meinen Laden zurück. Na denn, Lindsey, begleitest du Rita auf ihrer barmherzigen Mission?«

Lindsey nickte, umarmte Biff und flüsterte: »Danke. Tut mir leid wegen dem Geschrei, Biff.«

»Schon gut, Kind. Ab mit dir. Sei vor dem Dunkelwerden daheim.«

»Also dann, Biff«, rief Arthur, und Biff ging über den Marktplatz heim, um den Tag dort wieder aufzunehmen, wo er so rüde unterbrochen worden war.

9. Kapitel

Sadie saß an dem geschrubbten Dielentisch und arbeitete sich durch die Seiten des Notizblocks durch, den sie für den Brief gekauft hatte. Um sie herum lagen die zerknüllten Blätter mit ihren vorherigen Versuchen. Das jüngste Kind ihrer Nachbarin, David, warf sie umher und torkelte ihnen, manchmal auf den Po fallend, in seinem ulkigen

Krebsgang nach, den er seit Monaten nicht mehr brauchte, aber immer noch gerne anwandte. Lindsey war früher ebenso gekrabbelt, halb auf dem Po. Aber nun war Lindsey ein großes Mädchen von elf. Sadie schniefte und wischte sich mit dem Ärmel über die Augen. Sie trug ein Hemdblusenkleid aus Baumwolle, das sie selbst genäht hatte. Sie war eine magere Frau, ihr Gesicht gezeichnet und müde.

Wenn wir nur das Geld hätten, dachte sie, dann könnte ich hinfahren und mit ihr darüber reden. Der Überlandbus war billiger als der Zug, aber es ging dennoch nicht.

Sadie konnte Estelle, Jimmy und Ronnie, ihr siebtes und letztes Kind, hören, die unter den Betten spielten, wo sie Zelte und Tunnel gebaut hatten. Sadies geübtes Ohr war auf die Stimmen ihrer Kinder eingestellt, und sie erkannte Spiel, nicht Krieg, und schaltete wieder ab. David hatte angefangen, auf einem der zusammengeknüllten Zettel herumzukauen.

»Hör auf. Du bist alt genug, um es besser zu wissen, du großes Baby.« Sie hob ihn auf und fischte ihm trotz seines Protests mit geschicktem Finger den aufgeweichten Klumpen aus dem Mund. Sie umarmte ihn und setzte ihn mit einem Holzlöffel und einem Karton in den riesigen hölzernen Laufstall. Abgesehen von dem Getöse, das er veranstaltete, als er in seinem Ärger über sie auf den Karton einschlug, hatte sie nun fünf Minuten Ruhe.

Der Gefangene schaute zwischen den Gitterstäben hervor. Keines ihrer Kinder hatte diesen Laufstall gemocht. Sie auch nicht. Sie sahen darin aus wie die in den Todeszellen hinter der Metzgerei eingepferchten Kaninchen. Laufstall und Rosenkohl, allen gleich verhaßt.

Sadie begann von neuem.

Liebe Lindsey ...

Sie lutschte an ihrem neuen Kugelschreiber. Sie waren erst vor kurzem erfunden worden. Wenn Sam der Erfinder des Kugelschreibers gewesen wäre, säßen sie jetzt nicht hier. Es ging das Gerücht, daß Covent Garden verlegt werden sollte. Auf die andere Seite des Flusses. Ostsibirien. Und keine U-Bahn. Trotz der Fahrpreise. Lastenträger wie Sam fürchteten Massenentlassungen. Die Leute fürchteten den großen gesellschaftlichen Wandel; hochgestochene Phrasen wie Neuentwicklung und Niedergang der Städte und dergleichen. Tonnenweise hochgestochene Phrasen wie: leg dein Geld an, du hast die Wahl. Sehr wahrscheinlich würden Sam und sie einen Trostpreis bekommen.

Sadie betrachtete den auf dem ganzen Boden verteilten Papiermüll, David hatte sich nun resigniert wie eine Katze in seine alte

Decke gerollt und schlief, da er keine Chance sah, herausgelassen zu werden.

Raufen sich Stadtplaner über ihren Plänen die Haare wie ich über diesem Brief? fragte sie sich. Sie hatte niemals ein Stadtplanungs- oder Architektenbüro von innen gesehen. Wie verwandelst du eine Hoffnung in einen Brief? Eine Idee in eine Zeichnung? Ein Wohnviertel in Ödland? Was ist mit den Menschen, deren Leben fortgeworfen wird, beiseitegedrängt und vergessen, weil jemand ein Bild eines neuen Marktes gezeichnet oder den Brief einer Fremden an ein weit entferntes Kind geschrieben hatte, Worte von der anderen Seite des Himmels?

Wessen Idee war es überhaupt, den Markt zu verlegen? Die Leute sagten, bis dahin könne es noch Jahre dauern. Abwarten und Tee trinken, dachte Sadie, und zwar eine ganze Weile. Du konntest beim Warten auf einen Architektenplan sterben oder verhungern. Oder dein Herz könnte verdorren. Herzen brechen nicht, sagte Sadie laut und ruhig, sie zerbröseln vom langen Warten. Sie lauschte Davids Schnarchen, das durch die Gitterstäbe drang wie Brot durch eine Schneidemaschine. Alle ihre eigenen Kinder schnarchten, bis auf Mary. Ein gescheites Mädchen war Mary und hatte doch keine Chance, außer wenn das Schicksal der Familie sich wendete, sich gezwungenermaßen wenden mußte. Chance wozu eigentlich? dachte Sadie.

Sie stand nicht auf, um David nicht zu wecken. Sie saß jetzt ganz still und bemerkte, daß ihr Herz wie wild schlug, fühlte die Tränen über ihr Gesicht rinnen.

Das Gerücht über den Umzug des Covent Garden-Marktes allein war kein Grund, die Familie zu entwurzeln und Lindsey aus Herton zurückzurufen. Aber aus Sadies Sicht war es ein Unsicherheitsfaktor, zusätzlich zu allen anderen.

Zum Glück war keines der Kinder während der Keuchhusten- und Kinderlähmungsepidemien schwer erkrankt, obwohl Jimmy und Mary beide lange gebraucht hatten, um wirklich robuste Kinder zu werden.

Der wahre Grund, England zu verlassen und nach Australien zu gehen, war der, daß Sams Eltern seinem Bruder dorthin gefolgt waren und es ihnen verglichen mit Sam daheim in London gut ging, so daß Sadie sich langsam Sams Argumente für das Auswandern zu eigen gemacht hatte.

Was sie viele Monate lang zurückhielt, nachdem sie endlich zugestimmt hatte, daß der Umzug eine gute Idee sei, und zugab, daß sie nicht mehr grundsätzlich dagegen sei, war die Tatsache, daß Lindsey sich in Herton eingelebt hatte und dort glücklich war und aufblühte.

Ihrer ältesten Tochter zu schreiben, sie solle nach Hause kommen und in London leben, war eine Sache; von ihr zu verlangen, ohne Rückfahrschein zur anderen Seite der Welt aufzubrechen, war etwas ganz anderes.

Sadie selbst hatte sowohl ihren Stiefvater Frank als auch den Lebensgefährten ihrer Mutter, Biff, geliebt. Sie wußte aus Lindseys Briefen, daß sie beide Großeltern liebte, daß sie Biff als ihren richtigen Großvater ansah, obwohl sie wußte, daß er es eigentlich nicht war, daß sie in Herton mit Mädchen ihres Alters eng befreundet war und in der Schule gut mitkam.

Es verging nicht ein Tag, an dem Sadie nicht an Lindsey dachte und sie vermißte. Manchmal hatte sie das Gefühl, daß die Nabelschnur niemals richtig durchtrennt worden war, sondern sie immer noch miteinander verband. Sie liebte sie zu sehr, als daß sie ihre Welt noch einmal auf den Kopf stellen wollte, indem sie sie von Herton und ihren geliebten Großeltern trennte, nachdem sie sich erfolgreich davon erholt hatte, im Alter von acht Jahren aus ihrer Familie herausgerissen und um ihrer Gesundheit und ihres Wohlergehens willen nach Herton geschickt worden zu sein.

Sadie nahm ihren Kugelschreiber auf und versuchte nochmals, einen Brief an Lindsey zu entwerfen.

Gegen Ende der fünfziger Jahre lebte Herton langsam und gemächlich. Die Fördereimer bewegten sich auf und nieder, kippten Schlacke auf die Halde, die unmerklich von Woche zu Woche wuchs. Im Laufe eines Jahrzehnts mochte sie höher, runder wirken und die Landschaft aus Bauernhöfen und Wäldern, Flüssen und Wegen beherrschen. Wie Hertons Nachkriegsgeneration von Kindern wuchs sie Zoll um Zoll, bis es hin und wieder jemandem auffiel, daß ein Monat, ein Jahr oder zwei fast unmerklich vergangen waren. Ritas Bruder Tommy war verheiratet, und seine Frau war schwanger; ihr Bruder Eddie hatte eine Freundin gefunden. Ihre jüngeren Brüder gingen jetzt in den Kindergarten. Spitze Schuhe und Schmalzlocken kamen und blieben. Die jungen Leute fingen an zu rauchen und für achtzehn durchzugehen und die nicht jugendfreien Filme zu sehen. Lindsey Ferien hatten sich auf zwei Jahre ausgedehnt, dann drei, als 'der Brief' kam.

4. Mai 1957

Liebe Lindsey,

Dein Daddy war in einem Reisebüro, um unsere Schiffsfahrkarten zu holen, und in acht Wochen gehen wir mit den Kleinen nach Australien.

Dein Daddy kann da drüben eine bessere Arbeit finden, und wir brauchen das Geld. Wir können einen Zuschuß zur Überfahrt bekommen. Das heißt, daß sie uns den größten Teil des Fahrgeldes zahlen, weil Dein Daddy nun eine Arbeit hat, zu der er fährt. Seine Tante sucht uns eine Wohnung, in der wir bleiben können, bis wir alles geregelt haben. Wir lieben Dich sehr. Willst Du auch mitkommen? Oder willst Du in Herton bei Deiner Nanan bleiben? Ich würde hinkommen und Dich holen, aber ich habe nicht genug Geld für die Fahrt. Ich schreibe mit gleicher Post an Deine Nanan.

Liebe Grüße von Mami

Lindsey und Rita radelten mit dem Brief in Lindseys Anoraktasche aus Herton hinaus.

Es waren ihre letzten Pfingstferien in der Hertoner Grundschule. Sie standen vor der Abschlußprüfung, und ihre Zukunft war ungewiß, da sie vorhatten, sich in der Welt einen Namen zu machen. Pläne, große Pläne, waren ansteckend wie Scharlach. Aber die Kindheit mitsamt ihren Krankheiten war fast vorüber. Nächstes Frühjahr würden sie vielleicht schon einen Jungen geküßt haben. Lindseys Haar wippte beim Fahren in einem Pferdeschwanz hinter ihr. Die Mädchen rasten auf den weißgestrichenen Meilenstein zu, der, fest in einem grasbewachsenen Sockel verankert, zwei Meter von dem steilen Pfad stand, der hinauf zur Packpferdbrücke führte.

Entschlossen schoß Lindsey vorwärts und verspottete Rita über die Schulter, als sie an ihr vorbei zu dem Zielpfeiler flog.

Rot im Gesicht erreichte sie ihn, drehte sich um und lachte. Rita war nur drei Meter hinter ihr.

»Nächstes Mal kriege ich dich, Lindsey Abbotts!«

»Zwei Punkte für mich. Zwei Punkte für mich.«

»Ja, ja, du hast gewonnen. Kein Grund zum Angeben.«

Sie stellten die Räder ab und teilten sich die Limonade, die durch das Schütteln besonders schön sprudelte.

Dann gingen sie zu Fuß weiter, den Pfad entlang, wie Lindsey es mit Biff tausendmal getan hatte.

Der Blick von der Brücke enttäuschte sie nie.

Lindsey nahm den Brief heraus, zerriß ihn und warf die Worte ihrer Mutter ins Wasser.

Sie beobachtete, wie die Fetzen den Abhang hinunterschwebten und tanzten. Sie wagte nicht, sich vorzustellen, wie das Leben an einem so fernen Ort sein könnte. Wenn sie wirklich wollten, daß sie mitkam, wären sie gekommen und hätten sie geholt, egal was die Fahrt kostete. Sicher wußten sie, daß sie Nanan und Biff nicht verlassen würde. Nicht einmal, um zurückzukehren und in London zu leben. Nichts auf der Welt war so schön wie Herton; sie würde erst fortgehen, wenn sie sich in jemanden verliebte. Und das hatte noch einige Jahre Zeit. Bis dahin war Herton ihr Zuhause, und Nanan und Biff waren nun ihre Familie. Sie wagte nicht, darüber nachzudenken, daß sie ihre Mutter und ihren Vater und alle ihre Brüder und Schwestern vermißte. Sie war darüber hinweggekommen, notgedrungen. Das war vor drei Jahren gewesen, und wenn du elf bist, sind drei Jahre wie eine Ewigkeit.

Die Spätnachmittagssonne wanderte um den Laden herum und berührte die Ecken der silbernen Keksdosen, der runden Kakaodosen aus rotem Blech, der Haarshampoo-Familienflaschen aus grünem Glas, der blau-grünen und silbernen Kaugummipackungen. Sie schreckte vor den harten grausamen Stahlblättern auf dem Schinkenschneider zurück, strich über die künstlichen Perlmuttgriffe in der Käsetheke und mied die scharfen Kanten der Schnittflächen.

Während das Licht vom Südostfenster zum Südwestfenster wanderte, bediente Biff, hielt ein Schwätzchen, drückte ihr Bedauern aus, gab Kommentare ab.

Biffs Aufmerksamkeit galt zum größten Teil ihrer Arbeit. Lebensunterhalt. Biff konnte den Käse auf eine Viertelunze genau schneiden, verblüffend für die Hausfrauen, die erfreut hinausgingen und noch verblüffter gewesen wären, wenn sie erkannt hätten, was für eine kluge Frau Biff war.

Es war Biffs Absicht, daß sie das nie erfahren und daß sie immer wiederkommen sollten, um im Laden einzukaufen; also bediente Biff schnell oder langsam, je nach Bedürfnis, Stimmung und Vorliebe der Kundinnen und Kunden.

Die ganz alten Leute wollten nicht schnell bedient werden. Sie saßen gerne auf dem Stuhl neben der Theke, während sie warteten. Sie schätzten die Gesellschaft und den Anlaß, aus dem Haus zu kommen. Biffs Laden war sicher, vertraut. Nicht überwältigend wie manche der neumodischen Geschäfte.

Wie der Dorfanger hinter der Kirche, so hatte sich auch die Einrichtung des Lebensmittelladens seit Jahren nicht geändert. Nachmittags spielte die Sonne Kricket und schoß ihre Strahlen auf das Holzregal, auf dem die tägliche Lieferung knusprigen Weißbrots lag; dieses schlug sie weiter zu der Glastheke über dem Käse, wo sie von weißen Marmorplatten ins Feld gebracht, aufgefangen, zu den Glaskrügen in den Fenstern zurückgegeben wurden, und zur Ruhe kamen sie schließlich auf den abgerundeten Ecken der kleinen Holzschubladen, weich, braun und alt, in denen die Dosen mit gemahlenem Zimt gegen Erkältungen, die Tüten mit Backpulver und die Kästen mit ganzen Muskatnüssen aufbewahrt wurden.

Aber ein Teil von Biffs Gedanken war oben in den Hügeln. Jede Umdrehung von Lindseys Rädern wurde verfolgt. Jedes Heben und Senken der Pedale wurde gefilmt, als hätte Biff eine versteckte Kamera von einer unsichtbaren Libelle aus herabgelassen, einem lautlosen Miniaturhubschrauber.

In der Küche hinter dem Laden kratzte Moss sich den Teig von den Fingern, froh über die normalen täglichen Arbeiten. Gewöhnlich, beruhigend, verläßlich.

Sie bürstete sich die Nägel und holte den letzten Rest Teig unter ihrem Ring hervor. Biff hatte ihr einen verzierten goldenen Ring geschenkt, den sie nun anstelle von Franks Ehering trug. Die Leute, die sie Mrs. Smith genannt hatten, nannten sie nun Mrs. Ferguson. Aber irgend etwas, sie wußte nicht genau was, hielt sie davon ab, Franks Ring abzulegen. Es konnte bedeuten, das Schicksal zu versuchen. Also trug sie ihn weiterhin, aber an der rechten Hand. Zur Erinnerung an den Mann, der ihr ein Dach über dem Kopf und einen Stuhl an seinem Tisch angeboten hatte, einen Platz in der Welt, als sie am wenigsten damit gerechnet hatte. Sie war nicht die einzige Lebensgefährtin ohne Trauschein in Herton. Was auch immer die Leute dachten oder hinter ihrem Rücken flüsterten, von Angesicht zu Angesicht sagten sie Mrs. und den neuen Namen, den die Frau ihnen nannte.

Sie trocknete sich die Hände ab und griff nach dem Ring für die halbe Ewigkeit, den sie beim Backen immer an einen eigenen Haken neben dem Spülbecken hängte. Er blinkte genau wie Biff. Sie küßte ihn und schob ihn auf den Ringfinger ihrer linken Hand eng an den verzierten Goldring, so eng wie sie und Biff im Bett.

Sie holte das erste Blech Törtchen aus dem Backofen und erinnerte sich an die Leidenschaft der vergangenen Nacht mit Biff, als dieselben Finger, lang, schmal und hellbraun, wie sie sie von ihrer indischen Großmutter geerbt hatte, jeden Zoll von Biffs Haut berührt hatten.

Aus dem Backofen duftete es wundervoll nach dem ersten Blech Törtchen. Moss hielt ihn blitzsauber. Viele Male war sie mit sauberen Fingern über seine kalte, glatte Fläche gefahren. Wie alle neuen Gasherde hatte er ein kleines Vermögen gekostet, obwohl es hieß, nun, mit der Nachkriegs-Massenproduktion, würden sie preiswerter. Moss würde jahrelang damit auskommen müssen.

Sie wickelte ihre saubere rechte Hand in ein frisches Geschirrtuch, bevor sie einen Kessel mit kochendem Wasser vom Gasherd zum Spülbecken hob. Keine schmutzigen Feuerstellen mehr, keine Asche brauchte mehr zur Gartenparzelle gebracht zu werden. Hinter sich konnte Moss die Gasflamme klicken und klingen hören. Es klang wie gesprochene Worte, doch sie war zu sehr mit ihren eigenen Gedanken beschäftigt, als daß sie diese Worte nebenbei hätte aufnehmen können.

Von dem Dampf beschlug ihre neue Brille. Seit einiger Zeit machten ihr die Augen zu schaffen. Die Brille hatte ein Bombengeld gekostet. Bombe. Moss schauderte beim Gedanken an Hiroshima. Amerika hatte im August 1945 die Atombombe abgeworfen. Sie war am gleichen Tag gefallen, an dem Sadie geschrieben hatte, sie sei mit Lindsey schwanger. Nun hatte Sadie einen ganz anderen Brief geschrieben.

Moss spülte die Töpfe und wusch sich dann die Hände mit ihrer geliebten Buttermilchseife. Eigentlich war es ihre zweitliebste Seife, aber Sandelholz war außer zu Weihnachten zu teuer, und das letzte Stück, das Biff ihr geschenkt hatte, war aufgebraucht.

Sie liebten aneinander die Reinlichkeit. Von Anfang an. Die Sehnsucht, Anhänglichkeit, Wärme und Zärtlichkeit waren immer noch da. Längst vergangen waren die Tage jugendlich hastigen Fummelns mit Florence unter den Rhododendren, sie beide von gleicher Leidenschaft erfüllt. Moss dachte an die wütenden Hunde, die Männer, den Verlust von Florence, die Geburt von Sadie. Tränen liefen unter Moss' Brille hervor über ihre Wangen, und sie leckte sie auf.

Sie nahm sich selten Zeit für Tränen. Sie kannte Zorn, Lachen, Trauer und Überleben, und die wenigen Male, in denen sie sich Momente ruhigen, tiefen Schmerzes gestattete, kamen durch Sadies Briefe. Wenige und in großen Abständen.

Moss bedauerte nicht, zwei Kinder gehabt zu haben. Ronnie lag irgendwo in Frieden auf dem Grunde des Atlantiks, ihr Zwei-Penny-Sohn, verschwendet in einem Krieg, der Millionen Pfund gekostet hatte, bemessen nach Männern in Leichensäcken, wie Münzen in einem Banktresor. Es war ein Jahrhundert von fallengelassenen Menschen, deren Sterben eine Woche später eine so überholte Nachricht war wie die Schlagzeilen, die in den Rinnstein geworfen wurden, wenn Fisch und Chips aufgegessen waren. Ehre den Penny, hatte ihre Mutter immer gesagt, dann mehren sich die Pfunde von selbst. Die Frauen hielten ihre Geldbörsen so sorgfältig geschlossen, aber die Männer schienen die Säcke mir nichts, dir nichts aufzureißen und Zehntausende von Ronnies ins Meer zu kippen.

Sadie war nun beinahe eine Fremde. Fortgegangen, um zu leben. Sie war am Leben, aber ihr Leben verursachte fast ebensoviel Trauer wie Ronnies Tod.

Sadie konnte die Waagschalen der Liebe rücksichtslos auf- und absteigen lassen, ohne einen Gedanken an Ausgewogenheit zu verschwenden. Moss hörte auf zu weinen und säuberte ihre Brille.

Scheußliches Ding, aber praktisch. Es gab immer mehrere Wahrheiten. Niemals ein Problem mit einer einzigen Lösung, eine Frage mit einer einzigen Antwort. Immer Vieldeutigkeit.

Sie putzte sich die Nase mit einem von Franks alten, weichen, tröstlich verwaschenen Taschentüchern. Und sie brauchte weiß Gott etwas Trost. Sadies Brief hatte ihre Welt aus den Angeln gehoben.

»Das arme Kind«, hatte sie letzte Nacht zu Biff gesagt. »Manchmal mache ich mir Vorwürfe. Wenn ich nicht mit Florence zusammengewesen wäre und wir nicht erwischt worden wären ...«

»Dann hättest du Sadie nicht bekommen, und sie könnte ihrer Tochter das jetzt nicht antun.«

»Woher weißt du, was ich denke?«

»Wissen wir das nicht meistens?«

»Ja, aber ...«

»Aber dies ist nicht Sadies leichter Regen. Dies ist einer ihrer Stürme mit Windstärke zehn. Sie schmeißt Felsbrocken den Fluß hinunter. Felsbrocken, von denen du annahmst, sie würden oben im Tal bleiben, wo sie hingehören.«

»Ich versuche, mich auf ihre Briefe vorzubereiten, selbst auf diese Sorte. Aber wie schon immer erwischt sie mich und läßt mich nackt und verwundet zurück.«

»Wenn Sadie nicht wäre, hätten wir Lindsey nicht. Und vielleicht kannst du kein Mädchen wie Blitz und Donner bekommen, ohne auch ein paar Stürme zu ernten.«

»Ich will heute abend keine Worte mehr, Liebes, ich will Körper.«

»Ich liebe dich, Moss, jeden Tag. Und ich liebe es, wenn du mich willst.«

»Ich brauche dich. Schhh, du weckst Lindsey auf. Aber ich liebe es, wenn du ein bißchen lachst, wie jetzt, ich brauche das.«

»Ich auch. Und ich lache auch gerne.«

»Du bist unverbesserlich.«

»Du auch. Ich liebe die Art, wie du deinen Mund aufwirfst, kurz bevor das Lachen zurückkehrt.«

»Fast so, wie ich dieses kleine Stückchen von deinem Nacken liebe.«

Mit einem Schlage wurde Moss gewahr, daß sie tagträumte. Das zweite Blech würde verbrennen, wenn sie sich nicht beeilte. Rasch öffnete sie die Backofentür und nahm das heiße Blech heraus. Vorsicht. Heiß. Das Leben war heiß. Manchmal zu heiß.

Sie hätte Tagebuch führen sollen wie Virginia Woolf, dachte sie. Aber dafür war keine Zeit. Sie wäre so gerne Virginia gewesen und hätte *Orlando* für Vita geschrieben. Wie sie und Biff in diesem Buch geschwelgt hatten. Andeutungen und Anspielungen. Sie hatten es einander vorgelesen, mit verteilten Rollen, abends am Gaskamin. Viermal hintereinander. Biff hätte Schauspielerin werden sollen. Sie konnte Vitas Stimme imitieren, da sie sie aus den Gartensendungen im Radio kannte.

»Ich wette, sie haben es ein paarmal hinter diesen alten Ziegelmauern gemacht.«

»Ja, aber was war mit den Bediensteten, Biff? Ich und Florence wußten alles über die da oben, als wir in The Hall waren.«

»Fürs Stillschweigen bezahlt, nehme ich an. Geldmangel kennen Frauen dieser Klasse nicht.«

»Das stimmt. Nimm diese Una und die andere vornehme Dame, die mich mal im Auto mitgenommen haben. Ich habe recht oft darüber nachgedacht. Ich bin überzeugt, es war Radclyffe Hall. Hab' meine Chance verpaßt, wirklich. Als *ihr* Dienstmädchen hätte ich einen Riesenspaß gehabt. Ich hätte sie um eine Stelle bitten sollen, nicht nur ums Mitnehmen.«

»Nun, Mrs. Frank Smith, wenn dieses Leben mit Bernard Ian Ferguson Ihnen nicht gut genug ist, müssen Sie Ihre Netze ein wenig weiter auswerfen.«

»Im Ozean mag es noch sehr viel mehr Fische geben, Barbara Imogen Farley, aber Herton ist ein winziger Seitenarm, meine Liebe, und ich bezweifle, daß die Frauen in dieser Stadt Schlange stehen würden, um mit der Witwe des Lebensmittelhändlers zu schlafen.«

»Dann mußt du mit dieser alten Scholle vorliebnehmen.«

»O Biff, Liebes. Selbst der alte Frank hätte ein besseres Wortspiel hingekriegt.«

Moss küßte sie und alberte: »Mit dir fühle ich mich wie sechzehn, trotz meines hohen Alters und etlicher grauer Strähnen.«

»Du bist so jung, wie du dich im Herzen fühlst. Und es ist allgemein bekannt, daß graue Haare guten Sex bedeuten.«

10. Kapitel

Das Herrenhaus Herton Hall wurde im Sommer 1957 verkauft. Miss Field und Miss Brookes teilte man kategorisch mit, daß ein emeritierter Bischof dort leben würde. Grace Dundy hörte zufällig von der Platzanweiserin im Kino, das Herrenhaus solle zu einem Country-Club umgebaut werden. Mercy Dundys Cousine versicherte allen Leuten, es solle ein Heim für ehemalige Sträflinge werden, und daraufhin machte eine Petition die Runde, um das zu verhindern, bis die örtliche Zeitung ein Interview mit dem Mann veröffentlichte, der es gekauft hatte.

Es war ein Londoner Geschäftsmann, ein Antiquitätenhändler namens Pierre Mullière. Er war verheiratet und hatte drei Söhne in Eton. Er selbst verbrachte den größten Teil des Jahres auf dem Kontinent, auf der Suche nach Sammelobjekten. Seine extravagante, rothaarige Gattin, Harriet Mullière, würde in Herton Hall eine Kunstschule und eine Bilderrahmenhandlung betreiben. Sie hatten einige Umbauten vorzunehmen, vor allem die Ställe und die Räume über den Ställen.

»Pah! Wo gibt's denn so was?« empörte sich Grace bei einem Schwätzchen im Laden bei Moss und Biff. »Künstler! In Herton Hall! Der Ort wird überschwemmt werden von Fremden, die Bilder von Fördereimern mit Kühen im Vordergrund malen und die Stadt in einen Jahrmarkt verwandeln. Pah! Ich würde fortziehen, wenn ich könnte. Das ist die schlechteste Nachricht, die Herton in all den Jahren seit dem Krieg erhalten hat.«

»Ach komm schon, Grace«, erwiderte Moss. »Übertreib nicht. Sie werden wahrscheinlich gar nicht in die Stadt kommen. Die ist ihnen viel zu gewöhnlich, zu dreckig. Ein paar Rauchschwaden, wenn der Koksofen gut aufgelegt ist, und sie werden nach London zurückeilen, merk dir meine Worte. Und sie werden niemals einen Winter in Herton aushalten. Außerdem, wenn sie ein Geschäft auf dem Grundstück betreiben, was ich bezweifle, dann könnten wir ein oder zwei Shilling aus der einen oder anderen wohlgefüllten Brieftasche schon gebrauchen, gerade hier in dieser Kasse, was, Biff?«

»Das will ich meinen«, stimmte Biff zu. »Fürchte dich nicht, Grace, denn sie verkündigen uns große Freude über viele Taler.«

»Das sieht dir ähnlich, Biff. Wie Frank vor dir. Ihr seid alle gleich, ihr Krämer.«

»Und wo wärst du ohne uns? Willst du diese Bohnen nun nehmen oder nicht?«

»Du hast unrecht, Biff«, erwiderte Grace. »Ich will nicht, daß diese Stadt von einem Haufen Künstler aus London besetzt wird, die dem sogenannten Lokalkolorit nachschnüffeln. Sie werden diesen Ort auf den Kopf stellen. Dann, hoffe ich, wird es ihnen langweilig, und sie packen ihre Sachen und gehen. Das hoffe ich wirklich. Ein Shilling drei Pence also.« Mit einem gequälten Lächeln reichte Grace Biff ein Zwei-Shilling-Stück und wartete auf das Wechselgeld. Sie sprühte immer noch wütende Funken wie Feuerwerk in einem Hinterhof, aber bei Grace hielt das nie lange an.

»Ich kann mich nicht länger aufhalten, so gerne ich mit euch beiden ein Schwätzchen halte. Ich hab' meine Bettwäsche draußen, und es sieht nach Regen aus. Bis demnächst.«

Sie lachten, als sie ging.

»Sie ist schon eine Marke. Es gibt wirklich nie einen langweiligen Moment in diesem Laden, Biff. Wir haben die Teepause verpaßt. Ich gehe und setze den Kessel auf. Schneid uns eine Scheibe Schinken ab, ja? Ich habe frisches Brot draußen.«

Nach der Ankunft der Bauarbeiter wurde Herton Hall von drei weißen Bullterriern mit dunkelrosa Augen und scharfen weißen Zähnen bewacht. Jimmy Hawsley wurde gebissen und mußte eilends zum Doktor gebracht werden. Der Doktor erteilte ihm eine Lektion über unbefugtes Betreten eines Grundstücks, was Jimmys Mutter in Rage brachte. Sie setzte das Gerücht in die Welt, der Doktor sei bestochen worden, was eine Lüge war. Daraufhin wurde herumerzählt, er sei zum Cocktail nach Herton Hall eingeladen worden, was der Wahrheit entsprach.

Die Bauarbeiter waren Mitte Juli fertig. Die Schule endete eine Woche später. Die Kinder aus der Stadt wurden von Herton Hall angezogen wie Eisenspäne von Mrs. Lewis' riesigem Magneten, den sie feierlich aus seinem stabilen Karton herausnahm und dem nächstsitzenden Kind zum Berühren gab. Niemand sagte etwas, nicht einmal oh und ah. Alle braunen, blauen, grauen und grünen Augenpaare, mit Brille und ohne, wanderten und drehten sich, als die Kette der angezogenen Gegenstände, Büroklammern, rostige Nägel aus einer Hosentasche, Sicherheitsnadeln aus einem Kleid, selbst die verbotenen Rasierklingen, sich übereinanderschichteten und herunterbaumelten.

Ebenso still gingen die Hertoner Kinder in der ersten Woche der Schulferien den rosaäugigen, weißhaarigen, scharfzähnigen Hunden aus dem Weg, kletterten auf die fast einen Meter hohen Ziegelmauern, strichen an den rosenbewachsenen Lauben entlang und gelangten zu den Außengebäuden.

Die Kinder von Herton waren normalerweise eine hart arbeitende Schar. Sie mußten Kohle von den Deputatkohleladungen vor den Toren der Bergarbeitersiedlungen in den Hinterhof schaufeln; sie mußten in den Ferien die Außentoiletten kalken; sie hatten Fenster zu putzen und Botengänge zu erledigen, Babys zu hüten und Schrebergärten zu jäten. Die Zeit, die ihnen dann noch für unbefugtes Betreten und Abenteuer blieb, hatten sie verdient. Also verboten die meisten Mütter und Väter die Erstürmung des Herrenhauses nicht. Sie vermieden es nur, die falschen Fragen zu aufgeschlagenen Knien oder dreckigen Pullovern, verschrammten Schienbeinen oder abgestoßenen Schuhspitzen zu stellen. Einige Großväter und Großmütter bekamen zu Tränen rührende Geschichten zu hören und schworen, den Müttern nichts zu erzählen. Und mehr als ein paar Mütter fanden Rosendornen in Wolljacken und Ziegelstaub an den Säumen von Sommerkleidern.

Nach zwei Wochen Ferien endete dieses Fest mit dem Eintreffen von Mrs. Mullière und der ersten Gruppe von Künstlerinnen und Künstlern. Die Herton-Stiftung für visuelle Kunst wurde gegründet.

Lindsey und Rita hatten sich in dem tiefen Gewirr von Zweigen unter der abgelegensten Fichte am Rande des Grundstücks eine geheime Höhle gebaut. Die Hunde wurden auf der zur Stadt hin gelegenen Seite des Hauses gehalten, wo die Steinmauern die anderen Schulkinder anlockten. Die Ostseite war wegen des dichtbewachsenen Waldstücks, das zwischen dem Gelände des Herrensitzes und dem zu Ryelands Hof gehörenden Weideland lag, beinahe unzugänglich.

In dem stillen Wald war niemals jemand außer ihnen. Es war ein Ort, wo die Schneeglöckchen sich ansammelten und wilde Veilchen und Weinrosen wuchsen.

Das Lager war versteckt und sicher. Vor zwei Jahren hatten die Mädchen Schaukeln für die Feen gebaut, und eine alte, mit Wasser gefüllte und halb in den Boden eingegrabene Keksdose war der See für die Feenkönigin gewesen, mit einem Blatt als Fährboot. Nun fühlten sie sich den Feen entwachsen, aber keine von beiden entfernte die Schaukeln oder die Dose.

Es war der zweite Dienstag seit der Gründung der Kunststiftung, und Rita und Lindsey lasen ein Comic-Heft, als die Stille im Versteck der Mädchen zerrissen wurde.

In Richtung Herrenhaus knackte ein Zweig. Sie legten den Finger auf die Lippen und rollten die Augen, als ihr Geheimnis drauf und dran war, entdeckt zu werden. Dann ein Ast. Er war trocken. Er brach mit dem Geräusch einer zuschnappenden Falle. Auf dem Weg zur Höhle achteten die Mädchen immer auf die Fallen der Wilderer. Ihre Finger schlossen sich umeinander.

Lindsey fragte sich, ob es ein Mann war, der sich ihnen näherte. »Sprich niemals mit Fremden«, hatte Moss sie gewarnt. Lindsey wußte nicht alles über das Leben, aber sie wußte, daß Männer sich Mädchen nicht nähern sollten. Sie zitterte und spürte kalten Schweiß auf dem Rücken. Was, wenn ...? Noch ein Knacken. Das Schwirren eines Fichtenzweiges.

»Kein Bellen«, bemerkte Rita.

Wer immer da kam, hatte die Hunde nicht bei sich. Sie konnte keine Hundegeräusche hören. Sie hätte ihren eigenen mitbringen sollen, aber das dumme alte Vieh wollte immer die Kühe jagen, und das war wirklich unbefugtes Betreten. Für so etwas konntest du vors Jugendgericht kommen.

Wieder das Schwirren eines Fichtenzweiges. Kein Ruf. Kein Wort. Wer immer es war, war allein. Rita mußte dringend pinkeln und fürchtete, sie würde sich vor Angst in die Hose machen. In ihrem Alter. Wie furchtbar. Sie preßte die Schenkel zusammen und hoffte, die Person würde um die Fichte herumgehen und die Höhle nicht bemerken, die Richtung zu den Weiden nehmen und hinunter ins Tal verschwinden.

»Aah!« entfuhr es Lindsey vor lauter Schreck. »Es ist bloß ein Mädchen«, rief sie aus, als sich die Zweige teilten.

»Himmel noch mal, du hast uns furchtbare Angst eingejagt. Oh, ich muß raus und pinkeln. Ich kann nicht mehr warten.« Rita krabbelte hinaus, während Lindsey den neugierigen Blick eines Mädchens mit dunklem, lockigem Haar erwiderte, die etwa ein Jahr älter war als sie. Sportlich, in Shorts und T-Shirt, Söckchen und Tennisschuhen; sie schien etwas größer als Rita zu sein.

»Ihr dürft hier nicht sein«, sagte das Mädchen. »Der Wald gehört meiner Tante. Was macht ihr hier?«

»Dasselbe wie du, ätsch!«

»Ich sehe mich um.«

»Wir auch. Und wir waren zuerst hier. Wir wohnen hier. Dies ist unsere Höhle. Wir haben sie vor zwei Sommern gefunden, und du bist nicht eingeladen.«

»Ich kann hereinkommen, wenn ich will. Das alles gehört meiner Tante.«

»Die Höhle ist verzaubert. Du kennst unseren Zauberspruch nicht. Sie ist geschützt. Gegen Eindringlinge wie dich.«

»Ich sage nichts, wenn ihr mich hierbleiben laßt.«

Rita kam zurück, aufgeregt, weil der Saum ihres Kleides im Gummiband ihres Schlüpfers hängengeblieben war, so daß es hinten hochhing.

»Dein Kleid ist verheddert«, sagte die Fremde.

»Na und?«

»Also, ich werde meiner Tante nichts sagen, wenn ihr mich auch hierherkommen laßt.«

Rita und Lindsey sahen sich an, wie sie es bei Ritas Eltern gesehen hatten, wenn Rita sie um etwas bat, bevor die Erwachsenen unter vier Augen miteinander hatten reden können.

»Ich heiße Lerryn«, sagte die Fremde. »Meiner Tante Harriet, ich nenne sie Tante Harry, gehört die Kunststiftung. Ich bin manchmal in den Ferien bei ihr.«

Lerryn achtete auf die Reaktion der beiden und wußte dann, daß sie gewonnen hatte. Sie war immer in der Lage gewesen, mit Reden etwas zu erreichen. Ihre Mutter sagte, sie könne einem Steinbrecher Steine verkaufen und damit davonkommen.

Sie wußte, wenn sie sie nicht unterbrachen, konnte sie weitermachen. Wer A sagt, muß auch B sagen, und sie war schrecklich allein in Herton, und vielleicht wollten sie in der Höhle bleiben und Freundinnen werden.

»Tante Harry ist die ältere Schwester meiner Mutter. Sie läßt mich malen. Ich möchte malen können wie sie. Mehr als alles andere auf der Welt. Was wollt ihr werden, wenn ihr erwachsen seid?«

Auf dem falschen Fuß erwischt, sagte Lindsey: »Eine Mutter mit vier Babys.«

»Krankenschwester«, sagte Rita. Sie wollte hinzufügen: »Und ich werde mir in der Welt einen Namen machen«, aber sie konnte nicht, weil Lerryn eine Fremde war und sie das nur Lindsey erzählt hatte.

»Pah«, sagte Lindsey, die sich wieder im Griff hatte. »Wer will schon Künstlerin sein? Blöde Arbeit. Nur vornehme Leute tun so bekloppte Sachen. Richtige Mädchen werden erwachsen und heiraten und bekommen Babys. Vielleicht einen kleinen Laden«, fügte sie hinzu, als sie an Nanan dachte, »und ein bißchen Fabrikarbeit, wenn es welche gibt. Um die Miete zu bezahlen und schöne Sachen zu kaufen. Wenn dein Mann nicht sehr reich ist.«

»Ich heirate nie«, sagte Lerryn.

»Deine stinkfeine Tante hat auch geheiratet. Sonst hätte sie nie ihre blöde Kunststiftung anfangen können.«

»Ich sag's meiner Tante. Ich geh' dann.« Lerryn wandte sich zum Gehen.

Rita ergriff ihren Arm. »Nein, warte einen Moment. Es tut uns leid. So grob über deine Tante zu reden. Bleib hier.«

Lerryn setzte sich. Rita konnte in dem trüben Sonnenlicht sehen, daß sie das Weinen zu unterdrücken versuchte. Rita erinnerte sich an die Isolierstation, ihre Rückkehr nach Herton, ihre Angst, in der Grundschule ganz allein ohne eine beste Freundin zu sein und sagte etwas freundlicher: »Wenn sie deine Tante ist, wie heißt *du* dann, deine Eltern, meine ich?«

»Trevonnian«, buchstabierte Lerryn, sah, daß sich die Mädchen ein wenig entspannten, und versuchte ihr Glück mit dem Rest. »Meine Tante hat an diese Stelle in London geschrieben, die besondere Mädchen suchte, die dort arbeiten sollten, und sie schickte ein Photo. Na ja, sie ist sehr hübsch, oder war es, sie ist jetzt schon mittelalt, aber damals war sie sechzehn, und sie müssen sie für ihren Mut wirklich bewundert haben. Sie ist eine richtige Persönlichkeit. Ich liebe meine Tante wirklich. Sie kriegte den Sohn des Familienunternehmens dazu, sie zu heiraten. Die Einzelheiten weiß ich nicht so genau. Es war eine riesige Firma, hatte alles mit Bildern und Antiquitäten zu tun.«

»Du sprichst komisch. So singend und rund.«

»Natürlich. Ich rede wie die Leute aus Cornwall, und ich bin stolz darauf. Bist du nicht stolz darauf, wie die Menschen in Yorkshire zu sprechen?«

»Darüber habe ich nie nachgedacht«, sagte Rita. »Das ist übrigens Lindsey. Willst du also unsere Freundin sein?«

»Wollt ihr?«

»Du darfst nichts von der Höhle erzählen«, warnte Lindsey.

»Tu' ich nicht.«

»Schwöre: Rot, rot, rot, wenn ich petze, bin ich tot!«

»Gut, ich schwöre: Rot, rot, rot, wenn ich petze, bin ich tot!«

»Jetzt geben wir uns die Hand darauf«, sagte Rita, und das taten sie. »Wir kommen alle morgen früh hierher, wenn es nicht regnet.«

Herton Hall öffnete den Mädchen seine Pforten, weil sie Freundinnen von Lerryn waren. Rita und Lindsey achteten auf ihre Manieren und nahmen alles auf, was ihnen geboten wurde. Von der Speisekammer bis zum Dachboden machte das Dreigespann den ganzen Sommer über das Haus unsicher. Sie dachten sich Schmuggelspiele aus und verwandelten den blauen Teppich in ein Meerestheater; sie nahmen Plakatfarben mit in den Rosengarten und malten Geburtstagskarten für alle, die ihnen einfielen; sie sägten Holz im Schuppen und backten Scones im Holzfeuerofen. Sie pflückten Himbeeren und Erdbeeren und riesige Blumensträuße, die sie an den langen hellen Abenden nach Hause trugen.

Lerryn war in ihrem Element. Wenn sie nachts, während sie eigentlich schon schlafen sollte, aus dem Fenster des Herrenhauses schaute, erkannte sie die Umrisse der Heuschober auf den Wiesen im Süden und die Apfelbäume im Obstgarten. Die Ställe verdeckten den Blick auf die Halde, doch nichts in Herton überdeckte das Geräusch der auf- und ablaufenden Fördereimer, und bei ihrem Surren stellte sich Lerryn die Männer unter Tage oder auf See vor. Auch während der Ferien ließen Cornwall und das Meer mit all seinen Stimmungen sie niemals los.

Bis zu diesem Sommer hatte Lerryn nur für ihre Lehrerinnen geschwärmt. Diesmal hatte sie sich in ein Mädchen verliebt, eine, die sie lieben konnte und die beinahe in ihrem Alter war. Sie sagte nie ein Wort darüber zu Lindsey, die so glücklich schien und vor Freude strahlte, nun zwei Freundinnen zu haben, die ihr zugetan waren. Lerryn wollte sie küssen. Sie wagte es nicht. Es hätte alles kaputtgemacht.

Es gab niemanden, mit der sie darüber hätte reden können. Sie hatte immer gewußt, daß sie nicht heiraten würde. Ein Blick auf ihre Mutter und ihren Vater oder auf Tante Harry und Onkel Pierre ließ Lerryn schaudern. Sie wagte nicht, das in ihr Tagebuch zu schreiben, falls eine der Putzfrauen aus Herton, die Tante Harry eingestellt hatte, es zufällig fände. Aber Lerryn war sich sicher. Sie wußte, daß es wichtig war, Lindsey kennengelernt zu haben. Sie wußte, daß ihre Gefühle für Lindsey 'tabu' waren. Sie hatte dieses Wort von vielen der Künstlerinnen und Künstler gehört, die versuchten, in Gestaltung und Form Tabus zu brechen. Sie liebte die Worte, die sie gebrauchten, wenn sie über ihre Arbeit sprachen; sie sehnte sich nach jemandem, der oder die ihr erzählte, sie sei alt genug, um eine richtige Künstlerin zu sein, und sie überlegte und plante, auch zu jener Welt zu gehören, wenn sie unabhängig sein würde.

Sie war fast dreizehn. Sie hatte das Gefühl, es sei noch zu früh, um über all ihre Hoffnungen und Träume mit ihrer Tante zu sprechen, aber sie spürte, daß sie deren Segen hatte, denn sie war die Tochter, nach der sich Tante Harry gesehnt hatte. Also verheimlichte sie, daß sie in ihrem Alter schon wußte, was sie wollte und was sie nicht wollte, da sie es so früh noch nicht wissen sollte.

»Du verbringst zuviel Zeit mit Erwachsenen, Lerryn. Versuch doch, Freundinnen in deinem Alter zu finden«, hatte ihre Mutter vor dieser Reise nach Herton mehrmals gesagt. »Ich wünschte, dein Vater und ich könnten dir soviel schenken, wie meine Schwester es kann. Das wünschte ich wirklich.«

»Du schenkst mir doch etwas, Mutti. Indem du mir erlaubst, in den Ferien bei ihr zu sein. Ich mache ihr nie irgendwo Ärger. Ich tue einfach, was Tante Harry mir sagt. Ich mache nichts schmutzig, und ich räume immer mein Zimmer auf.«

»Das hoffe ich doch. Ich würde dich nicht gehen lassen, wenn du es nicht tätest. Ich will schließlich nicht, daß meine Schwester mir sagt, du seist eine Landplage.«

»Bin ich nicht. Das verspreche ich.«

»Und versuche ein paar nette Mädchen in deinem Alter zu finden, mit denen du spielen kannst. Immer Arbeit, nie ein Spiel, wird kleinen Jungen bald zuviel.«

Lerryn dachte, na, das ist ziemlich blöd, wo ich doch ein Mädchen bin, aber sie antwortete: »Ich werde es wirklich versuchen, Mutti. Ich bin sicher, es gibt in Herton viele Mädchen zum Spielen.«

»Das hoffe ich. Ich will nicht, daß du in diesem Riesenschuppen allein bist, und deine Tante muß sich mit ihren Gästen beschäftigen. Sie kann nicht ständig mit dir zusammensein.«

Lerryn stützte das Kinn auf den Arm, während sie den aufgehenden Mond über Herton beobachtete. Ihr Arm war nackt und hatte eine leichte Gänsehaut von der Nachtluft. Er war noch salzig vom Tag, weil sie kein Bad genommen hatte. Sie leckte das Salz von ihrem Arm. Als sie nur noch Haut unter der Zunge schmeckte, leckte sie weiter, mit langsamen, ruhigen Zungenbewegungen vom Handgelenk bis zur Armbeuge, und dachte an die kornischen Wörter für Donner und Blitz, *taran-lughes*, ihre geheimen Wörter für Lindsey. Sie hatte sie in der Bibliothek in einem von Tante Harrys Büchern gefunden. Ihre Zunge buchstabierte die magischen, verzaubernden Bezeichnungen. *Taran-lughes.* Sie hatte sich in ein Mädchen verliebt, obwohl sie zu jung war, sich in jemanden zu verlieben, und außerdem hätte es ein Junge sein sollen. Aber so würde es nie sein. Es war ihr egal. Sie hatte in der Bibliothek ein Buch mit dem Titel *Quell der Einsamkeit* gefunden. Es handelte von reichen Frauen. Es war kein fröhliches Buch. Sie getraute sich nicht, irgend jemandem zu erzählen, daß sie es gelesen hatte. Der Titel hatte sie angezogen. Genau so fühlte sie sich. Auf dem Grunde einer Quelle, aber manche Quellen wurden aus unterirdischen Flüssen gespeist, und während Lerryn ihre nasse Zunge auf der Innenfläche ihres Arms liegenließ, stellte sie sich vor, in klarem tiefem Wasser zu atmen, vom Grunde der Quelle aus in einen kristallklaren unterirdischen Fluß zu schwimmen. Sie würde schwimmen und tauchen, ohne Angst vor dem kalten Wasser, kräftig und geschmeidig wie eine Robbe unter der Eisdecke. Sie folgte dem Fluß, bis er sich mit einem Nebenfluß vereinigte und ins Freie gelangte. Er würde in einem sonnenüberstrahlten Flecken in einem jungen Gehölz auftauchen, wo im Frühling die Schlüsselblumen wie weiche Sahnebutterklumpen blühten. Sie hatte einige Zeichnungen davon.

»Du verbringst zuviel Zeit allein, Lerryn, mit diesem verdammten Skizzenblock.« Die Stimme ihrer Mutter fiel ihr ein. Aber das war nur, weil ihre Mutter sich wirklich Gedanken machte und wollte, daß Lerryn mit vielen Freundinnen aufwuchs und heiratete und glücklich wurde.

Sie würde in dem Fluß waten, ans Ufer klettern und den Rest des Weges durch den wilden Knoblauch laufen, an den Farnbüscheln um die pelzigen Graspolster entlang. Dann würde sie es hören, das Meer auf dem steinigen Strand. Saugend und schlürfend. Saugend und schlürfend. Die Kieselsteine leckend, so wie sie ihren Arm leckte. Das Meer ein Mund, ihr Mund, weich und feucht und mit dem Wunsch, all die tief unten verborgenen Geheimnisse herauszuschreien.

Sie kehrte nach Cornwall zurück mit einem Versprechen von Lindsey, ihre Brieffreundin zu sein, und einem von Tante Harry, sie im nächsten Sommer wieder nach Herton kommen zu lassen.

Verglichen mit Herton Hall wirkte ihr Zuhause wirklich ärmlich. Das Gehalt ihres Vaters als Krankenträger war niedrig, und ihre Mutter arbeitete als Putzfrau für eine vermögende Familie, viele Stunden in der Woche. Wie könnten sie je verstehen, daß ich Künstlerin werden will, dachte Lerryn mitfühlend, denn sie liebte beide sehr. Alles, was sie tun können, ist, es als mein Hobby anzusehen, wie Vaters Angeln oder Mutters Patchwork.

Im folgenden Sommer, als Lerryn sich nach Herton sehnte, fand sie heraus, daß ihr das Warten leichter wurde, wenn sie ihre Lieblingsstelle am Weg entlang der Küste aufsuchte.

Lerryn rutschte langsam bäuchlings auf dem weichen Gras, bis sie über die Felskante in die Catherine-Bucht hinunterspähen konnte, Kopf und Hals in der rauhen, nach Salz schmeckenden Luft, Schultern, Arme, Rumpf und Beine auf dem festen Grasboden ausgestreckt. Sie kannte und begriff die Gefahr eines jeden Zolls auf diesen Klippen, nur ein paar Meilen von Land's End entfernt. Sie gehörten ihr. Dies war der beste Felsvorsprung, um den Klang des Wassers zu genießen, dessen Wogen mit stetigem, verläßlichem Rhythmus an die Felsen schlugen. Hier war der alte, starke graue Granit fest, hatte der Witterung über die Zeiten hinweg standgehalten. Er würde noch ein paar Minuten halten, nur für sie. Hier konnte sie die Zeit und das Wasser und die Momente der Gefahr so leicht erfassen wie die Möwen, die sich ins Meer fallenließen und dabei kaum die Oberfläche teilten, wenn sie mit tödlicher Exaktheit auf ihre Beute zielten. Sie fischten stromlinienförmig, ihre Geschwindigkeit trug sie unsichtbar unter Wasser voran, bis sie wieder auftauchten, hochschießende weiße Federkleckse, in einer fast unglaublichen Entfernung.

Hier standen die schönsten Wildchrysanthemen an den Felsen geschmiegt, mit fast übermütig über den Klippenrand greifenden Blüten, und trotzten Höhe und Salz; hier wuchsen in jeder Spalte und jedem Riß winzige Dolden von Fetter Henne, die den Granit mochte und weiß-rosa und gelb blühte, anders als die Sorten, die es weiter entfernt an der Küste gab. Hier öffneten die grellrosa Nelken ihre winzigen gezackten Blüten mit den braunen Punkten in der Mitte, und sie liebte die dünnen, bläulichgrünen Blätter – was für ein Kontrast. Wie konnten sie hier in Wind und Sonne und Regen überleben?

Tiefe Atemzüge, Seegras und Salzgischt. Glück. Sie durfte nicht zu lange hier bleiben. Ein tiefer Atemzug zuviel, ein Moment Schwindel oder Konzentrationsmangel, und sie würde abrutschen, abstürzen, wäre verloren unten zwischen den Felsen wie die Picknickreste eines Seeungeheuers. Wie immer kroch sie auf Knien und Ellenbogen Zoll für Zoll auf den sicheren Boden zurück, setzte sich einen Augenblick in das warme Gras, um das Gleichgewicht wiederzufinden, und stand dann auf. Sie hielt sich auf dem Pfad und ging sehr vorsichtig bis zu ihrem Steinsitz zurück.

Weit draußen auf See sammelte sich Nebel. Wie Merlins unsichtbar machender Mantel in den Sagen über König Arthur und Tintagel spielten die Nebel dem Horizont einen Streich und wuschen ihn ins Meer. Sie ließen die Krümmung verschwinden, so daß die Welt schließlich flach wurde und unaufmerksame Fischer, die es nicht merkten, über den Rand hinunterstürzten. Lerryn machte sich neuerdings ihren eigenen Mantel, um sich vor den Fragen ihrer Mutter nach Freunden – oder vielmehr nach ihrem mangelnden Interesse an ihnen – zu schützen.

Lerryn dachte an Lindsey, die sich kaum die Mühe gemacht hatte, ihre Briefe zu beantworten, und überhaupt nichts gab. Sie schien erfreut, daß Lerryn in diesem Sommer, ihrem zweiten gemeinsamen, zurückkam, aber das war alles.

Lerryn hatte ihre Enttäuschung verborgen und sich gesagt, sie sei wieder zu enthusiastisch gewesen und habe Lindsey wahrscheinlich mit ihren Ideen und Vorschlägen, dies zu tun und das zu tun, überrannt.

Die Sonne wärmte eine Weile, und der Nebel hob sich, spielte mit der Bewegung der Wolken Licht und Schatten, so daß Lerryn halbwegs erwartete, das versunkene Land Fair Lyonesse mit Umrissen von Hügeln und Schlössern und Blumenwiesen aus dem Wasser auftauchen zu sehen.

Bis sie Mrs. Tindern in Kunst und Geschichte bekam, hatte Lerryn nicht viel über ihre Abstammung von den Kelten oder deren Sprache und Sagen nachgedacht. In der Grundschule hatten sie König Arthur durchgenommen, aber das schien so weit weg zu sein wie die Arche Noah und ebenso wahrscheinlich. Dann war die Magierin gekommen. Sie belebte Lerryns Gedanken wie silberne Farbe graues Sackleinen, anrührend und steigernd, hervorhebend und erhellend.

Einmal hatte Lerryn zu Hause etwas über Mrs. Tindern und die freitagnachmittäglichen Volkssagen fallengelassen. Ihre Mutter war wütend gewesen. »Manche dieser Lehrerinnen verdienen sich ihr Brot wirklich leicht, während wir anderen uns zu Tode schuften!«

Danach behielt Lerryn ihre Aufregung und Freude für sich. Wie konnten ihre Freundinnen außerdem anders als in der Schule einschlafen, wenn sie seit dem Morgengrauen auf den Beinen waren, auf den Höfen ihrer Familien arbeiteten und nach dem Abendessen noch weitermachen mußten? Mrs. Tindern wußte, wie sie es anfangen mußte. Lerryn liebte sie dafür. Sie schloß immer die Augen, wenn die Lehrerin zu sprechen begann; ihre sanfte Stimme mit dem westlichen

Dialekt war so angenehm, und sie wußte alles, zumindest schien es so. Lerryn konnte sich die Jungfrauen, die Mädchen und Frauen vorstellen, die oben am Schacht arbeiteten, Stunden um Stunden für nur einen Shilling. Und fast glaubte sie an die Klopfgeister, die ihre Lieblinge unter den Bergleuten – diejenigen, die täglich ihr Essen mit dem kleinen Volk teilten, dem Pobel Vean, das auf der Astralebene lebte – durch Klopfzeichen zu den besten Adern in den Zinnminen führten. Wehe den geizigen Männern und denen, die es einfach vergaßen! Denn die Klopfgeister waren die klügsten der unterirdischen Elfen, und sie konnten auch einen falschen Rhythmus klopfen, der die Männer in die Irre führte, in die Gefahr.

Tante Harry dagegen sagte, sie glaube nicht an Elfen. Als Lerryn dies Mrs. Tindern weitererzählte, hatte die Lehrerin eine Augenbraue gehoben, was sie genau wie eine Elfe aussehen ließ, dachte Lerryn, und sie hatte gesagt, du brauchtest nicht gebildet zu sein, um an das Feenvolk zu glauben, und wenn du gebildet wärst, sei das um so mehr Grund, sich näher damit zu beschäftigen.

Mrs. Tindern hatte Lerryn ein paar Minuten angesehen und gesagt: »Du mußt Cornwall nur lieben. Eines Tages wird eine Zeit kommen, in der die Leute nicht genug von Cornwall und den Kelten bekommen können. Aber bis dahin wirst du wahrscheinlich selbst in mittlerem Alter sein, und ich frage mich, ob du dann immer noch so interessiert sein wirst wie jetzt. Das frage ich mich.«

Zwei Wochen noch, und sie würde nach Herton zu Tante Harry aufbrechen. Sie war so aufgeregt, wollte die Erinnerung an die Küste mitnehmen, alles zeichnen und malen. Sicher in ihrem steinernen Sessel sitzend, der selbst die schwächsten Sonnenstrahlen für sie aufsog, so daß er immer warm und einladend war, beobachtete und wartete sie geduldig, ihre Aufmerksamkeit auf die Wellen am Fuße der Klippen gerichtet. Grün und grau türmten und krümmten sie sich, brachen und liefen zurück.

Lerryn hatte das Gefühl, ein altes vertrautes Gefühl, daß jemand unter dem Wasser war und es umrührte, es mit enormen schwingenden Bewegungen unsichtbarer Hände und Arme hin und her schwappen ließ.

Es ging die Sage, in der Bucht seien Schmuggler gelandet, während die alte Catherine schlief. Sie hatten riesige rechteckige Truhen getragen, so groß, daß es zwei von ihnen brauchte, um das Gewicht zu schultern. Die alte Catherine war so zornig über die Störung, daß sie einen Sturm heraufbeschwor. Die Schmuggler ertranken. Die Schatzkisten wurden in Granit verwandelt und drunter und drüber an den Fuß der Klippen geschleudert.

Lerryn wartete eine Stunde darauf, einen Blick auf die steinernen

Schatzkisten zu erhaschen, wenn die Wellen sich weiter zurückgezogen hatten, ein bißchen weiter. Dann lagen sie für ein paar Minuten wieder offen da, diejenigen, die obenauf gefallen waren.

Wenige Augenblicke später kamen die Wellen zurück, kobaltblaue, smaragdgrüne, weiße schäumende Jade.

Gischt flog von den Deckeln nach allen Seiten, und das Meer verbarg den Schatz wieder. Lerryn fragte sich, ob Catherine zuschaute und ob der plötzliche Blick auf die Kisten und Truhen sie ebensosehr freute wie Lerryn.

Die Sonne brach durch, als ob jemand warmes Gelb in die Wolken gemalt hätte. Lerryn lehnte sich in den Steinsessel zurück, ließ sich die Strahlen voll aufs Gesicht scheinen und fragte sich, ob dies das Gefühl sei, das sie haben würde, wenn Lindsey Abbotts sich eines Tages in der Sonne küssen lassen würde.

11. Kapitel

Der Laden war leer, aber es gab reichlich Arbeit. Moss säuberte die kleinen Holzschubladen und ersetzte die Schildchen, und Biff stapelte Obstkonserven aus schweren Kisten auf die unteren Regalbretter. Während der Arbeit sprachen sie darüber, welches Glück zwei entfernte Verwandte von Grace und Mercy, Peggy und Stan, gehabt hatten, die als Haushälterin und Hausmeister in Herton Hall angestellt worden waren.

»Peggy liebt die neue Küche dort oben. Meterweise Arbeitsflächen, kunststoffbeschichtet, und alle modernen Geräte, die du dir nur vorstellen kannst.«

»War das beste, was sie tun konnten, zu verkaufen und dort einzuziehen. Sie werden es nicht bereuen. Ehrlich gesagt, es hat mich zum Nachdenken gebracht, daß sie bei Mrs. Mullière anfingen.«

»Ich dachte mir, daß dir irgend etwas durch den Kopf geht. Na los dann, am besten raus damit.«

»Es ist so, Moss, daß ich mir große Sorgen über *unsere* Zukunft mache. Was soll werden, wenn wir diesen Laden nicht mehr weiterführen können? Wo sollen wir wohnen, wie sollen wir zurechtkommen?«

»Manchmal bist du dumm, Liebes. Schau dich nur an, in was für einem Zustand du bist. Ist es denn zu glauben, daß du dich so darüber aufregst, wo du es doch mit mir hättest besprechen können.«

»Es geht mir immerzu im Kopf herum. Ich wußte nicht, wo ich anfangen sollte. Ich bin zweiundsechzig, und ich will mir nicht erst mit siebzig Gedanken darüber machen, und die Miete steigt schon wieder. Von den Steuern ganz zu schweigen.«

»Richtig. Also, heute nach dem Abendessen werden wir beide uns mit Papier und Bleistift zusammensetzen und sehen, ob wir nicht eine Lösung finden können, einverstanden?«

»Ja, in Ordnung. Wir müssen den Tatsachen ins Auge blicken. Wir können nicht für immer hier bleiben, und Peggys und Stans Umzug hat mich zum Nachdenken gebracht.«

»Nebenbei bemerkt, sie werden das gleiche Problem haben wie wir, wenn sie aufhören zu arbeiten.«

»Das stimmt. Aber für sie ist es noch eine lange Zeit, für uns nicht mehr.«

»Weißt du, Biff, ich war überzeugt, Peggy würde sich etwas antun, als der kleine Neil an Meningitis starb. Sie hat es erstaunlich gut verwunden. Viel Glück den beiden, kann ich nur sagen. War das eine Fahrradklingel?«

»War es. Sieh mal, wer da das Rad an der Wand abstellt!«

»Lindsey ist hinten im Hof mit Rita. Keine Zeit, sie zu rufen«, sagte Moss, öffnete die Klappe am Tresen und ging hindurch zur Kundenseite, als Lerryn den Laden betrat.

Moss breitete die Arme aus und umarmte Lerryn zur Begrüßung. »Wie schön, dich zu sehen. Wir haben dich seit dem letzten Sommer vermißt. Lindsey wünschte sich so, daß du das ganze Jahr hier lebst.«

»Hallo, Mrs. Ferguson. Hallo, Biff. Es ist schön, wieder hier zu sein. Wie geht es Ihnen beiden?«

Lerryn war größer und kräftiger geworden. Wie gewöhnlich trug sie Shorts und einen leichten Baumwollanorak, Tennissocken und Turnschuhe.

»Danke, uns geht es gut«, sagte Biff und grinste von einem Ohr zum anderen. »Nun, wo wir dich sehen, noch besser. Wie geht es deiner Mutter und deinem Vater?«

»Es geht ihnen gut. Sie haben mir viele Grüße an Sie aufgetragen. Ich hab' mich so darauf gefreut, euch alle zu sehen!«

»Nun, dann halten wir dich nicht länger auf«, sagte Moss und hob wieder die Tresenklappe. »Komm hier durch, ich setze den Kessel auf. Lindsey ist im Hof. Sie hat ein paar neue Tiere dort draußen.«

Als Lindsey Lerryn in den Hof kommen sah, war sie halb aufgeregt und halb ängstlich.

Sie sagte kurz und herzlich hallo, aber es war Rita, die den größten Teil des Gesprächs bestritt und Lerryn fragte, wie die Reise gewesen sei, und dann erklärte, sie werde sich nicht lange aufhalten, weil sie mit ihrem neuen Freund Steve ausgehen wolle.

Moss rief die drei herein. »Hier sind Tee und Scones für euch. Die Kekse sind in dieser Dose. Ich gehe wieder in den Laden, aber ihr sagt mir Bescheid, wenn ihr weggeht, nicht?«

Lindsey fand schließlich ihre Sprache wieder. »Danke, Nanan. Wunderbar, Scones. Darf ich gleich mein Fahrrad mit nach Herton Hall nehmen?«

Lindsey fühlte sich in Lerryns Nähe wohl; sie schenkte Tee ein, reichte die Scones herum und fühlte sich kribbelig, ganz anders als in Ritas Gegenwart. Sie konnte mit niemandem darüber reden, obwohl sie mit Nanan und Biff über die meisten Dinge unbefangen sprechen konnte. Sie wußte nicht, was Lerryn an sich hatte, das ihr dieses Gefühl gab. Sie schrieb es der Aufregung zu und daß sie mit Lerryn in Herton Hall sein würde, denn dort war eine Menge los.

»Gleich gehe ich mit dir nach draußen, und du kannst meine Wassermolche ansehen, Lerryn. Ich habe drei. Der schönste ist ein Weibchen. Ich habe sie Helena von Troja genannt. Dann gibt es noch zwei Männchen – Houdini, er ist der, der ständig zu entwischen versucht, und Oliver Twist, der immer hungrig ist.«

Rita zog die Nase hoch und nahm sich noch einen Scone.

Lindsey fügte hinzu: »Magst du Wassermolche, Lerryn?«

»Ja. Ich muß dir was erzählen«, sagte Lerryn und machte eine effektvolle Pause, »Tante Harry schenkt uns einen Teich. Mit allem drin, weißt du.«

»Wasser?« fragte Rita so sarkastisch wie sie konnte.

Lerryn ignorierte sie und fragte sich im stillen, ob Rita ihnen das Leben schwermachen würde, eifersüchtig werden und sich ausgeschlossen fühlen würde. Sie war auch nach Herton Hall eingeladen worden, aber sie hatte die Einladung abgelehnt. Nun, dachte Lerryn, ich werde sie nicht ausschließen, es ist nicht gut, Lindsey gegen mich aufzubringen, und die zwei sind die besten Freundinnen. Wenn ich in Lindseys Nähe sein will, muß ich mich besonders vorsehen, Rita nicht zu verärgern. Sie sagte: »Nicht einfach Wasser, sondern *fließendes* Wasser. Wir bekommen eine Art Pumpe, um es in einem Rohr nach oben zu führen und einen Wasserfall zu machen. Wir können es selbst bauen, wenn wir wollen. Ich dachte, ihr hättet Lust dazu.«

Rita schenkte sich noch Tee ein und schaute weiter reserviert und gleichgültig, aber Lindsey sagte entschieden: »Ich hätte Lust dazu.« Sie mochte Lerryn, und ihre Tante auch, wenn sie es recht überlegte. Sie hatte Tante Harry in einem wunderbaren zweiteiligen Kleid aus schwarzem Samt in Erinnerung, wie sie ihr rotes Haar zurückwarf, wenn sie lachte. Wie großartig, so eine Tante zu haben, besonders für jemand, die allein in einem Dorf lebte, ohne andere Mädchen in ihrem Alter, wie Lerryn in Catherine-in-Penwith. Sie war froh, daß Lerryn ihr Briefe geschrieben hatte. Sie wünschte, sie hätte sie richtig beantwortet, aber sie war keine große Briefschreiberin, und um nichts in der Welt hätte sie Rita bitten mögen, ihr zu helfen. »Ich hätte wirklich Lust dazu. Das wäre mal etwas anderes. Wirst du Molche haben? Ich liebe Molche über alles. Meine sind jetzt in einem Vivarium.«

»Puh, bloß keine Molche«, schnaubte Rita, und zu Lerryn gewandt sagte sie: »Mrs. Kinton, unsere neue Bibliothekarin, ist zu einem blöden Urlaub in dein kostbares Cornwall gefahren und hat über dein blödes Ungeheuer gelesen, Morgawr, wie Nessie, nur in Falmouth Harbor. Ich weiß nicht, ob du es, ihn oder sie gesehen hast, und es ist mir auch egal. Das ist sowieso nichts anderes als ein riesiger Wassermolch. Die dusselige Frau kam aus dem Urlaub zurück mit dieser Idee für ein Projekt für die *Kinder.*« Rita betonte das letzte Wort und rümpfte die Nase. »Ausgerechnet Molche züchten. Jetzt haben meine kleinen Brüder Molche in der Badewanne, Molche im Waschbecken, Molche im Wohnzimmer, Molche im Schlafzimmer. Würg. Mir wird schlecht«, sie legte die Hand auf ihren Bauch, »von diesen Scheiß-Molchen. Was dich angeht«, sie wandte sich an Lindsey, »ich weiß, du liebst Tiere, und du bist meine beste Freundin, aber *ich ... mag ... keine ... Molche.* Und ich verbringe meine Ferien nicht damit, in einem verdammten Teich herumzuplanschen. Ihr beide könnt ja machen, was ihr wollt. Ich gehe mit Steve aus. Mein *fester* Freund. Bis dann.«

Rita rauschte zur Hintertür hinaus und knallte das Hoftor zu.

Lerryn fühlte, wie die Verbindung zu Herton ihr entglitt, als sei Herton eine der Klippen an der Catherine-Bucht und der Felsvorsprung, auf dem sie sicher gesessen hatte, glitschig geworden. Wenn nicht jemand die Hand ausstreckte, um sie zu halten, würde sie fallen, auf die unter Wasser liegenden Felsen aufschlagen und für immer im Meer verschwinden.

»Es ist schön, dich wiederzusehen.« Lindsey ergriff Lerryns Hand und ließ sie rasch wieder los. »Ich wollte dir lange Briefe schreiben, aber ich weiß nie, was ich sagen soll. Ich dachte, du könntest mich für blöd halten, also habe ich nur ein bißchen geschrieben, dann fiel mir nichts mehr ein.«

»Was ist mit Rita? Sie ist deine beste Freundin.«

»Oh, sie wird sich beruhigen, das tut sie letztlich immer. Ich werde dir später alles darüber erzählen. Laß uns meine Molche anschauen. Ich will dir Helena von Troja zeigen. Sie ist *so* schön. Dann will ich schnell mit zu dir, um deinen Teich zu sehen. Oh, ich bin so aufgeregt! Komm!«

Zwischen den Platanen und den Rosengärten, in Sichtweite von Lerryns Schlafzimmerfenster, hatten die Arbeiter ein riesiges Loch ausgehoben. Es hatte eine Trittfläche um den Rand und war mit weichem Sand ausgelegt.

Die Arbeiter breiteten eine Einlage darüber und legten hier und da schwere Steine darauf, um die Einlage am Rand zu befestigen. Es waren Männer aus der Nachbarstadt, Fremde für Lindsey, die die Bauarbeiter des Ortes kannte. Sie ließen die Einlage liegen und gingen in die Mittagspause.

Tante Harry kam die Auffahrt entlang; sie trug wunderschön geschnittene Hosen und einen passenden Freizeitblazer in blassem Beige, der zu ihrem roten Haar phänomenal aussah. Wie eine große, schöne Opernsängerin im Fernsehen gab Tante Harry eine grandiose Vorstellung, wollte dafür aber auch alle Aufmerksamkeit.

»Hallo, Lindsey. Wie gefällt dir der Teich?«

»Er ist ja riesig. Sagenhaft.«

»Und beteiligst du dich an Mrs. Kintons Molchprojekt?«

»Natürlich. Ich liebe Tiere. Besonders Molche.«

»Möchtest du deine Molche herbringen, so daß sie in diesem Teich leben können? Es ist genug Platz.«

Lindsey sah überrascht aus, und Lerryn fühlte sich unbehaglich. Sie schaute auf ihre Füße und hoffte, Lindsey würde Tante Harry die Stirn bieten. Sie konnte manchmal wirklich sehr vereinnahmend sein. In diesem Augenblick wurde es Lerryn klar, daß Tante Harry ihr zwar helfen würde, ihren Traum zu verwirklichen, sie aber lieber unabhängig sein wollte, aus eigener Kraft Künstlerin werden wollte, weit entfernt von ihrer Tante. Tante Harry setzte den Preis zu hoch an. Alle Erwachsenen taten das.

Lindsey antwortete sehr ruhig und entschieden und ausgesprochen höflich, und nun war es an Tante Harry, überrascht auszusehen. »Das ist sehr freundlich von Ihnen. Vielen Dank. Ich möchte es mir überlegen.«

Lerryn wollte applaudieren, aber sie hielt sich zurück.

»Recht so«, sagte Tante Harry, »laß dir soviel Zeit, wie du brauchst. Ich mag junge Frauen mit Mut, und den hast du ganz gewiß, Lindsey. Wir könnten noch viel mehr Mädchen wie dich in der Welt gebrauchen. Nun, ihr beide«, sie bezog nun Lerryn mit ein, die immer noch peinlich berührt war, »warum geht ihr nicht zu Stan. Er ist im hinteren Schuppen und repariert den Rasenmäher. Ich weiß nicht, was ich ohne ihn anfangen würde. Er kann so gut mit Maschinen umgehen. Da sind reichlich Gummistiefel im Schuppen. Und, hättet ihr das gedacht: ein Becken voller Molche. Ihr könnt euch nicht vorstellen, wie schwierig es war, sie zu bekommen. In ganz Herton gibt es nicht einen einzigen Molch mehr zu kaufen. Die arme Peggy ist eine ganze Woche lang herumgelaufen. Also habe ich diese heute morgen aus Sheffield anliefern lassen. Nun ab mit euch, ich muß in ein paar Minuten weg. Ich komme heute abend spät zurück. Macht euch einen schönen Tag, tschüß dann.«

Damit kehrte sie winkend zum Haus zurück, und ihre Schritte knirschten auf der neuen Kiesauffahrt.

Die Nachmittagssonne brannte ihnen heiß auf den Rücken, als sie den Teich zu füllen begannen. Sie zogen ihre dünnen Sommerjacken aus, und in T-Shirts und Shorts und Gummistiefeln bespritzten sie einander mit dem Schlauch und ließen abwechselnd Wasser in den Teich ein.

Als Lindsey mit dem Schlauch an der Reihe war, zog Lerryn sich Gummistiefel und Socken aus und legte sich ins Gras, streckte ihre nackten Beine in die Sonne und legte die Arme als Stütze hinter den Kopf. Sie hatte fast alles, was sie wollte, und der Nachmittag schien vollkommen zu sein. Sie beobachtete Lindsey, die sich nicht bewußt war, daß sie beobachtet wurde, während sie sich mit geschmeidigen und entspannten Bewegungen darauf konzentrierte, den riesigen Teich zu füllen. Lerryn bemerkte, daß Lindseys nasses T-Shirt an ihrem Körper klebte, wo ihre Brüste gerade zu wachsen begannen. Ein warmes Gefühl füllte Lerryns Bauch, tief innen, nicht zum ersten Mal, und sie sehnte sich danach, Lindsey zu berühren, aber sie wußte, sie würde es nicht tun. Lindsey war größer geworden, ihr ganzer Körper veränderte allmählich seine Gestalt, und ihr Pferdeschwanz wippte hin und her, wenn sie ihre Arme und Schultern bewegte, während sie mit dem Schlauch hantierte. Lerryn fand sie weit interessanter als irgendeinen läppischen Teich.

Lindsey machte weiter und bemerkte nichts. Sie dachte an Tante Harrys Angebot mit den Molchen und war verärgert und wütend, aufgeregt und verstört zugleich, obwohl sie im großen und ganzen über den Nachmittag und den Teich begeistert war, und über das Gefühl der Sommersonne, die ihr T-Shirt trocknete.

Sie fragte sich, ob sie einfach nur kindisch sei (vielleicht hatte Rita recht, und sie war noch ein Kind), Tante Harry nicht zu vertrauen, nur weil sie haufenweise Geld hatte. Außerdem, dachte Lindsey, während sie die Steine am gegenüberliegenden Rand des Teiches besprengte und den Schlauch dann wieder auf die Wasserfläche im Teich hielt, waren Lerryns Eltern sehr arm, und wenn Tante Harry nicht wäre, säße Lerryn allein zu Hause fest und hätte niemand, mit der sie sich anfreunden könnte. Die langen Sommerferien wären fürchterlich, wenn du sie ganz allein verbringen müßtest (abgesehen von kleinen Brüdern, und alle wußten ja, daß die nicht zählten). Das ist alles zu viel zum Nachdenken, beschloß sie und schaute fasziniert zu, wie die Einlage sich der Form der Sandschicht anglich und das Gewicht des Wassers sie straffte und festhielt. Die Steine um den Rand waren so schwer, daß die Teicheinlage an Ort und Stelle blieb, während das Wasser langsam stieg.

Lindsey rief laut: »Willst du übernehmen, Lerryn? Ich wate mal hinein, bevor es zu tief wird.« Sie begann sich die Gummistiefel auszuziehen und ließ für einen Moment den Schlauch spritzend auf dem Rasen liegen.

Lerryn rannte barfuß zu Lindsey, achtete nicht auf das nasse Gras, rutschte aus und bemühte sich, im Sturz das Gleichgewicht wiederzufinden. Lindsey versuchte mit halb ausgezogenen Gummistiefeln, nach Lerryn zu greifen, um sie zu halten, erwischte ihre Hand, als sie in Richtung Teich stolperte, kam aber zu spät. An Lerryn hängend und unfähig, mit den halb abgestreiften Gummistiefeln stehenzubleiben, stürzte sie vor Schreck kreischend ins Wasser auf Lerryn, und ein Schwall blitzenden Wassers und Ringe von Lachen stoben auf.

Stan eilte herbei zu der Szene, wo die Mädchen Lachkrämpfe bekamen und Lindsey, im Wasser auf Lerryn liegend, ihre Stiefel auszuziehen versuchte.

Stan, der von Peggy und Harry auf ein solches Ergebnis vorbereitet worden war, lachte schallend über die beiden und wünschte, er hätte einen Fotoapparat. »Guckt euch nur an, völlig durchnäßt wie zwei ertrunkene Ratten. Kommt raus da, ihr beiden. Na los«, fügte er hinzu, als die beiden durchweichten Mädchen auf den Rasen krabbelten, »na los, ins Haus mit euch. Unsere Peggy hat trockene Sachen für euch und eine heiße Suppe. Ihr könnt morgen zu Ende auffüllen.«

An diesem Abend mußte Lindsey nicht, wie sie erwartet hatte, mit einem Feldbett vorliebnehmen. Statt dessen war eine Bettcouch für sie in Lerryns Zimmer gestellt worden, und beide Betten waren mit frischer Bettwäsche und Wärmflaschen vorbereitet worden, denn in Herton Hall war es selbst im Sommer kühl.

In ihr Bett gekuschelt, die Arme um die Wärmflasche geschlungen, sagte Lindsey: »Hey, Lerrie, hat Tante Harry dir erzählt, daß neuerdings Dachse in diesen Wäldern sind? Genau da, wo meine und Ritas Höhle war. Die neue Wohnsiedlung hat sie aufgestört, und sie mußten hierher ziehen, um ein neues Zuhause zu finden.«

Lerryn antwortete aus dem anderen Bett, wo sie Lindsey zugewandt zusammengerollt lag, die Wärmflasche auf dem Bauch. »Tante Harry sagt, sie will ein paar Felder und Wälder aufkaufen, damit die Dachse nicht wieder vertrieben werden.«

Sie kauft alles, was sie will und wann sie es will, dachte Lindsey. Ich wünschte, sie würde ein Haus für Nanan und Biff kaufen, wenn sie fortziehen müssen wie die Dachse. Laut sagte sie: »Gut. Zumindest haben sie einen sicheren Ort. Wenn ich haufenweise Geld hätte wie deine Tante, hätte ich das auch gemacht. Schau mal aus dem Fenster, Lerryn. Ich bin froh, daß wir die Vorhänge offengelassen haben, der Himmel brennt. Wir werden den Mond sehen können, wenn es dunkel wird. Magst du den Mond auch so sehr?«

Lerryn schluckte. »Auch so sehr?«

»Ja, so sehr wie ich ihn liebe.«

»Ja, ich liebe den Mond. Lindsey, hast du Rita daran erinnert, daß du morgen nicht zu Hause bist?«

»Ja, aber sonntags kommt sie nicht mehr bei mir vorbei, weil sie sonntags zum Mittagessen zu seiner Mutter geht. Sie sagt, sie ist verlobt.«

»Verlobt?«

»Ja. Ist sie nicht bekloppt, so früh anzufangen? Lerrie, kann ich dir etwas erzählen?«

»Über Rita?« Lerryn wartete, während Lindsey nickte und ein unbehagliches und schuldbewußtes Gesicht machte. Dann fügte sie hinzu: »Aber Rita ist deine beste Freundin, und sie mag es schon nicht, daß ich hier bin. Sie fühlt sich zurückgesetzt. Vielleicht solltest du mir besser nichts erzählen.«

»Ich weiß. Aber das passiert bei ihr sowieso. Sie ist manchmal schrecklich launisch. Aber ich muß es irgend jemand erzählen.«

»In Ordnung. Ich verspreche, es nicht weiterzuerzählen.«

»Sie läßt ihn Knutschflecke machen. Ich hab' sie gesehen. Und nicht nur am Hals. Am *Bauch.* Sie hat sie mir gezeigt, weil sie sagt, einen Freund zu haben, ist das, wozu wir überhaupt Mädchen sind. Aber mich hat es nur angeekelt. Ich würde einen Jungen das niemals tun lassen, du vielleicht?«

»Ich? Nein.« Lerryn umarmte ihre Wärmflasche fester, von ihrer pelzigen Hülle ebenso getröstet wie von ihrer Wärme. »Magst du Jungen, Lindsey?«

»Sie sind in Ordnung, aber eigentlich sind mir meine Molche lieber.«

Beide kicherten und fühlten sich erleichtert, aus unterschiedlichen Gründen, die nur sie selbst kannten.

»Ich habe sogar Nanan und Biff danach gefragt. Nicht nach den Knutschflecken, ich meine nach Freunden, du weißt schon, ganz allgemein. Biff sagt, ich habe reichlich Zeit. Kein Grund, mich zu beeilen wie Rita. Jede Menge Zeit. Du auch, Lerrie.«

»Ich? Ach, Jungen interessieren mich überhaupt nicht. Das Malen ist mir lieber. Und ich *liebe* es, hierher nach Herton zu kommen.«

Lindsey gähnte und kuschelte sich ein. »Gute Nacht, Lerrie. Ich will, daß du jeden Sommer hierher kommst. Ich wünschte, du wärst das ganze Jahr über hier.«

Vor dem Fenster war der Himmel nun dunkel, und die Silhouetten der Platanenblätter sahen aus wie kopfüber hängende Fledermäuse.

Lerryn schloß die Augen, und bevor die erste Fledermaus in die Nacht hinausgeflogen war, war sie schon eingeschlafen.

Das Problem, ob sie ihre Molche nach Herton Hall bringen sollte, nagte an Lindsey. Eines Mittags, als sie mal kurz wieder zu Hause war, beschloß sie, herauszufinden, was Nanan und Biff von der Idee hielten.

»Biff«, begann sie in einem Tonfall, der Sturm und Regen ankündigte, »hätten meine Molche in Tante Harrys Teich bessere Bedingungen?«

»Bedingungen für was, Liebes?« erwiderte Biff, die gerade Käsescheiben abschnitt und dickkrustiges Brot mit Butter bestrich.

»Na ja, ich bin ganz durcheinander, und ich weiß nicht, was ich machen soll, und ich kann nicht mit Lerrie reden, weil sie dann auch ganz durcheinander ist.«

»Was ist denn bloß los, Lindsey, Liebes?« fragte Moss, schenkte Tee ein und reichte Lindsey einen Becher.

»Nun, ihr wißt ja, daß Rita und ich Tante Harry die Protztante nennen?« Moss und Biff nickten. »Und zwar deswegen, weil sie Tonnen und Tonnen von Geld hat. Sie will, daß ich Helena von Troja und Houdini und Oliver Twist in ihren Teich bringe. Und ich weiß nicht, warum sie mich gefragt hat. Na ja, ich dachte, ob reiche Leute wohl immer so raffgierig sind. Sie hat selbst ein ganzes Becken voll Molche, also würden meine sich mit ihren vermischen und vielleicht sogar herumgeschubst werden oder so was. Aber sie ist sehr nett, sie ist eine sehr, sehr nette Dame und immer so freundlich zu mir. Ich meine, sie hat mir eine richtige Bettcouch besorgt, nur damit ich dort über Nacht bleiben kann. Nicht dafür gespart, wie ihr es müßtet. Sie ist freundlich und sehr lustig, und ich mag sie wirklich gern, aber ich finde, sie hat wirklich Nerven, daß sie meine Molche auch noch will. Ist das egoistisch von mir?«

»Na, warum sollte das denn egoistisch sein, Lindsey?« fragte Moss so sanft sie konnte, doch ihr war danach, nach Herton Hall hinaufzustürmen und auf Harriet Mullière loszuschlagen, weil sie ihre Enkelin so durcheinandergebracht hatte.

»Nun, zunächst einmal würde ich meine Molche mit Lerrie teilen, und außerdem hätten sie mehr Platz, ein besseres Leben. Schließlich ist es ein bißchen eng in unserem Hof«, Lindsey dachte an die Peabody-Wohnung und daran, daß sie weggeschickt worden war, um ein besseres Leben zu haben, und sie begann zu weinen. Riesige Tränen rannen ihr übers Gesicht, und sie wischte sie mit dem Ärmel ab. Biff fischte ein Taschentuch aus ihrer Hosentasche und reichte es ihr. Sie lieh sich gern Biffs Taschentuch aus. Es war immer sauber, ganz weich und gebügelt.

»Und außerdem findet Helena von Troja vielleicht an Houdini oder Oliver Twist keinen Gefallen, und dann wird sie sich nicht fortpflanzen.« Lindsey sprach die Worte langsam, die sie aus ihrem Molchbuch gelernt hatte.

Moss und Biff wechselten einen Blick; sie wagten nicht zu lächeln, geschweige denn zu lachen, sonst würde der Schauer zu Donner und Blitz werden, beides war bedrohlich nahe.

»Und warum willst du sie nicht dorthin bringen?« fragte Biff.

»Woher weißt du, daß ich es nicht will, Biff?«

»Wenn du es wolltest, wärst du nicht so aufgeregt, oder?«

»Nein, wäre ich nicht.« Noch mehr Tränen. »Ich rege mich immer auf, wenn jemand einsam ist. Lerryn ist einsam, und ich bin froh, daß ich ihre Freundin bin. Ich finde sie wunderbar. Also dachte ich, es würde etwas nützen, wenn ich meine Molche dorthin brächte. Aber in ein paar Tagen fährt sie nach Hause, und dann hätten meine Molche auch niemanden. Nur einen riesengroßen See von einem Teich, und sie würden alle flüchten, du weißt ja, wie Houdini ist, und niemals wieder zu mir zurückfinden. Dann sind sie einsam und ich ohne sie auch, und Tante Harry hätte an all das denken sollen, nicht?«

Sie nickten, und da brach Lindsey zusammen, zischend und zuckend wie ein Gewitter am Himmel, und schluchzend vergrub sie das Gesicht in den Armen. Biff kam um den Tisch herum, setzte sich neben sie und nahm sie in die Arme.

»Es ist alles gut. Alles gut. Nun komm. Du mußt nichts tun, was du nicht willst. Tante Harry wird es verstehen, und Lerryn auch, wenn du es ihr erzählst.«

»Ich kann es Lerryn nicht erzählen. Sie braucht Tante Harry, damit sie Künstlerin werden kann. Ihre Mutter und ihr Vater sind ganz, ganz arm. Es geht ihnen viel schlechter als uns.«

»Uns geht es nicht schlecht, Lindsey. Wir haben zu essen und zu heizen und ein Dach über dem Kopf. Der Laden ist harte Arbeit, viele Stunden, aber wir kommen zurecht, Liebes.« Moss sprach ruhig und fragte sich, was Lindsey von ihren Zukunftsplänen und -sorgen mitbekommen hatte. Sie würden vorsichtiger sein müssen, wenn es das Mädchen so bekümmerte. In dem Bemühen, Lindsey zu beruhigen, sagte Moss: »Nimm mich mit nach draußen und zeig mir noch mal das Vivarium. Vielleicht können wir es ein kleines bißchen größer machen. Komm mit.« Entschlossen stand Moss auf und machte sich auf den Weg in den Hof. Biff legte den Arm um Lindsey, und sie folgten Moss.

Am Vivarium blieben sie stehen und hielten nach Lindseys Molchen Ausschau.

»Mir scheint, es geht ihnen gut«, sagte Moss. »Was meinst du, Biff, Liebling?«

»Ich glaube, es geht ihnen prima. Aber wir könnten ihr Zuhause ein bißchen vergrößern. Seht mal, da kommt Houdini«, erwiderte Biff. »Er ist prächtig, nicht?«

Schneller als ein Yorkshire-Kricketspieler warf Lindsey Biff eine Frage zu.

»Könnte er vielleicht eine Sie sein? Habe ich vielleicht einen dummen Fehler gemacht? Ich weiß, er hat keinen Kamm auf dem Rücken, und er sieht irgendwie aus wie ein Mittelding zwischen den anderen. Ich glaube, für einen Er ist er nicht häßlich genug, selbst für einen Molch. Hast du gut ausgesehen, als du ein Junge warst, Biff?«

»Das kann ich nicht beurteilen.« Biff ging instinktiv in Deckung.

Moss überlegte, wie um alles in der Welt Lindsey ausgerechnet auf diese Frage kam. Spontan sagte sie: »Ich kann mir nicht vorstellen, daß du jemals nicht gut ausgesehen hast, Biff, doch als kleinen Jungen habe ich dich nicht gekannt. Kommt, wir hätten das Mittagessen nicht so unterbrechen sollen, laßt uns alle hineingehen und zu Ende essen, oder es bleibt nichts mehr vom Nachmittag übrig.« Moss wandte sich zum Gehen.

Biff stieß einen Seufzer der Erleichterung aus, aber Lindsey achtete nicht darauf. Ihr Sturm war ebenso schnell vorüber, wie er begonnen hatte. Lindsey schlang die Arme um Biff und drückte sie stürmisch. Dann lief sie hinter Moss her, und als sie drinnen war, küßte sie sie. »Das ist also klar. Es geht mir wieder gut. Sie kriegt meine Molche nicht. Sie wird sich mit ihren eigenen begnügen müssen, nicht?«

»Wie wär's, wenn du nun dein Mittagessen aufißt, Lindsey?« fragte Moss.

»Ich habe keinen Hunger mehr, Nanan. Kann ich mir einen Apfel nehmen? Ich möchte zurück und mit Lerrie zusammensein. Sie wird jetzt mit ihrem Malen fertig sein, und ich will mit dem Fahrrad rausfahren. Tschüß. Mir geht's jetzt wieder gut. Und vielen Dank, ich liebe euch beide.«

Gestern war der 5. September 1958 gewesen, ihr vierzehnter Geburtstag. Wieder zurück in Cornwall, war Lerryn mit ihrer Mutter in Mevagissey gewesen, aber es war keine Zeit geblieben, etwas zu zeichnen, also hatte Lerryn ihre Sinne offen gehalten wie eine Kamera, die Farbbilder aufnahm; und nun machte sie ununterbrochen Skizzen mit Farbstiften, sehr guten, teuren in einer Schachtel von Tante Harry zu ihrem Geburtstag. Sie war froh, wieder zu Hause zu sein, sie liebte den September in der Catherine-Bucht, liebte es, so nahe am Meer zu wohnen.

Herton war ohne Zugang zum Meer, seine Geheimnisse waren eingeschlossen von den Hügeln und Feldern, die es umgaben. Lerryn schloß ihre eigenen ebenso ein. Allen schien es nur um Freunde, Heirat, Familie, Kinder zu gehen. Die Künstler in den Kursen in Herton Hall telefonierten mit ihren Frauen und Teenagern zu Hause, ihren Frauen und Kleinkindern, Frauen und Großmüttern auf dem Altenteil, Frauen und Babys, schwangeren Frauen und arbeitenden Frauen. Frauen, Frauen, Frauen. Rita redete über Jungen; Peggy und Stan redeten über Freunde für Lindsey und Lerryn. Jungen, Jungen, Jungen. Es war überhaupt nicht möglich gewesen, diesen Botschaften zu entgehen. Die einzige Person in Herton, die nicht an Jungen interessiert schien, war Lindsey, und Lerryn wagte nicht ein Wort von dem, was sie sich erhofft hatte, dem besonderen Mädchen zuzuflüstern, mit dem sie es sich erhofft hatte.

Nun zeichnete sie die Bilder von gestern, begann mit dem Hafen von Mevagissey, der bei Flut voller Boote war. Sie hatte mit ihrer Mutter auf dem Hang gesessen und sich Fisch und Chips aus der Tüte und eine Flasche Zitronensprudel schmecken lassen. Unter ihnen in dem blinkenden Hafen dümpelten die Boote auf und nieder. Taue knallten und klatschten gegen die Masten, die Glocken bimmelten und läuteten, und die Halteleinen strafften und lockerten sich mit dem Steigen und Sinken der Wellen.

Einige Boote waren bereit zum Ausfahren, voller Ausflüglervolk, das sich aus dem Hafen hinausfahren ließ und stundenweise dafür bezahlte, das Meer zu sehen. Andere wurden vertäut, als sollten sie nie wieder losgemacht werden – wie Lerryn.

Sie wollte Künstlerin werden. Aber ihre Mutter sagte, das sei nur etwas für höhere Töchter, und Lerryn sollte mit fünfzehn die Schule verlassen und eine Lehre als Friseuse machen.

Die Boote gestern waren aus Mitgefühl mit Lerryn auf- und abgeschaukelt, hatten an den Leinen gezerrt, bereit zum Abdrehen, für neue Fahrten. Jenseits des Hafens lockte sie das weite, offene Meer. Es war ruhig gewesen, kaum eine Dünung, tiefblau und dunkler unter den Klippen, wo knapp unter dem sanften Spiegel des Meeres die messerscharfen Felsen verborgen lagen.

Keines der Bilder war Lerryn entgangen, nicht seit ihren wunderbaren Vormittagen mit der Kursleiterin für Aquarellmalerei in Herton Hall. Mischen, vertiefen, Schicht auf Schicht, experimentieren, Licht, Schatten, Tiefe, Struktur. Wellen der Erregung, als sie das Medium kennenlernte. Techniken, die in die Geheimnisse des Meeres einschnitten wie der Bug der Fischerboote, die das Wasser zerteilten.

Lerryn hielt Bild auf Bild mit den Stiften fest, die zu den Klippen mitzunehmen so aufregend war, weil sie mit ihnen übereinandermalen und sie mischen konnte, so daß sie über eine breite Palette verfügte, obwohl sie wie gewöhnlich ohne Farben oder Pinsel, Wassertöpfchen oder Lappen zum Abwischen der Farben in ihrem steinernen Sessel hockte.

Sie hatte ihren Tag in Mevagissey aufgesogen, sich an dem Gewühl von Menschen in Sommerfarben gefreut; die Menge, die sich auf dem Kai bewegte und wandelte. Leute, die die letzte Woche der Schulferien nutzten. Helle Kleidung: Rosa-, Blau- und Gelbtöne. Rot und Weiß und alle Schattierungen von Orange, Aprikose und Lachs.

Am besten von allen erinnerte und skizzierte sie die Hüte. Alle Arten. Küß mich rasch. Ich liebe Cornwall. Ich liebe Mevagissey. Ich bin bei ihr. Ich bin bei ihm. Strohhüte. Leinenhüte. Hüte von Babys in Kinderwagen, von alten Damen in der Sonne vor den Cafés, wo selbst die Sonnenschirme über den Tischen wie Hüte aussahen. Panamahüte zum Schutz und Kreissägen zum Spaß. Hüte, die an Schnüren vor den Läden hingen; Hüte im Nacken der Verkäufer, die an Ständen Hüte und Zeitungen verkauften. Hüte mit Federn und Hüte mit Bändern.

Ein paar Tage noch, und Lerryn würde wieder ihre Schulmütze tragen müssen, falls sie sich erinnern konnte, in welche Schublade sie sie gestopft hatte. Sie würde Mrs. Tindern sehen und einige ihrer Schulfreundinnen von der anderen Seite von Penzance, und sie würden einander die letzten Neuigkeiten erzählen. Es waren einige darunter, die sie gut leiden mochte, sie waren all die Jahre in der Hauptschule zusammengewesen, aber sie freute sich nicht auf die Fragen nach einem Freund. Es interessierte sie einfach nicht, und sie war sicher, sie würde heranwachsen zu einer, na, sie wagte sogar vor sich selbst nicht, es auszusprechen, aber es trennte sie von den anderen Mädchen, die sie zum Teufel jagen würden, wenn sie es auch nur ahnten.

Sie hörte auf zu zeichnen und sortierte ihre Stifte sorgfältig in die Schachtel ein. Plötzlich schien es eine Ewigkeit bis zum nächsten Sommer in Herton, und selbst das war nicht sicher, es hing von Tante Harrys Plänen und Unternehmungen ab. Die Sonne war weit nach rechts gewandert und machte sich allmählich bereit, in den Horizont abzutauchen. Es war kühler geworden, und Lerryn fröstelte.

Tante Harry würde vielleicht kreuz und quer durch Europa reisen (vor kurzem hatte sie auch Andeutungen über die Vereinigten Staaten gemacht), aber ihre Nichte gehörte nicht zu dieser Welt, ging nicht auf eine Privatschule, würde nicht wissen, wie sie ihrer Mutter die Miete zahlen sollte, falls sie nicht mit fünfzehn die Schule verließ, um beim Dorffriseur zu arbeiten.

Sie schaute die Klippe hinunter, über die Kletterpflanzen hinaus, blau, weiß und faszinierende Schattierungen von Rosa, Gelb und Beige, zu den von Wogen überrollten, von Stürmen geformten Felsen und dachte ernstlich darüber nach, sich fallenzulassen, freier Fall, ein Flug, nur ein einziger, eine einfache Fahrkarte abwärts. Sie nahm all ihren Mut zusammen, stand auf und suchte sich, die Malutensilien sicher in der Schultertasche, ihren Weg zu dem schmalen Pfad, der über die Klippen nach Hause führte.

12. Kapitel

»Ich will nach London gehen.«

Der Satz hallte laut wie die Zechensirene durchs Haus hinter dem Laden. Moss ließ ihr Strickzeug sinken. Biff hielt mitten im Abwaschen nach dem sonntäglichen Mittagessen inne, drehte sich um und schaute zum Tisch hinüber. Lindsey starrte in den Teebecher. Sie liebte eine starke Tasse Tee nach dem Mittagessen. Draußen war ein klarer Tag mit guter Sicht, und Biff hatte gerade eine Busfahrt in die Hügel hinauf vorschlagen wollen.

»Ich glaube, es zieht mich an wie meine Mutter«, fügte Lindsey hinzu. Es war August 1963; im April war sie siebzehn geworden. Moss schluckte und kämpfte hinter ihrer Brille gegen die Tränen. Lindsey sah es und sprach eilig weiter. »Ihr verliert mich ja nicht. Aber Rita ist nach Leeds gegangen, um ihre Lehre zu beginnen. Peter ist nach London gegangen, um Geologie zu studieren. Er sagt, wir können uns eine Wohnung teilen. Ich meine, wir sind sowieso die letzten beiden Jahre miteinander gegangen, und wir müssen nicht heiraten, nicht heutzutage.« Pause. Dann, in die lastende Stille, dicht und schwer wie ein tagealter Yorkshire-Pudding, sagte sie herausfordernd: »Ihr habt auch nicht geheiratet, und ihr wart beide glücklich. Liebe und Verbindlichkeit sind es, die zählen. Nicht das Heiraten. Ein Stück Papier würde uns nicht zusammenhalten. Wir brauchen es nicht.«

»Es ist nicht wegen des Stücks Papier«, begann Moss, »es ist, weil *wir* nun vor dem Ende eines kleinen Wunders stehen.« Moss' Arthritis plagte sie. Für einen Moment, als sie sich vorsichtig aus dem Stuhl erhob, dachte sie, wenn sie so viel für medizinische Forschung ausgäben wie für die Wasserstoffbombe, wären sie mittlerweile sicher schlau genug, um ein Heilmittel zu finden. Sie zog sich zum Tisch hinüber und hielt sich aufrecht, indem sie beide Hände auf die Lehne eines Stuhls legte. »Wir könnten dich nicht zurückhalten, wir würden es auch dann nicht tun, wenn wir es könnten. Du warst nur eine Leihgabe für uns, und du hast uns mehr geschenkt, als wir jemals hätten erhoffen können. Wir wußten beide, daß das auf uns zukommen würde, du hast uns schon monatelang Signale gegeben.« Lindsey lehnte sich überrascht in ihrem Stuhl zurück. »Biff und ich sind beide von zu Hause weggegangen, als wir in deinem Alter waren. Wenn du gehst, ist es uns lieber, wenn du ohne Kummer oder Aufregung gehst. Es ist nur ...«

»Daß der Zeitpunkt für uns niemals der richtige ist«, ergänzte Biff. »Es ist *dein* richtiger Zeitpunkt. Es muß sein. Es ist *dein* Leben. Hier wird es ohnehin bald Veränderungen geben. Wir sind dabei, in Rente zu gehen. Wir müssen uns darum kümmern, dieses Haus in der Church Lane zu mieten ...«

»Das unterhalb des Pfarrhauses«, unterbrach Lindsey und fügte hinzu: »Das ist ein hübsches kleines Haus, Biff. Wird es da ...«

»... ein Zimmer für dich geben? Natürlich. Herton ist dein Zuhause. Komm zurück, wann immer du willst.«

»Ich liebe dich, Biff, und dich, Nanan. Ich will gehen, aber ich habe Angst. Es ist so weit weg. Wenn Peter zur Universität in Sheffield ginge, würde ich nicht zweimal überlegen. Ich könnte an den Wochenenden nach Hause kommen und euch sehen. Aber London ist so weit weg. Doch ich muß es tun. Ich will nicht ohne Rita in Herton bleiben.«

»Wir wissen das, Lindsey, Liebes. Wir haben spät abends darüber gesprochen, nicht, Biff?«

Biff nickte, sie brachte kein Wort heraus, der Hals war ihr wie zugeschnürt. Sie fühlte sich wie immer im Würgegriff von Schlips und Kragen. Sie wollte Lindsey anschreien, sie solle sich eine Frau suchen, eine Frau lieben, nicht mit irgendeinem achtzehnjährigen Grünschnabel in die Hauptstadt von England ziehen, ganz gleich was für ein netter Dorfbursche er sein mochte.

Unbewußt zog sie an ihrer Krawatte, eine Geste, die sie, wie Moss im Laufe der Jahre erkannt hatte, immer dann machte, wenn Biff versuchte, sich aus ihrer Verkleidung zu befreien. Moss hatte es Biff gegenüber nie erwähnt. Für alle anderen war die Geste etwas Normales, kaum wahrnehmbar und gewiß kein Zeichen von Verzweiflung.

»Komm weg von dem verdammten Spülstein, hier herüber, Biff«, schalt Moss, »du siehst aus, als hättest du eine Kugel am Bein wie ein Sträfling.« Als Biff zögerte, fügte sie hinzu: »Deine Enkelin braucht eine Umarmung nötiger als der verdammte Spülstein, und ich übrigens auch. In Augenblicken wie diesem gibt es nichts Besseres als eine Umarmung. Na, komm schon, Liebling, hink über diese zwei Meter Teppich, meine Güte, und laß uns unserer Lindsey einen richtig schönen Abschied geben.«

Es war Mitte September, als eine junge Frau mit einer Zeichenmappe unter dem linken Arm den Lebensmittelladen in Herton betrat. Sie trug ihr dunkelbraunes Haar kurz und lockig und hatte – eine schicke Montur – schwarze Cordhosen mit einem schwarzen Hemd und einen leuchtendweißen Blazer an.

Wenn dieses Mädchen keine Lesbe ist, bin ich ein Mann, dachte Biff sofort, überrascht, daß ihr dieses Wort in den Sinn kam.

»Erinnern Sie sich an mich?«

Erkennen an der Singsangstimme.

»Lerryn, was für eine erstaunliche Veränderung. Wir haben uns oft gefragt, was aus dir geworden ist. Der letzte Sommer, in dem du hierwarst, ein paar Briefe an Lindsey, und dann bis heute nichts mehr.« Biff streckte die Hand aus, die Lerryn herzlich schüttelte. »Warte eine Minute, ich rufe Moss.«

Biff hinkte in die Diele, und Lerryn stand wartend da, freute sich darüber, daß in dem altmodischen Laden, der sie wie immer schon an den Dorfladen zu Hause erinnerte, noch alles wie früher war. Cornwall hatte sich in den inzwischen vergangenen Jahren auch verändert, paßte sich den neuen Erwartungen der Besucherinnen und Besucher der sechziger Jahre an, die allesamt anspruchsvoller waren als die Familien in den Fünfzigern.

Moss eilte herein, gefolgt von Biff, und sie hob die Tresenklappe und kam auf die Kundenseite herüber. Sie breitete die Arme aus, Lerryn ebenso, und sie umarmten sich und grinsten einander mit einem Gefühl von Zusammengehörigkeit an.

»Oh, das ist wunderbar. Eine Tür schließt sich, und eine andere öffnet sich«, sagte Moss über die Schulter zu Biff. »Stimmt's nicht, Biff?«

»Ganz genau«, erwiderte Biff, und als Antwort auf Lerryns leicht erstaunten Blick erklärte sie: »Lindsey ist letzten Monat nach London gegangen. Es war so leer hier. Es ist wunderbar, dich zu sehen, und ...«

»Sie ist nach London gegangen?«

»Sieh mal, es ist fast Ladenschlußzeit. Ich werde etwas tun, was ich noch nie getan habe. Ich werde den Laden ein bißchen früher schließen. Komm nach hinten durch und iß mit uns zu Abend, dann können wir alles erzählen.«

»O ja. Ja, bitte.« Lerryn nickte. Sie zitterte fast vor Enttäuschung, war aber entschlossen, es nicht zu zeigen. Sie vermutete, daß Lindseys Großvater etwas ahnte, er war immer ein sehr aufmerksamer Mensch gewesen, und sie mochte ihn mehr als die meisten Männer, also folgte sie Moss dankbar nach hinten in die Küche.

Biff holte die Markise ein und brachte das Schild GEÖFFNET herein, auf dem stand: Brot und Milchprodukte, täglich frisch. Die Leute hätten es vermißt, wenn Biff es nicht jeden Morgen hinausgestellt hätte, und gewußt, daß etwas nicht stimmte. Bekannte hätten angeklopft, um sich zu vergewissern, daß Moss nicht krank war – ihre Arthritis war dieses Jahr viel schlimmer geworden –, oder sie hätten sich gefragt, ob Biff der Grippe erlegen war, die die alten Leute in Herton dezimierte. Niemand wollte wissen, was Biff verkaufte, und für alle war es selbstverständlich, daß die Ware täglich frisch war. Frank Smiths Ruf war unbefleckt, und Mr. Fergusons Preise waren genauso gut wie Franks Preise gewesen waren, wenn man berücksichtigte, daß jetzt das Jahr 1963 war und alles teurer und teurer wurde.

Mr. Johnson sah Biff das Schild hereinholen und eilte mit einem Blick auf seine Armbanduhr herbei. »Sie schließen heute früher, Biff?«

»Ja, wir haben eine seltene Besucherin, und ich schreibe Geschichte, denn es ist das erste Mal, daß ich es tue, und zweifellos würde es das letzte Mal sein, wenn's nach Ihnen ginge. Kann ich etwas für Sie tun, Mr. Johnson?«

»Die Frau hat wieder Migräne. Meine Töchter sind heute alle nach Sheffield, treiben sich herum, wie gewöhnlich. Also muß ich meine bessere Hälfte allein versorgen, und die Margarine ist alle. Haben Sie Zeit für ein halbes Pfund?«

»Ein halbes Pfund, wird gemacht, Mr. Johnson.«

Biff fand, es ginge schneller, das halbe Pfund abzuwiegen, als die Sache mit Mr. Johnson zu diskutieren, und als dieser gegangen war, zeigte die Uhr im Laden die normale Ladenschlußzeit an.

Biff seufzte wehmütig. Soviel zum Davonkommen. In der letzten Stunde war niemand im Laden gewesen, aber es war immer dasselbe. Der Toast fällt immer auf die Butterseite, außer bei Mr. Johnson. Er nahm Margarine.

»Die Mädchen waren wirklich traurig, als du im nächsten Sommer nicht mehr nach Herton zurückkamst, Lerryn. Ich glaube, sie haben das gute Leben dort oben bei deiner Tante vermißt. Für Lindsey warst du Sommer ein, Sommer aus so eine gute Freundin.«

»Du hättest unserer Lindsey gutgetan«, sagte Biff ruhig.

Es trat eine verlegene Stille ein. Biff dachte, ich habe recht. Ich bin mir sicher. Sie ist zurückgekommen, weil sie Lindsey liebt.

Lerryn dachte, Biff ist so mitfühlend. Moss auch. Wenn sie wüßten, was ich wirklich für Lindsey empfinde, würden sie es verstehen? Schließlich haben die Leute in Herton ihre eigenen Ansichten, genau wie die Leute zu Hause.

»Noch etwas Schinken?« fragte Moss.

»Nein danke, Mrs. Ferguson. Ich kann nicht mehr. Sie haben mir ein solches Festessen gemacht. Das war sehr freundlich von Ihnen.«

»Nun, was hast du denn in all den vergangenen Sommern erlebt?«

»Na, eigentlich nicht viel. Meine Eltern, besonders mein Vater, aber nicht nur er, Mutter auch, haben gedacht oder vielmehr entschieden, ich wolle für mein Alter zu hoch hinaus. Mit all dem Kunstkram.«

»Und? Wolltest du?« fragte Moss, deutete auf Lerryns Teebecher und erhielt ein Lächeln und ein Nicken.

»Vermutlich. Mit dreizehn denkst du, du weißt alles. Ich war ziemlich unausstehlich zu Hause. Die einzige Zeit, in der ich wirklich ich selbst war, war, wenn ich malte, und das konnte ich nur richtig, wenn ich bei Tante Harry war. Wissen Sie, meine Seite der Familie, mein Vater und meine Mutter, sind Geld nicht gewöhnt, und sie trauen den Vorstellungen nicht, die Leute mit Geld haben. Sie sehen es so, als würde ich sie und mein Zuhause verraten, indem ich Künstlerin werden will, und deshalb kann ich keine sein, wenn ich dort bleibe. Ich könnte Abendkurse besuchen und es als Hobby betreiben, aber ohne ernsthafte Ausbildung oder so etwas. Eigentlich muß ich lachen, wenn ich zurückdenke, weil Lindsey und Rita dasselbe sagten wie meine Eltern, als ich ihnen zum erstenmal von meinen Plänen erzählte. Das war, bevor sie die Möglichkeit hatten, da draußen im Freien zu malen...«

»Geburtstagskarten. Wir haben sie immer noch.«

»Wirklich, Mrs. Ferguson?«

»Nenn mich Moss, Liebes. Jetzt, wo du eine junge Frau bist, scheint mir das passender.«

»Ich denke immer an Sie als Moss. Weil ich Ihren Namen so sehr mochte, als ich ihn zum erstenmal hörte, und Biffs auch. Woher kommt Ihr Name, Biff?

»Ach, das ist nur ein Spitzname statt des vollen Namens. Das war vor Jahren. Ich kann mich kaum erinnern.« Biff zog an Schlips und Kragen, und Moss tätschelte Biffs Arm und sagte: »Setz den Kessel noch mal auf, ja, Liebling? Ich bin völlig ausgetrocknet von all dem Reden.«

»Ich sollte besser gehen.«

»Sei nicht albern, Lerryn. Wir haben nicht so viele junge Besucherinnen. Wir freuen uns sehr.« Moss merkte, daß sie ein bißchen taktlos gewesen war, und bemühte sich, Lerryn die Befangenheit zu nehmen. »Machst du jetzt hier Ferien?«

»Nicht richtig, Moss. Ich, äh, ich habe die Möglichkeit, an einem der Kurse teilzunehmen, und ich, äh, ich dachte, es wäre schön, nach all der Zeit Lindsey wiederzusehen. Ich werde sie und Rita und alles in diesen Sommern in Herton nie vergessen. Sie waren wichtig für mich. Herton ist ein ganz besonderer Ort.«

Lerryn bemerkte den Blick und das Lächeln, das zwischen Moss und Biff hin- und herging. Sie waren plötzlich viel jünger. Wie verliebte Teenager. Ein flüchtiger Moment, dann war es vorbei, versteckt unter grauen Haaren und müden Knochen. Sie bemerkte, daß Biff die Angewohnheit hatte, an seiner Krawatte zu ziehen. Es war richtig liebenswert.

Sie warteten darauf, daß sie weitersprach, offenbar auf eine Verbindung mit jemandem in Lindseys Alter bedacht. Es wurde ihr bewußt, daß sie alle Lindsey nahe sein wollten, und das brachte sie einander näher.

»Ich habe dem Wunsch meiner Eltern entsprochen und eine Lehre als Friseuse begonnen. Sie hatten mehrere Auseinandersetzungen darüber mit Tante Harry, aber sie konnte mir auch nichts Besseres anbieten. Sie reist zwischen all ihren verschiedenen Wohnsitzen im Land hin und her; das heißt, wenn sie nicht auf dem Kontinent mit der Familie ihres Mannes auf Reisen ist. Außerdem liebe ich mein Zuhause. Ich habe die Lehre nach drei Jahren beendet, und dann habe ich mich gezwungen, die nächsten Jahre dortzubleiben, bis ich neunzehn war. Aber jetzt werde ich in der Wohnung meiner Tante in London leben und mir einen Job als Friseuse suchen. Sie hat Kontakte zu all den Spitzensalons, wie Sie sich vorstellen können. Es ist merkwürdig, in so vielen verschiedenen Welten zugleich zu sein. Ich kann außerdem an der Abendschule einige Einführungskurse geben, und dann hoffe ich auf die Kunstakademie.«

»Hast dir viel vorgenommen.«

»Ja. Ich will in meiner Kunst erstklassig sein, Biff. Ich will die beste Ausbildung, die ich bekommen kann. Das wollte ich immer.« Lerryn zuckte die Achseln und grinste verlegen, weil sie so viel geredet und ihre Hoffnungen und Träume ausgebreitet hatte. Einige davon.

»Nun, wenn du in London wohnen wirst, kannst du dich dort mit Lindsey in Verbindung setzen. Sie arbeitet in einer Fabrik in der Nähe der Old Street, näht Handschuhe, Gott segne sie. Sie war erst zwei Tage in London, als sie dort anfing. Peter lebt nur von einem Stipendium, also haben sie wenig Geld«, fügte Moss hinzu und brach ab, als sie und Biff sahen, wie Lerryn zusammenzuckte und sich wieder fing, Haltung bewahrte und kämpfte, um weiterhin würdevoll zu wirken. Das Zusammenzucken sagte ihnen, was sie beide geahnt hatten. Beide hätten Lerryn gern in die Arme genommen und sie getröstet, ihr gesagt, daß sie nicht allein sei, daß es Frauen gab, die einander liebten, aber sie mußten schweigen. Der jungen Frau fernbleiben, die sie brauchte, isoliert von der neuen Generation von Frauen, die in eine Welt rasch wechselnder Einstellungen und Meinungen hineinwuchsen. In der sich eine Lerryn erlauben konnte, sich wie eine Lerryn anzuziehen, und herkommen konnte, um eine 'Freundin' wie Lindsey aufzusuchen.

»Wer ist Peter?«

»Er ist ein junger Mann aus Herton, der sie gebeten hat, mitzugehen und bei ihm zu wohnen, solange er dort Geologie und Geographie studiert. Seine Eltern sind nicht damit einverstanden. Aber wir meinten, Lindsey sollte ihre Entscheidung selbst treffen. Sie war sehr entschlossen. Du kennst sie ja. Sie kann wie Donner und Blitz sein, wenn sie sich etwas in den Kopf gesetzt hat.«

»Es erstaunt mich, daß Sie das sagen. Ich dachte, ich sei die einzige, die so von ihr denkt. Ich habe immer genau dieses Bild von ihr gehabt. Wir haben im Kornischen einen eigenen Ausdruck dafür.«

Sie fragten sie nicht danach, wollten nicht weiter neugierig sein. Lerryn war erschüttert und traurig, das konnten sie sehen. Es schmerzte sie. Moss kritzelte Lindseys Adresse auf ein Stück Papier, aber sie war sicher, daß die junge Frau sich in London nicht mit Lindsey in Verbindung setzen würde.

13. Kapitel

Im Juli 1966 fuhr Lindsey mit Pete heim nach Herton, um Moss und Biff von dem Baby zu erzählen. Sie und Pete hatten schnell und in aller Stille geheiratet, sobald Lindsey wußte, daß sie schwanger war.

Zu Lindseys Überraschung freute sich Pete über die Schwangerschaft. Sie war es, die von deren unerwartetem Eintreten verstört war, nicht er. Nun, da er seine Abschlußprüfungen beendet und in Geologie eine Zwei Plus bekommen hatte, war ihm genau die Stelle angeboten worden, die er sich gewünscht und auf die er hingearbeitet hatte – eine gute Chance beim Wasserwerk Derwent Valley. Also wollte er jetzt alles andere auch: eine Ehefrau, eine Familie, ein Haus und einen großen Freundeskreis, mit dem er all dies teilen konnte.

»Es geschieht so viel, was uns auseinanderbringen könnte«, sagte er, als die Schwierigkeiten im Nahen Osten eskalierten.

»Wie denn, wenn wir einander lieben? Das ist alles so weit weg, Pete.«

»Das dachten wir zur Zeit der Kubakrise oder bei dem Attentat auf Kennedy nicht. Ich habe manchmal das Gefühl, daß wir nicht auf Glück und Zufriedenheit warten, sondern jetzt das Leben leben sollten, das wir wollen, so, wie wir es wollen.«

»Ich liebe es, daß du das willst, was ich auch will, Pete. Das war immer schon so. Es gibt nicht viele, die so sind wie du.«

»Ach, bin ich einzigartig? Nun, du bist selbst ziemlich wunderbar. Die Zeiten mögen sich schnell ändern, aber Liebe ist immer noch Liebe, nicht? Ich liebe dich, Lindsey. Ich weiß, wir werden glücklich werden, wenn wir wieder in Yorkshire sind.«

»Ändern sich die Zeiten wirklich so schnell, Pete? Ich weiß nicht. In der Handschuhfabrik habe ich nicht viele Veränderungen bemerkt ... Stunden um Stunden für niedrigen Lohn. Das ist nicht anders als bei Nanan und Biff.«

»Das hast du jetzt nicht mehr nötig, Liebling. Nicht, wo ich nun diese Stelle bekomme. Das ist es, wofür das alles gut war. Schöne Landschaft da draußen beim Ladybower-See; ein Häuschen zur Miete. Wir werden glücklich sein. Wir alle drei.«

»Das hoffe ich. Ich werde die Arbeit nicht vermissen, aber die Gesellschaft ... Ich hatte inzwischen viele Freundinnen in dieser Fabrik, Pete. Ich weiß nicht, was ich den ganzen Tag über machen soll.«

Sie schwieg und dachte an die Handschuhfabrik, während Pete sich auf das Fahren konzentrierte. Auf dem Weg von und nach London benutzten sie immer die M1.

Als sie Pete von der Seite anschaute, sah Lindsey seine Ähnlichkeit mit ihrem Großvater. Sie liebte Biff, und es war immer Petes temperamentsmäßige Ähnlichkeit mit Biff gewesen, die sie angezogen hatte.

Sie dachte an all die Situationen, in denen Biff rücksichtsvoll war, und lächelte insgeheim, als sie an Ritas Bemerkung dachte: »Dein Großvater läßt nie den Toilettensitz oben. Du hast Glück. In meinem Haus riecht die Toilette wegen meiner kleinen Brüder immer schrecklich, und ich bin die einzige, die sie putzen muß. Und sie klappen nie den verdammten Sitz herunter. Mein Vater auch nicht. Meine Mutter ist immer hinter ihm und Philip und Neil her. Sie könnte genausogut gegen die Wand reden. Wenn ich mit einem netten Mann wie deinem Großvater zusammenlebte, würde ich mich glücklich schätzen.«

Lindsey hatte ihre Großmutter gefragt: »Nanan, wie hast du es geschafft, daß Biff immer den Toilettensitz herunterklappt? Rita möchte das wissen, weil sie es mit ihrem Vater und ihren Brüdern leid ist.«

»Es ist leicht, mit Biff zu leben, das ist alles. Wir haben deswegen nie Ärger gehabt.«

Das war es also. Es hatte ein bißchen länger gedauert, es Pete beizubringen, aber er zog ein friedliches Leben vor, also hatte er nachgegeben. Überhaupt keinen Ärger, wie Nanan sagte. Sie mußten beide mit den Männern, die sie gefunden hatten, Glück gehabt haben. Aber nachdem sie mit einem Mann wie Biff zusammengelebt hatte, stellte sie zweifellos hohe Erwartungen an die Art und Weise, wie Männer sich zu Hause benehmen sollten. Und bis jetzt hatte Pete ganz gut abgeschnitten. Natürlich, dachte Lindsey still für sich, während Pete fuhr, war es schwer für einen Mann, jeden Mann, die Dinge aus der Sicht einer Frau zu sehen. Sie war sicher, wenn Männer schwanger werden könnten, lägen die Dinge ganz anders. Selbst die rücksichtsvollen unter ihnen, wie Pete, brauchten nicht jedes Mal, wenn sie Sex hatten, daran zu denken, es könne bedeuten, daß ein Baby in ihrem eigenen Körper wuchs. Sie schaute auf Petes Bauch. Sie hatten oft darüber gewitzelt, daß er schwanger würde. Wenn er es nur könnte, so wäre ihre Zukunft gesichert. Sie könnten die Story exklusiv an *News of the World* verkaufen, ein Vermögen verdienen und bis ans Ende ihrer Tage ein bequemes Leben führen. Danach könnte sie auf normale Weise schwanger werden, und es gäbe keine Probleme wegen Geld oder Kindermädchen. Es wäre für alles gesorgt.

Sie hatte einige übermütige Briefe darüber an Rita geschrieben und sich glücklich und vergnügt gefühlt, als sie deren Antworten las. Sie schrieb, Steve würde es sich überlegen. Vielleicht könnten sie der erste Vierer der Welt werden, in dem beide Männer schwanger würden. Noch mehr Ruhm, noch mehr Millionen.

Lindsey vermißte Rocky und Maureen, ihre beiden engen Freundinnen aus der Fabrik.

Rocky war siebenunddreißig. Sie war eine schwarze Frau, schlank und warmherzig, mit einer würdevollen Art und ein bißchen Grau im Haar. Lindsey fand immer, sie sei die am sorgfältigsten gekleidete Frau auf der Arbeit. Sommers wie winters trug Rocky am liebsten einen Faltenrock mit Bluse und Strickjacke. Wenn Rocky sprach, gerieten ihre Arme und Schultern in Bewegung. Es war wie ein Ballett. Lindsey seufzte bei der Erinnerung an sie. Rocky war so freundlich gewesen, und Maureen war immer für ein Lachen gut. Maureen war klein, rundlich und blond, sie hatte schwarze Pflegebrüder und -schwestern und viele schwarze Freundinnen. Sie und Rocky waren seit Jahren gut befreundet.

In der Fabrik ging das Gerücht, Maureen sei richtig in Lindsey verknallt, aber das war nie ein Problem gewesen. Lindsey seufzte. Leben und leben lassen, dachte sie. Sie behielt diese Gedanken für sich. Sie hatte anderes zu sagen.

»Und was, wenn wir dort im Winter einschneien? Das kommt da draußen vor. Es wurde immer in allen Regionalnachrichten gebracht, wie du weißt. Äste wurden dort draußen im Wind herumgewirbelt wie Busfahrkarten. Biff und ich haben immer das Ergebnis gesehen, wenn wir im Frühling den Bus hinaus zum Ladybower-See nahmen.« Als Pete nicht antwortete, fuhr sie fort: »Aber du hast recht. Es ist ein schöner Ort. Die Landschaft ist paradiesisch. Ich bin nur nicht sicher wegen der Menschen, ich meine, der wenigen Menschen. Und es gibt eine Menge Geld in diesem Landesteil. Wir werden da kaum mithalten können.«

»Warte einen Augenblick.«

Lindsey schwieg, als Pete rechts blinkte und ein Auto vor ihnen überholte, das in Schlangenlinien über die ganze Fahrbahnbreite fuhr.

»Entschuldige, Liebling, es sah aus, als sei der betrunken. Laß uns sehen, wie sich alles findet. Wenn wir das Leben auf dem Lande nicht mögen, können wir nach Sheffield zurückziehen. Ich werde pendeln.«

»Das gäbe einen langen Tag für uns beide, Pete.«

Sie schwieg erneut, als er noch ein Auto überholen mußte, das ständig die Spur wechselte, ohne zu blinken. Lindsey fühlte, wie sich das Baby in ihrem Bauch bewegte. Sie fragte sich, ob es wußte, daß es nicht hundertprozentig willkommen war. Sie hatte sich immer Kinder gewünscht. Vier. Pete auch. Einer von den Gründen, weswegen sie ihn liebte ... Aber sie hatte ihr neues Leben nicht fern von der Fabrik im ländlichen Yorkshire mit einem Baby unterwegs beginnen wollen. Sie hatte noch ein Jahr warten wollen, bevor sie eine Familie gründeten. Vielleicht etwas Teilzeitarbeit und Zeit, öfter nach Herton zu fahren, denn Rita heiratete Weihnachten und arbeitete in dem kleinen Krankenhaus am Ort.

Als könne er ihre Gedanken lesen, sagte Pete und behielt dabei die Augen auf der Straße: »Denk positiv, Liebling. Das Baby setzen wir in einer Tragetasche auf den Rücksitz. Wir brauchen nicht zuzulassen, daß dieses Baby unseren Lebensstil einengt. Die anderen auch nicht.« Er zwinkerte. »Wir haben immer Kinder gewollt. Und nun fangen wir an. Es ist ein Abenteuer. Ich kann gut mit Kindern umgehen, also stehst du nicht allein da. Denk daran, daß ich der einzige Junge war, der Babysitter für die Kinder seiner Schwester war. Die anderen mögen sich über mich lustig gemacht haben, aber das hat mich nicht davon abgehalten, meinen Abschluß zu machen, dich zu finden, nach London zu gehen. Ich habe diese Kinder geliebt, und jetzt bekomme ich selbst eins. Das ist verdammt großartig.«

»Ja, aber ... so, wie du das sagst, klingt es alles ein bißchen zu ideal, Pete. Du wärst vielleicht nicht so fröhlich, wenn das Baby in diesem Augenblick in deinem Bauch wäre. Du magst bereit sein, und das Baby mag bereit sein, aber mich hat es überrumpelt. Es war nicht gerade das, was ich jetzt wollte. Ich will dich nicht verärgern, Pete, aber ich glaube, du hörst mir gar nicht richtig zu. Es ist mein Körper, in dem das passiert. Dein Körper braucht nichts zu tun. Du bist einfach genau derselbe, und alles, was du zu tun hast, ist, deine Gefühle zu sortieren. Aber ich muß viel mehr als das tun. Jede Stunde an jedem Tag, bis das

Baby kommt, muß mein Körper weitermachen und etwas *tun.* Es ist eine anstrengende Zeit für meinen Körper, und ich war noch nicht bereit für diese neue Arbeit. Das ist so, als ob ich zu dir gesagt hätte: 'Ist doch egal mit dem Abschluß, laß das alles und fang deine neue Stelle an.' Du wärst nicht *bereit* gewesen. Ich habe das Gefühl, ich rede gegen die Wand, wie Rita mit ihren Brüdern.«

»Das ist nicht fair.«

»Ich sagte, ich will dich nicht verärgern. Ich schaffe das schon, es geht mir ganz gut. Aber ich habe ein Gefühl, als solle mein Körper an den Olympischen Spielen teilnehmen, und ich habe noch nicht einmal mit dem Training angefangen.« Sie fing an zu lachen, und er auch. Sie lachten, während er fuhr, und es befreite sie für kurze Zeit von ihren Sorgen.

Die Dämmerung kam und mit ihr neue Gefahren. Auf der Straßenfläche bildete sich schimmernd ein feiner Eisfilm. Niemand kümmerte sich darum. Autos überholten mit siebzig, achtzig Meilen. Die Lastzüge fuhren unbeirrt auf der linken Spur, und schnelle Pkws zischten auf die rechte Spur und warfen manchmal einen feinen Sprühregen mit den Hinterrädern auf.

Lindsey spürte, wie das Baby sich bewegte. Ich war so vorsichtig, dachte sie bei sich, Diaphragma und Creme und Gott weiß was. Sie drehte sich abrupt zur Seite und schaute Pete an, erstaunt, als er ihr antwortete.

»Wenn wir die vier haben, die wir wollen, lasse ich mich operieren. Dann brauchst du dir keine Sorgen mehr zu machen. Grünes Licht«, zwinkerte er.

Sie lachte, denn das schien Tausende von Lichtjahren entfernt, und es schien ganz plötzlich absurd; Pete brachte sie oft überraschend zum Lachen, bis sie sich besser fühlte. Sie merkte, daß er froh war, ihr Lachen zu hören. Er hatte endlich den richtigen Knopf gedrückt. Er warf ihr einen seiner Seitenblicke zu, tätschelte ihr rasch das Knie und legte die Hand zurück ans Lenkrad.

Sie fühlte sich begehrt, geliebt, und war zuversichtlich, daß er das gleiche vom Leben erwartete wie sie. Es war viel, das mit zwanzig zu wissen.

Hinter ihnen scherte ein Sattelschlepper aus der linken Spur aus und kam rasch und schwer näher. Der Fahrer betätigte die Lichthupe, um Pete von seiner Spur zu scheuchen. Pete konnte nicht ausweichen. Vor ihm in der Spur war ein steter Strom roter Rücklichter, und er konnte nicht auf die Überholspur hinüberziehen, denn dort gab es in dem hektischen Auftauchen und Vorüberziehen von weißen Scheinwerfern im Außenspiegel keine ausreichend sichere Lücke. Der Sattelschlepper hinter ihm blendete wieder auf.

»Großkotz«, explodierte Lindsey. Pete nickte. »Was willst du machen, Pete?«

»Nichts. Ich kann die Spur nicht wechseln.«

»Aber er ist nur noch drei Meter hinter uns.«

»Hat noch nie etwas von Bremsweg gehört.«

»Was ist, wenn der vor uns bremsen muß?«

»Schließ die Augen, Liebling. Es ist alles in Ordnung. Wir haben schon weit Schlimmeres erlebt als das hier. Wir sind vorher auch klargekommen. Dieser Kerl hinter uns wird es noch eher leid werden als wir. Er wird gleich Vernunft annehmen. Also, schließ die Augen.«

»Sie kommt zu sich.«

Es war hell, weiß. Gelbe Flecken. Sie schwamm in heißer Flüssigkeit. Kalt. Heiß. Lichter. Weiße harte Lichter, gelbe Flecken. Dunkel.

»Ja, sie ist wieder weggetreten, aber sie kommt zu sich.«

Sie schwamm in Flüssigkeit. Trieb auf die andere Seite des Nichts. Stimmen: Biffs, Nanans. Wo war Pete? Sie öffnete die Augen. Schloß sie rasch wieder vor der Helligkeit. Die Flüssigkeit schwappte, alles bewegte sich. Ein vertrautes Gesicht, verschwommen. Für einen Moment schien es das Gesicht einer Frau zu sein, aber dann wurde es deutlicher, und es war nicht so: es war das liebe, vertraute Gesicht ihres Großvaters. Es war Biff.

In dem fremden weißen, gelblich-hellen Raum ließ Lindsey ihre Augen an den Wänden entlangwandern, über die silbernen Schläuche und Klemmen, zu dem von einer Jalousie abgedunkelten Fenster. Es dämmerte ihr, daß dies ein Krankenhaus war. Das Bett hatte eine beigefarbene dicke Baumwolldecke über den frischen weißen Laken. Die andere vertraute Person war Nanan, die zu ihrer Linken leise mit ihr sprach.

»Gut gemacht, Lindsey. Du wirst wieder gesund werden. Und dein Baby auch. Es stand auf des Messers Schneide für das Baby, aber sein Herz ist gesund. Es wird euch beiden bald wieder gut gehen.«

Lindsey hörte zu.

Moss schien meilenweit entfernt. Ihre Stimme warf ein Echo, und es fiel Lindsey schwer, sich darauf zu konzentrieren. Sie schloß die Augen vor zu vielen Fragen, zu viel Bewußtsein. Warum sagten sie ihr nicht, wie es Pete ging? Sie spürte, daß sie die Arme nicht bewegen konnte, die schwer an ihren Seiten auf der Bettdecke lagen. Sie schaute an der Nase entlang zu ihren Armen und entdeckte, daß sie voller Schläuche waren, und die Schläuche kamen aus Verbänden heraus und führten zu Tröpfen und Klemmen. Warum sagte ihr niemand etwas über Pete?

»Wo ist Pete?« fragte Lindsey und wandte den Kopf ein wenig, um

Biff anzusehen. Dann, in aufsteigender Panik: »Wo ist er? Sag mir, wo Pete ist!«

Biff schluckte und wollte sprechen. Lindsey unterbrach: »Du kannst es nicht sagen, oder? Du kannst es nicht, weil er tot ist, nicht wahr?«

Sie hatte eine halbe Sekunde Zeit, Biff nicken zu sehen, bevor sie ins Nichts fiel.

Als sie wieder zu sich kam, war das Fenster ausgewischt. Jemand mußte hiergewesen sein und die Jalousie geschlossen haben. Es mußte Nacht sein. Es war Nacht, und sie war bewußtlos gewesen, und nun war sie wach, und Pete war tot. Sie erinnerte sich an den Sattelschlepper, die aufblendenden Scheinwerfer und Petes Stimme: »Schließ einfach die Augen.«

Sie schloß die Augen und konnte die Autobahn sehen, die roten Rücklichter, das Blenden und Verschwinden der überholenden Autos. Sie atmete, aber sie war tot. War eine der lebenden Toten geworden wie die Menschen in Horrorfilmen, lebendig begraben. Sie kämpfte dagegen an. Morgen würde sie nach einem langen Schlaf aufwachen, und alles würde wieder normal sein. Das Leben. Sie und Pete, das Häuschen, die neue Stelle, der schöne Stausee, der Wind in den Bäumen, das Heidekraut oben im Moor. Sie schlief.

Als sie aufwachte, war es wieder hell, und sie fühlte sich gut, bereit, Pete zu sehen und das Baby zu bekommen.

»Schwester!«

Ein Kopf erschien. »Sagen Sie meinem Mann, ich möchte ihn jetzt bitte sehen. Sagen Sie Bescheid, daß er zu mir gebracht wird.« Die Schwester schaute bestürzt, nickte und ging.

Eine andere Schwester kam zu ihr, streichelte ihr die Schulter und prüfte alle Schläuche und Tröpfe.

»Ich sagte, bringen Sie meinen Mann zu mir, Schwester. Sagen Sie Bescheid, daß er geholt wird. Ich bin jetzt bereit, ihn zu sehen.«

Diese Schwester war erfahrener. Sie setzte sich neben Lindsey und nahm ihre Hand. Lindsey konnte ihre Hand nicht bewegen, aber die Schwester bedeckte sie mit der ihren, und Lindsey fühlte die Wärme. Es war eine starke Hand.

»Mrs. Shepherd, können Sie mich hören? Er hieß Peter, nicht? Er hat den vollen Aufprall abbekommen, Mrs. Shepherd. Er hat keine Schmerzen gehabt, wissen Sie. Es ging ganz schnell. Wenn er überlebt hätte, hätte er nur noch dahinvegetiert. Ich weiß, das ist schrecklich für Sie. Hören Sie mir zu? Nicken Sie. So. Ja, so. Lassen Sie es heraus.« Die Schwester wartete. Lindsey brach zusammen. Erst die salzigen Tränen, die ihr übers Gesicht liefen, dann die erstickten stöhnenden Laute. Die Schwester hielt Lindseys Hand fest und wischte ihr mit der freien Hand Gesicht und Mund ab. »Er ist tot. Sie werden leben. Sie werden wieder laufen und auch Ihre Arme gebrauchen können. Sie haben viele innere Verletzungen. Ihre Milz mußte herausgenommen werden. Verstehen Sie?« Lindsey nickte. »Beide Beine und der linke Arm sind gebrochen. Sie werden etwa zwei Monate hier bleiben, und dann werden wir das Baby mit einem Kaiserschnitt holen.«

»Schwester, ich will das Baby nicht. Ich will Pete«, schluchzte Lindsey. »Ich will das Baby nicht. Ich *will* das Baby nicht.«

»Ich werde Ihnen jetzt etwas geben, Mrs. Shepherd, damit Sie schlafen können. Wenn Sie aufwachen, werden Ihre Großeltern hier sein.« Die Schwester wischte Lindsey noch einmal das Gesicht ab. Dann gab sie ihr einen Schluck Wasser aus einer Schnabeltasse zu trinken. Dankbar, daß sie nicht mehr denken, nichts mehr empfinden mußte, ließ Lindsey sich von dem Medikament in dick fallende Federn zurücktragen.

Das Krankenzimmer war beige und weiß mit blaßgrünen Wänden wie ihr altes Schlafzimmer in Herton. Von dort aus, wo Lindsey lag, konnte sie die Wolken am Himmel vor dem Fenster beobachten. Sie fing an, diesem Viereck zu vertrauen und Botschaften aus den wechselnden Formen herauszulesen. An einem Tag war die eine Wolke Peters Profil, eine andere sein Rücken und seine Schultern. An einem Tag waren zwei Wolken, die sich begegneten und wieder trennten, sie und ihre Mutter auf einem Bahnsteig, und der tiefgraue Schatten, der über die zweite hinwegzog, war ihr Elefant, der sie auf der Reise nach Norden, nach Herton, getröstet hatte. In der Sehnsucht nach etwas, an dem sie sich festhalten konnte, suchte sie in den sich verändernden Wolken nach der Packpferdbrücke, aber sie entzog sich ihr.

Die Sonne wurde ihre enge Freundin. Sie kam zu unregelmäßigen Besuchszeiten, überraschte sie oft, wenn sie mit einem Blumenstrauß durchs Fenster eintrat. Sie redete und tanzte und erfreute sie ohne Ende. Sie war eine mächtige Verbündete.

An sonnenlosen Tagen beobachtete Lindsey die blauen, weißen und grauen Muster vor dem Glasviereck. An diesen Tagen war der Himmel eingerahmt, die Ecken des Fensters so hart und unnachgiebig wie der rechteckige Metallrahmen ihres Bettes. Auch sie war eingerahmt. Dann verzweifelte sie und lag da und stellte sich vor, wie sie in einem weißen Nachthemd in weißem Gips mit einer beigefarbenen Decke auf dem Bett dalag. Draußen war ein Himmel voller Wolken, wie eine Menge unglücklicher Menschen, die in einer vergessenen Schlange warteten. Dann veränderte sich die Schlange, und die Menschen lösten sich auf. Der Himmel wurde zu einer breiten blauen Bettdecke, und das Sonnenlicht strömte in ihre Knochen und machte sie wieder stark.

In dem langen, schmalen Garten hinter dem Haus in der Church Lane befestigte Biff die Dahlien an Stöcken und schnitt die verblühten Rosen ab. Der Garten stand in septemberlicher Farbenpracht, aber Biff empfand wenig Freude und Hoffnung, denn Lindsey wollte das Baby nicht.

Mit einem von Moss' alten Strümpfen band Biff die letzte Dahlie fest, einen voll aufgeblühten weißen Stern, creme- und rosafarben in der Mitte. Sie befühlte die dunkelgrünen gezähnten Blätter und richtete sich auf. Nach dem Frühnebel war der Septemberhimmel klar und hoch. Vom Ende des Gartens in der Nähe des Treibhauses, das sie nach den Anweisungen in einem Gartenbaubuch errichtet hatte, konnte Biff über das Dach bis zum anderen Ende des Tales sehen, und mit einem Schlage fielen ihr die langen Fahrradfahrten mit Lindsey zur Packpferdbrücke ein. Das schien vor Jahrhunderten gewesen zu sein.

Traurig legte Biff die Baumschere und die Gartenhandschuhe beiseite, hob ein Netz Osterglocken- und Narzissenzwiebeln vom feuchten Boden hoch und legte es auf ein höhergelegenes Brett, bis sie die Zeit fände, sie einzupflanzen, schloß den Schuppen und wandte sich zum Haus. Normalerweise war es in dieser Jahreszeit ein großartiger Weg zurück an den Blumenbeeten entlang, wo sie an jeder Blüte stehenblieb, um ihre Vollkommenheit zu prüfen, das Unkraut erspähte, das sich gelegentlich hervorwagte, und es entfernte, eine neue Rose bemerkte, die gerade aufgehen wollte, und eine weitere Dahlienknospe, die soweit war.

Aber in diesem September konnten selbst die Vielfalt und der Wandel in Rhythmus und Leben der Blumenbeete die beiden Frauen nicht aufheitern, die von Trauer niedergedrückt und schockiert darüber waren, daß Lindsey ihr ungeborenes Kind ablehnte.

»Warum hast du aus deiner Schwangerschaft ein Geheimnis gemacht?« hatte Biff gefragt, als sie das letzte Mal nach Chesterfield ins Krankenhaus gekommen waren.

»Du wirst die Antwort nicht mögen, Biff. Du weißt, daß du sie nicht mögen wirst. Warum fragst du mich, wenn du meine Antwort nicht willst?«

»Versuch es mit mir, Liebes.«

»Ich wollte sie nicht. In den ersten beiden Monaten hatte ich ohnehin Schmierblutungen, so daß ich dachte, ich hätte einfach nur eine leichte Periode. Ich habe es nicht geglaubt. Pete wollte mich heiraten, aber ich war auch so ganz glücklich mit meinem Leben. Er hatte immer gesagt, er würde mich augenblicklich heiraten, wenn ich schwanger würde, aber ich wollte so bald nach seinem Abschluß nicht schwanger sein. Wenn ich nicht schwanger geworden wäre, hätte ich ihn niemals geheiratet, und er würde noch leben.«

»Was ist das denn für ein Unsinn?«

»Es ist wahr. Dieses Baby hat ihn getötet, und ich will es nicht. Und wer bist du denn, daß du mir sagst, ich solle es bekommen? Du hast Nanan niemals welche geschenkt. Du machst mich sehr wütend, sehr sehr wütend, all dieser Druck – ich will es nicht, und ich muß es nicht lieben. Es hat Pete getötet.«

»Oh, Lindsey.« Moss sprach leise von der anderen Seite des Bettes. Sie streckte die Hand aus, um Lindseys Arm zu berühren, aber Lindsey zog ihn weg. Sie haßte alles und alle.

»Nicht du auch noch, Nanan. Ich will dich nicht sehen, wenn du mich dazu bringen willst, dieses Baby zu wollen. Ich kann das nicht ertragen. Ich kann nicht, ich kann nicht.«

»Ich weiß, wie es ist, ein Kind zu bekommen, das ich nicht wollte«, sagte Moss ruhig. Sie schaute hinüber zu Biff, die ohne Worte fragte, ob Moss allein sein wollte, und als Moss nickte, lächelte Biff traurig und verließ den Raum, um einen Spaziergang zur Krankenhauscafeteria zu machen.

»Ich werde dir etwas von meiner Geschichte erzählen, über mein Leben. Es kümmert mich eigentlich nicht sehr, was du nachher über mich oder über dieses Baby denken wirst. Es ist dein Leben, und du mußt es so leben, wie du willst. Aber in meinem Leben hat Biff mich all diese langen Jahre geliebt, und ich lasse niemanden, weder dich noch die Königin von England, so über meine Liebe sprechen. Ich werde dein Baby für dich aufziehen. Ich werde es lieben und Biff auch, so wie wir dich geliebt haben. Und du kannst nach London zurückgehen, junge Frau, und alles tun, was dir möglich ist, um zu überleben und glücklich zu sein. Im Leben aller Menschen sind die Dinge niemals, niemals so, wie sie Außenstehenden erscheinen. Irgendwann in der Zukunft, wenn du aus dieser Krise heraus bist, wieder geliebt wirst, von jemandem in den Arm genommen wirst, wie ich in Biffs Armen gehalten, von Biff umsorgt wurde – und ich bete zu Gott, daß es bis dahin nicht so lange dauert –, wirst du dich an meine Worte erinnern. Die Dinge sind nie so, wie sie scheinen.

Ich war jung. Ich war noch ein Mädchen, selbstbewußt und stark. Ich war Dienstmädchen im Hause eines reichen Mannes. Nein, schau mich nicht so an. Ich war nicht seine Mätresse. Er hat mich auch nicht ins Haus in sein Bett geholt. O nein. Ich habe ein Mädchen geliebt. Ihr Name war Florence. Es gab niemanden, dem ich das erzählen konnte. Mädchen sollen einander nicht lieben. Ja, Biff weiß es. Biff weiß alles, was es von mir zu wissen gibt ... Ich wurde mit Florence von dem reichen Mann und seinem Bruder in den Rhododendren entdeckt. Also haben sie uns eine Lektion erteilt, und ich habe deine

Mutter empfangen. Florence ist ins Wasser gegangen, ja, genau wie Virginia Woolf. Aber Florence wurde vergessen, außer von mir, und ich bete, daß Virginia nicht vergessen wird. Frank kannte nie die ganze Geschichte. Nur daß ich ein eigensinniges Mädchen war und von irgendeinem Kerl ein Baby erwartete. Er war gut zu mir, aber Biff ist die große Liebe meines Lebens. Dein Kind wurde in Liebe empfangen. Und wenn du dein Kind nicht liebst, dann werde ich es tun. Ich habe meine beiden Kinder verloren, keines davon in Liebe empfangen. Ich sollte keines mehr haben, aber Biff und ich hatten reichlich Liebe zu vergeben. Sie war nie rationiert, sonst hätten wir dich nicht aufgenommen. Ich werde dein Kind lieben, während du dorthin zurückgehst, wohin du gehörst.

Du würdest niemals in Herton heimisch werden. London wird dich immer wieder rufen. Dort gibt es Glocken, die für dich läuten. Wie für deine arme Mutter, erschöpft von Arbeit und Schwangerschaft, Gott segne sie. Bekomm dein Baby und dann geh. Geh und verarbeite all das. Da gibt es etwas, was dich zurückruft. Eines Tages, wenn du weißt, daß du bereit bist, wirst du kommen und dein Kind holen. Ich werde nicht aufhören, dich zu lieben, aber du bist in meinem Hause nicht willkommen, solange du von Haß zerfressen bist.«

Lindsey Kind war ein Mädchen, geboren im Oktober 1966 durch einen Kaiserschnitt. Das Baby hatte schwarzes Haar und dunkle Augen, brauner als der Herbst. Es bekam die Flasche, und nach zweiwöchigem Krankenhausaufenthalt wurde es von Moss und Biff heim nach Herton gebracht. Lindsey weigerte sich, ihm einen Namen zu geben.

»Sollen wir das Baby Rosie nennen?« fragte Moss. »Erinnerst du dich, Lindsey, das war der Name, den du wolltest, als du klein warst und sagtest, du wolltest erwachsen werden und vier Kinder haben?«

Lindsey zuckte die Achseln. »In Ordnung, Nanan. In zwei Wochen lassen sie mich hier heraus. Ich habe vereinbart, daß Rhona und Sean kommen und mich abholen. Sean war Petes bester Freund während der Studienzeit, und sie haben Geld, weißt du, von seinem Onkel. Sie haben ein altes Haus in Hackney gekauft. Ich kann die untere Etage haben, bis ich wieder zu Kräften gekommen bin, und dann das Dachgeschoß.«

Moss schluckte: »Willst du, daß ich Rosie noch einmal zu dir bringe?«

Lindsey schüttelte den Kopf. »Ich bin noch nicht so weit, Nanan.« Sie begann zu zittern. Sie setzte sich im Bett auf und streckte die Arme nach ihrer Großmutter aus. Sie umarmten einander. Die Physiotherapie machte sie täglich kräftiger. Sie würde das Krankenhaus mit zwei Krücken verlassen, und sie konnte es kaum erwarten, in Rhonas und

Seans Haus zu kommen, um bei Menschen zu sein, die Pete nahegestanden hatten. Rocky und Maureen schrieben, sie könne ihre Stelle in der Fabrik jederzeit wiederhaben. Sie würde den ganzen Tag sitzen. Sie glaubte, das sei zu schaffen.

»Es tut mir leid, Nanan. Ich wollte Biff nicht verletzen. Ich liebe Biff. Und dich. Ich kann es einfach nicht verkraften. Aber mit der Zeit werde ich es schaffen, ich weiß, ich muß. Ich kann Rosie nicht verlassen. Das werde ich auch nicht. Ich werde kommen und sie holen. Ich brauche nur Zeit, Nanan.«

»Ich weiß das, Liebes. Du brauchst Zeit, und du brauchst Liebe. Die Art, die Biff und ich dir nicht geben können. Wenn wir nebenan lebten, in London, würden wir dir helfen. Dein Baby wird in der kurzen Zeit bei uns keinen Schaden nehmen.«

»Ich liebe dich, Nanan. Ich habe versucht, mit Rita am Telefon zu reden, aber sie kann es nicht ertragen, mir nahe zu sein. Sie will nicht einmal kommen und mich besuchen.« Lindsey weinte in Moss' Mantel hinein. »Ich wollte wieder ihre Freundin sein. Solch eine Reaktion habe ich nicht erwartet.«

»Die Zeit heilt viele Wunden. Laß Rita ihr eigenes Leben leben. Ihre Ehe. Du kannst diese Dinge nicht erzwingen. Biff und ich lieben dich wirklich, wir können es dir nicht noch mehr zeigen, als wir es schon tun. Denk daran. Halt dich daran fest. Und wenn du es überstanden hast, haben wir ein wunderschönes kleines Mädchen für dich.«

Lindsey nickte, sie konnte vor Tränen nicht sprechen. Als Moss sich von ihr löste und das Krankenhaus verließ, hatte Lindsey ein Gefühl der Bodenlosigkeit, als ob Wasser aus ihren Füßen liefe, und sie legte sich aufs Bett zurück; ihre schwachen Beine fühlten sich ohne den schweren Gips leicht an, ihre Muskeln waren dünn und geschwächt. Ihre Haut war an der linken Seite von den Rippen bis zum Nabel und quer über das Becken purpurrot von dem Narbengewebe. Sie kam sich vor wie eine alte Vase, die in Stücke zerbrochen vom Grund des Mittelmeers heraufgeholt worden war – wieder zusammengesetzt, aber zerbrechlich, vollständig, aber leer.

Es war Biff, die sich nachts um Rosie kümmerte, sie fütterte, ihr die Windeln wechselte und sie wieder hinlegte. Moss übernahm die erste Morgenschicht und brachte Biff Tee ans Bett, obwohl ihr das Treppensteigen wegen ihrer arthritischen Hüfte schwerfiel.

Moss wartete gespannt auf Ritas Besuch. Sie wollte den Kontakt um Lindseys willen; aber ein Teil von ihr wollte eine Pause von der Engstirnigkeit in Herton, die sich in dem traditionellen Frauentyp verkörperte, zu dem Rita geworden war.

Auf dem Weg zu Moss war Rita tief in Gedanken. Colliers' Arms war soeben geöffnet worden, als sie dort vorbeikam.

Eine Stimme rief:

»Hallo, Schwester. Willst du meinen Arm verbinden?«

»Hab' eine Arsenspritze in der Handtasche.«

»Ist das eine Art, einen alten Freund von Steven zu behandeln?«

»Die richtige Art. Wie geht's dir denn, Dave?« lachte Rita.

»So là là. Sag deinem Ehemann, er schuldet mir ein Bier.«

»Er ist nicht mein Ehemann. Wir heiraten erst in einem Monat. Dann sag' ich es ihm. Kannst du so lange warten?«

»Kann *er*, ist eher die Frage. Wenn ich er wäre, würde ich dich morgen heiraten.«

»Das ist Bigamie, du frecher Knilch. Mach, daß du nach Hause zu deiner Frau kommst.«

»Bis dann, Rita.«

»Bis dann, Dave.«

Sie lachten beide und winkten, als Rita in die schmale Gasse einbog, die auf den Marktplatz führte. Sie winkte Mrs. Denny, der Küsterin, zu, die an der Bushaltestelle stand. In einem Monat würden sich die Kirchentüren für sie und Steve öffnen. Herton würde eine seiner Töchter feiern, die einen seiner Söhne heiratete, die immer gleichbleibenden Muster wie seit der Zeit, als vor über einem Jahrhundert der Schacht ausgeteuft worden war. Herton veränderte sich nur langsam. Sie mochte das an der Stadt. Auf Herton war Verlaß.

Rita wandte sich die Church Street hinunter in die Richtung zum Pfarrhaus und zu dem Reihenhaus, in dem Moss und Biff nun lebten, und dachte darüber nach, daß Lindsey niemals richtig zu Herton gepaßt hatte. Mit Peter Shepherd nach London abzuhauen zum Beispiel. Ritas ungebärdige Seite bewunderte Lindsey insgeheim für ihren Mut, aber nur in seltenen Momenten. Rita fühlte sich in ihren zornigen Gefühlen gegenüber Lindsey gefangen und gleichzeitig davon überwältigt. Sie wünschte sich verzweifelt Seelenfrieden, besonders da ihre Hochzeit so nah bevorstand.

Sie erreichte Moss' Hintertür, ohne überhaupt bemerkt zu haben, daß sie den Weg heruntergegangen war. Als sie die Küche betrat, fühlte sie sich nervös und spürte sofort, daß es Moss ebenso ging. Sie gingen nach vorne zum Wohnzimmer durch, wo das Baby in einem Kinderbettchen schlief.

»Das habe ich ihr mitgebracht«, begann Rita und hielt Moss ein Päckchen hin, das in Geschenkpapier mit rosa Kaninchen eingepackt und mit einer Schleife geschmückt war.

»Oh, das wäre doch nicht nötig gewesen.« Moss öffnete das Papier und nahm ein weißes, blaßrosa gesäumtes Strickjäckchen mit passendem Mützchen heraus, das sie in Miss Brookes' und Miss Fields' Woll- und Babyladen gesehen hatte. »Wie hübsch! Das ist sehr lieb von dir, Rita. Möchtest du Tee?«

»Ich freue mich, daß es Ihnen gefällt«, sagte Rita förmlich. »Ja, danke, Tee wäre schön.«

Moss ging hinaus in die Küche und kehrte fast sofort mit einem Tablett mit hübsch arrangierten Tassen nebst Untertassen und einer Teekanne, Milchkrug und Zuckerdose zurück. Offenbar hat sie sich ebenso auf diesen Besuch vorbereitet wie ich, dachte Rita.

»Na, bist du bereit für deinen großen Tag, Rita?«

»Ja. Nein. Na, beinahe.« Pause. »Ein Stück Zucker, bitte. Danke. Kann ich Ihnen, äh, irgendwie helfen?«

»Du könntest Papier und Stift zur Hand nehmen. Unsere Lindsey könnte einen Brief gebrauchen.«

»Ich habe es zigmal versucht. Seit sie zurückgegangen ist. Aber ich finde offenbar nicht die richtigen Worte. Immer wenn ich denke, ich weiß, was ich sagen will, nehme ich den Stift in die Hand, aber dann ist alles weg. Ich war so schockiert, wissen Sie. Schockiert, daß sie ein Baby verlassen konnte. Ich meine, wenn es Steves wäre, ich könnte das nicht. Fleisch von meinem Fleisch. Aber ich war hart zu ihr. Ich wünschte, ich wäre es nicht gewesen.«

»Rita, kann ich dich etwas fragen?« Rita schaute ängstlich drein, schien aber nichts dagegen zu haben, also fuhr Moss fort: »Sie war wochenlang im Krankenhaus, bevor das Baby kam, bevor du wußtest, daß sie nach London zurückgehen und Rosie eine Zeitlang bei uns lassen würde. Also, warum hast du sie dann nicht besucht?«

»Ich weiß nicht, Mrs. Ferguson. Ich habe mir diese Frage Dutzende von Malen selbst gestellt. Ich habe sogar an eine Ratgeberecke deshalb geschrieben. Ich glaube, alle meine Träume lagen plötzlich in Scherben vor meinen Füßen: wir zu viert, sogar eine Doppelhochzeit. Ich hatte keine Ahnung, daß Lindsey schwanger war – daß sie geheiratet hatte. Wir hatten uns eine Menge großartiger Briefe geschrieben, wie wir unsere Familien planten, aber sie hat mir wirklich nie gesagt, daß sie schwanger war. Also nehme ich an, sie kam nach Herton, um es mir zu erzählen, zur gleichen Zeit, wie sie es Ihnen erzählen wollte. Sie waren sicherlich auch böse?«

»In dem Dorf, aus dem ich stamme, waren die Dinge ganz anders als in Herton. Als ich ein junges Mädchen war, war es durchaus üblich, daß Mädchen schwanger wurden, bevor sie heirateten. Und in den ländlichen Gegenden war es normal. Wozu ist eine Bauersfrau gut, die keine Kinder bekommen kann?«

»O mein Gott. So etwas habe ich noch nie gehört.«

»Rita, du bist Krankenschwester. Ich glaube dir nicht.«

»Ich meine, in meiner Familie, Mrs. Ferguson. Was andere Leute tun, ist etwas anders.«

»Na gut, Rita. Aber Lindsey war jemand Besonderes für dich, wie du sagst. Und du machst dir Gedanken über die Trennung von ihr, also ist es noch nicht zu spät, ihr zu schreiben und es ihr zu sagen. Es ist niemals zu spät, wenn du weißt, wer deine Freunde sind …«

»Ich weiß, wer meine Freunde sind.«

»Und willst du sie auch im Stich lassen?«

»Ich habe Lindsey nicht im Stich gelassen. Ich war ehrlich.«

»Gut, dann ist es in Ordnung.«

»Ich wünschte, ich hätte gelogen. Das ist alles.«

»Lindsey hätte es gespürt. Sie ist nicht dumm. Schreib und sag es ihr.«

»Ich glaube nicht, daß Schreiben gut wäre. Es könnte die Sache noch schlimmer machen.«

»Dann ruf sie an. Ich habe Rhonas und Seans neue Nummer. Sie werden nichts dagegen haben.«

»Vor dem Haus von Steves Mutter steht eine Telefonzelle. Vielleicht tu' ich es. Aber …«

»Aber innerlich bist du so wütend, daß du denkst, du würdest mit allem herausplatzen?«

»Ja, bin ich. Ich mag solch ein Gefühl nicht, aber ich habe es immer, wenn jemand ein Baby im Stich läßt.«

»Rosie wurde nicht im Stich gelassen, Rita. Sie lebt für eine Weile bei ihren Urgroßeltern. Wann hörst du auf, dich so in die Hertoner Regeln zu verstricken?«

Unsicher und verlegen beugte Rita sich über das schlafende Baby, riß sich zusammen und suchte eine Gelegenheit, das Thema zu wechseln. Die Spannung lag spürbar in der Luft.

»Rosie sieht genauso aus wie Sie, Mrs. Ferguson.«

»Meinst du?«

»Ja, genau. Die gleichen Augen, die gleichen Haare. Ich brauche sie nur anzusehen.«

»Hat Lindsey dir jemals von meiner Großmutter erzählt, Rita?«

»Ihrer Großmutter?« Rita zog die Augenbrauen hoch, dachte nach und schüttelte dann den Kopf. »Nicht daß ich wüßte, Mrs. Ferguson, warum?«

»Sie war Inderin. Aus Nordindien. Als sie in dieses Land kam, war sie ein Teenager. Hindu.«

»Aber ich dachte … äh … Sie gehen doch jeden Sonntag in die methodistische Kapelle.«

»Das stimmt.«

»Oh!«

»In einer Stadt wie dieser gibt es alle möglichen Arten von Menschen, Rita. Diese Stadt sollte für alle da sein. Aber die Leute denken nicht nach, bis sie dazu herausgefordert werden. Ich bin *in* dieser Stadt und zugleich auch draußen, und Lindsey auch. Sie hat dich herausgefordert, und du hast sie zurückgewiesen. Weil sie die Regeln nicht einhält. In dieser Stadt sind die Regeln im Verborgenen, bis jemand sie bricht, sie übertritt.«

»Das stimmt, Mrs. Ferguson. Und ich mag Herton und seine Leute, und ich habe nicht die Absicht, die Regeln zu übertreten, wie Sie sagen, und ich würde nie, nie mein Baby weggeben, egal was mit mir geschieht.«

»Vielleicht nicht, aber du warst auch einmal eine Außenseiterin, nach deinem Jahr auf der Isolierstation, und damals warst du froh über Lindsey.«

»Ich bin nicht hergekommen, um mir eine Predigt anzuhören! Wenn ich eine brauche, gehe ich in die Kirche.«

»Gut. Du hast nämlich auch keine bekommen. Du hast die echten Gefühle eines echten Menschen bekommen. Wie ich schon sagte, ich bin drinnen und draußen zugleich, und ich kenne beide Seiten.«

Rita versuchte eilig, ihren Tee auszutrinken, aber sie trank ihn gern lauwarm, und sie brauchte ein paar Minuten. Moss fühlte sich an die Höhle oben in den Pennines erinnert, wo es immer noch Seilmachermaschinen gab. Lange Stücke harter, rauher Jute liefen über Flaschenzüge, über die ganze Breite der Höhle, knapp einen Meter über dem Boden. Es war, als hätte jemand diese Maschine in Moss' Wohnzimmer gebracht. Wenn die Seile sich streckten und immerzu umeinander drehten, sprangen einen halben Zoll lange, nadelspitze Jutefasern ab, zerschnitten die Luft und fielen zu Boden. Die Kurbel drehte sich, und scharfe Seilstränge flogen plötzlich ab, zu nahe an dem schlafenden Baby, und gedrehte, gespannte Taue rieben sich an Moss' Armen und schürften sie auf.

»Steve hat Frühschicht, ich gehe jetzt besser.«

»Eine Minute, ich schreibe dir Lindseys Telefonnummer auf.« Rita war so höflich, sitzenzubleiben und zu warten, während Moss die Nummer aus dem Buch auf dem Kaminsims abschrieb und sie Rita gab. Moss nahm Rita nicht das Versprechen ab, anzurufen, und Rita versprach nichts.

Der Rest der unausgesprochenen Spannung und des Zorns hing um sie in der Luft wie der Rauch von den Koksöfen. Moss fragte sich, ob ihre ganz persönlichen Gedanken erraten wurden, als die Sekunden vergingen, Sekundensplitter, die die alten Wunden wieder aufrissen, so daß die bloßgelegten Gefühle in Gefahr waren, hervorzubrechen. Rita war tief verstört, es tat ihr zutiefst leid, und sie wußte nicht, wie oder wann sie darüber würde sprechen können. Aber sie hatte hier in Moss' Wohnzimmer das Gefühl, daß dies eine der Verletzungen war, die durch die Unterschiede zwischen den Menschen entstanden, eitern und für lange, lange Zeit nicht verheilen würden.

»Sagen Sie Biff auf Wiedersehen von mir.«

»Natürlich. Und wir beide hoffen, daß mit deinen Hochzeitsplänen alles gutgeht. Wir hoffen, daß ihr beide glücklich werdet.«

Rita ging. Beide Frauen wußten, daß die andere immer noch zornig war. Beiden war nach Weinen zumute, aber keine von ihnen tat es.

14. Kapitel

Zurück in London erholte sich Lindsey langsam aber sicher von dem Autounfall. Sobald sie ohne Krücken laufen konnte, nahm sie ihre Arbeit in der Fabrik nahe der Old Street wieder auf. Rhona setzte sie auf ihrem Weg zur Arbeit am Fabriktor ab, und nach der Arbeit wartete Lindsey, bis Rhona sie wieder abholte.

Zuerst fühlte sie sich außerordentlich müde, und alles, was sie noch tun konnte, war, zu Abend zu essen und ins Bett zu fallen. Sie sehnte sich nach Schlaf, oft waren es neun oder zehn Stunden in der Nacht. Sie ging nicht aus, weil sie zu erschöpft war, aber sie hielt die Arbeit durch und war mit sich zufrieden.

Am meisten freute sie sich, wieder bei Rocky und Maureen zu sein.

»Ihr seid wie meine Familie«, sagte sie zu Rocky.

»So weit kommt das noch«, erwiderte Rocky, und als Lindsey verlegen guckte, fügte sie hinzu: »Aber ich habe dich vermißt, und ich bin froh, daß du wieder da bist. Und wenn du wieder richtig laufen kannst, gehen wir auf die Märkte, jeden Samstag einen. Wird Zeit, daß du ein paar neue Sachen bekommst, wird dich aufheitern. Und ich? Ich brauche einen neuen Hut, vielleicht auch zwei.«

Rocky hielt Wort, und sie trafen sich hin und wieder für ein paar Stunden, gingen zusammen einkaufen und setzten sich zu Tee und Rockys heißgeliebten Donuts in ein preiswertes Café.

Allmählich ließen die Schmerzen in Lindseys Oberschenkelknochen nach, da sie gut aß und gut schlief, und sie begann, schwimmen zu gehen, zunächst eine halbe Bahn, später fünf, sechs, zehn. Mit jeder Bahn, um die sie sich in den Wintermonaten steigerte, spürte sie, wie ihre Muskeln kräftiger wurden und ihr Körper seine frühere Stärke wiederfand.

Physisch heilte sie, aber sie wußte, es würde mehr als ein paar Ausflüge zum Markt und zum Schwimmbad brauchen, um die gefühlsmäßige Betäubung zu überwinden, in die sie versunken war. Spät am Abend, vor dem Einschlafen , wenn sie allein im Bett lag, legte sie sich oft die Hände auf den Bauch. Ihre Finger fuhren an den Narben entlang, und wieder fühlte sie sich wie eine leere Vase aus porösem Ton. Ihre Gefühle waren aus der Vase ausgelaufen wie Wasser; warm oder kalt, das spielte keine Rolle, sie waren dahin, und sie konnte sich nicht dazu aufraffen, sie zurückzuholen. Sie schlief ein und träumte von Wasser, das über eine Klippe in den Dales herabstürzte, ins Nichts hinunterfloß, in der Erde verschwand, ohne Ziel.

Die Kantine der Handschuhfabrik hatte hohe Fenster mit Drahtgittern, so daß die Außenseite nicht geputzt werden konnte. Drinnen war der Raum bis zur halben Höhe der Wände gefliest, und darüber waren durch die abblätternde beige Farbe Risse und unregelmäßige Flecken sichtbar. Oben an den Wänden verliefen dünne und dicke Wasserrohre wie eine Eisenbahnstrecke, trafen und vereinigten sich, gelegentlich durch senkrechte Rohre miteinander verbunden, die in schäbigem, abblätterndem Grau gestrichen waren. Über ihren Köpfen vervollständigten Neonröhren die trostlose Armenhausatmosphäre; Rocky zufolge eine bewußt mißratene Planung, um die Frauen davon abzuhalten, beim Mittagessen zu trödeln.

Kurz vor Ostern saßen Lindsey und Rocky an Maureens freiem Tag bei Butterbroten und Kaffee in der Mittagspause zusammen.

»Komm am Sonntag mit mir zur Kirche.« Rocky sah Lindsey in die Augen. Rocky war achtunddreißig; seit Wochen hatte sie ihre junge Freundin beobachtet, eine Witwe, von ihrem Kind entfremdet. Wie eine Papprolle in der Mitte eines Tuchballens. Schimmernde blaue Seide; goldener und silberner Brokat; warmes, starkes Kammgarn; dicker grüner Wollstoff. Eingewickelt und fest gerollt, ein leerer Zylinder, innen Schicht über Schicht, so daß Rocky betrübt an sich selbst im gleichen Alter dachte, als sie an die Farben und Stoffe nicht hatte herankommen können.

»Das ist nichts für mich, Rocky.«

»Das weißt du nicht, bis du da warst. Es ist auch für Weiße. Nicht nur für unsere Leute.«

»Ich kann nicht. Meine Großmutter ist fromm, aber für mich ist das nichts. Aber du bist sehr nett zu mir, Rocky. Es geht mir gut, ich komme zurecht.«

»Nein, Mädchen, es geht dir nicht gut. Warum? Weil du aufgehört hast zu träumen. Und wenn du nicht träumen kannst, kannst du nicht leben. Das ist das Schlimme an den Städten.« Rocky schaute auf die hohen Fenster, die nur tiefgraues Tageslicht hereinließen. »Kein

Himmel. Deine Träume explodieren um dich herum. Kein Land. Kein Ort, um zu graben, sie in fruchtbare Erde zu pflanzen und wachsen zu sehen. Also schreist du deine Träume in die dicke Luft, sie ersticken an den Auspuffgasen, und auch du stirbst ein bißchen innerlich.«

Lindsey rührte in ihrem Kaffee und dachte an die vielen Stunden, die sie in dieser Kantine zusammen verbracht hatten, miteinander geredet hatten an eben diesem Tisch mit seiner Plastikdecke, ganz zerkratzt und zerrissen, wie ihre Träume. Sie fand keine Worte, aber sie schaute hoch, und ihr Gesicht sagte: hör nicht auf, ich brauche es, dir zuzuhören.

»Erstickt. Du kommst den ganzen Tag in die Fabrik, surr, surr, verarbeitest mit den anderen Frauen den Stoff und redest über Einkaufen und Freunde. Vielleicht über die Wahlen, den Nahen Osten. Aber du behältst deine Träume in ein sauberes Taschentuch gefaltet, das du dir in den BH gesteckt hast. Bewahr sie sicher auf. Träume nähst du nicht dort, wo Fremde deinen Faden sehen können.«

Lindseys Augen leuchteten, und Rocky wußte, sie mußte reden, sprechen, mit Worten die Fäden durchschneiden, mit denen Lindseys schützender Tuchballen zugenäht war.

Rocky ging zur Kantinentheke und kam mit zwei dampfenden Kaffeebechern zurück. Sie rührte drei Stücke Zucker in ihren, und dann, als Lindsey langsam das heiße Getränk schlürfte, fragte sie: »Wußtest du, daß ich mein Baby in Jamaika zurücklassen mußte?«

»Tatsächlich? Davon hast du nie etwas gesagt. Oh, Rocky, welches war es?«

»Elizabeth. Mein Baby, das heute Lehrerin ist. Du schnippst mit den Fingern, Lindsey, drehst dich um, und schon sind sie fertig und erwachsen.«

»Ging es ihr gut? Wie hast du dich gefühlt? Bei wem hat sie gelebt? Hast du getrauert?«

»Hey, einen Moment – welche Frage zuerst?«

»Alle! Alle. Ich habe nie eine andere Frau getroffen, die ein Baby verlassen hat. Nicht eine. Hast du darum ein Auge auf mich gehabt?«

»Gott weiß, du brauchst jemand, die ein Auge auf dich hat. Ich habe getrauert. Ich habe gearbeitet. Jeden einzelnen Penny habe ich umgedreht, bis ich sie holen konnte. Sie war sechs.«

»Sechs Jahre. O Gott, sie kannte dich ja gar nicht.« Das ist das, wovor ich Angst habe, dachte Lindsey, daß Rosie mich nicht kennt. Ich bin diese Fremde, die sie im Stich gelassen hat. Laut sagte sie: »Ich habe alles getan, um sie zu vergessen. Ich kann nicht schlafen. Ich kann sie mir nicht aus dem Kopf schlagen. Ich bin besessen, Rocky. Besessen.«

»Geh und hol sie. Du hast deine hübsche kleine Dachgeschoßwohnung. Ich hatte keine Wohnung. Ein Zimmer. Kinder nicht gestattet. Du hast eine Wohnung. Geh und hol dein Baby. Sie wird dir die Liebe zurückbringen. Sie wird dir ganz sicher Liebe bringen. Gott weiß, du brauchst sie.«

»Du auch. Wir alle. Willst du ein Donut?«

»Zwei.« Rocky sprach laut, und Leute drehten sich um. Sie kümmerte sich nicht darum. »Und noch einen Kaffee. Brühheiß, mit drei Stück Zucker. Ich will ein süßes Leben haben.« Als Lindsey mit dem vollen Tablett zurückkehrte, war sie aufgeregt, entschlossen, schwach und stark zugleich. Sie fragte: »Du bist niemals zurückgegangen, um dort zu leben?«

»Keine Arbeit. Noch drei Kinder, die hier geboren sind. Meine Jüngste, Donnette, ist erst vierzehn. Earl und Danny dazwischen. Mein Bruder ist jetzt hier in London. Wenn Earl und Donnette erwachsen sind, dann werde ich zu ihm gehen, bei meinem Bruder leben. Ich könnte nicht allein leben. Nicht noch einmal. Dies ist mein Zuhause, dieses kalte Land. Kalt und grau. Aber es ist Zuhause. Und ich habe immer noch meine Träume. Rosie wird später auch welche haben. Sie vor dir verheimlichen. Wie meine Kinder. Stell keine Fragen, dann hörst du keine Lügen. Sie haben ihre eigenen Träume, wie ich sie hatte. Ich mache weiter, komme zurecht. Aber ich habe nie meine Träume verloren. Komme zur Arbeit zerschlagen und hundemüde. Gehe nach Hause zerschlagen und ausgelaugt. Die Arbeit hier laugt dich aus. Und alles für deine Kinder, um ihnen Hoffnung zu geben. Was hast du, wenn du deine Kinder nicht hast? Was hast du? Verlorene Träume, Mädchen. Geh und hol dieses Baby.«

Lindsey lächelte und dachte an Rosie und an das Bild von dem Tuchballen, das Rocky ihr gerade vermittelt hatte, und zum ersten Mal seit so vielen Tagen, wie sie zurückdenken konnte, fühlte sie, wie eine Lage Tuch sich abrollte. Jamaika und Herton. Heimatorte. Sie war jung und im Exil. Rocky war älter und im Exil. Beide waren sie Mütter. Was hast du, wenn du deine Kinder nicht hast?

Sie tranken schweigend ihren Kaffee aus und waren sich so nahe, als würden sie einander berühren. Rocky dachte an die Zeit, als sie Elizabeth zu sich holte, wie das die Stücke ihrer Seele wieder zusammenfügte, und sie hatte, als sie die Last ihres Kindes selbst trug, freier geatmet als in den sechs Jahren der Trennung zuvor.

Sie wollte, daß alle ihre Kinder aufs College gingen. Dafür nähte sie Handschuhe. Sie hätte auch gern eine Ausbildung gemacht, aber da waren nur die Samstage, und sie konnte nicht kochen und putzen und einkaufen und eine Ausbildung machen, alles am Samstag. Laß die jungen Leute ihre Ausbildung machen. Sie schaute herüber und lächelte Lindsey an, die nicht einmal so alt wie Elizabeth und schon Witwe mit einem Baby war. Hat jung angefangen, wie sie, Rocky. Damals wurde sie Raquelle genannt. Sie schaute auf die Kantinenuhr. Es hieß, du hättest mehr Zeit, wenn du deine Kinder nicht bei dir hattest. Aber du verbrachtest sie damit, sie zu vermissen; es riß dir das Herz in Stücke. »Komm, Aschenputtel«, spöttelte sie. »Es wird Zeit.«

»Schwing deinen Zauberstab, Rocky. Vielleicht setzen sie den Stücklohn herauf.«

»Das wäre keine Zauberei«, erwiderte Rocky, stand auf und machte sich bereit, mit dem Nachmittagspensum zu beginnen, »das wäre ein Wunder.«

Lindsey stand mit Moss, Biff und dem Baby auf der Brücke über dem Ladybower-Stausee und sagte guten Tag und auf Wiedersehen zu dem Ort, wo sie gelebt hätten, wo Peter für die Wasserbehörde gearbeitet hätte.

Es war April. Weicher grüner Flaum lag auf jedem Baum und verbarg die Zweige, aber die Äste würden erst im Mai verborgen sein. Der Frühling war jung, und jung war auch sie. Eine junge Frau mit einem kleinen Baby, ihrem Baby.

Ich bin gekommen, um mein Leben und mein Kind zu fordern, dachte sie. Die Stücke von mir zusammenzusetzen; wie sagte Rocky noch, die Stücke meiner Seele. Alles anzunehmen, allem ins Auge zu sehen, alles zu bewältigen.

»Ich habe Winterschlaf gehalten, Biff«, sagte sie laut, »wie die Pflanzen in eurem Garten.« Moss schaukelte den Kinderwagen, als Rosie sich bewegte, und das Baby sank wieder in den Schlaf. »Ich habe all diese Monate dazu gebraucht, nur zur Arbeit zu gehen, heimzukommen, Freundinnen zu sehen, schlafen zu gehen. Aufwachen, arbeiten gehen. Tag um Tag. All diese Monate. Wer hätte gedacht, daß ich nun hier stehe, auf das Wasser schaue, ruhig bin. Ich kann es kaum glauben, wie ruhig ich bin.«

Sie nickten, und Moss streichelte ihren Arm. Im Wasser spiegelten sich der Himmel, die Wolken und die Bäume. Graublaues Wasser, es stand wegen der Regenfälle des Winters hoch am Ufer. Der Tag war zeitlos, Stunden und Minuten unbestimmt. Das Wasser lag still in dem Stausee, wie ein regloser Zeiger auf einer Uhr, die stehengeblieben war. Nur die Bewegung der Sonne und die langsame Drehung der Schatten waren da, um zu zeigen, daß es nicht das Ende der Welt war. Alles war still. Die Steine der Brücke leuchteten im Sonnenlicht in einem warmen Grau. Die Wolken im Wasser schwammen tief. Am Ufer fing ein leichtes Kräuseln den Sonnenschein ein und rollte ihn behutsam in einer stetigen Spirale bis zum Stamm des darüberhängenden

Baumes.

»Wir haben darauf vertraut, daß du kommst und sie holst«, sagte Moss. »Wir kennen dich, seit du acht Jahre alt warst. Die Zeit war auf unserer Seite und auf deiner.«

»Und auf Rosies«, fügte Biff hinzu. Das Baby wachte auf und lutschte am Zeigefinger, den Daumen durch das Loch in einer kleinen Häkeldecke gesteckt. »Es interessiert sie nicht sehr, was um sie herum vorgeht, solange sie *dies* hat.«

»Dies?«

»Vor etwa einem Monat saß sie in ihrem Stühlchen und brüllte sich die Lunge aus dem Leib. Ich habe alles versucht. War sie naß? Nein. Hungrig? Nein. War ihr zu warm? Nein. In meiner Verzweiflung sagte ich dann: 'Hier, nimm dies!' und gab ihr die Decke. Sie sagte, 'aaa dies', war mucksmäuschenstill und ist seitdem nicht mehr von der Decke zu trennen.«

Lindsey grinste und schnitt Grimassen vor Rosie, die ihrerseits Grimassen schnitt.

»Ihr werdet sie vermissen, nicht?«

Moss erwiderte: »Natürlich werden wir sie vermissen. Aber sie ist *dein* Kind, und wir werden nicht jünger. Und sie ist noch klein genug, um den Wechsel zu verkraften. Ein paar Monate später hätte ich mir Sorgen gemacht. Eigentlich habe ich mir jetzt schon Sorgen gemacht«, fuhr Moss fort, »wann du kommen und sie holen würdest. Biff hat manchmal so stechende Schmerzen.«

»Ach was, es geht mir gut.« Biff setzte ein abweisendes Gesicht auf.

»Was ist los, Biff? Wo hast du stechende Schmerzen? Verheimlichst du mir etwas?«

»Kommt, laßt uns über die Brücke gehen. Auf der anderen Seite haben wir eine wunderschöne Aussicht.«

»Ich sagte ...«

»Es geht mir gut. Es ist bloß ein bißchen Verstopfung, nehme ich an.«

Moss schnaubte: »Unsinn«, aber Biff schwieg eisern. Moss und Lindsey wechselten einen Blick. Sie zuckten die Achseln und ließen das Thema wohlweislich fallen.

Die Hyazinthen waren noch nicht ganz in Blüte. Unter den Bäumen waren sie mehrere Zoll hoch, aber mit festen, grünen Knospen. Überall öffneten sich Blätter in allen Schattierungen von Grün. Unten wuchs dichter Farn, fast einen halben Meter hoch, seine Blattspitzen wie Federn, bereit, sich aufzurollen. Gräser entfalteten sich, und überall bauten Vögel ihre Nester und schwirrten mit kleinen Fundstücken für die Heimarbeit vorbei.

An dieser Stelle gab es Leben im Überfluß, das sich gerade öffnen wollte, herausspringen, emporschnellen in einem Flug von Blatt, Feder und Farnwedel.

Moss schob Rosies Kinderwagen, wies auf dieses und jenes hin und hielt an, um ihr etwas zu zeigen. Dasselbe hatte sie für Sadie getan und auch für Ronnie. Dies würde wohl das letzte Baby sein, das sie im Arm halten, in den Schlaf wiegen würde. Wenn Lindsey noch mehr bekam, würden sie in London aufwachsen. Moss wollte, daß Lindsey nach London zurückkehrte. London bot Möglichkeiten, und obwohl sie selbst nie auch nur das geringste Interesse verspürt hatte, die Stadt zu besuchen, war ihr klar, daß London für Lindsey ebenso ein Magnet war wie einst Herton Hall für das Dreigespann junger Mädchen, die dort während der Renovierung und des Umbaus gespielt hatten.

Der Ladybower war ein Ort der Spiegelungen. Die langgestreckte Wasserfläche ein Spiegel für Geist und Seele. Moss drehte sich mit dem Kinderwagen um und warf einen Blick zurück auf die Steinbrücke. Es war eine gute Idee gewesen, diese Reise zu unternehmen. Der graublaue Himmel gab den Gefühlen Raum, und es waren eher Gefühle als Gedanken, die Moss während des ganzen Ausflugs bewegt hatten. Zurück nach Darlington und zu Florence; nach vorne durch Sadie und Ronnie, der auf See geblieben war. »Gott gebe seiner Seele Frieden«, betete Moss, wie sie es immer tat, wenn sie den Krieg und Ronnie in ihrem Herzen spürte.

Der Ladybower war auch ein Ort des Herzens. Der Ort, an dem Lindsey Rosie aufgezogen hätte. Aber Moss fühlte sich nicht romantisch mit einen bestimmten Ort verbunden. Sie lebte in Herton und würde ihr Leben vermutlich dort beenden. Aber sie hatte es bei Darlington begonnen, in einem winzigen Dorf mitten auf dem Land, und es war die Landschaft des Nordens, an der sie hing. Nachdem sie einst gezwungen gewesen war, sich zu entwurzeln und neu einzupflanzen, hatte sie entdeckt, daß das manchmal notwendig war und daß es gelingen konnte.

Sie ließ ihr Herz in den Stausee eintauchen, auf den Grund unter dem Wasser niedersinken und seine Stille aufnehmen, trinken.

15. Kapitel

Die schwer vermietbare Wohnung in Hackney, die seit 1967 Lindseys und Rosies Zuhause war, gehörte zu einem trostlosen alten Wohnblock mit rissigen Betontreppen voller Müll und Hundedreck, in dem gelegentliche Straßenschlägereien die Flure und Treppenabsätze von zerbrochenen Flaschen übersät zurückließen. Aber Lindseys Wohnung war innen blitzsauber und gemütlich wie die ihrer Nachbarinnen. Sie war stolz auf ihr Zuhause und war gerade damit fertig geworden, die Küche in Grün und Weiß zu tapezieren, mit einem neuen Rollo am Fenster.

In halber Höhe der Küchenwand war ein Geräusch wie von Mäusen mit Metallzähnen zu hören, die sich von der Nebenwohnung her durch den Gips hindurchknabberten. Krrch, krrch. Das Geräusch kam mehrmals wieder, doch unregelmäßig. An ihrer Seite der Wand blieb die Tapete heil, obwohl das Geräusch so hartnäckig war, daß Lindsey halbwegs damit rechnete, jeden Moment eine kleine spitze Nase und Schnurrhaare auftauchen zu sehen.

Sie machte sich am Küchentisch zu schaffen, der dick mit Zeitungen abgedeckt war, und fing an, Schuhe zu putzen. Der Sommerabend draußen war hell und klar. Drinnen machten die Sonnenstrahlen mit dem darin tanzenden Staub Annäherungsversuche an die Schuhe, die in Reih und Glied dastanden und auf das Polieren warteten. Die Sonne bewegte sich stetig über die schweigenden Paare von Schuhspitzen: schwarz, braun, blau, rot und gelb. Während sie arbeitete, summte Lindsey »Blue Suede Shoes«, obwohl ihre derzeitigen Lieblingsschuhe keine Wildlederschuhe waren, sondern neue französische Pumps aus blauem Leder mit niedrigen Absätzen.

Rosie, viereinhalb Jahre, war im Bett und träumte wahrscheinlich von Weißen Kaninchen und Haselmäusen, verrückten Hutmachern und Fünf-Uhr-Tees. Die Bilderbuchversion von *Alice im Wunderland*, aus der Lindsey ihr vorgelesen hatte, lag auf dem Nachttisch. Lindsey bürstete Rosies rote Sandalen, hielt sie in der Hand und bewunderte sie. Die alten Märchen von Hans Christian Andersen, rote Schuhe, rote Wolle, fielen ihr ein. Dann marschierte die Kindheit an, ungekürzte Fassung, und die Erinnerungen, spitz wie Nadeln in Nadelkissen. Kleine Brüder und Schwestern mit ermüdendem Husten und abgelaufenen Schuhen.

Jedes Kind hatte ein Paar Schuhe gehabt und ein Paar Socken. Lindseys Mutter Sadie hatte immer versucht, die gewaschenen Socken über Nacht am Wohnzimmerkamin zu trocknen. Einmal hatte Sadie ein paar nasse Socken zur Arbeit mitgenommen, um sie auf den warmen Heizkörpern im Krankenhaus zu trocknen. Die Putzfrau hatte sie gefunden und in den Abfall geworfen. Sadie hatte darum bitten müssen, sie zurückzubekommen; Lindsey erinnerte sich, daß es Jimmys Socken gewesen waren, und deshalb hatte er dieses scheußliche Malheur mit dem Splitter gehabt.

Noch mehr Erinnerungen: an ihre Mutter und ihren Vater, die hinter der Schlafzimmertür geflüstert hatten, in dem dringlichen Ton, der der lauschenden Lindsey verriet, daß das Thema der Nacht mal wieder *Geld* war. Sie dachten, Lindsey könne sie nicht hören, wisse nichts. Aber sie hatte es gewußt, zuviel – und nicht genug.

Nun, Jahre später, wurde ihr bewußt, daß sie sich immer, wenn sie etwas Geld übrig hatte, Schuhe leistete. Genug Schuhe, zu viele Schuhe. Schuhe für alle Gelegenheiten, für jede Witterung. Bezahlt von ihrem Vollzeitlohn von der Handschuhfabrik, wo sie zusammen mit Rocky und Maureen arbeitete. Maureens Schwäche waren Delikatessen: Torte mit frischer Sahne und frischen Früchten, teurer französischer Käse mit Walnüssen ringsherum.

Einmal hatten sie hier in der Küche über ihre 'Genüsse' gesprochen. Es war ein besonderes Gespräch gewesen, an das sich Lindsey jedesmal, wenn sie Schuhe polierte, in allen Einzelheiten erinnerte.

»Schau mal, was ich im Ausverkauf bekommen habe«, hatte sie angefangen. »Ich wollte immer schon gelbe Schuhe haben!«

»Was für eine Farbe! Eine Schande, daß ich dich nicht mehr frage, ob du mit mir tanzen gehst.«

»Sie sind zum Laufen, nicht zum Tanzen, und außerdem haben wir all das doch hinter uns. Wie geht's übrigens Tessa?«

»Sie tanzt gerne. Mit mir. Es geht uns prima.«

»Wie nimmt deine Mutter es auf, und Marissa?«

»Meiner Mutter macht es nichts aus. Sie ist mit uns ins Gateways gekommen.«

»Sie ist was? Du machst Witze.«

»Nein, mach' ich nicht. Ich sage ja, Mutter ist in Ordnung. In mehr als einer Hinsicht. Sagen wir es so: Wir sind sechs, und sie bleibt mit einigen ihrer Pflegekinder in Verbindung, auch mit Marissa. Marissa gehört mehr zur Familie, weil sie so lange Pflegekind bei uns war. Ich habe Glück, das weiß ich. Manche Mütter würden total durchdrehen, wenn ihre Tochter lesbisch würde und ihre Freundinnen mit nach Hause brächte.«

Lindseys Augen weiteten sich ungläubig, als sie sich Maureen und ihre Mutter im Gateways vorstellte, ganz zu schweigen davon, daß die Mutter ihre Geliebte akzeptierte.

»Und durch Marissa hast du Tessa kennengelernt, richtig?«

»Du kapierst manchmal etwas langsam, was? Denk doch an deine Großmutter, die in einer Familie aufwuchs, wo ihre Mutter Halbinderin war und ihr Vater Weißer. Na?« Maureen wartete, daß bei Lindsey der Groschen fiel, dann sagte sie herausfordernd: »Nun, meine Pflegeschwester ist schwarz und ihre Freundin Tessa auch. Tessa hat zwei kleine Mädchen, und ich liebe Kinder ... Marissa wußte, daß ich und Tessa lesbisch sind und beide einsam waren. Und komm mir nicht wieder mit dem Wie-kann-sie-lesbisch-sein-wenn-sie-Kinder-hat-Kram, denn es langweilt mich, dir dauernd auf die Sprünge zu helfen.«

»Tut mir leid. Aber du hast Glück, daß deine Familie es akzeptiert, daß du lesbisch bist. Die meisten Familien gehen nicht so offen damit um.«

»O Lindsey, daß eine große starke Frau wie du so einen altmodischen Blödsinn daherredet. Wir leben in den Siebzigern. Versteh mich nicht falsch, wir sind nicht auf Rosen gebettet. Marissas Bruder hat auch bei uns gewohnt, und die Polizei haßt schwarze Jugendliche und hat Chas nur zu gerne wie ein Stück Fleisch in einen Polizeiwagen geworfen, nachdem er ein Bebop-Konzert besucht hatte.

Hör zu, Lindsey, ich bin eine weiße Frau, und Tessa ist schwarz, und ihre Töchter Sharon und Jean sind schwarz, und wir alle müssen lernen, miteinander zu leben. Wir müssen nicht lernen, uns zu lieben. Wir lieben uns schon. Es ist das Zusammenleben tagein und tagaus, was wir lernen müssen – und entweder wir schaffen es oder wir schaffen es nicht. Falls es mißlingt, dann sicher nicht, weil wir es nicht versucht hätten. Weder auf meiner Seite noch auf ihrer. Na, genug von mir und meiner Romanze aus dem wahren Leben – was ist mit dir? Bist du immer noch glücklich allein?«

»Ich liebe es. Ich habe lange genug dazu gebraucht. Weiß nicht, was ich ohne dich und Rocky gemacht hätte. Es geht mir gut. Ich habe meine Tochter, die da drinnen vor sich hin träumt. Und ich habe dich zur Freundin. Ich wollte, daß du jemanden wie Tessa findest, nicht wie mich. Rocky sagt, ich bin immer noch in einen Ballen Tuch eingenäht. Ich glaube, sie hat recht. Ich werde die Fäden auftrennen, wenn ich soweit bin.« Lindsey hatte die gelben Schuhe in das Seidenpapier im Schuhkarton zurückgelegt, als Maureen für beide ein riesiges Stück Zitronentorte abschnitt.

»Bitte. Passend zu deinen neuen Schuhen. Hau rein. Eine Minute im Mund, eine Stunde im Magen und ein Leben lang auf den Hüften. Du warst immer schon zu dünn. Das wird dich ein bißchen mästen. Du kannst den Rest für Rosie aufheben.«

»Du verwöhnst uns. Ich dachte, du sparst für Australien.«

»Meine berühmte Reise auf die andere Seite der Erde? Ich habe sieben Pfund auf dem Postsparbuch.«

»Das wird lange reichen. Eines schönen Tages werde ich mit Rosie ihre Großeltern besuchen fahren.«

»Brauchst du jemand, die deinen Koffer trägt?«

»Nein danke. Du kannst Tessas tragen. Außerdem wird meiner eine Tonne wiegen. Voller Schuhe.«

Lindsey hörte auf, in Erinnerungen zu schwelgen, und beschloß, Kaffeepause zu machen. Sie schrubbte gerade ihre rot und blau verfärbten Hände, als sie jemanden an die Wohnungstür klopfen hörte, vermutlich die Nachbarin, um den Tapetenkratzer zurückzubringen, den sie sich ausgeliehen hatte.

Lindsey rief zur Wohnungstür: »Ich komme!«, während sie sich eilig die Hände am Küchenhandtuch abtrocknete und den Flur entlanglief.

Sie öffnete die Tür, fiel in ein Kaninchenloch und landete unten in Herton Hall, Auge in Auge mit Lerryn Trevonnian.

Ein paar Augenblicke lang starrten die beiden Frauen einander an.

Statt der jungen Lerryn in Shorts und T-Shirt an Tante Harrys neuem Teich stand hier eine große, anmutige Frau in Jeans und weißen Lederschnürschuhen, die einen Strauß lachsfarbener Rosen in der Hand hielt. Lerryn trug eine offene Jeansjacke mit vielen Taschen über einer kragenlosen weißen Leinenbluse, von der sich ihre reine Haut und ihr kurzes, dunkelgelocktes Haar abhoben. Sie hatte natürlich immer noch die gleichen dunkelgrünen Augen, und nun lächelte sie Lindsey an, registrierte alle Anzeichen von Lindseys totaler Überraschung.

Lerryn war über Lindseys Veränderung ebenfalls erstaunt. Verschwunden war das sorglose junge Mädchen mit dem zu einem Pferdeschwanz zurückgebundenen Haar, mit dem Körper, der sich leicht und flink bewegte. Diese Frau war etwa einen Meter fünfundsechzig groß, vielleicht ein wenig mehr, und damit etwas kleiner als Lerryn. Lindseys dickes schwarzes Haar war kurz und hatte einen modernen Schnitt, der ihren Nacken freiließ, über den Ohren zurückgekämmt, so daß Lerryn gerade eben winzige goldene Ohrringe sehen konnte. Lindsey hatte zugenommen, und es stand ihr. Sie trug einen Sommerrock, und ihre bloßen Füße steckten in weichen braunen Ledersandalen. Der Stoff ihres Rockes und der dazu passenden Hemdbluse gefiel Lerryn: ein abstraktes Muster in Grün und Blau mit vereinzelten sanften gelben Flecken. Das Meer und die Boote im Hafen von Mevagissey bei Flut im Sonnenlicht.

»Lerryn!«

»Was für ein wunderschöner Stoff! Hallo, Lindsey.«

Lindseys nächste Worte überstürzten sich bei dem Versuch, eine Unmenge von Gefühlen auszudrücken. »Oh, danke. Es ist sehr bequem. Ach, du lieber Himmel, du kommst besser herein. Komm herein, ehe du auf meiner Schwelle Wurzeln schlägst.«

Lindsey hüpfte durch die Diele, Lerryn hinter ihr, und ihre Höhle wurde um einiges kleiner, voll mit Leuten aus der Vergangenheit. All die Ichs, aus denen Lindsey bestand, gefolgt von Lerryn und ihrem ganzen Troß von Verbindungen nach Herton, die alle wie Figuren aus *Alice im Wunderland* verkleidet hinterher drängelten: Tante Harry als

Herzkönigin; Peggy als die Edamer Katze; Stan als die pfeiferauchende Raupe; Mrs. Kinton, die Morgawr-Dame von der Hertoner Bibliothek, als die Herzogin; und ein Chor von Spielkartenfiguren, die alle mit Paletten und Pinseln winkten und riefen: »Rosen, Rosen überall«.

Lindsey lief als das Weiße Kaninchen herum und piepste: »Setz dich hierhin. Ich räume eben diese Schuhe weg. Der Kessel ist schon aufgesetzt. Wunderschöne Rosen. Hier ist eine Vase.«

Lerryn schaute sich in der grün-weißen Küche um und stellte die Rosen in die Vase. All die sorgfältig geprobten Sprüche und Sätze waren zu einer wirren Masse zusammengeschnurrt wie ein Knäuel Gummibänder, das sie einmal aus alten Beständen hinten in Tante Harrys Schreibschrank gemacht hatte. Im Geiste suchte Lerryn in dem Gummibänderknäuel ein loses Ende, an dem sie das Gespräch beginnen konnte, aber da sie keins fand, beschloß sie, etwas zu der Farbe der neu tapezierten Küche zu sagen.

»Was für ein hübscher Raum. Hast du das selbst gemacht?«

»Das meiste, und meine Freundin Maureen aus der Fabrik hat mir geholfen. Ich würde mit dir ins Wohnzimmer hinübergehen, aber wir können es zur Zeit nicht benutzen. Der Putz ist von der Decke gefallen, und wir warten darauf, daß die Stadtverwaltung jemanden schickt, um es in Ordnung zu bringen. Sie brauchen ewig lange. Wo lebst du denn jetzt?«

»Finsbury Park. In der Nähe der U-Bahn-Station.«

»Oh, in London. Ist das auch eine Sozialwohnung?«

»Nein. Es ist eine Erdgeschoßwohnung, und dahinter ist ein Garten. Ich bin eine eifrige Gärtnerin, wie Biff. Wie geht es ihnen? Sind sie beide gesund?«

»Mal so, mal so. Biff fährt immer noch Fahrrad. Er ist wirklich erstaunlich. Gesund, glaube ich jedenfalls. Nanan auch, aber ihre Hüfte macht ihr zu schaffen. Ich habe eins von diesen neuen Hüftdingern vorgeschlagen, aber ihr Arzt sagt, ihr Herz würde die Operation nicht überstehen. Ich bin zu ihm gegangen und hatte deswegen eine richtige Auseinandersetzung mit ihm.«

Lerryn fing Lindseys Blick auf, und zum ersten Mal spürte sie ein tieferes Wiedererkennen. Für einen Moment erforschten sie das Gesicht der anderen, wie um einen Weg zu suchen, einander all die Dinge zu erzählen, die ihnen während der Jahre ihrer Trennung widerfahren waren und sie verändert hatten. Lerryn war Moss und Biff sehr zugetan gewesen; sie spürte, wie einige der dazwischenliegenden Jahre verschwanden. Im gleichen Augenblick verschwand die Sonne hinter den hohen Häuserblöcken, und der Raum wurde dunkler.

»Ich mache eben das Licht an«, sagte Lindsey, stand auf und griff nach einer Tischlampe oben auf dem hohen Kühlschrank, umgeben von Grünlilien, deren grün-weiße Ableger an den Seiten herabfielen. Die Lampe warf Schatten in der Küche.

»Du erzähltest gerade von dem Arzt.«

»Ja. Ich kann nicht begreifen, warum sie Nanan nicht ein neues Hüftgelenk einsetzen und fertig. Sie ist mit ihren siebenundsechzig Jahren noch nicht so alt, und es würde ihr die Schmerzen nehmen. Aber er meint, es hat etwas mit Gelenkrheumatismus zu tun. Offensichtlich hat sie das seit ihrem neunten Lebensjahr, und das hat ihr Herz geschwächt. Ich wollte, daß sie ein zweites Gutachten einholt, denn sie hat in all diesen Jahren nicht eine Spur von Herzbeschwerden gehabt. Es ist Biff, der stechende Schmerzen hat, nicht Nanan; nicht daß ich mit *ihm* irgendwie weiterkäme. Was für ein störrisches Maultier er sein kann! Er hat diesen absoluten Horror vor Ärzten. Ich tue mein Bestes mit beiden, aber sie schließen sich gegen mich zusammen. Nanan will kein zweites Gutachten einholen. Ich weiß nicht; es ist ihr Leben, aber ich denke nicht gerne daran, daß Nanan Schmerzen hat. Sie kann noch gerade eben laufen, und sie schafft es die Treppe hinauf ins Bett.« Lindsey seufzte. »Ich habe es noch nicht aufgegeben, ich warte den richtigen Augenblick ab.« Sie schaute langsam zu Lerryn hinüber. »Es war gut, daß du mich nach ihnen gefragt hast, Lerryn. Ich muß zugeben, ich habe einen richtigen Schock bekommen, als ich dich vor der Tür stehen sah. Ich begreife es erst allmählich.«

»Ich wolte erst anrufen, aber …«

»Ich traue dem Telefon immer noch nicht. Komische Sache. Es ist wegen Nanan und Biff. Heißer Draht, weißt du.«

»Ja.« Lerryn spürte instinktiv, daß es gut war, mit der Verbindung nach Herton fortzufahren. Eine Brücke, dachte sie bei sich. Wir brauchen beide eine Art Brücke. Sie fragte: »Wie oft fährst du mit Rosie dorthin?«

»Unregelmäßig. So oft wir können. Rosie geht ab September in die Schule. Dann wird es nur noch an den langen Wochenenden und in den Ferien gehen. Manchmal bringe ich sie an einem Wochenende hin, und ich komme wegen der Arbeit zurück. Wir müssen alle Miete zahlen, nicht? Und dann fahre ich eine Woche später oder so wieder hin und hole sie ab. Wenn sie zwölf oder dreizehn ist, setze ich sie in den Überlandbus, aber mit einer Vierjährigen kannst du das nicht machen, oder?« Lindsey zuckte zusammen, und zum ersten Mal bemerkte Lerryn die Linien des Schmerzes um ihren Mund und ihre Augen, als hätte jemand sie plötzlich mit einer Nadel gestochen. Lindsey schien sich rasch wieder unter Kontrolle zu haben. Sie lächelte und sagte: »Erzähl mir von dem erstaunlichen Rotschopf. Wie geht es Tante Harry?«

»Sie ist älter geworden. Ein bißchen dicker, aber sonst ganz die alte. Oh, und ein paar graue Haare, nicht viele. Eigentlich war sie es, die mich über dich und Rosie auf dem laufenden gehalten hat, denn Peggy und Stan erzählen ihr immer die Hertoner Neuigkeiten. Ich wollte dich immer sehen. Hab' jedesmal den Mut verloren. Menschen verändern sich, und mir wurde bewußt, daß ich dich überhaupt nicht kannte, Rosie nicht kannte, und ich hatte nichts dagegen unternommen, und die Zeit verrann wie durch ein Loch in meinen Bildern. Dann hat Peggy Harry erzählt, daß Rosie jetzt in die Schule kommt. Und ich dachte, mein Gott, schon wieder sind fünf Jahre vergangen. Mir kommt es vor, als verginge das Leben in Blöcken von fünf oder sechs Jahren.« Lerryn trank einen Schluck Kaffee, und Lindsey wartete, bis sie sich gesammelt hatte. Lerryn strahlte nicht mehr das ruhige Selbstvertrauen aus wie bei der Begrüßung; sie war nun weniger selbstsicher, irgendwie jünger, ihre Stimme schwankte, ihre Sätze waren kürzer und abgehackter.

Als sie diese Unsicherheit bei Lerryn beobachtete, empfand Lindsey ein sonderbares Mitgefühl. Sie wollte ihr die Hand reichen, so wie sie es getan hätte, wenn eine ältere Rosie ihr nervös gegenübergesessen und etwas Schwieriges zu sagen gehabt hätte. In diesem Moment hatte Lindsey nichts dagegen, Lerryn zu bemuttern, ihre Hauptidentität war neuerdings die einer Mutter. In ihrer Liebe zu Nanan und Biff ging es auch um Mütterlichkeit, denn beide waren auf ihre Weise wie eine Mutter zu ihr gewesen. Selbst Biff war so ganz anders als ein Großvater gewesen, mehr wie eine Großmutter: kaufte ein, kochte und putzte, wechselte die Bettwäsche und hatte sie getröstet, wenn sie traurig war. Sie hatte das nie ganz verstanden, aber sie wußte, es hatte die Art beeinflußt, wie sie selbst sich als Mutter Rosie gegenüber verhielt, und sie sah keine Notwendigkeit, es noch weiter zu analysieren. Sie wartete auf Lerryn und dachte an Nanan und Biff und Rosie.

Lerryn sagte ruhig: »Haben deine Großmutter und Biff dir je erzählt, daß ich nach Herton gekommen war, um dich zu besuchen, kurz nachdem du mit Peter Shepherd fortgegangen warst?«

»Nein.«

»Es war die erste Gelegenheit, wegen Geld und so. Da hatte ich die Lehre im Friseursalon von Catherine-in-Penwith beendet.«

»*Daran* erinnere ich mich. Du hast es gehaßt. Das war schrecklich schwer verdientes Geld, Lerryn. In meiner Handschuhfabrik hättest du es besser gehabt. Ich erzähl' dir gleich davon, red weiter.«

»Das war's eigentlich schon. Ich kam, um dich zu sehen, und du warst mit Peter nach London gegangen.«

»In meiner ersten Zeit in London hätte ich gerne eine Freundin von früher gehabt. Warum hast du dich nicht mit mir in Verbindung gesetzt?«

Als sie diese Worte ausgesprochen hatte, erinnerte sich Lindsey, wie Lerryn sich im Bett in Herton Hall zusammengerollt, zum brennenden Himmel aufgeschaut und gesagt hatte: »Ich werde niemals heiraten. Jungen interessieren mich nicht. Und ich komme *so* gerne hierher nach Herton.«

Lieber Himmel, dachte Lindsey, Lerryn hat gesagt, Jungen interessieren sie nicht. Ist es das, weshalb sie mir nicht antworten kann? Ist es deshalb, weil *ich* sie interessierte?

Lindsey saß ruhig da und wartete auf Lerryns Antwort.

Lerryn trank langsam und konnte nicht antworten. Sie stellte ihren Becher auf den Kiefernholztisch und bemerkte, wie die Spiegelungen sich zu sammeln und wie eine Blase zu platzen schienen, wenn einer der Becher verschoben wurde. Sie konnte Lerryn unmöglich antworten. Es war zu früh. Aber sie wollte nicht lügen. Sie haßte es, alle ihre Gefühle zu verbergen, sei es vor sich selbst oder vor ihren Freundinnen. Vor allem wollte sie sie nicht vor dieser Frau verbergen, die sie endlich wieder aufgesucht hatte. Sie stand an einem Scheideweg ihres Lebens, und sie wollte Lindsey Fragen stellen. Entscheidende Fragen, die ihr nun klar waren.

»Soll ich noch einmal den Kessel aufsetzen?« fragte Lindsey. »Tee oder Kaffee?«

»Eigentlich möchte ich gerne Tee. Ist das da oben auf dem Regal Earl Grey?«

»Ja. Und weißt du was? Es war Tante Harry, die mich damals darauf brachte. Ehrlich. Nanan und Biff hatten natürlich keinen zu Hause. Für sie gab es die gute alte British Rail-Spezialmischung. Aber dann brachte mir Rocky, mit der ich zusammen arbeite, welchen mit, und jedesmal, wenn ich ihn trinke, erinnert er mich an deine Tante. Warte, bis du meine beste Porzellanteekanne siehst. Sie ist die phantastischste Teekanne der Stadt. Sie wurde für Earl Grey gemacht. Tante Harry würde platzen vor Neid. Übrigens, hast du schon einmal gefrorene Sahnetorte gegessen?«

»Ja, gelegentlich. Ich mag sie sehr.«

»Gut, denn ich habe eine im Kühlfach. Maureen hat sie mir gegeben, und wir haben keine Zeit zu warten, bis sie aufgetaut ist. Hier bitte. Tee für zwei.« Lindsey füllte den Kessel und öffnete dann eine Schranktür. Sie drehte sich um und sagte: »Na, hab' ich übertrieben?«

Sie hielt das fürchterlichste Scheusal von einer gemusterten Teekanne hoch, das jemals entworfen wurde. Ihr Lachen war wieder jung, und sie hätte ebensogut einen Strauß von rotem Klee und wilden Skabiosen aus den Wäldern um Herton in der Hand halten können. Jede Schattierung von rosa und lila war in dem Muster verwendet worden, und die Damen in Krinolinen, die gemächlich um die Kanne herum Walzer tanzten, sahen aus wie die Tanzturnier-Kandidatinnen in dem neuen Farbfernseher, der in der Kneipe aufgestellt, aber niemals richtig eingestellt worden war: rote Arme und grüne Beine auf einem lachsfarbenen Tanzboden.

»Hier, siehst du. Du hast genau die richtige Farbe Rosen ausgewählt. Bleib ruhig sitzen, während ich herumrenne. Nicht genug Platz hier drinnen für zwei Serviererinnen.«

Lerryn schaute zu, wie Lindsey in der Küche umherging und die Situation mit der Art von Gelassenheit handhabte, die Moss immer gehabt hatte. Aber einen flüchtigen Moment lang hatte Lerryn den Schmerz in ihrem Gesicht gesehen. Schließlich setzte Lindsey ein Tablett mit der Königin der Teekannen, dem gefrorenen Kuchen auf einem passenden Teller, Gabeln, einem Kuchenmesser, Bechern und Milch auf den Küchentisch.

»Bedien dich«, sagte sie, verließ für einen Augenblick den Raum und kehrte mit einem gerahmten Photo zurück, das sie neben die Teeutensilien stellte. »Das ist meine Tochter, mit meinen Kolleginnen Rocky und Maureen. Das ist mein Kind, mit dem ich zusammenlebe, und das sind meine beiden Freundinnen, die mich unterstützen.«

Seit ihrer ersten Begegnung drei Wochen zuvor hatten Lindsey und Lerryn sich fast jeden Abend einige Stunden gesehen und geredet, als ob der Rest der Menschheit verschwunden und nur noch sie beide und Rosie übriggeblieben und schiffbrüchig auf einer Insel gelandet wären.

Aber Lindsey vermutete, daß Lerryn mehr als Freundschaft wollte, und an diesem Abend nach dem Abendessen in Lindseys Wohnung baute sich eine spürbare Spannung auf. Es wurde Zeit für Lerryn, nach Hause zu gehen, aber sie machte keine Anstalten, bis ihre Verzögerungstaktik beim Abwaschen Lindsey schließlich auffiel.

In den kurzen Pausen zwischen den Geräuschen des Abwaschens zählte tickend ein alter Wecker mit einem riesigen runden Zifferblatt und zwei Glocken obendrauf die Minuten von Lindseys Abend bis zur Schlafenszeit.

Lerryn untersuchte eine Pyrex-Form und entfernte die hartnäckigen braunen Stellen am Rand sorgfältig mit einem Scheuerschwamm. In der Annahme, Lindsey habe sie nicht richtig gehört, wiederholte sie ihre Frage: »Was meinst du dazu, wenn ich über Nacht bleibe?«

Lindseys Schritte wanderten hin und zurück über den Vinyl-Küchenboden, als sie die Messer und Gabeln abtrocknete und sie klappernd in die Fächer der Besteckschublade fallen ließ. Sie wollte nicht aggressiv klingen, aber ihr Ton war barsch, als sie antwortete:

»Glaubst du, du kannst wieder in mein Leben hereinschneien und eine Beziehung mit mir anfangen? Du zeigst mehr Breitseite als Marks und Spencer, weißt du.«

»Warum nicht? Ich liebe dich schon seit langer Zeit, Lindsey.«

»Lerryn Trevonnian, wie kannst du das sagen? Du kennst mich nicht. Mich, wie ich jetzt bin.«

»Ich liebe dich. Ich bin mir ganz sicher. Wir kennen uns schon seit langer, langer Zeit, Lindsey.«

»Aber ich bin meiner selbst nicht sicher, was Liebesbeziehungen angeht, so wie du.« Lindseys Stimme stotterte verräterisch, dann gewann sie die Fassung zurück und sprach weiter. »Ich bin diese Lesbensachen nicht gewöhnt, geschweige denn Wörter wie – Lesbe. Sie gehen mir nicht so einfach über die Lippen.«

»Aber deine beste Freundin ist eine Lesbe, und deine kleine Tochter spielt mit den kleinen Mädchen ihrer Geliebten. Du bist daran gewöhnt. Rosie liebt Maureen, das hast du selbst gesagt, und sie ist vollkommen an Tessa und Tessas Kinder gewöhnt. Insofern bist du also damit vertraut.«

»Gib mir das Geschirrtuch herüber. Das rotgestreifte. Und sprich leise, du weckst Rosie auf.« Lindsey schüttelte das gefaltete Tuch auf und begann den Teller abzutrocknen, den Lerryn gespült und ihr gereicht hatte. Dann sagte sie: »Rocky hat immer gesagt, ich sei wie in einen Tuchballen eingenäht. Ich glaube, sie hatte recht, und ich habe einige der Fäden aufgetrennt, Lerrie, aber das braucht Zeit, viel mehr, als du offenbar annimmst. Es stimmt, daß Maureen in mich verknallt war, und sie hat einige Zeit hoffnungsvoll gewartet. Aber ich war nach dem Unfall fest in ein dickes weißes Leichentuch eingenäht. Und ich war froh, daß Maureen Tessa gefunden hat. Sie sind glücklich miteinander, und das gibt mir und Rosie eine Art Familienleben. Aber innerlich bin ich immer noch halbtot, und ich weiß nicht, ob ich jemals wieder lebendig werde.«

Lerryn wandte sich vom Spülbecken her um, die Arme bis zu den Ellenbogen im Schaum.

»Aber du hast mir von Maureen erzählt. Wenn du nicht wolltest, daß ich es weiß, hättest du mir nichts erzählt. Alles, was du gesagt hättest, wäre gewesen, Maureen sei eine lesbische Frau, die eine Liebesbeziehung mit Tessa hat. Hier, du wolltest diese Kasserolle mit einem Tuch abreiben. Halt sie fest, ich wringe dir eins aus.«

»Bei mir gehen Veränderungen langsam, Lerrie. Seit Peters Tod bin ich allein gewesen. Und ich habe niemals an eine Frau als Geliebte gedacht, obwohl Maureen in mich verknallt war.«

»Ich habe nichts gegen Langsamkeit. Was ich will, ist ein Anfang. Ich will über Nacht bleiben und dir nahe sein.«

»Aber ich will dir nicht auf der Nase herumtanzen und dich zum Narren halten.«

»Nun, Walzer und Foxtrott haben wir schon hinter uns.«

»Und ich bin nicht bereit für Tango oder Quickstep. Drei kurze Wochen und ein paar freundschaftliche Umarmungen. Und du willst mehr.« Lindsey setzte sich an den Tisch.

Lerryn goß das Abwaschwasser aus der Schüssel und ließ neues Wasser einlaufen. Sie drückte die leere Flasche Spülmittel aus, hielt deren rote Spitze unter Wasser und ließ es herausblubbern. Sie konnte nicht sagen, warum sie so viel Vergnügen an den Geräuschen hatte, ob das nun kindisch war oder aggressiv oder beides. Sie machte sich energisch an einen weiteren Topf und sagte: »Ja, ich will mehr. Und ich bin sicher, wir haben die Möglichkeit, du und ich. Zu etwas Langem und Wirklichem und Dauerhaftem. Ich will es gemeinsam mit dir.«

»Es gibt viele Arten der Gemeinsamkeit, ohne miteinander ins Bett zu hüpfen.«

»Das hast du zu Peter Shepherd nicht gesagt.«

»Peter war ein Mensch, ein Mann, den ich geliebt habe. Du kannst meine Lebensgeschichte umschreiben, soviel du willst, aber er war der Vater meines Kindes, und ich bin diese ganzen fünf Jahre, seit ich Witwe wurde, allein geblieben. Entweder erkennst du das jetzt an oder wir haben nichts, auf das wir aufbauen können. Du hattest schon lange meine Adresse. Aber du warst nicht da, als ich all das durchgemacht habe.« Lindsey nahm eine Gabel und begann in der Erde der Topfpflanze herumzustochern, die Lerryn ihr mitgebracht hatte. Sie stand in einem schönen Keramikübertopf.

»Du hast recht. Ich war nicht da. Ich habe dich gesucht, und du warst hetero geworden, hast mit einem Mann herumgemacht. Wo bin ich dabei geblieben, als Lesbe in den Sechzigern? In einer Wildnis, wie du sie niemals kennenlernen wirst. An deiner Tür stehen sie Schlange, wenn ich dich recht verstehe. Nun, ich sollte mich glücklich schätzen. Ich habe im Gateways gestanden und habe mich Ewigkeiten an meinem Drink festgehalten, während ich allen Mut zusammennahm zu fragen, zu fragen.«

»Vielleicht bist du verwöhnt. Zu sehr gewohnt zu bekommen, was du willst.«

»Ich? Wovon in aller Welt redest du?«

»Tante Harry. Die märchenhafte Patentante, die immer für dich aufgekommen ist. Ich sitze in diesem Loch von einer Wohnung mit einem Kind – aber du hast dein eigenes Studio, keine Miete, einen schönen Garten, vom Himmel gefallen vor fünf Jahren, Geschenk zum einundzwanzigsten Geburtstag. In meiner Familie gibt es niemanden oben auf Wolke Neun, die Wohnungen oder Gärten verschenken könnte. Niemanden.«

»Na, wer redet denn jetzt laut? Du wirst Rosie aufwecken. Paß auf den Blumentopf auf, du wirst ihn fallenlassen.«

»Fallenlassen? Fallenlassen?« Lindsey hob den Blumentopf hoch, und Lerryn erstarrte, ahnte, was geschehen würde, und Lindsey sagte: »Ich werde ihn mehr als fallenlassen, verdammt noch mal!« Sie schleuderte den Blumentopf an die Fußleiste unter dem Fenster, wo er zersprang, so daß Erde und Scherben umherflogen.

»Mein Gott, du Miststück! Der war von Harry. Du weißt, der war von Harry.«

»Harry, Harry, Harry! Ich habe deine kostbare Tante satt! Seit sie diese Scheiß-Molche aus Sheffield bestellt hat, wollte ich es ihr heimzahlen!« Lindsey feixte befriedigt, als sie daran dachte, daß Rita 'Scheiß-Molche' gesagt hatte.

»*Was* wolltest du? Ich verstehe das nicht.«

»Nein, natürlich nicht. Was glaubst du, wie ich mich gefühlt habe? Meine Mutter mußte mich fortgeben, weil sie so arm war, und deine Tante kann Molche aus Sheffield kommen lassen, um damit zu spielen.«

»Du warst damit einverstanden, genau wie ich.«

»Ich war dazu verpflichtet. Dankbar zu sein, mich zu freuen, danke zu sagen, mich anständig zu benehmen. Ich mußte diese Molche verdammt noch mal mögen.«

»All die Jahre hast du dich über sie geärgert?«

»Wie du schon sagtest, wir haben eine lange Geschichte. Du bekommst mich ganz oder gar nicht, Lerryn. Pauschalangebot. Mich, meine Tochter Rosie und alle meine Gefühle, und ich sag' dir, ich habe jede Menge. Oh, ich könnte dich lieben. Ich könnte dich in Stücke lieben, dich und mich. Das ist der Grund, warum ich es heraus haben will. Alles. Jeden letzten Rest unerledigter Dinge. Ich bin eine Überlebende. Eine richtig Zähe. Mußte ich sein.«

Lerryn wischte über das Abtropfbrett, um Zeit zu gewinnen, und setzte den Kessel auf, um Kaffee zu machen. Sie spürte, wie sie größer wurde, ihr schlanker Körper sich zu seiner vollen Größe ausdehnte, und sie drehte sich um und blickte, mit dem Rücken zum Spülbecken, Lindsey ins Gesicht. Sie dachte: Das ist es also, ich stehe, wie es so heißt, mit dem Rücken zur Wand. Alles oder nichts. Sie sagte: »Was willst du? Uns auf der Richter-Skala abmessen, die Verdammten dieser Erde? Wir wissen beide, was Alleinsein heißt. Und Einsamkeit. Und Arbeit. Frisieren heißt sehr, sehr niedrigen Lohn für viele, viele Stunden Arbeit. Ja, ich lebe wirklich mit der Einsamkeit. Ich bin wie eine offene Höhle, in die die See mit jeder Flut hereinspült, seit Jahren. Selbst wenn ich ein Teich im Feld gewesen wäre, wären dort ein paar Anemonen gewachsen. Muscheln und wunderschöne Farben.«

»Muscheln und wunderschöne Farben«, äffte Lindsey sie nach. »Erspar mir bitte das Rührstück vom armen reichen Mädchen. Du hattest Geld, das dich weich bettete, anders als Maureen oder Tessa. Frauen, die auch mit ihrem Lesbischsein kämpfen, gegen Schwierigkeiten, die du nie auch nur von weitem kennenlernen wirst. Oh, ich weiß, ich nehme es nicht ernst, daß ich Frauen liebe. Ich habe noch viel zu lernen und lerne immerzu. Deshalb lebe ich immer noch allein, schlafe allein, schlafe mit niemandem, überhaupt niemandem. Aber laß uns das ein für allemal klarstellen, Lerryn. Eine Frau wie du mit einer Tante wie deiner wird niemals hungern, weder nach Essen noch nach Geliebten. Du hast mir selbst erzählt, daß Tante Harry dich der reichen Anna von Sowieso vorgestellt hat.«

»Sprich es ruhig aus. Anna von Schiller.«

»Ja. Danke. Schiller. Ich bin nicht dumm, Lerryn. Werde ich nie sein. Ich bin nur eingesponnen. Verloren in einem dicken Tuchballen, wie Rocky so scharfsinnig erkannt hat. Aber ich will dir was sagen: Wenn ich dich jemals über deinen Lebensstil jammern höre, werde ich dir schneller die andere Seite dieser Tür zeigen, als du Tante Harry sagen kannst. Ich respektiere dich für deine viele Arbeit. Wirklich. Ich achte es, wie du dich durchgearbeitet hast, um zur Kunstakademie zu gehen und einen hervorragenden Abschluß zu machen; und ich mag die Bilder, die du mir in den letzten Wochen gezeigt hast. Aber du hast das geschafft, weil du eine Wohnung zum Wohnen und ein Atelier zum Arbeiten hast, etwas, für das die meisten Mädchen aus der Arbeiterklasse ihr letztes Hemd gäben. Und alles, weil deine rothaarige Gorgo von einer Verwandten sich für ihren Chef prostituiert hat und ihn dazu gekriegt hat, sie zu heiraten. Nun, gut für sie, würde ich sagen, aber vergiß nicht, woher dein Glück kommt.«

»Meine Güte, du bist eine verdammt zornige Frau, Lindsey. Stimmt, ich übereile die Dinge. Es tut mir leid, aber ich weiß genau, daß ich dich liebe und dich will, und ich weiß genau, daß ich das Recht habe, um das zu bitten, was ich will. Ich bin mir absolut sicher, daß ein Teil deines Zorns die Angst vor deiner eigenen Kraft zu lieben ist. Nenn es eingesponnen, wenn du willst. Aber viele Frauen machen das durch, was du durchgemacht hast, und verkriechen sich nicht so lange wie du. In dir steckt mehr, als du wahrhaben willst. Und das macht mich ebenso traurig wie wütend. Denn du warst mutig und stark als Teenager, und sicher weißt du tief drinnen, daß du dich vor deinem eigentlichen Ich verkrochen hast?«

Lindsey riß die Augen weit auf und starrte Lerryn an, als sähe sie sie zum ersten Mal. Sie war gewohnt, daß andere Menschen sich duckten, wenn sie zornig wurde, was allerdings nicht oft geschah. Aber Lerryn stand ruhig am Spülbecken, trocknete ihre Arme mit dem weichen Küchentuch ab und sah stark und sanft und beherrscht aus, und Lindsey fragte sich in diesem Moment, wie Lerryn wohl als Tutorin ihrer Studentinnen sein mochte, mit einem solchen stetigen Brennen im Innern.

Sie war drauf und dran gewesen, Lerryn anzuschreien, sie solle die Scherben des Blumentopfes aufsammeln und sie wieder zusammenkleben, wenn sie so gekränkt über den zerbrochenen Topf war. Aber nun wurde ihr bewußt, daß sie eine ebenbürtige Gegnerin gefunden hatte. Lerryn war kein seelenvolles reiches kleines Kind, das um die Brosamen von Harrys Tisch bettelte. Sie war wirklich eine Überlebende, die es in einer Ellenbogengesellschaft geschafft hatte, erfolgreich gewesen war.

»Erzähl mir, warum du nicht bei Anna geblieben bist, ja?« bat sie so freundlich wie sie konnte.

»Weil sie wollte, daß ich zu ihren Bedingungen mit ihr reise. Ich habe dir bereits gesagt – was du anscheinend nur schwer begreifst –, daß ich, abgesehen von der Wohnung mit dem Atelier, überhaupt nichts von Harry annehme. Und das gleiche gilt auch für Anna. Ich hätte ein leichtes Leben haben können, Arbeitsmaterialien, Orte, an denen ich verkaufen könnte, Barone und Baronessen, an die ich verkaufen könnte. Ich bin Menschen begegnet, über deren Geld und Möglichkeiten du rot vor Zorn werden würdest. Aber ich bin unabhängig, und ich werde es auch bleiben. Ich habe Anna geliebt, und wir sind immer noch Freundinnen. Zweifellos wirst du sie irgendwann kennenlernen, wenn sie in London ist. Aber ich habe nie herausgefunden, was für Möglichkeiten du und ich gehabt hätten, und das war immer eine unerledigte Geschichte. Ich habe mich hin und wieder glücklich verliebt, aber das ist nicht das, worum es mir bei dir geht. Ich spreche von einer Frau, die mich fasziniert, die ich liebe und mit der ich etwas Dauerhaftes will.«

»Ich heirate niemanden.« Lindsey stand auf, suchte Handfeger und Kehrschaufel und begann sorgsam die Scherben und die Erde aufzufegen, ohne die Pflanze noch mehr zu beschädigen.

»Ich habe nicht von Heiraten gesprochen. Ich will keinen Abklatsch von verheirateten Männern und Frauen. Eine Ehe ist nichts für mich, und das, was sie bietet, will ich nicht. Ich sagte, etwas Dauerhaftes. Möchtest du Kaffee, Linz?«

Lindsey schaute vom Boden auf. »Der Topf ist hinüber, wie unsere Teenagerjahre, Lerrie. Hinüber. Zerbrochen. Abgeschlossen. Wenn ich nun mit dir neu anfange, muß ich als die Frau anfangen, die ich jetzt bin. Ja, natürlich habe ich Angst. Ich weiß, wie ich meine Scherben wieder zusammenkleben kann, wenn ich allein bin. Ich weiß nicht, wie das geht, wenn jemand anders bei mir ist. Du kommst hier an, voller Licht und Farben, und willst, daß alles ganz schnell geht.«

»Ich habe nicht das sanfte kleine Mädchen aus dem Norden, das Tiere mag, erwartet. Dafür war ich zu lange Zeit unterwegs. Aber ich habe nicht damit gerechnet, dich so hart zu finden.«

»Ich mache für niemanden das Mäuschen, Lerrie. Setz dich einen Augenblick. Ich werde den Kaffee aufgießen.«

Lindsey versuchte, in der Handschuhfabrik nahe der Old Street eine Gewerkschaftsgruppe zu gründen. Außer Lindsey waren Shanti, Joyce, Rocky und Maureen dabei.

Lindsey sagte zu Lerryn: »Wir sind alle erfahrene Maschinenarbeiterinnen, schnell und genau, also meinen wir, sie können uns nicht als Hilfsarbeiterinnen einsetzen. Nun, sie können es versuchen, aber wir meinen, wir sollten es ihnen schwer machen. Es geht aufwärts, wir alle wissen das. Rocky und ich finden, wir könnten versuchen, in eine von diesen Kurzschulungen im Gewerkschaftscollege hineinzukommen. Maureen drängt mich seit Jahren, dies zu studieren, jenes zu studieren, aber das ist nichts für mich. Ich bin nicht wie Tessa, die sich in der Open University durchschlägt. Ich käme damit überhaupt nicht zurecht. Ich weiß, wer ich bin. Ich bin ein Arbeitermädchen aus dem Norden, und es kümmert mich einen Dreck. So bin ich. Ich will keine schicken Buchstaben hinter meinem Namen. Nichts dergleichen. Aber es würde mir Spaß machen, mit Rocky zusammen eine Schulung zu besuchen, selbst wenn wir uns dafür freinehmen müßten, weißt du.«

Lerryn lernte Rosie besser kennen, die im September die Vorschule verlassen und mit der 'richtigen' Schule, wie sie es nannte, anfangen sollte. Sie hatte angeboten, an den Abenden, an denen Lindsey sich mit ihren anderen Freundinnen, die sich für die Gewerkschaft engagierten, traf, das Babysitten bei Rosie zu übernehmen.

»Du weißt, daß ich auf Rosie aufpassen würde, nicht?«

»Würdest du? Ich dachte, ich könnte ein Kurzseminar in den Schulferien oder so belegen. Ich könnte Nanan und Biff fragen. Rosie vergöttert sie, und umgekehrt auch.«

»Klingt, als hättest du alles organisiert.«

»Nun, es war Rocky, die mich vor Jahren darauf brachte. Sie hat mich in vielerlei Hinsicht zum Nachdenken veranlaßt. Versteh mich nicht falsch: Ich habe nichts gegen das Denken. Ich will nur nicht formell studieren.«

»Ich gewöhne mich allmählich an dich. Ich frage mich oft, was in deinem Kopf vorgeht.«

»Normalerweise Probleme.«

»Was hältst du von einem Ausflug zum Ridley Road-Markt diesen Samstag?«

»Ich dachte, du hast einen Malworkshop?«

»Er wurde zum Glück abgesagt. Ich hasse es, samstags zu arbeiten. Ich wäre viel lieber mit dir und Rosie zusammen.«

»Gut, warum nicht? Und Rosie könnte in der Imbißstube zu Mittag essen. Das würde ihr sehr gefallen. Du magst meine Rosie, nicht?«

»Wir mögen einander, oder hast du das noch nicht bemerkt?«

»Natürlich hab' ich das, du dummes Ding. Ich kann dir gar nicht sagen, was mir das bedeutet.«

»Jedenfalls kannst du morgen nach der Arbeit dortbleiben und deine Versammlung abhalten. Ich werde Rosie von der Tagesmutter abholen und bei ihr bleiben, bis du kommst. Ich werde uns ein spätes Abendessen machen.«

Am nächsten Abend badete Lerryn Rosie und füllte die Badewanne mit Schaum aus einem riesigen Plastikhund mit rotem Hut, der sich ab- und anschrauben ließ. Er war hellgelb, hatte eine grüne Schleife um den Hals und ein Auge zwinkerte ständig.

Rosie war ein großgewachsenes Mädchen mit langen dunkelbraunen, fast schwarzen Haaren und den gleichen dunklen Augen wie Lindsey und Moss. Sie hatte eine Haut wie Milch und Rosen und war ein rundliches kleines Mädchen, das immerzu Fragen stellte. Ihre Lieblingsspiele hatten alle etwas mit Singen zu tun, was sie aus vollem Halse tat.

»Wenn ich groß bin, Lerrie, werde ich Schauspielerin.«

»Reich mir mal den großen Schwamm da, so, beug dich nach vorne, ich wasche dir jetzt den Rücken. Warum willst du Schauspielerin werden, Rosie?«

»Weil ich mich gerne verkleide. Und singe. In der richtigen Schule spiele ich im Theater mit.«

»Okay, jetzt steh auf, paß auf, rutsch nicht aus, hier ist ein schönes warmes Handtuch. Arme hoch, ich heb' dich heraus.«

»Kommst du und guckst zu, wie ich Theater spiele?«

»Natürlich. Keine zehn Pferde würden mich davon abhalten«, sagte Lerryn und rollte die Augen, so daß Rosie kicherte. »Laß uns diese Zehen abtrocknen, dann kannst du deinen Schlafanzug und deine Pantoffeln anziehen.«

Rosie kletterte in ihren Schlafanzug, breitete die Arme aus und begann laut zu singen:

»Wenn du glücklich bist und du weißt es
und willst es zeigen,
wenn du glücklich bist und du weißt es,
klatsch in die Hände!

Sing doch mit, Lerrie. Ich zeig's dir. Ich singe es, und dann singst du es. So machen wir es in der Vorschule. Aber ich bin jetzt zu groß für die Vorschule.«

Und Lerryn sang mit Rosie:

»Wenn du glücklich bist und du weißt es
und willst es zeigen,
wenn du glücklich bist und du weißt es,
klatsch in die Hände!«

»Liest du mir eine Geschichte vor?« fragte Rosie. »Und ich muß noch Pipi machen, sagt Mami, damit ich nicht ins Bett mache. Ich mache nur ins Bett, wenn ich vergesse, vor dem Schlafen zur Toilette zu gehen.«

Lerryn las aus *Wo die wilden Kerle wohnen* vor, Rosies derzeitigem Lieblingsbuch. Als sie das Buch zuschlug, war Rosie zusammengerollt eingeschlafen.

Lerryn legte das Buch beiseite und knipste die Nachttischlampe aus. Sie schlich auf Zehenspitzen zur Tür und ließ sie angelehnt, lugte durch den Spalt zurück und konnte die Umrisse des schlafenden Kindes erkennen und seinen gleichmäßigen Atem hören.

Einen Augenblick lang stand sie im Flur, und das Licht warf ihren Schatten auf Rosies halbgeöffnete Tür. Überrascht wischte sie sich eine Träne aus dem Auge. Während sie in die Küche zurückging und das Abendessen für Lindsey vorbereitete, stellte sich Lerryn vor, wie es hätte sein mögen, als Vierzehnjährige das erste Rendezvous zu haben, falls sie mit vierzehn so glücklich gewesen wäre. Statt dessen hatte sie in dem Alter allein oben auf einer Klippe in Cornwall gestanden, wo Küsse so weit entfernt waren wie die Sterne am Nachthimmel; Liebe war der Grund des Ozeans, und du mußtest eine Meerjungfrau sein, um so tief hinuntertauchen zu können.

Heute abend nach dem Abendessen würde sie allein in ihr Atelier zurückkehren. Sie wußte, wen sie liebte und wen sie wollte. Ende Zwanzig fand sie den Weg in ihren Körper. Die Fläche ihrer Haut war ihre Küstenlinie; die Formen ihres Körpers dessen Hügel und Täler. Ihr Atem war sein Klima, ihr Vorrat an Leidenschaft seine Gräser und Blumen.

Sie wollte blühen wie heidebedeckte Abhänge, fliegen wie Möwen in warmen Luftströmungen, wo Land und Himmel einander berühren. Aber immer steckten ihr die Jahre der Einsamkeit in den Knochen; das Zentralgestein ihrer Stärke, zu dem sie in Gewitter oder Sturm, wenn es sein mußte, immer zurückkehren würde.

16. Kapitel

Am Eingang zum Southend Pier richtete Lindsey ihren Fotoapparat ein, stellte die Linse auf Unendlich und fingerte am Belichtungsmesser herum, bis sie eine perfekte Belichtungsanzeige hatte. Sie wollte jede Minute dieses Tages fotografieren, eines Tages, den sie herbeigesehnt hatte. Es war Oktober, und Rosie hatte Ferien und blieb das Wochenende über bei Tessa und Maureen.

Während sie darauf wartete, daß Lerryn aus dem Süßwarenladen zurückkam, schaute Lindsey über die Bucht und machte Aufnahmen von den Seevögeln, die um ein kleines Boot herum kreisten, herabstießen und tauchten, das landeinwärts Kurs auf Leigh-on-Sea nahm. Im Geiste sah Lindsey die Pennines mit den hohen Felsvorsprüngen vor sich, auf denen die Vögel sich niederließen und dann wieder aufstiegen, und der Horizont war weit und offen wie der, der heute vor ihr lag. Nichts hielt sie davon ab, im Geiste über die Wasser der Bucht zu fliegen, weitere und weitere Kreise zu ziehen, bis sie auf der endlosen Fläche des Ladybower ankam, um sich auszuruhen.

Dort hätte sie mit Peter leben können. Ein Gefährte fürs Leben.

Gedanken können durch die Zeit reisen, dachte sie amüsiert. Sie können wie Vögel fliegen, wohin sie auch wollen, über Raum und Zeit hinweg. Die Flügel ihres Geistes stiegen vom Wasserspiegel des Ladybower auf und überflogen mit zunehmender Höhe und Geschwindigkeit die Jahre, bis sie sich am Geländer des Piers in der Gegenwart niederließen, als Lerryn zurückkam.

Sie hakten sich unter und begannen den Pier entlangzugehen, nahe beieinander, beobachteten den sich verändernden rosa, blauen und grauen Himmel, als der Tag sich dem späten Nachmittag zuneigte.

»Was für ein wunderbarer Zeitpunkt, den Pier zu sehen«, sagte Lindsey. »Weißt du, daß ich noch nie hier entlanggegangen bin?«

»Das ist ein guter Platz zum Fotografieren«, erwiderte Lerryn. »Ich bin vom College aus hierhergekommen, als ich anfing, Fotos zu machen. Ich war fasziniert von all den Formen und Strukturen, den Farben und Lichtschattierungen, und besonders von den Vögeln, ganzen Schwärmen aus den Salzmarschen.«

»Ich habe dem Fotografieren niemals etwas abgewinnen können, bevor ich dir begegnet bin. Aber nun, seit ich dieses Ding habe, kann ich gar nicht mehr aufhören. Ich habe auf Rosies Geburtstagsfeier ein paar schöne Aufnahmen gemacht, ich hoffe, sie werden gut. Warte einen Moment, ich will eins von dir, wenn du lachst. Sag *cheese.*«

Lerryns kurzes lockiges Haar, das unter ihrer Schirmmütze hervorguckte, umrahmte ihr lächelndes Gesicht. Sie trug eine rote Mütze, einen roten Anorak und ein dickes schwarzes Halstuch, und ihre Augen lachten in die Kamera, hell und glücklich, und erzählten Geschichten.

Lindsey schloß die Hülle des Fotoapparats. Lerryn öffnete die Popcorntüte, und sie aßen geräuschvoll und warfen hin und wieder einige Stückchen den Vögeln zu, die sie im Fluge auffingen. Lindsey lächelte Lerryn an. »Vor langer Zeit sagte mir Moss, etwas riefe mich zurück nach London. Sie hatte recht. Aber damals wußte ich nicht und konnte nicht wissen, daß du es warst, die mich rief, weil ich nicht einmal wußte, daß du in London warst.« Lindsey schaute einen Augenblick lang zum Himmel hinauf, dann fügte sie hinzu: »Es war eine erstaunliche Zeit für mich, seit du mit einem Strauß Rosen vor meiner Tür standst. Du veränderst mein Leben, Lerrie, weißt du das?«

Lerryn lächelte und fühlte sich sehr glücklich. Sie hatte nicht das Bedürfnis, viel zu reden; statt dessen war es offenbar Lindsey ein Bedürfnis. Sie schaute Lindsey forschend ins Gesicht und lieh ihr dann ein Taschentuch, um das klebrige Popcorn abzuwischen. Sie wollte es wegküssen und Lindseys Mund mit kleinen, sanften Zungenbewegungen lecken, aber in all den Wochen seit der Szene mit Tante Harrys Keramiktopf hatte sie Lindsey nicht einmal einen Hauch ihres Begehrens zu erkennen gegeben, kehrte jeden Abend zum Schlafen in ihre eigene Wohnung zurück und hoffte, daß die Veränderungen, die sie an Lindsey zu bemerken glaubte, wirkliche Veränderungen waren, hin zu einem gemeinsamen Leben.

Sie hielten an und standen am Geländer, als ein weiteres kleines Boot in Sicht kam, mit einem breiten Streifen Kielwasser hinter sich, über dem die Möwen tanzten.

»Ich mag immer noch keinen Schellfisch. Schon beim bloßen Gedanken daran krümme ich mich innerlich. Er sah immer ganz rosa aus und wand sich und war schleimig.« Lindsey schauderte und verzog das Gesicht. »Doch eine Tüte Pommes kannst du mir jederzeit anbieten.«

»Keine Sorge, Linz. Ich werde ihn nur essen, wenn ich allein bin. Muscheln und brauner Reis, mmmh.«

»Hör auf, sonst wird mir schlecht.«

»Ich habe ein paar von deinen Lieblingsnüssen in der Tasche, willst du eine?«

»Etwa gebrannte Mandeln? Du bist ein Engel. Was bist du?«

»Ich bin ein Engel. Hier, nimm ein paar.«

Lindsey wickelte eine aus und schleckte daran herum, lächelte und fühlte sich wie die fünfjährige Rosie auf einem Ausflug. Sie schob die Süßigkeit in die Wange und zog den süßen Speichel durch die Zähne.

Der Himmel über der Bucht verdunkelte sich von Rosa zu Orange mit langen grauen Streifen darin. Aus dem Westen wurden blaue Schatten vom Wind hereingeblasen.

»Sieh mal, Lerrie, das erinnert mich an Rocky und ihre Tuchballen und meine Fäden.« Lindsey deutete nach Westen. »Der Wind schüttelt dort den Himmel, schüttelt das Ende der Ballen, schau.«

Lindsey hielt beide Arme hoch über den Kopf, als sei sie der Wind, der das Ende ihres Tuchballens mit festem Griff hielt, und schüttelte sie heftig. Am Himmel über ihr flog Meile über Meile der Tuchwolke vor dem Zugriff des Windes davon. Auf dem Pier löste sich das Ende von Lindseys blauem Halstuch und flatterte, wenn sie sich bewegte. Lindsey wandte sich um, ließ die Arme sinken, schaute Lerryn in die Augen und sagte: »Ich liebe dich.« Lerryn öffnete die Arme, und Lindsey trat auf sie zu, und sie schlossen die Augen und hielten einander fest umschlungen. »Ich liebe dich«, wiederholte Lindsey. »Ich will jetzt, daß wir Geliebte sind.« Sie schaute in Lerryns Augen und zwinkerte, als sie hinzufügte: »Wir können ja dennoch Freundinnen bleiben, oder?«

»Ich liebe dich auch. Ja, wir können Freundinnen sein und Geliebte.« Lerryns Lachen hallte über den Pier, und sie hakten sich ein und tanzten Twostep, gerieten mit den Füßen durcheinander und wären beinahe gefallen.

Es war kalt, aber nicht frostig, als sie das Ende des Piers erreichten. Sie standen mit dem Rücken zum Geländer, die Hände in den Taschen, und schauten schweigend in den Himmel. Ein langer V-förmiger Schwarm Vögel kam in Sicht, und als Lindsey nach ihrer Kamera griff, erschienen noch weitere Vs und schlossen sich dem ersten an, so daß der Himmel ein Gitter einander überschneidender Formen wurde.

Der Himmel war tief aprikosenfarben; es war nicht möglich, die Farbe der Vögel zu erkennen. Sie sahen aus, als seien sie aufgestickt, jeder Vogel für sich, scharfe Silhouetten in tiefstem Schwarz. Die ganze V-Formation schlingerte und schlidderte, als ob eine verborgene Hand sie zöge und schöbe, aber es geschah kein einziger Zusammenstoß.

Lindsey knipste und knipste, dann wandte sie sich zu Lerryn um. »Diese wunderschönen aprikosenfarbenen Muscheln in deiner Sammlung haben genau die Farbe dieses Himmels. Als ich in deinem Atelier war und dich die kleinen Muscheln säubern sah, dachte ich, du hast wunderschöne Hände. Ich wollte, daß du mich ebenso berührtest wie sie, wie die Muscheln. Und dann hast du mich zum Tanzen mitgenommen. Und wir waren immer noch kein Paar, aber ich wußte, daß ich dich wollte, und ich wollte immer jemanden, der oder die tanzen konnte.«

»Genußsüchtiges Frauenzimmer. Konnte Peter nicht tanzen?«

Lindsey schlang die Arme um sich und fröstelte. »Daß ich nicht lache! Ich liebte ihn trotz seiner zwei linken Füße. Er hatte absolut kein Gefühl fürs Tanzen, der arme Liebling. Ich dachte immer, wenn man mir nur den kleinen Finger reichte, könnte ich mich auf der Tanzfläche verlieren.«

»Das war ein guter Abend, damals.«

»Und du hast mich nicht betrunken gemacht, mir keinen Antrag gemacht, nichts dergleichen.«

»Ich weiß nicht, wie ich es geschafft habe, mich zurückzuhalten. An jenem Abend war ich wirklich verzweifelt.«

»Das hast du nicht gezeigt.«

»Dann gibt es also noch Wunder! Träume ich oder hast du mich vor ein paar Minuten im Arm gehalten und mir gesagt, du liebst mich?«

»Ja, das habe ich. Weißt du, ich begann dir zu vertrauen, als ich merkte, daß du es wirklich meintest, als du sagtest, daß dir Rosie ebenso wichtig sei wie ich. Und als ich von deinen verborgenen Verletzungen hörte und daß wir beide eine Menge Verletzungen in uns tragen und Zeit brauchen, um sie zu finden und damit ins reine zu kommen.«

»Bist du dir sicher, Lindsey? Wir haben immer noch eine Menge Verletzungen, Dinge, die nicht so leicht an die Oberfläche kommen, nicht leicht zu bewältigen sind. Verletzungen, von denen wir nichts wissen, die aber dennoch da sind. Du willst mich wirklich – als Geliebte ebenso wie als Freundin?«

»Ich bin mir sicher. Ich will dich wirklich. Ich liebe dich sehr, Lerrie.«

Lerryn breitete die Arme aus und drehte sich um sich selbst, hüpfte und schwang ihre Arme im Kreise herum. Beim Tanzen pfiff und sang sie. Lindsey klopfte lachend den Rhythmus mit dem Fuß und klatschte in die Hände. Die letzten übriggebliebenen Vögel balancierten überrascht auf dem Geländer entlang, fast im gleichen Takt, und hatten ein wachsames Auge auf die tanzende wilde Frau und ihre neue Geliebte.

Drittes Buch

17. Kapitel

Es war Markttag in Herton. Ein strahlend goldener und blauer Oktobertag, der Tag nach der Wahl 1974. Die Bürgersteige waren übersät mit Menschentrauben, die alle über die nationalen Wahlergebnisse redeten: Labour 11 456 567 – Konservative 10 464 675.

Biff ging die High Street von der Kirche zum Markt hinunter. An der Bushaltestelle hatten sich Leute in einer gewundenen Schlange angesammelt, wie ein betrunkener Tausendfüßler mit wedelnden Armen und Beinen, der an jedem Bein einen anderen Schuh trug. Tragetaschen und Einkaufswagen, Babys in Kinderwagen und Kleinkinder in Laufgeschirren standen alle in einem Durcheinander von Rädern und Farben dicht gedrängt um die Schlange herum. Hinter der Schlange hingen an einem zugenagelten Ladenlokal, dessen Mietvertrag abgelaufen war, die Plakate der verschiedenen politischen Parteien, und die Schriftzüge folgten den geschwungenen Linien des Wellblechs.

Biff umging vorsichtig die Bushaltestelle und achtete darauf, nicht zu stolpern und zu stürzen, wie es ihr einige Male passiert war, seit sie begonnen hatte, alle Wege mit einem Spazierstock zu machen. Sie fühlte sich heute körperlich leichter, ihre unbeschwerte Stimmung fand ihr Echo in der Fröhlichkeit auf dem Marktplatz. Die an den Bäumen flatternden Blätter färbten sich erst spät braun, und die Schwalben über ihrem Kopf stießen herab und schossen umher, als hätten sie mit den Leuten von Herton auf die Wahlergebnisse gewartet, bevor sie sich in die Sonne aufmachten.

Grace Dundy wartete in ihrem besten roten Mantel, eine rote Rosette an den Kragen gesteckt, auf einer Bank am Marktplatz auf Biff, und Biff ließ sich dankbar nieder.

»Hallo, Biff. Wir haben gewonnen! Selbst das Wetter ist heute auf unserer Seite. Wie geht's dir an diesem schönen Morgen?«

»Wunderbar. Noch besser, wenn ich dich sehe. Ich wußte, du würdest rot tragen. Ich liebe die Rosette.«

»Willst du an meiner Rosette riechen, Biff?«

»Du liederliches Frauenzimmer, du«, lachte Biff. »Was würde die Labour-Partei dazu sagen? Ihren Namen unnützlich zu führen.«

»Herton war eines der ersten Ergebnisse, die ausgezählt waren, hast du es gesehen, Biff? Ich hatte drei Tassen Kaffee getrunken und mußte die Beine zusammenkneifen, aber ich wagte nicht, den Kasten aus den Augen zu lassen.«

»Ich weiß. Wie ist der neue Farbfernseher, Grace? Wette, diese Fernbedienung hat sich als eine gute Sache entpuppt.«

»Gut? Sie war verdammt großartig, verzeih mein Fluchen. Weißt du, wenn sie sagen, grün ist das und das und rot ist so und so, konntest du wirklich den Unterschied sehen. Allerdings kann ich heute morgen kaum die Augen offenhalten. Aber ich mußte dich auf jeden Fall sehen und ein paar Sachen vom Markt besorgen. Nebenbei bemerkt trage ich an Wahltagen immer rot, nicht? Soll ich mal eine Pirouette drehen?«

»Das wirst du ja sowieso, Grace, ob ich es möchte oder nicht. Du bist einfach ein verkappter Teufel, das ist es.«

»Rot für Feuer und rot für Gefahr, was, Biff?« Grace stand auf, hob beide Arme, so daß ihr Mantel sich fast bis über die Knie hob, und drehte sich langsam im Kreis. Sie hatte wundervolle Beine, und sie wußte es. »Ich flirte so gerne mit dir, es ist so sicher, du verheiratetes altes Ding, du. Wir lustigen Witwen werden sonst einfach flügellahm. Meine Güte!« Grace setzte sich wieder hin, seufzte und verdrehte die Augen.

»Wir waren sehr froh über die Mitfahrgelegenheit zum Wahllokal. Das war sehr freundlich von deiner Brenda«, sagte Biff und wechselte bedachtsam und mit lange erprobtem Geschick das Thema.

»War keine Mühe, Biff. Wann bekommt ihr die Rampe?«

»In drei Wochen, sagen sie. Blöd, nicht, aber diese beiden Stufen zur Straße hin machen so viel aus. Zehn Jahre haben wir auf diese Rampe gewartet.«

»Jetzt nicht mehr, was, Biff? Jetzt, wo Labour dran ist, wird vielleicht einiges für uns anders. Was ich am heutigen Tage so wunderbar finde, ist, daß die Leute von Herton immer Labour wählen und nun auch der Rest des Landes begriffen hat, daß wir recht haben.«

»Sie wissen nicht einmal, wo Herton liegt«, lachte Biff. »Jedenfalls sind wir links.«

»Ich hätte ins Parlament kommen sollen. Dann hätte es die ganze Welt erfahren.«

»In diesem Mantel und diesem Hut, Grace, könntest du die ganze Revolution von oben anführen, dich aus deinem zweirädrigen Wagen beugen und einen Dreizack schwingen.«

»Du bist ein frecher Knilch, Biff. Wo ist denn deine Rosette? Hier, nimm meine.«

»Was machst du, steckst mir dieses Ding an? Ich sehe aus wie ein Gaul im Pfingstmontagsturnier.«

»Das stimmt nicht – du siehst aus wie der Bürgermeister dieser Stadt ohne Amtskette.«

»Was ist eigentlich in unseren Milchmann gefahren? Moss ist richtig auf ihn losgegangen. Er brachte gestern die Milch, und sein Lieferwagen war ganz blau angestrichen.«

»Und seine Frau hat blaugetönte Haare. Ich wette, sie hat sie sich extra zu dieser Gelegenheit machen lassen. Wirkt aber nicht so wie mein roter Mantel.«

»Sein Bungalow ist fast fertig. Daran liegt es, nehmen wir an. Ein eigenes Stück Land und ein eigenes Haus gebaut.«

»Ja, und als deine Moss mit ihm fertig war, wette ich, hatte er auch noch ein Gesicht aus Stein.«

»Hatte er. Sie drohte ihm, die Milch abzubestellen. Und sie sagte ihm, sie würde die anderen zum Boykott aufrufen. Seit Jahren boykottiere sie Südafrika, sagte sie, da sei ein konservativer Milchmann ein Klacks für sie!«

Elsie Newson kam, beladen mit Einkäufen. Als sie sich setzte, blies sie die Luft aus und sackte zusammen wie ihre Einkaufstüten. Sie hatte vier, alle von verschiedener Größe und Farbe, ausgebeult von eckigen Päckchen und bis zum Bersten mit Sonderangeboten gefüllt.

»Es geht voran, nicht?« begann sie. »Jemand muß dieses Land weiterbringen, meine ich. Ich glaube, die Verhältnisse werden sich für uns alle zum Besseren wenden, wenn die dran sind«, fuhr sie fort, fast ohne Luft zu holen, als wolle sie sagen, schlimmer könne es ohnehin nicht werden. »Also, Biff und Grace, was sagt ihr beide zu den Neuigkeiten?« Aber Elsie wartete nicht auf eine Antwort, sondern redete weiter: »Er hat diesmal eine Mehrheit von dreißigtausend. Ich war richtig aufgeregt, kann ich euch sagen, und mein armer alter Vater hatte beinahe einen seiner Anfälle, so hüpfte er in seinem Sessel auf und nieder, als er alles in sein kleines Notizbuch schrieb. Ich mußte ihm ein neues kaufen, weißt du, das andere hatte er vollgeschrieben. Na, in welche Tasche hab' ich es denn getan, wartet einen Moment. Ich muß sie alle durchsuchen.«

»Nicht nötig, Elsie. Wir glauben's dir auch so.«

»Oh, ich weiß nicht, ich habe so viel Zeug für meine ganze Bande zum Tee heute. Unsere Debbie hat endlich das Baby nach Hause gebracht, armes kleines Wurm. Gelbsucht. Mein alter Vater sagte ihr, das sei eine Strafe Gottes. Aber sie ist erst vierzehn, und jede kann einmal in ihrem Leben einen Fehler machen, oder? Oh, er kann so ein alter Mistkerl sein, wenn er will. Ich sagte ihm, er solle seine Zunge hüten, oder das Schnitzmesser Gottes oben im Himmel würde herabfallen und ihn zerschneiden. Der blöde Kerl glaubte mir sogar fast. Ich weiß, er hat Angst, weil er so ein alter Sünder ist. Na, ich geh' mal besser. Geht's euch beiden gut?« Biff und Grace nickten grinsend. »Das ist gut. Ich werde morgen abend hereinschauen und Moss ein bißchen von meinem Ingwerbrot bringen, das heißt, wenn der alte Mistkerl es mir nicht vor der Nase weggefressen hat. Sag deiner Moss, ich komme 'rüber, ja, Biff? Macht's gut.«

Elsie walzte davon, pustend und schwankend mit ihren schweren Einkäufen.

Grace sagte: »Puh! Sie ändert sich nie. Schon in der ersten Klasse in der Hertoner Vorschule war sie genauso, und ich wage nicht daran zu denken, wie lange das her ist. Geht die Zeit nicht vorbei wie im Flug?«

»Die Zeit und Elsie.«

»Wo wir gerade über ihre Enkelin sprachen, wie geht es deiner?«

»Unserer Lindsey? Es geht ihr gut, danke. Hat bei der Wahlkampagne mitgemacht. Ich hätte nicht gedacht, daß das in ihr steckt. Sie hat mir einen so schönen Brief geschrieben. Erinnerst du dich, wie ich immer mit ihr zur Packpferdbrücke gefahren bin?«

»Ja. Und unsere Rita auch. Ist es nicht eine Schande, daß sie sich entzweit haben, wo wir so gut befreundet sind. Ich könnte ihnen die Köpfe zusammenstoßen, wirklich. Das hat mir richtig meine Träume zerstört. Hast du Träume, Biff?« Biff nickte. »Ich habe dieses rote Kleid getragen und meinen Kopf gegen die Wand geknallt. Es ist so schön, wenn der Schmerz nachläßt. Ich bin mit schrecklichen Kopfschmerzen aufgewacht. Nicht heute morgen. Muß gestern gewesen sein. Ach, der menschliche Geist ist eine komische Sache.«

»Ich muß dir was erzählen, ich habe mir dieses neue Buch aus der Bücherei geholt, alles über Träume. Ich habe eine Menge daraus gelernt. Alles über Samen und Pflanzen und so etwas. Du pflanzt die Samen ein und beobachtest, wie sie wachsen, und das bringt dich zum Träumen.«

»Interessant«, sagte Grace, die gerne gärtnerte. Das war etwas, was sie mit Biff gemeinsam hatte. Sie tauschten oft Samen und Ableger aus.

»Manches davon ist ein bißchen zu, na, du weißt schon, amerikanisch. Es sieht so aus, als gäbe es da drüben einen ganzen Haufen von denen. Nicht daß das etwas Neues wäre. Ich träume oft vor mich hin, während ich im Garten arbeite, du auch?«

»Oh, natürlich. Am meisten denke ich nach, während ich die Wäsche mache oder im Garten etwas pflanze.«

»Siehst du. Schon seit Ewigkeiten bekannt. Sie nennen es ein Wiedererwachen der Visualisierung.«

»Na komm. Da drüben haben sie immer schon vieles übertrieben. In Amerika ist alles größer und besser.«

»Moss und ich haben darüber gesprochen, nachdem Winnie Mandela im Fernsehen war. Moss sagte: 'Wenn du nicht von der Freiheit träumst, wirst du nie danach streben, oder? Aber du erreichst etwas nicht einfach dadurch, daß du es dir vorstellst. Nelson Mandela sitzt im Gefängnis und stellt sich die Freiheit vor, aber versuch nicht, mir zu erzählen, er visualisiere nicht genug oder es sei etwas in ihm, was sie verhindert.'«

»Na, das ist Moss' Thema, nicht? Südafrika. Ich habe ihretwegen beschlossen, südafrikanische Äpfel und Marmelade zu boykottieren. Und ich mochte die Aprikosenmarmelade von dort so gerne.«

»Mir kommen die Tränen.«

»Ich weiß. Du bekommst keine höheren Löhne, indem du einfach bei Vollmond ein paar Geldsamen einpflanzt, nicht wahr, Biff?« Grace machte eine Pause und dachte an ähnliche Gespräche, die sie im Laufe der Jahre geführt hatten. Kohle. Diamanten. Gold. Nach einigen Sekunden sagte Grace: »Wie machen sie denn das Visualisieren? Wie kommt es, daß es bei ihnen funktioniert? Ist das eine Art Séance? Erinnerst du dich, daß ich mal an einer teilnahm? Es hat mir Spaß gemacht. Aber ich hab' keine Stimmen gehört.«

»Es gibt alle möglichen Übungen. Dinge, die du tun mußt, damit etwas geschieht. Es steht alles in dem Buch – leih es dir aus. Lies es.«

»Nein. Dabei fällt mir was ein. Ich hab' dir gesagt, der menschliche Geist ist eine komische Sache. Meiner sowieso. Was ich mir ausleihen muß, ist Moss' Katalog. Ich brauche eine neue Anregung für meine Pirouette.« Sie zwinkerte Biff zu und freute sich über den Doppelsinn. »Es ist schon so lange her, daß ich eine Pirouette gedreht habe. Ich glaube, ich wüßte gar nicht mehr, wie es geht.«

»In unserem Alter spielt sich alles im Kopf ab, Grace«, log Biff gewandt. »Wie auch immer, warum kommst du nicht morgen früh herüber? Sie wird sich mächtig freuen, mit dir zu reden. Sie ist so viel drinnen eingesperrt.«

»Wie geht es ihrer Hüfte? Hat sie immer noch soviel Schmerzen?«

Biffs Stimme senkte sich wie immer, wenn sie Grace etwas Vertrauliches über Moss' Arthritis mitteilte. Grace beugte sich wie immer etwas näher heran. »Schrecklich. Die Ärzte mußten die Schmerzmitteldosis wieder erhöhen, und das schwächt ihr Sehvermögen. Sie hat Schleier vor den Augen. Die Wirkung des Medikaments. Die Ärzte sind unsicher und schlagen allerhand vor: versuchen Sie dies, versuchen Sie das. Sie ist von ihren Schlaftabletten abhängig, aber was kann ich tun? Sie schläft neuerdings nicht gut. Wir sind recht besorgt wegen ihrer Augen.«

»Gesundheit ist alles, Biff. Ohne deine Gesundheit hast du nichts. Gar nichts. Ein Glück, daß *du* immer noch so rüstig bist.«

»Noch ist reichlich Leben in Moss und mir. Reichlich.«

»Wenn es mal irgend etwas gibt, was ich tun kann – ich habe Telefon. Das weißt du, Biff. Im Ernst. Ihr beide bedeutet mir so viel. Stundenlang habt ihr mir zugehört. Jahr für Jahr. Gehst du jetzt hinunter zur Bücherei? Gut, ich komme ein Stück mit, leiste dir Gesellschaft.«

Der Markt war nun in vollem Gange, obwohl es erst halb zehn war.

Manche hatten nicht viel Schlaf bekommen, und einige waren gar nicht erst ins Bett gegangen. Andere hatten in der Überzeugung, daß ihre Stimme doch nichts bewirkte, alles verschlafen, aber als sie aufwachten, brummte das Radio vor lauter Veränderung, Herton summte vor Aufregung, und Nation und Parlament waren plötzlich in jeder Küche lebendig. Herton und London einen Tag lang verbunden. Das würde sich legen. London würde sich wieder sich selbst zuwenden und wie zuvor weit entfernt sein, unzugänglich, unwichtig.

»Oh, hier ist mein Arthur, fährt gerade mit dem Lieferwagen vor«, sagte Grace. Sie wartete, bis Arthur eingeparkt hatte: »Hallo, Arthur. Das ist schön. Du bist prima. Ich muß los, Biff. Bis dann. Und vergiß nicht, ich habe Telefon, dank Arthur. Ich könnte mir keinen besseren Schwiegersohn wünschen. Ja, ja, ich komm' ja schon. Die Verdammten finden keine Ruhe, was, Biff?«

Biff lächelte und winkte und nickte Arthur zu, der an die Überschwenglichkeit seiner Schwiegermutter gewöhnt war. Der Lieferwagen fuhr los, und für einen Augenblick war Biff allein, der Markt und die High Street geschäftig, aber leer. Sie verdrängte das Gefühl. Herton war ihr Zuhause, und seine Leute waren eine Gemeinschaft, mit allen Fehlern und Schwächen. Die Sehnsucht, fortzugehen und sich von ihrer Verkleidung zu befreien, war zu einem vagen Gefühl von Unbehagen verblaßt, das sie hin und wieder überkam wie eine Erinnerung. Mit achtundsiebzig war sie mit sich ins reine gekommen, bereitete sich auf ihre Achtziger vor mit einem dreigeteilten Wissen in sich – dem der jungen Frau, dem der Frau in den mittleren Jahren und dem der älteren Frau.

Als sie die Bücherei betrat, dachte sie plötzlich daran, wie Lerryn Trevonnian im Alter von neunzehn Jahren in den Lebensmittelladen geschlendert war. Heute war sie Lindseys Geliebte, dessen war auch Moss sich sicher, aber die jüngere Generation fürchtete sich vor dem Coming-out – wie sie es in *Spare Rib* nannten – gegenüber Moss und Biff, also war es schwierig, es zu feiern.

Lerryn war eine Frau, die vielleicht niemals inneren Frieden finden würde, dachte Biff. Als nähme sie an einem Wettrennen des Lebens teil, in dem jemand immerfort das Zielband verschob. Biff hatte den Verdacht, daß Lerryn es auch selbst verschob, wenn ihr aus ihren eigenen Gefühlen eine neue Herausforderung erwuchs; der Kopf schien ihr vor lauter Fragen zu rauschen wie ein Meer, das vom Mond angezogen wurde. Biff begann mit der ersten Zeitung, dachte an die zwanziger und frühen dreißiger Jahre, als sie selbst mit demselben inneren Druck wie Lerryn auf der Suche gewesen war. Verbannt von dort, wo sie aufgewachsen war und wohin sie nicht zurückkehren konnte; ein Leben in der Unsichtbarkeit.

Sie fragte sich, was der Rest des Jahrzehnts für Herton bringen würde. Der lange Streik der Bergarbeiter im Winter hatte die konservative Regierung von 1972 herausgefordert. Es wurde über nationale Energiefragen, Nordseegas, Atomkraft geredet. Die Bergleute in der Gewerkschaft suchten nach neuen Wegen, und Monat um Monat hatte es bereits genug Kontroversen gegeben, die den Männern und Frauen von Herton klarmachten, daß die Fragen nicht einfach verschwinden würden – Labour-Sieg hin oder her.

Biff las die Tageszeitung langsam, die Manöverkritik, die Analysen, die Gründe, die die Tories für ihren Verlust angaben, die Stimmenverschiebungen, die Stimmen der Wechselwähler, die Stimmen der Hausfrauen.

Es war Lerryn, die ihnen ihr erstes Heft von *Spare Rib* geschickt hatte, mit einer kurzen Notiz: »Dachte, das könnte Euch beide interessieren. Lindsey sagte mir, Ihr seid beide der Ansicht, Männer und Frauen sollten sich konsequenter in die Kinderbetreuung teilen, und ich weiß, daß Du, Biff, soviel mit Lindsey gemacht hast, als sie klein war. Hoffe, Ihr seid nicht beleidigt.«

Biff hatte zurückgeschrieben: »Wir haben sie mit sehr viel Freude gelesen, auch die Briefseite, auf der diese Frau sagte, ihr Mann und ihr Sohn läsen sie auch. Nun, ich bin mir nicht ganz sicher, ob das richtig ist. Ich meine, manche Dinge sollten Frauen Männern nicht zeigen. Aber das Heft, das Du geschickt hast, war auf jeden Fall sehr – na, gemäßigt. Einige der frühen Suffragettendokumente waren weit radikaler – jedenfalls sagten meine Schwestern das, mögen sie in Frieden ruhen. Meine Mutter war eine überzeugte Feministin, in Kampagnen tätig und so weiter. Sie starb für ihre Überzeugung, daß Frauen das Wahlrecht zusteht. Und es ist großartig zu wissen, daß Ihr jungen Frauen heute all die Stereotype erneut aktiv bekämpft. Paßt auf Euch auf. Liebe Grüße von Moss und mir, und ich bin froh, daß Du das Heft geschickt hast. Moss wird die Zeitschrift abonnieren.«

Der Schneeballbusch begann Anfang Dezember rosa zu blühen und zu duften und überstand die scharfen Fröste vom Januar 1975. Erst Ende Februar erschienen die Blätter und machten die Silhouette der dicken dunklen Äste weicher. Die Blüten verblaßten, nachdem sie ihre Arbeit getan hatten und der Busch sich für den Frühling und Sommer bereitmachte.

Die Tage wurden länger, und die Morgendämmerung setzte jeden Tag drei Minuten früher ein. Moss wurde von den Krähen um den Schlaf gebracht, die ihre Nester in den hohen Bäumen unten an der Church Lane bauten. Einmal wachgeworden, lag sie da und kämpfte mit den Schmerzen. Ihre linke Hüfte war zunehmend steifer geworden und angeschwollen, ihre Knochen fühlten sich wund und spitz an, ihre Muskeln verkrampften sich, so daß sie keine bequeme Stellung finden konnte, um wieder einzuschlafen.

Ich bin wie ein geteiltes Land, dachte sie, Splitter und Abspaltungen, die sich in einer stürmischen Landschaft miteinander streiten. Unter Schwierigkeiten drehte sie sich zu Biffs schlafender Gestalt um. Sie schob sich vorsichtig auf die rechte Hüfte, schmiegte ihren Körper so eng wie möglich an Biff und legte den linken Arm um sie. In dieser Stellung, in der sie immer gerne geschlafen hatte, fand sie die warme Biegung von Biffs Rücken fest und wirklich. Es war, als hätte sie hier in ihrem Doppelbett ihren eigenen Regenbogen, der nur aus Sonnenlicht bestand. Moss wußte, daß Biff nur so tat, als schliefe sie, und sie wußte auch, warum, und liebte sie dafür.

Sieg des Geistes über die Materie: Moss zwang sich, trotz des Schmerzes in ihrer Hüfte langsam zu atmen, bis sie ihn annehmen konnte, so daß er sie nicht mehr im Griff hatte und sie verängstigte und verärgerte. Er war ein Teil ihres Körpers, ein negativer und beschwerlicher Teil, aber für immer – oder zumindest für den Rest ihres bewußten Lebens – bei ihr.

Wenn sie ihn haßte, konnte er sie beherrschen. Er konnte ihre Gedanken in den wachen Stunden besetzen, und dann würden ihre Tage sich aneinanderreihen in dem nach innen gewandten Zorn darüber, daß sie, die so aktiv in den Feldern von Darlington umhergelaufen war, in The Hall Schwerstarbeit geleistet und Florence unter den Rhododendren geliebt hatte, nun an der Bewegung gehindert werden konnte.

Langsam konzentrierte sie sich auf Atmen, Ruhe, Annehmen. Das kostete so viel Energie, aber wenn sie Ruhe fand, gewann sie an Stärke. Sie war immer noch die Frau, die mit Biff lebte, sich mit Biff liebte.

Sie atmete langsam und bewußt, konzentrierte sich. Der Schmerz wurde zu einer dumpfen Decke über ihrer linken Seite. Langsam zählte sie jeden Atemzug. Einatmen – zwei drei vier fünf – anhalten – eins zwei – ausatmen – zwei drei vier fünf. Atmend, zählend, den Atem anhaltend und sich konzentrierend trug sie sich selbst durch die Schichten der Schlaflosigkeit hindurch und zurück in einen tiefen Schlaf.

Als Moss schließlich einschlief, konnte Biff sich entspannen und wieder normal atmen. Schlaf vorzutäuschen war in diesen frühen Morgenstunden schwierig, aber wenn Biff es nicht tat, würde Moss wachbleiben. Dann wären sie beide erschöpft, und den ganzen Tag mit Moss' schmerzender Hüfte zurechtzukommen wäre noch schwerer, als es ohnehin schon war. Schlaf war das schönste Geschenk, das sie Moss machen konnte. Aber nachdem sie vierzig Jahre lang jede Nacht neben Moss geschlafen hatte, fand Biff, daß es eine Kunst war, überhaupt irgend etwas vorzutäuschen.

Sexualität konnte nicht vorgetäuscht werden. Es stimmte wohl, sie waren sich in ihrer Einstellung zum Alter nicht einig: Moss erklärte, sie habe seit ihrem fünften Lebensjahr gearbeitet und habe ein Recht darauf zu sagen, sie sei alt; Biff hingegen lehnte es vollkommen ab, sich vor ihrem achtzigsten Geburtstag als alt zu begreifen, was noch zwei Jahre hin war.

Trotz dieser unterschiedlichen Auffassungen, um deretwillen sie einander schon oft scharfe Worte gesagt hatten, wußten und sagten sie beide, daß sie weiterhin miteinander schlafen und die Erfüllung genießen wollten, die sie immer gehabt hatten. Die jüngere Generation mochte Wörter für all die Dinge kennen, für die Moss und Biff nie eine offizielle Sprache hatten, aber Biff hätte jeder jungen Lesbe abgesprochen, die Sexualität mehr genießen zu können als Moss und sie.

Sie lag im Schlafzimmer und horchte auf die Krähen, die einander ankreischten, den Schnabel zu halten, damit sie auch mal zu Wort kämen. Sie konnte Moss' Wärme den ganzen Rücken entlang spüren. Wundervoll. Die Idee, die sich langsam in ihrem Kopf gebildet hatte, seit sie letzte Woche in der Handbibliothek den Zeitschriftenartikel gelesen hatte, fiel ihr wieder ein, und in der nächsten halben Stunde verwandelte sie sie in Bilder, unausgesprochene Worte und einen praktischen Plan. Wenn das geschah, fühlte Biff sich gewöhnlich ganz gelöst und wurde zufrieden, weil sie eine Entscheidung getroffen hatte. Sie mußte 'aktiv werden', wie sie neuerdings im Fernsehen immer sagten. Sie dachte zurück an all die Jahre in Herton, als du eine Frau sein mußtest, um ein *gentle man* zu sein.

Sie war die High Street hinuntergegangen, ebenso entschlossen wie an jenem ersten Tag, an dem sie mit dem Fahrrad nach Herton kam, um dem tödlichen Zugriff der Polizei in Manchester zu entkommen. Weder Mut noch Integrität hatten ihr damals gefehlt. Heute ebensowenig. Von ihren neuen Plänen und ihrer alten Tapferkeit getröstet, schlief sie für eine oder zwei Stunden erneut ein.

Es wurde ein kühler Aprilmorgen. Nicht die Art von Morgen, den die Leute von Herton sich zum Einkaufengehen aussuchen würden, außer wenn sie keine andere Wahl hatten, weil der Familie die Cornflakes oder das Brot oder sonst etwas ausgegangen waren. Nicht daß die meisten Männer sich in der Stadt mit Einkaufstaschen sehen lassen würden. Es mußte schon eine Familienkrise hereinbrechen – etwa, daß die Ehefrau oder Mutter mit Grippe darniederlag oder das nächste Baby vor der Zeit ankommen wollte –, bevor irgendein Mann einkaufen gehen würde. Selbst dann kamen sehr schnell die Schwestern der Frau, ihre Freundinnen und Nachbarinnen zu Hilfe.

An diesem besonderen Morgen jedoch brauchte Biff unbedingt eine Einkaufstasche, also bot sie beim Frühstück an, loszugehen und ein paar Sachen zu besorgen, darunter einen frischen Laib Brot. Bei einer zweiten Tasse Tee stellten sie die Einkaufsliste zusammen, und außerdem brachte Biff zwei Bücher unter dem Vorwand, sie verlängern zu lassen, in die Bibliothek zurück. Moss ahnte offenbar nichts. Biff küßte Moss zum Abschied, wie sie es immer tat, machte sich zum Platz hinter der Kirche auf und wandte sich links den Hügel hinunter in die High Street und zur Bibliothek.

Der Morgen entsprach eher dem Herbst als dem Frühling. Für April war es ein wunderbarer Oktober. Der Nebel lag in Schichten übereinander, so daß Biff an Spaziergänge im Moor mit seinen vielen Geheimnissen dachte.

Biff freute sich immer an den kleinen Entdeckungen, die sie auf jedem Spaziergang die Hertoner High Street hinunter machte, die nie dieselbe war.

Heute waren es die taubedeckten Spinnweben, die an den Markisen der Geschäfte hingen. Biff wurde bewußt, daß Moss sie übersehen hätte, denn sie waren winzig, und Moss' Sehvermögen verschlechterte sich. Manchmal konnte sie auch etwas im Fernsehen nicht erkennen, und manchmal sagte sie, es sei eine Erholung, Radio zu hören, weil sie dann das Flimmern nicht aushalten müsse. Sie waren dankbar, daß ihr Gehör vollkommen in Ordnung war. Mercy Dundy hatte ein Hörgerät, und im Straßenverkehr war es lästig. Sie konnte nicht immer erkennen, aus welcher Richtung ein Geräusch kam, und die Geräusche verschwammen ineinander. »Das ist das Alter, nicht wahr?« sagte Mercy. »Wie der Eierkopf des Vikars. Manchmal ganz brauchbar.«

Biff hatte die High Street für sich allein, wie sie es gewollt hatte. Es war erst fünf nach neun. Die Grundschule hatte schon angefangen, aber die Vorschule begann erst um halb zehn, also war es für die kleinen Kinder noch ein paar Minuten zu früh, um aus dem Haus zu gehen. Es waren keine Mütter mit kükengleichen Grüppchen hüpfender Kinder zu sehen, von denen immer ein oder zwei bummelten, den Weg entlangtappten und ununterbrochen schnatterten.

Im Zeitschriftenladen holte sie die Lokalzeitung. Die Titelseite zeigte eine Großaufnahme von Pfadfinderinnen und Pfadfindern, die Geld für das Dach der Methodistenkapelle sammelten; zwei Spalten über die Flut von Ladendiebstählen, die die Stadt überschwemmte; ein paar Zeilen in der unteren rechten Spalte über das neue Reformhaus namens Safran & Linsen, das gerade am anderen Ende der Stadt eröffnet worden war. Biff kannte niemanden, die Linsen aß, außer im Eintopf, und Safran verwendete sie wegen des Preises nie. Sie gab dem Laden ein paar Wochen.

Biff erreichte die Bibliothek und trat ein. Mrs. Hinton, die Biff wirklich mochte, hatte Dienst. Das verursachte Biff ein schlechtes Gewissen wegen ihres Plans, aber die Zeit war reif. Heute war der Tag. Sie gab ihre Bücher zur Verlängerung ab. Ließ sie stempeln, legte sie zurück in die tiefe Tasche, wechselte einige Bemerkungen über den Wetterumschwung und ging in den Lesesaal.

Da es draußen neblig war, war das Licht im Lesesaal eingeschaltet und warf warme gelbe Fragen in das graue Tageslicht, das durch die hohen Fenster hereinfiel. Über ihrem Kopf hielt immer noch das gleiche grüne Glasdach der Witterung und der Zeit stand, das sie Moss vor über fünfzig Jahren gezeigt hatte. Biff erinnerte sich, daß es einmal einen Stromausfall gegeben hatte und der Saal mit Kerzen erleuchtet wurde, bis die Feuerwehr dies für zu gefährlich erklärte. Er hatte mit den Kerzen wunderschön ausgesehen.

Im Lesesaal war es kalt wie in der Kirche. Niemand war da. Es waren keine Graffiti an der Wand, und niemals beschädigte jemand die Bücher.

Für Biff war das beinahe ein heiliger Ort. Auf jeden Fall empfand sie Ehrfurcht vor soviel niedergeschriebenem Wissen. Eine Welt von Stimmen und Meinungen auf jeder Seite. Aber die Zeiten änderten sich, privat wie in der Gesellschaft. In London und anderen großen Städten gab es wieder eine aktive Frauenbewegung, die mit ihren neuen Ideen, neuen Verhaltensweisen und ihrer neuen Sprache Geschichte machte. Sie und Moss hatten ihr Entstehen mit großer Aufregung verfolgt. Was das Lesen betraf, so war sie vollkommen auf dem laufenden, obwohl nur sie und Moss das wußten. Doch sie war nicht so gut unterrichtet, wie diejenigen, die in leerstehende Häuser einbrachen, um sie wieder zu einem Zuhause zu renovieren, und sie war insgeheim schockiert gewesen, als Lindsey und Lerryn über Hausbesetzungen als politische Aktion gesprochen hatten. Aber die Zeit war reif, um wieder Aktionen zu machen. Sie und ihre Schwestern hatten für das Stimmrecht Briefkästen angezündet, ihre eigene Mutter hatte Fensterscheiben von Geschäften eingeworfen und öffentlich andere Frauen zur Gewalt und zum zivilen Ungehorsam aufgerufen.

Die Zeit war gekommen, sich nicht länger zu drücken. Ungerührt nahm Biff die Zeitschrift von ihrem Platz auf dem Ständer und füllte die Lücke aus, indem sie die anderen Zeitschriften verschob. Mit einem flüchtigen Blick auf das teure Glanzpapier legte sie das Heft in ihre Einkaufstasche und vermied es, das weiße Etikett zu lesen, auf dem, wie sie wußte, stand: 'Bibliothek Herton: Nicht aus dem Lesesaal entfernen!'. Sie war immer noch allein.

Sie las die Zeitungen so lange wie sonst, um keine Aufmerksamkeit zu erregen. Falls sie einen kühlen Kopf behielt und sich hinter dem Status als aufrechter, respektabler älterer Bürger der Stadt versteckte, den sie sich aufgebaut hatte, wäre sie absolut über jeden Verdacht oder Verweis erhaben. Allmählich füllte sich der Lesesaal. Sie las weiter, zuversichtlich, daß niemand in dem Moment, wenn sie mit der sicher in ihrer Tasche verstauten Zeitschrift den Raum verließ, ahnen würde, daß sie heute einen entscheidenden Schritt zur Veränderung ihres Sexuallebens getan hatte.

Biff ging die High Street entlang und den Hügel hinauf zum Marktplatz zurück. Hinter St. Stephen wandte sie sich rechts und grüßte den Vikar, der nichtsahnend zurückgrüßte.

Oben an der Church Lane kam sie gerade rechtzeitig, um den Methodistenpfarrer mit dem Fahrrad von ihrem Grundstück fahren zu sehen, der seine Runde machte, um die Leute für das Pfingstfest zu begeistern, bei dem das Geld für ein neues Dach der Kapelle aufgebracht werden sollte. Biff schaute sich um, ob nicht vielleicht auch Father Roderick zu sehen sei, der katholische Pfarrer, womit die heilige Dreieinigkeit komplett gewesen wäre, um sie zu holen; oder ob nicht sogar der Ortspolizist schweren Schrittes Streife ginge, um ein Auge auf die roten Briefkästen in Herton zu haben.

Nicht zum ersten Mal wurde ihr bewußt, daß sie ein zahmer Peter Hase in dem überfüllten Käfig Herton geworden war. Bis jetzt war sie dem Schicksal entronnen, von Mr. McGregor gefunden und zu Hasentorte verarbeitet zu werden. Sie fragte sich, ob Moss vielleicht, wenn sie es endlich bis zu ihrem Bau ein paar Meter entfernt geschafft hätte, mit frisch aufgebrühtem Kamillentee aufwarten und sie allein ins Bett schicken würde.

»Hallo, Liebes. Du kommst gerade rechtzeitig zum Kaffee«, rief Moss, als Biff eintrat. »Du mußt gehört haben, wie ich den Kessel aufsetzte. Gib mir deinen Mantel. So. Setz dich hin und wärm dich auf. Du bist ganz klamm, aber der Nebel hebt sich, es wird ein schöner Tag werden. Bist du zurechtgekommen?«

»Ich habe alles bekommen, was wir wollten. Es ist kalt in dieser Bibliothek. Oh, wie schön.« Biff trank aus der glühendheißen Tasse, die Moss vor ihr auf den Tisch gestellt hatte. »Ich spüre, wie gut mir das tut. War das nicht Reverend Moore, der da gerade ging?«

»Ja. Ich fühle mich ein bißchen schuldig, weißt du. Sie brauchen etliche Tausende für dieses Dach, und ich habe mir kaum Gedanken darum gemacht. Dennoch, ich habe versprochen, einen Kuchen für seinen 'Schätze das Gewicht'-Stand zu backen. Das wird ihn ein bißchen aufmuntern.«

»Warum in aller Welt solltest du dich schuldig fühlen, wo du im Laufe der Jahre so viel getan hast?« Biff schaute zur Arbeitsfläche hinüber. »Ist noch Kaffee in der Kanne? Gut, dann möchte ich noch eine Tasse, danke. Obwohl ich nicht sollte – ich werde für den Rest des Tages aufgedreht sein.«

»Ich werde nie verstehen, wie du bei all dem Kaffee schlafen kannst.«

»Oh, vom Schlafen hält mich nichts ab. Du kennst mich, ich lege den Kopf auf das Kissen und bin aus wie ein Licht, bis der Wecker klingelt. Wie schläfst du neuerdings?«

»Nicht schlecht. Kann mich nicht beklagen. Heute morgen habe ich mich an dich gekuschelt, und du warst da, so tief im Schlaf und so warm.«

»Du bist wieder früh aufgewacht, nicht?«

»Jemand sollte etwas wegen dieser Krähen unternehmen, Biff. Was für ein Lärm! Heute im Morgengrauen hatten sie eine Gewerkschaftsversammlung. Nach der Geräuschkulisse zu urteilen, war die Hölle los. Ich nehme an, eine von ihnen wollte einen Streik, und das Komitee war anderer Meinung.«

»Ich habe mich gefragt, ob du dir das hier einmal ansehen könntest«, sagte Biff, nahm die Zeitschrift aus der Einkaufstasche und hielt sie Moss hin.

»Was ist das denn, Liebes?« Moss nahm die Zeitschrift, hielt sie mit ausgestrecktem Arm vor sich hin und schielte an ihrer Nase entlang auf den verschwommenen Titel. »Na, wo habe ich meine Lesebrille gelassen?«

»Ich hole sie. Sie liegt auf dem Abtropfbrett.«

»Ach ja. Ich habe die Gebrauchsanleitung für den neuen Reiniger gelesen. Also, du hast Zeitschriften gekauft? Meine Güte, die fühlt sich ja edel an. Oh, danke, Liebes.« Moss nahm Biff die Lesebrille aus der Hand, nahm die andere ab, setzte diese auf und las den Titel der Zeitschrift. »*Gesundheit und Fitness*. Meine Güte, gehen wir zu Kräutertee oder Jogging über?«

»Ich hab' sie aus der Bibliothek ausgeliehen.«

»Bibliothek Herton: Nicht aus dem Lesesaal entfernen!« las Moss. »Genau das hast du getan. Ich hätte ein gutes Wort für dich einlegen sollen, als der Pfarrer hier war. Fühlst du dich nicht ein bißchen schuldig?«

»Ich dachte an eine Landkarte, die du einst aus The Hall ausgeliehen hast.«

»Die war nur ein Staubfänger im Regal. Hat irgendeinem armen Dienstmädchen ein bißchen Arbeit erspart. Wo war ich stehengeblieben?«

»Du hattest mir einen Köder ausgelegt, aber ich habe nicht angebissen.«

»Steht hier etwas drin, von dem du meinst, es könnte uns helfen, Biff?«

»Seite einundvierzig.«

Moss blätterte bis Seite einundvierzig und las langsam, die Mundwinkel hochgezogen, und nickte hin und wieder, während sie die Spalten durchging.

»Sind wir nicht ein bißchen zu alt für so etwas?«

»Ich dachte, wir könnten einen kaufen. Von unseren Ersparnissen.«

»Du hast nicht etwa vor, in deinem Alter Sexualkundeunterricht zu geben?«

»Warum sollte ich in dieser Stadt Sexualkundeunterricht geben? Und wem? Außerdem könnte ich das gar nicht.«

»Er sieht bequem aus. Aber …«

»Ich weiß, was du sagen willst, Liebes, aber ich habe das mit dem Geld überschlagen, und ich bin sicher, soweit können wir gehen. Ich meine …« Biff unterbrach sich, verlegen, daß sie das Wort Gehen gebraucht hatte, wo Moss doch Schwierigkeiten mit dem Gehen hatte und jeden Sonntag von wechselnden Autobesitzerinnen zum Methodistengottesdienst und zurück gebracht werden mußte.

Moss spürte, daß Biff bekümmert war, und beruhigte sie: »Mach dir keine Sorgen. Du kannst es nicht jedesmal richtig machen. Niemand kann das. Jedenfalls wollte ich überhaupt nicht von Geld reden. Was ich mich gefragt habe, ist, was werden die Nachbarn denken, wenn das Ding geliefert wird?«

»Sie werden einfach glauben, wir hätten ein Möbelstück bestellt.«

»Es sieht nicht aus wie dein normaler Hertoner Kaminsessel oder ein dreiteiliges Sofa.«

»O Gott.«

»Du sollst den Namen des Herrn nicht unnützlich führen. Warum baust du mir nicht einen?«

»Warum habe ich daran nicht gedacht?«

»Und ich werde ihn beziehen. Ich habe den Cordsamtstoff, den Lindsey mir geschenkt hat. Ich habe ihn immer aufgehoben. Ich wollte Brenda Jackson fragen, ob sie mir etwas daraus näht. Wußtest du, daß sie nebenbei Näharbeiten annimmt?«

»Vielleicht spart sie auf so einen.«

»Ich habe den Stoff aufgehoben und wußte nie, wofür.«

»Ich könnte neben dir sitzen. Er hat etwa die gleiche Höhe wie die Couch beim Doktor. Ich mußte letztes Mal daran denken, als ich mit dir in die Praxis ging und sah, wie er dir mit seinem kleinen Schemel hinaufhalf.«

»Also brauchen wir so einen dazu.«

»Und dann kann ich neben dir sitzen und dich überall massieren.«

»Und ich dich auch. Ich sage dir ja immer, Gott ist auf unserer Seite. Wenn er es nicht wäre, hätte er dir niemals diese Zeitschrift gesandt.«

»Meinst du, du kannst Gott dabei aus dem Spiel lassen?«

»Die Frage ist, kannst du einen bauen?«

»Ich glaube nicht, daß das ein Problem ist. Das Holz werden sie liefern.«

»Ja, und du bekommst immer Holzteile für deinen Schuppen und deine Regale und all das geliefert. Die Nachbarn würden sich *dabei* nichts denken.« Moss wandte sich wieder der Zeitschrift zu und biß sich auf die Lippen, als sie den Artikel nochmals las. »He, Biff. Schau dir das mal an. Er hat sogar eine kleine Stelle, in die du deine Nase stecken kannst.«

»*Deine* Nase.«

»In die man seine Nase stecken kann. Man kann seine Nase in seinen Schlitz auf seinem Massagetisch stecken, nicht?«

»Kann man.«

»Man hätte ganz gerne auch eine Sauna.«

»Wo in aller Welt soll man eine Sauna hinstellen?«

»Im Himmel, Biff, nicht auf Erden. In meinem Bungalow im Himmel werde ich eine Sauna haben. Diese ist schön. Hier, lies mal. Sie ist aus norwegischer Kiefer. Ich wette, das riecht gut. Was du nicht weißt, weil ich nicht daran gedacht habe, es dir zu erzählen: Während du gestern im Schuppen herumgewerkelt hast, habe ich mir im Radio ein Hörspiel über eine skandinavische Familie angehört, die eine Sauna hatte. Es war so lebensecht, daß ich die Kiefern beinahe durch das Radio riechen konnte.«

»Hör auf, mich auf den Arm zu nehmen.«

»Nur schade mit diesem Cordstoff. Ich hätte ihn lieber in dunkelgrün gehabt.«

Biff beschloß, sich die Gartensachen anzuziehen, denn der Nebel war einem wunderbaren Frühlingstag gewichen. Aber als sie sich der Tür zuwandte, rief Moss sie zurück: »Warte einen Moment. Geh nicht weg. Es gibt noch viel, viel mehr zu sagen. Komm und setz dich zu mir. Ich brenne darauf.«

In all ihren gemeinsam verlebten Jahren war Biff immer, wenn Moss diesen bestimmten Ton hatte, diese Veränderung in ihrem Gesicht, diese Neigung ihres Kopfes, fasziniert und unwiderstehlich von ihrem Feuer und ihrer Schönheit angezogen gewesen, Stärke zu Stärke.

Moss sprach weiter, als Biff sich niederließ, und wußte, sie würden reden, reden, reden; so lange, bis sie sich ausgeredet hatten, Schicht um Schicht, Straßen bauend von den großen Steinen unten bis zu den winzig kleinen obenauf, eine Strecke, auf der sie gemeinsam reisen würden. »Es gibt Zeiten, in denen es Spaß macht, scheu zu sein, dich von der Seite anzusehen, Liebes, halb offen, halb versteckt. Warum nicht? Schließlich haben wir seit neunzehnhundertzwanzig tagein, tagaus geredet; das sind eine Menge Worte für zwei Frauen, eine Menge Liebe, und was schadet ein bißchen Zartheit, selbst Schüchternheit manchmal zwischen alten Freundinnen und Geliebten wie uns beiden?«

Als Antwort streckte Biff die Hand aus und legte sie sanft auf Moss Hüfte und ließ sie dort liegen, und für einen Moment, als sich ihre Augen trafen, war da ein Wissen, ein altes unausgesprochenes Wissen.

»Aber«, begann Moss wieder, »aber wir dürfen uns in dieser Scheu nicht verfangen. Nicht, wenn wir das Badewasser aus dem gleichen Kessel in der gleichen Wanne geteilt haben. Weißt du noch? Die, die ihre Tage hatte, ging als zweite hinein, die, die sie nicht hatte, bekam das frische Wasser? Kein Raum für Scheu, wenn zwei Frauen beide bluten und den Körper der anderen so sehr brauchen, daß die Leidenschaft nicht warten kann. Ach, wir haben nicht die freimütigen Wörter und Bezeichnungen, die die jungen Leute haben. Wir gebrauchen nicht einmal Wörter wie Scheiße, nicht?« Biff grunzte und schüttelte zustimmend den Kopf. »Und wir sind manchmal beide etwas schockiert, wenn Lindsey mit ihrer sogenannten modernen Sprache ankommt. Aber wir haben unsere Worte für Blut und Bedürfnis und gegenseitiges Berühren. Mein Mund hat jeden Zoll deines Körpers kennengelernt. Wir haben unsere eigene Sprache für all unser Begehren.

Ich würde keine Scheu dulden«, fuhr Moss fort, »nicht jetzt, wo wir alt werden. Obwohl wir uns nicht einig sind, was alt eigentlich ist, was alt bedeutet. Macht nichts. Wir haben eine Leidenschaft erlebt, die keine junge Frau heutzutage auch nur in Worte fassen könnte. Eine Macht, die uns zusammenhielt, Bedürfnis und Begehren in den Armen der anderen, jahrein, jahraus, durch dick und dünn. Ein so großes Bedürfnis, daß wir es immer noch empfinden, ein so tiefer Quell, daß wir immer noch daraus trinken.

Wir hatten keinen Quell der Einsamkeit. Gott segne Radclyffe und gebe ihrer Seele Frieden. Sie hat bezahlt, und wir haben bezahlt. Bezahlt und bezahlt. Sie in der Öffentlichkeit, wir im Privaten. Richtig oder falsch, wir haben diese Entscheidung getroffen.

Du weißt, ich lese diese Bücher von den jungen Frauen, ihre Gedichte. Und nirgendwo sind mir irgendwelche Beschreibungen aufgefallen, die auch nur annähernd der reinen Energie nahekommen, die wir mit unserer Lust und unserem Lieben erzeugt haben.

Und wir berühren einander immer noch, nicht wie früher, meine Behinderung hält uns davon ab, also brauchen wir einen Massagetisch, die richtige Höhe, so daß ich dich überall berühren und von dir berührt werden kann.

Unser Problem ist, daß wir nicht offen mit anderen reden können. Nicht so wie die Mütter es bei mir in der Küche getan haben. Nirgendwo in der Welt gibt es so ein Gelächter und solchen Spott, wie wenn ein Haufen verheirateter Frauen über ihr Sexualleben reden. Ich habe dir nicht einmal die Hälfte davon erzählt ...«

»Erspar mir die Einzelheiten.«

»Das habe ich immer. Armer alter Frank. Ich mußte immer Dinge erfinden, damit ich etwas zu erzählen hatte. Sie erwarteten schließlich, daß ich ebenso darüber redete wie sie, und ich konnte ihnen schlecht erzählen, daß ich die Nacht damit verbracht hatte, den Untermieter überall zu streicheln, während die Kinder schliefen und mein Mann sich um den Verstand schnarchte, oder?« Moss griff nach Biffs Hand, suchte Biffs Blick.

»Manchmal vergesse ich«, erwiderte Biff und überlegte sorgfältig, spürte den richtigen Worten nach, »ich vergesse, was für zähe Frauen wir sind, wie leidenschaftlich wir gelebt haben. Jeden Tag spüre ich das Gefühl deiner Hände auf mir, in mir, als wir jung und flink waren.«

»Und nun sind wir nicht mehr jung, und du bist immer noch beweglich in allen deinen Gelenken und ich nicht. Aber mein Geist ist beweglich, offen für die Vergangenheit und das Hier und Jetzt. Wie diese wunderbaren Schauspielerinnen, die jahrelang weitermachen und diesen oder jenen Titel verliehen bekommen, so lebendig, daß du ihnen stundenlang am Radio zuhören könntest, sprühend vor lauter Ideen.«

Moss ließ die Ideen sprühen, redete mit ihnen durch ihre Hände, als sie über alles nachdachte, obwohl sie jetzt auch Rheuma in den Händen hatte und einige ihrer Knöchel verformt waren. Aber ihre Hände waren immer noch schön, die Nägel kurzgefeilt und glatt. Ein ganzes Leben voller Liebe und Stärke war durch diese Finger geströmt.

Moss fuhr fort: »Dich zu lieben war Stärke und Blut und Tränen, und mitten in einer leidenschaftlichen Umarmung aufstehen zu müssen, weil eine von uns zur Toilette mußte oder eines der Kinder weinte. Dich zu lieben hieß zu spüren, daß meine Schenkel dich brauchten, während ich den ganzen Tag herumlief, dich begehrte, wartete, daß der Laden schloß, wartete, daß das Abendessen vorbei war, wartete, daß die Kinder schliefen. Und dann meine Kleider abzuwerfen und meinen Körper zu waschen und mich an dich zu kuscheln, nahe, sauber und nach Begehren riechend.

Und da saß ich, eine scheue kleine Frau, die mit der Stimme einer ganz anderen Frau zahme Witze über 'meinen lieben Schatz' machte.« Moss machte eine Pause. »Ich will dich, ich will alle unsere Stimmen, ich will all unser Lieben, nicht nur Stücke davon. Mich nicht vor dir verstecken, wie ich mich vor der ganzen Welt versteckt habe. Gott weiß, ich habe reichlich Übung, wie du auch. Aber. Aber mit dir: keine Scheu, kein Verstecken. Keine zahmen Witze, als ob das alles sei. Mein Verlangen nach dir ist heute ebenso unverbraucht wie damals, als ich jung und schwanger war, die nuckelnde Sadie auf dem Schoß hatte und dir sagte, ich liebe dich. Reines Verlangen und pure Lust. Blut und Tränen und Lava. Rotglühende, weißglühende Lava.« Moss lehnte sich zu Biff hinüber, küßte sie und fügte hinzu: »Das ist alles, meine Liebe. Jetzt kannst du gehen und dir deine Gartensachen anziehen.«

18. Kapitel

Lindsey folgte Lerryn über den Küstenpfad. Sie konnte nicht sprechen; es wäre unpassend gewesen, menschliche Stimmen in die Nachtluft einzubringen, es sei denn, sie könnte ihre Stimme wie Wasser, bewegendes, ruheloses Wasser klingen lassen.

Zu ihrer Linken fielen die Klippen in zerklüfteten schwarzen Umrissen steil ab zum Meer. Lindsey kam sich vor wie in einem Science-Fiction-Film, als das Wasser schwarze und silberne Spiegel gegen die Felsen schleuderte, so daß Stücke absplitterten und davonflogen. Der Mond über ihr war eine weggeworfene Blechdose, die mit Schlagseite in einer glänzend schwarzen Pfütze herumschwamm.

Lerryn konzentrierte sich auf den Pfad, den sie als sicher genug kannte, an dieser Stelle flachgetreten von endlos wandernden Füßen. Für einen Moment schwenkte der Strahl vom Leuchtturm Pendeen über den Pfad vor ihr, und in seinem Licht wandte sie sich um, um sich zu vergewissern, daß mit Lindsey alles in Ordnung war. Sie gingen gemeinsam weiter, ohne zu sprechen.

Lindsey dachte an die Hügel von Yorkshire. Sie stellte sie sich im Mondlicht vor, wie diese Klippen, wo der Himmel tiefer schien als die See.

Dann dachte sie an ihre Wohnung in Hackney und fragte sich, ob jemals eine Zeit kommen würde, in der sie nicht mehr dort zwischen hoch aufragenden Wohnblocks und Straßenlärm wohnen würde, mit dem vertrauten Spurt in die Mittagspause mit Maureen und Rocky, um eine halbe Stunde in der gräßlichen grauen Kantine zu ergattern.

Als Lerryn diesen Kurzurlaub in Cornwall vorschlug, während Rosie ihre Ferienwoche mit Maureen, Tessa und den Kindern in Norfolk verbrachte, war ihr die Fahrtzeit für nur fünf Tage sehr lang vorgekommen. Nun aber, bei Nacht auf dem Küstenpfad, ertappte sich Lindsey bei dem Wunsch, lange Zeit bei Lerryn zu bleiben. Sie fragte sich, wie lang eine lange Zeit war und was Rosie zu der Idee sagen würde und was in aller Welt sie arbeiten sollte.

Sie tippte Lerryn auf die Schulter und bedeutete ihr, sich auf einen Felsblock an der sichereren Seite des Pfads zu setzen. In angenehmem Schweigen beobachteten sie den Lichtstrahl des Leuchtturms, langsam, regelmäßig und verläßlich. Lerryn bückte sich, um die Schnürsenkel ihrer Wanderschuhe zuzubinden. Lindsey fischte Trauben-Nuß-Schokolade aus ihrer Anoraktasche, und sie knabberten daran.

Nun begann der Nebel über dem Meer heranzurollen und verdeckte den Mond. Das erste Stöhnen des Nebelhorns ertönte, als sie sich auf den Weg zu dem Zauntritt machten, der über das Feld zur Hütte führte. Das Licht aus den Fenstern glühte wie rechteckige gelbe Augen durch den sich verdichtenden Nebel.

Es war eine Hütte mit zwei Räumen; Harry nannte sie ihre Eremitenhütte. Sie kam immer hierher, wenn sie nichts weiter wollte als Meer und Himmel und den unvermeidlichen Nebel, Kennzeichen der Region im Winter wie im Sommer, der die Hütte in eine fast vollkommene Stille einspann, nur vom heulenden und klagenden Stöhnen des Nebelhorns durchbrochen.

Manchmal teilte Harry die Einsamkeit mit einem ihrer Künstlerfreunde, aber das war selten. Diesmal gehörte die Hütte ausschließlich Lerryn und Lindsey. Kein Telefon, kein Strom und kein Gas. Aber da Harry Harry war, gab es eine Wasserleitung und einen Herd mit Holzfeuerung. Die Hütte wurde mit Öllampen beleuchtet, und es gab Kerzen für den Notfall und um sich in ihrem Schein zu lieben.

Am nächsten Morgen schliefen Lerryn und Lindsey lange, und es war Mittag, als sie herauslugten und sahen, daß die Nebelschichten sich hoben und durch das Tal davonkrochen und die Sonne sich durchkämpfte. Es spielte keine Rolle, daß es ein Frühlingsfeiertag war. Die Nebel von Cornwall beachteten die Menschenzeit nicht.

Also zogen sie in Regenkleidung zu Fuß los und nahmen einen Weg landeinwärts, der zwischen stillgelegten Gruben hindurch zu einem höhergelegenen Gebiet führte, das mit alten Steinen aus heidnischen Zeiten übersät war.

»Ich wußte nicht, daß es so viele gibt. Ich erwartete hin und wieder eine Grabkammer und einen Steinkreis. Aber hier liegen sie herum wie Steinkonfetti. Ich habe mir dort hinten fast den Knöchel verstaucht. Dieser Ort ist merkwürdig.«

»Du hast recht, Linz, in diesem Teil der Welt gibt es wirklich viele. Aber ich habe dich hierher mitgenommen, weil ich einen besonderen Stein gefunden habe, den ich dir zeigen möchte.«

»Was ist so Besonderes daran?«

»Es ist nicht mehr weit. Ich möchte, daß du ihn erst mal siehst.«

Sie gingen weiter, und der Wind wurde merklich kühler, als sie höher hinaufstiegen. Lindsey fiel auf, daß sie im Vergleich zu Yorkshire vielleicht nicht hoch über dem Meeresspiegel waren, es jedoch hoch wirkte, vielleicht weil jede Wegbiegung eine andere Aussicht eröffnete, einen Wechsel der Perspektive. Das Moor war kahl und windzerzaust. Ein paar verkrüppelte Rotdornbüsche neigten sich landeinwärts, festgeklammert, mit der Rückseite zum Wind wie alte Frauen, tief gebeugt unter Körben von Zweigen. Der Weg wurde ein schmaler Pfad zwischen dem Geröll, trügerisch, mit spitzem Stechginster und rauhem Heidekraut.

Der Pfad machte eine Biegung, und da, einen Moment lang, dachte Lindsey, sie sähe Biff über das Geländer der Packpferdbrücke gebeugt. »Biff!« rief sie aus. Dann wandte sie sich vollkommen verblüfft um, schlug die Hand auf den Mund und starrte mit großen Augen Lerryn an, die sanft lächelte. Lindsey faßte sich wieder und wandte sich um, und als sie nochmals dorthin schaute, wo Biff gewesen war, sah sie nur einen geneigten Stein mit Winkeln genau wie Biffs Schultern. Zitternd rannte Lindsey zurück zu Lerryn in eine sichere Umarmung. »Himmel! Lerrie, halt mich. Das war mit das Unheimlichste, was ich je gespürt oder gesehen habe.«

»Setz dich doch. Kaffee?« fragte Lerryn und schraubte den Deckel der Thermoskanne auf.

»Oh, danke.« Lindsey nahm den Plastikbecher aus Lerryns Hand. »Ich kann es kaum glauben, Lerrie. Es war nur ein verdammter Stein.«

Lerryn sagte: »Ich liebe diese Stelle. Ich bin oft hierher gekommen und habe an dich gedacht, wenn ich Harry überreden konnte, mich zur Eremitenhütte mitzunehmen. Das war nicht oft. Aber als ich älter wurde, ließ sie mich allein hierher fahren. Das brachte mich fort von dem Frisiersalon und der Familie. Manchmal ein verlängertes Wochenende, und ein- oder zweimal hatte ich eine Woche oder zehn Tage. Zehn Tage ist ein bißchen zu lang. Es ist *so* einsam.«

»Es hat etwas Magisches, obwohl ich normalerweise nicht an all diese Feentänze und den Mondlichtkram glaube. Das einzige Mal, daß ich wirkliches Interesse daran hatte, war bei einer Fernsehsendung über Götter und Göttinnen aus heidnischen Zeiten. Na, das war interessant. Pete und ich haben Ewigkeiten darüber geredet, denn er studierte ja Geologie, und die Sendung handelte von Sexualität und Symbolen in den Steinen. Ich war wie gebannt. Ich erinnere mich daran, als wäre es gestern gewesen. Die aufrecht stehenden Steine waren Penisse …«

»Warte einen Moment, Lindsey. War es eine männliche Stimme, war der Produzent ein Mann?«

»Keine Ahnung. Ich habe nie darüber nachgedacht. Wieso?«

»Ich kann gut ohne diese Männersendungen, Männertheorien leben. Es ist wie in der Kunstgeschichte: dieselben alten Bilder, dieselben alten Symbole, Penisse überall. Ich kann ohne diesen Männerblödsinn leben. Es sagt mir gar nichts.«

»Willst du damit sagen, die Sendung sei Quatsch gewesen? Du hast sie nicht gesehen, wie kommst du also zu diesem Schluß? Ich hätte dir das nicht erzählen sollen, du bist die Gebildete, erzähl du's mir.«

»Es tut mir leid. Ich wollte dich nicht abwürgen.«

»Gut, denn du warst sehr nahe dran. Ich kann dir nichts mehr erzählen, wenn ich so eine Reaktion zu erwarten habe. Wie ich sagte, es war faszinierend. Ich war wie verzaubert.«

»Du warst auch eine Heterofrau. Du hättest nichts gegen das gehabt, was da gesagt wurde. Viele Heterofrauen denken so. Das macht es Lesben wie mir in der Kunstwelt sehr schwer. Alle reagieren so wie du gerade, auch die Frauen.«

»Okay, es tut mir auch leid. Auf dem Pier haben wir gesagt, wir haben verborgene Verletzungen, denen wir ins Auge schauen müssen. Vielleicht ist das eine davon. Ich bin offen für Veränderungen, das weißt du. Ich will mich verändern. Ich habe immer noch eine Menge von einer Heterofrau im Kopf, wie könnte ich auch anders, Lerrie. Willst du mir sagen, es gibt ganz andere Ansichten über Steine und Götter und Göttinnen und so etwas?«

»Ich weiß nicht recht, was ich denken soll, denn eigentlich macht der Biff-Stein alle meine Ideen zunichte. Seit ich durch Mrs. Tindern von den Steinen und den keltischen Göttinnen hörte, war ich fasziniert. Ich mochte die Geschichten über die Göttinnen und die tanzenden Mädchen und Steinkreise am liebsten. Ich konnte mich nicht im geringsten für die Männer begeistern, Männertheorien, Männerkunst, Männergeschichte – nichts davon. Hat mich kalt gelassen. Natürlich hatte ich den Biff-Stein schon mehrmals gesehen, bevor ich Biff zum erstenmal sah. Als ich dann das nächste Mal hierher kam, ging ich um die Kurve, und da war dein Großvater.«

»Das kannst du laut sagen. Du hast mich rufen hören.«

»Und es paßte nicht zu meinen Ideen, überhaupt nicht. Auch jetzt noch nicht.«

»Nein, tut es nicht, oder? Eigentlich kann ich mich nicht erinnern, daß Biff viel über Steine gesagt hat, wenn er über Geschichte sprach. Zunächst einmal liegen in den Hügeln um Herton nicht so viele herum wie hier. Aber Biff war ohnehin mehr für den Sozialismus, weißt du, Gewerkschaften und Arbeitskämpfe, solche Sachen. Obwohl er die Frauen nicht ausließ. Nicht wie deine männlichen Geschichtsidioten es tun, wie du sagst. Ich weiß nicht, wie du in der Kunstwelt überlebst. Das scheint mir eine schreckliche Welt zu sein. Zumindest sind wir in der Fabrik alle Frauen, dem Himmel sei Dank. Das Komische an diesen Steinen ist, daß du spüren kannst, wie magisch sie sind. Ich bin noch nie zuvor an einem derartigen Ort gewesen. Nicht einmal draußen an der Packpferdbrücke, und die war auf ihre Weise auch magisch.

Ich verstehe dich jetzt besser, Lerrie, wo du mich hierher gebracht hast. Ich kann mir vorstellen, wie die Heidenfrauen tanzten und so weiter. Und ich wette, sie taten eine Menge 'und so weiter'. Das ist genau diese Atmosphäre.«

»Sie beteten hier und hatten eine Menge Rituale.«

»Und es ist noch nicht einmal ein Steinkreis oder ein Dolmen, ein 'richtiges Denkmal'. Warte, bis ich das Nanan und Biff erzähle. Sie werden denken, ich bin zu den Mondsüchtigen übergelaufen.«

»Und wirst du zu den Mondsüchtigen überlaufen?«

»Ich? Hast du schon einmal gesehen, daß ich für ein Ritual Schafe schlachte? Ich liebe Tiere!«

»Betest du, Linz?«

»Nein. Nicht einmal, als Peter umgekommen ist. Nanan hätte es gerne gesehen. Aber Biff verstand mich. Das ist ein wunder Punkt zwischen ihnen. Ich weiß nicht. Es ist anders, wenn wir hier sitzen, zwischen all diesen alten Steinen. Vielleicht ... vielleicht gibt es so etwas wie Geist, Lebenskraft. Ich weiß es wirklich nicht. Betest *du*?«

»Eher meditieren, Verbindung aufnehmen. Ich habe noch nicht die richtigen Worte gefunden. Ich meditiere über Frauen.«

»Du meinst wohl eher, du malst sie dir aus.«

Lerryn warf den Kopf zurück und lachte. »Du bist schrecklich, Linz. Du bist so eine Skeptikerin. Hast du noch Trauben-Nuß in der Tasche?«

»Natürlich, hier.« Lindsey brach einen Riegel in zwei Hälften und lächelte, als sie die eine hinüberreichte. »Ich liebe dich so sehr, Lerrie. Ich bin so froh, daß wir hierher gekommen sind. Die Hütte, der Küstenpfad, die Moore. Selbst den Nebel und den Regen mag ich. Weißt du was?«

»Was denn?«

»Laß uns nach Hause ins Bett gehen. Ich möchte es nicht gerne hier tun – zu verdammt gespenstisch und zu verdammt kalt. *Haben* Frauen es bei den Steinen miteinander gemacht?«

»Was meinst *du*?«

»Ist es seit den heidnischen Zeiten kälter geworden oder waren sie viel abgehärteter als wir?«

Lerryns Lachen warf ein Echo über die Moore. Sie wandte sich um und folgte Lindsey, die nun zwischen den Steinen umherhüpfte und eine Bergziege imitierte, obwohl sie eher wie das Hinterteil eines Pantomimenpferdes aussah. Immer noch über Lindseys Mätzchen lachend, verabschiedete Lerryn sich von den Steinen und deren Geheimnissen. Trotz Lerryns Suchen bewahrten sie sie sorgsam.

19. Kapitel

Moss hatte die Angewohnheit, jeden Tag auf dem Küchenkalender auszustreichen, kurz bevor sie zu Bett ging. Als sie Halloween 1975 ausstrich, bemerkte sie, daß Biff hinter ihr stand, verärgert und verstimmt.

Wie einen Wetterbericht hörte Moss sich sagen: »Es ist so ein milder Herbst, wer hätte gedacht, daß wir fast schon November haben? Ich möchte wissen, ob wir einen milden Winter bekommen.«

In Erwartung einer Antwort wandte sie sich zu Biff um, aber Biff starrte über Moss hinweg auf die Reihen diagonaler Bleistiftstriche auf dem Kalender. Biff zuckte die Achseln, was ihr gar nicht ähnlich sah, zog sich ins Vorderzimmer zurück und setzte sich vor den Fernseher.

Moss folgte ihr und sagte: »Willst du so spät noch fernsehen? Kannst du nicht schlafen oder was?«

»Ich dachte, ich schaue mir die Kinovorschau an, mal sehen, wie die Rezensionen sind.«

»Geht es dir gut? Du siehst ein bißchen grau aus. Eigentlich wirkst du ausgesprochen müde.«

»Geh nur zu Bett, Liebes. Brauchst du Hilfe?«

»Geht es dir auch wirklich gut, Biff?«

»Reg dich nicht auf, Liebes. Komm, ich helf' dir ins Bett, und dann gehe ich wieder hinunter zu dieser Sendung.«

Sie machten ihren üblichen langsamen Aufstieg, und Biff half Moss aus den Kleidern und ins Bett und legte ihr das Beinpolster an die richtige Stelle, so daß sie schlafen konnte. »Gute Nacht, Liebes«, sagte

Biff, küßte Moss auf die Wange und bekam ebenfalls einen Kuß.

Wieder unten, sah Biff bis zum letzten Wetterbericht fern und schlief im Sessel ein.

Den ganzen November hindurch sah Biff sich zwanghaft die Wettervorhersagen an und achtete darauf, während des Tages jede einzelne mitzubekommen. Dazwischen verfiel sie in ein verdrießliches Schweigen. Den größten Teil des Tages arbeitete sie im Gartenschuppen, räumte auf und nochmals auf, besserte den Vogelkäfig aus und reparierte einen alten Küchenstuhl, schmirgelte ihn ab, setzte die Sprossen wieder ein und lackierte ihn. Sie kehrte ins Haus zurück, um staubzusaugen, ihre Mahlzeiten einzunehmen und den Abwasch zu machen, um die Einkaufslisten und die Bibliotheksbücher für ihre einsamen Ausflüge zur High Street abzuholen.

»Nun, zumindest geht er immer noch aus«, bemerkte Mercy Dundy bei einem ihrer regelmäßigen Nachmittagsbesuche bei Moss.

»Ich könnte die Depression verstehen, wenn das Wetter schrecklich und Biff drinnen eingesperrt wäre«, erwiderte Moss, als sie sich an frühere Jahre erinnerten, in denen sie bei wochenlangem trüben Himmel in der Falle saßen – Tage, an denen die Winde heulten und viele Handvoll riesiger Hagelkörner an die Fenster prasselten – Vormittage mit tiefhängenden grauen Wolken und feinen dünnen Nebeln, die in die Kleider und Schuhe der Leute eindrangen, ohne Eile oder Dramatik, aber mit einer unbeirrbaren Entschlossenheit, den Ort und die Leute zu durchweichen.

»Ja. Wenn du ihn jeden Tag draußen im Garten siehst, könntest du meinen, er sei dankbar für kleine Gnaden«, spöttelte Mercy, die Gnadenreiche, und nahm noch ein Stück Kuchen. »Nicht, daß er ein Lächeln für diese kleine Mercy hier übrighätte.«

Der abgedroschene Witz rief bei Moss, die sich inzwischen ernstliche Sorgen um Biffs Gemütszustand machte, nur ein schwaches Lächeln hervor. »Biff hat für nichts und niemanden ein Lächeln, scheint es«, seufzte sie. »Möchtest du noch eine Tasse Tee?«

Weihnachten kam und ging mit einem Besuch von Lindsey und Rosie, und für einige Tage hellte sich die Stimmung auf, aber Neujahr brachte im Vergleich dazu noch tiefere Schwermut.

Biff bemerkte, daß die Tage allmählich länger wurden, und fragte sich, ob dies wie versprochen wirklich der mildeste Winter seit Beginn der Aufzeichnungen in South Yorkshire werden würde. Es gab kein Anzeichen dafür, daß es kalt werden oder der übliche Frost einsetzen würde, und wie die meisten alten Leute hoffte sie, daß sie ohne Schnee durchkommen würden.

Biffs selbstauferlegtes Schweigen hielt an und wurde eher noch schlimmer. Den Januar hindurch bestätigten sich Moss' Befürchtungen hinsichtlich des Wetters nicht, die Temperatur blieb ständig über dem Januardurchschnitt, und keine einzige Schneeflocke war zu sehen. Ihre Angst um Biff dagegen wuchs, und sie spürte, wie sie aus Gereiztheit und Besorgnis in Wut und Verzweiflung abglitt. Es gab keine Freude mehr in dem Haus an der Church Lane, nur tagein, tagaus eine Leere in den beiden Frauen und in ihrer Umgebung, und die wachen Stunden schienen endlos und nutzlos.

Ende Januar war Moss mit ihrem Latein am Ende und hätte Biff ohne weiteres an einem der Wäschehaken vor der Hintertür aufknüpfen mögen.

Biff kündigte an, sie werde eine lange Wanderung zur Packpferdbrücke machen.

»Nimmst du dir nicht zuviel vor, Biff?«

»Ich bin noch nicht gebrechlich«, kam die brüske Antwort.

»Das hab' ich nicht gesagt, aber wir sind mitten im Winter, selbst wenn es draußen schön und hell ist. Na ja, wenn du sicher bist, daß du so weit gehen willst, kann ich dir zumindest etwas heißen Kaffee und Butterbrote einpacken. Du bist doch vor dem Dunkelwerden zurück, nicht?«

»Es ist gar nicht so weit, hin und zurück.«

»Ich weiß, aber du hast selbst gesagt, daß du nicht mehr so einen langen Schritt hast wie damals als junger Laufbursche, wenn du deinen freien Tag hattest.«

»Ich bin zurück, bevor es dunkel ist, einverstanden?«

»Gut. Sonst schick' ich einen Suchtrupp los.«

Das wurde nicht mit einem Lachen beantwortet, wie es früher der Fall gewesen wäre. Moss murmelte etwas wie: »Oh, brich dir bloß keinen Zacken aus der Krone!« und machte sich in der Küche zu schaffen, packte Biffs leichten Rucksack, wie sie es für richtig hielt. Sie schmierte die Brote, wickelte etwas Kuchen in Alufolie und machte ein kleines Erste-Hilfe-Päckchen mit Pflaster, einer kleinen Schere, einer elastischen Binde und einer Pinzette zurecht. Als sie zwischendurch den Kessel aufsetzte, kam ihr eine Idee: Unter dem Spülstein holte sie eine Rolle Müllsäcke heraus, wie sie sie sonst für Gartenabfälle benutzten, riß einen davon ab und schob ihn klein zusammengefaltet an der Seite in den Rucksack. Biff kann sich darauf setzen, dachte sie, damit es von unten nicht so kalt wird.

Während Moss darauf wartete, daß das Wasser kochte, hörte sie Biff oben herumlaufen und im hinteren Schlafzimmer nach den Wanderschuhen, den dicken Socken und dem Anorak kramen. Moss lehnte sich gegen die Anrichte, und in der Stille der Küche fragte sie sich einen Moment lang, ob Biff zurückkommen würde. War dies der letzte Gang aus dem Zelt hinaus in den Schneesturm, um die anderen zu retten, da nun die Vorräte zu Ende gingen? Draußen aber lag der Garten im blassen Licht der Sonne, tiefstehend und fahl noch, aber hell. Es war wieder ein trockener Tag, perfekt für eine winterliche Wanderung. Sie konnte sich doch sicher darauf verlassen, daß Biff keine Dummheiten machte?

Den Rucksack bequem auf dem Rücken, die Hände in dicken Wollhandschuhen und ihre wollene Lieblingsmütze über die Ohren gezogen, machte sich Biff auf den Weg, vom Haus aus die Church Lane hinunter und an den Feldern vorbei in Richtung Halde.

Von der Häusergruppe unten im Tal winkten ihr Leute zu, die sie kannte, und riefen etwas herüber, aber sie hielt nicht wie früher an, um ein paar freundliche Worte mit ihnen zu wechseln, sondern winkte nur zurück und ging weiter. Sie war nicht in der Stimmung für Leute. Sie schritt langsam, aber stetig dahin, folgte den vertrauten Straßen nach Südwesten über die spärlich bewaldeten Hänge zu den Pennines. Hin und wieder hielt sie inne, um zu verschnaufen, sie spürte ein Stechen in der Brust und wußte, was das bedeutete; es gefiel ihr gar nicht.

Nun ging die Landstraße in den befestigten Weg über, auf dem sie immer mit Lindsey Fahrrad gefahren war. Biff betrachtete eingehend die Hecken und Wegränder. Sie waren brüchig und ausgetrocknet. Der kahle Weißdorn sah dürr aus. Genau wie ich, dachte Biff bitter. Sie ging weiter, nicht besonders energisch, aber entschlossen, einige Meilen zwischen sich und Herton zu bringen.

Dies war der trockenste Winter, den Herton je erlebt hatte. Biff fand ihn unerträglich, und beharrlich hatte sie auf Regen gehofft. Sie wanderte weiter in Richtung Brücke, als die befestigte Straße in einen Feldweg überging. Biff ging knirschenden Schrittes über den holperigen Boden, stieg über alte Regenrinnen, die jetzt ausgetrocknet waren. Die Erde zerbröselte unter ihren schweren Stiefeln. Sie trat absichtlich auf die Ränder der Rinnen, zerbröckelte sie, wie um sie für ihre bloße Existenz zu bestrafen. Sie fühlte sich wie eine Außerirdische in einer Wüstenlandschaft, sich selbst und ihrer Umgebung entfremdet.

Alle Hoffnung schien aus ihrem Leben, aus ihrer Seele gewichen zu sein. Sie war ihres Lebens und ihrer Verkleidung überdrüssig geworden. Als der Weg steiler wurde und sie nicht mehr so schnell vorankam, spürte sie, daß dies eine Reise in die Fremde war.

Früher war sie diesen Weg einmal im Regen gegangen – vor wie vielen Jahren, wußte sie nicht mehr. Der Himmel hatte ausgesehen wie dicke, wasserbesprühte Watte. Als die Dämmerung kam und das dunkle Stahlgrau allmählich in Indigo überging, mit Mahlsand und Granit durchsetzt, hatte sie die Lichter von Herton als ein Leuchtfeuer empfunden, das sie nach Hause rief. Sie erinnerte sich daran, wie Moss und sie sich viele Stunden geliebt hatten, während der Regen das Haus umschloß. Wie sie darüber gesprochen hatten, daß sie den Regen und seine Feuchtigkeit liebten, einander und ihre Feuchtheit liebten.

Als sie zu dem weißen Wegweiser gelangte, der das Ziel für Lindseys Fahrradrennen markiert hatte, mußte sich Biff ihre Müdigkeit eingestehen. Sie beschloß, Rast zu machen und etwas Kaffee zu trinken. Vorsichtig, um die zerbrechliche Thermoskanne nicht anzustoßen, nahm sie den Rucksack von der Schulter und entdeckte den dünnen Plastiksack, den sie als Unterlage benutzen konnte. Er war ordentlich und sorgsam neben die Butterbrote geschoben. Sie hielt ihn an ihre Wange. Der Kunststoff fühlte sich kühl und seidig an, roch frisch und neu. Biff breitete den Sack auf dem trockenen Gras aus und setzte sich darauf, mit dem Rücken an die Böschung gelehnt. Das war ihr gewohnter Platz, von dem aus sie einen schönen Blick zurück auf Herton hatte. Sie streckte ihre langen Beine aus, und die alten, weichen grauen Kordhosen legten sich in bequeme Falten. Die Kälte war stärker zu spüren, als sie erwartet hatte.

Während sie den Kaffee trank, seinen Duft roch und seine Wärme sogar durch die dicken Handschuhe spürte, dachte sie daran, was Moss durchgemacht haben mußte: den ganzen Winter mit einem derartig mürrischen Stachelschwein von Gefährtin zu verbringen.

Das Licht fiel hell und gläsern über die Felder. Zerbrechlicher Sonnenschein. Solches Sonnenlicht könntest du in Körben voller Glasstrahlen sammeln, und die Stoppeln würden dir durch die Stiefel hindurch die Füße zerschneiden. Auf manchen Feldern lag die nackte braune Erde in Erwartung der ersten Aussaat. In ihrer Vorstellung funkelte schon der Weizen wie Feuer, und an den Rainen der Gerstenfelder wuchsen vereinzelt die Mohnblumen. Biff konnte sich einen warmen blauen Himmel ausmalen, mit dahinjagenden Wolken, hoch über den abgeernteten Feldern, doch sie hätte lieber Regen gespürt. Jede Form von Regen: Gewitterguß, Sturm, Sintflut. War sie die einzige in Herton, die sich nach Regen sehnte? Die Außenseiterin, dachte sie sarkastisch.

Die Leute von Herton waren die Trockenheit nicht gewöhnt. Sie hatten ihr gewisses Quantum Sommersonne, und auch zu anderen Jahreszeiten schien die Sonne. Aber es gab auch oft Regen, was diesen Winter so ungewöhnlich machte, in dem kaum ein Tropfen gefallen war. Witze über die Costa del Herton und Urlaub am Pütt machten die Runde, versteckt unter einem löcherigen Regenmantel, der gegen den Stausee im Himmel, aus dem es normalerweise das ganze Jahr über goß und tröpfelte, nicht viel Schutz bot.

Biff kaute ihre Butterbrote und dachte an den Langzeitwetterbericht, der einen trockenen Sommer vorhersagte.

Ironischerweise ist Dürre ebenso gefährlich wie Überschwemmung, dachte Biff und ließ den Blick über die Zeche und die Stadt schweifen. Es ist das Wasser, das die Felsen zusammenhält; das Wasser, das Steine und Erde nährt; das Wasser, das die Häuser aufrechthält. In der Erinnerung an Frank und das Grubenunglück vor so vielen Jahren spürte sie einen Schmerz im linken Bein, wie aus Mitgefühl. Ihre erste Begegnung mit Frank und seinen Eltern fiel ihr ein, noch bevor sie Moss kennengelernt hatte, damals in der ersten Zeit, als sie sicher war, daß ihre Flucht nach Herton und ihre Verkleidung nur etwas Vorübergehendes wären.

Sie hatte gerne Männerkleidung getragen; leichte, bequeme Hosen mit Taschen, weiche, warme alte Jacken mit Taschen, Hemden mit Taschen. In Männerkleidung konntest du so vieles bei dir tragen, ohne die Hände mit einer Handtasche zu belasten.

Ihre Schuhe hielten länger als die von Moss; Schuhe, in denen sie ihre Zehen bewegen, ungehindert gehen, laufen und radfahren konnte. Die Vorteile lagen auf der Hand.

Aber.

Das schwierigste aller Aber – und deren gab es viele – zeigte sich drinnen: ihre Verkleidung aus dem Schlafzimmer und aus dem Bett herauszuhalten. Sie hatte all ihren Witz, all ihre Intelligenz, Energie, Klugheit und die Erinnerung an Emily gebraucht, um im Bett nicht zum Ehemann zu werden, Moss nicht zu einer Ehefrau zu machen. Dort nicht die männliche und die weibliche Rolle zu spielen, hieß, alle Möglichkeiten des Liebens mit Moss offenzuhalten, ebenso wie sie es mit Emily getan hatte; aber außerhalb des Schlafzimmers geisterte ihre Männlichkeit in einem Aufzug herum, bei dem die Erwartungen der Leute in jeden Saum eingenäht, in jeden Knopf eingeschlossen, in jede Tasche gesteckt waren.

Gegen alle Wahrscheinlichkeit war es ihnen gelungen, denn Moss war eine wundervolle Geliebte und konnte Leidenschaft geben und empfangen wie warmer Regen in der Wüste, kühler Regen auf versengter Erde.

Biff wandte den Kopf und schaute auf den Wegweiser. Er zeigte rückwärts nach Manchester, vorwärts nach Herton. Den Wegweiser zu sich selbst hatte sie nicht angeschaut, dachte sie. Demnächst würde sie achtzig werden. Statt aber mit einem Gefühl von innerer Stärke und von Stolz auf das, was ihr und Moss gelungen war, die Achtzig zu erreichen, hatte sie in diesem Winter angefangen, sich zu zerstören.

Im Laufe der Jahre hatte sie sich manchmal ihren Körper wie einen starken Apfelbaum vorgestellt. Jetzt aber fühlte sie sich wie ein alter

Apfel, den sie selbst unter mehreren Lagen Papier versteckt hatte und der in einer Kiste in einer Ecke des Schuppens vor sich hin schrumpelte. Niemand anders hatte ihr das angetan. Faltig und ungenießbar, war sie in diesem Winter von innen heraus faul geworden. Eines Tages würde jemand in die Kiste greifen und nichts als Staub finden.

Staub.

Ist das also der Anfang vom Ende? Sterbe ich jetzt? Nun mal langsam. Davor habe ich mich immer gefürchtet. War immer so aktiv. Lebendig. Verbunden. Ein glänzender Apfel an einem grünen Baum. Staub. Asche zu Asche und …

Lange Zeit saß Biff da, schlürfte Kaffee, aß Brote – Eiermayonnaise mit Kresse, ihr Lieblingsbelag – und den Rumrosinenkuchen. Sie dachte an Emily und ihre Liebe zueinander, junge Mädchen, die von der Liebe nichts wußten außer dem, was sie miteinander erfahren hatten, wechselseitig, als Gleiche. Sie hatte in Emilys Armen gelegen und sich gewünscht, daß Emily mit ihr schliefe. Moss hatte mit ihr geschlafen, so viele Male. Als Gleiche. »Ich bin nicht deine Ehefrau«, hatte Moss gesagt. »Ich werde deine Gefährtin sein, deine Geliebte, deine Freundin. Aber deine Ehefrau will ich nicht sein.« Und Emily – was war aus ihr geworden? Nachforschungen waren zu gefährlich gewesen. Tränen rannen über Biffs Gesicht, und ihr wurde bewußt, daß jemand, der sie hier sähe, sich über den alten Mann wundern würde, der weinend neben einem Wegweiser saß. »Wenn sie dich niederschlagen«, hatte Emily gesagt, »und das werden sie, dann steh auf, klopf dir den Staub ab und mach weiter.«

Biff packte den Rucksack und schulterte ihn. Für heute fand sie es nicht mehr nötig, bis zur Brücke weiterzuwandern, und trat den Heimweg an. Sieh zu, daß du nach Hause kommst, sagte sie zu sich selbst, es ist Zeit, nach dem Apfelbaum zu schauen. Er schlägt wieder aus.

Am nächsten Tag ging Biff den Gartenweg entlang und bestaunte die Knollen, die hochgewachsen und grün und wagemutig waren. Wenn sie hätten reden können, hätten sie Biff für ihren Pessimismus getadelt: 'Haben wir's dir doch gesagt, wir haben einfach weitergelebt, während du gezweifelt hast.' Unter den Rosen neben dem Schuppen entdeckte Biff die ersten Schneeglöckchen mit ihrer blaßgrünen Zeichnung auf weißen Kelchen. Grün ist die Farbe der Hoffnung.

Biff pflückte alle, die sie finden konnte, und brachte sie hinein.

»Wir haben den ersten Februar erreicht, schau mal«, begann Biff.

»Der deprimierendste Winter, den wir je hatten.«

»Es tut mir leid, daß du ihn mit mir ertragen mußtest. Ich liebe dich immer noch.«

»Ich liebe dich auch, obwohl ich mich gefragt habe, ob das stimmt und was uns so weit gebracht hat, ebenso wie du dich gefragt hast, ob du mich liebst und warum du bliebst. Ich wollte die Hand nach dir ausstrecken, aber du hast mich ausgesperrt.« Moss reichte Biff die kleine Vase, die sie immer für Schneeglöckchen benutzten. Sie hatte eine enge Öffnung, genau richtig dafür.

Sie saßen in der Küche am Tisch, mit den Schneeglöckchen auf dem Teetablett. Biff sagte: »Solange ich die Kinder hatte, um mir die Verbindung zur Zukunft zu erhalten, ging es mir gut. All die Jahre mit Sadie und Ronnie. Dann Lindsey, und Rosie, als sie ein Baby war. Heute ist es nicht mehr dasselbe. Die anderen Enkelkinder in Australien könnten genausogut auf einem anderen Planeten leben. Ich habe mir das in diesem Winter gründlich durch den Kopf gehen lassen.«

»Du hattest doch wohl nicht erwartet, daß wir all diese Jahre ohne ein paar schlechte Zeiten miteinander verleben würden?«

»Schlecht und schlecht ist nicht dasselbe. Der Massagetisch steht da im hinteren Schlafzimmer, und wir sind den ganzen Winter über nicht einmal in seine Nähe gekommen. Im Bett ist es wie bei naßgewordenem Feuerwerk im November.«

»Rücken an Rücken wie zwei Stachelschweine. Beinahe habe ich Löcher in meinem Nachthemd erwartet, wo die Stacheln hineinpieksten«, sagte Moss.

»Hast du? Wir haben uns einander schon wochenlang nicht mehr zugewandt.«

»Wir haben uns selbst nicht geliebt«, entgegnete Moss. »Wie konnten wir dann Zuwendung geben?«

»Die Schneeglöckchen sind hübsch. Sie duften gut. Du würdest nicht glauben, daß Schneeglöckchen duften, oder?« Biff machte eine Pause und fügte dann hinzu: »Was hat uns all diese Jahre zusammengehalten?«

»Beständigkeit. Liebe ist ein überschätztes Wort. Natürlich kann ich dich lieben, wenn ich mich liebe. Aber ich war in diesem Winter auch unter Tage. Ich hatte schon früher schlimme Momente, sie dauerten aber nie sehr lange, nicht, seitdem du und ich ein Paar sind. Aber diesmal sind wir beide versunken. Gleichzeitig. Ganz, ganz tief hinunter. Tiefer als die Hertoner Grube.«

»Also was nun?« fragte Biff. »Was ist, wenn das noch einmal passiert, und wie sind wir überhaupt herausgekommen? Ich habe heute nicht das Gefühl, ich wäre irgendwo in der Nähe dieser Grube. Was hat sich also verändert, außer ein paar winzigen Schneeglöckchen?«

»Wir haben uns verändert. Und nun werden die Tage länger, heller, und wir sind bereit, wie die Tiere es sind. Jahreszeitliche Veränderungen.«

»Warum ist das erst jetzt passiert, so spät in unserem Leben? Ich weiß, wir waren fassungslos und aufgewühlt, als Lindsey uns bat, sie in London zu besuchen. Und wir wollten nicht reisen und all das. Aber das war früher, vor Jahren, als sie dort mit Peter lebte.«

»Ja, und du warst es, nicht ich, die dem damals nicht ins Auge sehen konnte. Du hattest Angst, in London ein Mann zu sein. Angst, daß du vielleicht dort bleiben, dir die Männerkleider vom Leib reißen, dein Leben umkrempeln wolltest. Ich erinnere mich daran, als wäre es gestern gewesen.«

»Habe ich also mein ganzes Leben auf Angst gegründet? Das ist Wahnsinn. Und vor Wahnsinn habe ich mehr Angst als davor, daß mein Körper mich im Stich läßt.«

»Du kannst es dir leisten, dieser Angst nachzugeben. Denn du hast einen wunderbar starken Körper, von ein paar Zipperlein abgesehen. Du hast das Fahrradfahren erst letztes Jahr aufgegeben. Ich habe dich so lange beneidet. Und dich bedauert und dich geliebt. Glaubst du, ich weiß nicht, daß meine Arthritis nach innen gewandte Angst ist? Du weißt, ich habe all dieses neue Zeug gelesen, meterweise Bücher, ganze Regale könntest du damit füllen. Glaubst du, ich wäre geistig gesund geblieben, wenn ich dich nicht geliebt hätte – bei meinem Wissen, wie es war, Florence geliebt zu haben? Wir haben uns selbst das Leben gerettet, du und ich. Du kennst all dieses Gerede der jungen Feministinnen über das Ich, dein Selbst, deinen Körper, deine Rechte, dein Recht, eine andere Frau zu lieben. Aber auch sie werden ihren Preis zahlen. Die Welt ist nicht gemacht für Frauen, die einander lieben, selbst heutzutage nicht. Von der Befreiung sind wir noch weit, weit entfernt, ich weiß das. Diesen Winter habe ich meine Abrechnung gemacht, während ich dir gegenüber saß, mit einem tiefen Schacht zwischen uns mitten in unserem Wohnzimmerboden. Ich könnte einen ganzen Wälzer über den Preis schreiben, deinen und meinen.«

»Und du liebst mich immer noch?«

»Ich liebe dich immer noch. Ich weiß nicht, wie du dich jedesmal, wenn du deine Krawatte gebunden und dein Hemd zugeknöpft hast und die High Street hinuntergegangen bist, vor dem Wahnsinn bewahrt hast. Im Fernsehen kommt eine ganze Menge über Leute, die in Scheiben zerfallen wie der Schinken im Laden des armen alten Frank und die Scheiben nie wieder zusammenfügen können. Wie viele Schinken haben wir aufgeschnitten?«

»Hunderte, Tausende.«

»Ich habe dich geliebt, Biff. Von ganzem Herzen habe ich dich geliebt. Du weißt so gut wie ich, daß wir nicht auf- und davongehen *konnten*, weil wir Sadie und Ronnie, Lindsey und Rosie zu versorgen hatten. Nur die Radclyffes können auf der Suche nach einer neuen Heimat umherziehen. Die Mosses und Biffs können das nicht. Ich habe mit meinem Körper bezahlt, und du, das habe ich diesen Winter beobachtet, hast mit deiner Seele bezahlt.«

»Es war leichter, als wir den Laden hatten. Ich habe gearbeitet. Ich arbeitete so lange, wie es zu tun gab, und die übrigen Stunden füllte ich mit dir und den Kindern aus, und später mit Lindsey. Oder ich fuhr in die Hügel hinauf. Als ich ein Mädchen war, dachte ich immer, ich sei ein geselliger Mensch. Als ich in der Spinnerei war. Immer mitten in einer Gruppe, redend, lachend, alles im Rampenlicht. Nun, ich bin eine Einsiedlerin. Und ich habe mich gefragt und bin, ja, richtig verzweifelt, ob das wirklich mein Ich ist oder etwas, das ich mit mir habe geschehen lassen. Ich weiß es nicht.«

»Was in Ordnung ist, wenn du glücklich bist, und erschreckend, wenn du es nicht bist.«

»Ich war niemals ein Feigling, sondern eine Überlebende. Daher die Flucht. Oder ich wäre die nächste Märtyrerin gewesen.«

»Und das brauchtest du nicht. Eine Märtyrerin zu sein.«

»Nein, brauchte ich nicht. Ich wollte das Leben. Ich wollte eine Chance, mein Leben zu leben.«

»Und jetzt erlebst du Alpträume – wie nannte es diese junge Frau, Nacht-Hengste –, manche von ihnen gehen zu weit, weißt du. Von der Sprache wird uns nichts mehr bleiben. Schüttel nicht den Kopf über mich, Barbara Imogen Farley, wir müssen uns einig sein, manchmal nicht einig zu sein. Alpträume den ganzen Winter lang, in denen du dich fragst, was für eine Art Leben du gewählt hast. Ich glaube«, Moss machte eine Pause, »ich glaube, wir bekommen *einmal* die Chance, die Verhältnisse zu verändern. Nur einmal. Ich bin von Darlington fortgelaufen; du hast Manchester verlassen. Das war die Chance, die du und ich hatten. Wir hätten den Rest unseres Lebens allein verbringen können, ich in der Ehe gefangen, du unfähig, eine andere Emily zu finden, und von Erinnerungen lebend. Statt dessen haben wir eine wunderbare lange, lange Liebe erlebt. Und sie ist noch nicht vorüber. Komm her.«

Moss blieb sitzen und streckte ihre Arme nach Biff aus. Biff stand auf und reichte ihr die Hände, beugte sich über sie. Moss küßte sie auf den Mund, und sie hielten einander im Arm. Dann nahm Moss Biffs Gesicht sanft in die Hände, küßte ihre weiche Kinnlinie und ihren Nacken über dem Kragen. Sie schauten einander in die Augen. Behutsam nahm Biff Moss die Brille ab und legte sie sicher auf den Tisch. Dann küßte sie langsam Moss' Gesicht, ihre Augenlider und die weichen Stellen gerade unter den Ohren.

Moss saß im Sessel und fühlte sich froh und glücklich. Sie konnte in

Biffs helle graue Augen sehen; sie schienen so tief wie der Ladybower-See.

»Es ist schön, dich wieder zu umarmen«, sagte Biff.

»Wir haben nicht all diese Jahre durchgestanden, um uns jetzt von einem langen Winter besiegen zu lassen«, erwiderte Moss, »selbst wenn es der härteste Winter war, den wir je erlebt haben.«

20. Kapitel

Es war ein Wochenende mit recht wechselhaftem Wetter, an dem Tessas Töchter Sharon, die Zehnjährige, und Jean, die Achtjährige, in Lindseys Wohnung waren. Am Samstag beschlossen sie, gemeinsam einen Ausflug zum Richmond Park zu machen, wo der Isabella-Garten voller prächtiger Azaleen stand.

Die drei Mädchen liefen voran und waren offensichtlich ausgelassen und glücklich. Sharon war die größte, schlanker als die anderen. Sie warf den Enten Brotbrocken zu, und die tauchten danach. Das Haar war von der Mutter kunstvoll zu Zöpfchen geflochten worden, winzige Zöpfe, die in gleichmäßigen Abständen überall emporstanden. Neben ihr wirkte Rosie mit ihren neun Jahren klein und rundlich. Sie hatte ihre Haare wachsen lassen, und sie waren zu Schwänzen zusammengebunden, die bei Herumlaufen wippten. Jean war die kleinste, noch rundlicher als Rosie. Sie liebte kräftige Farben, heute trug sie Rot und Gelb. Ihre Gesichtszüge glichen denen von Sharon sehr, und beide sahen aus wie Tessa, obwohl Sharon dunkler und Jean heller war. Jean mochte es nicht, wenn ihr Zöpfe geflochten wurden, und hielt nicht lange genug still, so daß ihr Haar einfach so kurz wie möglich geschnitten worden war; es umrahmte ihren wohlgeformten Kopf wie eine schwarze Kappe und stand ihr richtig gut. Sie wußte das und zupfte den ganzen Weg durch den Park daran herum und warf sich in Pose.

Lindsey und Lerryn gingen eingehakt langsam hinter ihnen her und hielten an, um die blühenden Büsche und Bäume aus der Nähe anzuschauen und Fotos zu machen.

»Ich bin so froh, daß wir hierher gekommen sind, selbst wenn es aussieht, als wollte es jeden Moment regnen. Schau nur all die Farben, Lerrie.«

»Sind sie nicht wunderbar? Biff würde sie lieben. Ich wünschte wirklich, sie würden ein einziges Mal nach London kommen.«

»Ich auch. Nicht daß ich sie nicht fragen würde, glaub mir. Ich hab's jahrelang versucht.«

»Ich wünschte, ich wäre wie du, Linz.«

»Und das bedeutet?«

»Zufrieden, nicht auf der Suche.«

»Hast du mal wieder eine von deinen ruhelosen Phasen? Du gönnst dir selbst keine Ruhe, Lerrie. Du könntest die Gegenwart viel mehr genießen, Liebes, wenn du ein bißchen loslassen würdest.«

»Ja, aber etwas treibt mich.«

»Du lebst dein Leben in einem solchen Tempo, Lerrie, ich könnte das nicht aushalten. Wo sind die Mädchen abgeblieben? Oh, da sind sie. Huhu«, rief Lindsey. Rosie drehte sich um, und beide winkten.

»Ich versuche ja, so zu sein wie du. Aber dann bin ich wieder fort, in Gedanken in der ganzen Welt.«

»Willst du London verlassen? Reisen? Ich dachte, du stecktest in diesem Semester bis zum Hals in Kursen?«

»London ist mein Zuhause. Und ich liebe das Unterrichten.«

»Gut. Ich machte mir schon Sorgen, dein Zuhause könnte anderswo sein. Etwa unten in Cornwall.«

»Mein spirituelles Zuhause vielleicht. Aber ich habe mir mein Leben in London eingerichtet, Arbeit, Freundinnen, meine und deine. Das bedeutet für mich auch Zuhause, und Familie. Es geht mir gut. Ich bin nur innerlich ruhelos.«

»Ich bin niemals jemandem wie dir begegnet, außer Biff. Und er ist mein Großvater, deshalb ist das etwas anderes. Allerdings ein bißchen so, wie dich zu lieben, denn etwas in Biff ist ebenso auf der Suche wie etwas in dir.«

Sie kamen zu dem von Weiden umstandenen Teich, in dem Enten landeten, mit Aquaplaning. Die Mädchen waren auf der anderen Seite und beobachteten die Entenküken.

Lindsey ließ sich das Gespräch durch den Kopf gehen. Wie schwer mußte es für jemanden wie Lerryn oder Biff sein, endlos Dinge in Frage zu stellen, als ob der Geist Hund und Knochen zugleich sein könnte.

Sie beobachtete ein Blatt, das aus einem Bach in den Teich hineintrieb. Manchmal schien es ihr, Lerryn habe alles genausowenig im Griff wie ein flußabwärts treibendes Blatt. Es mußte faszinierend sein, all die Wirbel und Unterströmungen wahrzunehmen, aber wie gewaltig und kalt mußte das Wasser um die Ränder des Blattes herum erscheinen.

Sie verstand Lerryns Bedürfnisse als Künstlerin nicht richtig, aber sie liebte sie. Also zog sie sie zu sich heran und küßte sie, wie Rosie es getan haben würde, ganz warm und freundlich auf die Wange.

Von den Mädchen kam ein Kreischen: »Regen!« In diesem Moment öffnete sich der Himmel, und eine dahintreibende Wolke wählte sie als Übungsziel. In Sekundenschnelle waren sie pitschnaß. Sie wandten sich um und flohen, gefolgt von den drei Mädchen, kreischend und halb schimpfend, zurück zum Parkplatz, wo sie sich tropfend und lachend in den Mini quetschten.

An diesem Abend in Lindseys Wohnung rief Moss an. Lerryn nahm das Gespräch entgegen. Als sie ins Wohnzimmer zurückkehrte, wo Lindsey mit den Mädchen fernsah, sagte Lerryn: »Das war Moss. Sie wollte nur den Termin für unseren nächsten Besuch bestätigt haben.«

»Oh, kann ich mit Nanan sprechen?« fragte Rosie.

»Tut mir leid, Liebes, sie wollte nicht lange sprechen. Zu teuer. Wir werden sie nächstes Wochenende anrufen.«

»Na, gut. Ich bin sowieso müde. Wenn wir gleich ins Bett gehen, liest du uns dann eine Geschichte vor?«

Lindsey sah auf ihre Armbanduhr. »Wenn ihr jetzt geht, ja.«

Da die Geschichte von allen drei Mädchen in die Länge gezogen wurde, war es schon spät, als sie Gelegenheit hatten, über den Anruf zu reden.

»Lindsey, sie weiß, daß wir Geliebte sind.«

»Woher denn? Ich habe nie mit Nanan oder Biff darüber gesprochen.«

»Weil sie ganz zufrieden war, mit mir zu reden, ohne dich 'zu stören', wie sie es ausdrückte, und sie sagte mir, wir könnten das hintere Schlafzimmer haben, wenn wir nichts dagegen hätten, es uns zu teilen.«

»Und?«

»Deine Großmutter weiß es. Und noch mehr, sie hat nichts dagegen.«

»Du bist zu optimistisch. Du weißt, was für ein altmodischer Ort Herton ist. Selbst wenn Nanan und Biff dich mögen, können wir nicht vorsichtig genug sein. Ich sage dir, sie hat nie darüber nachgedacht.«

»Meine Antenne sagt mir, daß sie es weiß. Sie sagte, daß sie Einzelbetten besorgen wollten, aber der Raum sei zu klein, und sie wollte wissen, ob es uns etwas ausmachen würde, wieder das Doppelbett zu nehmen. Ich sage dir, sie weiß es.«

»Sie weiß es nicht. Ich will kein Coming-out bei meinen Großeltern haben.«

»Was wäre das Schlimmste, was dann passieren könnte?«

»Sie würde an einem Herzanfall sterben.«

»Ach, sei nicht so melodramatisch, Lindsey. Deine Nanan ist ein zähes altes Mädchen. Sie bietet uns immer das Doppelbett an, und immer hat sie dieselbe Ausrede dafür.«

»Ich will nicht darüber sprechen. Und red bitte leise. Wenn die

Mädchen uns hören, bin ich die halbe Nacht auf, um sie wieder zu beruhigen. Ich habe so schon lange genug gebraucht, um sie ruhig zu kriegen.«

»Ich rede nicht laut. Das bildest du dir ein, weil du in der Defensive bist. Ich sage dir, Nanan und Biff wissen es, und was noch mehr ist, sie billigen es.«

»Ich fahre nicht nach Herton, um dort mein Coming-out zu haben, wenn es das ist, was du meinst. Wenn ich auch nur einen Moment lang glaubte, du würdest ihnen gegenüber damit herausrücken, würde ich die ganze Reise absagen.«

»Vielen Dank. Du schämst dich also meinetwegen, oder? Schämst dich, eine Lesbe zu sein. Warum hast du dann die Kinder einer anderen Lesbe übers Wochenende hier?«

»Natürlich schäme ich mich nicht. Meine Freundinnen wissen es. Aber die Leute in Herton nicht.«

»Na, wer redet denn jetzt laut? Wende ja nicht deinen Blitz und Donner gegen mich – ich könnte angesengt werden.«

»Angesengt? In Herton würden sie dich in Holzkohle verwandeln. Du bist vielleicht in der Kunstwelt hier erfolgreich, Lerrie, und ich freue mich wirklich sehr für dich. Aber glaube nicht, die ganze Welt sei wie London. Sie ist es nicht. Herton mag keine Lesben und Schwulen.«

»Ich bin nicht blöd. Ich weiß das. Aber ich rede nicht über ganz Herton. Ich rede von deinen Großeltern.«

»Ich will Nanan und Biff nicht mit all dem konfrontieren. Sie werden schnell alt, und ich möchte ihnen keine Sorgen machen. Keinerlei Sorgen.«

»Ich versichere dir, es macht ihnen keine Sorgen. Sie sind vollkommen damit zufrieden, daß wir ein Liebespaar sind.«

»Ich bin müde. Ich habe drei Kinder in Rosies Schlafzimmer, und ich möchte ins Bett fallen und von Azaleen träumen. Mir keine Sorgen über mein Coming-out in Herton machen. Können wir das Thema jetzt bitte beenden?«

Es war erst halb acht am Sonntagmorgen, als Kichern und Rufen aus der Küche drang und Lindsey weckte. Lerryn neben ihr schlief fest. Lindsey stieg vorsichtig aus dem Bett, zog noch im Halbschlaf ihren Morgenmantel und ihre Pantoffeln an und ging, um die Sache zu untersuchen.

Drei Pos in Schlafanzügen, die Füße unten herausguckend, reckten sich ihr entgegen, umgeben von dem gesamten Inhalt des Spülen-Unterschranks, in den sich die dazugehörigen Schlafanzugjacken gerade entschlossen hineinzwängten.

»Was in aller Welt ...« begann Lindsey. »Oh, nicht schon wieder!«

Ein Po rutschte rückwärts, und Sharons Kopf erschien. Ihre winzigen Zöpfe waren zerzaust und standen in alle Richtungen vom Kopf ab. Sie hatte ein ausdrucksvolles Gesicht wie Tessa.

»Wir haben den Käfig von Jeans Springmaus saubergemacht, und sie ist wieder in den Schrank geflitzt.« Sharon grinste, aber ihr Gesicht stellte auch eine ganze Reihe von Fragen: Bist du böse? und: Kannst du sie herausbekommen? Sie schaute hinunter, als Rosie rückwärts herauskroch. Sie grinsten einander an und wollten laut lachen, aber lieber nicht vor Jean, die immer noch im Unterschrank steckte.

Lindsey stand breitbeinig über der Szene wie der Koloß von Rhodos. Jean wand sich heraus und griff nach Lindseys Knöchel, eine typische Bewegung – sie liebte Berührungen. Sie hatte geweint, und ihre Augen waren ängstlich. Sie rüttelte an Lindseys Knöchel.

»Kannst du sie herausbekommen? Zu uns will sie nicht kommen.«

»Laß mal mein Bein los. Wir wollen sehen, was wir tun können«, erwiderte Lindsey so sanft sie konnte, in Erinnerung an Houdini, den Wassermolch.

Lindsey kniete sich auf den Boden, während die Mädchen Papiertüten, Töpfe, Pfannen und Staubtücher beiseiteschoben. Sie umarmte Jean kurz, schaute in den Unterschrank hinein und rümpfte die Nase über den muffigen Geruch. Dort, wo das Abflußrohr in einem Spalt verschwand, war gerade noch ein Schwanz zu sehen. Ein oder zwei verräterische Köddel lagen da.

Lindsey schob sich vorsichtig rückwärts hinaus und zog dabei den Kopf ein.

»Hat sie schon gefrühstückt?« Drei Köpfe wurden geschüttelt.

Sharon sagte: »Sie kommt nicht heraus, wenn wir alle drumherum stehen, nicht?«

»Ich lasse sie nicht da drin«, sagte Jean nervös.

Lindseys Abwesenheit hatte Lerryn aufgestört. Sie rief: »Was ist los?« Das lenkte Sharon und Rosie ab, sie rannten hinüber, um es ihr zu erzählen. Jean blieb entschlossen neben dem Unterschrank sitzen. »Ich habe Mutti gesagt, ohne sie gehe ich nirgendwohin. Und ich bleibe hier, bis sie herauskommt.«

Lindsey sah sich selbst als Achtjährige vor Moss stehen. Es war, als spräche Moss' Stimme aus ihr, als sie antwortete: »Sie wird dich da drin zu sehr vermissen, und natürlich kommt sie heraus, besonders, wenn sie Hunger hat. Jetzt stapelt ihr diese Töpfe und Pfannen drüben am Fenster auf und stopft die Papiertüten hier hinein.« Lindsey reichte Jean eine Tragetasche. »Dann kannst du dich hinsetzen und warten, bis sie wieder zum Vorschein kommt, um zu frühstücken.«

Lerryn erschien mit Sharon und Rosie in der Tür. »Ich rieche den Braten«, sagte sie, als Rosie sie mit dem Ellenbogen warnend in die

Seite knuffte. Lerryn rieb sich die Augen und gähnte. Es war zehn vor acht. Im Wohnzimmer klingelte das Telefon. Lerryn ging dran, während Lindsey sich über Jean lehnte, um den Kessel mit Wasser zu füllen.

»Lerrie? Ich bin's, Tessa.«

»Hallo, Tessa, wie geht's dir?«

»Du klingst mitgenommen, Lerrie, was ist los?«

»Oh, es ist alles in Ordnung. Jean sitzt wieder unter der Spüle und wartet darauf, daß die Springmaus aus ihrem Versteck herauskommt.«

»Da kannst du lange warten. Soweit ich weiß, ist sie hetero.«

Tessas Lachen echote im Hörer, als Lerryn mit übertrieben tuntiger Stimme sagte: »Besser spät als gar nicht, Darling. Das Leben ist Hoffnung.« Wieder mit ihrer normalen Stimme sagte sie: »Warum rufst du überhaupt an? Hast du gehört, wie die Töpfe und Pfannen ausgeräumt wurden?«

»Nun, eigentlich bin ich froh, Lerrie, daß du dran bist. Ich rufe an, um dich um einen Gefallen zu bitten. Die Tasche mit dem Schwimmzeug steht hier hinter der Couch. Wir haben sie erst gefunden, als wir letzte Nacht zu Bett gingen. Es war zu spät, um anzurufen. Aber die Mädchen wollen heute morgen schwimmen gehen, nicht?«

»Soll ich das Auto nehmen und sie holen?«

»Würdest du das tun? Du weißt, wie die Busse sonntags morgens sind. Es würde ewig dauern, sie zu euch zu bringen. Es tut mir leid deswegen.«

»Kein Problem. Ich bin froh, in Ruhe einen Kaffee mit euch trinken zu können.«

»Das kann ich mir denken. Ich höre den Lärm im Hintergrund.«

»Hattet ihr beide gestern einen schönen Tag?«

»Ja, wirklich. Wir haben etwas Süßes gemacht und noch ein bißchen mehr.« Tessa lachte leise und lüstern. »Es geht doch nichts über morgens.«

»Keine Ahnung, was du meinst«, log Lerryn und freute sich an Tessas Lachen. »Was mich betrifft, ich stelle mich gerade als Rattenfängerin zur Verfügung.«

Tessas Ton änderte sich abrupt. »Das würde ich auch gerne, aber hier gibt es so viele, daß ich sie gar nicht zählen kann. Liberale rassistische Ratten, meine ich. Ich werde dir davon erzählen – aber nicht heute morgen, denn die Schwimmbäder schließen um elf.«

»Ich werde eine Stippvisite machen. Hast du in der Woche mal etwas Zeit?«

»Ja. Ich sage dir, das Wohnungsamt bringt mich die Wände hoch. Wir sollen Wohnungen bekommen? Ein Witz. Das ganze verdammte System ist auf Rassismus aufgebaut – und von Ratten geleitet. Es laugt mich aus. Außerdem bin ich sehr zornig. Ich habe ein sehr zorniges Bild gemalt. Stark, aber ich weiß nicht, ob es technisch etwas taugt, weißt du? Könntest du es dir mal anschauen und mir sagen, was du davon hältst? Hast du Zeit?«

»Ich werde meinen Terminkalender mitbringen. Wir können uns verabreden.«

»Das fände ich schön. Danke dir.«

»Danke mir nicht. Es ist spannend, Tessa.«

»Ja, das ist es. Ich fühle mich jetzt ganz wunderbar, trotz des Anlasses.«

Wieder in der Küche, sagte Lerryn: »Das war Tessa. Ich muß hinüberflitzen und das Schwimmzeug holen. Ihr habt es vergessen.«

»Tee, bevor du fährst?« fragte Lindsey.

Lerryn schüttelte den Kopf.

»Keine Zeit. Die Schwimmbäder schließen um elf.«

»Können wir mitkommen?« riefen Sharon und Rosie im Chor, versuchten es unisono.

Lindsey unterbrach sie. »Nein, könnt ihr nicht. Tessa und Maureen brauchen mal eine richtige Pause.« Überraschenderweise bestanden die Mädchen nicht darauf. Lindsey wandte sich zu Lerryn und küßte sie rasch. »Dies ist das Haus des Sonnenschein-Frühstücks. Guten Morgen, Lerrie. Aufgehen und strahlen.« Sie umarmten sich inmitten des Chaos. Lerryn zog sich eilig an und griff nach Terminkalender und Autoschlüsseln.

»Tschüß, ich habe meinen Hausschlüssel nicht gefunden«, rief sie. »Läßt du mich herein, wenn ich zurückkomme?« Sie hörten sie die Betontreppe zur Straße hinunterlaufen, ohne auf eine Antwort zu warten.

Lindsey setzte sich an den Kiefernholztisch und dachte: »Frühstück bei Tiffany. Nichts Ungewöhnliches geschieht. Alles ist wie immer, es geht uns allen gut.« Sie reichte Jean eine Scheibe Toast hinunter, die dasaß und eine Hand mit Sonnenblumenkernen in den Schrank hielt, um die Springmaus zu locken.

Kurz darauf war sie wieder in ihrem Käfig.

Als sie am Montag wieder zu Hause war, arbeitete Lerryn den ganzen Tag an einem Drachenbild, das Lindsey darstellte.

Lerryn holte Bilder aus ihrem Innern, Lage um Lage, Schicht um Schicht. Mit langen gleichmäßigen Bewegungen und vorsichtigen, festen Pinselstrichen trug sie Farbe auf die Seidenleinwand auf. Ein Bild von Feuer und Blitz, die den Drachen andeuteten, und von Donner – das war Lindsey, wenn sie entschlossen oder wütend war. Bis sie im Nachglimmen des Feuers weich wie Asche wurde, zart wie das grauweiße Pulver sein mochte; sinnliche Finger auf nackter Haut.

Lerryns Gedanken ringelten sich um sie wie der Schweif eines Drachen um seinen Körper. Nachdem die ersten Arbeitsgänge des Drucks fertig waren, spannte Lerryn ihn zum Trocknen auf ein eigens dafür gebautes Trockengestell und rückte den Ständer zurecht. Dann strich sie durch das Atelier, ein Drachen, der sich bedächtig und langsam in seiner Höhle umherbewegte und mit dem Schweif schlug.

Das Atelier war ihr Ort, ihr Raum. Hier konnte sie ein paar Häute abwerfen, und niemand wußte davon, denn wenn sie wieder ans Tageslicht kam, schien sie ein normaler Gemeiner Drache zu sein, die Art, die sich der Außenwelt zeigte.

Sie ging ins Badezimmer. Vor dem Spiegel und auf dem Fensterbrett standen Farne. Der Raum war rein weiß, und auf dem Boden lagen Korkfliesen. Auch die Fliesen waren weiß, und die einzige Farbe war eine tiefblaue Wand, eine Farbe, die Lerryn sich ansehen konnte, ohne ihrer müde zu werden. Ihre Handtücher waren dunkelbraun und blau gestreift. Es war ein ruhiger Raum. Sie zündete drei Kerzen an, stellte sie vor den Spiegel und schaltete das Deckenlicht aus. Sie füllte eine Keramikschale mit Wasser und stellte sie neben die Farne auf das Fensterbrett, wo sie das Licht aus dem Spiegel und den Kerzenflammen widerspiegelte. Dann ließ sie heißes Wasser aus dem Boiler einlaufen und putzte sich die Zähne, während sie darauf wartete, daß die Badewanne sich füllte.

Drei Kerzen. Eine für sich selbst, eine für Moss, eine für Biff. Eine für die Vergangenheit, eine für die Gegenwart, eine für die Zukunft. Eine für dic Torfmoore, eine für die Nebel, eine für den klaren, weiten, offenen Himmel hinter den steilsten Klippen.

Sie stieg in die Badewanne und legte sich zurück, das Kinn eben über dem Wasser.

Die drei Flammen, die in dem dämmrigen Badezimmer flackerten, warfen Lichtkegel und Schatten auf das Badewasser. Die Spiegelungen der Farne waren unwirklich im Kerzenlicht, und das Wasser in der Keramikschale schien wie Silber.

Sie mußte bei vollem Bewußtsein sein. Sie legte die Handflächen flach auf den Bauch, atmete tief und langsam und meditierte, ohne ihren Wachzustand zu dämpfen.

Ein Bild von Moss und Biff, das sie schon geraume Zeit mit sich herumtrug, hatte seit Moss' Anruf am Wochenende nach Beachtung geschrien.

Drei Kerzen, dachte Lerryn. Eine für die Nanan, eine für die andere Person, und eine für das kleine Mädchen, das die Straße entlang auf der Suche war.

Tief atmend erinnerte sich Lerryn an jede Einzelheit ihrer Begegnung mit Moss und Biff an dem Tag, an dem sie auf der Suche nach Lindsey den Laden betreten hatte. Ein Augenblick des Wiedererkennens hatte stattgefunden. Sie mußte ihre Gesichter im Gedächtnis klar sehen. Sie mußte jede Linie, jeden Winkel verstehen, keiner durfte verschwimmen.

Nach dem Bad ging Lerryn ins Bett. Draußen vor ihrem Zimmer, hinter dem ummauerten Garten bedeckten dichte Wolken die Erde. Aber als Lerryn einschlief, wußte sie, daß der Mond da war, auch wenn er verborgen blieb, und in ihren Träumen spürte sie, wie sie ihre Haut abwarf, obwohl niemand sie dabei sah. Sie spürte, daß sie eine mächtige Verbindung nach Herton herstellte.

Als sie am nächsten Morgen nach tiefem, erholsamem Schlaf erwachte, erinnerte und verstand sie jedes Bild aus den Nachtstunden.

Sie saß in dem ummauerten Garten, wo der Goldlack nach Frühsommer duftete. Der Rasen um sie herum war mit den weißen und rosa Blüten der blühenden Bäume übersät. Lerryn trug ihren roten Trainingsanzug und eine Sonnenbrille, um sich vor der Helligkeit des Papiers zu schützen, auf dem sie zeichnete. Wir haben 1976, dachte sie. Ich bin einunddreißig und immer noch auf der Suche nach etwas.

Die Rastlosigkeit ihrer Kreativität ließ keinen inneren Frieden zu. Immer gab es Arbeit zu erledigen, Projekte abzuschließen, Termine und Zeitpläne einzuhalten. Nach außen hin war Lerryn warmherzig und leidenschaftlich. Innerlich sehnte sie sich danach, die Vorfahrinnen zu kennen, die das gleiche Land geliebt, die gleichen Höhlen besucht, die gleichen Klippen betrachtet, den gleichen Himmel abgesucht hatten.

Sie wußte, es hatte andere wie sie gegeben, vor ihrer Zeit. Aber sie wußte nicht, in welchen der Steinhütten sie gelebt hatten, welche der sorgsam gepflegten Gärten sie versorgt hatten, welche der Pfade oben auf den Klippen sie beschritten hatten.

Sie zeichnete Moss und Biff, zusammen und einzeln. Nach mehreren Skizzen von Moss beschloß sie, sich auf Biff zu konzentrieren, die Bilder zu erforschen, die sie gefesselt hatten.

Sie versuchte, verschlüsselte Geheimnisse zu entziffern. Immer wenn sie Moss und Biff besuchte, spürte sie, daß sie doppelte Botschaften empfing. Manche der doppelten Botschaften kamen von Moss, das stimmte, aber die meisten kamen von Biff. Sie mochte Biff. Das war ungewöhnlich, denn normalerweise verschwendete sie nicht viel Zeit oder Gedanken auf die Männer aus der Generation ihrer Großmütter. Sie wußte, daß Biffs Mutter und ihre beiden Schwestern Lucy und Sara Suffragetten gewesen waren. Als junger Mann mußte Biff die Kampagnen selbst miterlebt haben. Aber das hatten andere Männer auch, und doch benutzten sie nicht solche sprachlichen Wendungen wie Biff, in dessen Worten stets eine tiefe Achtung vor Frauen mitschwang.

Eine der Frauen, mit denen Lerryn in ihrer Künstlerinnengruppe malte, war fasziniert von Transvestiten und und hatte Bilder von Suffragetten und von Radclyffe Hall mitgebracht, und vor Lerryns geistigem Auge war ein Bild von Lindseys Großvater erschienen.

Lerryn hatte niemandem von diesem inneren Bild erzählt. Sie hatte Zeit gebraucht, um darüber nachzudenken. Aber nun schrie das Bild nach Beachtung.

Während sie zeichnete, dachte sie an Lindsey und ihre jahrelange Liebe. Sie neidete Lindsey ihre innere Ruhe und ihre Zufriedenheit. Lindsey war nicht auf der Suche.

Innerlich war Lerryn ganz Stärke und Schönheit, und mit Lindsey zusammen enthüllte sie beides. Aber Liebende konnten aus freien Stücken gehen. Niemand war für immer da. Für Lerryn war nichts gewiß, außer der Notwendigkeit, ein Zeugnis ihrer Wahrheiten zu hinterlassen, eine Botschaft an andere Frauen nach ihr, die die Schutzschichten durchschneiden und entdecken könnten, daß sie, Lerryn Trevonnian, gelebt und geatmet hatte, sich selbst und ihre Geliebten geliebt hatte, das Land und das Meer geliebt hatte und gearbeitet hatte, um Zeichen und Wegweiser für die Frauen nach ihr zu schaffen.

Am späten Nachmittag war Lerryn mit ihren Zeichnungen fertig. Es waren viele, alle unterschiedlich. Jede von ihnen stellte das Gesicht einer Frau dar, die bekannt war als ein Mann namens Biff.

21. Kapitel

Biff ging den Gartenweg entlang und sog den Duft des Goldlacks ein. Sie hatte ihn letzten Sommer aus Samen gezogen, die Grace aufbewahrt hatte, ihn Mitte September an einem geeigneten Platz ausgepflanzt, wo er ein paar Zoll hoch stand, und nun blühte er, die tiefroten, fast schwarzen Blüten so weich wie Katzenpfoten. Einige Stauden hatten zwei Jahre nacheinander geblüht, buschig und hochgewachsen, aber sie behandelte ihn lieber als einjährige Pflanze; dadurch bekam er einen kräftigeren Duft, fand sie.

Um den Frühlingsmorgen vollkommen zu machen, hätte sie gerne ein paar umherflatternde Schmetterlinge gehabt, aber es hatten noch keine den Weg in den Garten gefunden, sie steckten immer noch in ihren Kokons an geheimen Orten. Auf zwei Pflastersteinen trat sie über die Begrenzung und stand auf dem Rasen, schaute ihn sich genau an und wanderte stetig auf und ab, um nach Unkräutern zu sehen. Im Haus hörte sie das Telefon klingeln und stellte sich vor, wie Moss sich unter Schwierigkeiten erhob, um abzuheben. Wer es auch sein mochte, mußte sie kennen, denn das Telefon klingelte und klingelte, während der oder die Anrufende wartete, daß Moss langsam herbeikam und den Hörer abnahm. Jetzt hörte es auf.

Moss telefonierte nicht mehr, wer immer auch angerufen hatte. Sie saß reglos am Küchentisch, als Biff in der Tür auftauchte.

»Das war Rita. Brenda Jacksons Rita. Grace Dundy ist heute morgen gestorben!«

Biff ging zu Moss hinüber und legte ihr fest die Hand auf die Schulter. Moss hob die Hand, um Biffs Hand zu streicheln. Eine alte vertraute Geste. Sie schauten einander ins Gesicht, sprachen nicht, sondern nickten nur, zusammen, langsam, und dann ließ Biff Wasser in den Kessel laufen und setzte ihn auf den Gasherd.

»Möchtest du den Tee draußen im Garten?«

Moss nickte und stand auf, wobei sie sich an der Tischkante festhielt. Immer mit einer Hand an der Wand oder an einem Möbelstück, ging sie nach draußen, wo die Morgensonne voll auf die Bank schien, die Lindsey ihnen gekauft hatte. Einer der Newson-Jungen hatte an der Gartenmauer bis hin zur Bank ein Geländer aus poliertem Holz angebracht. Es war ein friedlicher Platz, ein paar Schritte von einem weißen Holzapfelbaum entfernt, der seine Blüten bis zum Goldlack und über die späten Schlüsselblumen verstreute. Die Schlüsselblumen säten sich selbst im Garten aus. Sie wurden niemals dabei gestört, denn sie gehörten zu Moss' Lieblingsblumen.

Biff brachte die beiden Teebecher hinaus. Als sie bei der Bank ankam, stellte sie sie neben Moss ab, setzte sich und lauschte dem Summen im Garten. Eine Zeitlang sprach keine von ihnen, beide still in ihre eigenen Erinnerungen versunken. Vor Jahren, als Moss die Nachricht vom Tode ihrer Mutter erhielt, hatte sie zu Biff gesagt: »Sie wollte nicht, daß ich Darlington verließ. Sie hätte mir wohl geholfen, Sadie aufzuziehen. Aber wenn ich nicht gegangen wäre, würde ich jetzt nicht hier mit dir leben. Wenn du nicht in diesem Moment ein Teil meines Lebens wärst, würde ich mich, glaube ich, völlig allein fühlen. Ich frage mich, wie das wohl wieder wäre. Eine Familie wie die meine zu verlassen, hieß, völlig allein zu sein.«

Biff dachte an die Todesfälle, die sie in ihrem Leben erlebt hatte. Ihre Mutter, ihre beiden Schwestern, Frank, ihr Freund und Konkurrent, Lindseys Peter und Ronnie, das Kind, das aufzuziehen sie geholfen hatte, das nie die Chance gehabt hatte, aus dem vom Krieg gebeutelten Europa nach Herton zurückzukehren. Da gab es noch andere: die Leute aus Herton, die bei dem Grubenunglück ums Leben gekommen waren, einige Kinder aus dem Ort, die von Diphterie, Kinderlähmung und Keuchhusten dahingerafft worden waren, und jeden Winter waren es einige alte Leute gewesen, die Biff alle mit Namen gekannt hatte. Aber Grace Dundy war die erste von ihren Freundinnen.

»Merkwürdig, Biff, nicht wahr, daß es nun uns erreicht hat? Ich bin nicht so darauf vorbereitet, wie ich es mit sechzig war. Irgendwie wurde mir mit sechzig klar, daß im Alter meine Freundinnen eine nach der anderen sterben würden. Aber in dieser ganzen Zeit waren es andere Menschen in dieser Stadt, die ihre Lieben verloren, manchmal jüngere Männer, Herzinfarkte, eine oder zwei Frauen hatten Krebs. Zehn Jahre lang, seit Peters Tod, blieben du und ich und unsere Freundinnen vom Tod unberührt. Plötzlich ist er da, holt Grace fort von Herton, von uns, von ihrer Familie. In dieser Gesellschaft gibt es keine Vorbereitung auf den Tod. Leute wie Grace, die herzkrank sind, könnten noch jahrelang weiterleben. Wir alle wußten, daß dies passieren könnte, und wenn es passiert, trifft es uns unerwartet. Es ist so merkwürdig, so merkwürdig.«

Moss streichelte Biffs Knie und ließ ihre Hand dort liegen. Biff deckte sie mit ihrer Hand zu und wußte, daß Moss keine Antwort brauchte. In einer Welt voll junger Leute, rascher Veränderungen, Autos und Hifi-Anlagen, Farbfernseher und Satelliten schien es manchmal, daß die Liebe und das Verständnis der Menschen gleichen Alters die einzige Gewißheit diesseits des Todes war.

Grace hatte ihnen erzählt, daß sie genug Geld für ihren Sarg und ihre Beerdigung auf dem Postsparbuch habe, so daß ihre Tochter Brenda nicht die finanzielle Belastung würde tragen müssen. Das war die einzige Freiheit, die Grace hinterlassen konnte. Sie besaß nichts, hatte ihr Haus von der Bergbaugesellschaft gemietet, zahlte jede Woche fünfzig Pence für die Urenkel auf ihr Sparkonto ein. In ihrem Schrank am Kamin lagen immer schon im April die ersten kleinen Geschenke für das nächste Weihnachten und verschiedene Geburtstage. Grace hatte die Gabe, für jeden ihr lieben Menschen das kleine Etwas auszuwählen, das diesem Freude machen würde. Zweimal war sie mit ihrer Tochter im Ausland gewesen, beide Male mit dem Reisebus auf großer Tour in Spanien, und war mit Plüscheseln samt Tragkörben zurückgekehrt. Sie hatte sie auf dem Kaminsims stehen, gefüllt mit Smarties für die Kinder.

»Wann soll die Beerdigung sein? Hat Rita das gesagt?«

»Dienstag. Methodistisch natürlich. Um zwei Uhr nachmittags. Das ist für alle eine gute Zeit. Wir können früh zu Mittag essen, und Rita sagt, sie haben dafür gesorgt, daß eins von den Autos kommt und uns abholt. Ist das nicht aufmerksam von ihr? Weißt du, Biff, sie ist ein gutes Mädchen. Ich wünschte wirklich, sie und unsere Lindsey hätten sich nicht entzweit. Ach, das ist so eine Vergeudung. Es ist nicht gut, überhaupt nicht gut. Ich bete für sie beide. Woran denkst du jetzt, Biff?«

»An unseren Tod, deinen und meinen.« Es entstand eine Pause. »Worüber wir früher schon gesprochen haben.« Moss nickte. »Wenn der Dienstag vorbei ist und wir uns dann eine Weile erholt haben, sollten wir alles regeln, nicht?«

Biff hielt Moss' Hand fest, und ihr standen die Tränen in den Augen. Sie beugte sich vor und pflückte einen stark duftenden Zweig Goldlack, den üppigsten, samtigsten, den sie finden konnte, ohne sich zu weit von der Bank zu entfernen, und hielt ihn Moss hin, damit sie den Duft riechen konnte. Dann legte sie ihn in Moss' Schoß, beugte sich zu ihr und küßte sie in der Sonne.

Die sommerliche Hitzewelle hielt Tag um Tag an, und als das Wasser aus dem Stausee aufgebraucht war, wurde Sorge über die Wasservorräte des Landes laut. Es ging das Gerücht, daß alle, die einen Gartenschlauch besaßen, ihn nicht mehr benutzen dürften, wenn die Gluthitze anhielte. Die Leute wurden aufgefordert, sich das Badewasser zu teilen und das verbrauchte Abwaschwasser in den Garten zu kippen oder die Toilette damit zu spülen. Die Lokalzeitung berichtete, daß der Ladybower-See sich rapide leere.

Biff wartete die Hitze des Tages ab, bis der Schatten des Hauses über die Blumenbeete fiel und die durstigen Pflanzen gegossen werden konnten, ohne lebendig gekocht zu werden, wenn die Tröpfchen von den glühenden Blättern und Blüten verdunsteten.

Die Abende waren die beste Zeit für Moss und Biff, denn ohne die Erschöpfung, die die extremen Nachmittagstemperaturen hervorriefen, war die Wärme angenehm. Während des Tages ruhten sie beide, aßen ein Stück Schinken zu einem späten Tee gegen fünf und waren nach dem Abräumen fertig für die Sechs-Uhr-Nachrichten im Fernsehen. Dann folgten ein paar ruhige Stunden mit Gartenarbeit, und so verging der Sommer in Zufriedenheit.

Sie waren nun besser auf den Tod der jeweils anderen vorbereitet.

Biff war nie bei einem Arzt gewesen. Selbst als sie zwei leichte Herzanfälle gehabt hatte, die Moss ängstigten und Lindsey veranlaßten, sie zu ärztlicher Behandlung zu drängen, hatte sie eisern abgelehnt.

»Wenn ich zuerst sterbe, Liebes«, sagte sie eines Abends im Juni zu Moss, »dann gibt es keine großen Probleme. Du kannst mich aufbahren und dafür sorgen, daß der Sarg bis zu meinem Begräbnis hierbleibt, und alles organisieren. Unser Leben wird das sein, was es immer war, unsere eigene Sache.«

»Und was für eine«, gluckste Moss.

»Aber wenn nicht«, fuhr Biff so ernst fort, daß Moss' Glucksen erstarb und sie sich nicht mehr hinter dem Lachen verstecken konnte, »wenn nicht, dann werden wir entdeckt werden, denn wenn ich sterbe, wirst du nicht da sein, und jemand wird mich finden, mich untersuchen, und ich würde zwar obenherum noch davonkommen, da ich ohnehin flach wie ein Pfannkuchen bin, aber unter der Gürtellinie kann ich sie nicht täuschen.« Biff wartete, und Moss nahm die Brille ab, zog ein Taschentuch aus ihrer Rocktasche, säuberte langsam beide Gläser, putzte sich die Nase und lächelte Biff sanft an, um sie zum Weiterreden zu ermutigen.

»Ich meine, wir sollten sichergehen, daß ich zuerst sterbe«, erklärte Biff. Moss schaute hoch und sah sie von der Seite an und sagte nichts, also fügte Biff hinzu: »Etwas Schmerzloses.« Moss zuckte zusammen und dachte an mehrere mögliche gräßliche Methoden. »Da ich in meinem ganzen Leben niemals irgendwelche Medikamente verschrieben bekommen habe, habe ich über irgend etwas wie in Filmen nachgedacht. Marilyn Monroe hat es so leicht tun können, nicht wahr? Schlafmittel und Alkohol. Schlafmittel kannst du unbegrenzt bekommen, wer fragt schon danach, wenn hier und da ein paar fehlen. Drei doppelte Whisky, alle in der Stadt wissen, daß ich neuerdings gelegentlich gerne ein oder zwei zu mir nehme, selbst wenn ich als junger Bursche unten in Colliers' Arms nicht viel getrunken habe.« Biff lächelte in Erinnerung daran und schaute im Garten umher, während sie über ihre nächsten Worte nachdachte. »Ich hatte Kopfschmerzen, ging hinunter, um mir das zu holen, was ich für ein Aspirin hielt, ein bißchen riskant nach den Drinks, und nahm aus Versehen deine Schlaftabletten. Niemand würde das in meinem Alter anzweifeln.«

»Nein.«

»Nein, sie würden es nicht anzweifeln, oder nein, es gefällt dir nicht?«

»Nein, es gefällt mir nicht. Es ist Sünde. Das Leben ist ein Geschenk Gottes, und was du dir da für uns ausdenkst, ist Sünde.«

»Aber ich glaube nicht an deinen Gott.«

»Aber ich, und ich wüßte Bescheid. Glaube nicht, ich hätte nicht darum gebetet. Das habe ich, oft. Manchmal spreche ich ein kleines Gebet, wenn du draußen im Garten bist. Es hängt alles davon ab, womit du leben kannst. Ich kann leben, wie wir es getan haben, mit der Liebe zu dir, mit deiner Liebe. Gott weiß ...« Biff schüttelte den Kopf, aber Moss sprach unbeirrt weiter. »Gott weiß alles über uns und ist auf unserer Seite. Und wenn wir beide tot sind, werden wir einen Platz haben, wo wir zusammensein können. Es ist alles abgemacht.«

»Zwischen dir und Gott?«

»Ja. Wir haben das schon vor langer Zeit geregelt.«

»Habt ihr?«

»Haben wir.«

»Angenommen, ich mag den Platz nicht, den ihr beide für mich ausgesucht habt?«

»Du wirst ihn mögen. Es wird uns gut gehen, ebenso wie damals, als wir noch am Leben waren, zwei Lesbierinnen hier in einer Bergarbeiterstadt, im verborgenen.«

»Gütiger Himmel.«

»Ja, genau«, lachte Moss. »Paß auf, was du sagst.«

»Wenn du zuerst stirbst, Moss, dann werden wir, wenn ich in unser Doppelbett im Himmel entschwebe, entdeckt werden, und Lindsey wird all die Folgen zu bewältigen haben. Willst du, daß sie diese Bürde trägt?«

»Ich habe darüber nachgedacht, aber das ist nicht unser Problem. Zunächst ist es so gesehen vielleicht noch nicht einmal eine Bürde. Sie lebt in London, und es ist absolut klar, daß sie und Lerryn ein Liebespaar sind, obwohl keine von ihnen es sagt. Noch etwas, Biff, ich habe schon lange das Gefühl, daß Lerryn gerne mit uns darüber reden möchte, Lindsey aber nicht, also müssen wir uns damit begnügen, sie beide herzlich aufzunehmen und sie nicht zu einem – wie sagen die jungen Leute heutzutage – 'Coming-out' zu zwingen.«

»Red weiter.«

»Ja, Biff, Liebes, das tue ich. Du bist nicht die einzige, die zu all dem eine Meinung hat. Wie auch? In jedem Falle hat Lindsey sich für ein Leben fern von Herton entschieden, und unser kleiner Skandal, den die Leute in dieser engstirnigen Stadt lieben und hassen würden, kann Lindsey in London nicht weh tun. Und es wäre eine Möglichkeit, sie einzubeziehen, ein 'Coming-out' zu haben, das sie mit Recht auch von uns erwarten kann. All diese langen Jahre hindurch habe ich gedacht, unser Tod könnte uns aus der Falle, aus dem Versteck befreien, ein Vermächtnis an die Generationen, die sich nicht werden verstecken müssen wie wir.« Moss hielt ab und zu gerne einen Monolog, und sie wußte, daß Biff gerne zuhörte, also dachte sie einen Augenblick nach und sprach dann weiter. »Ich habe *Spare Rib* und so viele Bücher gelesen, wie wir nur in die Hände bekommen konnten, das weißt du. Wir haben kein befreites Leben in der Öffentlichkeit geführt, Biff, sondern genau das Gegenteil, und von meiner Seite gibt es kein Bedauern, überhaupt keins. Aber ich möchte sehr gerne, daß meine Enkelin weiß, daß du und ich so gelebt und geliebt haben wie sie und Lerryn. Ich weiß, sie leben nicht zusammen. Ich halte es auch nicht für unmöglich, daß sie andere Geliebte haben, bei all dem neumodischen Gerede über Nicht-Monogamie. Ich hasse diesen Ausdruck. Er hört sich an wie etwas aus einem medizinischen Lehrbuch. Sicher könnte sich eine von ihnen etwas ausdenken, das ein bißchen netter klingt. Wo war ich stehengeblieben?«

»Du hattest mit dem Tod angefangen, und jetzt bist du dabei, wie die jungen Frauen es ausleben.«

»Ach ja. Nun, wer weiß, was wir angestellt hätten, wenn wir heutzutage junge Lesben wären. Ich bin seit meinem dreizehnten Lebensjahr lesbisch, Biff, und war es wahrscheinlich schon von Geburt an. Also verlange ich das Recht, zu alledem genau das zu sagen, was ich will.«

»Du bist schon mittendrin.«

»Ja, bin ich. Wir haben großartiges Glück gehabt. Ich liebe dich, Barbara Imogen Farley. Ich liebe dich, bis daß der Tod uns scheidet. Aber nur für kurze Zeit, und dann werden du und ich wieder zusammen sein. Das weiß ich.«

»Ich höre es gern, wenn du das sagst. Ich bin mir nicht *sicher*, obwohl du mich dazu bringst, daß ich es gerne möchte.«

»Sei dir sicher, Biff. Sei dir sicher.«

»Und wenn ich zuerst sterbe?«

»Dann nur durch eine natürliche Ursache. Oder wir müssen bezahlen. Und der Preis ist, daß wir im nächsten Leben getrennt sein werden.«

»Ich brauche eine Tasse Tee.«

»Du meinst, du brauchst Zeit zum Nachdenken, eine oder zwei Stunden allein im Schuppen.« Das war eine Feststellung, keine Frage. Biff ging, um Tee zu machen, und Moss saß im Abendsonnenschein und betete um einen klaren Verstand.

22. Kapitel

Die Jahre kommen und gehen, dachte Lindsey, während sie sich auf der langen Fahrt nach Cornwall auf dem Rücksitz von Lerryns alter Klapperkiste entspannte. Lerryn saß am Steuer, neben ihr Harry, die mit ihnen zwei Wochen in Urlaub fuhr und ununterbrochen redete.

Lindsey konnte ungestört ihren eigenen Gedanken nachhängen, denn Harry drehte sich nicht herum, um nicht reisekrank zu werden. Also beobachtete Lindsey die sich ausbreitende Landschaft, als sie zurück in das Land reisten, in dem Harry und dann auch Lerryn geboren und aufgewachsen waren. Straßenschilder kamen und gingen, sie erschienen Lindsey wie die Jahre, die eins nach dem anderen vorbeirollten, diese Richtung nahmen oder jene.

Können wirklich schon vier Jahre seit dem Sommer der Dürre vergangen sein, dachte sie, und werden meine Großeltern jetzt wirklich so rasch alt? Hier genieße ich eine Autofahrt, als hätte ich seit dem Unfall auch nicht einen Moment lang Angst gehabt. Wenn ich nicht die Narben als Beweis dafür hätte, wüßte ich nicht mehr, daß ich einmal all diese Verletzungen hatte. Das kann die Zeit bewirken – die Menschen heilen.

Meine Tochter war ein Baby, als ich sie aus Herton abholte, und nun ist sie alt genug, um allein mit dem Reisebus dorthin zu fahren, ein vierzehnjähriges Mädchen, das bei Nanan und Biff wohnen wird. Sie vergöttert sie. Und ihre beste Freundin ist die Tochter meiner verlorenen Freundin, Rita Gibbs, geborene Jackson. Anne ist so anders als ihre Mutter, doch sie hat den gleichen Mumm. Inwiefern anders? Laß mich nachdenken. Sehr politisch interessiert, während Rita immer alles haßte, was mit Politik zu tun hatte. Anne will Herton verlassen, während Rita immer auf ewig dort leben wollte. Doch sie liebt Herton und die Leute von Herton wie ihre Mutter, und sie hat keine Angst, ihre Meinung zu sagen, wie Rita. Gegen den Widerstand ihrer Mutter bestand sie darauf, Rosies beste Freundin zu sein. Nanan zufolge gab es eine ziemliche Auseinandersetzung darüber. Und was Rosie betrifft, sie weiß über mich und Lerryn ihren Mund zu halten, und es tut ihr gut, wenn sie während ihres Aufenthalts dort ein anderes Mädchen zur Freundin hat. Ich frage mich, ob Rita erlauben würde, daß Anne uns in London besucht. Das Dumme ist, ich traue Rita nicht, nicht für einen Pfennig. Und sie hat mir nicht ein einziges Wort zu sagen. Auf manchen Straßen kannst du einfach nicht umkehren. Einbahnstraßen.

Wenn ich aus diesem Urlaub zurückkomme, wird Rocky von ihrer Reise nach Jamaika zurück sein und Maureen und Tessa aus Spanien. Ich werde viele Fotos machen, und wir können uns an einem Abend bei mir zu Hause die letzten Neuigkeiten erzählen und unsere Erlebnisse austauschen. Wieder mit der Arbeit in der Fabrik anfangen. Nun, *darüber* lohnt es sich nicht nachzudenken!

Lindsey stopfte sich ein Kissen in den Nacken, lehnte den Kopf an den Rücksitz und fiel für den Rest der Fahrt in Tiefschlaf.

Auf dem Vordersitz redete Harry immer noch mit Lerryn, als sie die schwarze Schönheit des Bodmin-Moors hinter sich ließen. Lerryn liebte Autofahren, lehnte jedoch erneut Harrys Angebot ab, ihr ein neues Auto zu kaufen. »Nein. Ich will von dir unabhängig sein. Dank dir wohne ich bereits mietfrei. Das Geschenk eines Ateliers vor so vielen Jahren hat mir Freiheit gegeben, als Frau und als Künstlerin ...«

Harry fiel ihr ins Wort: »Warum lehnst du also ein Transportmittel ab? Dieses armselige alte Ding wird es nicht mehr lange machen. Es muß ja kein *neues* Auto sein. Du könntest ein gebrauchtes mit niedrigem Kilometerstand haben. Die lächerlichen zweitausend würde ich nicht einmal spüren, Liebes. Das weißt du.«

»Ja. Aber ich. Ich würde sie spüren. Abgesehen von dem Atelier bin ich immer vollkommen unabhängig von dir geblieben …«

Harry unterbrach sie wieder.

»Nimm doch einen von meinen Minis, Lerryn. Sie stehen beide absolut nutzlos in Shropshire herum.«

»Ich sagte doch, Harry, ich bin immer unabhängig von dir geblieben. Und so wird es weiterhin sein. Für immer und ewig …«

»Amen? Du bist genau wie deine Mutter, Lerryn. Ich weiß nicht, was ich mit euch beiden machen soll.«

»Dann laß es. Du weißt, wir lieben dich sehr. Mutter und ich. Du wirst dich nie ändern, und wir sind das von dir gewöhnt, aber wir werden uns auch nicht ändern. Wenn du jemandem ein Geschenk machen willst, dann kannst du Rosie im Herbst neue Jeans und ein Paar warme Stiefel kaufen. Lindsey und ich würden es dir erlauben.«

»Mir erlauben?« schnaubte Harry, als Lerryn den Kopf wandte und ihr zuzwinkerte. Harry fuhr fort: »Genauso wie ihr mir erlaubt habt, für all eure abscheulichen politischen Aktionen zu spenden.«

»Natürlich. Das ist etwas anderes. Sie brauchen das Geld, und außerdem wird niemand je erfahren, woher die Schecks kommen. Es erstaunt mich immer noch, daß du und meine Mutter aus der gleichen Familie kommen. Du, die einzige wilde Rothaarige in dem ganzen Haufen und die einzige mit Schwung und Geld.«

»Ich bin vielleicht reich und wild, meine liebe Lerryn, aber meine Schwester ist glücklich. Insofern erinnert sie mich an deine Lindsey. Das würde ich nicht sagen, wenn sie wach wäre und zuhörte, aber sie ist aus dem Rennen da hinten.«

Sie warfen einander amüsierte Blicke zu, als sie einen Moment lang auf Lindseys lautes Schnarchen vom Rücksitz horchten. Lerryn konzentrierte sich für einige Minuten auf das Fahren, dann sagte sie: »Gut, daß sie nur im Auto schnarcht, nicht? Kannst du dir vorstellen, daß ich all die Jahre damit leben könnte?«

»Du müßtest ihr einen Stall draußen im Garten bauen, Liebes.«

»Im Bett habe ich sie nie schnarchen hören. Rosie ist da allerdings anders – schon als sie ein kleines Mädchen war und gerade in die Schule gekommen war, mußten wir wegen des Lärms ihre Schlafzimmertür schließen. Der Himmel weiß, was sie tun wird, wenn sie mit jemandem zusammenleben will.«

»Sie wird sich etwas einfallen lassen, tun wir das nicht alle?« Harry schwieg einen Moment. »Ich kann dir gar nicht sagen, was es mir bedeutet, dich und Lindsey glücklich zusammen zu sehen. Sie hat eine Gabe zum Glücklichsein, deine Lindsey.«

»Sie ist nicht meine Lindsey. Sie würde dich umbringen, wenn sie dich 'meine' sagen hörte.«

»Nein, würde sie nicht, Liebes. Sie würde mich gewähren lassen, genau wie du. Und wie deine Mutter. Sie weiß, daß sie die Glückliche von uns beiden ist, selbst wenn sie arm ist wie eine Kirchenmaus. Sie hat sich den richtigen Mann ausgesucht, und ich nicht. Schlicht und einfach.«

»Was? Ich dachte, du liebst dein Leben mit Pierre?«

»Bieg hier rechts ab, Liebes, durch das Dorf. Hier ist es richtig, fahr bis zum Ende der Straße und dann links. Ich liebe mein Leben, und ich liebe Pierre, aber ich habe kein Leben *mit* Pierre. Ich habe ein Leben *trotz* Pierre, während meine Schwester, deine arme Mutter, die keine zwei Pfennige besitzt, eine der glücklichsten Ehen im Lande führt. Jedenfalls westlich des Hayle River.«

Lerryn fuhr nach Harrys Anweisungen weiter, während sich hohe Hecken am Rande schmaler Straßen entfalteten wie blumenumkränzte Bänder, die hierhin und dorthin flatterten. Sie dachte über ihre Mutter und Harry nach, deren Altersunterschied fünfzehn Jahre betrug. An ihre Mutter, die anderer Leute Kamine geschrubbt hatte, bis die Angina pectoris es ihr unmöglich machte; an ihre Tante, die Abenteurerin, den amazonengleichen Rotschopf mit entsprechender Persönlichkeit, das fleischgewordene Klischee der ungezügelten Frau, unbezähmbar im Westwind, auf dem Rücken ihrer Pferde, mit Ringen an den Fingern und Schellen an den Füßen, wenn sie wollte.

Sie warf Harry ein Lächeln zu, und dann wandte sie für den letzten Teil der Fahrt ihre Aufmerksamkeit wieder der Straße zu.

Lindsey verliebte sich in St. Ives. Die ganze Stadt war wie ein Herton an der See. Das Gewirr von Häusern und Läden, die wunderschöne Landschaft wirkten wie ein Zuhause fern von zu Hause. Lindsey erlebte so etwas zum erstenmal im Urlaub. Es war verstörend und tröstlich zugleich. Das Haus, in dem sie übernachteten und frühstückten, lag nur zwei sehr steile Straßen von dem Atelier Trevyn entfernt, wo Barbara Hepworth gelebt und gearbeitet hatte.

Sie war im Alter von dreiundsiebzig Jahren bei einem Brand in ihrem Atelier ums Leben gekommen und galt als eine der führenden Bildhauerinnen Europas. Als ihr Atelier später renoviert und für das Publikum geöffnet wurde, stellte man im Foyer einige Seiten ihres Tagebuchs in Glasschaukästen aus, damit Besucherinnen wie Lindsey sie lesen konnten.

Lindsey lehnte sich über die Glasscheibe des Schaukastens, die Hände auf den Holzrahmen gelegt, und spürte, daß sie von Kopf bis Fuß zitterte.

Nur dünnes Glas trennte sie von den großformatigen Tagebuchseiten. Die Schrift war beeindruckend, und das Wort Yorkshire sprang ihr vor all den anderen Wörtern ins Auge.

»Kommst du?« Das war Lerryns Stimme.

»Was? Nein. Ich bin noch nicht soweit. Diese Handschrift, sie ist so real, greifbar, sie hat solch eine Wirkung auf mich. Ich habe nie zuvor so ein handgeschriebenes Tagebuch gesehen. Es ist so viel, all das aufzunehmen.«

Harry sagte: »Also, wir werden zum Gewächshaus durchgehen, Lindsey, kommst du, wenn du soweit bist?«

»Ja. Geht ihr nur. Ihr seid ja beide schon einmal hier gewesen und kennt Barbara Hepworths Leben und Werk. Aber für mich ist das alles so neu. Neue Verbindungen. Ich würde lieber allein sein.«

»Vergiß nicht, was ich dir vorhin gesagt habe«, erinnerte Lerryn sie. »Hier dürfen die Ausstellungsstücke berührt werden.«

»Ich weiß nicht. Geht ihr nur hinein. Ich werde mir jedenfalls Zeit lassen.«

Lindsey lächelte, als Lerryn und Tante Harry in der Galerie verschwanden, und sie schaute sich weiter die Handschrift in den Glaskästen im Foyer an.

Cornwall war wie romantisches bewegtes Wasser; Yorkshire war wie schimmernde wogende Maisfelder. Empfindsame Oberflächen; darunter lagen dic Gesteinsschichten und unter diesen die Tunnel und Gänge, die sich zentimeterweise weiter und weiter von den Städten fortschoben.

In Cornwall waren Zinnadern unter dem Meer abgebaut worden, dachte Lindsey und sog die Atmosphäre im Foyer in sich ein. Sie stellte sich Biff vor, der bei dem großen Grubenunglück und der Rettungsaktion in Herton neben Frank gekniet und einen Riß in der Stollendecke bemerkt hatte. Als Zinngrubenarbeiter in Cornwall hätte Biff vielleicht Hunderte von Fuß unter dem Meer gekauert. Das Gewicht des Meeres darüber hätte die Felsen auseinandersprengen können. Dort im offenen Schlund des Tunnels kniend, hätte Biff vielleicht beobachtet, wie sich die Felsen wie Zähne teilten und die See einbrach, Millionen Tonnen Hölle mitbrachte, die Zinnadern wie gebrochene Kinnbacken spaltete und die Bergarbeiter in einem Stück verschlang.

Lindsey bewegte sich fast widerstrebend vom Foyer durch das Haus in die Galerie. Sie war voller Sonnenlicht von den hohen Fenstern und menschenleer.

Da war nur Lindsey, eine Ahnung von Moss und Biff und der Geist von Barbara Hepworth.

Sonnenstrahlen fielen durch die großen, rechteckigen hohen Fenster schräg hinab auf das Holz und den Stein, die glitzerten und glühten.

Ich habe Bildhauerei niemals gemocht oder verstanden, dachte Lindsey, und erinnerte sich, wie sie in der Grundschule gezwungen worden war, mit einem kleinen Messer ein Stück steinhartes Holz zu bearbeiten.

Beim Holzschnitzen im Kunstunterricht hatte Lindsey die Minuten gezählt, die Stunden in Viertelstunden geteilt. Wütend, daß sie gezwungen wurde, ungeschickt zu erscheinen, und mit dem Gefühl, sie selbst sei eines der mißratenen Objekte des Lebens, hatte sie es Nanan und Biff zu erklären versucht, an Worten herumgeschnitzt, sie in Schachteln gezwängt wie Streichhölzer.

In der Galerie fiel ein Lichtstrahl auf eine der geschlossenen Formen. Ein Holzklotz mit einem Loch darin. Ihr Inneres sagte: »Geh hin, berühre es!« Sie konnte beinahe hören, wie Lerryn sie ermutigte. Sie war froh, daß Lerryn nicht hier war. Über das Loch waren Schnüre gespannt. Sie streckte die Hand aus, um sie zu berühren, aber Nanans Stimme sagte: »Nicht, Lindsey! Kunst faßt man nicht an. Was um alles in der Welt fällt dir ein? Ich kann dich ja nirgendwohin mitnehmen.« Ihre Hand fuhr zurück. Biffs Stimme sagte: »Leg es hin! Dies ist ein Museum, kein Süßwarenladen.« Aber Lerryn bestätigte ihr: »Nein, nein, das ist in Ordnung. Dies ist dazu da, berührt zu werden.«

Ihr Inneres sagte: »Keine Ahnung, was all das Theater soll. Es ist nur ein Holzklotz mit einem Loch darin.«

Ihre Hand jedoch streckte sich aus. Wie ein ungezogenes Kind schaute sie sich um. Jemand könnte sie anschreien. Noch schlimmer, jemand könnte ihr auf die Finger hauen.

Sie war immer noch allein in der Galerie. Das Holz war so glatt wie Lerryns Haut, geschwungen wie Lerryns Körper. Sie streichelte die Skulptur, dachte an Lerryn und die Künstlerin, die die Skulptur geschaffen hatte. Dann, in der Erinnerung an den verhaßten Kunstunterricht in der Grundschule, dachte Lindsey, wie viele Stunden es gedauert haben mußte, diese vollkommene Oberfläche zu schnitzen. Sie ließ ihre Hände leicht darüber hin gleiten, hindurch und herum, hinauf und hinüber, hinab und herum. Sie nahm die Finger weg und untersuchte ihre Fingerspitzen, die zu kribbeln begonnen hatten. Sie berührte das Stück von neuem, sanft und dann mit zunehmendem Selbstvertrauen fester, langsam und stetig. Fühlend, nachdenkend.

Sie fühlte sich ruhig und glücklich. Eigensinnig. Sie ging in der Galerie umher, nahm Kontakt mit allen Stücken auf, las die Inschriften und bat um Einlaß in Barbara Hepworths Geist.

Vor einer doppelten Form hielt sie an. Mutter und Kind. Sie legte die Handfläche auf den Po des Kindes, auf die Brüste der Mutter. Sie leckte sich salzige Tränen aus dem Mundwinkel, ohne sich bewußt zu sein, daß sie geflossen waren. Rosie schien ganz nah. Von den Ausstellungsstücken ging eine Art von Energie aus, die Lindsey ebenso überraschte wie die Empfindungen, die sie bei ihrer ersten Massage überwältigt hatten.

Draußen zog Harry Lerryn am Arm: »Ich glaube, ich suche mir einen bequemen Sessel im Gewächshaus. Ich könnte ein paar Minuten Alleinsein gebrauchen, Lerryn. Hättest du etwas dagegen?«

»Geht es dir gut, Harry?«

»Ja, danke.« Harry schwieg einen Moment. »Ein paar ruhige, friedliche Augenblicke werden Wunder wirken. Zu viel Herumrennerei.« Harry wandte sich ab, ging den Gartenweg entlang und die Stufen zum Gewächshaus hinauf.

Es war ein buntgefleckter Garten an einem Hang, an dem die Skulpturen in Schneisen von Licht und Schatten aufgestellt waren. Manche waren der Galerie, der Werkstatt und dem Gewächshaus zugewandt; andere waren hoch aufragende Formen, schweigend und geheimnisvoll wie Dolmen, Hüterinnen alten Wissens, das zurückreichte bis zu verschollenen Mythen, keltischen Hexen und Zauberei.

Eingesponnen in die magische Atmosphäre, fand Lerryn einen ruhigen Sitzplatz in einer halbschattigen Ecke bei einem kleinen Teich. Sie konnte niemanden sehen und von niemandem gesehen werden.

Wie aus einem natürlichen Teich rann Wasser stetig über den Rand und den Hang hinab. Lerryn erinnerte sich an den Teich in Herton Hall. Sie dachte an ihre Besuche dort und an Moss und Biff.

Vom Rande des Teichs aus konnte Lerryn durch schwere alte Äste zum Sommerhimmel hinaufschauen, und wenn sie sich ein paar Schritte nach links oder rechts bewegte, konnte sie einen Blick über die hohen Gartenmauern werfen, über die Bucht hinaus auf die See und nach Irland.

Der Garten rief sie zu sich selbst, als seien die mächtigen aufragenden Formen, manche davon zweimal so hoch wie sie, Geschichtsbücher, die von Biff hätten geschrieben worden sein können. Sie sprachen in Biffs Art von Wissen. Fast hätten sie Gesichter haben können und Münder und Biffs Schultern. Es mußte jetzt acht Jahre her sein, daß Lerryn Lindsey den Biff-Stein im Moor gezeigt hatte. Seit damals hatte sie Zeichnungen von Biff gemacht, aber mit niemandem darüber gesprochen und sie niemandem gezeigt.

Doch im Garten von Trewyn verstärkte sich das Gefühl eines Geheimnisses um Biff. Wenn Biff eine Frau *war*, dann ließe sich so vieles erklären, dachte Lerryn. Aber wenn ich als Mann verkleidet wäre und mit Lindsey lebte, zum Beispiel hier in St. Ives, versteckt, würde ich nicht wollen, daß eine neugierige Künstlerin in meinem Leben herumschnüffelt. Außerdem, dachte Lerryn und beobachtete, wie ein kleiner Frosch sich von einem Wasserlilienblatt in den Teich fallen ließ, würde das eine tiefe Kluft zwischen Lindsey und mir verursachen. Ich müßte sehr behutsam, sehr vorsichtig vorgehen, um ihr die Idee nahezubringen. *Taran-lughes.* Lindseys Zorn über mein Suchen könnte ein Blitz sein, der uns auseinanderschleudert.

Lerryn stand auf und schlenderte zwischen den Skulpturen umher. Es war so friedvoll, und es schien seltsam, an Lindseys möglichen Zorn zu denken – ein von Blitzen zerrissener Himmel und vom Donner widerhallende Wolken. Lerryn lehnte sich gegen eine der Skulpturen. Manche waren so weiblich. Andere dagegen ließen sich unmöglich als männlich oder weiblich bezeichnen.

Tante Harry rauchte an der Tür des Gewächshauses eine Zigarette. Sie drückte sie aus, als Lerryn auf sie zukam. Drinnen stellten sie ein paar Terrassenstühle in freundschaftlichem Abstand zueinander auf und äußerten sich begeistert über die Bougainvillea, die an der Mauer hinter ihnen in voller Blüte stand. Mehrere Möwen rutschten und schlidderten auf dem Plexiglasdach. Sie versuchten, über die Wellblechrippen bis zur Verbindungsstelle mit der Rückwand zu gelangen.

»Schau dir den an. Angeber, steht auf einem Bein.«

»Ich sehe es so gerne, wenn sie schlindern. Sieh mal, Harry, da kommt noch eine.«

»Sie erinnern mich an Pierre.«

»Was meinst du damit?«

»Er hat sein ganzes Leben auf schlüpfrigem Boden verbracht.«

In Lerryns Kopf ging eine Alarmglocke los wie die Sirene der Küstenwacht, die vor möglicher Gefahr warnte und mahnte, sich vor den Klippen in acht zu nehmen. Sie dachte: Manche Leute suchen sich wirklich Momente aus! Nicht jetzt, Harry, bitte nicht jetzt. Gönn mir eine Pause. Ich habe Urlaub. Laut sagte sie: »Onkel Pierre?«

»Er verläßt mich, nach all der Zeit. Er will die Scheidung.«

»Was? Ich dachte, du … ich dachte, ihr hättet es … geregelt.«

»Hatte ich. Hatten wir. Aber diesmal ist es ernst, während vorher – kein Problem. Er führte sein Leben, ich führte meins. Ich habe ihm drei Söhne geschenkt, der Öffentlichkeit gegenüber hatte er seine Normalität. Aber es scheint, als werde er von dem neuen, äh, Menschen in seinem Leben unter Druck gesetzt.«

»'Mensch'. Das ist eine komische Ausdrucksweise, Harry. Hast du sie kennengelernt? Ist sie jemand, die du kennst?«

»Er, Liebes. Es ist ein Mann. Ja, ich kenne ihn. Er ist zweiundsiebzig, genauso alt wie Pierre. Sie sehen sich auch ähnlich, graues Haar und Brille. Sie wollen miteinander leben.«

»Ein Mann. Oh, warum bin ich so blöd! Das ist mir nie auch nur für einen Moment in den Sinn gekommen.«

»Das geht allen Leuten so.«

»Nun, du hättest wohl annehmen können, daß *ich* daran denken würde. Bei meiner Lebensweise.«

»Ich wundere mich, daß du nie zwei und zwei zusammengezählt hast, Lerryn.«

»Ich auch. Es war wohl nicht einfach, in all den Jahren damit zurechtzukommen.«

»Pierre war sehr diskret, Lerryn. Und ich hatte immer reichlich schwule Freunde, wie du weißt.«

»Wußte Anna es? Weiß sie es?«

»Heute weiß sie es. Sie war wundervoll. Hat mir manche Stunde zugehört.«

»Ich bin froh, daß du jemanden hattest, mit der du reden konntest. Es war wohl weder für dich noch für Pierre einfach. Er ist ein wunderbarer Mensch. Ich habe ihn immer sehr gemocht.«

»Du konntest gar nicht umhin. Alle lieben Pierre. Aber ich habe den Fehler gemacht, ihn auf ein Podest zu erheben, obwohl er ein Mensch ist. Er will mit Jacques zusammenziehen, und damit stehe ich allein da. Aber ich könnte ebensowenig zu dritt zusammenleben wie er.«

Lerryn beugte sich vor und berührte Harrys Arm. »Ich liebe dich. Ich werde dir immer zuhören, das weißt du.«

»Ja, das weiß ich. Aber bis jetzt war ich noch nicht soweit, etwas zu sagen. Ich hoffte, ich würde die Gelegenheit haben, wenn wir unterwegs wären. Mein Problem ist, daß ich mein Zuhause mit niemand anderem außer Pierre teilen möchte. Und bis Jacques auftauchte, empfand Pierre mir gegenüber genauso. Natürlich teilen wir schon seit vielen Jahren nicht mehr das Bett miteinander, aber wir haben immer gut zusammengelebt. Als gute Freunde. Gefährten.«

Über ihnen verlor eine Möwe den Halt und flatterte in einem wilden Schwarm von Federn auf. Harry blinzelte durch das Plexiglas zum Himmel hinauf und sagte: »Ich weiß, was für ein Gefühl das ist. Wenn ich Flügel hätte, ich würde gleich jetzt abheben, auf und davon fliegen, ein Albatros im südlichen Atlantik werden. Alles aus mir herausfliegen.«

»Ich habe mich oft gefragt, warum du es nicht getan hast. Du hättest schon vor Jahren Flugstunden nehmen können.«

»Ich könnte die Verantwortung nicht tragen. Einen guten männlichen Piloten nähme ich jederzeit. Und erzähl mir nicht, ich wäre sexistisch. Nicht ausgerechnet jetzt.«

»Ich würde nicht im Traum daran denken. Halt mich da raus.« Lerryn hielt inne, wechselte den Tonfall und fragte: »Aber im Ernst, Tante Harry, was wirst du tun?«

»Tun! Ich weiß nicht, wo ich anfangen soll. Ich mag ihn. Wir waren all die Jahre so gute Freunde. Ich konnte mich auf Pierre verlassen. Er kam immer nach Hause. Ob es Shropshire war, das ich immer als eine Art Sissinghurst betrachtet habe, oder die Wohnung in Chelsea, die wir beide liebten, weißt du, die mit dem Dachgarten. Bei Sonnenuntergang konnte ich von dort den weiten, offenen Himmel anschauen und wieder hier in Cornwall sein. So viel Himmel. Glaub nur nicht, ich vergäße meine Wurzeln. Oh, ich weiß noch all diese Dinge, die ich über Märchen und so weiter gesagt habe. Die Mythen und Bräuche sind es nicht, um die es mir geht. Für dich ist das anders. Für mich bedeutete es, diesen Dachgarten mit Pierre zu teilen. Ich hatte Beständigkeit. Das ist es, was zerbrochen ist.«

»Wird die Wohnung in Chelsea weiterhin dir gehören?«

»Oh, natürlich. Es gibt keine Geldprobleme. Pierre ist kein geiziger Mann. Das war er nie, und die, äh, sexuelle Seite hat mich nie gestört. Ich gehöre eigentlich nicht zu den Menschen, denen Sex wichtig ist.« Tante Harry senkte ihre Stimme zu einem Flüstern, und Lerryn beugte sich näher zu ihr. »Nichts da, Liebes, einfach kein Interesse.«

»Manchmal habe ich mich gewundert. Wenn Onkel Pierre fort war.«

»Ich bin sicher, es gibt viele Frauen, die sich überhaupt nicht darum kümmern würden, wenn die Welt es nicht wie eine Möhre vor ihrer Nase baumeln ließe, und ich weiß, was meine Bilder bedeuten.« Harry lachte, und Lerryn unterdrückte mit der Hand vor dem Mund ein Kichern, und ihre Augen darüber lächelten.

»Ach, Lerryn, du bist mir solch ein Trost. Solch ein Trost. Ich könnte niemand anders all das erzählen, vor allem meiner Schwester nicht. Und ich kenne Lindsey eigentlich sehr wenig, obwohl ich froh bin, daß ihr einander habt, auch wenn ihr euch beide hin und wieder eine kleine Erholung voneinander gönnt.«

»Harry, du bist schockierend. Du hast kein Recht ...«

»Ich weiß, Liebes. Doch du bist meine Nichte, bist mir näher, als irgendeiner meiner Söhne es jemals sein wird, Gott segne sie, und wenn Pierre mit Jacques in Paris zusammenzieht statt mit mir in London, dann nehmen meine späten Jahre eine Wendung, die ich in meinem ganzen Lebensplan nie berücksichtigt hatte. Also, da hast du es. Du kannst das Leben genausogut voll ausschöpfen, denn du weißt nie, was hinter der nächsten Ecke wartet. Sieh mal, da kommt Lindsey. Sie scheint tief in Gedanken versunken zu sein, nicht?« Harry rief der sich nähernden Gestalt zu: »Hallo! Erde an Lindsey!«

Lindseys Gesicht und Körper waren vor Freude weit offen, als sie winkte und leichtfüßig die paar Stufen zu ihnen hinauflief und sagte: »Ist das nicht großartig? Was für ein Ort zum Leben und Arbeiten. Kein Wunder, daß Künstlerinnen hierher kamen. Dieser Ort ist wirklich unglaublich.«

»Bist du froh, daß du hergekommen bist?« fragte Lerryn, legte den Arm um Lindsey und drückte sie.

»Froh? Es ist phantastisch. Und jetzt bin eindeutig ich an der Reihe, uns allen einen Tee mit Sahne zu besorgen. Laßt uns diese winzige Teestube suchen, die mit den runden Tischen. Ich sterbe vor Hunger, und ihr?«

»Ich könnte eine Tasse Earl Grey vernichten«, bemerkte Harry und bestand wohlweislich nicht darauf, daß sie an der Reihe sei, und sie machten sich auf den Rückweg durch das Foyer, über den Hügelweg hinab in die Stadt.

23. Kapitel

Das Taxi setzte Moss vor ihrer Pforte in der Church Lane ab. Moss bezahlte den Fahrer, dankte ihm und vereinbarte, in der nächsten Woche zur gleichen Zeit wieder abgeholt zu werden.

Sie trug neuerdings eine Umhängetasche, so daß sie beide Hände für das Gehgestell frei hatte. Langsam und ohne Hilfe bewegte sie sich in winzigen Schritten die Rampe hinauf zur Haustür. Vornüber auf das Gehgestell gestützt, tastete sie mit einer Hand in dem Außenfach der Umhängetasche nach dem Schlüssel an dem langen Plastikanhänger, mit dem er leichter zu halten war. Sie schob ihn in das gutgeölte Schlüsselloch und drehte ihn langsam herum.

Das vordere Zimmer öffnete sich vor ihr, sonnig an diesem späten Vormittag. Die lichte, helle, luftige Stimmung würde den ganzen Tag anhalten, da der Raum fast genau nach Süden lag.

Moss bewegte sich mit dem Gehgestell langsam zu ihrem Ohrensessel, wo sie sich, noch im Mantel, hinsetzte und ausruhte. Die voll erblühten Rosen erfüllten den Raum mit ihrem Duft. Moss hatte immer noch einen guten Geruchssinn, und sie schloß die Augen und lehnte sich zurück, sog den Duft der Rosen ein und dachte nach. Die, die sie gerade auf das Grab gestellt hatte, würden sich nun in der Sonne öffnen. Biff war eingeäschert und ihre Asche begraben worden. Eine Inschrift war gesetzt worden: 'Hier liegt Biff, nach lebenslanger Gemeinschaft mit Moss und Freundschaft mit Frank. Ruhe in Frieden. 16. Februar 1981.' Moss hatte sorgfältig darauf geachtet, nicht er oder sie zu sagen.

Seit Biffs Tod vor über zwei Jahren hatte sie jede Woche den Weg unternommen, aber der heutige Ausflug hatte sie mehr als sonst ermüdet, also blieb sie im Lehnstuhl sitzen und ließ sich Zeit zum Erholen.

In der einen Minute, so war es Moss erschienen, hatte Biff in diesem Sessel gesessen und eine Sendung über Kernenergie und die Kohleindustrie gesehen, und in der nächsten war sie vornübergesackt.

Der Macht des Lebens kam nur die des Todes gleich, dachte sie und sah Biffs zusammengesackte Gestalt vor sich. In der einen Minute war Biff dagewesen, die Frau, die Moss eine so lange Zeit ihres Lebens geliebt hatte, in der nächsten Minute war sie fort, die Wärme aus ihrem Körper gewichen und mit ihr der Geist, ihr Wesen. Fort aus dem Zimmer, aus dem übrigen Haus und dem Garten. Moss hatte draußen gestanden, als könne sie dort besser mit Biff kommunizieren, aber Biff war gegangen. Fort von Herton.

Biffs körperliche Hülle war im Sessel geblieben. Moss hatte trotz all ihrer eigenen physischen Schmerzen und Beschwerden den Körper vom Sessel gezogen und Biff behutsam ausgestreckt, auf ihre Augenlider geachtet und sie geschlossen, auf ihr Gesicht, das sie mit den Fingern glättete, und ihren Mund, den sie ebenfalls schloß.

Dann, nachdem sie sich überzeugt hatte, daß Biff in der richtigen Stellung lag, hatte Moss den Arzt und Lindsey angerufen.

In welcher Panik sie gewesen war, als der Arzt kam! Er bückte sich, als wolle er Biff untersuchen. Moss wußte nicht, was er tun würde. Sie hatte gebetet, als der Arzt an Biffs Hals fühlte, wo der Puls gewesen war. Fand Kraft in dem Vertrauen, daß Gott stets auf ihrer Seite gewesen war. Moss sah, wie leicht und schnell der Arzt zufrieden zu sein schien. Tat er seine Arbeit richtig, fragte sie sich? Jedenfalls sagte er, er würde einen Totenschein ausstellen. Also hatte Gott sie in der Stunde ihrer Not nicht verlassen. Sie hatte den Namen diktiert: Bernard Ian Ferguson.

»Ich werde dafür sorgen, daß Jones kommt und Biff in die Leichenhalle bringt. Sie werden sehr behutsam vorgehen. Sie werden ihn zurechtmachen, den Sarg herrichten und so weiter.«

»Nein, Doktor. Ich will, daß Biff hierbleibt. Ich will, daß der Sarg hergebracht wird, und ich will Biff in meiner Nähe behalten, wie es in den alten Zeiten üblich war, wissen Sie.«

»Mrs. Ferguson, heutzutage behalten die Leute den Leichnam

nicht mehr zu Hause. Es ist besser, wenn Sie mich Jones anrufen lassen. Mir ist klar, was für ein Schock das ist.«

»O nein. Ich stehe keineswegs unter Schock, wie Sie sagen. Es ist das, was Biff und ich wollten, was wir vereinbart haben. Ich kann unmöglich mein Wort zurücknehmen, es wäre ein Verrat an Biff, an Biffs ausdrücklichem Wunsch. Und meinem. Wir waren uns beide völlig im klaren über das, was wir wollten.«

»Mrs. Ferguson, lassen Sie mich Ihnen etwas für den Schock geben. Das wird Ihnen helfen. Ich habe mir viele Jahre Sorgen um Sie gemacht. Ihr eigenes Herz ist nicht ganz in Ordnung, das ist der Grund, warum wir nie etwas an Ihrer schlimmen Hüfte tun konnten, nicht wahr? Das ganze Bestreben eines Beerdigungsinstitutes ist es, den Angehörigen des Verblichenen weitere Belastungen zu ersparen.«

»Aber es wäre keine Erleichterung für mich, Doktor. Glauben Sie mir, ich weiß, was ich will und was ich sage. Sie sind sehr freundlich zu mir, das waren Sie immer, aber ich will mit Biff allein sein, bis meine Enkelin aus London eintrifft. Ich bin mir da absolut sicher.«

»Das ist nicht üblich, Mrs. Ferguson. Überhaupt nicht üblich. Es ist sogar unerhört, heutzutage den Leichnam zu Hause zu behalten. Die Leute tun das nicht mehr.«

»Ich bin nicht die Leute, Doktor. Ich bin die Lebensgefährtin des Menschen, der nun da liegt, und ich bin fast achtzig Jahre alt. Ich habe Zeit gehabt, reichlich Zeit, um mir genau zu überlegen, was ich will und wie ich die Dinge geregelt haben möchte. Die geringste Belastung entsteht dann, wenn Biff hier bei mir ist. Wenn Sie in meinem Alter sind, können Sie meine Gefühle vielleicht verstehen. Dies ist mein Zuhause, und ich weiß, was ich will und wie ich die Dinge geregelt haben möchte. So wie wir früher in meiner Familie diese Dinge immer geregelt haben, wie ich schon sagte.

Ich gehe jetzt den Pfarrer anrufen«, fuhr Moss fort, »und ich werde den Gottesdienst arrangieren, während ich auf meine Enkelin und meine Urenkelin warte, die mit Freunden aus London kommen. Ich habe eine Menge zu tun, und ich bin sicher, Sie sind sehr beschäftigt, also warum lassen Sie Biff nicht da, bis der Sarg fertig ist, und gehen die Leute besuchen, die noch am Leben sind?«

Der Arzt fügte sich seinem Schicksal und Moss' Entschlossenheit.

»Versprechen Sie mir, daß Sie mich anrufen, wenn Sie etwas brauchen, irgend etwas? Oder wenn Sie, äh, vielleicht Ihre Meinung ändern?«

»Ich danke Ihnen, Doktor. Ich weiß Ihre Freundlichkeit zu schätzen. Wirklich. Aber es geht mir gut. Ich bin eine sehr zähe alte Dame, trotz meines Herzens und meiner Hüfte, und ich weiß genau, was ich tue.«

Als Lindsey, Lerryn und Rosie am frühen Nachmittag des nächsten Tages eintrafen, hatten die Leichenbestatter Biff gemessen, die immer noch vollständig bekleidet dort lag, wo nach Moss' Willen der Leichnam liegengelassen werden sollte, und waren mit dem Sarg zurückgekehrt, in den Biff vorsichtig hineingehoben wurde. Nachdem der Deckel halb geschlossen war, blieb für Freundinnen und Familie nur Biffs Gesicht sichtbar.

»Ich habe noch nie einen toten Mann gesehen«, flüsterte Rosie mit weitgeöffneten ängstlichen Augen. Plötzlich platzte sie heraus: »Er zwinkert mir doch nicht zu, oder?«

»Biff hat dich geliebt und dir nie irgend etwas Schlechtes gewünscht«, erwiderte Moss. »Lächle Biff einfach an und sag, ich liebe dich. Das kannst du für Biff tun, nicht?«

Moss spürte, wie Lerryn und Lindsey erstarrten, als Rosie zu dem Sarg ging. Trotz ihrer schlechten Augen konnte Moss erkennen, daß Rosie zitterte. Rosie schaute auf Biff hinunter und flüsterte: »Ich liebe dich, Biff.« Sie weinte, als sie zur Toilette rannte. Lindsey lief ihr nach.

Lerryn legte den Arm um Moss. Sie küßte Moss auf die Wange und sagte: »Wenn du einen heißen Draht zu Biff hast, dann bitte Biff, uns zu helfen und nicht an die Decke zu klopfen.«

Moss war so verblüfft, daß sie anfing zu lachen, und als Lerryn sie in die Arme nahm, weinte sie, schaute zur Decke hoch und wieder auf den Sarg. »Ich weiß, du bist da, Biff«, antwortete sie. »Du hast mich so viele Male zum Lachen gebracht. Klopf nicht.«

Sie weinte an Lerryns Schulter, während Lerryn sie in den Armen hielt, und dann wurde ihr bewußt, daß Lerryn Biff zweimal beim Namen genannt hatte, statt 'er' oder 'sie' zu sagen. Das war etwas, das sie selbst auch tat. Moss trocknete sich die Augen und schaute Lerryn ins Gesicht, als Lindsey und Rosie zurückkamen.

»Nanan, ich werde Biff jetzt Lebewohl sagen. Können wir dann bitte den Deckel schließen? Man tut so etwas heutzutage nicht mehr. Ich habe keine Ahnung, was in dich gefahren ist, wirklich nicht.« Lindseys Stimme schwankte hin und her zwischen ihrer 'Mutter'-Stimme, die sie unbewußt immer dann benutzte, wenn sie Rosie verteidigte, und ihrer Ich-liebe-dich-wirklich-Nanan-aber-du-treibst-mich-zur-Verzweiflung-Stimme.

Moss schaute von ihr zu Rosie und dann zu Lerryn. Alle lächelten krampfhaft durch die Zähne wie Bauchredner, während sie auf ihre Antwort warteten.

»Na gut, wenn es euch beruhigt. Allerdings wage ich mir nicht auszumalen, was Biff dazu sagen würde.«

»Nanan«, warnte Lindsey.

Lerryn und Lindsey verabschiedeten sich, und dann schloß Moss den Sargdeckel.

»Nun denn. Wie wär's mit einer Tasse Tee und einem schönen Stück von meinem Wiedersehenskuchen?«

»Ich habe überhaupt keinen Hunger, Nanan«, sagte Rosie, die so nahe bei Lerryn stand, wie es ihr mit dem Rücken zum Sarg möglich war.

»Für mich auch nicht, Nanan«, sagte Lindsey und setzte ein Lächeln auf, das Moss keineswegs täuschen konnte.

»Lerryn?«

»Ich möchte eine Tasse Tee, danke, nichts zu essen. Ich denke, die anderen würden vielleicht gern einen kleinen Spaziergang machen.«

Rosie stand auf und zog so schnell ihren Mantel an, als stünde das Haus in Flammen, und Lindsey griff nach dem ihren. »Ich werde Rosie Gesellschaft leisten. Soll ich irgend etwas einkaufen?« fragte sie.

Aber Moss erwiderte: »Das Einkaufen ist schon erledigt.« Die beiden küßten Lerryn und Moss zum Abschied und gingen eilig.

Als sie fort waren, machte Moss Tee und rief Lerryn in die Küche.

»Es gibt so vieles, woüber ich mit dir reden möchte, Lerryn, aber ich bin noch nicht soweit. Und was noch trauriger ist, mit meiner eigenen Enkelin kann ich nicht reden. Wenn ich dir etwas im Vertrauen sage, wirst du es für dich behalten?«

»Das zwölfte Haus ist das Haus der Geheimnisse, Moss. Ich habe in meinem Geburtshoroskop eine Menge im zwölften Haus.«

»Ich bin froh, daß du und meine Enkelin ein Liebespaar seid.«

Lerryns Augen weiteten sich vor Überraschung. Nach kurzem Nachdenken sagte sie: »Ist es das, was du mir sagen wolltest?«

»Das und ein paar andere Dinge über mein Leben. Aber ich bin noch nicht soweit, sie zu sagen. Verstehst du?«

»Ich hoffe. Mir geht so vieles im Kopf herum, über dich und Biff. Ihr seid beide etwas Besonderes, etwas ganz Besonderes.«

»Das ist alles, was ich vorläufig sagen kann. Willst du jetzt ein Stück von meinem Kuchen?«

Moss trank ihren Tee und schien ihren Gedanken nachzuhängen, fast als sei Lerryn nicht anwesend. Die Stille war Lerryn nicht unangenehm. Sie war sicher, sie wußte, warum Moss sich darüber freute, daß ihre Enkelin eine Geliebte hatte.

Diese Nacht schlief Rosie bei Lindsey, und Lerryn schlief in der Kammer. Moss fand das vernünftig und sagte es. Sie bot ihnen einen Eimer auf dem Treppenabsatz an, so daß sie nicht im Dunkeln nach unten zur Toilette und an Biff vorbeigehen mußten. Lindsey bat sie, für alle Fälle das Licht im Wohnzimmer brennen zu lassen. Moss wollte lachen – was waren sie nur für ein Haufen Angsthasen. »Wo ist der alte Mumm geblieben?« hatte sie rufen wollen, tat es aber nicht. Sie wäre gern die ganze Nacht aufgeblieben und hätte Biffs Hand gehalten, aber sie brauchte ihren Schlaf. Also ließ sie es zu, daß die beiden ihr nach oben ins Bett halfen, und sie sagte ihnen, sie würde sich ein Einzelbett besorgen und es im Wohnzimmer aufstellen lassen, weil es schwer sein würde, ohne Biffs Hilfe die Treppe hinauf und hinunter zu kommen.

Moss hatte darüber nachgedacht, daß es besser sei, wenn sie unten schliefe, aber als Biff noch am Leben war, hätte das bedeutet, ein Doppelbett ins Wohnzimmer zu stellen, und das wäre dann so überfüllt gewesen. Sie ging nur einmal am Tag nach oben, und zwar um zu schlafen, und kam jeden Morgen herunter. Nun würde sie ganz und gar unten wohnen, und das würde ihrer Hüfte sehr gut tun.

Zu Biffs Begräbnis war die Methodistenkapelle voll, Blumen standen in jedem Fenster, zu Ehren des Laufburschen des Lebensmittelhändlers, der sein Leben mit der Frau des Lebensmittelhändlers verbracht hatte.

Moss empfand große Erleichterung, als der letzte Teil, die Fahrt zum Krematorium und die Bestattungsfeier, beendet war. Sie hatte das Gefühl, daß sie zu nahe daran gewesen war, Lerryn Biffs Geheimnis zu erzählen, und im Krematorium dankte sie Gott für die Gnade, dem Wunsch zu sprechen widerstanden zu haben, bis die Zeit reif dafür war. Doch in Lerryn hatte sich etwas verändert, das spürte Moss, als sie an Lerryns Arm ging, und später dachte sie oft, daß das Begräbnis einen Wendepunkt in ihrer besonderen Nähe zu Lerryn bedeutet hatte.

Auf der Heimfahrt hatte sie Lerryn gefragt: »Was denkst du?«

»Eigentlich war ich in Cornwall, Moss. Ich saß auf meinem alten Steinsitz, dem, von dem ich dir erzählt habe, weißt du noch?« Moss hatte genickt. »Ich beobachtete, wie die grünen und blauen Wellen gegen die Felsen brandeten und die weiße Gischt aufstob.«

»Das klingt wunderbar. Ist das ein geheimnisvoller Ort?«

»Das ist er. Er ist voller Fragen.«

Sie waren weitergefahren, ohne noch etwas zu sagen, jede in ihre eigenen Gedanken versunken, und beide wußten, daß die andere an Biff dachte.

Moss kam mit einem Ruck zu sich und wurde sich bewußt, daß sie einen Tagtraum über Lerryn bei Biffs Begräbnis gehabt hatte. Sie war sicher, daß Lerryn verstand, warum sie Biffs Leichnam zu Hause behalten mußte. Lerryn hatte das dringende Bedürfnis, die Lüge aufzubrechen. Aber in den Jahren seit Biffs Tod war sie nicht ein einziges Mal mit Fragen in Moss' Privatsphäre eingedrungen.

Obwohl sich Moss' Augen weiter verschlechtert hatten, konnte sie noch einiges sehen. Licht und Schatten nahm sie überdeutlich wahr. Nun erkannte sie, daß die Sonne gewandert war, oder vielmehr, kicherte sie in sich hinein, die Erde, und die Schatten der Rosen auf dem Fensterbrett hatten sich verschoben. In ihrem immer noch zugeknöpften Mantel wurde ihr zu warm, deshalb schälte sie sich langsam aus ihm heraus und legte ihn auf den Tisch neben ihrem Sessel. Sie beschloß, mit dem Gehgestell in die Küche zu wandern, eine Tasse Tee zu trinken und Radio zu hören, bis ihre Haushaltshilfe eintraf.

Beim erstenmal, als die junge Frau von der Sozialfürsorge vorbeigekommen war und ihr eine Haushaltshilfe angeboten hatte, war sie sehr beleidigt gewesen.

»Glauben Sie, ich bin schmutzig und werde senil, so daß ich mich neuerdings nicht mehr selbst versorgen kann?«

»Mrs. Ferguson, Sie sind keineswegs senil oder schmutzig, und ich würde nicht im Traum daran denken, so grob zu sein. Aber wir haben drei Nachmittage in der Woche eine Mrs. Gibbs eineinhalb Stunden zur Verfügung, und sie könnte Ihre Einkäufe und das Staubsaugen erledigen, Ihr Bett machen und Ihre Bettwäsche zur Wäscherei bringen. Das sind alles Dinge, die Ihr Gatte immer gemacht hat, nicht?«

Moss dachte an den armen Frank und seine drei Arbeitskittel und seine sieben Hemden, alle gebügelt und ordentlich aufgehängt, und sie lachte. »Wenn Sie Biff meinen, dann frage ich mich, ob Sie meine Akte richtig gelesen haben, junge Frau. Aber Sie sind sehr beschäftigt, und ich weiß, Sie meinen es gut, also wäre es nicht fair, wenn ich es Ihnen schwer machen würde, nicht wahr?«

Die junge Sozialarbeiterin beugte sich vor, eine übereifrige Frau, ganz angespannt, aber bereit zu 'helfen'. Moss wollte sie verfluchen oder ihr zwei Finger zeigen, etwas tun, um sie aus ihrer Nettigkeit, ihrer Höflichkeit, ihrer Güte hochzuschrecken. Aber an einem Ort wie Herton mußtest du vorsichtig sein. Wenn du auf dem Weg nach oben auf Leuten herumtrampeltest, solltest du ihnen auf dem Weg nach unten lieber nicht begegnen. Nicht daß Moss das Gefühl hatte, sie hätte auf Rita Gibbs, geborene Jackson, herumgetrampelt oder sie selbst sei auf dem Weg nach unten, aber Rita hatte einigen Einfluß in Herton, weil sie in ihren Ansichten konservativ war und kein Blatt vor den Mund nahm. Sie war jedoch auch eine der freundlichsten Frauen, denen Moss irgendwo zu begegnen hoffen konnte, und hatte bei mehreren der alten Leute, deren Haushaltshilfe sie gewesen war, einen guten Ruf.

Moss sagte der jungen Frau von der Sozialfürsorge, sie würde darüber nachdenken und sie anrufen. Lindsey hatte ihr eine große Wählscheibe für das Telefon gekauft, und das machte das Leben leichter.

Also goß Moss Tee auf, setzte sich in die Küche und trank ihn, während sie auf Rita wartete und über Rosie nachdachte, die in den Ferien zu Besuch kommen sollte, und über Ritas Tochter Anne, die Rosies beste Freundin war.

»Magst du dein neues Radio wirklich, Nanan?« hatte Rosie gefragt und freute sich, als Moss ihr zeigte, wie leicht sie im Vergleich zu dem alten Radio die Knöpfe drücken konnte. Der alte Empfänger war mit Anne in die Gesamtschule des Ortes gewandert, deren Geschichtsgruppe eine Ausstellung über die vierziger und fünfziger Jahre vorbereitete.

»Das ist alles High-Tech, Nanan«, hatte Rosie ihr gesagt. »Was würdest du mit deinen Aggressionen machen, wenn du Anne und mich nicht hättest und wir nicht Hardrock spielen würden, wenn wir hier sind?«

»Ach, ich würde mir etwas einfallen lassen, Liebes. Unter uns gesagt, wird es reichlich Aggressionen in dieser Stadt geben, wenn die Zechenstillegung nicht rückgängig gemacht wird.«

»Daddy sagt, es wird eine Urabstimmung und Streik geben, Mrs. Ferguson, glauben Sie das?« fragte Anne.

»Das glaube ich, und das hoffe ich«, sagte Moss. Sie liebte es, sich mit Anne und Rosie hinzusetzen und zu reden. Anne glich äußerlich mehr ihrem Vater als ihrer Mutter. Sie war stabil gebaut und hatte glattes blondes Haar und graugrüne Augen. Sie war größer als ihre Mutter, würde aber wohl nicht so groß werden wie Biff, dachte Moss. Wenn sie sprach, fiel ihr das lange Haar über die Schultern, und gelegentlich strich sie es mit dem Handrücken zurück. Sie ist sich nicht bewußt, daß sie schön ist, dachte Moss, anders als Rosie, die Make-up benutzte. Anne trug keins, weil sie eine sehr empfindliche Haut hatte. Die beiden Mädchen Seite an Seite waren verblüffend unterschiedlich. »Die Leute von Herton werden sich nicht mehr lange diesen Unsinn von der Regierung gefallen lassen«, fuhr Moss fort. »Sie können die Hertoner nicht für ewig ruhig halten. Seit wer weiß wie langer Zeit gibt es eine Debatte nach der anderen.«

»Dann glauben Sie nicht, daß die Hertoner Zeche unwirtschaftlich ist, oder?«

»Nein, natürlich nicht. Ich stimme dem zu, was dein Vater gesagt hat, Anne. Das ist eine Lüge wie all die anderen, damit die Leute mit den Zechenstillegungen einverstanden bleiben. Die Hertoner sind genauso in der Lage, eins und eins zusammenzuzählen, wie der Kohleverband. Wie ich zu Rosie sagte, ich habe seit meinem fünften Lebensjahr rechnen müssen. Na, wenn Biff noch am Leben wäre, könnten wir alle um diesen Tisch herumsitzen und es ausdiskutieren. Aber ich, ich denke so darüber ... Die Regierung hat den Betrag von x Pfund, und sie kann dafür Kernwaffen oder Hertoner Kohle kaufen.

Also geben sie das ganze Geld für Missiles und Kraftwerke, Plutonium aus dem Ausland und dergleichen aus, und dann versuchen sie, uns allen weiszumachen, es sei nichts für die Kohle übrig. Natürlich ist Kohle unwirtschaftlich, wenn sie alles für Cruise Missiles und Tridents ausgeben.«

»Rosies Mutter nimmt sie im Dezember auf die Demo in Greenham Common mit«, sagte Anne. »Ich wollte mit ihnen fahren, aber Mutti erlaubt es mir nicht.«

»Das stimmt«, sagte Rosie. »Könntest du nicht ein gutes Wort für Anne einlegen, wenn ihre Mutti das nächste Mal kommt, wo sie doch jetzt deine Haushaltshilfe ist? *Bitte*, Nanan.«

»Nein. Ihr beide könnt euch eure Freundinnen aussuchen, wie ihr wollt. Ich mag dich, Anne, und du bist hier sehr willkommen, aber ich werde mich nicht in eine Sache zwischen Rita und Lindsey einmischen. Du solltest mich besser kennen, Rosie, ich muß mich über dich wundern.«

»Es tut mir leid, Nanan, aber ich wette, sie können sich nicht einmal mehr erinnern, was sie auseinandergebracht hat, und wir finden, sie sind einfach blöd, nicht, Anne?«

Anne nickte, schien aber peinlich berührt. »Ich habe ihr gesagt, sie soll Sie nicht bitten, Mrs. Ferguson«, sagte sie fest.

»Anne, die Frauen in meiner Familie haben meistens genau das gesagt, was sie wollten und wann sie es wollten, von ein paar Ausnahmen abgesehen, und du kannst Rosie nicht den Mund verbieten. Geht jetzt, ihr beide. Raus aus meiner Küche. Ich habe für heute genug geplauscht. Komm uns morgen wieder besuchen, Anne. Ich werde die Scones frisch aus dem Ofen bereithaben.«

»Danke, das mache ich. Möchten Sie noch etwas eingekauft haben, oder hat Mutti alles geholt?«

»Du kannst mir noch ein paar Teebeutel mitbringen. Ich habe vergessen, Rita darum zu bitten. In dem Topf auf dem Fensterbrett ist eine Pfundmünze.«

Rita kam pünktlich und begann mit dem Wechseln der Bettwäsche aus Moss' Einzelbett. Sie stopfte die Bettücher in den Wäschereisack, den sie zusammen mit ihrem Mantel an der Tür ablegte, und dann saugte sie Staub.

In der Zwischenzeit dachte Moss an Joan Field, die Ritas Schulfreundin gewesen war, bevor Ritas Jahr auf der Isolierstation sie trennte. Rita war in der Grundschule ein Jahr zurückgeworfen worden, woraufhin sie Lindsey kennenlernte und sich mit ihr anfreundete.

Als sie die Hausarbeit beendet hatte, setzte sich Rita mit Moss bei einer Tasse Tee zusammen.

»Mercy kam gestern vorbei«, sagte Moss, »und erwähnte, du hättest dich wieder mit Joan vertragen.«

»Überrascht Sie das, Moss? Als kleine Mädchen waren wir die besten Freundinnen, wissen Sie noch?«

»Aber jetzt als erwachsene Frauen seid ihr so grundverschieden. Joan ist für ihre Ansichten in dieser Stadt ebenso bekannt wie du, und es ist kein Geheimnis, daß sie nicht mit dir übereinstimmt.«

Rita war nicht überrascht. Sie hatte so etwas erwartet. Sie saß da und trank ihren Tee, anscheinend ohne etwas auf Moss' Bemerkungen zu geben. Sie lächelte und dachte daran, wie sie und Joan vor kurzem über den Markt gegangen waren.

Joan war eine riesige Frau mit einer lauten Stimme und einem tiefen Lachen aus dem Bauch heraus. Sie hatte kurzgeschnittenes, welliges braunes Haar und trug immer hellblauen Lidschatten, der, wie sie sagte, auf ihre schönen blauen Augen abgestimmt war. Rita konnte sie lachen hören, als Joans Bild ihr in den Sinn kam. Joan trug immer Hosen, und niemand konnte umhin, sie zu bemerken, wenn sie unterwegs war. Ihr lautes Scherzen war von einer Seite des Marktplatzes bis zur anderen zu hören.

Rita dagegen hatte Lindseys Größe und trug immer Röcke. Sie trug ihr braunes Haar schulterlang und achtete auf ihr Make-up. Um keinen Preis der Welt hätte sie sich ohne einen Hauch Lippenstift und diskret aufgetragene Wimperntusche blicken lassen. Keinen Lidschatten, denn den fand sie ordinär. Ja, dachte sie, als sie Moss gegenüber saß und ihren Tee austrank, Joan und mich zusammen zu sehen ist besser als jede Fernsehsendung. Zwei starke Charaktere, bekannt für ihre deutlichen Worte.

Laut erwiderte sie: »Nun, zunächst einmal hat sie Steves besten Freund geheiratet, also kreuzen sich unsere Wege, nicht? Und dann lebt sie für Herton und ihre Kinder, genau wie ich. Wir haben genug gemeinsam.«

»Glaubt Mark Field denn, daß es einen Streik gibt?«

»Das glauben wir alle. Aber wir tun, was wir nur können, um ihn zu vermeiden. Einen Streik in Herton brauchen wir ebensowenig wie ein Loch im Kopf.«

»Ach ja, dann laß uns beten, daß der Kohleverband Vernunft annimmt.«

»Es könnte sein, daß diesmal mehr als Beten dazu nötig ist, Moss.«

»Nun, sag Joan, daß ich für euch alle bete.«

»Mache ich. Es war gut, daß sie Mark Field geheiratet hat. Nach meinem Steve ist er einer der besten Kerle in dieser ganzen Stadt, wenn Sie mich fragen. Und er gibt einen verdammt guten Betriebsrat ab. Er und Joan waren es, die mich eigentlich zu all dem gebracht haben. Ich war nie für Politik zu haben, und ich dachte immer, Gewerkschaftskram sei Männersache. Aber Joan, die ist anders. Wie Sie schon sagten, wir sind grundverschieden. Aber sie sagte zu mir: 'Die Welt läßt nicht zu, daß Herton ewig bleibt, wie es war, Rita. Es sind Veränderungen im Gange, die Herton umkrempeln werden, aber wir können sie noch nicht erkennen. Veränderungen bei, ach, ich weiß nicht, den Maschinen, dem Zechenmanagement, selbst der EG-Kohlepolitik und dergleichen. Benutze besser deine grauen Zellen, Rita, und das schnell, oder du wirst dich noch umgucken.' Also hab' ich es gemacht, meine grauen Zellen benutzt.« Rita lächelte und tätschelte sich den Kopf.

»Also hast du Joan, mit der du reden kannst. Das ist gut.«

»Ja. Sie sagte zu mir: 'Ich möchte, daß du meine Freundin bist, du Großmaul.' Und ich sagte: 'Nun, das geht in Ordnung, denn ich will, daß du meine Freundin bist, du Schlappie.' Ich sehe nicht viel von ihr. Wir rücken uns nicht auf die Pelle, nichts dergleichen. Es ist nur, daß ich weiß, sie ist da. Keine von uns weiß, was passieren wird, aber irgendwie halten wir uns alle bereit. Innerlich, meine ich. Klingt das verrückt? Ich weiß nicht, wofür ich mich bereithalte.«

»Für mich klingt es nicht verrückt. Ja, die Fields waren in dieser Stadt immer gut angesehen. Hertoner, seit Generationen.«

»Ach ja. Wie die Dundys, die Jacksons und die Gibbs. Wohlgemerkt, Sie sind ja auch schon seit Noahs Zeiten hier.« Rita machte eine Pause und rang mit sich. Dann sprach sie langsam. »Da ist etwas, das ich Ihnen sagen wollte. Vor vielen Jahren, als Rosie gerade geboren war und wir dieses Gespräch hatten, wissen Sie noch? Ich wollte nicht unverschämt sein wegen Ihrer Großmutter. Weil sie Inderin war, meine ich. Ich brauche lange, um mich zu verändern. Bei manchen Dingen lerne ich, verändere ich mich. Dank Joan eigentlich. Jedenfalls fällt es mir immer wieder ein. Ich hatte kein Recht, so auf Sie herabzusehen.«

»All diese Jahre hast du daran gedacht?«

»Daran und an eine Menge anderer Dinge. Jedenfalls bin ich froh, daß ich es Ihnen gesagt habe. Ich gehe jetzt besser. Sehe Sie dann übermorgen.«

»Ja. Ich bin auch froh, daß du es mir gesagt hast.«

Rita ging gleich darauf, und inzwischen war es vier Uhr. Es schien noch eine lange Zeit bis zu den Sechs-Uhr-Nachrichten, als Moss im Lehnstuhl saß und Biffs gerahmtes Foto in der Hand hielt.

Wie wäre das Leben wohl geworden, wenn sie Herton verlassen hätten? Gegangen wären, um irgendwo anders zu leben, wo keine von ihnen ihre volle Identität, ihre ganze Familiengeschichte hätte verbergen müssen? Daisy hatte ihre Briefe nie beantwortet, sondern war wütend geblieben, und in den ersten rasch vergangenen Jahren hatten sich die Abstände zwischen Moss' Briefen an ihre Mutter verlängert. Dann waren sie zu lang geworden, um noch überbrückt werden zu können, und beide hatten aufgehört zu schreiben. Auf beiden Seiten zu viel Sehnsucht, zu viel zu verbergen. Aber wie hatte sie in den späteren Jahren die Kluft bedauert, besonders als ihre eigenen Kinder erwachsen und ausgeflogen waren; der Preis der Isolation war der Verlust der Geschichte, und Biff hatte dies immer erkannt und davon gesprochen.

Moss hielt das Foto näher. Sie konnte die Zeit nicht zurückdrehen. Das war nicht möglich.

»Wenn ich mein Leben noch mal leben würde, Biff, würde ich dich wieder so lieben wollen, wie ich dich geliebt habe, und ebenso lange. Aber ich hätte gerne, daß meine Kinder und Enkel meine Mutter und meine Großmutter kennenlernten. Und wenn Wünsche Pferde wären, hätten wir aus dieser Stadt fortreiten können, die Satteltaschen voller Goldsovereigns, und ein freies und offenes Leben führen können.«

Sie drückte das Foto an ihre Brust und umarmte es, wie sie in so vielen warmen Liebesnächten Biff umarmt hatte. In so vielen. Sie neigte den Kopf und rieb sich mit der Rückseite des Daumens unbewußt das Gesicht, während sie sich in den Schlaf schaukelte.

Es war Mitte November, und es schien Moss, als sei es schon seit Stunden dunkel, obwohl es erst früher Abend war. Sie war an so viel Reden nicht gewöhnt und fühlte sich sehr müde. Also schloß sie die Augen und summte leise die Musik des dritten Radioprogramms mit, während Lindsey bügelte. Sie und Rosie waren für ein verlängertes Wochenende gekommen und Rosie war mit Anne auf eine Party gegangen.

Lindsey dachte an Rocky und Maureen, die sie überredet hatten, sich ihre grauen Haare nicht mit Henna zu färben. Freitag nachmittag hatten sie in der Fabrik darüber gesprochen.

»Ich mag es grau«, hatte Maureen erklärt. »Ich bin es gewöhnt, und mit deinen dunklen Augen und Augenbrauen sieht es irgendwie vornehm aus.«

»Laß es so, färb es nicht. Es steht dir«, pflichtete Rocky ihr bei. »Fast halb sechs. Ich mache Schluß.« Sie hatte ihre Nähmaschine ausgeschaltet und angefangen einzupacken, und die anderen folgten ihrem Beispiel. »So. Alles tipptopp. Ich muß zum Bus, ein schönes Wochenende in Herton, Lindsey. Wir sehen uns Dienstag.«

Ganz in Gedanken versunken, bemerkte Lindsey nicht, daß Moss aufgehört hatte zu summen und sie nachdenklich betrachtete. Es kam überraschend für sie, als Moss sprach. »Warum rufst du nicht mal

Rita an, während du hier bist? Es wäre so schön, wenn du und Rita wieder befreundet sein könntet.«

»Nanan. Ich habe dir das schon mal gesagt, du weißt, es geht nicht. Bitte laß es doch ruhen.«

Moss warf einen Blick zur Seite auf Biffs Foto in seinem Rahmen, als sie sagte: »Ich weiß, mit Rita ist nicht leicht auszukommen, aber Rosie und Anne sind jetzt befreundet. Kannst du denn nicht die Vergangenheit ruhen lassen?«

»Ich bin froh, daß du eine Haushaltshilfe hast, Nanan. Aber für mich ist es keine Hilfe, daß es ausgerechnet Rita sein mußte. Ich habe dir schon einmal gesagt, und ich sage es noch mal, Nanan, du mußt deine Kaninchen in getrennten Ställen halten, oder du züchtest dir eine Rasse heran, mit der du nicht fertigwirst.« Lindsey hängte die Jeans auf und machte sich an Moss' Bügelwäsche.

Moss gestikulierte mit den Armen und drohte Lindsey mit dem Finger. »Ställe, daß ich nicht lache. Du und Rita, ihr seid wie Katz und Maus. Ihr solltet eure Köpfe untersuchen lassen, ihr beide«, knurrte sie.

»Es ist Rita, die sich untersuchen lassen sollte. Jemand sollte diese Frau ins zwanzigste Jahrhundert schleppen, und das werde nicht ich sein.« Sie wechselte bewußt das Thema. »Also, Nanan, warum erzählst du mir nicht mal, was in Herton vor sich geht?«

Moss erwärmte sich sofort für dieses Thema, obwohl sie müde war. »Bei meinem üblichen Ausflug bin ich am Markt vorbeigefahren, weißt du, und dieser Laden hinter der Bushaltestelle, der mit dem vielen Pech? Versucht dies, versucht das, nichts klappt lange in diesem Laden – er ist wieder ganz zugepflastert. Langspielplatten, Singles. Ach, ich weiß nicht, all diese jungen Leute mit ihren Gruppen. Boy George und so weiter. Wohlgemerkt, ich mag ihn – so ein sanftes Kerlchen. Wo war ich gleich stehengeblieben?«

»Zugepflastert?«

»Ja. Plakate für dies, das und jenes. Und da, oben über den anderen Plakaten – du weißt, wie sie das machen, die Dinger dranklatschen, reihenweise hingen sie da – so ein Spruch, der mich für eine Weile richtig aufregte, mit so großen fetten Buchstaben. Ich ließ den Fahrer anhalten, um es aus der Nähe sehen zu können – ARBEIT IN DER KOHLE STATT ARBEITSAMTSKOHLE – ARBEIT IN DER KOHLE STATT ARBEITSAMTSKOHLE.« Moss breitete die Arme weit aus, um die Größe der Buchstaben anzudeuten. »Da stand es, groß und wichtig, und ich dachte, ja, das bin ich auch. Groß und wichtig. Ich werde mich an dieser Sache beteiligen. Allen im Rentnertreff habe ich es erzählt. Sie dürfen jetzt im Alter nicht die Hände in den Schoß legen. Diese Sache geht uns alle an. Von jetzt an werde ich zu öffentlichen

Versammlungen gehen. Mit dem Taxi.«

»Du bist eine Zierde für diese Stadt, Nanan«, sagte Lindsey und hängte Moss' Nachthemd auf einen Bügel.

»Ich lebe in dieser Gemeinde, und ich werde nicht schweigen, wenn es etwas zu sagen gibt.«

»Als ob du das jemals tätest«, lächelte Lindsey sanft und machte sich an Moss' Lieblingsbluse.

»Das stimmt«, erwiderte Moss und freute sich über das Kompliment. Sie verschränkte die Arme und sprach weiter, und vor Freude, über ihr Lieblingsthema zu reden, vergaß sie ihre Müdigkeit. »Natürlich sind das alles Männervereine, auch die Gewerkschaft, aber all das läßt mich nicht kalt. Seit der Urabstimmung damals im Jahre zweiundachtzig haben die Menschen in dieser Stadt gesagt, wenn Herton der Untergang droht, werden sie um ihr Leben kämpfen. Nimm einem Ort wie Herton die Zeche, und was bleibt übrig? Tod und keine Auferstehung.«

24. Kapitel

Aus der Ferne wirkte der heruntergekommene Wohnblock in Hackney wie ein Schiff auf nächtlicher See, aus dessen Bullaugen Licht strömte. Aus größerer Nähe erhaschten manche Passanten einen Blick in die mit roten, grünen, silbernen und goldenen Girlanden geschmückten Zimmer, die Weihnachten ankündigten. Drei Wochen waren es nur noch bis dahin.

Lindsey trocknete die Töpfe ab, die Rosie abgewaschen hatte, und ließ sich beim Wegräumen Zeit. Sie war in ihrer grau-weißen Phase mit der Küche. Ein hübsches weißes Abtropfbrett mit dazu passendem Abfalleimer und dergleichen. Sie liebte die Wohnung, besonders da alles Nötige vorhanden und bezahlt war und sie all das erreicht hatte, indem sie ihr ganzes Arbeitsleben lang in ihrem Hamsterrad gelaufen war. Sie liebte ihre Unabhängigkeit, und abgesehen von ihrer Sorge um Moss war sie vollkommen glücklich. Sie stellte sich Rocky und Maureen an ihren Nähmaschinen vor. Es sind die Menschen, mit denen du arbeitest, die zählen, nicht die Arbeit selbst, dachte sie. Sie wischte die Fläche unter dem Abtropfbrett ab, polierte sie mit einem trockenen alten Handtuch und breitete eine saubere Zeitung aus.

Dann holte sie ihren Lieblingsweinstock aus dem Wohnzimmer und machte sich daran, ihn zu beschneiden und zu säubern, wobei sie die abgeschnittenen Stücke auf das Papier fallen ließ. Sie nahm drei

Ableger von geeigneter Größe, streifte die unteren Blätter ab und stellte sie in eine vorbereitete Flasche mit Wasser. »Wurzelt rechtzeitig für Nanan zu Weihnachten!« sagte sie ihnen und trug die Flasche zum Fensterbrett. Das Leben ist schon komisch, dachte sie, als sie sich wieder das kürzliche Gespräch mit Moss über eine neue Freundschaft mit Rita vergegenwärtigte. »Ausgerechnet die verdammte Rita mußte es sein«, murmelte sie.

Gerade in diesem Moment platzte Rosie in die Küche. Sie hatte die Angewohnheit, mit einer Frage zu beginnen. Rosie kam herüber zu Lindsey, mit ihren sechzehn Jahren ebenso groß wie sie, legte die Arme um ihre Mutter und drückte sie. »Ich kann also allein zu Nanan fahren, sobald das Schuljahr zu Ende ist?« fragte sie. Ihre Worte zerteilten Lindseys Gedanken, zerstreuten sie wie die Weinblätter, die auf die Zeitung gefallen waren.

Lindsey legte Rosie die Hände auf die Schultern, hielt sie auf Armeslänge von sich ab und schaute sie an. Rosie hatte sehr kurzes, dickes schwarzes Haar und dunkelbraune Augen. Ihre Haut war rein und glatt, die Art, die die Leute Pfirsichhaut nennen. Ihre Augen waren mit blauem Lidstrich umrandet, und von ihren Ohren baumelten riesige rechteckige blaue Ohrringe herab; sie schlugen ihr gegen den Hals, wenn sie redete. Sie war so lebendig, daß Lindsey sich selbst im Vergleich dazu als langsam und im mittleren Alter empfand. Keine von ihnen war dünn. Rosies Körper war so lebendig wie ihre Persönlichkeit, aber auch kräftig, in Jeans und einem dicken langen Pullover mit blauen und weißen Streifen.

»Was schaust du mich so an, Mutti?« lächelte Rosie und fügte hinzu: »Ich trinke eine Cola, willst du auch eine?«

»Nein danke. Ich habe gedacht, wie erwachsen du bist, das überrascht mich manchmal. Besonders seit du mir auf gleicher Höhe in die Augen schauen kannst.«

»Ich kann also fahren?« Rosie setzte sich auf eine der Holzbänke und trank ihre Cola.

»Mir wäre es lieber, du würdest warten, bis wir zusammen fahren. Lerrie und ich bekommen dich neuerdings kaum zu Gesicht. Wir freuen uns auf die Fahrt mit dir.«

»Aber ich vermisse Anne, Mutti. Ich hab' sie nicht gesehen, seit ...«

»Rosie, es waren nur drei Wochen.«

»Aber bis zum Ende des Schuljahres sind es noch mehr, und wir haben uns haufenweise zu erzählen. Außerdem dachte ich, du machtest dir Sorgen um Nanan.«

»Das tue ich auch, aber ...« Lindsey setzte sich Rosie gegenüber an den Tisch.

»Du versuchst nicht, mich davon abzuhalten, Nanan zu sehen, oder

Anne?«

»Ich halte dich nicht davon ab, Liebes. Und ich weiß, Nanan wird sich freuen. Sie liebt deine Gesellschaft, aber ...«

»Kein Aber, Mutti. Anne ist meine beste Freundin, und es ist eben so, daß sie weit weg lebt und ich gerne bei meiner Nanan bin. Ich weiß, du siehst es nicht gerne, daß Anne und ich befreundet sind.«

»Das habe ich nie gesagt, Rosie. Du kannst dir deine Freundinnen selbst aussuchen, aber ...«

»Aber du traust ihrer Mutter nicht, weil ihr euch irgendwann einmal noch vor der Zeit der Dinosaurier verkracht habt.«

»Rosie! Sprich nicht so mit mir. Ich habe dich nie davon abgehalten, mit Rita Gibbs' Tochter befreundet zu sein. Ich mag es ebensowenig wie Nanan es mochte, als ich mit deinem Vater davonlief. Aber du wirst sowieso tun, was du willst, so wie ich vor dir auch.«

»Und deine Mutter davor und Großmutter davor. Du könntest meinen, es liegt in der Familie. Schau mal, Mutti, ich will mich nicht mit dir streiten. Wirklich nicht, ich liebe dich.« Rosie kam um den Tisch herum zu Lindsey und umarmte sie fest. »Siehst du, so sehr.«

»Willst du mich umbringen, du drückst mir die Puste ab.« Trotz ihrer Worte lächelte Lindsey. »Natürlich ist es schwer für mich.« Sie sah Rosie direkt an, die sich wieder ihr gegenüber gesetzt hatte. »Es kommen eine Menge Gefühle hoch, und selbstverständlich mache ich mir Sorgen um Nanan. Besonders wenn der Winter erst richtig einsetzt. Sie scheint so entschlossen, für diese Kampagne wegen der Zechenstillegung am Leben zu bleiben. Eigensinniges altes Ding. Es muß schierer Wille und Glaube sein, der sie neuerdings in Gang hält.«

»Nanan sagt, nur Luft und Liebe halten sie zusammen. Ich würde überhaupt nicht nach Herton fahren, wenn ich nicht bei ihr sein könnte. Sie bedeutet mir mehr als irgend jemand sonst außer dir, sogar mehr als Lerryn, und der Himmel weiß, ihr seid schon Jahre zusammen. Weißt du, Mutti, neulich habe ich gedacht, ich kann mich kaum an eine Zeit erinnern, in der du und ich Lerrie nicht hatten. Abgesehen von ein paar Schluckaufs.« Rosie zwinkerte.

»Lerrie und ich haben eine Abmachung, was das alles betrifft. Sie hat manchmal auch ihren, äh, Schluckauf. Du bist die unverblümteste junge Frau, die ich kenne. Wie würde es dir gefallen, wenn du als jemandes Schluckauf bezeichnet würdest?«

»Ich würde mich von niemandem irgendwie nennen lassen, Mutti. Aber schließlich hast du mich so erzogen. Abgesehen davon könnte ich all die Stücke von gebrochenen Herzen nicht aushalten, wenn sie Hals über Kopf abhauen.« Rosie schaute in ihre Cola und beobachtete, wie einige Blasen aufstiegen und zerplatzten.

Auf dem Tisch lag neben der Obstschale eine braune Papiertüte mit Mandarinen und eine Schachtel Datteln. Lindsey schob Rosie die Tüte zu, und beide schälten sich eine Mandarine und begannen zu essen, Stück um Stück. Rosie spülte ihre mit Cola hinunter.

»Mutti, kann ich dich etwas fragen?«

»Geht es um die Fahrt nach Herton?«

»Nicht direkt. Das letzte Mal, als wir da waren, sagte Nanan, zeitweise haben sie und Biff sich entliebt. Dann haben sie einfach 'durchgehalten' – das Wort hat sie gebraucht –, bis sie sich wieder verliebt haben.« Rosie schälte noch eine Mandarine und gab Lindsey die Hälfte. Sie wartete einen Moment, und dann fragte sie: »Willst du so lange mit Lerrie zusammensein wie Nanan mit Biff?«

Lindsey schaute Rosie über den Tisch hinweg an. »Ich will mit Lerrie so lange zusammensein, wie wir beide einander lieben. Es scheint mit uns zu klappen, nicht?«

»Seit Ewigkeiten, würde ich sagen. Ich will, daß ihr zusammenbleibt. Ich liebe Lerrie.«

»Ich weiß, Liebes. Ich kann mir das Leben ohne Lerrie nicht vorstellen. Aber ich bin ein Überlebenstyp, Rosie. Du auch, glaube ich. Und wenn Lerrie und ich Schluß machen, würde ich mich davon erholen, aber ich würde eine ganze Weile dazu brauchen.«

»Wie lange ist eine ganze Weile?«

»Ich weiß nicht. Ich wüßte nur, daß ich es überlebe. Lerrie auch. Das macht uns ebenbürtig, und ich bin sicher, es ist die Ebenbürtigkeit, die uns zusammenhält.«

»Du hast nie nach einem anderen Mann Ausschau gehalten, nachdem mein Vater umgekommen war, oder?«

»Nein.«

»Warum nicht?«

»Auf solche Fragen weiß ich keine Antworten. Sagen wir es so: Rocky sagte, ich sei wie in ein Leichentuch eingenäht gewesen. Ich mußte die Nähte auftrennen. Mit Hilfe meiner Freundinnen, wie Maureen und Rocky, hatte ich begonnen, sie aufzutrennen, als Lerryn an meine Tür klopfte.«

»War es also Liebe auf den ersten Blick? Hast du dich in Lerrie verliebt, als du sie dort vor der Tür gesehen hast?«

»Nein.« Lindsey lächelte in Erinnerung daran. »Es war ganz, ganz anders. Ich habe Monate gebraucht, um mir bewußt zu werden, was ich fühlte. Warum alle diese Fragen?«

»Ich habe mich noch nicht verliebt, Mutti.«

»Beunruhigt dich das?«

»Eigentlich nicht. Na ja, manchmal.« Rosie hielt inne, dann platzte sie heraus: »Mutti, ich weiß nicht, in wen ich mich verlieben soll.«

Lindsey schaute ihre Tochter an. »Wir müssen allein herausfinden, was wir wollen und was wir brauchen, Rosie. Ich habe Lerrie gefunden, obwohl ich nicht einmal auf der Suche war, als sie kam und mich fand.« So sanft wie möglich sagte sie: »Ja, ich bin glücklich mit Lerrie. Und ich habe vor, sehr, sehr lange mit ihr zusammenzubleiben.«

»Lerrie fände es schrecklich, wenn ich mich in einen Jungen verliebte, nicht?«

»Lerrie will, daß du glücklich bist, und sie meint, nur eine Frau kann einer Frau gleichwertig sein.«

»Ich habe mich noch nicht entschieden, Mutti.«

»Es ist dein Leben, Rosie. Es ist nicht mein oder Lerries Leben. Es ist deins. Es zählt nicht das, was irgend jemand anders will. Wirklich nicht!«

»Okay, Mutti. Ich werde darüber nachdenken. Kannst du ein Pfund entbehren? Ich geb's dir Samstag zurück, nachdem ich Babysitten war.«

Lindsey fischte ihre Tasche unter dem Tisch hervor und suchte nach dem Portemonnaie. »Bin ein bißchen knapp mit Kleingeld. Na ja, weil du's bist. Wie kommst du nach Hause?«

»Bob setzt mich hier ab, seine alte Klapperkiste macht wieder die Straßen unsicher. Mach dir keine Sorgen, er hat seinen Führerschein zurück, und er hat nicht mehr getrunken, seit sie ihn erwischt haben. Mir passiert nichts. Kein Grund zur Aufregung.«

»Ich bin da, wenn du zurückkommst, okay?«

»Mach dir keine Sorgen . Ich bin jetzt ein großes Mädchen. Hab' meinen Apfel und meine Busfahrkarte und mein Taschentuch.« Rosie stand auf, wusch ihr Colaglas ab und küßte Lindsey, wobei sie ihr einen ihrer Nun-sag-bloß-nichts-Seitenblicke zuwarf, was immer wirkte. »Tschüß dann, Mutti. Einen schönen Abend mit Lerrie, und umarm sie einmal extra von mir. Sag ihr, morgen früh mache ich den Tee. Ich bin dran.«

Lindsey machte die Topfpflanze fertig und brachte sie ins Vorderzimmer zurück. Da die Wohnung nahezu komplett eingerichtet war, konnte sie endlich anfangen, für ein Auto zu sparen. Plötzlich fiel ihr der Unfall ein und wie sie sich vorher danach gesehnt hatte, autofahren zu lernen. Sie war schwanger gewesen. Jetzt fragte sich Rosie, in wen sie sich verlieben sollte. Sie erhaschte ihr Bild im Wohnzimmerspiegel. Ihre siebenunddreißig Jahre waren ihr anzusehen. Breiter um die Taille, voller im Gesicht. Vor allem sah sie glücklich aus. Sie hörte einen Schlüssel in der Tür und lief hin, um ihre Langzeitbeziehung zu umarmen.

Moss' Hintertür führte in einen kleinen Windfang mit Betonboden, von wo aus es direkt in den Garten ging. Rechts im Flur befand sich die Tür zu einem winzigen Badezimmer mit Toilette; darin war es so kalt, als wäre dies ein altmodisches Klo in einem weißgescheuerten Steinhäuschen hinten in einem altertümlichen Garten.

Lindsey hatte einen Bauunternehmer am Ort beauftragt, einen Türrahmen anzufertigen und eine stabile Glastür einzuhängen, so daß der Windfang abgeschlossen war, aber das Badezimmer war immer noch eiskalt.

Der Weihnachtstag war mild im Vergleich zu anderen Jahren, jedoch nicht mild genug, um die Kälte aus dem Badezimmer zu vertreiben, deshalb hatte Lerryn die Heizspirale eine Stunde vor dem Einlassen des Badewassers angestellt, und als sie halb ausgezogen im heißen Wasser stand, zog sie rasch den Pullover und das T-Shirt aus und tauchte unter, bevor die kalte Luft sie erreichte.

Die anderen waren im Wohnzimmer und hörten die Ansprache der Queen, eines von Moss' alljährlichen Ritualen. Lerryn jedoch hatte mit ihrem alternativen Ritual begonnen, als sie vierzehn war und zu Hause bei ihren Eltern in Cornwall lebte, wo sie trotz der Proteste ihrer Mutter während der gesamten Ansprache der Queen im Badezimmer in dem von Harry geschenkten rosa Schaumbad geblieben war und die Tür fest verschlossen gehalten hatte.

Bis heute hatte Lerryn kein Weihnachtsfest mit ihrer Mutter und ihrem Vater versäumt, aber diese gönnten sich einen vierzehntägigen Urlaub in Spanien mit Harry, die alle Ausgaben bestritt. Also war Lerryn mit Lindsey nach Norden gefahren, die ganze Strecke die A1 entlang, so daß Lindsey Fahrpraxis bekam, und in Herton trafen sie sich dann mit Rosie und Moss.

Es war merkwürdig, ohne Biff dort zu sein, und es war merkwürdig, Weihnachten nicht in Cornwall zu verbringen.

Das letzte Weihnachtsfest war für Lerryn eine ganz besondere Zeit gewesen. Keiner ihrer Brüder war da, weil sie mit ihren Frauen und Kindern ein Haus in Dartmoor gemietet hatten und die Feiertage dort statt bei Lerries Eltern verbrachten. Also war sie als einzige der Geschwister zu Hause, und es war wunderbar gewesen. Seit zwei Jahren wußten ihre Eltern, daß sie lesbisch war. Sie hatten sie nie ausgefragt, waren aber auch nie abweisend deswegen gewesen. Seit ihrem Coming-out waren sie Lindsey wieder begegnet und hatten sich freundlich und höflich zu ihr verhalten, und das war alles, was Lerryn von ihnen verlangte.

Sie hatte ihre Eltern zu mehreren Autofahrten mitgenommen, obwohl ihre Mutter wegen ihrer Angina im Auto bleiben mußte. Einmal war Lerryn das Cot Valley hinuntergefahren, damit ihre Mutter das Meer sehen konnte.

In den Hecken im Tal waren hellorange Pilze wie unerwartete Kerzen verstreut, und neben der schmalen Teerstraße durchfloß das Wasser unaufhörlich sein Bett aus Felsen und Kieselsteinen, wie ein übernatürliches Orchester, Wasser auf Stein und Wind im Wald.

»Japanische Kiefer«, bemerkte Lerryns Mutter, die jede Einzelheit ihres geliebten Landes kannte. Sie hatten an einem Aussichtspunkt angehalten, damit sie das Tal betrachten konnten. Sie sahen dunkelbraune Stämme und Kronen in flammendem Rosa und Braun, Zweige wie Eichhörnchenschwänze, die gen Himmel sprangen. Und Birken mit weißer Rinde, verkrüppelt, unter Flechten niedergebeugt, während der Fluß mit einem Rasseln wie von trockenen Samenkörnern in einem alten Holzfaß dahinfloß. »Können wir noch weiterfahren?« fragte sie, offenbar bewegt von den Farben und der rauhen Schönheit des Ortes, selbst im Dezember. Also fuhren sie weiter bis zum Parkplatz, der sieben oder acht Autos Platz bot, aber leer war.

»Danke, Lerrie«, sagte ihre Mutter. »Diese Stelle haben wir immer geliebt, nicht? Es kommt mir immer vor wie das Ende der Welt.«

Sie waren über die Sennen-Bucht zurückgefahren, wo Lerryn und ihr Vater ausstiegen, um einen Spaziergang über den flachen Sandstrand zu machen. Die See war verwaschen, blaßgrün unter tiefen, bleichen Wolken, und der kräftige graue Wind blähte die Wellen auf, während eine nach der anderen in sich zusammenfiel und der Länge nach an den Strand krachte. Die Wellen flatterten wie alte grün-weiß gestreifte Pyjamas, die an der Wäscheleine des Ufers aufgehängt waren, den ganzen Tag naß- und trockengeweht.

»Deine Mutter kann nicht mehr spazierengehen wie früher«, hatte ihr Vater begonnen, »sie kriegt Angina, besonders wenn der Wind so ist wie heute.«

»Wie geht es ihr wirklich, Daddy?«

»Sie klagt nicht. Immer noch dieselbe alte Sal. Es bedeutet ihr viel, dich zu Weihnachten zu sehen. Sehr viel.«

»Und dir, Daddy? Bedeutet es dir auch viel?«

»Mir auch. Ich erinnere mich, wie du und ich angeln gingen, als du noch so klein warst«, sagte er, lächelte ihr zu und deutete mit der Hand die Größe an. »Du warst so ein waches kleines Ding, und du hast im Boot ganz stillgesessen und hin und wieder deine Hand durchs Wasser gleiten lassen. Stundenlang warst du still, in deine eigenen Gedanken versunken. Aber glücklich. Ich konnte sehen, daß du glücklich warst.«

»War ich auch. Ich liebte diese Angelausflüge. Ich schaute mir all die Farben im Wasser an. Du weißt ja, wie sie sich verändern, wenn sich der Himmel verändert.«

»Ja. Du kannst ins Wasser schauen und all deine Sorgen loswerden.«

»Mußtest du viele Sorgen loswerden, Daddy?«

»Nicht, als du ganz klein warst, außer wegen Geld, und ich habe versucht, es zu bekommen, nicht es loszuwerden.« Als er lachte, wurden die tiefen Linien in seinem Gesicht schärfer. Er wandte den Kopf und beobachtete die Wellen, die an den Strand schlugen. Er hatte immer das Beste für Lerryn gewollt – Sicherheit, ein regelmäßiges Einkommen, einen festen Arbeitsplatz. Er hatte gewußt, daß sie mehr wollte, weit mehr. Hatte es an der Art erkannt, wie sie das Meer und den Himmel in sich aufgenommen hatte, als sie als kleines Mädchen dort in dem alten Dingi saß.

Lerryn, die seine Gedanken las, hängte sich bei ihm ein. »Ich weiß, du wolltest, daß ich glücklich bin. Du warst immer gut zu mir. Ich habe dir vertraut, und du hast mich nicht im Stich gelassen. Du hast dein Allerbestes für mich gegeben, für Mutter, für uns alle.«

»Wir haben es nicht böse gemeint, Lerrie, als wir dich in diesen Friseursalon schickten. Wir wollten, daß du ein Handwerk lernst. Das ist alles.«

»Das weiß ich, Daddy. Ich bedaure nichts. Sieh mich an.« Sie sah ihm ins Gesicht. Seine Augen waren grüngrau und erinnerten sie an das Meer. »Ich bedaure nichts«, wiederholte sie. »Nichts. Und ich habe dich und Mutter immer noch. Aber ich wußte, was ich wollte, und das war nicht der Salon.«

»Bist du glücklich?«

Sie standen zusammen in der Helligkeit des weißgrauen Tageslichts und sahen den Brechern zu. Dann drehten sie sich um und winkten Lerryns Mutter im Auto zu, und Lerryn sagte: »Meistens.«

»Das ist alles, was du verlangen kannst.«

In diesem Jahr war sie zu Weihnachten in Herton, und die Primeln in Moss' Garten waren grün und fest geschlossen. Sie warteten. Moss wartet auch, dachte Lerryn, drehte den Heißwasserhahn mit den Zehen zu und blieb mit dem übrigen Körper bis zum Hals untergetaucht. Die Leute von Herton warteten, und die Gefühle und Meinungen schlugen hoch, obwohl es so aussah, als sei die Hertoner Zeche in der letzten Planungsrunde des Kohleverbandes nicht zur Stillegung vorgesehen worden. Nun standen andere Zechen in der Gegend auf der Liste, und die Ungewißheit erboste Männer und Frauen, Alte und Junge im gesamten Kohlerevier von South Yorkshire. Ein Minenfeld, nannte es Moss. Lerryn lag entspannt im Wasser und erinnerte sich an ihre Zeichnungen von Biff, die sie kurz vor dieser Fahrt nach Herton noch einmal studiert hatte. Manchmal wünschte sie, sie hätte sie nicht gemacht. Während der ersten Zeichnungen war Lerryn bewußt geworden, daß Biffs Gesicht sowohl männlich wie weiblich war. Schritt für Schritt hatte Lerryn die einzelnen Linien, Winkel, Ausdrucksformen in speziell männliche und speziell weibliche aufgeteilt. Dann hatte sie mit Zeichnungen experimentiert, in denen Biff ein Mann war, der eine Frau darstellte, und schließlich eine Frau, die einen Mann darstellte. Es war diese letzte Serie gewesen, die sie in ein tiefes Dilemma gestürzt hatte.

Während sie sich wusch, traf Lerryn eine Entscheidung. Sie würde versuchen, mehr aus Moss herauszubekommen, so sanft und vorsichtig, wie sie konnte. Die Zeichnungen waren in Lerryns Gedächtnis eingegraben, als sei Biff noch am Leben und hätte ihr gestern Modell gestanden. Die Augen, das Lächeln, die kräftige, markante Kinnlinie. Biff mit einem Bart (das schien Biff älter zu machen); Biff, die Lerryn anlachte, als teile sie Lerryns Geheimnis, verstünde Lerryns drängenden Wunsch, die in ihr verborgene Frau zu enthüllen; Biff rauchend (was Biff niemals getan hatte); Biff mit einem Filzhut wie Radclyffe Hall, den Filzhut in einem so verrückten Winkel aufgesetzt, daß die meisten jungen Lesben bei einem Antrag nur zu gerne ja gesagt hätten.

Gerade dachte Lerryn, die Queen scheint ja ewig zu brauchen, als Rosies Stimme von der Küchentür aus rief: »Es ist zu Ende, Lerryn, du kannst jetzt herauskommen!«

»Danke. Setzt du den Kessel auf, Rosie?«

»Was möchtest du denn?«

»Kaffee, bitte. Ich komme gleich.«

Lerryn stand auf, um sich abzutrocknen, und ließ das Badewasser ablaufen, bis ihr nur noch Schaum um die Füße stand. Sie fröstelte und wickelte sich in ihren Frotteebademantel, schob die Füße in die Pantoffeln, zog die Schnur an der Heizspirale und beeilte sich, in die Wärme des Wohnzimmers zu kommen.

»Alle deine Sorgen fortgewaschen, Lerryn?« fragte Moss.

»Zerplatzt wie Seifenblasen. Wer hat denn hier überhaupt Sorgen in dieser Zeit des guten Willens gegenüber Männern?«

»Alle Frauen, würde ich sagen«, erwiderte Moss und wandte den Kopf zu Biffs Foto auf dem Kaminsims. Schweigen breitete sich aus. Lindsey und Rosie sagten nichts. Sie wußten nicht, ob Biff ausgelassen wurde, weil Biff tot war oder weil Biff ein Mann war. Lerryn glaubte zu wissen, warum Moss diese Worte gewählt hatte. Sie hatte das Gefühl, Moss wolle die Bürde des Geheimnisses teilen. Aber sie wagte nicht, vor den anderen danach zu fragen.

»Was hatte die Queen zu sagen?« fragte sie.

»Oh, das Übliche. Sie sagt es so schön. Sie war sehr huldvoll«, antwortete Lindsey. »Bei ihrem Einkommen wäre ich allerdings auch huldvoll, du nicht?«

»Nein. Das Lächeln würde mir das Gesicht zerreißen. Ich ziehe mich jetzt lieber an. Oh, danke, Rosie. Das wird guttun.« Lerryn nahm den Becher Kaffee und floh nach oben in das Zimmer, das sie mit Lindsey teilte.

Sie hätte Moss gern direkt gefragt, kämpfte jedoch gegen die Versuchung an. Nur nicht ihr Vertrauensverhältnis zu Lindsey in die Luft jagen! Sie war sich jetzt nahezu sicher. Meine Güte, dachte sie, wie um alles in der Welt haben sie das all die Jahre durchgehalten? Sie schaute aus dem Schlafzimmerfenster in den Garten, den Biff angelegt hatte und der neuerdings von einigen Mädchen aus der Stadt in Ordnung gehalten wurde; er lag im Winterschlaf. Sag mir, was ich tun soll, Biff, bitte, dachte sie halb flüsternd. Sie zog ihre Jeans hoch, stand ganz still und schaute in den Garten. Nichts bewegte sich dort draußen. Bernard Ian Ferguson hatte keine Spuren hinterlassen, keine sichtbaren Zeichen. Der weiße Holzapfelbaum war kahl, über zwanzig Jahre alt. Der Geißblattbusch trug an einigen kleinen Zweigen rosa Blüten, wie in jedem Winter, wenn der Garten ansonsten kahl war. Lerryn hatte bis zu ihrem ersten Besuch in Herton niemals Geißblatt gesehen, aber dann hatte sie einen Busch für ihren Garten in Finsbury Park gekauft. Die Zeit vergeht, dachte sie, die Jahreszeiten vergehen, Menschen werden geboren, leben, sterben. Zum ersten Mal machte Lerryn sich keine Gedanken über Biff als erwachsenen Menschen, möglicherweise eine Frau, und wenn ja, eindeutig eine Lesbe, sondern als Kind, als Baby. Lerryn stand da und legte beide Handflächen so auf ihren Bauch, daß sich die Fingerspitzen gerade eben berührten. Im Einatmen beobachtete sie, wie die Luft ihr Zwerchfell füllte und ihre Finger sich auseinanderbewegten. Sie hielt den Atem an, atmete dann aus, und ihre Finger berührten sich wieder. Langsam ging sie zu den Atemübungen über, die sie jedesmal vor dem Kunstunterricht machte, um sich zu entspannen und zu erden. Sie atmete sich hinunter durch alle Schichten, langsam und immer langsamer, nahm nur die Anfänge wahr, die ersten Atemzüge, Biff, gerade geboren und schreiend, Biffs erste Atemzüge, stellte sich so intensiv, wie sie konnte, Biffs Geburt vor. Die Geburt eines Mädchens.

Als sie die Atemübungen beendet hatte, brachte Lerryn sich von dort, wo auch immer sie gewesen war, wieder ins Hier und Jetzt zurück. Sie wußte nicht, wo Biff geboren war. Aber es mußte Aufzeichnungen geben. Sie wußte nicht, ob Biffs Name sein wirklicher Name war. Ihr wirklicher Name? Er war den Initialen entnommen, nicht? Das hatte Biff gesagt. Bernard Ian Ferguson. Warum war sie nicht früher darauf gekommen? Vielleicht hatte das Fest sie schließlich erreicht, durch Moss' Engagement dafür. Moss glaubte so inbrünstig und war so sicher, daß sie Biff wiederbegegnen würde. Auf Biffs Grab stand: Hier liegt Biff, nach lebenslanger Gemeinschaft mit Moss und

Freundschaft mit Frank. Nichts, was auf Biffs Geschlecht hindeutete. Nun, argumentierte Lerryn mit sich selbst, wenn Biff ein Mann war, hätte es nicht den geringsten Grund gegeben, Biffs wirklichen Namen oder ihr Geschlecht auf dem Grabstein auszusparen. Es hieß nicht: Er ruhe in Frieden. Und natürlich nicht: Sie ruhe in Frieden. Wenn Moss an ein Leben nach dem Tode glaubte, und zweifellos tat sie das, warum war dann das Geschlecht ausgespart worden? Lerryn hatte bei ihren Nachforschungen mehrere Friedhöfe aufgesucht. Auf fast allen Grabsteinen war das Geschlecht der Verstorbenen verzeichnet, der vollständige Name, auch wenn manchmal zusätzlich ein Spitzname genannt wurde.

In der zunehmenden Gewißheit, daß sie mehr erfahren mußte, ging Lerryn hinunter. Später, wenn Rosie ein Bad nahm und Lindsey schlafen gegangen war, würde es eine Gelegenheit geben, mit Moss zu reden, während sie ihr half, sich für die Nacht fertigzumachen.

Lerryn half Moss beim Ausziehen und zog ihr das Nachthemd über den Kopf. Sie brachte ihr eine Schüssel, damit sie sich Gesicht und Hände waschen konnte, und Zahnbürste und Wasserglas zum Zähneputzen, während sie im Bett saß. Lerryn kämmte Moss die Haare, und Moss dankte ihr und wandte sich zu dem Foto auf dem Kaminsims um. Lerryns Augen folgten Moss' Blick.

»Das ist ein wunderbares Foto, nicht wahr?«

»Ja. Nicht daß ich ein Foto brauchte. Biff ist mir ständig gegenwärtig, manchmal mit dem Gefühl einer großen, schrecklichen Leere, aber niemals weit entfernt. All diese Jahre hindurch hatte ich immer Biff im Sinn. Biff war die Liebe meines Lebens.« Als Lerryn die Knierolle aufhob, um sie an die richtige Stelle zu schieben, wurde ihr wiederum bewußt, daß sie niemals gehört hatte, wie Moss Biff als er oder sie bezeichnete. Das war bemerkenswert und gewiß bezeichnend, dachte Lerryn.

»Danke, Lerryn, Liebes. Schieb bitte die Rolle ein bißchen tiefer. Ja, das ist hervorragend.« Moss fuhr zusammen.

»Ich kann Biffs Gegenwart hier spüren«, sagte Lerryn. »Das ganze Haus hat euch beide in sich. Nicht auf traurige Weise, sondern positiv. Ich habe in den Garten geschaut, während ich mich heute nachmittag oben anzog, weißt du. Es wurde schon dämmrig. Ich habe über all die Probleme hier in Herton nachgedacht. Wie sich alles zuspitzt. Wie Biff zur Stelle gewesen wäre mit ...« Lerryn zögerte, weil sie nicht seine oder ihre sagen wollte, »... der Analyse. Wie immer.«

Moss hörte Lerryn stocken und ihre Worte wählen. Bei jedem Besuch fühlte sie sich Lerryn näher, und sie war sicher, daß Lerryn das Geheimnis, das sie entdeckt zu haben schien, wertschätzte. Moss war auch sicher, daß nur Lerryn von diesem Geheimnis wußte – daß Lindsey und Rosie selig unwissend waren.

Laut sagte Moss: »Ja, ich vermisse das. Biff hätte all die geschichtlichen Einzelheiten zusammenfügen können. Das war ein besonderes Talent, das Biff hatte, den Leuten Geschichte verständlich zu machen. Wie Lindsey. Manchmal sagt sie, sie hat die Unterrichtsstunden an der Packpferdbrücke niemals vergessen, nur wußte sie nicht, daß es Unterrichtsstunden waren – einfach Geschichten. Biff mochte Geschichten.«

»War Biffs Mutter nicht eine Suffragette? Und zwei von Biffs Schwestern? Ich erinnere mich aus einem von Biffs Briefen daran. Ich nehme an, daß eigentlich das den Unterschied in Biffs Leben ausmachte. Das als Kind mitzuerleben.«

Die Anstrengung, ständig Biffs Namen benutzen zu müssen, ermüdete Lerryn. Ihr wurde zunehmend bewußt, welche Kraft es Moss und Biff gekostet haben mußte, immerzu vorsichtig zu sein und sich nicht aus der Deckung zu begeben. Hatten sie wirklich vor all den Jahren entschieden, daß Biff bei ihrem Auftreten als Mann nur eine Art äußerliche Verkleidung anlegen sollte und nicht mehr? Warum sagte sie sonst nicht laut und stolz 'er' und ließ es damit gutsein? Wie viel Männlichkeit hatte Biff innerlich angenommen? Wie hatte sie dagegen angekämpft?

Moss dachte über Biff nach, während Lerryn sprach. Fast hätte es Lerryn sein können und nicht Biff, die in den ersten Jahren des Jahrhunderts eine junge Suffragette aus Manchester gewesen war. Hätte Lerryn dasselbe getan wie Biff? fragte sich Moss. War das der Grund dafür, daß Lerryn so viel an der Wahrheit lag? Tränen traten Moss in die Augen, als sie an sich und Florence, Biff und Emily dachte. Junge Mädchen, verliebt und die Zukunft vor sich. Nun war sie alt, und sie hatte den heißen Wunsch, Lerryn möge eingeweiht sein, alles wissen, obwohl es bei Biff vieles gab, was Lerryn niemals wissen würde, ohne ein Leben lang im selben Haus gelebt und Alltagsmomente und lange Nächte geteilt zu haben.

»Manchester.«

»Manchester?«

»Ja. Biff ist in Manchester geboren und aufgewachsen. Zusammen mit all den dortigen Suffragetten aus der Arbeiterklasse. Biff hat in zwei verschiedenen Jahrhunderten gelebt, war erst vier, als das zwanzigste Jahrhundert begann. Oh, ich bin müde, es war ein wunderbarer Tag. Ich werde jetzt schlafen. Schlaf gut, Lerryn. Träum was Schönes.«

»Das werde ich, Moss. Und ich hoffe, du auch. Träum von dem, was du dir am meisten wünschst.«

25. Kapitel

Der Wecker schrillte durch Ritas Schlaf wie ein Kohleschneider, der sich durch das schwarze Kohleflöz von Herton fraß. Rita hatte geträumt, sie sei nackt mit einer Kette um den Leib durch Stollen gekrochen und hätte einen Förderkorb hinter sich her gezogen wie auf einem der Bilder in einem Schulbuch über die industrielle Revolution. Der Raum um sie war so dunkel wie der Stollen. Ihre Augen wollten nichts erkennen. Sie riß sie auf und zwang sich aus dem Traum in die Gegenwart – den Sommer 1984. Undeutlich konnte sie den Einbauschrank ausmachen, den Steve gebaut hatte, und einen stumpfen grauen Fleck an der Stelle, wo sie den Spiegel wußte. Der Wecker wiederholte sein schrilles Klingeln, und sie brachte ihn mit einem Schlag der Hand zum Schweigen. Tot. Zufrieden stupste sie Steve in die Rippen, und er grunzte. Noch einmal, fester.

»Hä? Wie spät?«

»Vier.«

»Uääh.«

»Willst du Tee, bevor du gehst?«

»Liebend gerne. Ach, Alpträume. Wie steht's mit dir?«

Rita streckte die Hand aus und tastete nach dem Schalter der Nachttischlampe. »Schließ die Augen, ich mach' jetzt das Licht an. Ich ... ich war wieder in diesem Stollen. Die verdammten Stollen lassen mich nicht in Ruhe. Seit der Streik begann, bin ich immer da unten gefangen. Kein Licht. Du weißt, daß sie das früher machen mußten, ohne Licht?« Er nickte. »Und ich werde niemals älter. Ich bin immer neun. Ich weiß nicht, was der Traum mir sagen will. Ich hab's nur richtig satt, eine neunjährige Bergarbeiterin zu sein, wirklich.«

Rita wälzte sich aus dem Bett und tastete nach ihrem Morgenmantel. »Weizenschrot oder Weetabix?«

»Weizenschrot, Liebling. Ist okay, ich bin wach. Ich komme zum Frühstück hinunter.«

Der Himmel hinter dem Küchenfenster war von einem verwaschenen stumpfen Braun mit einem hellen Fleck gerade über den Dächern. Blaßgrünlich und beige. Merkwürdig, die Farben des Himmels kurz vor der Morgendämmerung. Rita war eine richtige Expertin geworden. Sie machte sich an die üblichen Arbeiten und nahm Steves Jackett und Stiefel aus dem Luftschacht neben dem Kamin. Der Nachtbrenner war angeblieben. Spätabends war es noch kühl, obwohl es schon Juni war, und die Frühschicht als Streikposten war weniger bedrohlich, wenn sie sie auf diese Weise gemeinsam in der Küche begannen.

Draußen erwachten die Tauben im Schlag am Ende des schmalen Gartens. Dort, wo der schwache Fleck gewesen war, intensivierte der Himmel seine Farbe zu heller Aprikose und ein langer Streifen blaßroten Lichts bewegte sich aufwärts und breitete sich aus, bis der ganze Himmelsdom erleuchtet war. Es war wie an einem typischen frühen Morgen, wenn sie sich für die Schicht fertigmachten, und Rita lehnte sich einen Moment auf die Spüle, schaute hinaus und nahm den neuen Tag in sich auf.

»Komisch, daß du dich nie an die Stille gewöhnst, nicht? Mein ganzes Leben lang habe ich die Geräusche der Zeche gehört, und nun ist da nichts. Nur unsere Tauben und ein paar Spatzen. Ich frage mich, wie lange noch, Steve?«

»So lange wie es dauern wird, Liebling.«

»Nun, zumindest diese Stadt steht geschlossen dahinter.«

»Geschlossenheit ist auch nötig, wenn sie noch mehr Schweine schicken. Es heißt, der Haufen, der als nächster kommen soll, wird unsere Jungs wie eine Ballett-Truppe aussehen lassen.«

»Na ja, du gehst besser. Es wird immer später. Ich fange um acht im Zentrum an, dann seh' ich dich da unten.«

Er küßte sie, als er ging. Das war bislang keine Gewohnheit von ihm gewesen, aber sie mochte es. Er hatte angefangen, sie jedesmal zu küssen, wenn er auf Streikposten ging. Jedesmal, seit seinem besten Kumpel Mark Field der Schädel eingeschlagen worden war. Du weißt nie, was passiert. Bisher waren es gebrochene Handgelenke, zersplitterte Kniescheiben, blaue Augen, geschwollene Lippen, Kieferbrüche, und Jimmy Garth hatte eine gerissene Milz. Natürlich war davon in den Nachrichten nichts zu sehen, dachte Rita, während sie einen Berg Bettwäsche und Kissenbezüge in die Waschmaschine stopfte – weder um sechs noch um neun noch um zehn. Sie maß das Waschpulver sorgfältig ab und verschwendete nicht ein einziges Körnchen. Sie wählte eine geringere Waschtemperatur als sonst, um die Kosten niedrig zu halten, und stellte die Maschine an. Kurz vor dem Streik hatte sie eine neue kaufen wollen, aber das war jetzt nicht möglich. Wenn diese wieder den Geist aufgab, würde sie als Müllhaufen des Jahres unbenutzt in der Ecke stehen müssen. Keine Ahnung, wann sie sie ersetzt werden konnte. Sie war nicht begeistert von dem Gedanken, den Wäscheberg in der Badewanne in kaltem Wasser stauchen zu müssen, aber so war es eben. Wir werden tun, was wir tun müssen, dachte sie.

Sie setzte Wasser auf und machte noch mehr Kaffee, prüfte auch die Kaffeedose und stellte fest, daß sie sich zu schnell leerte. Sie würde sich daran gewöhnen müssen, ihn weniger stark zu machen. Die Kinder hatten aufgehört, um Süßigkeiten zu bitten. Sie hatten aufgehört, um irgend etwas zu bitten. Sie waren verdammt großartige Kinder, und sie fand, sie hatte es richtig glücklich getroffen. Die Schule fanden sie schrecklich, aber sie stiegen jeden Tag in den Bus und hatten nicht angefangen zu schwänzen wie manche anderen.

»Ich muß meine Prüfungen bestehen, Mutti. Ich muß. Ich werde nicht zulassen, daß sie mich fertigmachen. Ich werde den Kopf in die Bücher stecken und weitermachen.«

»Tu das, Anne. Du hast ein Recht auf Bildung.«

»Das würdest du nicht glauben, wenn du einige von denen hörst, Mutti. Zumindest unsere Stadt steht hundertprozentig dahinter, aber in meiner Tutorengruppe sind zwei Töchter von Streikbrechern aus Smythe. Du weißt, in Smythe sind es nur achtzig Prozent. Nicht wie hier. Ich hasse sie. Fiona und Sarah. Wir waren mal gute Freundinnen, aber jetzt nicht mehr. Na, jedenfalls gehen sie ab, also sehe ich sie nicht mehr lange, Gott sei Dank.«

»Es ist nur Unwissenheit, Anne. Mach dir nichts daraus.«

»Werde ich nicht, Mutti.«

Rita hatte einen festen Tagesablauf, und sie hielt ihn Tag für Tag ein, so daß das Gefühl von Familienleben erhalten blieb, wie lange der Streik auch dauern mochte. Insgeheim fürchtete sie den Herbst und den Winter, wenn es für die Streikposten nicht nur gefährlich, sondern auch noch kalt sein würde, wenn es kein Geld für Winterkleidung, kein Geld für Heizkosten, überhaupt kein Geld geben würde. Aber nun, da die Frauensolidaritätsgruppe erstarkt und Joan Field die Leiterin geworden war, wollte sie an dieser Sache, an diesem Kampf teilhaben, der ihr Zuhause mit dem ganzen Land und auch mit anderen Teilen der Welt verband.

Bis halb sieben hatte sie die Wäsche auf die Leine gehängt. Anne und Paul saßen am Küchentisch, aßen Toast und tranken Tee, und bis halb acht war sie selbst gewaschen und angezogen. Um viertel vor acht standen die Jugendlichen an der Bushaltestelle und warteten auf den Schulbus, der die Söhne und Töchter der Bergarbeiter abholte und sie an der Gesamtschule auf dem neuen Gelände zwei Meilen außerhalb der Stadt absetzte.

Um acht war sie in der Solidaritätsgruppe und sortierte die eingegangenen Lebensmittelpakete, schrieb Briefe und machte Tee für die beiden Beraterinnen, die jeden Morgen für zwei Stunden die Sozialhilfeberatung abhielten.

»Hast du je wieder von Lindsey Shepherd gehört?« Das war Joans Stimme.

Rita band sich eine saubere Schürze um, begann abzuwaschen und dachte rasch nach. Es erinnerte sie an Fragen wie 'Wann hast du deinen Vater zuletzt gesehen?' und 'Hast du aufgehört, deine Frau zu schlagen?' Es brachte sie durcheinander, an 'ihre Freundin' Lindsey zu denken. Beim letztenmal, als sie Lindsey gesehen hatte, vergangenes Jahr Weihnachten auf dem Markt, hatte sie einen Schock bekommen. Lindsey hatte ihre Haare ganz kurz geschnitten, wie eine dieser Frauen von Greenham Common. Sie war zwar nicht wie die gekleidet, mit grünen Gummistiefeln und riesigem Falkland-Parka, aber irgend etwas an ihr hatte Rita ein sehr unbehagliches Gefühl vermittelt.

Sie traute Lindsey Shepherd nicht – nicht, seit sie damals ihr Baby verlassen hatte, auch wenn das Gerücht umging, sie sei nach dem Unfall, bei dem ihr Mann Peter ums Leben kam, eine Zeitlang nicht ganz richtig im Kopf gewesen. Rita kam nicht darüber hinweg, daß sie selbst Lindsey die Schuld an den ganzen Umständen gegeben hatte. Vielleicht war es einfach zu grauenhaft gewesen. Der bloße Gedanke, Steve auf diese Weise auf der M1 zu verlieren, hatte Rita endlose Träume von Autounfällen beschert. Zweimal war sie zitternd aufgewacht, und einmal hatte sie mitten in einem Alptraum, in dem sie in einem zertrümmerten Auto eingeklemmt war und nicht zur Toilette konnte, ins Bett gepinkelt – was sie nie jemandem erzählt hatte. Als sie in ihrem nassen Bett aufgewacht war, war sie überaus froh gewesen, noch nicht verheiratet zu sein. Wenn ihr das nun im Bett mit Steve passiert wäre? Er war ein lieber Mann, aber was zuviel ist, ist zuviel, hatte sie gedacht, und dann wurde ihr klar, daß sie weder mit Lindsey reden noch sie treffen wollte.

Später, vor allem nachdem Lindsey zurückgekommen war, um Rosie zu holen, hätte Rita gern zu denen gehört, die sich entschuldigen können. Sie hatte einige Monate lang Gewissensbisse, fast so, wie sie es sich bei einer Scheidung vorstellte. Sie hatten sich so nahegestanden, wie Schwestern. Sie hatten Geheimnisse geteilt und einander Dinge erzählt, deren sie sich schämten. Wieder begannen die Alpträume. Sie hatte immer lebhaft geträumt, meistens in vollem Technicolor, und Steve war der einzige Mensch, dem sie jemals begegnet war, mit dem sie darüber sprechen konnte. Was immer ihnen im Kopf herumging, sie träumten beide davon. Gut, daß sie keine außerehelichen Affären hatten wie einige Paare in Herton, die sie beim Namen hätte nennen können.

»Bist du hier, Rita Gibbs, oder bist du bei Woolwich?«

»Oh, entschuldigt. Ich habe geträumt. Ein Wunder, daß ich diese Becher nicht mit dem Putzschwamm abgewaschen habe. Entschuldige, Joan, ich war wirklich meilenweit weg. Was hast du gefragt?«

»Ist egal. Macht deine Anne heute abend mit diesen Paketen die Runde?«

»Sie kann nicht, sie hat einen Platten. Aber unser Paul sagte, er würde es machen. Steve wird Anne mit ihrem Fahrrad helfen.«

»Es sind sechs Pakete abzuliefern, und Mrs. Ferguson hat noch ein Blech Scones fertig, kann er die dann auf dem Rückweg abholen?«

»Ich werd's ihm sagen. Sie ist großartig, nicht?«

»Du kennst doch Mrs. Kinton in der Bibliothek, die Biff so gern mochte, nicht? Nun, sie hat all die Zeitungen aufgehoben und durchstöbert sie nach Ausschnitten, und sie hat eine Fotoserie, die Rosie zu Ostern gemacht hat. Sie hatte sich auf einem Baum in der Nähe der Streikposten versteckt. Schwarz-weiß. Ich bin überrascht, daß Anne es nicht erzählt hat. Na ja, du bist nicht so begeistert darüber, daß die beiden befreundet sind, nicht?«

»Soll ich dir mal was sagen, Joan? Du kannst in Herton nicht mal pinkeln, ohne daß die ganze Stadt es erfährt.«

»Ach komm, sei nicht so hochnäsig. Laß die Vergangenheit ruhen. Deshalb hatte ich dich gerade eben, als du in anderen Sphären schwebtest, nach Lindsey gefragt, denn Hazel hat gerade einen Brief von einer dieser Gewerkschaftsfrauengruppen geöffnet, die uns einen Scheck über fünfzig Pfund geschickt haben.«

»Wo? Laß mich mal sehen.«

»Oh, du bist also auf die Erde zurückgekehrt? Hazel holt ihn. Hazel, Rita will diesen Scheck von Lindsey Shepherds Gruppe sehen. Ja, das ist er.«

»Laß mich erst die Hände abtrocknen.«

»Hier.« Hazel reichte Rita den Brief und den Scheck, dann wandte sie sich wieder an Joan: »Und da ist noch einer, der heute morgen ganz früh kam, ich habe ihn nur aus Versehen auf dem Tisch liegengelassen, von einer dieser Lesbengruppen in London.«

Während Rita den Brief von Lindseys Gruppe las, hörte sie Hazels Worte, und Lindseys kurzgeschnittenes Haar fiel ihr ein. O nein, sie ist doch nicht ..., oder? Nein, das kann sie nicht, sie muß doch an Rosie denken. Nein. Sie kann nicht eine von denen sein und eine halbwüchsige Tochter haben; normalerweise haben die keine Kinder. Aber warte mal: Da war doch diese Frau in der Zeitung, die ihren Ex-Ehemann wegen des Sorgerechts verklagte. Hat es allerdings nicht bekommen. Das will ich auch meinen. Wäre ja noch schöner. Ich würde nicht wollen, daß meine Anne mit so jemandem Umgang hat.

So ruhig sie konnte, wandte sie sich an Joan und Hazel. »Noch ein Scheck?«

»Ja. Unterschrieben von einer Frau namens Lucy-Anne, sagt uns nichts. Kenne niemanden namens Lucy-Anne, du vielleicht?« Rita schüttelte den Kopf. »Jedenfalls wollte ich bei unserem nächsten Treffen über all das reden. Wir bekommen Unterstützung von überallher. Schwarze. Schwule. Lesben. Ich will über all das reden. Über solche Sachen haben wir noch nie gesprochen.«

»Sieht so aus, Joan, wenn sie uns Geld schicken. Sie haben aber eigentlich nichts mit diesem Streik zu tun. Sie werfen alles in einen Topf. Wir sollten es nicht übertreiben.«

»Wie du sagst, sie schicken uns Geld. Du willst doch nicht, daß wir es zurückschicken, Rita, oder?«

»Wenn ich ehrlich bin, ja. Das will ich.«

»Wir brauchen das Geld. Wir brauchen die Unterstützung. Jedenfalls, wie ich schon sagte, wir können das diskutieren, wenn wir unter uns Frauen sind. Bei mir, Donnerstag.«

»Wenn wir Zeit haben. Es ist eine Menge los am Donnerstag.«

»Dann werden wir eben etwas anderes verschieben müssen. Wir müssen uns die Zeit nehmen. Hazel und ich sind uns einig, daß es dringend ist, nicht, Hazel?«

»Sie hat recht, Rita. Sie haben uns Geld geschickt, sind sammeln gegangen. Diese Künstlerinnen haben Bilder verkauft und so. Aber *wir* haben nie über Schwule und Lesben gesprochen. Also haben wir eine Menge zu bereden. Wir alle.«

»Wenn du meinst. He, Moment mal. Ich habe keine Vorurteile.«

»Einen Dreck hast du«, unterbrach Hazel.

»Versteh mich nicht falsch. Ich mag nur alle diese extremistischen Frauen nicht, sie sehen aus wie Kerle, die Hälfte davon. Und ich kann nicht einsehen, daß ein Brief von einem Verein dieser Sorte irgendwie gut für uns sein soll. Wir haben es auch so schon schwer genug mit den Reportern und der Presse.«

»Das ist der Grund, warum wir reden müssen«, erwiderte Joan. »Über Schwule und Lesben. Denk mal weiter. Du kommst doch am Donnerstag, oder?«

»Ich drücke mich nicht davor, wenn du das meinst. Aber ich habe meine Meinung, und das ist mein gutes Recht. Es würde verdammt viel Überredungskunst brauchen, bis ich die Dinge auf eure Weise sehe, aber ich gebe diesen Kampf nicht auf, auch wenn ich noch so sehr anderer Meinung bin als ihr – selbst wenn ich die einzige bin, die die Dinge so sieht. Also, wer hilft mir jetzt, das Essen auf den Tisch zu bekommen?«

Moss reichte Rita den Teller an, damit sie noch ein Stück Kuchen nehmen konnte, und sagte: »Komm, bedien dich. Nach dem Marathon gestern abend hast du das verdient. Ich wünschte, ich könnte mehr für euch alle tun.«

»Das tun Sie, Moss, das tun Sie«, sagte Rita, gab nach und bediente sich. Sie aß und trank und sagte dann: »Vor allem lassen Sie mich Ihnen die Ohren vollschwatzen.«

»Nun, nach dem, was du mir erzählt hast, überrascht es mich, daß du dich mit der Solidaritätsgruppe nicht vollkommen entzweit hast.«

»In diesem Streik werden alle gebraucht. Und wir müssen alle an einem Strang ziehen, wenn wir in der Menschenkette nebeneinander stehen und diese Schweine anbrüllen. So sind wir.« Dicht vor Moss, so daß sie es sehen konnte, hielt Rita zwei Finger aneinander. »Zwischen Joan und den anderen und mir besteht ein tiefes Vertrauen, weil wir in dieser Stadt geboren und aufgewachsen sind; es geht um unsere Klasse und unsere Männer und unsere Kinder. Ich mag nicht alle ihre Ideen, das stimmt. Wir sind acht, und ich vertrete als einzige die harte Linie. Na und? Was soll's.«

»Aber du warst damit einverstanden, das Geld zu behalten und einen Brief zu schreiben.«

»Ich war dagegen. Mehrheitsbeschluß. Das ist Demokratie, und ich glaube an die Demokratie, aber ich bin auch sehr für die echte Familie, für das Familienleben, wie es sein sollte.«

»Und was ist das, bitte schön?«

»Ich glaube nicht, daß Sie und ich über all dies reden sollten. Ich meine, na ja, es war weder für Sie noch für mich einfach, als ich Haushaltshilfe bei Ihnen wurde. Wir haben es bisher sehr gut hingekriegt. Ich würde sagen, wir sind Freundinnen geworden, oder?« Moss nickte. »Also bringt es nichts, darin herumzustochern.«

»Meinst du Lindsey?«

»Ja, ich meine Lindsey. Ich mußte viel über sie nachdenken, bevor ich einverstanden war, Ihre Haushaltshilfe zu werden, ebenso wie Sie.« Rita zog fragend die Augenbrauen hoch, und Moss konnte es sehen, wie Rita beabsichtigt hatte, weil sie nahe bei ihr saß. Moss nickte wieder. Als Rita weitersprach, wählte sie ihre Worte mit äußerster Sorgfalt. »Lindsey und ich sind wie eine Wunde, die nicht heilt. Ich verstehe etwas von Wunden. Ich war Krankenschwester. Wenn sie das Cottage-Krankenhaus nicht dank der Tochter eines Gemüsehändlers in der Downing Street geschlossen hätten, wäre ich immer noch Krankenschwester. Obwohl ich wirklich gerne als Haushaltshilfe arbeite. Jedenfalls, Lindsey und ich sind wie eine vor langer, langer Zeit mißglückte Operation. Und jetzt? Na, jetzt wären wir uns niemals einig über die beste Art, unser Leben zu führen.«

»Es ist eine Schande. Vielleicht hast du recht, es ist mißglückt und nicht verheilt und wird niemals verheilen, aber dennoch ist es eine richtige Schande. Ich wollte so gerne, daß ihr beide wieder Freundinnen seid.«

»Wunschträume.«

»Wenn ich jünger wäre, stünde ich draußen in der Kette und würde mit euch schreien, aber ich hätte auch ein paar Hochs und Tiefs. Die Zeiten ändern sich, und du hast mir gesagt, du verändertest dich auch. Es sieht allerdings so aus, als hättest du in vielem im Grunde immer noch die gleiche Meinung.«

»Nun ja, manche Dinge ändern sich nicht, das ist meine Erfahrung. Ich will, daß diese Stadt aus normalen, glücklichen Familien besteht. Wie meine zum Beispiel.«

»Homosexuelle Menschen haben auch Rechte, und sie haben auch Familien, Rita. Lies Zeitung, sieh Fernsehen. Du trittst für die Menschenrechte ein, nicht?«

»Menschenrechte sind eine Sache. Also gut, ich sage: leben und leben lassen. Aber in dieser Stadt ist kein Platz für Homosexuelle, war es nie. Erinnern Sie sich an Joans Schwester Kathleen? Sie ist fortgegangen, und für mich war das keine schlechte Sache. Ich sage nicht, sie hat kein Recht auf ihre Lebensweise, und ich habe Joan das ins Gesicht gesagt, aber es war besser für alle, als Kathleen ging.«

»Und angenommen, sie hätte ihr Stipendium in Cambridge nicht bekommen?«

»Unmöglich, sie war vom ersten Tag an ein enorm helles Köpfchen.«

»Ich sagte, angenommen, Rita. Angenommen, sie hätte nicht die Qualifikation gehabt, keinen Ort, wohin sie gehen konnte?«

»Ich verstehe, worauf Sie hinauswollen. Sie müssen es nicht aussprechen. Sie wäre ja nicht die einzige alte Jungfer, oder? Sie könnte sich Arbeit suchen, oder sie könnte es überwinden und heiraten. Viele Mädchen spielen herum, wenn sie jung sind. Sie haben ihren Spaß wie Kathleen. Dann werden sie erwachsen, finden einen netten Freund, tun, was alle tun, heiraten, bekommen Kinder. Das ist das, was ich mit normalem Familienleben meine. Das ist das, wofür ich eintrete. Und weiter, als über Joans Schwester zu reden, sollten Sie und ich nicht gehen. Denn ich habe meine Arbeit zu machen, und ...«

»Schon gut. Aber beantworte mir eine letzte Frage.«

»Sie haben eine Art, mich zum Reden zu bringen!«

»Ist das der Grund, warum du nicht willst, daß deine Anne mit meiner Rosie befreundet ist?«

»Sie schneiden den Schinken in ganz dünne Scheiben, nicht?«

»Spare in der Zeit, so hast du in der Not – und ich habe keine Angst, an den Knochen zu kommen.«

»Wenn ich auch nur für einen Moment glaubte, da wäre etwas, irgend etwas derartiges zwischen Anne und Rosie, würde ich eine einstweilige Verfügung erwirken. Ich würde Ihre Rosie unter Amtsvormundschaft stellen lassen. Das läßt sich machen. Wie Sie sagten, ich lese Zeitung.«

»Ich dachte mir, daß du so etwas sagen würdest. Ja, es ist mir schwergefallen, daß du in mein Haus kamst, meine Haushaltshilfe wurdest, ganz persönliche Dinge für mich erledigtest, Wäsche und dergleichen. Weil ich tief im Innern wußte, wie hart du sein kannst. Aber ich hoffte, du würdest mit der Zeit und mit zunehmender Lebenserfahrung weicher werden. Ich hoffe es immer noch. Du weißt, wie du dich fühlst, das hast du mir gesagt, wenn die Zeitungen ihre üblen Lügen über die Bergarbeiter verbreiten. Du willst, daß sich die Leute außerhalb von Herton verändern, und ich will, daß du dich veränderst. Du klingst wie die Thatcher, wenn du so redest wie gerade eben.«

»Ich? Ach, hören Sie auf. Mich sollten sie besser nicht in die Downing Street schicken. Ich würde sie mit bloßen Händen erwürgen. Was glaubt sie, weshalb wir streiken, aus Spaß?«

»Aushungerungstaktik, Rita. Manchmal sitze ich mit deiner Tante Mercy hier vor dem Fernseher und schreie, weißt du, so wie in der Streikkette: Maggie raus, Maggie raus, Maggie raus. Deshalb kann ich es nicht vertragen, wenn du mit deinen sogenannten Meinungen genauso redest wie sie. Nun, ich denke, wir sollten für heute besser Schluß machen, oder wir müssen mir eine andere Haushaltshilfe besorgen, und das wäre wohl Verschwendung, nach allem, was wir durchgemacht haben. Und du brauchst diesen Job.«

»Ich habe alles in die Küche gestellt, wie Sie gesagt haben. Sie kommen also zurecht, oder?« fragte Rita nach einer Pause schroff.

»Es gibt reichlich blinde Menschen, die all ihre Kocherei alleine erledigen, Rita, und mir ist immer noch etwas Augenlicht geblieben. Ich komme zurecht. Ich weiß genau, was ich da draußen machen werde. Hast du meine Plätzchen?«

»Habe ich. Schon hier in meiner Tasche, vielen Dank. Ich weiß nicht, was wir ohne Sie täten. Passen Sie auf sich auf, ich komme am Montag wieder. Halb drei, wie immer. In Ordnung?«

»Wiedersehen, Rita«, sagte Moss, als Rita zur Vordertür hinausging.

Moss hörte sie den Weg und die Rampe bis zur Straße hinuntergehen, ihre Absätze klapperten auf dem Pflaster.

Dann saß sie da, schüttelte den Kopf und wischte sich die Tränen ab. Sie wandte sich zu Biffs Bild um und sagte: »Hast du das mitgekriegt, Biff? Und dann heißt es, die Zeiten änderten sich?« Es kam keine Antwort, und Moss machte sich mit dem Gehgestell auf den Weg zur Küche, wo sie sich in Geschäftigkeit stürzte, Tee kochte und sich an ein weiteres Blech Scones für die Solidaritätsgruppe machte.

26. Kapitel

Die heiße Julisonne summte auf dem Weg hinterm Haus, der durch den Garagenhof den Pfad entlang zu Lerryns Gartentor führte. Lindsey kam zu Fuß von der Bushaltestelle und nahm die Abkürzung, weil es heller Tag war. Sie warf gerne einen Blick in die von Mauern, Zäunen und Zypressen abgeschirmten Gärten der Leute. Die Brombeersträucher auf den Abfallplätzen standen in Blüte, und durch Risse in der alten Teerdecke zwängte sich vorwitziger Löwenzahn.

Auf dem schmalen Weg wurde sie wie gewöhnlich von ihrem alten Freund Archibald begrüßt, dem riesigen ingwerfarbenen Kater, der Lerryns Nachbarin gehörte. Sie hob ihn hoch. »Hallo, Süßer. Wer ist denn mein kleiner Liebling?« Sie trug ihn an den Oleanderbüschen vorbei und murmelte ihm ins Ohr: »Die Liebe geht durch den Magen, was, du alter Schwindler? Gibt diese Lerrie dir gar kein Leckerchen? Warte mal ab, was ich für dich habe.« Er schnurrte zur Antwort.

Als sie zu Lerryns Tor kamen, klopfte Lindsey laut an. Bald war auf der anderen Seite Lerryn zu hören, die den Weg entlangkam, um die beiden hereinzulassen.

Lindsey sah sofort, daß die Picknickdecke ausgebreitet war und ihr Lieblingssortiment an chinesischen Gerichten bereitstand, wie sie es am Telefon abgemacht hatten. Sie gab Lerryn hastig einen Kuß auf die Wange, um Archibald nicht zu verärgern. Er mochte Lerryn nicht, weil sie ihm nicht erlaubte, in der Kapuzinerkresse zu schlafen oder sich in den Rosenbeeten herumzutreiben. Aber Lindsey verwöhnte ihn, und er wußte, sie würde ihm etwas zu fressen geben. Lindsey und der Kater streckten sich auf der Decke aus. Archibald begann mit dem gebratenen Reis, den er zufrieden vom Deckel eines Behälters fraß.

»Das ist wunderbar, vielen Dank.« Lindsey sprach mit vollem Mund und schaufelte Berge von Chow Mein Spezial in sich hinein. »Meine Güte, habe ich einen Hunger.«

Lerryn lächelte. »Der Mund ist in der Mitte«, sagte sie.

»Huch. Der Radar funktioniert nicht. Ach, ich fühle mich, als hätte ich seit dem Wochenende nichts mehr gegessen.«

»Hast du wahrscheinlich auch nicht. All diese Versammlungen. Noch Sojasauce?« fragte Lerryn, und als Lindsey nickte und eifrig weiterschaufelte, reichte sie ihr die Flasche.

»Warum ißt du nichts?«

»Ich habe bei Harry gegessen.«

»Wie geht es ihr?«

»Gut.« Lerryn wechselte abrupt das Thema. »Tessa hat mich gerade eben angerufen. Sharon hat ihren Kurs mit Auszeichnung bestanden.

Tessa nimmt sich morgen frei, um Sharon zu einem Vorstellungsgespräch als Rechtsanwaltsgehilfin zu begleiten – gutes Geld. Danach hat Tessa Zeit, und sie will hierher ins Atelier kommen. Sie will sich auf den neuesten Stand bringen. Was für eine Überraschung – du weißt, wie ihr Terminkalender aussieht, schlimmer als unserer.«

»Ich weiß nicht, wie sie das durchhält. Hat sie gesagt, wie es Jean geht?«

»Gut. Hat sich entschieden, auf der Schule zu bleiben. Sie ist sehr glücklich, hat jede Menge Freundinnen, aber keine Ahnung, was sie machen will, außer daß sie nicht wie Sharon ins Büro gehen und nicht wie Tessa bei der Stadtverwaltung arbeiten will.«

»Und was ist mit ihr und Maureen? Wie lautet Tessas Version?«

»Sie haben lange Zeit gekämpft, lieben einander sehr, kennen einander sehr gut, aber sehen sich kaum. Tessa hat jeden Abend Versammlungen, entweder dienstlich oder für ihre Schwarze-Frauen-Gruppe, und sie will unbedingt ihre Malstunden beibehalten. Sie sagt, das halte sie geistig gesund.«

»Du bist ihr jetzt näher als ich. Alles, was ich mit einem Pinsel fertigbringe, ist ein müdes Geschmiere. Jedenfalls sehe ich Maureen jeden Tag, also schüttet natürlich *sie* ihr Herz aus«, seufzte Lindsey.

»Was meinst du, wie es mit ihnen weitergehen wird?« fragte Lerryn.

»Ich weiß es nicht. Sie wissen es auch nicht. Wir alle verändern uns.«

»Ich will keine von ihnen verlieren. Ich habe sie beide seit Jahren sehr gern.« Lerryn schwieg einen Moment. »Und was ist mit dir, Linz? *Dich* bekomme ich neuerdings auch kaum zu Gesicht. Was macht deine Gruppe?«

»Fortschritte. Wir haben noch zwei Frauen gefunden, die Bergarbeiterfrauen aufnehmen, falls nötig. Ansonsten ist jetzt alles geregelt. Rocky hat ihren Platz in der Gewerkschaftsschulung bekommen, von der ich dir erzählt habe. Zehn Tage. Sie wollen ihr immer noch nicht freigeben, aber sie geht trotzdem. Wird wahrscheinlich Urlaub nehmen müssen.« Lindsey machte eine Pause zwischen zwei Mundvoll. »Es ist Jahre her, daß wir hier draußen gegessen haben.« Sie schnüffelte. »Sag bloß nicht, das ist Chanel No. 5, das du trägst?«

»Harry war wieder im Duty Free-Shop.«

»Du weißt, wie ich mich aufrege, wenn du dieses Zeug trägst.«

»Ich wollte es abwaschen, aber ich hatte keine Zeit.«

»Abwaschen ist genauso schlimm. Du solltest es erst gar nicht annehmen. Mit diesem Zeug werden Tierversuche gemacht.«

»Jetzt beruhige dich, nimm's nicht so schwer. Die Leute in deiner Umgebung können ja keinen Schritt tun, ohne daß du mit Vorwürfen daherkommst.«

»Nun, du könntest es zumindest verkaufen. Für eine Bergarbeiterfamilie ist das ein Sonntagsessen, was du da trägst.« Lindsey drohte Lerryn mit der Gabel, während sie sprach. »Von fünfhundert blinden Kaninchen ganz zu schweigen.«

»Na, dann los. Stich mir diese Gabel ins Bein und verlange Genugtuung.«

»Du verkaufst es also?«

Lerryn schwenkte einen kleinen Umschlag, in dem es klingelte. »Mit hundert Prozent Gewinn? Für Herton?«

»Grins mich nicht so dreckig an. Du hast wirklich nur Schachern im Kopf. Du machst mich wütend.«

»Dann mach's doch alleine. Du rast in der Gegend herum, bis du dir auf dem Rückweg selbst begegnest, und wunderst dich, daß du dich verhedderst.«

»Mach mich nicht 'runter, Lerryn. Ich tue, was ich kann. Ich mag dich nicht, wenn du so selbstgefällig bist. Was versuchst du eigentlich sonst noch zu verbergen?«

»Gib mir ein Bier, bitte.«

Lindsey brach eine Dose aus dem Viererpack und reichte sie hinüber. »Offenbar bin ich nicht die einzige, die sich aufregt. Weißt du, daß du deine 'Ich-habe-Harry-getroffen-und-die-hat-etwas-vor'-Haltung drauf hast?«

Lerryn rutschte unbehaglich auf der Decke umher. »Eigentlich nicht nur Harry.«

Sie verbirgt etwas, dachte Lindsey. Ich bin sicher, sie verbirgt etwas. Und ich weiß, es hat mit Herton zu tun. Immer wenn sie über Nanan und Biff nachdenkt, bekommt sie diesen gewissen Ausdruck in den Augen.

Lindsey wollte Lerryn gerade fragen, was es sei, was sie ihr sagen mußte, als Lerryn genau den Namen aussprach, den sie am wenigsten hören mochte.

»Heute habe ich auch Anna von Schiller wiedergetroffen.«

»Irgend etwas stinkt hier. Was wollte dieser Geist von Sappho?«

»Sie wollte überhaupt nichts ...«

Lindsey gluckste: »Erzähl mir noch einen. Ich liebe deine Witze.«

»Harry muß ein wertvolles Ölgemälde abholen – jetzt hör mir zu, reg dich ab und hör zu, verdammt noch mal –, es ist Annas Kontakt, aber sie muß dieses Wochenende in die Staaten, und Harry kann es nicht ausstehen, allein zu fliegen, wie du weißt.«

»Dann tun ihr die Arme weh, nicht? Kann sie nicht mit einem von ihren Speichelleckern fliegen, ihren Aushilfs-Cassidys?«

»... allein zu fliegen, wie du weißt«, wiederholte Lerryn und versuchte, Lindsey nicht zu erwürgen, die es ihr so schwer wie möglich machte. »Du weißt, sie haßt es, das Flugzeug zu nehmen, wenn nur sie und der Pilot fliegen. Sie bekommt Zustände. Wir könnten über Manchester zurückfliegen.«

»Und wie paßt du in Harrys Reisepläne?« fragte Lindsey, die den Verdacht hatte, dies gehöre zu einem Szenario, das Lerryn und Nanan ausgeheckt hatten. Hatte das mit einem Zwischenstop in Manchester zu tun?

»Harry hat es nicht direkt gesagt, aber sie hat angedeutet, sie würde noch einen Scheck für die Bergarbeiter spendieren, wenn ich sie zu der Hütte am See begleitete.« Lerryn nahm einen kräftigen Schluck Bier und spielte auf Zeit.

»Die Bergarbeiterfamilien stecken bis zum Hals in Schulden, und deine Tante ist losgegangen und hat noch ein Ferienhaus gekauft. Zeit und Geld. Meine Güte. Und du, du machst einen angenehmen Urlaub.«

»Ich habe heute bei Harry einen riesigen Scheck lockergemacht.«

»Und alles aus Barmherzigkeit. Oh, was für eine reizende Lady, und wie freigiebig.«

»Spar dir deinen Sarkasmus. Er steht dir nicht. Dieser Streik schadet uns, Lindsey, schadet dir und mir, weil er etwas mit dir macht. Dich gegen mich aufbringt. Als ob Kunst nicht Realpolitik sei, als ob sie nichts zu dem Bergarbeiterfonds beitrüge. Ich weiß wirklich nicht mehr weiter. Ich kann den Finger nicht genau darauf legen ...«

»Oh, versuch es bei Anna. Sie wird dich lassen ...«

»Sei nicht so plump. So tief brauchst du nicht zu sinken.«

»Nicht, wenn du auf dem Grund liegst. Tiefer kann ich nicht sinken. Aber das hast du über dem Flirt mit Anna vergessen. Sie macht dir immerzu Anträge ...«

»Und ich sage jedesmal nein. Mittlerweile ist das ein Spiel zwischen uns, und wir lachen beide und gehen zu ernsthaften Gesprächen über, was heißt ...«

Lindsey unterbrach sie. »Einen Scheck für die Bergarbeiter auszuschreiben, ich weiß, da war etwas im Busch. Was für eine angenehme Art, Geld aufzutreiben. Das Problem ist, ich kenne alle die falschen Leute. Hat etwas mit Geld und Klasse zu tun, würde ich sagen.« Lerryn antwortete nicht sofort, und Lindsey versuchte, sich zu beruhigen. Als Lerryn sprach, tat sie es freundlich, aber sehr schnell.

»Du scheinst etwas zu übertreiben, Linz. Du übersiehst die Tatsache, daß ich Anna verlassen habe. Ich habe mich damals nicht von dem Scheckbuch verführen lassen, und ich werde es in der jetzigen Phase meines Lebens auch nicht tun.«

»Und welche Phase ist das?«

»Ich will meine Arbeit, meine Politik und meine Beziehung mit dir.

Mein Interesse an Anna kommt daher, daß sie sich total für Frauen und Kunst engagiert.«

»Nun, sie könnte sich wohl kaum für die Bergarbeiter und Herton engagieren, oder?«

Lindsey, die Schalentiere haßte, warf Archibald eine Krabbe aus dem gebratenen Reis zu, der sie abschleckte und schließlich fraß. Dann schlenderte er mit hocherhobenem Schwanz davon.

Lerryn war zum Weinen zumute, statt dessen jedoch fingerte sie an dem Ring auf dem Deckel der Bierdose herum. Sie wußte nicht, was sie als nächstes sagen sollte, obwohl es so vieles gab, worüber sie reden wollte.

»Ich habe heute Nanan angerufen, um zu hören, wie es Mart Field geht«, begann Lindsey zwischen zwei Gabeln gebratenem Reis. »Seine Frau Joan meint, sie werden das Haus verkaufen müssen, wenn er nach dem Ende dieses Fiaskos keine Arbeit mehr findet. Also habe ich nichts davon, überhaupt nichts, wenn ich höre, daß Harry nicht auf ihren Urlaub in Schottland verzichten will.« Mit zunehmendem Ärger wurde Lindseys Ton scharf und blechern. »Sie bringt mich zum Kotzen, wirklich. Nach allem, was Herton für sie getan hat. Du weißt, wieviel Geld sie aus der Herton-Stiftung zieht. Du weißt, was sie für diese Kurse berechnen, du könntest dir nicht einmal einen davon leisten, das ist das Verrückte daran, und du machst auch noch mit. Mart Field wurde von den Hertoner Tories der Schädel eingeschlagen, und du willst hingehen und dich mit Harry amüsieren!«

Lerryn zitterte, versuchte jedoch, ihre Gefühle im Zaum zu halten. Sie stützte das Kinn auf die Hand, als sie sprach. Lindsey aß immer noch, als gäbe es einen Monat lang kein Essen mehr: Ein sicheres Zeichen, daß sie müde und angespannt war.

»Lindsey, bitte versuch dich ein bißchen zu beruhigen. Wegen dieses Streiks sehe ich dich Ewigkeiten nicht. Ich schinde mich zu Tode, um dafür Bilder zu verkaufen. Und ich überrede alle Mäzene, denen ich begegne, Geld dafür herauszurücken.« Lerryn schwieg, weil sie das Gefühl hatte, nicht weiterzukommen. Bei jeder Erwähnung von Annas Namen reagierte Lindsey mit aufgeregter und ungestümer Körpersprache. Lerryn hatte oft erklärt, daß Lindsey sich nicht bedroht zu fühlen brauche. Die Kombination Anna und Harry jedoch brachte Lindsey auf die Palme, und diesmal fühlte sich Lerryn nicht geneigt, darüber hinwegzugehen. Ich wollte kein Donnerwetter heute abend, aber ich werde verdammt noch mal ihretwegen keinen Eiertanz aufführen, dachte sie. Wer, zum Teufel, glaubt sie, daß sie ist? Warum kann sie nicht ebenso vorsichtig mit mir umgehen? Innerlich fühlte sie sich schwer wie ein Stein. Als sie sprach, lag ein harter Ton in ihrer Stimme.

»Wenn es dir so schlecht geht wegen der Vorgänge in Herton, warum nimmst du nicht eine Woche Urlaub und fährst dorthin oder so was? Rosie könnte bei mir bleiben, oder sie würde auch allein zurechtkommen. Hör um Himmels willen auf, deine Wut an mir auszulassen. Ich bin keine von den Tories, und ich habe das nicht verdient. Es ist an der Zeit, sich klarzumachen, daß du nicht die einzige bist, die für diesen Streik kämpft. Ich dachte, wenn ich mit Harry flöge, würde ich in Schottland noch mehr Mäzene finden und noch mehr Orte, an denen Geld aufzutreiben ist. Beleidige mich nicht, indem du mir unterstellst, ich würde einfach in einen Urlaub abhauen.« Lerryn stand auf und wies mit einer Handbewegung auf die Picknickdecke. »Jetzt kannst du in Ruhe zu Ende essen, ich gehe hinein und dusche. Dann wird dich wenigstens das Parfum nicht beleidigen.«

Irgendwie schleppte sich Lerryn vom Garten ins Badezimmer. Lindsey konnte Wasser laufen hören. Sie fühlte sich wie eine Wolke, die von innen heraus vom Donner zerrissen wurde. Nun saß sie auf der Picknickdecke, wo sie sich vor kurzem niedergelassen hatte, froh, hier zu sein, und in der Hoffnung, Lerryn berühren und die ganze Nacht im Arm halten zu können. Jetzt hielt sie die Arme um die Knie geschlungen und den Kopf darüber gesenkt.

Der Donner verhallte, ließ sie jedoch aufgewühlt und aufgelöst zurück. Ihr Inneres glich einer Wolke wirbeliger kalter Luft. Sie fühlte sich so schwerelos, daß sie vom Wind fortgetrieben werden würde, wenn sie nicht stillsaß.

Der Duft von Chanel Nr. 5 war verflogen, aber das chinesische Essen sandte immer noch köstliche Schwaden zu ihr herüber, praktisch und unromantisch. Sie konnte ihre Gefühle oder ihre durcheinanderwirbelnden Gedanken nicht besänftigen. Die Bilder von Mart Field und den Streikpostenketten in Herton und die Bilder ihres eigenen Zorns, den Lerryn Drachenfeuer nannte, mischten und vertieften sich. Keine dieser Szenen konnte sie länger als einen Augenblick festhalten. Sie jagten vorbei und verflogen, als ihr die Geschichtsstunden in der Schule und die Geschichtsstunden an der Packpferdbrücke einfielen. Lange Reisen und lange Märsche. Nanan und Biff, Nanan und Biff. Von Erinnerungen zu Worten, die Namen wurden zu Klängen, bis sie in ihrem Kopf einen Rhythmus klopften, wie ein Mantra, zwanghaft und in immer neuen Wiederholungen, und sie beherrschten.

Lindsey saß auf der Decke in Lerryns Garten, eingesponnen in das Mantra, das die Namen in ihrem Kopf sangen. Sie nahm die Wärme auf, die aus der Erde unter der Decke aufstieg, nach oben durch die weiche Wolle, dunkelblau, tiefrot und flaschengrün. Die Decke war seit langem ein Lieblingsstück. Harry hatte sie Lerryn geschenkt, als sie noch ein Teenager war, also war sie älter als Rosie. Von Rosie wanderten Lindseys Gedanken zu deren Vater Peter, von London nach Herton, wieder auf der M1. Rote Rücklichter, die näherkamen und aufblitzten. Weißgelbes Licht, das Krankenhaus. Graugrünes Licht auf grauem Wasser, frühlingshaft weich, als sie Rosie abholte. Rockys Stimme: »Geh und hol dein Baby.« Dann die Wohnung in Hackney; Lerryns Wiederauftauchen.

Nanan und Biff. Nanan und Biff. Viele Minuten lang saß Lindsey zusammengekauert und reglos da und lauschte ihren inneren Stimmen. Allmählich spürte sie, wie sie wieder aus den Wolken zur Erde hinabstieg. Ihr war klar, daß Lerryn nicht nach ihr sehen würde. Vor langer Zeit war Lerryn nach Herton gekommen, um sie zu suchen. Lerryn war immer noch auf der Suche, aber nicht mehr nach ihr.

Die Luft wurde kühl. Schließlich stand sie auf, streckte die Arme, schüttelte die Schultern aus und machte sich auf den Weg ins Haus.

Lerryn wusch ihre Sammlung von Muscheln, Steinen und Glasstückchen ab. Der runde Tisch in der geräumigen Küche war mit einem runden Wachstuch bedeckt, mit Schüsseln voll Spülwasser und Schüsseln mit klarem warmem Wasser, sauberen dicken Pinseln für die Risse und Ecken, weichen Baumwolltüchern zum Polieren. Schweigend setzte sich Lindsey Lerryn gegenüber und nahm eine besonders schöne rosa- und cremefarbene Muschel in die Hand. Keine von beiden sprach. Ruhig, Stein um Stein, Stück um Stück arbeiteten sie, als lägen auf dem Wachstuch vor ihnen die Puzzlesteine ihrer Beziehung, und sie müßten sie von außen nach innen zusammensetzen.

Ohne daß eine von ihnen ein Wort gesprochen hatte, verließ Lerryn den Tisch, setzte den Kessel auf, machte Kaffee und stellte die beiden Becher so hin, daß jede den ihren in Reichweite hatte. Sie setzte sich wieder Lindsey gegenüber und machte mit der Reinigung weiter.

Nun stand Lindsey auf, nahm eine kleine Schüssel, ging zum Waschbecken, kippte sie aus, spülte sie, füllte sie erneut mit klarem warmem Wasser und kam zurück. Nach einer Weile tat Lerryn dasselbe. Das ging fast eine Stunde weiter, ohne daß eine von ihnen das Schweigen brach.

Der Stein begann sich zu erweichen. Flechten und Blumen wuchsen auf ihm.

Die Wolke wagte es, sich einem unerforschten Kontinent zu nähern.

»Es tut mir leid«, begann Lindsey und schaute Lerryn über den Tisch hinweg in die Augen. »Ich habe Angst vor noch mehr Veränderungen. Angst vor dem, was in Herton passiert, was mit uns passiert.«

»Mir tut es auch leid, ich will dich nicht verärgern. Ich will dich auch nicht verlieren.«

»Ich kenne dich nun schon so lange Zeit, Lerryn. Ich weiß, wenn du nach etwas auf der Suche bist. Wenn du etwas vorhast. Als ich deine Schultern sah, wie du mir da draußen gegenüber gesessen hast, spürte ich, daß es etwas mit dir und Nanan zu tun hatte, nicht nur mit Harry.« Lindsey hielt inne und suchte nach Worten. »Nanan hat sich in der letzten Zeit sehr merkwürdig verhalten. Irgend etwas macht ihr Kummer, etwas, was sie mir zu erzählen versucht. Ich weiß, sie wird nicht senil. Sie ist so klar im Kopf wie du oder ich. Seit dem Begräbnis fühlt sie sich dir näher, als seien wir, Rosie und ich, Außenseiterinnen.« Lindsey schwieg einen Moment. »Es hat alles irgendwie miteinander zu tun. Ich kann es spüren. Es hat sich immer mehr aufgebaut.«

»Du kannst es spüren?« wiederholte Lerryn und zog eine Wasserschüssel näher zu sich heran. Diese spiegelte eine der Wandlampen wider und blendete sie für einen Moment, bis sie sie zur Seite schob. Die Beleuchtung im Raum war wunderschön. In einer Ecke fing ein alter schwarzer Holzfeuerungsofen mit gemusterten Kacheln an der Kaminklappe ebenfalls das Licht ein. Sie wartete auf Lindseys Antwort.

»Nanan ist meine richtige Großmutter, die Mutter meiner Mutter«, sagte Lindsey. »Aber Biff war nicht mein richtiger Großvater, nicht Sadies Vater. Das wußte ich. Sie haben es nie verheimlicht. Was ich als Kind nicht verstehen konnte, war, warum Biff alle Verbindungen zu seiner Familie, der Manchester-Seite, abgebrochen hatte. Es war offensichtlich, warum Nanan sie abgebrochen hatte – viele Familien werfen ihre Töchter hinaus, wenn sie mit sechzehn schwanger werden. Nun, der Grund, warum ich mich draußen im Garten aufgeregt habe, war, daß zu Harrys Ausflügen nach Schottland immer ein Zwischenstop im Manchester gehört. Sie besucht dort ihre Kontaktleute und Freunde. Das weißt du. Deshalb hatte ich das Gefühl, du warst nicht ehrlich zu mir. Ich wollte dich gerade fragen, warum du nach Manchester gingst, als du Anna ins Spiel brachtest. Irgend etwas geht vor, und ich muß wissen, was es ist. Ich bin sicher, es hat mit Nanan und Biff zu tun. Ich wünschte, du würdest es mir sagen. Ich hasse es, ausgeschlossen zu werden.«

»Es hängt zum Teil mit der Krise wegen des Streiks zusammen, daß ich nicht wußte, wie ich es sagen soll.«

»Du dachtest, ich könnte nicht noch mehr ertragen, nicht?« Lindsey schaute hinüber zu Lerryn, in deren Augen Tränen standen. »Du hattest recht. *Ich* dachte, ich könnte es nicht«, fuhr sie ruhig fort. »Ich war wegen Herton in Aufruhr, spürte, ich hätte nicht von dort weggehen sollen, müßte eigentlich wieder dort sein und etwas tun – all so etwas. Mein Zorn über das, was mit den Bergarbeitern gemacht wird, hat mich innerlich verzehrt, und meine gesamte Zeit – wirklich, das Leben war eine einzige lange Versammlung – du kennst das ja alles. Aber das hätte keinen Sinn für mich, Lerry, wenn ich dich darüber verliere. Ich bin eine Lesbe in diesem Streik, und ich habe eine Liebesbeziehung mit dir, seit du vor wer weiß wie langer Zeit in mein Leben zurückgekehrt bist.« Lindsey polierte einen glatten Kieselstein. Sie weinte leise bei dem Gedanken, daß sie ihren Zorn gegen Lerryn gewandt hatte, die sie leidenschaftlich liebte. »Ich weiß, Nanan und du, ihr wollt, daß ich etwas erfahre. Und ich bin *sicher*, daß ich es nicht wissen will. Aber ich muß, denn Herton ist in einer Zerreißprobe, und Nanan wird nicht mehr lange leben. Also finde ich, du solltest mir lieber helfen, die Stücke zusammenzusetzen, nicht?«

»Wir brauchen Taschentücher«, sagte Lerryn, lächelte schwach und wischte sich mit der Hand über die Augen. Sie holte welche aus dem Badezimmer und legte sie auf den Tisch.

Sie setzte den Kessel auf, um noch mal Kaffee zu machen, und während das Wasser heiß wurde, stand sie an der Spüle und schaute hinaus in den Garten auf die Reste des Picknicks. Archibald war wieder da, schleckte sich langsam durch die Pappschachteln und schaute überheblich zu Lerryn hinüber, die er sehr wohl am Küchenfenster bemerkt hatte. Diesmal hatte er gewonnen.

Lerryn brachte die Kaffeebecher zum Tisch, setzte sich Lindsey gegenüber und begann zu sprechen. Lindsey hörte aufmerksam zu, zitterte jedoch und wieder, griff nach einem Taschentuch und putzte sich die Nase.

»Anfangs als ich in Herton war, habe ich nicht viel darüber nachgedacht. Ich wußte nur, ich mochte Biff, und Moss und Biff haben mich immer willkommen geheißen. Buchstäblich mit offenen Armen. Dann kam ich, um nach dir zu suchen, und du warst gerade nach London gegangen, und als ich den Laden betrat, erinnerte ich mich, daß es zwischen mir und Biff immer eine starke Anziehung gegeben hatte. In Cornwall hatte ich den Biff-Stein gefunden, und danach, als ich Biff wiederbegegnete, erlebte ich den gleichen Schock wie du, als du den Stein sahst. Und ich hielt das für wichtig, aber ich hatte keine Ahnung, warum.«

»Und, war es das?«

Lerryn nickte, ernst und feierlich. Lindsey hatte den Eindruck, sie würde gleich etwas über Tod oder Mord hören, etwas Schreckliches und Furchteinflößendes, und wappnete sich.

»Vor vielen Jahren habe ich einige Zeichnungen von Biff gemacht. Ich werde sie dir nachher zeigen. Ich habe sie noch nie jemandem gezeigt. Ich hatte einen leisen Verdacht. Aber dein Großvater wurde von dir und deiner Großmutter sehr geliebt und war eine bekannte Persönlichkeit in Herton, also bewegte ich mich auf gefährlichem Terrain. Nicht nur für mich.« Lerryn stützte den Kopf in die Hand und fuhr sich mit den Fingern durchs Haar. Es war so schwer, es endlich auszusprechen. War es für Biff ebensoschwer gewesen, es Moss zu sagen? Und was ist, wenn ich mich irre, dachte Lerryn.

»Ich bringe es einfach nicht über die Lippen, Linz. Denn vielleicht irre ich mich, und wenn sich das herausstellt, dann will ich, daß du weißt ...«

»Daß du mich liebst. Ich weiß das. Ich liebe dich auch. Wenn du mich nicht liebtest, fiele es dir nicht so schwer. Was immer mit meinem Großvater ist, was immer er getan oder nicht getan hat, du bleibst dennoch meine Geliebte. Du zitterst, Lerryn, sag es schnell, wir werden damit fertigwerden.«

»Ich glaube, dein Großvater war eine Frau.«

Lindseys Augen weiteten sich. Der Mund blieb ihr offen stehen. Sie schien den Atem anzuhalten. Dann schluckte sie, griff nach einem Taschentuch und putzte sich die Nase. »Dann ist meine Nanan, die noch am Leben ist und die wir beide sehr lieben, eine Frau, die eine Frau liebte«, sagte Lindsey langsam.

»Ja, das ist sie.«

»Was, um alles in der Welt, sollen wir tun, wenn du recht hast?«

»Die Geschichte irgendwie erzählen. Ich weiß nicht. Ich trage es seit Jahren mit mir herum.«

Sie saßen schweigend da und wogen die Information wie eine der zerbrechlichen Muscheln auf dem Tisch vor ihnen. Lindsey schloß die Augen, schlang ihre Arme um sich und schaukelte leicht hin und her. Lerryn legte die Arme verschränkt auf den Tisch und ließ den Kopf darauf sinken.

Minuten vergingen. Die Frauen konnten das Klicken der Ziffern auf der Digitaluhr hören. Lindsey öffnete die Augen und sah, daß es draußen dunkel war. Sie zog die Vorhänge zu und kam zum Tisch zurück. Lerryn öffnete die Augen und setzte sich auf. Sie berührten einander nicht. Es war sicherer, getrennt zu sitzen, wie sie es zuvor getan hatten.

»Lerrie, sag mir, wie groß ist die Chance, daß du dich irrst?«

»Fast gleich null. Aber Moss will eigentlich nicht darüber sprechen, sie vertraut nur darauf, daß ich in den Suffragettenarchiven in Manchester suche. Ich habe das Gefühl, sie könnte es uns niemals direkt sagen.«

»Ich will, daß du dich irrst. Damit ich mein Leben nicht umkrempeln muß. Und ich will, daß du recht hast, weil es so machtvoll ist. Ich denke immer an das Begräbnis. Es würde das Begräbnis erklären.«

»Es würde sehr viele Dinge erklären. Ich kenne sie auswendig, Linz.

Ich habe so lange mit diesem Verdacht gelebt.«

»Ich möchte schreien und brüllen. Verdacht? Verdacht? Das ist mein Großvater, den du da in Verdacht hast. Er ist doch verdammt noch mal kein Fisch, den du am Haken hast.« Lindsey holte tief Luft. »Aber ich war mit dir in Frauendiscos, in denen ich mich umdrehte und dachte, da stünde ein Mann. Ich bin selbst für einen Mann gehalten worden. Ich, Lindsey Shepherd. Und du auch: Ich erinnere mich an eine Begebenheit in dem Café in St. Ives. Ich war zur Theke gegangen, und du saßt am Tisch, und der Typ hinter der Theke fragte: 'Nimmt er Zucker?' Er dachte, du seist ein Mann.«

»Du. Ich. Die einzige, der das nicht passiert, ist Rosie. Wegen des Lidschattens und des Lippenstifts. Ganz zu schweigen von den Kronjuwelen, die sie sich an die Ohren hängt.«

»O mein Gott, ich kann es nicht glauben. Unter all den Dingen, die ich von dir oder Nanan zu hören fürchtete, wäre ich nicht im Traum darauf gekommen, daß mein Großvater eine Frau war. Eine Lesbe war.«

»Biff hatte nichts dagegen, daß du eine bist oder daß du mich mitbrachtest, oder uns das hintere Schlafzimmer zu geben«, sagte Lerryn und bemühte sich, mit so sanfter und fester Stimme wie möglich zu sprechen. Sie fügte hinzu: »Deine Nanan nannte mir Manchester, Linz, im vollen Bewußtsein, daß ich nach etwas suchte. Wie ich es sehe, hätte Moss den Mund gehalten, wenn sie diese ganze Geschichte hätte begraben wollen. Dann hätte sie das Familiengeheimnis mit Biff sterben lassen. Aber sie hat genau das Gegenteil getan. Sie hat dieses Bedürfnis ebensosehr wie ich.«

Als sie wieder Moss' Namen hörte, begann Lindsey heftig zu weinen. Dicke Tränen tropften ihr vom Gesicht, und ihre Nase lief. Als sie aufschaute, sah sie verwundet und schutzlos aus. »Wenn es der Großvater von jemand anders wäre, wäre ich froh und glücklich«, sagte sie schließlich. »Wiederentdeckte Lesben. Ich will nicht, daß du dich irrst. Aber ich wünschte, es wäre nicht mein Großvater, nicht meine Familie.«

Lerryn fühlte sich wie aufgelöste Altpapiermasse, die gerade aus dem Shredder kam. Naß, kalt, durchweicht und am Anfang eines langen Prozesses. Auch sie konnte nicht aufhören zu weinen, und sie dachte, wie froh sie wäre, in ihrer eigenen Familie jemanden zu entdecken, die so war wie sie.

»Wie fühlst du dich, Lerrie?« fragte Lindsey zwischen zwei Schluchzern.

»Erleichtert, daß ich es dir endlich gesagt habe. Wie durchgemangelt. Was würde ich dafür geben, wenn das in meiner Familie vorkäme. Setze für die Kohle Zinn ein, und du hast meine Familie vor zwei

Generationen. Botallack, Tod unter dem Meer. Es ist alles vorhanden. Und es mag auch jemanden wie Biff gegeben haben. Zu einem Familiengeheimnis geworden. Nebel, die sich heben und senken, Schleier voller Geheimnisse. Aber ich weiß, es ist schwer für dich.«

Sie schauten einander über den Tisch hinweg in die Augen. Lindsey schniefte und putzte sich die Nase. Sie sagte: »Es geht so tief, was du mir erzählt hast.« Sie hielt inne und versuchte, nicht mehr zu zittern. Dann sagte sie mit fester Stimme: »Entweder ich bin stolz auf das, was ich bin, oder nicht. Ich bin stolz darauf, daß ich dich liebe und daß Rosie es weiß. Ich bin eine Lesbe, was auch immer geschieht. Du warst sehr mutig, mir das zu erzählen, Lerrie. Es muß eine höllische Last gewesen sein, die du mit dir herumgetragen hast. Es ist kein Wunder, daß ich dich liebe – und dir vertraue – es tut mir sehr leid, daß ich mich vorhin im Garten über Anna und so weiter aufgeregt habe. Ich würde gerne deine Zeichnungen von Biff sehen.«

»Ich liebe dich auch, Linz. Ich werde die Zeichnungen gleich holen. Sollen wir dann versuchen zu schlafen? Bist du so müde, wie du aussiehst?«

»Völlig erschöpft. All diese Gefühle. Ich fühle mich wie weggewischt. Hast du das Atelier abgeschlossen?«

»Noch nicht. Und das Gartentor ist noch nicht verriegelt. Machst du mir bitte das Licht im Garten an? Ich werde nach dem Tor sehen und das Tablett und die anderen Sachen hereinbringen.«

»Und dann ins Bett«, sagte Lindsey.

27. Kapitel

Der Himmel droben war glänzendschwarz, schwarz wie die Kohle, die monatelang unberührt in den Hertoner Kohleflözen gelegen hatte. Niemand wußte, daß sie sich auf den Weg hierher gemacht hatte, langsam mit dem Gehgestell bis zur Bank hinten im Garten, um sich ins Mondlicht zu setzen und den Geräuschen der Zeche zu lauschen, nun, da sie wieder in Betrieb war. Es war nicht so, daß niemand sich um sie kümmerte. Sie hatte sie alle seit Monaten vorbereitet, auf ihre Weise, und sicher würden sie verstehen, daß sie es niemals zulassen würde, daß die Leute von der Sozialfürsorge sie aus diesem Haus fortbrachten, in ihr sogenanntes Seniorenheim steckten und sie zu einer ihrer Fallstudien machten, ihr Leben in ihre Akten eintrügen, sie von ihrem Zuhause fortholten.

Schritt für Schritt war sie von Darlington in diese Stadt gewandert, die Stadt, die nicht viel mehr als ein Dorf gewesen war, in dessen Ränder sich Maschinen fraßen, um es auseinanderzureißen. Von der Witterung ausgebleichter und von Verrätern zerrissener Stoff; aber die Leute von Herton verstanden sich ebensowenig als Opfer wie sie es als junges Mädchen getan hatte, als ihr Körper von dem Gutsherrn aufgerissen worden war, damals, als sie Dienstmädchen auf The Hall gewesen war.

Sie hatte gehandelt, Entscheidungen getroffen, sich auf die Suche nach dem Leben und dem Überleben begeben. Wie das ihre, so war auch das Leben der Frauen von Herton durch den Streik gebeutelt worden, und sie waren zäher und stärker geworden. Sie hatten sich gegenseitig geachtet und einander vertraut, und sie waren durchgekommen.

Sie fror, aber der Himmel war so wunderbar, die Sterne wie Pailletten. Lichtjahre von Sternen, Generationen von Konstellationen, Jahrhunderte von Sternenhaufen, Jahrtausende von Galaxien. Infolge des Streiks waren mehrere Menschen ums Leben gekommen, mehrere Paare geschieden worden, wenn auch Rita und Steve immer noch zusammen waren, und Joan und Mart ebenfalls. Etwa dreißig Menschen waren zu Krüppeln geworden, und viele hundert waren jetzt entschlossener, nachdenklicher, bewußter und enger verbunden mit dem landesweiten, weltweiten Befreiungskampf.

Die meisten Frauen in Herton hatten niemals ein Kleid besessen, das mit Pailletten besetzt war wie der samtene Nachthimmel, und sie, Moss Stratton, war niemals vermögend geworden. Aber sie war ihr ganzes Leben lang reich gewesen, hatte geliebt und war geliebt worden.

In der letzten Zeit, angesichts von Lerryns offensichtlichem Bedürfnis nach der Wahrheit, Lindseys Duldsamkeit und Moss' eigenem Wunsch, den jüngeren Generationen, den Frauen, die sie wegen ihres Kampfgeistes liebte und achtete, ein letztes Geschenk zu machen, war es ihr schwergefallen, ihre Loyalität gegenüber dem geheimen Leben aufrechtzuerhalten, das sie mit Biff geführt hatte. Also hatte sie Lerryn das Wort gesagt: Manchester, und sie hatte darauf vertraut, daß Lerryn dem nachgehen würde. Ihr Geschenk war das Geschenk dieses Vertrauens. Sie hatte mit Biff in ihrem letzten Jahr darüber gesprochen, viele Nächte und Tage. Fremden konnte sie das Wissen um Biffs Leben nicht anvertrauen, ob sie nun Feministinnen waren oder nicht, Lesben oder nicht (das Wort kam ihr neuerdings leichter in den Sinn). Sie würden es vielleicht aufbauschen, verkitschen, lächerlich machen, irgend so etwas, es vielleicht sogar in irgendeiner Weise für ihre eigene Karriere benutzen. Sie war sich nicht sicher, wie, aber sie wollte Biff einer solchen Welt nicht aussetzen.

Sie beobachtete, wie der Mond höher stieg und über das Himmelszelt wanderte. Von dorther, wo er seine Bahn zog, waren die Geräusche der Zeche und der Hochöfen zu hören. Kohle zu Asche und Staub zu Staub.

Sie hatte gewartet. Auf den Ausgang des Streiks. Hatte mit Witz und Willen weitergelebt und war stolz darauf, sich ihren Wunsch erfüllt, es durchlebt zu haben. Lindsey und Lerryn waren zu Pfingsten zu Besuch gekommen und vier Tage und fünf Nächte geblieben. Sie hatten über das Leben, über Politik und Geschichte geredet. Lerryn hatte von 'Herstory' gesprochen. Was würden sich diese jungen Leute noch alles ausdenken! Dann hatte Lerryn mit Moss allein über Manchester gesprochen, ihren Besuch dort im letzten Sommer, hatte ihre Worte so sorgfältig gewählt, daß Moss nichts zuzugeben, nicht zu lügen, nichts zu bekennen brauchte. Lerryn hatte sich vorgebeugt und Moss' Hand mit einer Geste ergriffen, die so sehr Biff glich, daß Moss einige verstohlene Tränen vergoß. Sie sagte einfach: »Danke.« Sie hatten nichts weiter gesagt, aber beide wußten, daß die andere Bescheid wußte.

Nun war sie also bereit. Sie wußte nicht, ob sie den Himmel sah oder ihn sich nur vorstellte. Das war eine falsche Unterscheidung. Nach den Kriterien der Optiker war sie nahezu blind, was den Leuten von der Sozialfürsorge den Grund lieferte, darauf zu bestehen, daß sie in das Altersheim zog. Moss war sie und ihre Einmischung leid, obwohl sie überzeugt war, daß sie es gut meinten. Vielleicht steckte Rita dahinter. Sie steckten eigentlich alle unter einer Decke; allerdings gab Moss niemals zu erkennen, was sie von ihnen oder ihren Vorschlägen hielt.

Sie hatte gewartet, bis Rosie ihre Abschlußprüfung beendet hatte, obwohl sie Biffs Ruf schon zu Ostern hatte folgen wollen. Aber sie hatte Biff damals gebeten, noch eine kleine Weile zu warten.

Rosie war wie geplant am Gründonnerstag mit allen ihren Arbeitsbüchern angekommen. Anne hatte auch gelernt. Sie war eine Klasse unter Rosie und hatte sehr gute Noten. Während der Osterferien hatten sie beide in Moss' Küche gesessen, jede an einem Ende des Tisches, und still über den Büchern gebrütet. Moss konnte unmöglich Rosies Prüfung stören. Es war einfach nicht der richtige Zeitpunkt gewesen, trotz der Tatsache, daß Moss ihren Entschluß, bis zum Ende des Bergarbeiterstreiks zu leben, bereits wahrgemacht hatte.

Auf einer Bank sitzend, war Moss dabei gewesen, als die Männer an dem Tag, an dem sie die Arbeit wieder aufnahmen, mit ihrer Fahne eine Parade abgehalten hatten. Rita hatte neben ihr gesessen. Sie war diejenige in der Solidaritätsgruppe gewesen, die sich darum gekümmert hatte, daß Moss mit dem Auto abgeholt wurde. Da hatten sie also zusammengesessen, als Ritas Freundin Joan, die Leiterin der Frauensolidaritätsgruppe, diese wunderbare Rede über die Ehefrauen gehalten hatte, die durch ihre Unterstützung den Streik erst ermöglicht, die ihre Spur in der Welt hinterlassen hatten. Etwas daran hatte Rita tief berührt. Moss neben ihr konnte ihren Stolz spüren. Aber als Joan all die anderen im ganzen Land und auch im Ausland erwähnte, die Geld und Grußbotschaften geschickt hatten, hatte Ritas Haltung sich verändert. Joan erwähnte Schwarze, Schwule und Lesben. Rita war erstarrt. Da wußte Moss, daß Rita immer noch nicht nachgiebiger geworden war und daß sie nicht mit Joan übereinstimmte. Kein Wunder, daß Lindsey und Rita in verschiedenen Welten lebten. Manche Dinge brauchen länger als ein Frauenleben. Dann hatte Rita, weil sie nicht wollte, daß jemand ihre wirklichen Gefühle erriet, ausgeatmet und sich neben Moss zurechtgesetzt und wieder eine freundliche Ausstrahlung bekommen. Moss spürte das. In solchen Dingen vertraute sie ihrer Intuition. Sie dachte an Florence, glitt mit ihren Gedanken davon. Wie wäre ihr Leben geworden, wenn sie zusammen von Darlington fortgelaufen wären? Welche Reisen hatte Florence unternommen, seit sie in den Fluß gegangen war? Wo war Florence jetzt? Würden sie sich je wiedersehen? Würden sie einander vertrauen?

Allmählich fielen ihr auch ihre Brüder und Schwestern ein, von denen sie nicht wußte, was aus ihnen geworden war, und sie fragte sich, ob sie jemals ihrer Mutter oder ihrem Vater wiederbegegnen würde. Der Ort, an den sie ging, war für sie und Biff sicher. Also waren ihr Vater und Frank und Ronnie wahrscheinlich anderswo. In einer anderen Welt vielleicht.

Florence hatte einen Fehler begangen, als sie ins Wasser ging. Sie, Moss, durfte sich nicht das Leben nehmen. Aber das hier war etwas anderes, im Garten, um Mitternacht, in Hut und Mantel, auf der Holzbank.

Sie dachte an ihre Freundinnen Grace und Mercy. Mercy lebte bei ihrer Tochter, die in die Nachbarstadt gezogen war. Sie hatten einander mehrere Monate nicht gesehen. Aber Mercy war in guten Händen. Moss dachte an ihre Familie. Sie hatte ihre Tochter Sadie und ihren Sohn Ronnie, ihre Enkelin Lindsey und Lindseys Geliebte Lerryn geliebt.

Und in den letzten Jahren hatte sie das wunderbare Geschenk ihrer Urenkelin Rosie bekommen. Moss hätte Rosie sehr gerne ihr Haus in der Church Lane vererbt, aber das konntest du nicht, wenn du aus der Arbeiterklasse kamst und es nur gemietet war.

In Moss' Jugendzeit wäre Rosie Dienstmädchen geworden, wie andere Mädchen aus der Arbeiterklasse. Der Fortschritt kam langsam, aber einiges war erreicht. Rosie verdiente ihren Studienplatz auf dem

College, in Fotografie. Ihre Fotos vom Streik waren ungewöhnlich gut, alle sagten das, besonders die Fotos, die sie, im Baum versteckt, von der Polizei gemacht hatte. Rosies junges Leben lag vor ihr. Chancen. Es war gut so. Moss fühlte sich frei, ihre nächste Reise anzutreten.

Sie schaute auf zum Himmel, der näher zu kommen schien. Sie hatte gedacht, sie müsse sehr, sehr frieren, aber ihr war überhaupt nicht kalt. Sie hatte ihren Brief an Lindsey abgeschickt, per Einschreiben. Rita hatte ihr den Einlieferungsschein gebracht. Durch den Brief würde Lindsey wissen, daß Moss diese Entscheidung bewußt getroffen hatte, nun, da sie bereit war. Ihr Postsparbuch war in Ordnung, ebenso das Schreiben, mit dem Lindsey bevollmächtigt wurde, alles abzuheben und die Arrangements zu treffen, die sie abgesprochen hatten. Ein einfacher Holzsarg. Die Reichen haben ihre Schlösser, die Armen ihren Stolz.

Sie rückte sich das Kissen unter dem Kopf zurecht. Stellte sich die Farben der Länder vor, durch die sie reisen würde, und die Blumensorten, die Biff pflanzen würde, dort, wo sie sich bald treffen würden.

»Ich bin bereit, Biff. Komm und halte meine Hand auf der Reise.«

Sie schloß die Augen und verließ Herton, mit Biff.